acabus

Torsten Weitze

NEBULA Convicto

Grayson Steel und der Verhangene Rat von London

acabus

Weitze, Torsten: Nebula Convicto. Grayson Steel und der Verhangene Rat von London, Hamburg, acabus Verlag 2017

Originalausgabe
ISBN: 978-3-86282-525-7

Dieses Buch ist auch als eBook erhältlich und kann über den Handel oder den Verlag bezogen werden.
ePub-eBook: ISBN 978-3-86282-527-1
PDF-eBook: ISBN 978-3-86282-526-4

Lektorat: ds, acabus Verlag
Cover: © Petra Rudolf

Bibliografische Information der Deutschen Nationalbibliothek:
Die Deutsche Nationalbibliothek verzeichnet diese Publikation in der Deutschen Nationalbibliografie; detaillierte bibliografische Daten sind im Internet über http://dnb.d-nb.de abrufbar.

Der acabus Verlag ist ein Imprint der Diplomica Verlag GmbH,
Hermannstal 119k, 22119 Hamburg.

---

http://www.acabus-verlag.de
Printed in Europe

Dieser Roman ist meiner Frau gewidmet, die mich mit ihrem kompromisslosen Glauben an mich dazu ermutigt hat, meinen Traum als Autor gegen alle Widrigkeiten weiterzuverfolgen. Siehe da, sie hatte wie immer Recht.

Ein Mord um drei Uhr früh

London, New Scotland Yard, City of Westminster, Mittwoch, 12. Oktober, 14.04 Uhr

Detective Grayson Steel starrte seine Erscheinung im verspiegelten Glas des Vernehmungszimmers an. Blaue Flecken verunzierten sein Gesicht und die Wunden am Bauch brannten wie Feuer. Während er in Handschellen auf die Vernehmung durch seine Kollegen wartete, ging er gedanklich noch einmal die Ereignisse des letzten Tages durch und fragte sich, wie zur Hölle es soweit hatte kommen können.

London, Islington, Dienstag, 11. Oktober, 05.34 Uhr

Der Nebel bedeckte die nächtliche Stadt wie ein grob gewebtes Leichentuch. Aller Details und Farben beraubt, verschwamm das spärliche Nachtleben auf den Straßen zu flüchtigen Eindrücken. Allein die instinktive Bedrohung undeutlicher Bewegungen blieb.

Während Grayson mit seinem Dienstwagen in die St. John Street einbog, bemerkte er ein rostrotes Graffiti, das sich vom grauen Einerlei abhob. Mit wenig Talent und noch weniger Einfallsreichtum gemalt, sollte es wohl den Kopf einer rothaarigen Frau darstellen. Durch den Nebel wirkte das Ganze eher wie eine Stichwunde, so als wäre das Haus ermordet worden. *Das wäre doch mal ein Fall*, dachte Grayson trocken. Das erste Lächeln des Tages stahl sich auf sein Gesicht. Dies war eine der ersten Lektionen, die er als Ermittler gelernt hatte: Nimm jedes Lächeln mit, selbst wenn es von den eigenen Witzen stammt. Man weiß nie, wie lange man auf das nächste warten muss.

Zu dieser frühen Stunde war auf den Straßen noch wenig los. Erste Pendler mit Anfahrtsstrecken von weit über zwei Stunden quälten sich gerade aus dem Haus, um dem Sirenengesang der Arbeit zu folgen. Grayson sah mehrere Zeitungsboten, die ihre Schicht begannen, durch seine Scheinwerfer aus dem Schleier des Nebels herausgerissen.

Eine Minute später ließ ihn eine rote Ampel anhalten – als einzigen Fahrer an einer großen Kreuzung, die still und menschenleer dalag. Grayson hasste es, wenn das passierte. Denn wie immer focht er dann einen stummen Kampf zwischen Vernunft und Bequemlichkeit aus. Er könnte einfach die Sirene einschalten, anstatt nutzlos zu warten, oder er könnte den Anwohnern in Hörweite ihren Schlaf lassen, den sie so dringend brauchten. Still vor sich hin fluchend wartete er auf das grüne Licht. Grayson wusste, dass der Tatort schon gesichert war, es bestand also kein Grund zur Eile.

Das Opfer wird es schon nicht umbringen, wenn ich zwei Minuten später ankomme. Dieses Mal war sein Lächeln etwas gequält, als er sich den Satz noch einmal durch den Kopf gehen ließ. Der fehlende Schlaf dieser Nacht schien von Graysons Humor Tribut gefordert zu haben. *Besser keine weiteren Witze mehr heute früh. Die Kollegen haben es auch so schon schwer genug.*

Während er auf die Ampel wartete, warf er einen kurzen Blick in den Rückspiegel, um seine Erscheinung zu prüfen. Müde blaue Augen starrten ihm unter kurzgeschnittenen schwarzen Haaren entgegen, die Wangenknochen stachen aus dem hageren Gesicht hervor. Er musste dringend daran denken, mehr zu essen. Wenigstens waren seine Kleidung und sein Mantel sauber und ordentlich, sonst würde man ihn noch für einen Obdachlosen halten. Endlich wurde es Grün und er fuhr los, weiter hinauf ins nördliche London.

Langsam änderte sich die Gegend, weg von den gepflegten Vorgärten und den historischen Fassaden Londons, die man in jeder Werbebroschüre sehen konnte, und hinein in die harte Realität der fünfstöckigen Mietshäuser und kleinen Geschäfte. Die Nebenstraßen wurden enger, die Sackgassen häufiger, fast so, als passe sich die Umgebung den Lebensperspektiven ihrer Bewohner an. Nach wenigen Minuten nahm die Anzahl der Graffitis weiter zu und die Qualität und Art der Geschäfte wurde zweifelhafter. In diese Gegend Islingtons verirrte sich kein Tourist, wenn er nicht gerade von einem zweitklassigen Reiseführer hierhergeschickt wurde, weil er unter der Rubrik »Alternative Geheimtipps« nachgeschlagen hatte.

In einer Seitenstraße rechts von ihm durchbrachen schließlich die vertrauten rot-blauen Lichtblitze alarmbereiter Streifenwagen den grauen Schleier dieses herbstlichen Dienstagmorgens. Grayson fuhr seinen Wagen langsam um die Ecke und stellte den Motor ab, ließ die Scheinwerfer aber noch an, um durch den Nebel hindurch einen besseren Blick auf den Tatort werfen zu können. Vor sich sah er zwei Streifenwagen und einen Dienstwagen von der Spurensicherung sowie den Leichenwagen des Gerichtsmediziners, alle hatten sich desselben Tricks wie Grayson bedient und die Szene war hell erleuchtet. Also waren mindestens acht Kollegen vor Ort, vielleicht noch weitere in der Umgebung.

Das wird auf jeden Fall hässlich, dachte Grayson mit einem Seufzen. *Aber sonst hätte man mich ja auch nicht angefordert.*

Wobei angefordert nicht das richtige Wort war. Sein Vorgesetzter hatte ihn vielmehr hergeschickt, damit er auf andere Gedanken kam.

»Wir wissen doch, wohin zu viel Grübeln über ungelöste Fälle bei Ihnen führt, Inspector Steel. Hier, schauen Sie sich das mal an.«

Schwungvoll hatte Chief Biggs ihm die Akte in die Hand gedrückt. Ganz neu, nur ein einziges Blatt Papier darin. Nicht wie die Akten, die Grayson sonst bekam, überquellend vor Berichten von zwei oder mehr Abteilungen, die sich vor ihm die Zähne an den Fakten ausgebissen hatten.

Einer der Streifenpolizisten hatte die Hand gehoben, um sich gegen die Strahlen des Autoscheinwerfers abzuschirmen. Dieser blendete ihn jetzt schon eine ganze Weile, während Grayson seine Gedanken hatte schweifen lassen. Missmutig schaute der Polizist in Graysons Richtung.

»Na prima«, brummte der vor sich hin, während er das Licht ausschaltete. »Noch nicht ausgestiegen und schon den ersten Kollegen verärgert.« Mit einem Seufzen nahm er seine Dienstwaffe aus dem Handschuhfach und schob sie in das Achselholster, kramte schon mal seinen Dienstausweis hervor und stieg aus.

Der Polizist baute sich vor ihm auf, musterte seine Zivilkleidung und sagte im scharfen Tonfall: »Dies ist ein Tatort, Sir. Sie können hier nicht weiterfahren. Wenn Sie ein Anwohner sind …«

Grayson hob seinen Dienstausweis, den sein Gegenüber misstrauisch beäugte.

»Zeigen Sie mal her.« Herrisch schnappte er sich den Ausweis und starrte eine Weile darauf.

Ja, diese Dienstmarke sieht man eher selten, ich weiß, dachte Grayson und konnte ein Schmunzeln nicht verbergen. Dummerweise sah der Polizist das und blickte nun noch finsterer drein.

Verdammt, soviel zur Kooperation, schoss es Grayson durch den Kopf. *Dann eben auf die harte Tour.*

»Detective Chief Inspector Grayson Steel von New Scotland Yard, Sonderermittler in der Abteilung für Schwerverbrechen. Wenn Sie wollen, können Sie gerne meine Dienstnummer überprüfen und meine Abteilung anrufen. Und jetzt her mit dem Ausweis, Police Constable.« Energisch winkte er mit seiner Hand und widerwillig kam der andere seiner Aufforderung nach.

»Sonderermittler, huh. Naja, seltsam genug ist die ganze Sache ja.« Respektvoll gab er den Ausweis zurück und schaute sich fragend um.

»Wo ist denn Ihr Partner?«

»Ich arbeite zur Zeit allein«, antwortete Grayson. *Mal wieder*, fügte er in Gedanken hinzu.

Seine Arbeitsweise und die Natur seiner Fälle hatten schon weit über zehn Partner verschlissen. Sechs hatten sich in ruhigere Gefilde versetzen lassen, entweder um wieder schlafen zu können oder um sich nicht weiter der Gefahr des politischen Selbstmords auszusetzen. Die Hälfte seiner Fälle wäre nämlich recht leicht lösbar, wenn nicht irgendwelche einflussreichen Leute darin verwickelt wären. Allerdings war Grayson politischer Druck egal. Drei weitere Partner hatten sogar den Dienst quittiert, einer davon schon nach einer Woche. Von wegen *Bester seines Jahrgangs.* Den Rest hatte Grayson nicht leiden können. Die hielten nie lange durch.

»Also, was haben wir hier?«, fragte er nun laut. Dabei trat Grayson an dem Mann vorbei und betrachtete die Szenerie.

Eine kleine, wenig befahrene und daher völlig verdreckte Nebenstraße, die ins Dunkel führte, lag vor ihm. Die meisten der Straßenlaternen waren nicht in Betrieb. Ob absichtlich herbeigeführt oder durch Vernachlässigung konnte er nicht sagen, nicht hier in dieser Gegend. Nur eine einzige Laterne warf ein trübes oranges Licht auf den Tatort und ohne die Scheinwerfer der Dienstwagen hätten sie ebenso gut raten können, was hier passiert war. Er sah ein weißes Tuch, ausgebreitet über einem Körper. Merkwürdig unpassend durch seinen Mangel an Grau und Schmutz schien es automatisch zum natürlichen Zentrum der Wahrnehmung zu werden.

Hinter ihm erklang die Stimme des Constables: »Es ging ein anonymer Anruf ein. Ein Autofahrer berichtete, hier wäre jemand zusammengebrochen. Es wurde noch eine zweite Person gesehen, die sofort flüchtete. Keine Beschreibung. Das Opfer selbst ist eine Frau, Ende zwanzig, keine äußeren Anzeichen für Gewalteinwirkung. Die Brieftasche fehlt. Bisher keine Möglichkeit zur Identifizierung des Opfers.« Ein kurzes Zögern. »Aber das Gesicht sollten Sie sich ansehen.« Man merkte, dass der Constable schon einige Jahre Dienst tat. Der sachliche Tonfall bewies, dass der Mann es geschafft hatte, die notwendige innere Mauer zu errichten, die diese Arbeit erforderte. Grayson fragte sich nach all den Jahren immer noch, ob das gut oder schlecht war.

Mit einem Achselzucken unterbrach er seine abermals beginnende Grübelei und kniete neben dem Tuch nieder. Wie immer wünschte er sich, das nicht tun zu müssen, einfach auf die Bilder der Spurensicherung warten zu können und dann im Büro aus sicherer Distanz Fotos zu betrachten, die auch aus einem schlechten Spielfilm hätten stammen können. Aber zu oft schon hatten Kleinigkeiten den entscheidenden Hinweis oder Zusammenhang geliefert, als dass er sich den Luxus erlauben könnte, den Anblick durch die gefilterten Augen eines Tatortfotos zu betrachten.

Er holte noch einmal tief Luft und hob das Tuch an. Mit einem leisen Flattern, fast wie ein Flüstern, hob sich das Gewebe vom Körper und hinter sich hörte Grayson das leise, unterdrückte Würgen des Constables, als das Gesicht des Opfers entblößt wurde. *Also eher ein guter Schauspieler als ein abgehärteter Scheißkerl, der nichts mehr fühlt. Gut. Das macht einen besseren Polizisten aus dir, Kumpel.*

Sein Blick wanderte über den Körper der Toten, den Kopf aussparend. Es war besser, zuerst die normalen Dinge zu betrachten, bevor man sich mit den Auffälligkeiten auseinandersetzte. Die nahmen einem immer die Perspektive für den Rest des Tatorts. Das Opfer lag auf dem Rücken und war sehr gut gekleidet, vom Stil her ein teurer Businesslook. Keine offensichtlichen

Abwehrverletzungen. Gepflegte Hände, sauber manikürt. Die Handtasche lag direkt neben dem Opfer, halb offen und durchwühlt, wahrscheinlich vom Täter auf der Suche nach der Brieftasche. Für Grayson sah es bis hierhin wie ein normaler Raub aus, bei dem etwas schief gegangen war. Als er sich dem Gesicht zuwandte, wusste Grayson, warum ausgerechnet er zu diesem Tatort geschickt worden war. Im Laufe seiner Karriere hatte Grayson schon viele Gesichter gesehen, die zeigten, in welchem gefühlsmäßigen Zustand sich die Opfer im Augenblick des Todes befunden hatten. Viele waren schmerzverzerrt, ängstlich und erschöpft, je nach Tathergang war mehr von einer und weniger von den anderen Emotionen zu sehen. Einige wenige wirkten auch überrascht oder sogar friedlich, wenn der Tod unerwartet gekommen war. Hier jedoch war jeder einzelne Gesichtsmuskel zu einem Ausdruck äußersten Entsetzens angespannt. Kein Schmerz, keine Überraschung oder Erschöpfung, nur pure Angst. Der Mund war weit aufgerissen, so grotesk, dass die Zähne komplett entblößt waren. Die Augen schienen aus den Höhlen zu quellen, derart weit waren die Lieder geöffnet. An einigen Stellen schien die Haut bis über das natürliche Maß gedehnt worden zu sein, so dass Risse entstanden waren, durch die man einzelne Muskelstränge sehen konnte, die gespannt waren wie Drahtseile. Es war Grayson, als würde er ins personifizierte Antlitz der Furcht blicken.

Bestimmt kein normaler Raubüberfall. Sogar ihn erschreckte dieses reine Entsetzen, das ihm aus der Fratze der Toten entgegenschlug. Etwas hölzern ließ er das Tuch sinken und sammelte sich einige Sekunden. Er stand auf und drehte sich um, nur um einer vertrauten Gestalt gegenüberzustehen. *Vertraut, aber nicht freundlich. Naja, man nimmt, was man kriegen kann,* dachte Grayson.

Dr. Gilford war ein kompetenter Gerichtsmediziner, aber für Graysons Geschmack etwas zu enthusiastisch bei der Arbeit. Außerdem konnte er sich nie des Gedankens erwehren, dass die

Opfer als letzte Gesellschaft vielleicht lieber jemand anderen als diesen dicklichen, kleinen Mann um sich gehabt hätten. Sein Gesicht mit den leicht vorstehenden Augen ließ ihn immer wie eine kranke Kröte erscheinen.

»Detective Steel, was für eine unerwartete Überraschung. Ich dachte, man hätte Sie mittlerweile suspendiert. Ihr letzter Fall war doch politisch recht brisant, oder nicht?« Der Tonfall des Mediziners schwankte zwischen ehrlicher Überraschung und etwas, das tatsächlich nach Sympathie klang.

Bei dieser Bemerkung hatten sich die Köpfe der anderen Uniformierten am Tatort umgedreht. Einige ganz offen, andere nur ein wenig, aber Grayson war klar, dass ihr Gespräch nun die ungeteilte Aufmerksamkeit der kompletten ermittelnden Truppe hatte.

Also schön, bringen wir es hinter uns. Er seufzte und setzte sein bestes gequältes Lächeln auf, um möglichst laut und deutlich klarzustellen: »Die meisten meiner Fälle sind heikel. Der letzte war nichts Besonderes. Der Täter war nur der Cousin zweiten Grades des Agrarministers. Nachdem ich ihn überführt hatte, habe ich mich mit den politisch Beteiligten zusammengesetzt und eine Lösung gefunden, mit der alle leben konnten. Alle, außer dem Cousin natürlich. Aber das hätte er sich überlegen sollen, bevor er diesem Mädchen derart übel mitgespielt hat.«

Die Ermittlungen waren im Laufe von zwei Jahren fast zum Erliegen gekommen. Massiver politischer Druck und die Trägheit des Alltags unter den zuständigen Kollegen hatten den Fall beinahe in Vergessenheit geraten lassen. Als Grayson sich angeboten hatte, die Ermittlungen zu übernehmen, hatte er plötzlich zwei neue Freunde, nämlich die beiden Kollegen, die den Fall los waren, und weit über zwei Dutzend neue Feinde.

Aber Grayson liebte Feinde, also war das in Ordnung. Zumindest wenn sie bedeuteten, dass er seine Arbeit richtig machte. Ein paar Fragen an den richtigen Stellen, ein wenig Unnachgiebigkeit gegenüber den üblichen Drohungen und ein klärendes Gespräch mit dem Minister bezüglich seiner Optionen hatten ausgereicht, um ein Geständnis des Cousins und eine stille und leise Verurteilung zu erwirken. Das Opfer wurde geschont, der Täter bekam eine angemessen hohe Strafe und der Minister keine negativen Schlagzeilen.

Es hatte schon etwas für sich, wenn einem die eigene Zukunft scheißegal war.

Nicht, dass Grayson selbstzerstörerisch gewesen wäre, es war eher eine Art beiläufige Kaltschnäuzigkeit. Er hatte einfach genug Angebote aus dem privaten Sektor, um jederzeit aus dem Polizeidienst aussteigen zu können und dabei das Dreifache zu verdienen. Aber Sicherheitsfirmen konnten keine Leute ins Gefängnis stecken, also blieb er, wo er war, solange er konnte und kümmerte sich um die Fälle, die so brisant, skurril oder einfach nur kompliziert waren, dass keiner sie bearbeiten wollte. Dass er verdammt gut in seiner Arbeit war, half ihm natürlich auch, sonst hätte seine Karriere vieles nicht überstanden.

Dr. Gilford streckte ihm die Hand entgegen, die Grayson etwas überrascht in einen kurzen Griff nahm. »Auf jeden Fall danke dafür, dass Sie das Schwein erwischt haben. Ich habe damals die Tatortbilder gesehen …« Die Stimme des Doktors verlor sich und nach einigen Sekunden drehte er sich zur Leiche um und fuhr fort: »Keine Anzeichen eines Kampfes am Tatort, keine Abwehrspuren an der Leiche. Keine äußeren Verletzungen. Bei der Autopsie wird wahrscheinlich Herzversagen rauskommen. Vorläufig schätze ich den Todeszeitpunkt auf drei Uhr morgens. Wäre nicht der Gesichtsausdruck, so würde ich in diesem Fall nicht von einem Gewaltverbrechen ausgehen.«

Grayson nickte nachdenklich. »Ja, der Gedanke kam mir auch als erstes. Aber warum sollte eine junge Frau einfach so mitten auf der Straße vor Schreck tot umfallen? Das ergibt keinen Sinn. Und auch wenn die Brieftasche fehlt, das hier war sicherlich kein

Raubüberfall. Die Kleidung der Frau deutet darauf hin, dass sie nicht aus dieser Gegend kommt. Aber wen soll sie hier besucht haben, mitten in der Nacht und in diesem Aufzug? Hier passt nichts wirklich zusammen.« Er drehte sich zu dem Streifenpolizisten um, der sich mittlerweile erholt hatte. »Die Kollegen sollen die umliegenden Straßen absuchen. Wenn wir Glück haben, hat der Täter die Brieftasche schnell entsorgt. Dann fällt uns zumindest die Identifizierung leichter. Ich bezweifele, dass ihre Fingerabdrücke in unserer Datenbank erfasst sind.«

Dann blickte er die umliegenden Häuserwände hinauf. Wenige Fenster, die meisten davon zerbrochen. Die beiden Lagerhäuser direkt am Tatort schienen leer zu stehen, die hinteren Gebäude wurden vom Nebel und der Dunkelheit verschluckt. Zeugen würde er hier sicherlich keine finden.

»Mir wird immer klarer, warum ich den Fall bekommen habe. Hoffentlich wird der hier nicht die Nummer Acht«, murmelte Grayson.

»Nummer Acht?«, fragte Gilford.

»Es gibt bisher sieben Fälle, die ich nicht lösen konnte. Wann immer ich keine aktiven Fälle habe, versuche ich mich weiter an deren Aufklärung. Leider haben meine Theorien immer einige … Lücken«, antwortete der Sonderermittler nachdenklich.

Der Gerichtsmediziner räusperte sich. »Davon habe ich gehört. Gerüchten zufolge haben Sie sogar alternative Ansätze durchdacht, wenn ich das mal so formulieren darf.«

Alternative Ansätze, den Ausdruck muss ich mir merken, dachte sich Grayson. *Der Chief nennt so was Spinnereien. Deswegen hat er mir doch den Fall hier gegeben. Damit ich nicht wieder die Seltsamen Sieben anrühre.* Das war der Spitzname, den die Fälle in seiner Abteilung hatten. Die Seltsamen Sieben. Bei keinem dieser Fälle gab es eine sinnvolle Erklärung, es fehlte immer ein wichtiger Aspekt. Zum Beispiel der Mann, der in einem von innen verschlossenen Raum verbrannte, ohne dass ein Brandbeschleuniger oder ein anderer Brandherd als der Mann selbst nachgewiesen werden konnte. Grayson hatte jede Spur verfolgt, von experimentellen Chemikalien bis hin zur Verschwörung. Erst nachdem er alles ausgeschlossen hatte, hatte er sich mit dem Thema der spontanen Selbstentzündung beschäftigt. Obwohl er selbst nicht daran glaubte, blieb es die einzig passende Theorie. Aber damit wollte er sich nicht zufrieden geben. Also grub er weiter, obwohl jede andere Erklärung, die er fand, auch nicht wahrscheinlicher war.

»Ich diskutiere die Fälle mittlerweile nicht mehr«, sagte Grayson knapp zu dem immer noch fragend dreinblickenden Mediziner. *Sonst lande ich noch in der psychiatrischen Anstalt.* Und an einem solchen Ort angekommen, wären die Angebote privater Sicherheitsfirmen hinfällig.

Chief Biggs sagte immer, dass er Grayson nie an einen verärgerten Politiker, einen wütenden Mob oder einen Serienkiller verlieren würde, sondern höchsten an die Seltsamen Sieben. *Na, dann hoffen wir mal, dass der Chief mich hier nicht zum Achten geschickt hat, um mich von den Sieben abzulenken.* Einen Moment genoss Grayson die Ironie, bevor ihm bewusst wurde, was das für ihn und seine geistige Gesundheit bedeuten würde, sollte er Recht behalten.

Er schauderte. Der Schlafmangel hatte ihn grüblerisch gemacht und so versuchte er, sich wieder auf den Tatort zu konzentrieren. Grayson starrte hinunter auf die regungslose Gestalt unter dem Leichentuch. *Was hast du gesehen? Was hat dich zu Tode erschreckt?* Er stellte sich genau vor die Leiche und drehte sich dann so, dass er in die Blickrichtung der Toten schaute. Er sah nur Nebel und Dunkelheit.

»Sie hat in diese Richtung geschaut, als sie gestorben ist. Ich schau mir mal den hinteren Teil der Straße an, vielleicht hat der Mörder etwas verloren oder es gibt andere Hinweise«, sagte er zu Dr. Gilford.

»Gut, ich bin hier fast fertig. Die genaue Todesursache werde ich Ihnen erst später mitteilen können«, erwiderte er. »Wenn wir Glück haben, hat sie eine experimentelle Droge eingeworfen und der Fall ist morgen erledigt.« Der Gerichtsmediziner wollte ihn aufmuntern, aber Grayson glaubte nicht an Drogen als Ursache. Das Opfer wirkte sehr gepflegt, die Art von Mensch, die sehr genau auf sich und ihren Körper achtete. Die wenigsten von solchen Typen nahmen Drogen und wenn, dann in einer kontrollierten Umgebung wie einer schicken Penthouse-Wohnung und nicht mitten auf der Straße in einem heruntergekommenen Viertel. Außerdem war ja auch eine flüchtende Person gesehen worden.

Gedankenverloren ließ Grayson sich eine Taschenlampe von einem der Beamten in Uniform geben und machte sich auf den Weg ins Dunkel. Der Nebel schien dichter zu werden, während er sich dem Rande des Lichtkegels näherte, den die einzige funktionierende Laterne und die Lichter der Streifenwagen warfen. Nach drei weiteren Schritten stand er in massiver Schwärze, bis seine Augen sich langsam an die veränderten Sichtverhältnisse gewöhnt hatten. Grayson nutzte die Zeit, um ein paar Mal tief durchzuatmen. Nach einigen Sekunden war die Straße als kaum zu erkennender Schemen sichtbar. *Besser wird's wohl nicht*, dachte sich Grayson und schaltete die Taschenlampe ein. Sofort verschwand alles außerhalb des Lichtkegels wieder in einer grauen Wand, aber die vorherige Gewöhnung seiner Augen an das Zwielicht sorgte zumindest dafür, dass er den Strahl der Taschenlampe als ausreichend hell empfand, um innerhalb seiner kleinen Insel aus Licht einige Details erkennen zu können. Er ging weiter und nach zehn Metern endete die Straße an einem kleinen Parkhof mit heruntergekommenen Garagen. Grayson leuchtete die umliegenden Laternen an und erkannte gesplittertes Glas. Alle Laternen auf dem Parkplatz waren zerschmettert worden, es lagen Steine in der Nähe der Splitter. Grayson trat näher und leuchtete einen der Scherbenhaufen an. Die Bruchkanten waren dreckig und angelaufen, also waren die Laternen vor längerer Zeit beworfen worden. Höchstwahrscheinlich von Jugendlichen, die irgendwie die Langeweile eines weiteren Abends ohne Perspektive bekämpfen wollten. Es schien, als ob der Mörder den hinteren Teil der Straße als eigentlichen Tatort vorgesehen hatte. Hier war alles schön dunkel, weit genug entfernt von der Hauptstraße, um eventuellen Lärm ungehört verhallen zu lassen und kein Mensch kam hierher, erst recht nicht nachts. Vielleicht war ihm das Opfer entkommen oder hatte die Falle gewittert und es zumindest bis ins Licht der Nebenstraße geschafft.

Aber wie konnte er erwarten, dass überhaupt jemand herkam? Was hatte die Frau hier zu suchen, mitten in der Nacht? Und wie hat er sie getötet?

Er suchte nach Anzeichen eines Kampfes, aber die Taschenlampe offenbarte nur weiteren Dreck und Müll. Er wollte sich eben umdrehen, als er eine Bewegung aus den Augenwinkeln erspähte. Der Strahl seiner Taschenlampe zuckte herum und traf auf das stumpfe, rostige Blech eines Garagentores. Da waren Schritte in der Dunkelheit zu hören, aber Grayson konnte nicht sagen, von wo genau sie kamen. Der Nebel und das Wellblech der Garagen verzerrten jedes Geräusch.

Seine Kollegen erschienen ihm auf einmal hundert Meter weit entfernt zu sein und Grayson war sich plötzlich der Tatsache schmerzlich bewusst, dass er allein in einer unbeleuchteten Sackgasse stand, in deren unmittelbaren Nähe ein rätselhafter Mörder zugeschlagen hatte. *Sollte der Mörder psychisch gestört sein, habe ich gerade eine riesige Zielscheibe auf dem Rücken.*

So unwahrscheinlich dieser Gedanke auch war, Grayson hatte gelernt, dass eine gute Gelegenheit die Hemmschwelle solcher Täter herabsetzte. Er zog seine Waffe, entsicherte sie und betätigte den Schlitten, um eine Kugel in den Lauf zu befördern. *Ganz ruhig, alter Junge. Nur nicht durchdrehen. Ist bestimmt nur ein*

Obdachloser, der definitiv mehr Angst vor dir hat, als du vor ihm, beruhigte er sich selbst.

Langsam und vorsichtig rückwärtsgehend machte Grayson sich auf den Weg zurück zum Tatort, wobei er die Sackgasse mit seiner Taschenlampe so gut es ging im Auge behielt und nervös einen Blick über die Schulter warf. Das neblige Grau und die verschmierten Hauswände im kalten Scheinwerferlicht der Streifenwagen wirkten auf einmal genauso einladend auf ihn wie der Anblick seiner Lieblingsbar.

Erstaunlich wie so ein wenig Todesangst die Wahrnehmung verändern kann. Langsam, möglichst leise auftretend, damit er jedes Geräusch hören konnte, schob sich Grayson an der linken Hauswand entlang, bis er knapp außerhalb des Lichtstrahls der Streifenwagen stand. Hier blieb er stehen und starrte noch einmal in die alles verhüllende Schwärze. Nichts regte sich. Er machte hastig drei weitere Schritte rückwärts ins Licht und steckte seine Waffe weg, damit die anderen Kollegen nicht bemerkten, was er da trieb.

Ich brauche einen Kaffee, dachte Grayson, während er sich umdrehte und erleichtert den Atem ausstieß.

Und stutzte.

Die Leiche war abtransportiert worden, die Leute von der Spurensicherung packten bereits zusammen. Aber dort, wo die Leiche gelegen hatte, lag etwas Glänzendes auf dem Boden. Anscheinend hatte noch keiner der drei anwesenden Spurensicherer den Gegenstand bemerkt.

Grayson trat näher und bückte sich, um genauer hinschauen zu können. Eine silberne Scheibe oder Münze lag dort gut sichtbar, direkt an der Stelle, wo die Leiche gelegen hatte. Grayson zog sich einen Gummihandschuh über und hob die Scheibe auf. Ein kleiner Funken sprang dabei auf seine Hand über, anscheinend war sie elektrisch aufgeladen gewesen. Sie wirkte auf den ersten Blick wie eine Crown, eine 25 Cent-Münze, war jedoch von einem feinen Muster überzogen, wie Grayson es noch nie gesehen hatte. Von einer normalen Prägung fehlte jede Spur.

Sieht wertvoll aus, vielleicht wollte der Mörder das an sich bringen, dachte er. Damit wäre schon mal ein Motiv vorhanden und Grayson begrüßte an diesem Tatort jeden Anhaltspunkt, der einen Sinn ergab. *Aber wenn ich als Täter dafür morde, dann suche ich doch danach!* Ihm fiel die durchwühlte Handtasche ein und Grayson schätzte, dass der Täter bestimmt hiernach gesucht hatte. Anscheinend hatte das Opfer die Münze in der Hand gehalten und bei ihrem Tod war sie zu Boden gefallen und der Körper der Frau hatte sie verdeckt.

Zufrieden winkte Grayson einen der Spurenermittler heran, die sich gerade abfahrbereit machten. »Packen Sie das bitte ein, das lag unter der Leiche.«

Der junge Mann beugte sich aus dem Fenster des Wagens und warf einen seltsam flüchtigen Blick auf Graysons Hand. »Ach, das ist nur eine Crown, die haben wir vorhin schon gesehen, die können Sie behalten«, scherzte er freundlich und schloss das Fenster des Wagens. Für einen kurzen Moment dachte Grayson an einen schlechten Witz. Als der Mann den anderen jedoch signalisierte loszufahren, erkannte er seinen Irrtum. Das war kein Scherz gewesen und verhört hatte er sich auch nicht! Der Lieferwagen setzte sich in Bewegung und ließ Grayson fassungslos zurück.

Der lässt mich hier echt stehen … Grayson schäumte vor Wut und stampfte zu seinem verbeulten Dienst-BMW hinüber, über die mangelnde Qualität der Nachwuchspolizisten im Allgemeinen und die Schlampigkeit der Spurenermittler im Besonderen fluchend. Dort kramte er ein Beweistütchen aus seinem Notfallkoffer, den er immer dabei hatte, und packte die Münze ein.

Mittlerweile waren auch die Streifenwagen abgefahren und Grayson blickte auf den verlassenen Tatort. Nur das gelbe Absperrband erinnerte noch an das Geschehen.

Ein weiterer Morgen im schönen London, dachte Grayson grimmig.

Er startete den Wagen, schaltete seine Scheinwerfer ein und erstarrte. Zwanzig Meter entfernt, nur als Schemen im Nebel zu erkennen, stand eine Gestalt, über zwei Meter groß, in seltsam unförmige Kleidung gehüllt und starrte ihn an. Gute drei Sekunden bewegte sich keiner der beiden, während derer Grayson versuchte, so viele Details wie möglich zu erkennen, aber der Nebel machte jedwede Bemühung zunichte. Etwas an den Konturen der Person kam Grayson seltsam falsch vor, abgesehen von der Größe. Arme und Beine schienen zu lang für einen Menschen, die Finger, nur als angedeutete Schatten zu erkennen, wirkten irgendwie spitz. Er spürte die Bedrohung, die von dieser Gestalt ausging, wie Beute, die weiß, wenn sie sich im Fokus eines Raubtiers befindet. Ihm brach am ganzen Körper der kalte Angstschweiß aus. Langsam griff er nach seiner Dienstwaffe, bis er das beruhigend kühle Metall mit seinen Fingerspitzen spüren konnte. Das brach den Bann. Grayson öffnete mit einer Hand die Tür, rief »Polizei, stehenbleiben!« und zog mit der anderen Hand seine Waffe, alles in einer flüssigen Bewegung.

Für einen Sekundenbruchteil nahm ihm der Türholm die Sicht, da war die Gestalt bereits verschwunden. Was auch immer da gewesen war, es hatte sich blitzschnell bewegt. Wäre nicht der wirbelnde Nebel gewesen, der die plötzliche Leere füllte, wo der Schemen eben noch gestanden hatte, Grayson hätte seinen Augen nicht getraut. Doch auch dieser Moment verstrich und der Nebel beruhigte sich. Die Gasse lag wieder in trügerischer Stille da und erwartete die Geräusche der erwachenden Stadt. Grayson ließ sich ins Auto fallen und zog die Tür ins Schloss, die Waffe auf seinem Schoß.

Nach fünf Minuten hatte er sich soweit beruhigt, dass er mit zitternden Fingern den Wagen wenden und losfahren konnte.

Die Bannmünze

London, Islington, Dienstag, 11. Oktober, 7.08 Uhr

Grimmig starrte Grayson auf die braune Brühe hinab, die in diesem Laden als Kaffee durchging. Nach wenigen hundert Metern hatte er den Versuch, das Auto in seinem nervlichen Zustand zu steuern, aufgegeben und sich kurzentschlossen in das nächstbeste Café gesetzt. Seine Hände zitterten noch immer und sein Verstand raste aufgrund der Ereignisse der letzten Stunde. Bevor er sich nicht beruhigt hatte, war es wahrscheinlicher, dass er einen Unfall verursachte, als dass er wohlbehalten im Hauptquartier von Scotland Yard ankam.

Hinter der fleckigen Glasscheibe, die den Dreck auf dem Bürgersteig vom Dreck in diesem Schuppen trennte, erhob sich die Stadt langsam aus dem Schlummer der Nacht. Immer mehr müde Gestalten schleppten sich, verdammten Schemen gleich, durch das trübe Grau eines nebelverhangenen Morgens. Der Verkehr nahm zu, schon waren in der Ferne die ersten Hupen zu hören, die vom Ärger oder der Ungeduld ihrer Fahrer kündeten. Während der Kaffee seine Wirkung tat und das Adrenalin langsam verflog, drehte und wendete Grayson seine seltsame Begegnung immer wieder im Kopf.

Die Gestalt war real gewesen, daran gab es keinen Zweifel, dessen war sich Grayson sicher. Denn an der Gestalt zu zweifeln, hieße, an seinem Verstand zu zweifeln, und auf dieses Terrain wollte er sich ganz sicher nicht begeben. Aber wie konnte sich jemand derart schnell bewegen? Durch die Nebelwallungen hatte Grayson die Bewegung nachverfolgen können, aber *gesehen* hatte er sie nicht. Frustriert begann er die Details des Falles durchzugehen, aber auch das half nicht. Zu viele widersprüchliche Fakten und zu wenig Informationen. Grayson hoffte, dass die Identifizierung des Opfers und die Obduktion der Leiche wesentliche Anhaltspunkte zu Tage fördern würden, mit deren Hilfe er alle bisherigen Erkenntnisse dieser Ermittlung in einen sinnvollen Zusammenhang bringen konnte. Andernfalls würde das ein ganz schön hartes Stück Arbeit werden.

Er stand auf und ging zum Tresen, um den Kaffee zu bezahlen. Als er in seine Manteltasche griff, um seine Brieftasche hervorzuholen, spürte er das Beweismitteltütchen mit der Münze, die er am Tatort eingesteckt hatte. In der Aufregung hatte er seine letzte Entdeckung ganz vergessen! Aufgeregt bezahlte er den teilnahmslosen Mann hinter dem Tresen, der offensichtlich schon jetzt die Minuten bis zum Feierabend zählte, und ging hinaus. Dort zog er das kleine Tütchen hervor und betrachtete die Münze im Schein der grellblauen Neonreklame, die das heruntergekommene Café noch weiter verschandelte. Die verschlungenen Linien auf der Oberfläche waren sehr komplex und ihnen mit den Augen zu folgen war äußerst anstrengend. *Ich habe einen ersten Ansatz,* dachte Grayson zuversichtlich. *Das Ding ist bestimmt selten. Und was selten ist, lässt sich gut zurückverfolgen.* Jetzt musste er nur noch jemanden finden, der ihm sagen konnte, was das Ding überhaupt war.

Grayson stieg in seinen Wagen, zog sich ein paar Einweghandschuhe über und holte die Münze vorsichtig aus der Beweismitteltüte, wobei wieder ein Funke übersprang. *Vielleicht ein besonders gut leitendes Material,* dachte Grayson. Er nahm zwei Spezial-Folien aus dem Handschuhfach, mit denen er die beiden Seiten der Münze beklebte, um sie dann vorsichtig wieder abzuziehen und in dem Tütchen zu verstauen. Sollten noch brauchbare Fingerabdrücke oder andere Spuren an der Münze gewesen sein, wären diese nun auf der Oberfläche der Folie gesichert. Später würde Grayson die Folien im forensischen Labor abgeben.

Nachdem er nun alle Spuren an der Münze gesichert hatte, streifte der Ermittler die Handschuhe ab und warf sie mit einem widerwilligen Laut in den hinteren Teil des Wagens. *Ich hasse diese Dinger,* dachte er angewidert. Dann legte er die Münze auf den Beifahrersitz und machte einige Fotos für das Archiv. Zumindest versuchte er es. Nach dem sechzehnten Versuch landete die Kamera bei den Handschuhen auf dem Rücksitz und Grayson starrte die Münze wütend an. Keines der Fotos war brauchbar, denn entweder waren die Linien auf den Fotos nicht zu erkennen oder die Fotos waren komplett unscharf. *Als ob das Ding nicht fotografiert werden will,* fluchte Grayson innerlich. Kopfschüttelnd startete er den BMW und legte sich im Kopf seine Route zurecht. Im Laufe der Jahre hatte Grayson schon häufig die Hilfe von Antiquitäten- und Münzhändlern in Anspruch genommen, um seine Ermittlungen voranzutreiben. Er würde zwei oder drei von ihnen einen Besuch abstatten und dann wäre er bestimmt schlauer. Mit diesem hoffungsvollen Gedanken fädelte sich Grayson in den Verkehr ein und verschwand im Nebel.

London, City of London, Dienstag, 11. Oktober, 11.39 Uhr

Einige Stunden später, die er größtenteils damit verbracht hatte, im Stau auf die Rücklichter seines Vordermannes zu starren, verließ ein entnervter Sonderermittler das sechste Geschäft, das er an diesem Vormittag bereits aufgesucht hatte. Auch bei diesem Laden war er nicht fündig geworden, der Besitzer hatte die Münze nur flüchtig angesehen und für wertlos erklärt, genau wie drei seiner Kollegen vor ihm. Die anderen zwei hatten zwar geringes Interesse gezeigt, wollten sich aber nicht genau festlegen, da ihnen so eine Gravur noch nie untergekommen war. Zusätzlich hatte Grayson jedes Mal einen elektrischen Schlag bekommen, wenn er das Beweisstück angefasst hatte. Die Händler hatten sich gar nicht erst damit abgegeben, die Münze in die Hand zu nehmen. Grayson lehnte sich an sein Auto und dachte über seinen nächsten Schritt nach. Auch seine Hartnäckigkeit hatte ihre Grenzen und wenn die Münze eine Sackgasse war, wollte er nicht zu viel Zeit darauf verschwenden. Trotz allem war er sich sicher, dass sie eine Rolle spielte und er beschloss, noch einen letzten Versuch zu wagen. Er kramte den Zettel aus der Hosentasche, den ihm eine Antiquitätenhändlerin heute Morgen in die Hand gedrückt hatte.

»Hier könnten Sie es mal versuchen«, hatte die Frau gesagt. »Der alte Rudvig Straage ist auf kuriose Sachen wie das hier spezialisiert.« Dabei hatte die rundliche Händlerin mit ihrem Stift auf die Münze gedeutet, um dann stirnrunzelnd fortzufahren: »Aber sein Ruf ist recht … schillernd, wenn Sie verstehen.«

Grayson hatte die Notiz zwar dankend angenommen, aber zuerst weitere seiner etablierten Quellen aufgesucht. Am Anfang seiner Karriere hatte er sich einmal auf die Meinung eines Spezialisten mit zweifelhaftem Ruf gestützt und dass hätte ihn beinahe den betreffenden Fall gekostet. Seitdem hatte er sich eine Kontaktliste aus vertrauenswürdigen Quellen geschaffen und nahm nur sehr zögerlich die Hilfe von jemandem in Kauf, der nicht dort drauf stand.

Er starrte noch einmal auf die Adresse und zuckte dann die Achseln.

Den einen Versuch noch, danach ermittele ich vorerst in eine andere Richtung, dachte er. Es würde zwar schmerzen, sich selbst eine Fehleinschätzung einzugestehen, aber falscher Stolz gehörte zu den vielen Dingen, die Grayson im Laufe seiner Arbeit aufgegeben hatte. Er streckte sich vor dem Einsteigen noch einmal und blinzelte in den dunkel verhangenen Himmel hinauf, der ihm seinerseits einen leichten Nieselregen entgegensandte. *Der Nebel ist fort, damit der Regen einsetzen kann. Man muss dieses Wetter einfach lieben.* Seufzend setzte er sich in den Wagen und machte sich ein weiteres Mal auf den Weg.

London, Downham, Dienstag, 11. Oktober, 12.20 Uhr

Vierzig Minuten später fand sich Grayson in der perfekt gepflegten Vorstadt-Siedlung von Downham im Südosten Londons wieder. Verklinkerte Häuser, kleine quadratische Vorgärten mit Blumen am Weg, gepflasterte Garageneinfahrten und überwiegend rote Dächer, soweit das Auge reichte. Grayson kam sich vor wie in einem dieser Albträume, bei denen man läuft und läuft und nicht von der Stelle kommt. Die einzelnen Straßen glichen sich derart, dass man schon zweimal hinsehen musste, um geringfügige Unterschiede feststellen zu können. Nur wenige der Grundstücke boten Grayson eine Orientierungshilfe, während er sein Ziel suchte.

Bei so viel Gleichförmigkeit wurde ihm immer mulmig. Nach seiner Erfahrung war in einer solchen Wohngegend jeder jedermanns bester Freund und schlimmster Feind. Plötzlich war er froh, dass sein Tatort in dem heruntergekommenen Teil Islingtons lag. Da waren sich wenigstens alle Anwohner einig, dass man den Ordnungshütern nur das Allernötigste sagt und sich ansonsten um seinen eigenen Kram kümmert. Das war zwar ebenso hinderlich wie eine Horde hilfsbereiter Nachbarn voller Klatsch, aber zumindest erfrischend einfach und ehrlich. Grayson hielt seinen BMW an und ließ die quietschende Scheibe herunter. Nach seiner festen Meinung war er schon dreimal an seinem Ziel vorbeigekommen, aber jedes Mal hatte er sich dann doch irgendwo verfahren und sein Navigationssystem weigerte sich standhaft, die Adresse anzunehmen und behauptete, die Straße existiere nicht.

Mit seinem gewinnendsten Lächeln sprach der Ermittler eine junge Frau an, die ihren Kinderwagen in sicherem Abstand an ihm vorbeischob und ihn dabei argwöhnisch anschaute.

»Entschuldigung, haben Sie eine Ahnung, wo ich die Plymouth Road Nr. 1 finde? Irgendwie scheine ich immer falsch abzubiegen.«

Das Gesicht der jungen Frau zeigte nun deutliche Ablehnung, als sie erwiderte: »Was wollen Sie denn dort, um Himmels willen?«

Die Nachteile einer Ziviluniform, dachte sich Grayson abermals und kramte seinen Ausweis hervor.

»New Scotland Yard, offizielle Ermittlungen«, brummte Grayson und hielt der Frau die Marke entgegen. Nun war es schon so weit, dass er sich ausweisen musste, wenn er Leute nach dem Weg fragte. Vielleicht hätte er doch an dem Seminar zur Verbesserung der sozialen Kompetenz teilnehmen sollen.

Ihr harter Ausdruck schmolz förmlich von ihrem Gesicht, um einer Miene der Häme Platz zu machen. In Graysons Augen stellte das keinerlei Verbesserung dar. »Na endlich, es wird aber auch Zeit, dass jemand den alten Mann mal unter die Lupe nimmt. Jeder hier weiß doch, dass bei dem nicht alles mit rechten Dingen zugeht.« Und nun gesellte sich ungezügelte Neugier zur Häme, so dass die Frau auf einmal zehn Jahre älter und doppelt so boshaft wirkte, fast wie in einem dieser Zerrspiegel, die Grayson als kleinen Jungen auf dem Jahrmarkt so fasziniert hatten. Es war damals seine erste Lektion gewesen, dass jede Wahrnehmung immer nur vom Blickwinkel abhing.

»Drei Blöcke geradeaus und dann links rein. Was genau wollen Sie denn …?«, fuhr sie fort.

»Vielen Dank für die Auskunft. Einen schönen Tag noch«, unterbrach Grayson sie so freundlich er konnte. Dann fuhr er schnell das Fenster wieder hoch und setzte seinen Weg fort, bevor die Anwohnerin weiterreden konnte. Im Rückspiegel erkannte er genau, dass sie wohl noch einiges zu sagen gehabt hätte und nichts davon wäre nett gewesen. Sein Nervenkostüm war nach seiner unheimlichen Begegnung am Tatort nicht das Beste und da war es sicherer weiterzufahren, bevor seine Höflichkeit vollständig versiegte. Auch wenn Grayson Zivilbeschwerden sammelte wie andere Kollegen Rabattmarken, musste er es ja nicht unbedingt darauf anlegen.

Er fuhr weiter und bog in die kleine Nebenstraße ohne Straßenschild ein, die ihm genannt worden war. Sie zwängte sich zwischen zwei Häusern hindurch, deren fünf Meter hohe Hecken links und rechts der Fahrbahn aufragten wie zwei grüne Sturmwellen, bereit jeden Eindringling zu verschlingen. Nach wenigen Sekunden kam Grayson an einen Kreisverkehr mit einer dicht bewachsenen Verkehrsinsel. Er hielt an und schaute sich irritiert um. Auch der Kreisverkehr war von Hecken umgeben, keine Spur von Häusern. Achselzuckend fuhr Grayson in den Kreisverkehr, in der festen Absicht zu wenden. Als er um das Hindernis herumfuhr, sah er plötzlich ein zweistöckiges Fachwerkhaus vor sich. Dieses so gar nicht in die Gegend mit seinen geklinkerten Häusern aus dem späten zwanzigsten Jahrhundert passende Gebäude wurde geschickt durch den Bewuchs der Verkehrsinsel verborgen. Alles an dem Bauwerk strahlte ein hohes Alter aus. Wettergegerbte, ein wenig ungleichmäßige Balken waren zwischen den rauen Steinblöcken der Fassade sichtbar und schwere, leicht unförmige Ziegel bedeckten das Dach, untrügliche Zeichen einer manuellen Herstellung. Eine von Grünspan bedeckte, messingverzierte Regenrinne umrahmte das Haus und der Briefkasten sah mit seiner gusseisernen Machart auch schon mindestens hundert Jahre alt aus.

Das nenne ich konsequent, der Kerl lebt sogar in einer Antiquität, schoss es Grayson durch den Kopf. *Das muss gebaut worden sein, noch bevor die Gegend offiziell erschlossen wurde.*

Er parkte direkt vor dem Haus, stellte den Motor ab und ließ das Bild auf sich wirken. Dieses Gebäude schien das einzige Haus in der Plymouth Road zu sein und die Konstruktion des Kreisverkehrs in Kombination mit den Hecken schottete es auf wirksame Weise von der Hauptstraße ab. Wie jemand ein Geschäft ausgerechnet hier und derart versteckt betreiben und davon leben konnte, war Grayson schleierhaft. *Vielleicht ein exzentrischer Erbe mit genug Geld auf dem Konto,* dachte er sich.

Für einen kurzen Moment überlegte Grayson, ob er wieder fahren sollte. Das wirkte alles zu skurril und er bezweifelte mittlerweile stark, dass er hier stichhaltige Informationen bekommen könnte. Aber der Zeitaufwand, herzufinden, war einfach zu groß gewesen, um nicht wenigstens einmal reinzuschauen.

Als Grayson ausstieg und den langen Vorgarten durchquerte, stellte er verdutzt fest, dass er sich auf einem Belag aus Muschelschalen bewegte. Der gesamte Vorhof war mit Muschelsplittern ausgelegt, ebenso wie der schmale Pfad, der sich durch den Vorgarten schlängelte. Das Knirschen unter seinen Sohlen klang entsetzlich laut in seinen Ohren und erst jetzt fiel ihm die absolute Ruhe auf, die hier hinter all den Hecken und der Verkehrsinsel herrschte. Der gesamte Ort wirkte irgendwie unwirklich und Grayson musste ein mulmiges Gefühl unterdrücken.

Eine schwere dunkle Eichentür mit einem schlichten Messingschild erhob sich am Ende des Weges. Die Worte »Rudvig Straage, Kuriositäten« waren kunstfertig auf dem Schild eingraviert. Darüber befand sich ein Türklopfer, Grayson sah keinen Hinweis auf eine Türklingel.

Zweifelnd griff er nach dem Klopfer, seine Idee, hierher zu fahren, zum wiederholten Male bedauernd, als er plötzlich innehielt. Die gesamte Fläche der Klopfplatte war mit feinen, komplexen Linien übersät. Schnell holte er die Münze hervor und hielt sie daneben. Die Muster waren definitiv unterschiedlich, aber die

Machart sehr ähnlich. Als er die Platte berührte, bekam er einen leichten elektrischen Schlag. Von neuer Hoffnung erfüllt, ließ Grayson den Türklopfer niedersausen und zuckte zusammen. In der Stille hallte das Geräusch des schweren Messingrings wie ein Donnerschlag in seinen Ohren.

Für einige Sekunden war es still, dann nahm Grayson langsame Schritte wahr und die Tür wurde geöffnet. Ein alter Mann mit freundlichem Gesicht und klarem Blick schaute ihn aus dunkelbraunen Augen an. Eine leicht zerknitterte Cordhose und ein fleckiges weißes Leinenhemd, von dem sich die schwarzen Hosenträger scharf abhoben, standen in starkem Kontrast zu der mit feinen Gravuren verzierten, goldgefassten Brille und den makellos anliegenden, zurückgekämmten schlohweißen Haaren. Er stand in einem kurzen, dunklen Flur ohne Fenster, der an eine Schleuse erinnerte.

»Wie kann ich Ihnen helfen, mein Herr?«, sprach er Grayson mit einer warmen und ruhigen Stimme an.

»New Scotland Yard, Sonderermittler Grayson Steel. Sind Sie Mr. Rudvig Straage? Ich hätte gerne Ihre Meinung zu einer Münze, die wir an einem Tatort sichergestellt haben. Man hat Sie als Fachmann empfohlen.«

Der alte Mann beäugte ihn durch seine Brille und lächelte dann seltsam wissend. Er machte einen Schritt zur Seite. »Selbstverständlich, kommen Sie doch bitte mit in den Verkaufsraum.«

Als Grayson das Haus betrat, knirschte es noch einmal laut, als sich die Muschelreste von seinen Schuhen lösten. Der Antiquitätenhändler deutete Graysons fragenden Blick Richtung Vorgarten richtig und erklärte etwas kryptisch: »Muschelschalen. Kein Wesen kann sich auf Muschelschalen anschleichen, ohne ein Geräusch zu verursachen.« Als ob das alles erklären würde, schloss er vor sich hin nickend die Haustür, schob sich an einem verblüfften Grayson vorbei und öffnete anschließend die Tür am Ende des

Flures. War der Korridor sehr unscheinbar und karg eingerichtet, so stand der Raum, den Grayson nun betrat, im krassen Gegensatz dazu. Jede Wand war mit hölzernen Regalen und hohen Vitrinen bedeckt, in denen sich fein säuberlich aufgereiht die unterschiedlichsten Gegenstände befanden. Die größeren Stücke waren mitten in dem riesigen Raum platziert worden, der neben dem Flur das gesamte Erdgeschoß des Hauses in Anspruch nahm.

Neugierig beäugte Grayson einige der Kuriositäten. Auf Anhieb sah er Porzellan, das vollständig aus Perlmutt zu bestehen schien, ohne irgendwelche Naht- oder Klebestellen aufzuweisen, eine Pflanze mit drei verschiedenen Blüten in drei verschiedenen Farben und eine zwei Meter hohe Ritterrüstung ohne erkennbare Öffnung, die neben ihrem hohen Alter auch Kampfspuren erkennen ließ. Und Bücher. Jede Menge Bücher in allen erdenklichen Einbänden und Färbungen, die ältesten unter ihnen sahen so zerbrechlich aus, als ob sie schon vom Ansehen auseinander fallen könnten. Trotzdem schien Straage sie hier sorglos auszustellen, obwohl sogar Grayson wusste, das Sonnenlicht Gift für derart alte Exemplare war.

Mitten im Raum stand ein runder, hoher Holztisch mit mehreren Schemeln, an dem der Antiquitätenhändler Platz nahm und Grayson mit einer Geste aufforderte, sich ebenfalls zu setzen. Zwei Tassen standen darauf und Grayson roch den verlockenden Duft von hochwertigem Kaffee, der bereits in beiden Tassen darauf wartete, getrunken zu werden. Als er sich dem alten Mann gegenüber niederließ, dachte er darüber nach, wann der Händler den Kaffee für ihn eingeschüttet haben konnte. Er wollte ihn gerade fragen, als sein Gegenüber lächelnd sagte: »Muschelschalen. Kein Wesen bewegt sich leise über Muschelschalen.« Die entwaffnend freundliche Art des Mannes hatte etwas an sich, das Grayson dazu verleitete, einfach nur zu nicken und seine Aussage hinzunehmen, ohne weiter nachzubohren.

»Ich habe hier eine Münze, zu der ich gerne Ihre Meinung hätte. Jede Art von Information ist hilfreich.« Damit holte er die seltsame Crown hervor und legte sie auf den Tisch. Mit wachsamem und interessiertem Blick nahm Straage den obligatorischen Funken zur Kenntnis, an den Grayson sich mittlerweile gewöhnt hatte, wenn er die Münze berührte. Der Händler nahm die kleine silberne Scheibe auf und begann sie eingehend zu studieren. Neidisch nahm der Ermittler zur Kenntnis, dass der alte Mann von einer Entladung verschont blieb. *Vielleicht irgendetwas an meiner Kleidung …?*, sinnierte Grayson. Als ihm klar wurde, dass er keine schnelle Antwort bekommen würde, beschloss er, sich um seinen Kaffee zu kümmern. Nachdem er gekostet hatte, war es um Graysons Aufmerksamkeit geschehen.

Eine halbe Tasse und zwei Minuten später hätte jeder Beobachter, der durch eines der hohen Fenster in den Raum geschaut hätte, zwei rundum zufriedene Menschen erblickt. Der alte Mann schien ganz in der Betrachtung der Münze aufzugehen und Grayson war bei der festen Überzeugung angelangt, dass sich all die Mühe und das Herumfahren gelohnt hatten, inklusive des mysteriösen Mordes, nur für diese Tasse Kaffee. Grayson war definitiv kein Mensch, der zu Übertreibungen neigte, aber er war sich sicher, noch nie ein derart gutes Gebräu getrunken zu haben. Seine Müdigkeit war wie weggeblasen, seine Stimmung war gut, was für Graysons Verhältnisse schon mit Euphorie gleichzusetzen war, und seine Geduld war seit langer Zeit zum ersten Mal wieder auf einem normalen Niveau. Kurz überlegte er, ob der alte Mann ihn unter Drogen gesetzt hatte, so absurd der Gedanke auch war, nur um dann lächelnd zu entscheiden, dass es ihm im Moment völlig egal war. Ein Räuspern ließ ihn aufschauen und er starrte in das verschmitzt dreinblickende Gesicht Mr. Straages.

»Ich sehe, Ihnen schmeckt meine Züchtung. Ein kleines Hobby von mir, mit dem ich mir die Zeit vertreibe. Ich habe ein halbes Dutzend Kaffeesorten gekreuzt, um den richtigen Geschmack zu treffen.« Bevor Grayson antworten konnte, fuhr er fort: »Was Ihre Münze angeht, so habe ich bisher nur einen Verdacht, den ich erst noch bestätigen muss. Bitte gedulden Sie sich noch einen Moment.« Straage stand auf und holte einen Lederband aus einer der Vitrinen hervor. Als er damit zum Tisch zurückkehrte und ihn öffnete, erkannte Grayson, dass es sich um einen Münzband handelte. Straage suchte einige Augenblicke und nahm dann zwei Münzen heraus, die er neben die andere auf den Tisch legte.

»Wie wichtig ist Ihnen diese Information?«, fragte er unvermittelt.

Vollkommen überrascht zog Grayson die Augenbrauen hoch. Nie hätte er den alten Mann für einen dieser Halsabschneider gehalten, die der Regierung nur gegen Bezahlung halfen.

»Ich versichere Ihnen, das diese Information äußert wichtig ist und Sie dabei helfen, ein Verbrechen aufzuklären. Leider sind unsere finanziellen Mittel in diesen Zeiten …«, begann Grayson, als Straage ihn unterbrach. »Sie haben mich missverstanden, Inspektor. Wenn Sie die Information so dringend benötigen, wie Sie sagen, dann schauen Sie sich doch bitte einmal die linke Münze an.« Dabei bedeutete er Grayson, die Münze aufzuheben.

Grayson nahm die Münze vom Tisch, begleitet von einem weiteren Funken. Er sah einen kleinen zerkratzen Penny und wunderte sich über das Verhalten des alten Mannes. Dieser fragte: »Und? Was sehen Sie?« Grayson kniff die Augen zusammen und hielt sich die Münze vor die Augen. Was er zuerst für Kratzer gehalten hatte, waren feine Linien, wie auf dem Beweisstück, das er hergebracht hatte, nur viel kleiner und dichter angebracht.

»Hier befindet sich auch ein Muster auf der Oberfläche. Fast identisch zu dem auf der Münze, die wir am Tatort sichergestellt haben«, erwiderte er.

Der Antiquitätenhändler nickte und schaute Grayson etwas überrascht an. »Sie haben … gute Augen. Die meisten sehen nur Kratzer.«

»Scheint so zu sein. Unsere Spurensicherer haben meine Münze am Tatort komplett übersehen und sie auch dann noch ignoriert, als ich sie darauf hingewiesen habe.« Der Vorfall machte Grayson immer noch wütend. *Schlamperei,* schimpfte er innerlich.

»Und nun betrachten Sie bitte die rechte Münze«, sagte Straage und beugte sich dabei vor, um Grayson genau zu beobachten.

Der kam sich vor wie bei einer Art Test. Er starrte auf die besagte Münze herab, eine alte Golddublone, schartig und schäbig. Seltsam wiederwillig griff er danach und verharrte dann, die Hand knapp zwanzig Zentimeter über dem Geldstück. Er hatte nicht übel Lust, den alten Mann sitzen zu lassen und einfach zu gehen. Was bildete der sich eigentlich ein? Bevor er die Münze berührt hatte, ließ Grayson die Hand wieder sinken und schaute seinem Gegenüber in die Augen. Der alte Mann hatte sich sichtlich entspannt, als Grayson die Hand fortgezogen hatte, so als hätte er diese Reaktion erwartet. Ein unerklärlicher Zorn stieg in Grayson auf.

»Können Sie mir erzählen, was das Ganze soll? Die Münzen sind ja nicht mal identisch. Wenn Sie eine Information haben, dann geben Sie sie mir endlich.« Grayson war überrascht, wie rau seine Stimme klang, so wütend war er auf einmal.

Straage lächelte weiter und sagte: »Wenn es für Sie so wichtig ist, dann sollten Sie sich vorher definitiv diese Münze ansehen. Sonst können Sie meinen Ausführungen nicht folgen.«

Grayson war unbewusst aufgestanden und ernsthaft in Versuchung, einfach den Raum zu verlassen. Mittlerweile ging es ihm ums Prinzip. Und was konnte ihm dieser komische Mann schon sagen? Alle seine Experten waren sich einig, dass die Münze wertlos war! Er hatte sich nur in eine fixe Idee verrannt. Er sollte die Münze einfach zurücklassen. Keiner würde sie vermissen, sie tauchte ja noch nicht einmal auf der Beweismittelliste auf.

Als ob der Antiquitätenhändler seine Gedanken gelesen hätte, sagte er: »Sie können selbstverständlich auch einfach gehen und die Münze hierlassen. Legen Sie den Fall zu den Akten. Vergessen Sie diese unerfreuliche Geschichte und die Geschichte wird auch Sie vergessen.«

Irgendetwas an der Art, wie der Mann dies sagte, wirkte wie ein Kübel Eiswasser auf Grayson. Er war tatsächlich schon auf dem Weg zur Tür gewesen, als ihm bewusst wurde, was er da gerade tat. Er wollte allen Ernstes ein Beweismittel zurücklassen und seine einzige heiße Spur opfern, weil er sich weigerte, eine Münze aufzuheben und anzusehen?

Was war nur los mit ihm?

Er machte einige schnelle Schritte zurück zu dem Tisch, wobei er sich weigerte, Straage in die Augen zu sehen. Grayson ließ seine rechte Hand schwer auf den Tisch fallen und schob sie immer näher an die goldene Münze heran. Aus irgendeinem Grund fiel ihm diese Bewegung unglaublich schwer. Es schien, als ob all sein Stolz verletzt, all seine Zeit verschwendet und all sein Handeln verfälscht werden würde, wenn er sich dazu herabließ, diese seltsame Münze hochzuheben. Gerade als er aufgeben wollte, erinnerte er sich wieder an Straages Worte: *»Legen Sie den Fall zu den Akten.«* Das hatte er noch nie gekonnt, würde er nie können. Mit einer fließenden Bewegung nahm Grayson die Münze auf.

Für einen Moment schien es Grayson, als würde etwas in seiner Brust bersten, wie eine dünne Schale, die unter dem Ansturm eines mächtigen Schlags zerplatzt.

Und um ihn herum brach die Hölle los. Bücher fielen krachend aus den Regalen, mit einem ohrenbetäubenden Scheppern kippte die Ritterrüstung um und das Geschirr zersprang mit lautem Krachen. Die Fenster vibrierten und der Boden schien zu schwanken. Der alte Mann kippte vom Stuhl und Grayson dachte, er sähe einen mächtigen silbrigen Blitz, der kurz über die Münze hinweg und seine Hand hinaufraste.

So schnell wie alles begonnen hatte, war es vorbei. Das ganze Schauspiel hatte vielleicht zwei Sekunden gedauert und nun stand Grayson völlig entgeistert mitten in einem verwüsteten Raum und blickte sich desorientiert um, während Straage sich ächzend vom Boden erhob.

»Was ist denn hier gerade passiert?«, brachte Grayson heiser hervor. Das merkwürdige Gefühl im Brustkorb war fort, aber in seinem Kopf drehte sich alles. Die letzten Minuten wirkten auf ihn furchtbar unwirklich. Er konnte sich sein aggressives und irrationales Verhalten genauso wenig erklären, wie die gerade erlebte spontane Verwüstung des Zimmers. Sein ganzer Körper kribbelte, besonders stark seine rechte Hand, die immer noch die goldene Münze umschlossen hielt. Um überhaupt irgendetwas zu tun und damit die lähmende Wirkung des gerade Erlebten abzuschütteln, öffnete Grayson die Faust und hob die Dublone vor sein Gesicht. Wie er schon erwartet hatte, war die Oberfläche übersät mit Linien, nur dass das Muster hier deutlich ausgeprägter war, fast als würden mehrere einzelne Formen ein Gesamtmuster ergeben, das einfach zu komplex war, um wahrgenommen zu werden.

Mittlerweile hatte Straage sich aufgerappelt und schwer auf seinen Stuhl fallen lassen. Er hatte eine kleine Platzwunde über der linken Augenbraue, aber das schien ihn nicht zu kümmern. Vorgebeugt, die Unterarme auf den Tisch gestützt, um sich aufrecht zu halten, starrte er mit weit aufgerissenen Augen zu Grayson hinüber. Ob aus Erstaunen oder Furcht konnte der Ermittler nicht sagen.

Wahrscheinlich beides. Was auch immer hier passiert ist, hat ihn mindestens genauso überrumpelt wie mich, stellte er überrascht fest.

Seiner eigenen Stimme immer noch misstrauend, setzte Grayson sich ebenfalls wieder hin und legte die Münze zu den anderen auf den Tisch, der seltsamerweise nicht in Mitleidenschaft gezogen worden war. Dann schauten sich die beiden Männer über eine Minute stumm an, bevor Grayson sich räusperte und fragte: »Sie wollten mir etwas zu meinem Beweisstück mitteilen?« Nicht die beste und auch nicht die erste von vielen Fragen, die ihm im Kopf herumgingen, aber er klammerte sich momentan verzweifelt an jeden Funken Normalität, den er finden konnte, und Nachforschungen waren normal und vertraut und zudem alles, was er momentan hatte, um der wachsenden Verunsicherung Herr zu werden.

Straage blinzelte und wischte sich das Blut aus dem linken Auge, es schien als hätte ihn die Frage aus seiner Starre gelöst. Das, oder der Ausweg, den Grayson ihm gerade geboten hatte, über etwas anderes, als das Geschehene zu sprechen. »Ja, äh, allerdings. Wie Sie sicherlich bemerkt haben, gibt es mehrere ähnlich verzierte Münzen. Sie werden für … bestimmte … äh, Sammler gefertigt und sind außerhalb dieses speziellen Kreises von Individuen vollkommen wertlos.«

Die Sprechweise des Antiquitätenhändlers wirkte recht schleppend, während er offenkundig gegen seine Erschöpfung ankämpfte. »Wenn Sie erlauben, werde ich mit ein, zwei Personen … Rücksprache halten und Sie für einige Minuten allein lassen.« Er blickte ihn ernst an und fügte hinzu: »Bitte verzeihen Sie meine kryptische Ausdrucksweise, aber ich habe einigen meiner Kunden absolute Verschwiegenheit versprochen und muss Sie daher um ein wenig Geduld bitten.« Die Wunde hatte wieder Blut in Straages Auge laufen lassen und der alte Mann schien leicht zu schwanken.

»Es würde mich zwar freuen, nicht mit leeren Händen davonzufahren, aber soll ich Sie nicht lieber in ein Krankenhaus bringen?«, bot Grayson an.

»Nein, vielen Dank. Ich habe schon Schlimmeres überstanden. Ich muss mich nachher nur eine Weile hinlegen.« Das offene Lächeln war für einen kurzen Moment in das Gesicht des Mannes zurückgekehrt, während er aufstand, um im hinteren Teil des Ausstellungsraums zu verschwinden.

Grayson schaute ihm hinterher und ließ den Blick dann über die heruntergefallenen Bücher und Porzellantrümmer schweifen, während er sich endlich der Frage stellte, was zum Teufel hier gerade geschehen war. Nach einer Minute intensiver Betrachtung der Trümmer erkannte er ein Muster. Es schien, als hätte das, was auch immer es war, genau einen Meter vom Tisch entfernt begonnen, um den Rest des Raumes in Mitleidenschaft zu ziehen, ganz so, als wäre der Tisch mit den Münzen darauf das Auge eines Tornados. Grayson hatte gerade beschlossen, aufzustehen und sich genauer umzusehen, als Mr. Straage aus den Tiefen des Ausstellungsraums auftauchte und sich müde auf seinen Stuhl fallen ließ.

»Ich habe die Erlaubnis erhalten, einige Informationen preiszugeben, die normalerweise keine … Außenstehenden erfahren, Mr. Steel.« Er richtete sich gerade auf und räusperte sich, um dann fortzufahren. »Die drei vor Ihnen liegenden Münzen sind Bannmünzen. Sie erfüllen ausnahmslos den Zweck, ein bestimmtes Verhalten auszulösen. Der Träger einer Bannmünze wird dazu gebracht, etwas Bestimmtes zu tun oder nicht zu tun. In Ihrem Fall wird der rechtmäßige Besitzer der Münze, so er nicht um die ihr innewohnende Macht weiß, dazu gebracht, einen speziellen Ort aufzusuchen. Auf alle weiteren Personen wirkt sie deutlich subtiler. Man ignoriert sie, tut sie als wertlos ab oder lässt sie einfach liegen. So wie Ihre Kollegen von der Spurensicherung oder die anderen Antiquitätenhändler. Je stärker der Bann auf der Münze, desto größer der Zwang. Diese goldene dort ist über dreihundert Jahre alt und etwa zehnmal so mächtig wie Ihr Beweisstück. Deswegen hat es Sie so viel Überwindung gekostet, sie auch nur aufzuheben. Obwohl Ihnen das eigentlich nicht hätte gelingen dürfen, aber dazu wird Ihnen später jemand anderes mehr erzählen.«

Während des gesamten Vortrages hatte Straage ihm ernst in die Augen geblickt und Grayson erkannte, dass der Mann glaubte, die Wahrheit zu sprechen. Mit einem Seufzen erhob der Ermittler sich und nahm das Beweisstück vom Tisch. Man hatte ihn mehrfach gewarnt herzukommen und auch sein eigenes Gefühl hatte ihm von dem Besuch abgeraten. Dies war nur die gerechte Strafe dafür, seinen gesunden Menschenverstand zu ignorieren. Der Mann war offensichtlich geistig verwirrt oder ein Betrüger. Grayson würde es nicht wundern, wenn bei einer genaueren Untersuchung des Raums, Rückstände von winzigen Sprengkapseln gefunden würden, mit denen der Mann den kleinen »Zwischenfall« wahrscheinlich inszeniert hatte.

»Vielen Dank für Ihre Zeit, Mr. Straage, aber bevor Sie mir jetzt einen Exorzismus oder eine Weissagung für nur fünfhundert Pfund im Tagesangebot anbieten, werde ich lieber gehen.« Grayson war übel vor Wut, auf den alten Mann ebenso wie auf sich selbst, dass er sich wie ein Anfänger verhalten hatte. Der alte Mann lächelte nur traurig und erhob sich schwerfällig. »Ich kann Ihre Bedenken verstehen und nehme Ihnen Ihre Zweifel an meiner Person auch nicht weiter übel. Sollten Ihnen die konventionellen Antworten auf Ihre Fragen ausgehen, wissen Sie, wo Sie mich finden.«

Sie gingen schweigend den kurzen Korridor entlang und standen Sekunden später an der Eingangstür. Während Straage ihm öffnete, dachte Grayson kurz darüber nach, hier und jetzt weitere Antworten einzufordern. Aber seine eigenen Nerven waren einfach zu zerrüttet, und er war auch nicht bereit, die vorherige Antwort des Antiquitätenhändlers als Basis für weitere Fragen zu verwenden, das war ihm einfach zu absurd.

Draußen hatte es sich eingeregnet und der Himmel war bleigrau und düster. Er nickte dem Antiquitätenhändler noch einmal knapp zu und trat wortlos hinaus in den Regen. Als er den Vorgarten etwa zur Hälfte durchquert hatte, hörte er aus der Tür die Stimme Straages: »Es tut mir leid, Inspektor. Etwas in Ihrem Inneren wurde vorhin erweckt. Ich befürchte, dies war erst der Anfang.«

Grayson drehte sich noch einmal um, um zu antworten, aber er sah nur noch, wie der Mann einen Schritt nach hinten machte und seine Gestalt mitsamt dem blutverschmierten Gesicht und den traurig blickenden Augen von der Düsternis des Korridors verschluckt wurde. Dann schloss sich die schwere Eichentür mit einem dumpfen Schlag und er stand allein im Regen.

Eine wehrhafte Bettlerin

London, New Scotland Yard, City of Westminster, Dienstag, 11. Oktober, 15.25 Uhr

Zwei Stunden später ging einem durchnässten, frierenden und geistig ausgelaugten Grayson vieles durch den Kopf, aber ein Gedanke erfüllte seinen Geist mit scharfer Klarheit: *Hätte ich doch nur den Kaffee ausgetrunken.*

Während er die teerartige Masse herunterwürgte, die Gilford im Autopsielabor zu trinken pflegte, musste er wehmütig an die halbe Tasse perfekten Genusses denken, die er bei Rudvig Straage hatte stehen lassen. Nachdem er die Plymouth Road verlassen hatte, war Grayson erst einmal aufs Revier gefahren, um sich dort nach dem Stand der Ermittlungen zu erkundigen und die gesicherten Spuren von der Oberfläche der Münze untersuchen zu lassen. Seine Kolleginnen und Kollegen waren in der Zwischenzeit nicht untätig gewesen. Suchstreifen hatten die Brieftasche des Opfers zwei Straßen vom Tatort entfernt in einem Mülleimer aufgefunden und man wusste nun, dass es sich bei der Toten um eine gewisse Caren Arling handelte, die Abteilungsleiterin einer größeren Marketingfirma gewesen war. Nach ihrer erfolgreichen Identifizierung hatte man auch ihren Wagen, zehn Meter vom Tatort entfernt auf der Hauptstraße parkend, zuordnen können. Bisherige Nachforschungen hatten keine Kontakte zu jemandem oder etwas in der Nähe des Tatorts zu Tage gefördert, so dass immer noch ungeklärt war, was sie dort mitten in der Nacht gesucht hatte.

Es sei denn, Straage hatte recht und die Münze hat sie dazu gezwungen. Schnell unterdrückte Grayson den Gedanken. Ihre letzte Kreditkartenaktivität hatte am späten Montagabend stattgefunden, und zwar in der Westfield Mall bei Shepherd Bush. Danach war sie weder von ihrem Mann noch von einer ihrer Freundinnen gesehen oder gehört worden. Grayson hatte sich gerade auf den Weg zu dem riesigen, modernen Einkaufszentrum machen wollen, um sich dort die Überwachungsaufnahmen anzusehen, als Gilford ihn per Telefon hatte wissen lassen, dass die Autopsie beendet war. Also stand Grayson nun hier im rechtsmedizinischen Flügel des Gebäudes, trauerte um den entgangenen Kaffee des Händlers und wartete darauf, dass Gilford soweit war. Der Mann konnte furchtbar akribisch sein und äußerte sich erst zu einem Vorgang, wenn er ihn vorher niedergeschrieben hatte. Jetzt schaute der Ermittler ihm dabei zu und versuchte ihn mit schierer Willenskraft dazu zu bringen, endlich fertig zu werden. Grayson wusste, dass jedwede aktive Drängelei seinerseits nur dazu führte, dass es noch länger dauerte. Hier, in seinem Reich, war Gilford unerbittlich. Grayson ging daher hinüber zur Leiche, die hinter einem Sichtschirm auf dem Untersuchungstisch lag, und betrachtete noch einmal das Gesicht des Opfers. Obwohl er sich zwang, länger hinzusehen als ihm lieb war, konnte er keine neuen Hinweise entdecken. Nur das Gefühl der Angst und des Entsetzens schien mit jedem Augenblick stärker zu werden, so als würde es in seine Knochen einsickern und seinen Körper von innen heraus mit einer lähmenden Kälte überziehen.

Mit einem lauten Ruck zog Gilford den Sichtschirm hinter ihm zur Seite und erschreckte Grayson derart, dass er schon eine Hand an der Dienstwaffe hatte, bevor er sich zusammenreißen konnte.

Der Rechtsmediziner schaute ihn finster an und brummte: »Harter Tag, Inspektor Steel?«

»Sie haben ja keine Ahnung«, erwiderte Grayson und hob beide Hände in einer entschuldigenden Geste.

Gilford zuckte die Achseln. »Wie auch immer. Nun zu unserem Opfer: Die Todesursache war definitiv Herzversagen. Da ihre medizinische Vorgeschichte keinerlei Vorerkrankungen aufweist, die dies erklären könnten, musste ich genauere Untersuchungen vornehmen.«

Er hielt Grayson ein Blatt Papier entgegen, das ein Balkendiagramm zeigte. Einer der Balken überragte die anderen um ein Vielfaches.

»Ich habe auf bestimmte Substanzen getestet, weil Drogenkonsum nahelag. Obwohl meine Vermutung falsch war, förderte sie doch ein interessantes Ergebnis zu Tage.«

»Und zwar?«, hakte Grayson nach.

»Diese junge Frau hatte mehr Adrenalin im Körper, als ihr Herz verkraften konnte. Und wir reden hier von einer Menge, die auf natürlichem Wege nicht produziert werden kann. Oder besser gesagt, nicht produziert werden sollte. Als theoretisches Modell kann der menschliche Körper schon derart schnell so viel Adrenalin erzeugen, aber dann müssten schon ein halbes Dutzend Schutzfunktionen versagen.« Gilford schüttelte den Kopf und fuhr fort: »Es schien plausibel, dass jemand ihr Adrenalin gespritzt hatte. Also habe ich nach Einstichstellen gesucht, um eine Außeneinwirkung nachzuweisen, ohne Erfolg.« Gilford ging hinüber zu seinen Unterlagen und holte ein Bild heraus, das das Innenohr des Opfers zeigte. »Aber hier ist noch eine Unregelmäßigkeit. Beide Trommelfelle weisen mikroskopisch kleine Risse und Einblutungen auf. Meine beste Theorie ist also, dass diese Frau einem starken akustischen Signal ausgesetzt worden ist. Und zwar einem, das sie derart in Furcht versetzte, dass sie daran starb.« Gilford zog eine Grimasse und blickte Grayson mit einem unzufriedenen Gesichtsausdruck an. »Eine bessere Erklärung habe ich nicht.«

»Sie wollen mir also sagen, sie hat etwas gehört, durch das sie sich zu Tode erschreckt hat?«, fragte Grayson ungläubig.

»Grob zusammengefasst, ja. Oder hier wurden Mittel eingesetzt, die ich mit meiner bescheidenen Ausrüstung nicht erfassen kann«, erwiderte Gilford gereizt.

Eines seiner liebsten Argumente war die eher durchschnittliche Technik, mit der sein Labor ausgestattet war. Er hatte schon mehrmals modernere und mehr Geräte angefordert, aber von den Summen, die allein eines dieser Instrumente kosten würde, konnte man drei Jahre lang einen Constable einstellen. Also wurde immer wieder entschieden, dass es keine weiteren Investitionen in die Rechtsmedizin geben würde. Trotz allem ließ sich Gilford nicht davon abbringen, immer wieder darauf hinzuweisen. Auch wenn Grayson seine Hartnäckigkeit bewunderte, war er es doch langsam müde, ständig davon zu hören. Und die Erkenntnisse des Doktors bezüglich des Falles waren auch nur bedingt hilfreich. Er hatte es also mit einer jungen Frau zu tun, die am Abend shoppen ging, von der Bildfläche verschwand und mitten in der Nacht in einer heruntergekommenen Gegend von einem mysteriösen Geräusch zu Tode erschreckt wurde. Und eine rätselhafte Münze, der ein kauziger Händler magische Kräfte unterstellte.

Also diesen Bericht würde nicht einmal ich abgeben, dachte Grayson. Und er war sich sicher, dass Gilford seinen Teil der kuriosen Erkenntnisse wieder mit mangelnder Ausrüstung erklären würde. *Es muss schön sein, für alles eine Generalausrede zu haben.* Laut sagte er: »Ich danke Ihnen für die Information. Ich fahre jetzt erst mal zum letzten bekannten Aufenthaltsort des Opfers, vielleicht kann ich auf den Überwachungsbändern noch was Sinnvolles erkennen.«

Sie verabschiedeten sich voneinander und Grayson ging den langen, grau gestrichenen Flur entlang, der die Rechtsmedizin mit dem Rest des Gebäudes verband. Wenn er in der Mall auch nichts fand, war es offiziell: Dies wäre dann sein achter unerklärlicher Fall.

Grayson hielt in der Stille des dämmrigen Korridors inne und schlug fluchend mit der Faust gegen die Wand.

London, Westfield, Dienstag, 11. Oktober, 17.39 Uhr

Der Feierabendverkehr hatte ihn länger aufgehalten, als er befürchtet hatte, aber um diese Uhrzeit quer durch London zu gelangen, raubte immer zu viel Zeit. Mittlerweile ging es auf sechs Uhr abends zu und es waren heute leider unglaublich viele Leute in der Westfield Mall. So ansprechend die gläserne Fassade und die hellen Kacheln der Mall auch aussehen mochten, erinnerte Grayson die eckige Form doch stets an eine Fabrik. Selbst das Innere mit seinen geschwungenen Geländern und der modernen Architekur konnte der harten Realität seiner Besucher wenig entgegensetzen. Abgekämpfte Büroangestellte, die gehofft hatten, anzukommen, bevor es zu voll wurde, drängelten sich an entnervten Eltern vorbei, die es noch nicht geschafft hatten, alle Einkäufe des Tages zu erledigen und daher in den Mahlstrom der »zweiten Welle« gerieten, wie Grayson es gerne nannte. Das Ganze wurde gewürzt durch die allgegenwärtigen, umherstromernden Touristen, die ihre Reiseführer hergelockt hatten und die mitten im Strom der Menschen Erinnerungsfotos und Selfies schießen mussten. Das Resultat war eine gereizte Atmosphäre voller Frust, Müdigkeit und Hektik. Die Hintergrundmusik, die aus den Lautsprechern strömte und Frohsinn zu verbreiten suchte, erschien eher wie ein asynchrones Störsignal, stand sie doch im krassen Gegensatz zu der Erlebniswelt der meisten hier.

Grayson schob sich durch die Menge und wagte sich gar nicht vorzustellen, wie es hier wohl in der nahenden Vorweihnachtszeit zugehen mochte. Er selbst bestellte schon seit Jahren alles online und die Lebensmittel, die er nicht auswärts zu sich nahm, gab es in dem kleinen Laden an der Ecke. Wobei ihm gerade einfiel, dass er jetzt schon wieder über eine Woche nicht am Kühlschrank gewesen war. *Dann also wieder alles wegwerfen,* dachte er zerknirscht. Das war jetzt sein vierter Versuch, sich gesünder zu ernähren, der mit einer großen Mülltüte voll nicht genutzter Lebensmittel endete.

Vielleicht sollte er es einfach lassen. Oder kündigen.

Der Gedanke hatte nach diesem Tag etwas sehr Reizvolles und der Ellbogen, den er gerade von einem vorbeihastenden Mitbürger in die Rippen bekam, bestärkte dieses Gefühl noch. Der Kerl warf Grayson einen bösen Blick zu, als ob es seine Schuld gewesen sei und verschwand in der Menge. Auch wenn er eher schlaksig war, hatte Grayson wenigstens den Vorteil seiner außerordentlichen Körpergröße von über einem Meter neunzig. Mit Schaudern stellte er sich vor, mit welchen Mühen sich hier ein kleingewachsener Mensch durchkämpfen musste. Endlich erspähte der Inspektor eine blaue Schirmmütze in dem Getümmel und steuerte langsam auf den Sicherheitsmann zu.

Er holte seine Marke aus der Tasche und stellte sich vor. »Grayson Steel, Scotland Yard. Wo finde ich die Sicherheitszentrale des Gebäudes?«

Der Sicherheitsmann, eher noch ein Junge, nicht einmal in den Zwanzigern, deutete auf eine Tür, die etwa dreißig Meter entfernt lag. »Da vorne hinein, Sir. Ich bringe Sie hin, ohne Schlüsselkarte kommen Sie da nicht rein.«

Der junge Mann setzte sich in Bewegung und die Menge teilte sich vor ihm in nahezu biblischem Sinne.

Ich sollte dringend noch einmal über die Vorteile einer Uniform nachdenken, ging es Grayson schon zum zweiten Mal an diesem Tag durch den Kopf. Er ging dicht hinter dem Wachmann her, denn die Menge schloss sich unmittelbar hinter ihm wieder und Grayson hatte keinen Bedarf an weiteren Ellbogenstößen oder Schubsereien.

An der Tür angekommen, zog sein Vordermann die Schlüsselkarte durch und hielt Grayson die Tür auf. »Die Treppe hoch, rechte Seite, zweite Tür. Einen schönen Abend noch, Sir.«

Grayson nickte ihm dankbar zu und stieg die Stufen empor. Mit einem leisen Klick rastete die Sicherheitstür hinter ihm wieder ein und der Lärm der Menschen und die Einkaufsmusik verschwanden wie durch Zauberhand. Grayson hielt inne, atmete zweimal tief durch und genoss die Stille. Zehn Minuten in diesem Hexenkessel und schon sehnte er sich nach Ruhe. Sein Nervenkostüm war wirklich dünn und er beschloss nach der Sichtung der Aufnahmen erst mal Feierabend zu machen und richtig auszuschlafen. Am oberen Ende der Treppe angekommen, stellte er fest, dass die Angestellten des Verwaltungsteils der Mall ihm in puncto Feierabend schon zuvorgekommen waren. Er blickte sich in dem freundlich gestalteten Büro mit den nun leeren Schreibtischen um und entdeckte auf der rechten Seite eine Tür mit der Aufschrift »Sicherheitsraum«. Grayson zog wieder seinen Ausweis hervor, klopfte an und öffnete die Tür. Drinnen saßen zwei überrascht dreinschauende Männer und eine Frau, die alle sehr entspannt in ihren Stühlen hingen. Offenbar hatten sie nicht mit Besuch gerechnet. Bei dem Anblick der Marke setzten sich der jüngere Mann und die Frau gerade hin und der älteste der Sicherheitsleute stand auf, um Grayson zu begrüßen. Mitte vierzig, Vollbart, mit der Souveränität eines Menschen, der schon so lange seine Arbeit machte, dass alles zur Routine geworden war. »N'abend, Sir«, schnarrte er. »Arthur Millers. Wie können wir behilflich sein?« Er streckte seine Hand aus.

»Detective Chief Inspector Steel, ich ermittle in einem Mordfall. Das Opfer wurde hier zuletzt lebend gesehen. Ich würde gerne einen Blick auf die Überwachungsaufnahmen des gestrigen Abends werfen«, antworte Grayson, während er die Hand seines Gegenübers schüttelte.

»Kein Problem, kommen Sie mit.« Millers ging an Grayson vorbei und öffnete eine Tür mit der Aufschrift »Archiv«. Vor sich sah Grayson einen kleinen Raum, gefüllt mit mehreren Computerservern und einer einzelnen Überwachungsstation mit Monitor.

»Ich stelle den Startpunkt auf gestern Nachmittag ein. Dann können Sie mit diesen Reglern Zeit und Kamera einstellen. Da vorne liegt ein Übersichtsplan, dem Sie die Positionen der Kameras im Gebäude entnehmen können. Haben Sie noch Fragen?«

Grayson kannte diese Art System bereits und sagte daher: »Nur eine: War es gestern genauso voll wie heute?« Er hoffte inständig, die Antwort wäre Nein.

»Ja, wir haben gerade eine Rabattaktion in der gesamten Mall.«

Grayson stöhnte und sagte müde: »Dann habe ich noch eine Frage: Gibt es hier irgendwo Kaffee?«

Gute drei zermürbend lange Stunden später hatte Grayson Caren Arling endlich auf den Bändern entdeckt. Er folgte ihr auf ihrem Weg durch das Einkaufszentrum und konnte dabei nichts Ungewöhnliches feststellen. Sie hatte ein paar Schuhe und einige Kleidungsstücke eingekauft, in einem der Edelrestaurants auf der obersten Etage etwas gegessen und dann gegen zweiundzwanzig Uhr die Mall verlassen. Grayson studierte den Lageplan der Kameras und wurde glücklicherweise fündig. Auch die Parkplätze waren videoüberwacht und nach weiteren zehn Minuten Suche hatte Grayson Caren wiedergefunden, wie sie gerade auf ihren Wagen zuschritt. Vielleicht war sie ja an ihrem Auto überfallen worden, obwohl das mehr als unwahrscheinlich war, denn Grayson konnte allein auf dieser Kameraaufnahme über zwanzig Menschen sehen. Um da unbemerkt einen Menschen zu irgendetwas zu zwingen, musste schon ein Team von Profis her und das passte nicht zum Rest der Indizien. Er konzentrierte sich trotzdem weiter auf die Aufnahme. Etwa zwanzig Meter vom Wagen entfernt hielt Caren inne und bewegte sich aus dem Bild. Knapp dreißig Sekunden später erschien sie wieder und ging weiter auf ihr Auto zu. Aber Grayson war sich sicher, dass sich das Verhalten des Opfers verändert hatte. Ihr Gang war irgendwie hölzern, die Arme hingen teilnahmslos an ihr herab, so dass ihr die Einkaufstüten immer wieder um die Beine schlackerten. Mit mechanischen Bewegungen stieg sie ein und fuhr extrem langsam los. *Was zur Hölle ist da gerade passiert?*

Hektisch nahm er den Lageplan zur Hand und suchte eine andere Kamera, die ihm zeigte, wo Caren in diesen dreißig Sekunden gewesen war und was sie dort getan hatte. Er schaltete auf ein anderes Areal und stellte die entsprechende Zeit ein. Dann starrte er auf den Monitor und hielt den Atem an. Er war sich sicher, hier den Schlüssel zum Fall zu finden. Vielleicht hatte sie doch eine neue Designerdroge genommen? Traf sie hier ihren Dealer? Das würde zu Gilberts Theorie passen, dass seine Ausrüstung den Stoff vielleicht nicht erkennen konnte, weil sie veraltet war.

Nun kam Caren ins Bild. Sie ging auf eine alte Frau in Lumpen zu, die an der Wand hockte und mit einem Schild und einem Pappkarton um Almosen bettelte. Grayson sah, wie Caren in ihrer Brieftasche kramte und einen Schein hervorzog. Dann sagte sie etwas zu der alten Frau und hielt ihr den Schein hin. Es wurden einige Worte gewechselt und dann griff die Bettlerin in den Pappkarton und holte etwas heraus. Caren wollte ablehnen und gehen, aber die sitzende Frau schien sie zu bedrängen. Das zukünftige Opfer griff zu und drehte sich um. Mit demselben hölzernen Gang, den Grayson schon vorher gesehen hatte, verschwand sie aus dem Bild. Die alte Frau schaute ihr mit einem zufriedenen Gesichtsausdruck hinterher. Grayson hatte das Gefühl, als hätte ihm jemand Eiswasser in die Venen gepumpt. Er spulte zurück und ließ die Übergabe in Zeitlupe laufen, bis Caren den Gegenstand entgegennahm. Dann stellte er auf Standbild und rückte so nah vor den Monitor, dass er dessen Hitze deutlich auf seinem Gesicht fühlen konnte. Er konnte gerade eben erkennen, was die alte Frau Caren in die Hand drückte: eine kleine Münze von der Größe einer Crown.

Unschlüssig betrachtete Grayson den Bildschirm, auf dem wieder das Standbild der Übergabe prangte. Er hatte die Szene etliche Male laufen lassen, in der Hoffnung weitere Einzelheiten erkennen zu können, aber das gab die Aufnahmequalität nicht her. Vom Überreichen des Scheins und der Entgegennahme der Münze abgesehen, gab es keinen Kontakt zwischen den beiden Frauen. Grayson hatte gehofft, vielleicht einen Hinweis auf eine Injektion in Carens Hand seitens der Bettlerin zu bekommen. Das wäre zwar auch schon sehr abenteuerlich, aber immer noch besser als die einzige Schlussfolgerung, die sonst übrig blieb. Doch alles deutete darauf hin, dass die Münze der Auslöser des marionettenhaften Verhaltens war. Er hatte kurz an ein Gift gedacht, das auf die Oberfläche der Münze geschmiert worden war, aber die Bettlerin hatte keine Handschuhe getragen und an ein vorher eingenommenes Gegenmittel glaubte Grayson nicht. Außerdem hätte Dr. Gilford dann Rückstände auf Carens Hand entdeckt. Wären der Vorfall in Straages Haus und dessen Worte nicht gewesen, würde er über die Möglichkeit noch nicht einmal nachdenken, aber so wie es aussah, schien Caren durch den Erhalt der Münze wirklich hypnotisiert worden zu sein. Ihm kam kurz der Gedanke, dass sie mit der Annahme des Wechselgeldes zur rechmäßigen Besitzerin der Münze geworden war, verdrängte ihn aber schnell wieder. Hynopse vielleicht, aber Magie? Auf kei nen Fall. Nahm er die Theorie eines Trancezustands als wahr an, zweifelte Grayson nicht eine Sekunde daran, dass das Opfer schnurstracks zu dem Ort geeilt war, an dem man es gefunden hatte. Sogar die Sackgasse, die Grayson so perfekt als Tatort ausgewählt schien, ergab dann einen Sinn. Aber warum hatte der Mörder nicht gewartet, bis Caren dort angekommen war? Warum fünfzehn Meter vorher zuschlagen? Und womit?

Müde rieb sich Grayson über das Gesicht und trank den restlichen Kaffee aus. Der war zwar nur Durchschnitt, aber erfüllte zumindest seinen Zweck und ließ dankenswerterweise jedwede geschmackliche Entgleisung vermissen. Er schaltete den Monitor ab und erhob sich. Hier war nichts mehr zu holen. Morgen würde er zwei Kollegen zur Mall schicken, die nach der Bettlerin Ausschau hielten und er selbst würde Rudvig Straage ein paar konkrete Fragen stellen. Vielleicht waren die Muster hypnotischer Natur und man war für Suggestionen empfänglich, wenn man die Münze betrachtete. Immerhin hatte die alte Frau ja mit Caren gesprochen. Das wäre eine Erklärung, mit der Grayson leben könnte. Exotisch, aber nachvollziehbar. Wenn ihn nur nicht die leise Stimme in seinem Hinterkopf konstant an ein verwüstetes Zimmer und sein eigenes seltsames Verhalten bei Straage erinnern würde. Als er aufstand, wurde ihm erst einmal schwindelig. Erst jetzt merkte Grayson, wie sehr ihm das Summen der Server und die abgestandene Luft in den letzten drei Stunden zugesetzt hatten. Müdigkeit, bisher gebannt durch zu viel Kaffee, gesellte sich zu der nervlichen Belastung der Ereignisse des Tages und einer guten Portion Frust. Ein pochender Kopfschmerz hinter seinen Augen nahm immer mehr zu und nun fühlte er sich einfach nur noch elend und müde. Grayson öffnete die Tür des Archives und trat in den Überwachungsraum. Aufgrund der späten Stunde war nur noch ein Sicherheitsmann im Raum, die Mall war vor einer Stunde geschlossen worden und die Nachtschicht hatte übernommen. Der unbekannte Mann erhob sich und blickte ihn fragend an. »Fündig geworden?«

Zu erschöpft für Höflichkeiten, nickte Grayson nur und fragte: »Wie komme ich von hier aus schnell zum Parkplatz? Ich muss dringend ins Bett.«

Amüsiert winkte der andere ihn heran. »Ich bringe Sie hin.« Mit seinen Kopfschmerzen kämpfend ließ Grayson sich von dem Mann durch das Büro und einige Korridore und Türen führen, bis sie an einer doppelt gesicherten Metalltür ankamen. »Das hier ist der Eingang für den Geldtransporter. Hier kommen Sie sofort zum Parkplatz, ohne durch die Mall zu müssen«, erklärte er freundlich, während er aufschloss.

»Danke«, brachte Grayson hervor und schob sich an dem Mann vorbei ins Freie. Die Tür fiel hinter ihm ins Schloss und er atmete erst mal tief durch, darauf hoffend, dass die kalte Nachtluft seine Lebensgeister ein wenig wecken würde. Er stand auf einem gut beleuchteten Sicherheitsparkplatz, auf dem die Geldtransporter ihre wertvolle Fracht entgegennahmen. Rechts ging es auf die Hauptstraße, linker Hand konnte Grayson die Symmetrie der leeren Reihen des Parkplatzes erkennen, nur unterbrochen durch einzelne Fahrzeuge, die noch ausharrten und auf ihre Besitzer warteten. Er machte einige Schritte auf den Parkplatz zu und versuchte sich zu erinnern, wo er seinen Wagen abgestellt hatte. Dass schon wieder Nebel aufzog, half nicht dabei. Fluchend begann Grayson systematisch den Parkplatz abzusuchen, da er sich in seinem erschöpften Zustand nicht an einen Bezugspunkt erinnern konnte, der ihm bei der Orientierung geholfen hätte. Während er langsam über den Parkplatz schritt und im dichter werdenden Nebel nach seinem Wagen Ausschau hielt, bemerkte er ein Geräusch, das langsam durch den Schmerz in seinem Kopf bis in sein Bewusstsein vordrang. Schritte, leise und verstohlen, die sich von hinten näherten. Er drehte sich um und sah eine kleine Gestalt, die noch knapp fünf Meter von ihm entfernt war. Sie kam ihm irgendwie vertraut vor, aber das diffuse

Zwielicht der Parkplatzlaternen, das sich durch den mittlerweile dichten Nebel quälte, ließ keine klare Sicht zu. Als er sich zu ihr umgedreht hatte, war die Gestalt stehen geblieben und begann nun langsam rückwärts in den Nebel zu gehen, um sich Graysons Blicken zu entziehen.

Ruhig bleiben, alter Junge, ermahnte sich Grayson, sich vor Augen führend, wie er selbst auf einen zufälligen Passanten wirken musste, der ihn im Nebel sah. Eine hagere, hochgewachsene Gestalt mit langem Mantel und stoppeliger, dunkler Kurzhaarfrisur. Viele hatten ihm schon gesagt, dass ihn sein schwarzer Bart finster aussehen ließ, den er sich um den Mund herum hatte wachsen lassen. Da konnte jemandem im Dunkeln schon mulmig werden. Er ging langsam auf den Schemen zu und hob beschwichtigend die Hände. »Guten Abend, kann ich Ihnen helfen? Sie brauchen keine Angst zu haben, ich bin Polizist. Wenn Sie möchten, kann ich mich ausweisen …«

Graysons Stimme verlor sich, als die Gestalt bei ihrer langsamen Rückwärtsbewegung von dem schwachen Lichtkegel einer der Laternen angeleuchtet wurde. Vor ihm stand die Bettlerin, die Caren die Münze gegeben hatte. Grayson blieb verunsichert stehen und wusste nicht, was er denken sollte. Als sie Graysons Gesichtsausdruck bemerkte, blieb sie ruckartig stehen und begann ein leises unartikuliertes Heulen von sich zu geben.

Ist sie vielleicht geistesgestört?, kam es Grayson in den Sinn. »Miss, können Sie mich verstehen? Geht es Ihnen gut?«, fragte Grayson und machte einen langsamen Schritt auf sie zu. Er wollte sie nicht verschrecken, denn so wie er das sah, war sie seine beste Spur, um diesen Fall voranzubringen. Die Frau hielt inne und blickte Grayson verblüfft an. Dann stieß sie einen lauten Schrei aus, der extrem dissonant und schrill in Graysons Ohren klang, sodass er sich die Hände an den Schädel presste. Seine Kopfschmerzen nahmen schlagartig zu, als hätte ihn ein kräftiger Hieb am Kopf erwischt. Er musste blinzeln, um seine Sicht zu klären, als ihm vor Schmerz die Tränen kamen. Die Bettlerin starrte ihn aus bösen Augen an und fauchte etwas, das wie »Lacunus« klang. Grayson hatte anscheinend immer noch Probleme mit seinen Augen, denn irgendwie verzerrte sich der Anblick der kleinen Frau in ihren Lumpen, sie schien dünner und höher zu werden. Grayson schüttelte den Kopf, nur um mit einem stechenden Schmerz belohnt zu werden. *Keine gute Idee,* schoss es ihm durch den pulsierenden Schädel. Sein Blick klärte sich langsam und nun war er sich sicher, dass es nicht an seinen Augen lag. Die Frau wurde wirklich größer. Und dünner. Ein leichtes Flimmern umgab sie, wie ein Hitzeschleier an einem heißen Sommertag. Grayson stand fassungslos da und begaffte das Schauspiel, das sich vor seinen Augen abspielte. Sein Gegenüber richtete sich aus seiner gekrümmten Haltung auf, nun über zwei Meter hoch, die Lumpen als groteske Fetzen herabhängend oder dort abstehend, wo die Proportionen nicht mehr menschlich waren, und Grayson erkannte den Umriss wieder, den er heute früh in der Gasse in Islington gesehen hatte. *Der, der sich so schnell bewegen konnte,* fiel ihm schlagartig ein und er griff so schnell er konnte nach seiner Dienstwaffe. Bevor er die Pistole auch nur halb aus dem Holster gezogen hatte, flog er bereits in hohem Bogen über den Asphalt. Ein stechender Schmerz setzte in seiner Brust ein und erschrocken sah Grayson Blut, das sein zerfetztes Hemd durchtränkte. *Das Ding hat mich erwischt, ohne dass ich was gemerkt habe*, dachte er erschrocken und benommen. Dann schlug er mit einem dumpfen Knirschen mehrere Meter entfernt auf und flammende Schmerzen schossen durch seinen Rücken. Er nahm eine verschwommene Bewegung wahr und plötzlich ragte das Wesen über ihm auf.

Die Erscheinung erinnerte nur noch entfernt an einen Menschen. Der Kopf mit dem strähnigen, schütteren Haar war unglaublich dünn und eckig, fast wie ein umgekehrtes Dreieck, dessen Spitze in einen viel zu dürren Hals auslief. Die Augen schimmerten gelblich und reflektierten das wenige Licht. Sie erinnerten Grayson an die eines Raubtieres, inklusive des gierigen Ausdrucks, mit dem er gemustert wurde. Der Rest des Körpers wies dieselbe Dürre auf, bis hin zu den Fingern, die nun in Krallen endeten und ihn eher an zehn überlange Skalpelle erinnerten. Grayson hatte nur den Bruchteil einer Sekunde, um dies zu erfassen, ehe die Kreatur auch schon auf ihm saß und ihre Krallen in seinen Leib stieß. Grayson schrie auf, die Schmerzen explodierten förmlich in seinem Bauch, und er dachte, es wäre das Ende. Er wehrte sich so gut er konnte, indem er seinen Gegner mit Schlägen gegen den Kopf traktierte.

Kleine Funken stoben auf, wo immer seine Fäuste die Haut der Kreatur berührten.

Ich dachte immer, sterben wäre schmerzhafter, stellte der Teil seines Gehirns fast schon teilnahmslos fest, der bereits mit seinem Schicksal abgeschlossen hatte. Und wirklich, die Schmerzen im Bauch waren schlimm, wurden aber nicht stärker. Ein kurzer Blick nach unten zeigte ihm, dass die Krallen nur einen halben Zentimeter in seinen Körper eingedrungen waren. Irgendetwas hatte die Wucht dieses unglaublich kräftigen Wesens abgefedert. Mit neuer Kraft drosch Grayson auf den Kopf der Kreatur ein, zielte auf die Augen und schlug nach dem Hals, während das Wesen seine Hände mit einem schmatzenden Geräusch aus seinem Bauch zog, von dem Grayson übel wurde. Neue Schmerzen durchzuckten ihn, aber er wehrte sich weiter. Einer seiner Schläge traf den Kehlkopf des Monsters und für einen kurzen Moment hatte Grayson Zeit zum Nachdenken und aktiven Handeln, während seine Gegnerin nach Luft rang. Grayson tastete nach seiner Waffe und stellte erschrocken fest, dass sie sich in seinem Holster verfangen hatte, als er beim Ziehen unterbrochen worden war.

Er nestelte mit beiden Händen in seinem langen Mantel herum und versuchte, die durch sein eigenes Blut glitschig gewordene Waffe freizubekommen. Mittlerweile hatte sich seine Kontrahentin erholt und legte ihre Hände in einem Schraubstock ähnlichen Griff um seinen Hals. Schon hörte er das Blut in seinen Ohren rauschen und sein Sichtfeld verengte sich. Aus dem Nahkampftraining wusste er, dass er nur noch wenige Sekunden hatte, bevor er in Ohnmacht fiel. Dann wäre es wirklich vorbei.

Endlich bekam er die Waffe zu fassen und zog sie mit einem Ruck aus dem Halfter, hielt sie jedoch noch unter dem Mantel verborgen. Seine Sicht war nur noch stecknadelkopfgroß, an einen gezielten Schuss war daher nicht mehr zu denken. Also tastete er mit der linken Hand nach dem Brustkorb der Kreatur, die er höhnisch zischen hörte. Wieder umspielten kleine Blitze seine Hand, wo er die ledrige Haut berührte. Dann stellte er den Pistolenlauf direkt neben seiner linken Handfläche auf und drückte ab, wieder und wieder. Das Wesen stieß einen schrillen, unmenschlichen Schrei aus und der Druck um seinen Hals schwand. Tief zog Grayson die Luft in seine geschundene Kehle, noch immer feuernd, bis seine Waffe mit einem lauten Klicken zu verstehen gab, dass alle Kugeln verschossen waren. Selbst da zog Grayson immer noch am Abzug; es war als würde sein Finger einen eigenen Willen besitzen. Er lag mittlerweile auf der Seite und rang weiter nach Luft, die Augen geschlossen. Nie hatte er die einfache Handlung, seine Lungen mit Sauerstoff zu füllen, so sehr genossen. Selbst der dreckige Gestank der Großstadt, der sich hier auf dem Boden eines Parkplatzes von seiner schlimmsten Seite zeigte, erschien ihm momentan wie reinster Blumenduft. Langsam öffnete er die Augen und sah nach seiner Gegnerin, die in einer rasch größer werdenden Lache Blutes direkt vor ihm lag. Auch sie war auf die Seite gekippt, so dass nur ein halber Meter ihre Gesichter voneinander trennte. Die Augen in einer Grimasse völliger Überraschung aufgerissen, lag die alte Bettlerin vor ihm, ihr Torso von neun Kugeln zerfetzt. Nichts erinnerte mehr an die unmenschliche Kreatur, die ihn beinahe getötet hatte, hier lag eine alte, unbewaffnete Landstreicherin, die von einem Polizisten mit seiner Dienstwaffe durchlöchert worden war.

Stöhnend drehte sich Grayson auf den Rücken und starrte in den Himmel hinauf. Der Nebel hatte sich wieder gelichtet, und er konnte über sich graue Sturmwolken sehen, die von einem unbarmherzigen Wind über den Nachthimmel gepeitscht wurden. In der Ferne hörte er die ersten Sirenen der Streifenwagen. Seine Schüsse waren natürlich nicht unbemerkt geblieben und die Kavallerie rückte an, wie immer zu spät. Unfreiwillig musste Grayson grinsen. Während er den teilnahmslosen Nachthimmel betrachtete, lauschte er den näherkommenden Sirenen und dachte darüber nach, welcher Kaffee wohl besser schmecken würde – der in der geschlossenen psychiatrischen Abteilung oder der im Gefängnis.

Feuer im Verhörzimmer

London, New Scotland Yard, City of Westminster, Mittwoch, 12. Oktober, 14.04 Uhr

Die nächsten Stunden waren wie in einem Traum vergangen. Die Kollegen hatten den Tatort gesichert und versucht, Grayson vor Ort zu vernehmen, was sich als ziemlich hoffnungsloses Unterfangen erwiesen hatte. Selbst wenn er gewusst hätte, was er hätte sagen sollen, wäre er trotz allem nicht in der Verfassung gewesen, sinnvolle Antworten zu geben. Also hatte man ihn unter Bewachung in ein Krankenhaus verfrachtet, wo die Ärzte ihn untersucht und zusammengeflickt hatten. Drei angebrochene Rippen, eine schwere Prellung am Rücken, zehn oberflächliche Stichwunden im Bauchbereich sowie ein geprellter Kehlkopf wurden durch jede Menge Beulen und Schrammen abgerundet. Nur der Vielzahl seiner Verletzungen und der Tatsache, dass er Polizist war, hatte er es zu verdanken, dass sie ihn noch nicht mit Handschellen ans Bett gekettet hatten. Als die Ärzte mit ihm fertig gewesen waren, hatte er zehn Stunden durchgeschlafen. Seine Träume waren voller Nebelfetzen und unmenschlicher Grimassen gewesen. Kaum war er erleichtert aufgewacht und hatte unter Schmerzen den Krankenhausfraß heruntergewürgt, wurde er jedoch von zwei ihm unbekannten Beamten der Mordkommission abgeholt, wahrscheinlich um zu vermeiden, dass Grayson bei seinen Kollegen irgendwelche Strippen ziehen konnte. Anscheinend war seine prekäre Situation auch bei Graysons zahlreichen politischen Feinden angekommen und so wurde er von jedem abgeschirmt, der ihm ansatzweise hätte helfen können.

Der Arzt hatte unter Protest die Entlassungspapiere unterschrieben und Grayson wurde auf sein Revier gebracht, was in seinen Augen aber gar nicht so schlimm war, da er festgestellt hatte, dass der Kaffee im Krankenhaus eine Katastrophe war.

Er kehrte ins Hier und Jetzt zurück und analysierte seine Situation. Der Absturz zur Persona non grata war wirklich schnell gegangen. Nun saß er in einem der vertrauten Vernehmungszimmer auf der falschen Seite des Tisches, ohne ein einziges ihm bekanntes Gesicht gesehen zu haben.

Der Raum war fensterlos, von dem obligatorischen Einwegspiegel abgesehen, der ihm gegenüber in die Wand eingelassen war. Grayson nagte an seiner Unterlippe und versuchte noch immer zu entscheiden, wo er lieber hin wollte, Klapse oder Knast. Mit seiner Aussage hatte er zumindest darüber die Kontrolle. Dass er nicht ungeschoren oder nur suspendiert aus der Sache herauskam, stand für ihn außer Frage. Nach offizieller Darstellung hatte er in einem Amoklauf eine unschuldige, unbewaffnete Obdachlose zusammengeschossen. Grayson schätzte, dass man bereits fieberhaft daran arbeitete, ihm andere ungeklärte Morde an Obdachlosen anzulasten und ihn zum Serienmörder zu erklären. Er hatte stets gewusst, dass er genug Feinde hatte und war sich sicher gewesen, dass die ihn irgendwann aus seinem Job drängen würden. Grayson hatte nur nie damit gerechnet, dass er selbst ihnen genug Material liefern würde, dass sie ihn damit beerdigen konnten. Während er noch immer das Für und Wider seiner beiden Wahlmöglichkeiten abwog, öffnete sich die Tür und ein Mann trat ein.

Der Unbekannte blieb direkt hinter der Tür stehen, intelligente tiefgrüne Augen blitzten Grayson entgegen und er zeigte ein ehrliches Lächeln, als er den Gefangenen von Kopf bis Fuß musterte. Grayson tat dasselbe und kam zu dem Schluss, dass er entweder den politischen Freund eines seiner Feinde vor sich hatte oder einen Anwalt. Genau wie seine Wahl zwischen Irrenanstalt und Vollzug, gefiel ihm keine der beiden Möglichkeiten.

Der Neuankömmling trug einen dunkelblauen, perfekt sitzenden Anzug und hielt einen schlanken Gehstock mit silbernem Knauf in seiner Hand. Seine schulterlangen Haare waren im Nacken zu einem kurzen Pferdeschwanz zusammengebunden. Da sich Blond und Grau einen erbitterten Stellungskrieg auf seinem Kopf zu liefern schienen, schätzte Grayson den Mann auf mindestens Ende vierzig. Das glatt rasierte, makellos gepflegte Gesicht mit den markanten Linien unterstützte seine Einschätzung.

Nachdem sich beide einige Sekunden schweigend abgeschätzt hatten, der eine immer noch lächelnd, der andere finster dreinblickend, brach der blonde Mann das Schweigen.

»Mein lieber Mr. Steel, Sie wissen wirklich, wie man sich in Schwierigkeiten bringt, nicht wahr?«

Er schien ernsthaft amüsiert von Graysons Lage zu sein, ohne jedoch Häme zu zeigen. *Einer der Typen, für die alles nur ein Spiel ist,* entschied Grayson und beschloss, nicht mitzuspielen. Alles an dem Kerl schrie nach Privatschule, Eliteuni und Absprachen in verräucherten Privatclubs. Er schwieg den Mann weiter an und wartete ab.

Der zog kurz die Augenbrauen hoch und fuhr dann, immer noch lächelnd, fort: »Ich entschuldige mich aufrichtig, ich sollte mich erst einmal vorstellen. Mein Name ist Morgan Worthington, ich bin im weitesten Sinne des Wortes so etwas wie Ihr Anwalt.« Bei der Formulierung entspannte Grayson sich ein wenig. Der Mann war anscheinend ein Unterhändler, jemand, der einen Deal anbot, damit alles schnell und leise über die Bühne gehen konnte. Es schien, als hätte er doch noch ein, zwei Freunde an den richtigen Stellen.

»Zuerst sollten Sie zwei Dinge wissen. Erstens, ich kann Sie hier herausholen. Und zweitens, für Sie wahrscheinlich noch wichtiger: Ich weiß, was auf dem Parkplatz passiert ist«, fuhr der Anwalt fort.

»Wirklich? Dann erzählen Sie mal, Mr. Worthington. Ich habe nämlich noch keine Aussage getätigt und die einzige andere Person, die anwesend war, liegt in der Leichenhalle.« Demonstrativ lehnte Grayson sich zurück und blickte den anderen Mann erwartungsvoll an.

Der schürzte die Lippen und nickte nachdenklich vor sich hin. Das erste Mal, seit er eingetreten war, ließ seine spürbare Aura der Selbstsicherheit ein wenig nach. Nach zwei Sekunden schien er jedoch einen Entschluss gefasst zu haben. Er tippte mit dem Knauf seines Gehstocks kurz gegen das Türschloss, das ein Klicken von sich gab. Dann kam er zu Grayson herüber, blieb aber auf der anderen Seite des Tisches stehen, den Stuhl ignorierend.

Merklich leiser begann er mit seiner weichen, kraftvollen Stimme zu sprechen: »Sie wurden auf dem Parkplatz von einer spindeldürren Kreatur angegriffen, die übermenschliche Kräfte und Schnelligkeit besaß und zwei Meter oder größer war. Ihre Hände liefen in Krallen aus, die Augen waren die eines Raubtieres. Vor dem Angriff stieß sie erst ein Heulen, dann einen Schrei aus. Nachdem Sie sie bewundernswerterweise besiegt hatten, verwandelte sie sich in ihre menschliche Gestalt zurück. Trifft diese Darstellung in etwa zu?«

Grayson hatte sich bei diesen Worten immer mehr versteift und starrte sein Gegenüber nun fassungslos an. *War er dort gewesen? Hatte er alles mit angesehen? Egal, selbst als Zeuge könnte er mich bei so einer Geschichte niemals entlasten,* ging es ihm rasend schnell durch den Kopf. Laut sagte er nur: »Und wenn es so war? Keiner wird mir glauben. Was Sie da gerade beschrieben haben, existiert nicht.«

Ihn erschreckte die Müdigkeit, die in seinen eigenen Worten mitschwang. Erst jetzt wurde Grayson klar, wie sehr er sich selbst in den letzten Stunden aufgegeben hatte.

Morgan lehnte sich mit beiden Händen auf den Knauf seines Gehstocks und beugte sich vor. Seine Stimme nahm einen gelehrtenhaften Tonfall an. »Mr. Steel, hören Sie mir jetzt gut zu. Das Wesen, das Sie getötet haben, war eine Banshee. Diese Kreaturen ernähren sich von der Furcht, die ihr Heulen in anderen Lebewesen hervorruft. Die Opfer sterben meist dabei, so wie die unglückliche Miss Arling vorletzte Nacht. Wer überlebt, bleibt schwer traumatisiert zurück und erholt sich niemals völlig, da die Hirnchemie während des Schreis verrücktspielt und dieser irreparable Schäden verursacht. Wenn sie zum Kampf gezwungen werden, können sie kurzfristig die Gestalt annehmen, die Sie auf dem Parkplatz gesehen haben. Den Rest der Zeit erscheinen sie als alte Frauen. Sie tragen meist lange Lumpen, die dem massiven Größenunterschied ihrer beiden Formen geschuldet sind.«

Hier unterbrach er sich und starrte Grayson durchdringend in die Augen. »Eigentlich müssten Sie tot sein, wenn nicht durch den Gesang, den Sie als Heulen wahrgenommen haben, dann durch den nachfolgenden Schrei, der Lebewesen im unmittelbaren Umfeld einer Banshee lähmt oder tötet. Über ihre Furiengestalt sind Fälle dokumentiert, in denen eine Banshee sechs ausgebildete Kontrahenten besiegt hat und immer noch flüchten konnte. Selbst wenn man Ihre besondere Situation bedenkt, ist es eine beachtliche Leistung, dass Sie überlebt haben. Sie können stolz auf sich sein, diese Banshee war eine Mörderin, deren Opferzahl sicherlich im dreistelligen Bereich lag.« Als er fertig war, lächelte er Grayson wieder aufmunternd zu und wartete dessen Reaktion ab.

Der atmete ein paarmal tief durch und versuchte, seine Gedanken zu ordnen. Er war sich nicht sicher, was er von dem Mann halten sollte, der da lächelnd vor ihm stand und derart skurriles Zeug von sich gab. Morgan Worthington schien von den Dingen, die er gerade gesagt hatte, vollkommen überzeugt zu sein. Entweder war er ein hervorragender Schauspieler und das alles war nur ein kompliziertes Komplott, um Grayson aus dem Verkehr zu ziehen, oder der Kerl war vollkommen übergeschnappt.

Oder er sagte die Wahrheit, genau wie Rudvig Straage.

Grayson ging die Möglichkeiten in seinem Kopf durch. Ein Komplott würde bedeuten, dass jemand den skurrilen Mord an Caren inszeniert, Grayson unter Drogen gesetzt und jedes andere Detail der letzten achtundvierzig Stunden sorgfältig durchchoreografiert hatte, um ihn loszuwerden. Ziemlich viel Aufwand, wenn man bedachte, dass eine Fünfzig-Pfund-Note und ein Bild von Grayson auch ausgereicht hätten, damit ihm irgendein Junkie die Birne wegpustete. Die Sache mit dem Wahnsinn war da schon plausibler, schließlich konnte Grayson sich den Mann, der vor ihm stand, auch einfach einbilden, um seine Tat, die er an irgendeiner armen alten Frau begangen hatte, vor sich selbst zu rechtfertigen. Das würde den ganzen mysteriösen Kram erklären, den er durchlebt hatte. Aber er fühlte sich nicht verrückt. War das auch ein Zeichen von Verrücktheit? Das brachte ihn nicht weiter. Wenn er dermaßen psychisch gestört war, dann, so entschied Grayson, war ihm eh nicht mehr zu helfen. Also konzentrierte er sich auf die letzte Möglichkeit. Dieser elegante Mann im Anzug sagte ebenso die Wahrheit wie der seltsame Mr. Straage, so unglaublich sie auch klingen mochte.

Grayson beschloss, das zu tun, was er am besten konnte, nämlich Fragen stellen, um so die Geschichte seines Gegenübers auf die Probe zu stellen. Er würde ihn also wie einen Verdächtigen behandeln.

»Also gut, tun wir einmal so, als würde ich Ihnen weiter zuhören, Mr. Worthington. Was meinten Sie dann mit ›meine besondere Situation‹?«, stellte er die erste Frage, die ihm in den Sinn kam.

Frustrierenderweise antwortete Morgan mit einer Gegenfrage: »Hat die Banshee irgendetwas zu Ihnen gesagt, als Sie ihr begegnet sind?«

Unwirsch brummte Grayson: »Nein, hat sie nicht. Warum sollte das …?« Eine blasse Erinnerung an die Momente vor dem Kampf blitzte auf und er sagte: »Irgendwas, das wie ›Lakukus‹ oder so klang.«

Morgan nickte zufrieden: »Das Wort, das Sie meinen, ist ›Lacunus‹, abgeleitet aus dem lateinischen Wort für Lücke. Damit bezeichnet man Personen, die wie Sie die Fähigkeit besitzen, magischen Einflüssen jedweder Art in besonderem Maße zu widerstehen. Deswegen konnte Ihnen das Heulen der Banshee nichts anhaben und auch der Todesschrei zeigte bei Ihnen nur eine extrem schwache Wirkung. Ihre Bauchverletzungen sind daher so oberflächlich, weil die Banshee immer langsamer und schwächer wurde, je mehr Körperkontakt sie mit Ihnen hatte. Als sie sich auf Sie setzte und alle zehn Finger in Sie bohrte, muss sie das unglaublich geschwächt haben. Daher konnten Sie sie auch mit Ihrer Dienstwaffe töten. Die Haut einer Banshee ist eigentlich extrem widerstandsfähig.«

Grayson rieb sich den Hals und antwortete: »Also besonders schwach kam sie mir nicht vor.«

»Schwach ist hier relativ zu sehen, Mr. Steel. Für menschliche Verhältnisse war sie sicherlich noch sehr kräftig, aber im Vergleich zu ihren normalen Fähigkeiten war sie schwach, glauben Sie mir. Glücklicherweise wusste sie nicht, wie man mit einem Lacunus fertig wird und hat entscheidende Fehler begangen«, erklärte Morgan.

Die nächste Frage, die Grayson stellte, war grundsätzlich seine Lieblingsfrage in einem Verhör oder bei einer Ermittlung. Mit ihr wurden Informanten zu Verdächtigen und umgekehrt. Heute hatte er zum ersten Mal ein wenig Angst davor, sie zu stellen.

»Können Sie irgendetwas davon beweisen, Mr. Worthington?«

Die Reaktion des blonden Mannes war so ganz anders, als Grayson vermutet hätte. Er strahlte den Gefangenen an und klatschte einmal in die Hände: »Ich bin so froh, dass Sie das fragen, Mr. Steel. Zufälligerweise habe ich eine kleine Demonstration vorbereitet. Als Zeichen meines guten Willens habe ich sie dergestalt ausgewählt, dass sie direkt eine weitere Ihrer brennenden Fragen beantworten wird.« Dann lächelte er, als hätte er gerade einen besonders guten Witz gemacht. »Ihnen ist die Akte 97-GR-56723422 sicherlich ein Begriff?«

Fall Nummer Vier, schoss es Grayson durch den Kopf. Der Mann, der in einem geschlossenen Zimmer, das von innen verriegelt war, völlig ohne Brandbeschleuniger oder sichtbare äußere Einwirkungen verbrannt war. Grayson konnte nur stumm nicken.

»Gut. Wenn Sie Ihre Aufmerksamkeit bitte dort hinüber richten würden.« Morgan deutete mit einer eleganten Geste in eine Ecke des Verhörraums und Grayson blickte irritiert auf die angezeigte Stelle. Zuerst tat sich dort gar nichts, aber dann sah er ein Flimmern in der Luft, das schnell stärker wurde. Auf einmal erschien mit einem lauten Knistern, das wie ein in sich zusammenbrechendes, großes Lagerfeuer klang, eine mannshohe Flammensäule. Grayson zuckte zurück, aber sein Gegenüber blieb ganz entspannt, sodass er nach einigen Sekunden begann, das Gebilde fasziniert zu betrachten. Die Flammen schienen drei Handbreit über dem Boden aus dem Nichts zu entstehen und aufzulodern, nur um exakt mit dem gleichen Abstand zur Decke wieder zu verschwinden. Rauch stieg nicht auf, aber die Hitze spürte Grayson auch über mehrere Meter hinweg. Als Grayson länger hinsah, bemerkte er immer wieder ein kurzes Aufflackern in der Mitte der Säule, helle und dunklere Stellen in den Flammen, die für Sekundenbruchteile die skizzenhaften Züge eines menschenähnlichen Gesichts zeigten. Während Grayson völlig gebannt das Schauspiel betrachtete, das sich ihm dort bot, hörte er die Stimme Mr. Worthingtons: »Dies ist ein Feuerelementar. Normalerweise sind sie etwas ungezügelter und weniger eingeschränkt, aber ich möchte ungern unerklärliche Beweise mitten im Hauptquartier von Scotland Yard hinterlassen, meinen Sie nicht auch?« Ohne auf eine Antwort zu warten, fuhr er fort: »Ihr damaliges Opfer hatte die rachsüchtige Aufmerksamkeit eines Magus, wie ich einer bin, erregt. Er schickte in einem impulsiven Anfall einen dieser Elementare los. Leider befolgen sie ihre Befehle immer sehr genau und sind nicht für Eigeninitiative bekannt und so verwischte der betreffende Elementar seine Spuren nicht. Bis wir am Tatort eintrafen, war leider schon die Polizei vor Ort. Wir hatten gehofft, dass der Vorfall zu den Akten gelegt werden würde, wenn die Ermittlungen ins Stocken gerieten. Mit Ihrer Hartnäckigkeit hatten wir damals noch nicht gerechnet. Und das meine ich als Kompliment.«

Langsam besiegte Graysons Neugier seine Fassungslosigkeit. Er konnte noch immer die Hitze auf der Haut spüren. Das Ding war echt! »Kann ich näher herangehen?«, fragte er.

Kurz zögerte der Magus. »In Ordnung. Dann können wir direkt eine weitere Demonstration hinter uns bringen. Nur Mut, der Elementar ist für Sie in seinem jetzigen Zustand vollkommen ungefährlich.«

Zögernd stand Grayson auf und ging langsam auf die Flammensäule zu. Die Hitze wuchs zwar beständig an, war aber auch aus einem Meter Entfernung noch erträglich, obwohl ihm der Schweiß aus allen Poren brach. Als er vorsichtig seine Hände ausstreckte, bemerkte er, wie die Flammen sich krümmten, als ob sie ihm ausweichen wollten. Grayson beschloss, seine gefesselten Hände blitzschnell durch die Flammen zu ziehen, wie man es bei einem Lagerfeuer tat, um anzugeben. Er musste unbedingt sichergehen, dass er sich dies hier nicht einbildete. Als er seine

Hände in einem seitlichen Bogen vor seinem Körper entlangrasen ließ und sie die Flammen berührten, verschwand die komplette Feuersäule mit einem leisen Knall. Die Wärme erlosch ebenso plötzlich und der Schweiß auf Graysons Haut fühlte sich plötzlich sehr kalt und klamm an. Hinter sich hörte er ein ersticktes Keuchen. Schnell drehte er sich um und sah wie sich Morgan mühsam auf den Beinen hielt. Eine Hand am Gehstock, die andere schwer auf den Tisch gestützt, lief ihm ein wenig Blut aus der Nase und sein Gesicht war kreidebleich. Mühsam brachte er hervor: »Wie ich schon sagte, Sie heben magische Effekte auf oder schwächen sie zumindest stark ab. Ein derart gefesselter Elementar hatte keine Chance gegen Ihre Begabung.« Er wischte sich das Blut mit einer Hand von der Nase. »Leider hat eine solch gewaltsame Bannung immer nachteilige Auswirkung auf den Erschaffer des Effekts.«

»Das tut mir wirklich leid«, begann Grayson. »Wie sollte ich das auch wissen …«

»Exakt. Deswegen war diese Demonstration notwendig, damit Sie zumindest grob einschätzen können, was für Auswirkungen Sie hervorrufen können. Jetzt können Sie vielleicht etwas besser verstehen, wie sehr Sie die Banshee geschwächt haben müssen.«

Nachdenklich ließ sich Grayson wieder auf seinen Stuhl sinken. Morgan tat es ihm gleich und holte ein Taschentuch hervor, mit dem er sich Gesicht und Hand reinigte. Grayson würde wohl oder übel erst einmal akzeptieren müssen, dass Morgan recht hatte mit all seinem Gerede von Magie, Lacunus und Banshees. Irgendwie fühlte er sich betrogen. Jahrelang hatte er nach einer Lösung für die Seltsamen Sieben gesucht, dabei hätte er diese Fälle niemals lösen können, da die Grundlage seiner Ermittlungen auf völlig falschen Tatsachen beruht hatte.

»Die anderen sechs Fälle, an denen ich schon so lange arbeite, sind die auch …?«, brachte er mit heiserer Stimme hervor. Er wehrte sich dagegen, das Wort »magisch« zu benutzen, aber Morgan schien zu spüren, was in ihm vorging und antwortete mit beruhigendem Tonfall: »Ja, allerdings. Als wir vor einigen Jahren darauf aufmerksam wurden, dass es da einen Mundanen gab, der all die ungelösten Fälle auf den Tisch bekam und weiter bearbeitete, wurde eigens für London eine zusätzliche Interventionseinheit zusammengestellt, damit nicht noch mehr Ausrutscher in Ihre Hände gelangen konnten. Ich werde Ihnen gerne später die Hintergründe zu allen sieben Fällen ausführlich erläutern.«

Erschöpft fuhr sich Grayson durchs Haar. Erleichterung und Müdigkeit rangen in seinem Inneren um die Vorherrschaft. Die Seltsamen Sieben waren jahrelang ein fester Bestandteil seines Lebens, seiner Psyche gewesen und nun löste sich dieser wichtige Baustein einfach in Luft auf. Andererseits war damit auch eine riesige Belastung von ihm genommen worden. Oft hatte er Selbstzweifel verspürt, weil er nicht weiterkam, hatte sich körperlich und geistig über seine Grenzen hinaus getrieben, um zumindest bei einem der Fälle einen Durchbruch zu erzielen. In Graysons Kosmos waren diese Erkenntnisse momentan wichtiger, als die Offenbarung, dass Magie tatsächlich existierte.

Er riss sich zusammen und stellte sich wieder dem Hier und Jetzt. Wenn er die Informationen des Anderen als wahr akzeptierte, dann ergab sein jüngster Fall deutlich mehr Sinn. Jahrelange Instinkte übernahmen die Führung und Grayson lief wie auf Autopilot, als er sagte: »Die Bannmünze sollte Caren Arling in die Sackgasse locken, richtig?« Morgan nickte ihm ermutigend zu. »Aber warum wurde sie dann schon in der Nebenstraße getötet, wo sie viel früher gefunden wurde? Das ergibt keinen Sinn.« Grayson fuhr sich mit der Hand über den Kopf, wie er es immer tat, wenn er intensiv über einen Fall nachdachte. Seine Fesseln klirrten dabei. Der Magus antwortete ihm: »Das liegt an der Bannmünze. Sie ist zwar ein mächtiges Werkzeug, aber der Bann muss höchst präzise eingraviert werden. Ich denke nicht, dass die Banshee die Bannmünze selbst hergestellt hat, sondern ein Dritter. Der Zauber sollte das Opfer in die Sackgasse locken, wo sie ihr Versteck hatte. Vielleicht eine der verlassenen Garagen dort. Aber der Zielort war zu ungenau bestimmt, wahrscheinlich weil der Erschaffer des Banns niemals vor Ort gewesen ist oder weil er unsauber gearbeitet hat. Also ließ die Wirkung einige Meter früher nach.«

Grayson schloss die Augen und rief sich den Tatort ins Gedächtnis. »Die Banshee musste also handeln, als der Zauber nachließ. Aber warum hat sie das Opfer nicht einfach in die Sackgasse gezerrt?«

Morgan schüttelte den Kopf. »So funktioniert das nicht. Banshees ernähren sich von der Furcht ihrer Opfer, der negativen Energie in der Aura. Als Caren starb, musste sie sofort ›fressen‹ oder es wäre nichts mehr da gewesen. Ich denke, sie wurde gestört, bevor sie fertig war, denn eigentlich entsorgen Banshees die Leichen ihrer Opfer immer. Und die kostbare Bannmünze hätte sie sonst auch nicht zurückgelassen. Für diese Wesen ist es in der heutigen Zeit glücklicherweise sehr schwer geworden zu jagen. Daher hat sie wohl auch versucht, sich mit einer Bannmünze zu behelfen. Irgendwo schön weit weg vom eigenen Revier ein Opfer in der Menge aussuchen und dann zuhause auf das Essen warten, das bereitwillig zu einem kommt.«

Grayson nickte zufrieden, die wichtigsten Fragen zu dem Fall waren beantwortet.

»Dann gilt es vorerst nur noch eines zu klären: Warum erzählen Sie mir das und was wollen Sie von mir?«, fragte Grayson misstrauisch. Eigentlich war dies die wichtigste Frage von allen, denn er wusste, nichts war ohne Preis.

Morgan beendete seine Reinigung mit eleganten, sparsamen Bewegungen und steckte das blutverschmierte Taschentuch geziert ein. Dann richtete er sich auf und wirkte auf einmal einschüchternd offiziell: »Ich bin gekommen, um Sie um Ihre Hilfe zu bitten. Ich repräsentiere ein Gremium, welches die Einhaltung unserer besonderen Gesetze durchsetzt und im Falle von Verstößen ermittelt. Man könnte uns als Ermittlungsbehörde betrachten, die immer dann zum Einsatz kommt, wenn die weltlichen Einsatzkräfte im Nachteil wären, so wie bei Ihren sieben Fällen. Ich will nicht zu sehr ins Detail gehen, solange ich keine Zusage von Ihnen habe und außerdem läuft uns die Zeit davon.«

Das erste Mal nahm Grayson bei dem Magier so etwas wie Unruhe wahr. Selbst als er vorhin durch die Bannung seines Zaubers verletzt worden war, hatte er noch unerschütterliche Ruhe und Gelassenheit ausgestrahlt.

»Warum ich?«, hakte Grayson nach.

»Sie sind dafür prädestiniert, derartige Ermittlungen zu leiten. Sie haben eine hervorragende Erfolgsquote bei all Ihren mundanen Fällen, jahrelange Erfahrung, Durchhaltevermögen und Ihre außergewöhnlich stark ausgeprägte Fähigkeit der Magieresistenz. Bezauberung und Suggestion werden bei Ihnen nicht wirken, Illusionen werden Sie nicht täuschen. Leute wie Sie, die leider viel zu selten sind, wurden im Laufe der Jahrhunderte immer wieder erfolgreich in der magischen Verbrechensbekämpfung eingesetzt. Ich nutze dieses Wort nur selten, aber Sie sind perfekt für den Job.«

Morgan strahlte ihn an und Grayson war sich fast sicher, dass er es ehrlich meinte. Das Problem war nur: Es war ihm egal. All die Offenbarungen und Enthüllungen, die seltsamen Begebenheiten und vielen Worte. Es spielte alles einfach keine Rolle mehr. So wie seine Ermittlungen in den letzten Jahren keine Rolle mehr spielten. Er fühlte sich einfach nur noch leer.

»Warum sollte ich Ihnen helfen? Holen Sie mich sonst nicht hier raus? Beginnt unsere Zusammenarbeit mit einer Erpressung?« Grayson bemerkte, dass sein Tonfall viel beißender war als beabsichtigt. Der Frust ließ ihn zwischen Zorn und Resignation schwanken.

Morgan schien das jedoch kaum zu bemerken. Echte Sorge stand auf seinem Gesicht, als er antwortete: »Mr. Steel, Ihre Freilassung wurde bereits in die Wege geleitet. Egal wie Sie sich entscheiden, Sie können gehen. Ich werde vor dem Eingang des Gebäudes eine Stunde auf Sie warten. Kommen Sie heraus oder lassen Sie es bleiben, wie es Ihnen gefällt.«

Zum ersten Mal wirkte seine Freundlichkeit und Unverbindlichkeit wie weggeblasen und er offenbarte stattdessen einen starken Willen und energische Zielstrebigkeit. Er drehte sich um und ging Richtung Tür. Auf halbem Wege blieb er noch einmal stehen und schaute über seine Schulter: »Ich will aber noch Ihre Frage nach dem Sinn Ihrer Hilfe beantworten. Bisher haben Sie immer nur Verbrecher dingfest gemacht, nachdem sie gemordet oder verletzt hatten. Ich biete Ihnen die Chance, ein Verbrechen zu verhindern. Ein Kind wurde entführt und sein Tod ist hochwahrscheinlich. Sie könnten uns dabei helfen, dieses Kind zu retten. Denken Sie darüber nach, aber nicht zu lange. Sie werden sicherlich verstehen, dass ich in dieser Situation nicht viel Zeit für Ihr Selbstmitleid übrig habe. Ich habe Sie nur besucht, weil ich glaube, dass es sich lohnt. Für Sie. Für uns. Und für das Kind.« Dann ging er zur Tür und tippte mit dem Knauf des Gehstocks nochmals dagegen. Es klickte wieder und sie öffnete sich, nur um die verdutzten Gesichter zweier Beamter und eines Haustechnikers zu offenbaren.

»Wir dachten, die Tür würde klemmen. Wir versuchen schon seit einer Viertelstunde, sie zu öffnen«, hörte Grayson vom Flur. Morgan schob sich an den Männer vorbei und antwortete: »Manchmal reicht ein beherzter Ruck, meine Herren. Einen schönen Tag noch.«

Grayson blieb, wo er war und wartete, bis die zwei Beamten vor der Tür, die ihn auch schon aus dem Krankenhaus abgeholt hatten, den Raum betraten. Der Haustechniker kratzte sich unschlüssig am Kopf, testete noch einmal das Türschloss, packte sein Werkzeug wieder ein und ging.

»Steel, kein Wunder, dass Sie nichts sagen wollten. Mir wäre das auch peinlich, von einer Oma auf Speed auseinandergenommen zu werden«, sagte einer der beiden Polizisten vor ihm in jovialem Tonfall. Die Kollegen schauten ihn überraschend freundlich an und feixten dabei.

»Wie bitte?«, fragte Grayson vorsichtig. *Jetzt nur keinen Fehler machen,* dachte er.

»Der toxikologische Befund, den Gilford gemacht hat, ist da. Sie waren sauber, aber die alte Schachtel war bis unter die Hutschnur vollgepumpt mit allem, was stark und wütend macht. Zusammen mit dem Blut unter ihren Fingernägeln, das von Ihnen stammt, ist der Fall eindeutig. Die interne Abteilung hat einen Rückzieher gemacht und erwartet nur noch einen ausführlichen schriftlichen Bericht von Ihnen. Sie können gehen.« Einer von ihnen schlug ihm kameradschaftlich auf die Schulter und unter belanglosen Scherzen über Polizisten, die sich von Großmüttern verprügeln ließen, öffneten sie seine Handschellen und verließen den Raum.

Für einige Zeit saß Grayson einfach nur regungslos da. Dann stand er schnell auf und ging zur Tür, halb erwartete er eine Falle. Niemand auf dem Flur, alles ruhig, jeder ging seiner Arbeit nach. Er trat aus dem Verhörraum und ging zu seinem Büro. Keiner schenkte ihm große Beachtung, nur ein feixendes Grinsen oder ein freundliches Lächeln hier und da. Durch die Scheibe der Tür sah er, dass alles in dem kleinen Raum so war, wie er es hinterlassen hatte. Ein kreatives Chaos beherrschte seinen Schreibtisch und er wusste, dass es in jeder einzelnen Schublade da drinnen nicht anders aussah. Die Wände waren übersät mit Hinweisen, Zeitungsausschnitten, Tatortfotos und Zeugenaussagen, mit allem, was mit den Seltsamen Sieben zusammenhing. Nun, da er mit einer Wahrheit konfrontiert worden war, die all dies erklärte, wirkte der Raum wie der Arbeitsplatz eines Fremden, eines Unwissenden, der sich an eine falsche Wirklichkeit klammerte. Die Begegnungen mit der Banshee und dem Feuerelementar hatten Grayson jedoch eines Besseren belehrt. Seine Hand ruhte auf der Türklinke, aber er konnte sich nicht überwinden, hineinzugehen und alles abzuräumen. Es war nicht mehr wichtig. Die Seltsamen Sieben hatten sich erledigt und bei der Vorstellung die nächsten Stunden damit zu verbringen, seinen Bericht in dreifacher Ausfertigung zu schreiben, verzog er angewidert das Gesicht.

Stattdessen hatte ein anderer Gedanke den Platz der Sieben in seinem Kopf eingenommen. *»Sie könnten uns dabei helfen, dieses Kind zu retten«,* hatte Morgan gesagt. Die Aussicht darauf, ein unschuldiges Leben zu beschützen, zog ihn an wie ein Fanal, ein Leuchtfeuer in einem Meer aus Formalitäten und Bürokratie. Grayson drehte sich um und ging, alles um ihn ignorierend, zum Haupteingang hinaus.

Morgan wartete mit einem fragenden Gesichtsausdruck auf ihn, zwei Meter von der Eingangstür entfernt. Grayson stellte sich vor ihn, blickte ihm ernst in die Augen und sagte: »Erst muss ich wissen, worauf ich mich da einlasse. Ich will alles, wirklich alles wissen. Über die verdammte Münze, wer Sie sind, für wen Sie arbeiten. Wenn Sie mich danach überzeugt haben, helfe ich Ihnen.« Er streckte dem Magier seine Hand entgegen. Der griff ohne zu zögern zu und sagte mit ehrlicher Erleichterung in der Stimme: »Einverstanden. Sie haben sich richtig entschieden.«

Morgan begann die Straße entlang zu gehen und der Ermittler folgte ihm. »Sie werden einige grundlegende Informationen sofort bekommen, danach müssen wir dringend weiter ermitteln. Die restlichen Lücken werde ich später füllen.«

Anscheinend war der aristokratisch anmutende Mann sich sicher, Grayson für sich gewinnen zu können. Schon wollte der den Enthusiasmus des Magiers bremsen, aber dann sagte er etwas, durch das er Grayson spontan viel sympathischer wurde: »Ich erkläre Ihnen alles Nötige bei einem Kaffee.«

The Four-leaved Clover Society

London, City of London, Mittwoch, 12. Oktober, 14.57 Uhr

Morgan ging mit Grayson einige Schritte den Häuserblock hinunter und streckte dann am Straßenrand seinen Gehstock mit dem silbernen Knauf hoch, um ein Taxi heranzurufen.

Jede Bewegung des Mannes wirkte elegant, fast schon einstudiert und der Ermittler musste einen jähen Impuls der Abneigung unterdrücken. Worthingtons Erscheinung und Gebaren waren die eines geübten Politikers und Grayson mochte keine Politiker. Sicher, sie waren berechenbar, wenn es darum ging, Druck auf sie auszuüben, aber er hatte noch keinen gekannt, der nicht über ein schier unübersehbares Geflecht an Beziehungen verfügte, die dafür sorgten, das selbst größeres Fehlverhalten üblicherweise ungeahndet blieb. Grayson tröstete sich stets mit der Tatsache, dass viele von ihnen am Ende unvorsichtig wurden und dann in einem politisch günstigen Moment fallen gelassen wurden. Der überrascht verletzte Gesichtsausdruck, den sie zur Schau stellten, wenn sie wegen irgendetwas, das sonst nicht mal ein Stirnrunzeln bei ihren politischen Freunden auslöste, öffentlich gekreuzigt und ausgestoßen wurden, war immer ein Fest für Grayson. Hier und heute schienen die Beziehungen dieses Worthington jedoch Graysons Hintern gerettet zu haben und daher entschied er sich dazu, Morgan für den Moment einen Vertrauensvorschuss zu geben, zumindest einen kleinen.

Ein Taxi stoppte und Morgan hielt dem Ermittler mit einem Lächeln die Tür auf. Grayson quetschte seine schlaksige Gestalt in den Fond des kleinen Gefährts und fluchte innerlich, dass von allen Taxen Londons ausgerechnet diese Sardinenbüchse halten musste. Das Innere des Wagens roch muffig und wirkte sehr antiquiert. Anscheinend versuchte der Fahrer, einen auf altmodisch zu machen, um Touristen mehr Trinkgeld aus der Nase zu ziehen. Während Morgan sich, natürlich wesentlich eleganter, neben ihm auf der Rückbank niederließ, sagte Grayson: »Ich hoffe, wir fahren nicht zu weit. Meine Füße schlafen jetzt schon ein und außerdem sollte ich mich bald bei meinem Chef blicken lassen.« Er hatte vor lauter Banshees, Magie und Bannmünzen ganz vergessen, mit irgendwem aus seiner Abteilung zu sprechen und nach den letzten vierundzwanzig Stunden war das letzte, was er brauchte, noch mehr negative Aufmerksamkeit.

Morgan lächelte ihn beruhigend an. »Das wurde bereits geregelt. Aufgrund Ihrer Verletzung haben Sie heute frei.« Er griff in sein Jackett und überreichte Grayson einen beglaubigten Freistellungsantrag. Der zuckte mit den Achseln und steckte den Wisch ein.

Ist mir ganz recht, ich wüsste eh nicht, was ich sagen sollte. Ihm war die Lügengeschichte von der Oma auf Speed viel zu dünn, um sie jetzt mit seinen Kollegen zu diskutieren. Morgen war sein Nervenkostüm hoffentlich besser, auch wenn er das bezweifelte. Er begann, sich seine Fragen an den Magus zurechtzulegen und das waren nicht wenige. Wer war der Kerl? Was waren das für Gesetze, von denen er gesprochen hatte? Wie funktionierte Magie und wie weit war sie verbreitet? Was gab es noch an Wesen da draußen und wie viele Unschuldige mussten unter ihnen leiden? Grayson beschloss, den anderen nicht mehr aus den Augen zu lassen, bis er alle Antworten hatte, die er brauchte.

Nach einer guten Viertelstunde, in der Grayson schweigend vor sich hin grübelte und Morgan einige sehr leise Telefonate führte, erreichten sie ihr Ziel mitten in der City of London. Das Taxi hielt vor einem alten, aber gepflegten Reihenhaus aus rotem

Klinker, das wohl aus dem vorletzten Jahrhundert stammte und ein typisches Beispiel für die Massenbauten der industriellen Revolution darstellte. Nur dass sich dieses Gebäude durch eine große goldfarbene Plakette an der Front von den anderen Häusern der Straße abhob. Grayson stieg aus und streckte sein schmerzendes Kreuz durch, nur um gleich darauf zusammenzuzucken, als seine Bauchwunden sich meldeten. Während er vornübergebeugt dastand und darauf wartete, dass der Schmerz nachließ, las er die verschnörkelten Buchstaben, die in das Metall eingraviert waren: THE FOUR-LEAVED CLOVER SOCIETY

Grayson kannte nur eine heruntergekommene Bar, die mit einem vierblättrigen Kleeblatt warb, und da ging es um das Tattoo auf der halbnackten Bedienung. Hier schien es sich um einen dieser Altherrenclubs zu handeln, wo »Gentlemen« sich vor ihren Ehefrauen verstecken, um in ihrer eigenen Wichtigkeit zu schwelgen, ohne von der Realität gestört zu werden. Grayson hatte zu viele Frauen kennengelernt, die schlauer, kompetenter oder generell bessere Menschen waren als er, um sich solchen Illusionen hingeben zu wollen. Seine Exfrau gehörte zum Beispiel zu dieser Kategorie.

Worthington hatte den Fahrer bezahlt und trat nun neben ihn. Grayson richtete sich wieder auf, obwohl der Bauch noch wehtat, und fragte den Magus: »Ehrlich, so ein Schuppen muss es sein? Hätte es nicht auch ein Café an der Straßenecke getan?«

Morgan runzelte die Stirn: »Unsere Konversation wird recht exotisch und um Ihre Fragen vollkommen frei beantworten zu können, benötigen wir ein wenig Abgeschiedenheit. Dieser Ort bietet die erwünschte Privatssphäre und ist gleichzeitig nah genug an dem Gebäude, wo unsere Ermittlungen beginnen würden, sodass wir sofort aufbrechen könnten, wenn Sie sich entschieden haben. Bitte vergessen Sie nicht, da draußen ist ein entführtes Mädchen, das unsere Hilfe braucht.«

Grayson presste die Zähne zusammen, halb vor Schmerz und halb, weil er die Entführung in den letzten Minuten vollkommen vergessen hatte. Seine Welt wurde vielleicht auf den Kopf gestellt, aber ein Kind benötigte seine Hilfe, also sollte er sich besser zusammenreißen.

Worthington ging die Stufen zum Eingang empor und die breite, schwere Eichentür wurde von einem livrierten Butler geöffnet, bevor er auch nur klopfen musste. Der Ermittler folgte eiligen Schrittes und musterte den mittelalten Mann mit zurückgelegtem Haar, der regungslos die Tür offenhielt, während er mit neutralem Gesichtsausdruck die gegenüberliegende Wand anstarrte. *Das wäre definitiv nicht meine Art Job*, dachte er, als er an dem Butler vorbeiging. Grayson wusste, dass dieser Gedanke elitär war, aber er kannte seine eigenen Grenzen. Einen Tag in dieser Livree und er würde Amok laufen. So gesehen war der Butler der bessere Mensch. Er schüttelte den Kopf über sich selbst. *Zeit für ein paar Antworten und dann stürz dich in den neuen Fall. Selbstreflexion hat dir immer geschadet.*

Sie gingen einen langen Korridor hinunter, der links und rechts von großen Doppeltüren gesäumt wurde, hinter denen sich altertümlich eingerichtete Zimmer mit großen Ohrensesseln und kleinen Eichentischen befanden, auf denen Karaffen, silberne Tabletts mit kleinen Häppchen und wuchtige Aschenbecher standen. Grayson warf während des Vorbeigehens einen schnellen Blick in jeden offenstehenden Raum und musste seine Einschätzung dieses Etablissements korrigieren. Er sah sowohl Männer wie Frauen jeden Alters in leise Unterhaltungen vertieft. Das machte diesen Club deutlich weniger konservativ und er entspannte sich ein wenig. Als sie am nächsten Zimmer vorbeikamen, bemerkte er, dass die Tür nur einen Spalt offen stand und der Raum im Dunkeln lag. Gerade als er den Blick abwenden wollte, sah er ein Glitzern, wie von Raubtieraugen, die das Licht reflektierten. Er blieb stehen und schaute genauer hin. Dort saß ein kleines Mädchen in der Dunkelheit, das er nur schemenhaft erkennen konnte. Es hatte einen dünnen Schleier vor der Stirn, der bis knapp über seine Augen ragte. Sie starrte ihn unverwandt an und Grayson konnte undeutlich gelb-geschlitzte Augen erkennen. Seine Arme und Beine wurden schwer und er hatte das Gefühl, als würde er nach vorne gezogen werden, auf das Mädchen zu, obwohl sein Körper sich keinen Millimeter rührte. Eine Hand auf seiner Schulter ließ ihn zusammenzucken und er wirbelte herum, um in das besorgte Gesicht des Magus zu blicken. Der schnipste zweimal vor Graysons Nase und sagte laut. »Sind Sie noch bei uns, Sportsfreund?«

Grayson schob die Hand des anderen beiseite und blinzelte. Sein Kopf war leicht, wie nach einem zu kurzen Schlaf. Morgan packte ihn mit einem überraschend festen Griff am Arm und zog ihn neben sich her. Hinter ihnen schloss sich die Tür zu dem dunklen Zimmer mit einem Knall, und Grayson glaubte, ein leises kindliches Kichern zu hören.

»Sie sollten es langsam angehen lassen. Ein Normalsterblicher wäre jetzt schon ein sabbernder Diener ohne eigenständige Gedanken. Ihre Fähigkeiten sind gerade erst erwacht, zweifellos durch Ihre Berührung der Bannmünze. Nur der direkte Kontakt mit Magie kann die Fähigkeiten eines Lacunus ans Licht bringen. Aber mangels Training Ihrer Gabe müssen Sie sich noch von den schweren Kalibern fernhalten. Sie sind resistent gegen Magie, aber nicht immun.« Der elegante Mann hielt an und schaute Grayson ins Gesicht: »Aber, verdammt noch mal, Ihr Talent ist wirklich stark.«

»Was war das für ein Ding?«, fragte der Ermittler, noch völlig verwirrt.

Worthington schüttelte den Kopf: »Das lassen wir besser. Es gibt nur noch drei Clans von DENEN und es ist ausgeschlossen, das SIE darin verwickelt sind.«

Der hagere Mann beugte sich vor und flüsterte: »War das ein Vampir?«

Dass er diese Frage überhaupt stellte, überraschte ihn. Es schien, als würde sein Verstand sich bereits an die neue Realität gewöhnen.

Morgan schnaubte nur. »Selbstverständlich nicht. Sie werden heute wahrscheinlich einigen Vampiren begegnen. Das gerade war etwas viel Älteres. Hier hinein.«

Entschieden schob der Magus ihn in einen kleinen, gemütlichen Raum, der zwei Sessel und einen kleinen Beistelltisch enthielt, die vor einem bodentiefen Fenster arrangiert waren. Grayson hatte eine hervorragende Sicht auf einen riesigen gepflegten englischen Garten und kniff müde die Augen zusammen, während er fragte: »Was ist das für ein Park? Wir sind doch mitten in London?«

Der Magus warf einen kurzen Blick nach draußen und sagte: »Ach das! Nur eine Illusion, um den Raum angenehmer zu gestalten. Hier sind wir ungestört und können in Ruhe reden.« Er deutete auf einen der Sessel und setzte sich mit einem zufriedenen Seufzer in den anderen. Neugierig ging Grayson zu dem vermeintlichen Fenster hinüber und streckte die Hand aus. Verzerrungen bildeten sich dort, wo seine Hand dem Trugbild zu nahe kam, wie Wellen in einem Teich. Schemenhaft konnte er die Holzvertäfelung hinter der Illusion durchschimmern sehen. Kleine Blitze schossen zwischen dem vermeintlichen Fenster und seiner Hand hin und her, bis er einen Schritt zurücktrat. Er ließ sich in die Polster des Sessels fallen und hatte sofort das unangenehme Gefühl zu versinken. Bei allem, was ihm in den letzten Tagen widerfahren war, hätte es ihn kaum gewundert, wenn das Möbelstück versuchen würde, ihn zu verschlingen. Er rutschte hin und her, bis er sicher war, nicht weiter einzusinken und konzentrierte sich auf sein Gegenüber.

Morgan hatte eine kleine Glocke geläutet und der Butler, der ihnen aufgemacht hatte, kam mit einem Tablett herein, von dem der verführerische Duft frisch gerösteten Kaffees herüberwehte. Graysons Finger zuckten, als der Diener ihnen mit einer gelassenen Ruhe einschenkte und nahm ihm dann mit einer hastigen Bewegung die Tasse ab, die der stille Mann ihm hinhielt. Er nahm einen Schluck und entspannte sich sichtlich. Ob Teil seiner Physiologie oder durch jahrelange Konditionierung, Kaffee war für Grayson von je her ein Wundermittel, wenn es darum ging, sein Gemüt wieder in den Normalzustand zu bringen, also irgendwo zwischen mürrisch und misstrauisch, um es mit den Worten seiner Exfrau auszudrücken.

Das ist das zweite Mal an einem Tag, dass sie mir durch den Kopf geht. Ich muss wirklich durch den Wind sein. Seine Scheidung war nun schon fünf Jahre her und normalerweise hatte er damit abgeschlossen, aber nichts am heutigen Tag war normal.

Grayson sammelte sich, holte tief Luft und ging noch einmal seine Liste an Fragen durch, während der Butler den Raum verließ. Morgan hatte seine Tasse ignoriert und sich aus einer Kristallkaraffe bedient, die ebenfalls auf dem Tablett stand. »Etwas Brandy in den Kaffee?«, fragte er Grayson. Der hob abwehrend die Hand und der Magus zuckte mit den Achseln. Dann nahm er mit geübten Handgriffen eine Zigarre vom Tablett, schnitt sie ab und schnippte mit den Fingern, woraufhin die Spitze der Zigarre Feuer fing. Er paffte genüsslich für einige Sekunden, um dann erst Graysons Gesichtsausdruck zu bemerken. »Entschuldigung, ich denke über den Einsatz von Magie kaum nach, wenn ich in vertrauter Umgebung bin.«

Matt schüttelte der schlaksige Mann den Kopf. »Kein Problem. Je eher ich mich daran gewöhne, desto besser.«

»Gut, das ist die richtige Einstellung, Sportsfreund. Ich habe das schon einige Male gemacht und nach meiner Erfahrung sollten wir folgendermaßen vorgehen: Ich erkläre erst einmal die Grundzüge und dann können wir auf Ihre Fragen eingehen, einverstanden? Wobei ich mich auf das Wesentliche beschränken werde, da wir es eilig haben«, erwiderte Morgan.

Grayson nickte stumm, schnappte sich eins von den obligatorischen Gurkensandwiches, die ebenfalls auf dem Beistellstisch standen, und nippte an seinem Kaffee. Sein Gegenüber begann seine Erklärung.

»Also, Magie existiert und magische Wesen auch. Soweit sind wir schon. Gehen Sie einfach davon aus: Haben Sie es im Kino gesehen oder in einer Sage gehört, hat es mindestens einen wahren Kern. Die Details sind meist nicht akkurat, aber das gehen wir dann von Fall zu Fall durch, in Ordnung?«

Er wartete wieder auf Graysons Nicken, bevor er weitersprach.

»Neben den ›normalen‹ Menschen und den magischen Wesen gibt es noch die Magiebegabten. Das sind Leute wie Sie und ich, die über magische Fähigkeiten verfügen.«

Grayson machte den Mund auf, um zu protestieren, aber der Magus schnitt ihm das Wort ab.

»Ihre Fähigkeit, Magie zu wiederstehen, ist ebenfalls magischen Ursprungs, daher fallen Sie in diese Kategorie. Sie erzeugen um Ihren Körper herum ein Feld, das Magie abschwächt. Der Effekt ist momentan etwa eine Handbreit von Ihrer Haut entfernt zu Ende, aber Sie können sowohl Ausbreitung als auch Intensität variieren, wenn Sie üben.«

Grayson stieß einen leisen, überraschten Laut aus, beließ es aber dabei und hörte erst einmal weiter zu. Er griff sich ein weiteres Sandwich, von denen er zugeben musste, dass sie erstaunlich lecker waren.

»Der Fachterminus für Ihre Gabe ist Lacunus. Sie wird durch den Kontakt mit Magie erweckt. Als Sie das erste Mal die Bannmünze berührten, erwachte Ihre Gabe und Straages Test mit der Dublone hat sie vollends erweckt. In unseren Kreisen ist jemand wie Sie gefürchtet. Einige Wesen da draußen könnten Sie mit einer einfachen Umarmung töten, weil diese derart von Magie abhängig sind, dass sie eine Schwächung ihrer Kräfte nicht überleben würden. Ganz so als würde man einem Menschen die Kehle zudrücken. Also rechnen Sie nie mit einem allzu freundlichen Empfang.« Morgan nahm noch einen Schluck Brandy.

Mein Talent, jemanden zu verärgern, ohne ihn überhaupt kennenzulernen, ist wahrscheinlich ebenfalls magisch, dachte Grayson sardonisch. Laut sagte er nicht weniger sarkastisch: »Kein Problem, ich bin bei Scotland Yard, eine feindliche Grundeinstellung bin ich gewöhnt.«

Morgan nickte bestätigend und fuhr fort: »Die Anwendung von Magie und das Zusammenleben der magischen Wesen allgemein unterliegen komplexen Gesetzen, der sogenannten *Lex Nebula.* Das ist ein Begriff aus unserer Sprache, der Ratssprache, die wiederum eine Abart des Lateins ist. Frei übersetzt bedeutet das so viel wie *Gesetz der Nebel* und soll die Verschleierung der magischen Gemeinschaft vor der mundanen Welt regeln. Der Name ist nicht ganz zufällig gewählt. Viele Wesen haben sich eine eigene Taktik zurechtgelegt, um zu überleben. Eine Banshee kann zum Beispiel nach Belieben Nebel aufziehen lassen, um ihre Anwesenheit zu verbergen.« Hier machte er eine bedeutungsvolle Pause und Grayson dachte an die nebelverhangene Straße mit dem Opfer Caren Arling und den plötzlich aufziehenden Nebel auf dem Parkplatz der Mall.

»Ich verstehe«, sagte er matt und der blonde Mann redete daraufhin weiter: »Viele haben mittlerweile unterschiedliche Varianten der Verschleierung perfektioniert, aber der Ausdruck der Verneblung ist hängengeblieben und man bezeichnet so alle Formen der magischen Mimikry, Ablenkung und Irreführung, die dem Zweck dienen, normale Menschen zu täuschen.«

Morgan zog noch einmal an seiner Zigarre und blies den blauen Dunst aus, der sich in einem dünnen, konzertierten Faden zur Decke emporschlängelte und dort verharrte. Erst jetzt fiel Grayson auf, dass er von der Zigarre gar nichts roch.

Morgan lächelte amüsiert, als er seinen Blick bemerkte, und sagte: »Ich würde Sie doch niemals meinem Laster in einem derart kleinen Raum aussetzen, Sportsfreund.« Er zeigte mit einem Finger zur Decke, ohne hinzusehen und drehte ihn in langsamen Kreisen. Die Rauchwolke folgte seinen Bewegungen und wogte langsam im Kreis, einer Sturmwolke gleich, die sich darauf vorbereitet, ihren Zorn auf der Erde zu entfesseln. Irgendetwas an diesem Gedanken ließ Grayson frösteln und Morgan senkte den Finger, bevor er fortfuhr: »Wir haben ein internationales Gremium, dessen Sitz sich hier in London befindet, den *Verhangenen Rat*, der die *Lex Nebula* weltweit durchsetzt. Daneben gibt es noch regionale Gepflogenheiten und Gesetze, die nur in bestimmten Gebieten gelten und meist dem kulturellen Frieden geschuldet sind. Kobolde dürfen sich zum Beispiel nicht im asiatischen Raum aufhalten, weil ihre Gebräuche dort beinahe einen Krieg ausgelöst hätten, und Blutmagie ist in London streng verboten, da hier acht Magielinien zusammenlaufen und wirklich *jedes Mal* ein Dämon durchbricht, wenn jemand diese Regel ignoriert und das hat dann stets ein Gemetzel zur Folge.«

Hier verschwand die kühle, elegante Art Morgans für einen Moment und der Magus wurde richtig leidenschaftlich.

Sieh an, es gibt also wirklich Dinge, die dir wichtig sind und deinen Panzer durchbrechen, feixte Grayson innerlich. Dieser sonst so selbstbeherrschte Mann wurde ihm langsam sympathischer. Er kannte diesen Tonfall von sich selbst, wenn er sich über irgendwelche Drecksschweine ausließ, die ihm einen weiteren Fall beschert hatten. In einer idealen Welt wäre Grayson arbeitslos. Er glaubte jedoch fest daran, dass ihn das in so einer Welt nicht stören würde.

Morgan hatte sich wieder gefangen und redete weiter: »Es gibt verschiedene politische Strömungen innerhalb des *Verhangenen Rats*, die sich grundlegend in der Frage unterscheiden, wie sich die magische gegenüber der mundanen Welt verhalten soll. Seit mehreren Jahrhunderten hat das *Equilibrium* den Vorsitz im Rat inne. Wir glauben an ein Gleichgewicht der Kräfte zwischen uns und der normalen Welt. Dann gibt es die *Freien*, die ohne jegliche Regeln leben wollen, was in der Vergangenheit nicht so gut funktioniert hat. Der Schwarze Tod war eines der Ergebnisse unter der Herrschaft der *Freien*. 25 Millionen Tote, weil ein Hexer einen experimentellen Fluch versaut hat.« Morgan schüttelte den Kopf und hielt inne, während Grayson schnell noch etwas Kaffee trank. Die größte Pestepidemie Europas war die Schuld einer Person? Er war sich plötzlich nicht mehr sicher, ob er mit Magie noch etwas zu tun haben wollte. Der Impuls aufzustehen und wegzurennen war groß, aber die Neugier war stärker. Worthington nahm noch einen Schluck Brandy und starrte aus dem »Fenster«, anscheinend selbst in Gedanken versunken. Grayson räusperte sich und sein Gegenüber nickte: »Natürlich, entschuldigen Sie. Diese Dinge auszusprechen, bringt einen dazu, noch einmal darüber nachzudenken. Aber es ist wichtig, dass Sie meine Motivation verstehen. Die *Freien* haben es derart übertrieben, dass noch Jahrhunderte später Hexenverbrennungen durchgeführt wurden. Aber sie sind nicht die schlimmste Fraktion. Die sogenannten *Erben* glauben, die Erde gehöre ihnen, daher auch der Name. Ihre Doktrin ist nicht besonders originell: Sie haben die Herrschaft über die Erde von ihren Vorfahren geerbt, sind die Spitze der Nahrungskette, all der ganze Mist. Selbst als sie nicht an der Macht waren, haben sie mit ihren Intrigen und Agenten zwei Weltkriege ausgelöst, um den *Verhangenen Rat* zu destabilisieren. In den Zeiten, in denen sie dem Rat vorstanden, wurden zwei Dutzend magische Rassen ausgerottet und ganze

Völker unterjocht. Den Höhepunkt ihrer Macht kennen Ihre Geschichtsbücher als die Epoche des finsteren Mittelalters.«

Grayson war erfahren genug, um eine politische Rede zu erkennen, wenn er sie hörte. Die Wahrheit war wahrscheinlich deutlich grauer als dieses schwarzweiße Bild, das Worthington zeichnete. Vorerst blieb bei Grayson hängen, das es drei Gruppen gab. Anarchisten, Moderate und Faschisten. Also nicht anders als in der normalen Welt auch. Nur dass die hier Magie besaßen und ihre Mitglieder zu weiten Teilen aus Fabelwesen bestanden.

Zeit, Stellung zu beziehen, dachte Grayson. *Mich macht keiner zu einem politischen Werkzeug, Magier oder nicht.* Laut sagte er: »Sie haben den Falschen, wenn Sie glauben, Ihre kleine flammende Rede überzeugt mich davon, Ihre Fraktion zu unterstützen. Ich hasse Politik und daran wird sich in diesem Leben auch nichts mehr ändern.« Er stemmte sich aus seinem Sessel hoch, aber Morgan hob beschwichtigend die Hände. »Ruhig, Sportsfreund, ich erkläre hier nur die Hintergründe. Der Teil, der Sie betrifft, kommt jetzt.«

Zögerlich ließ Grayson sich wieder in die Polster sinken und schenkte sich den restlichen Kaffee ein. Sollte er gleich schnell verschwinden müssen, wollte er sich nicht wieder darüber ärgern, das gute Zeug stehen gelassen zu haben.

Der blonde Mann sprach nun schneller, wohl aus Angst, Grayson könnte die Geduld verlieren: »Gestern ist die Tochter der Ratsherrin entführt worden, und wir denken, diese Tat ist politisch motiviert. Daher meine vorherigen Ausführungen, damit Sie verstehen, worum ich Sie bitte. Ich benötige Ihre Hilfe, um das Mädchen zu finden. Sie sind ein hervorragender Ermittler und durch Ihre Gabe können Sie nicht mittels Magie geistig beeinflusst werden. Illusionen können Sie bannen und Sie sind ein Neuling in der *Nebula Convicto*, unserer ›Gemeinschaft des Nebels‹. Dass Sie Politik nicht mögen, ist sogar ein Bonus.«

Hier horchte Grayson auf und hakte nach: »Wieso denn das?«

Der Magus erwiderte: »Einem Quaestor ist es nicht gestattet, einer der politischen Fraktionen anzugehören, er muss neutral sein und ist nur dem *Verhangenen Rat* in seiner Gesamtheit Rechenschaft schuldig.«

Graysons fragender Gesichtsausdruck sprach Bände und Morgan erklärte: »Ein Quaestor ist ein Sonderermittler, der vom *Verhangenen Rat* eingesetzt wird, um besonders schwere Verstöße gegen die *Lex Nebula* oder Zwischenfälle, die den Frieden der *Nebula Convicto* gefährden, zu untersuchen. Normale Vergehen hingegen werden von unserem Sicherheitsapparat geahndet, der *Nebelwacht*.«

Grayson gab ein angewidertes Schnauben von sich und fragte: »Klingt bei euch alles so hochtrabend?«

Worthington richtete sich ruckartig auf und wirkte das erste Mal, seit Grayson ihn kannte, zornig: »Die Ratssprache stammt aus der Zeit der Gründung unserer heutigen Strukturen und war damals nun einmal eine Mischung aus Griechisch und einer weitgehend unbekannten Abart des heutigen Lateins. Ihnen zuliebe übersetze ich bereits einige Begriffe, doch zeigen Sie bitte ein wenig Respekt für die Errungenschaften unserer Gemeinschaft. Ohne die *Lex Nebula* wären Sie schon tot, denn ein Lacunus wurde früher sofort bei seiner Entdeckung getötet, zu groß war seine Bedrohung für andere magische Wesen. Heute hingegen qualifiziert Sie Ihre Gabe als Anwärter auf den Posten eines Quaestors. Andere müssen viele Eignungen und Referenzen mitbringen, um auch nur in Erwägung gezogen zu werden, aber Sie können einfach so in die Ratshalle marschieren und den Titel einfordern, wenn Sie das wollen. Es gibt momentan fünf weitere lebende Lacuni, von denen wir wissen. Vier davon sind Quaestoren. Und selbst von denen gibt es unter hundert weltweit. Also wissen Sie gefälligst zu schätzen, worüber wir hier reden.« Grimmig stürzte

Worthington den restlichen Brandy hinunter und drückte seine Zigarre aus. Dann stützte er sich mit beiden Händen auf seinen Gehstock, während er sich vorbeugte und Grayson herausfordernd ansah.

Grayson wusste, wann er sein Blatt überreizt hatte. Zumindest war Morgans kleiner Ausbruch überzeugend genug, sodass Grayson ihm glaubte, was seine Beweggründe betraf. Wenn der Magus ihn freiwillig vor dem Knast bewahrte, in dem er als Lacunus keine Gefahr für andere Wesen dargestellt hätte, um ihm anschließend eine höchst seltene Position außerhalb seines politischen Einflusses anzubieten, dann musste ihm wirklich was an dem kleinen Mädchen liegen oder er musste die politische Bedrohung für äußerst ernst halten. So oder so konnte Grayson eine Unschuldige retten. Oder nicht?

»Erzählen Sie mir mehr über das entführte Kind«, sagte er. Wenn jetzt herauskam, dass er ein vieltentakeliges Monstrum, das drei Menschen pro Tag verspeiste, retten musste, um eine politische Agenda zu schützen, war er schneller hier raus, als Morgan »Lacunus« sagen konnte.

Die Züge seines Gegenübers wurden weicher und Morgan griff in sein Jackett und holte ein Smartphone hervor. »Ihr Name ist Sophia und sie ist zwölf Jahre alt. Sie wurde vorgestern auf dem Weg zur Schule von Unbekannten verschleppt. Ihre Leibwächter wurden getötet, die Leichen verbrannt, bevor Hilfe eintraf. Eine gängige Praxis in der magischen Welt, um die Tötungsart zu verschleiern.«

Grayson hob fragend eine Braue: »Sie geht ganz normal zur Schule?«

»Es ist keine normale Schule, wenn Sie wissen, was ich meine«, erwiderte Morgan.

Grayson grinste nun bis über beide Ohren: »Sie meinen, wie bei den Romanen über den Jungen …?«

Morgan schnitt ihm mit einer Grimasse das Wort ab. »So in etwa. Nur mit viel weniger Zuckerguss und deutlich mehr Reißzähnen und Klauen.«

Er hatte während des Gesprächs ein Bild auf seinem Smartphone herausgesucht und zeigte Grayson nun das Foto eines fröhlich lächelnden Mädchens mit leichten Sommersprossen und dunkel schimmerndem Haar. Er betrachtete die Fotografie genauer, konnte aber nichts Ungewöhnliches ausmachen. Normale Kleidung, wenn auch recht schick, keine Krallen oder Fangzähne, nur die schwarzen Haare hatten einen leichten Grünschimmer. Er reichte Morgan das Smartphone zurück und fragte: »Ist das eine exotische Tönung oder sollte ich etwas über das Kind wissen?«

Morgan ignorierte Graysons lauernden Tonfall und sagte: »Sie ist halb Dryade, halb Nymphe, das heißt, sie kann sowohl mit Pflanzen als auch mit Tieren reden, ohne auf einen Zauber zurückgreifen zu müssen und sie ist sich der Gefühle aller in ihrer Umgebung stets bewusst. Wir denken, sie hat die Magiebegabung ihrer Eltern geerbt, aber das zeigt sich bei Halbwesen erst mit zunehmendem Alter.«

Er lehnte sich zurück und sagte abschließend: »Haben Sie noch Fragen? Ansonsten bitte ich um Ihre Entscheidung. Sophia benötigt meine Hilfe und auch wenn ich Sie für unsere beste Chance halte, so habe ich doch bereits ein gehöriges Maß an Energie und Zeit für Sie aufgewandt. Sollten Sie sich also gegen Ihre Mithilfe entscheiden, müsste ich das langsam wissen.«

Grayson hatte noch viele Fragen zum Fall der unglücklichen Miss Arling und zu den Seltsamen Sieben, aber er konnte die Dringlichkeit des anderen gut verstehen und konzentrierte sich auf das Wesentliche.

»Ich habe momentan nur zwei Fragen. Erstens: Wenn Sie doch einen Haufen Quaestoren haben, warum ausgerechnet ich?«

Der Magus nickte zustimmend. »Jeder Quaestor darf laut *Lex Nebula* immer nur mit einem Fall auf einmal beauftragt werden, um Interessenkonflikten vorzubeugen. Sonst würde hinterher der Vorwurf laut, eine der Ermittlungen hätte gelitten. Das würde das Prinzip der Neutralität verletzen. Und alle fähigen Quaestoren sind momentan im Einsatz. Ich denke, daher erfolgte die Entführung zu diesem Zeitpunkt. Es ist schlicht keiner da, der angemessen ermitteln könnte.«

Jetzt kommt es drauf an, dachte Grayson.

»Und zweitens: Was, wenn ich mich weigere? Sie haben mir alles offenbart und ich bin nun ein Sicherheitsrisiko. Was passiert, wenn ich dort zur Tür herausmarschiere? So wie Sie das sagen, kann mich doch kein Magier aufhalten.« Er benutzte seinen herausforderndsten Tonfall, den er sich immer für das Finale eines Verhörs aufhob, mit gerade genug Hohn oder Spott in der Stimme, um sein Gegenüber zu einer Reaktion zu provozieren.

Worthington reagiert jedoch ganz anders als erwartet. Er lächelte müde und sagte sanft: »Es steht Ihnen noch immer frei zu gehen, daran hat sich seit meiner Zusicherung im Verhörzimmer nichts geändert. Sie würden überwacht werden und wenn Sie versuchen wollten, die eben offenbarten Informationen publik zu machen, würde man Sie diskreditieren. Ein Mordopfer in Ihrem von innen verschlossenen Schlafzimmer, während Sie daneben liegen oder etwas in der Art. Wenn Sie an einen ruppigen Vollstrecker geraten, würde der Sie wahrscheinlich töten. Sie sind leider nicht unverwundbar. Indirekte Auswirkungen von Magie können Ihnen schaden. So wie Sie die Illusion des Fensters dort sehen, solange Sie weit genug entfernt sind, kann Sie auch ein Haus töten, das durch einen Magier zum Einsturz gebracht wird. Oder ein Feuerzauber, der den Gasherd neben Ihnen zur Explosion bringt. Oder …«

Grayson wurde kalt. »Schon gut, ich habe begriffen. Ich darf gehen und die Klappe halten oder mit Ihnen kommen. So oder so habe ich eine Zielscheibe auf dem Rücken. Nur ist sie kleiner, wenn ich mein normales Leben lebe und so tue, als hätte es die letzten zwei Tage nie gegeben, richtig?« Morgan nickte mitfühlend und erwiderte: »Ich kann Ihnen nur noch einmal versichern, dass Ihnen von unserer Seite keine Gefahr droht, solange Sie unsere Welt nicht bedrohen. Aber Sie dürfen sich nie für unverwundbar halten.«

Eine Erinnerung an Graysons Ausbilder während seiner Zeit als Rekrut blitzte kurz vor seinem inneren Auge auf. Der Mann hatte ebenfalls mit dieser Mischung aus Besorgnis und Mitgefühl auf ihn und seine Kameraden geblickt und ihnen eingetrichtert, dass ihre Waffen und Ausbildung sie nicht unbesiegbar machen würden. Irgendwie überzeugte ihn diese Parallele im Verhalten des Magus zu einem Normalsterblichen von dessen Ehrlichkeit. Er erkannte den Menschen hinter dem Magier und Politiker. Er schloss die Augen und rief sich Sophias Bild ins Gedächtnis, erkannte das Kind hinter dem politischen Druckmittel, hinter dem Halbwesen.

Er öffnete die Augen und sagte: »Also schön, ich helfe ihr. Was passiert als nächstes?«

Die nächste Fahrt war viel angenehmer als die in dem muffigen, kleinen Taxi. Nachdem Grayson ihm seine Hilfe zugesagt hatte, war Morgan ohne ein weiteres Wort aufgesprungen und hatte ihm mit einer Handbewegung zu verstehen gegeben, mit ihm zu kommen. Zügigen Schrittes hatten sie den Club verlassen und waren in eine schwarze Limousine gestiegen, die bereits vor dem Eingang auf sie gewartet hatte. Ein Chauffeur fuhr sie nun in einem extrem rasanten Tempo durch die Innenstadt, ohne jedoch den Sitzkomfort seiner Gäste dadurch zu beeinträchtigen.

Grayson beobachtete, wie sich immer wieder Lücken im Verkehr auftaten, weil einzelne Fahrer kurzzeitig langsamer oder schneller wurden und ihnen so einen fließenden Durchgang gestatteten. Unheimlich war, dass ihr Fahrer schon im Vorfeld zu wissen schien, wann jemand auf die Bremse trat oder schneller wurde. Grayson schaute fragend zu Morgan hinüber und der zuckte entschuldigend die Achseln. »Eine milde Form der geistigen Beeinflussung. Es kostet die einzelnen Fahrer nur ein oder zwei Sekunden Fahrzeit und vermeidet Unfälle.« Er griff unter seinen Sitz und öffnete ein gut verborgenes Fach, aus dem er einen Stapel Aktenmappen zog. Diesen reichte er Grayson hinüber, während er sagte: »Ich muss noch einige Anrufe machen. Vielleicht möchten Sie einen Blick hineinwerfen? Ich benötige Sie in Höchstform und wenn Sie Ihren Frieden mit Ihrem alten Leben machen könnten, wäre das sicherlich hilfreich. Oh, und unterschreiben Sie das Dokument in der letzten Mappe.« Dann drehte er sich weg und begann, leise und hektisch zu telefonieren.

Grayson starrte auf die Akten hinunter und war sich unsicher, was er dort vorfinden würde. *Mit meinem alten Leben abschließen? Worauf habe ich mich hier nur eingelassen?*

Er atmete tief durch und schlug die erste Akte auf. Die Bilder waren ihm nur zu bekannt, genau wie die Fotos in den nachfolgenden Akten. Aber die Berichte, die beilagen, entschlüsselten in akribischer Beamtensprache die Geheimnisse der mysteriösen Fälle, die Grayson immer die Seltsamen Sieben genannt hatte. Hier ein Golem, dort ein Gestaltwandler, bei einem Fall ein unglücklich verliebter Luftgeist … Grayson hatte nie eine Chance gehabt, dies alles allein aufzuklären. Während er las, fielen all die Puzzleteilchen der letzten Jahre an ihren Platz und auch wenn es ihm ungerecht vorkam, dass er jahrelang gegen Windmühlenflügel hatte ankämpfen müssen, war er doch erleichtert, dass es nicht an seinen Fähigkeiten als Ermittler gelegen hatte.

Nach und nach legte er jede der Akten beiseite, bis nur noch die letzte übrig war. Waren die anderen in schlichtem Weiß gehalten, hatte diese die übliche bräunliche Färbung einer Standardaktenmappe im Behördenverkehr.

Grayson schlug sie auf und fand im Inneren nur ein einzelnes mehrseitiges Schriftstück vor.

Ungläubig starrte er auf die Buchstaben und versuchte, sich einen Reim darauf zu machen, was zum Teufel er dort sah. Da standen seine Dienstnummer, Name, alle offiziellen Informationen über ihn, inklusive der vielen wenig schmeichelhaften psychologischen Bewertungen. Er blätterte sein Dossier durch und stockte dann. Der hintere Teil des Schriftsatzes bestand aus einem Versetzungsantrag ins Justizministerium als beratender Ermittler. Alle erforderlichen Unterschriften und Stempel waren bereits an ihrem Platz, nur ein kleines blaues Papierfähnchen war an die Stelle geklebt worden, wo noch seine Unterschrift fehlte. Selbst wenn er auf dem Revier neue Bleistifte beantragt hatte, war das aufwendiger gewesen als das hier! Er beäugte Worthington mit neuer Wachsamkeit. Der Kerl musste in der normalen Welt verdammt gut vernetzt sein, um so etwas so schnell auf die Beine zu stellen. Selbst wenn er direkt nach Graysons Festnahme mit den Vorbereitungen begonnen hatte, war das eigentlich unmöglich. Ein Blick aus dem Fenster auf den Verkehr, der sich noch immer auf subtile Weise den Wünschen ihres Fahrers anpasste, belehrte ihn eines Besseren. Er musste wirklich damit beginnen, in anderen Dimensionen zu denken.

Mit einem Seufzer blätterte er die restlichen Seiten durch und wenig überraschend fanden sich dort Freigaben des Innen- und Außenministeriums, die Graysons Befugnisse auf geradezu obszöne Art und Weise ausdehnten. Er könnte morgen den Picadilly Circus sperren lassen und würde als Gegenreaktion nur eine höfliche Anfrage erhalten, wie lange denn die Vollsperrung voraussichtlich dauern würde und ob er vielleicht noch einen Kaffee bräuchte. Im Ausland genoss er diplomatische Immunität und sein Gehalt war derart hoch, dass seine Exfrau Luftsprünge vor Freude machen würde, wenn sie den nächsten Unterhaltsscheck bekam. Grayson war Geld nie besonders wichtig gewesen, aber wenn er es nicht übertrieb, sollte er ab jetzt keine Gedanken mehr daran verschwenden müssen. Morgan hatte nicht gelogen: Wenn er dies hier unterschrieb, würde ihn nichts mehr davon abhalten, sich ganz auf seine Ermittlungen zu konzentrieren. Die letzte Seite bestand natürlich aus einer Verschwiegenheitserklärung, aber das hatte er nicht anders erwartet. Niemand außerhalb der Politik hatte derart viele Befugnisse und durfte darüber reden. Als er sich die Bedingungen durchlas, musste er jedoch mehrfach schlucken. Sollte er je mit den Medien reden, würde er ohne Verhandlung in einem sehr dunklen Loch verschwinden und niemand würde wieder von ihm hören. Grayson zuckte mit den Achseln und zog seinen Kugelschreiber aus dem zerknitterten Mantel, den er noch immer trug. Von einem frischem Hemd abgesehen, das er im Krankenhaus bekommen hatte, steckte er immer noch in den ramponierten Sachen, die er gestern beim Kampf gegen die Banshee getragen hatte. Er blickte an sich hinunter und erkannte den wahren Preis, den er mit dieser Unterschrift bezahlen würde. Mangelnde Zuständigkeiten oder Ressourcen wären demnächst nicht mehr sein Problem, sondern Zaubersprüche, Flüche und Wesen, die entschieden mehr Augen, Zähne oder Tentakel hatten als er.

Dies war der wichtigste Schritt in seinem Leben, dessen war er sich nun sicher.

Grayson bemerkte, wie Morgan ihn aus dem Augenwinkel beäugte, während er weiter telefonierte. Ein schwaches Lächeln und cin aufmunterndes Nicken war alles, was der blonde Mann auf Graysons ernsten Blick erwiderte.

Er hatte sich längst entschieden, Sophia finden zu wollen, um zur Abwechslung mal ein Leben zu retten, also warum zögerte er dann noch? Sein altes Leben war nicht besonders erstrebenswert und mit der kompletten Aufklärung der Seltsamen Sieben hielt ihn nichts mehr zurück.

Grayson zuckte die Achseln und unterschrieb mit schnellen Bewegungen seinen Eintritt in eine neue Welt.

Er reichte die Akten an Morgan zurück, der sie wieder in dem Fach unter seinem Sitz verstaute und Grayson dann, noch immer am Telefon diskutierend, kurz die Hand reichte.

Da sein Gegenüber beschäftigt war, schweiften die Gedanken des Ermittlers ab, während er aus dem Fenster starrte. Sie überquerten gerade die Themse über die Westminster Bridge und linker Hand wuchs der Westminster-Palast zu einem immer größer werdenden Rechteck heran, bis das majestätische Gebäude die gesamte Aufmerksamkeit für sich beanspruchte. Die kühle Sonne dieses Herbstnachmittags tauchte das Bauwerk in ein langsam schwächer werdendes Licht und erst jetzt realisierte Grayson, wie viel sich seit seinem Erwachen im Krankenhaus am heutigen Morgen ereignet hatte.

Irgendwie war er nicht überrascht, dass der Wagen auf den Palast zuhielt, um nach einigen Kontrollen durch schwerbewaffnete Sicherheitskräfte vor einem Seiteneingang zu halten, wo Morgan mit absoluter Selbstverständlichkeit ausstieg und seinen Anzug gerade strich.

Grayson war von Natur aus eher dreist als zurückhaltend, aber es kostete ihn trotzdem Überwindung hier auszusteigen. Kaum hatte er das Fond verlassen, als die zwei bewaffneten Wachleute aufgrund seiner schmutzigen und teils zerrissenen Kleidung unruhig wurden. Dass er sich nicht hatte rasieren können, half auch nicht gerade. Sein hageres Gesicht mit den markanten Falten, die im Laufe der Jahre durch zu wenig Schlaf und zu viel

Arbeit entstanden waren, wirkte durch seinen ständig ernsten Gesichtsausdruck auf die wenigsten Menschen vertrauenerweckend. Unrasiert, so hatte ihm jede einzelne seiner weiblichen Bekanntschaften attestiert, wirkte er düster und bedrohlich. Wie es seine Art war, hatte Grayson dieses Wissen häufiger bei harten Verhören eingesetzt und sich einfach zwei Tage vorher nicht rasiert, aber hier und jetzt, war dieser Effekt ungewollt und definitiv nachteilig. Beide Wachleute legten ihre Waffen an und Grayson sah sich schon von Kugeln durchsiebt, aber Morgan hob beschwichtigend eine Hand und die beiden entspannten sich.

Der makellos gekleidete Mann schaute Grayson kurz an und sagte abwesend: »So können wir Sie natürlich nicht vor den Rat lassen. Wir gehen erst mal in mein Büro, da können Sie sich umziehen.« Er nahm Grayson am Arm, um weiteren Missverständnissen vorzubeugen und betrat die altehrwürdigen Mauern, in denen seit Jahrhunderten die Politik Großbritanniens entschieden wurde.

Sie gelangten in eine kleine kreisrunde Halle, die am anderen Ende von einer Wendeltreppe dominiert wurde, die sowohl nach oben als auch in die Tiefe führte. Einige alte Gemälde hingen ringsum und überall waren Wappen und Verzierungen in den Stein der Wände eingearbeitet. Links und rechts der Treppe war je ein Podest zu sehen, auf denen diese abscheulichen Wasserspeier hockten, die man immer wieder an den alten Häusern Londons finden konnte. Grayson hatte diese meist klobigen, steinernen Verirrungen menschlicher Handwerkskunst nie gemocht. Sie gingen bis in die Mitte des Raumes, wo Morgan stehen blieb und kurz seinen Gehstock hob. Das Licht des Kronleuchters über ihnen schien sich für einen Moment in dem silbernen Knauf des Stocks zu sammeln, und Grayson bemerkte eine Bewegung aus dem Augenwinkel. Die Köpfe der Wasserspeier schauten sie direkt an, und Grayson konnte eine Schwärze in ihren Augen wahrnehmen, die über die normale Dunkelheit eines Schattens hinausging. Als das Licht aus dem Knauf des Gehstocks schwand, verschwand auch der Eindruck angeschaut zu werden und der Ausdruck von Leben wich aus den steinernen Fratzen. »Die haben ihre Wächter, wir haben unsere«, sagte Morgan mit einer Handbewegung, die die Sicherheitsleute vor der Tür und die Wasserspeier einschloss.

»Jetzt weiß ich, warum ich diese Dinger nie gemocht habe«, murmelte Grayson.

Worthington kicherte und begann die Wendeltreppe hinabzusteigen. Als der Ermittler ihm folgte, nahm er ein Schimmern in der Luft wahr und im nächsten Moment sah er tausende feine Linien, die sich über die Schwelle der Wendeltreppe und die Wände hinauf bis hin zur Decke erstreckten. Sie sahen ein wenig aus wie die Linien auf den Bannmünzen, die er bisher gesehen hatte. Er geriet ins Stocken und betrachtete die Komplexität der Muster, die sich vor ihm erstreckten. Morgan räusperte sich. »Eindrucksvoll, nicht wahr? Ich war mir nicht sicher, ob Ihr Talent schon groß genug ist, dass Sie die Barriere bereits sehen können. Kein Mundaner würde jemals auf die Idee kommen, diese Wendeltreppe herabzusteigen. Das hier ist so etwas wie der große, böse Bruder des Bannzaubers, den Sie bei Straage überwunden haben. Sollte der hier gegen Sie gerichtet werden, bezweifele ich, das selbst Sie ihn bannen könnten.« Er begann langsam die Treppe hinunterzusteigen und Grayson folgte ihm, wobei er immer noch die Linien betrachtete. Als er knapp zwei Meter Entfernung zwischen sich und die Zeichen gebracht hatte, verschwammen sie und verschwanden schließlich ganz. Morgan redete weiter: »Ich persönlich halte es für übertrieben, den Ratssaal direkt unter dem Westminster-Palast erbaut zu haben, aber Sie wissen ja, andere Zeiten, andere Sitten.« Er legte für einen Moment den Kopf schief und dachte nach. »Ich gebe allerdings zu, dass es recht angenehm ist, schnellen Zugriff auf die Regierung haben zu können.«

»Ich dachte, Ihre Leute würden versuchen, nicht aufzufallen«, sagte Grayson neugierig.

Morgan nickte. »Für die meisten von uns trifft das auch zu. Aber einige, so wie ich, unterhalten ein recht enges Netzwerk an Beziehungen zu den weltlichen Politikern, um ein paar Strippen ziehen zu können. Wozu Magie anwenden, wenn eine Flasche dreißig Jahre alten Bourbons an die richtige Person auch ausreicht?« Er zwinkerte seinem Gast zu und Grayson musste an die offiziellen Dokumente denken, die er vorhin unterschrieben hatte. Irgendwie war er davon ausgegangen, dass sie durch Magie und Täuschung erlangt worden waren, statt durch Bekanntschaften und Gefälligkeiten. Er war sich nicht sicher, welche Variante ihn mehr erschreckte.

Sie erreichten das Ende der Wendeltreppe und betraten einen kreisrunden Raum, der praktisch ein Spiegelbild des obigen hätte sein können, bis auf eine wichtige Ausnahme. Wo oben die Wasserspeier auf Podesten hockten, standen hier zwei reglose Gestalten in dunklen Umhängen mit tief ins Gesicht gezogenen Kapuzen, die schwere Hellebarden in den Händen hielten. Die Hände waren tiefblau, und Grayson glaubte, kurzes, weiches Fell zu sehen, welches die Haut bedeckte. Bevor er genauer hinsehen konnte, hatte Morgan ihn jedoch am Arm gepackt und fortgezogen. »Dafür ist jetzt keine Zeit und im Gegensatz zu den Kerlen da oben handeln diese beiden hier autonom. Wenn Sie sie provozieren, sind Sie tot und man kann sich nur noch bei Ihrem Leichnam entschuldigen.«

Grayson standen auf einmal die Haare zu Berge. »Das ist recht barbarisch, oder nicht?«, sagte er entsetzt.

Morgan blieb stehen und schaute ihn ernst an: »In unserer Welt werden viele Dinge recht handfest geregelt. Ein Heiltrank oder Heilzauber ist meist nicht weit entfernt und alles außer dem Tod ist innerhalb weniger Augenblicke reversibel. Ein Nachteil, den Sie ausgleichen müssen, da auch Heilmagie bei Ihnen nur sehr eingeschränkt funktioniert. Sie müssen also gerade am Anfang sehr vorsichtig sein.«

Grayson warf noch einen kurzen Schulterblick auf die verhüllten Gestalten und begann dann leise, aber zornig auf den blonden Mann einzureden: »Das wäre ein Aspekt, den Sie mir ruhig vorher hätten mitteilen können. Wenn hier jeder jeden in zwei Teile haut, weil man hinterher alle mit Magie wieder zusammenflicken kann, bin ich ziemlich im Nachteil. Ich habe nur eine grundlegende Ausbildung im Nahkampf und ohne Ihre tolle Heilmagie sehe ich mich schon wegen irgendeiner Beleidigung in einer Pfütze meines eigenen Blutes liegen.«

Morgan machte eine beschwichtigende Geste mit den Händen. »Ganz so schlimm ist das nun auch nicht bei uns. Wenn Sie erst einmal Quaestor sind, wird Ihr Status Sie schützen. Und Heilmagie wirkt bei Ihnen schon, aber nur sehr schwach und langsam.« Sie waren während ihrer Diskussion einen sechs Meter breiten Korridor entlang geschritten, der mit einem schweren blauen Teppich ausgelegt war. Eine indirekte Beleuchtung in der hohen Decke verbreitete ein gleichmäßiges, warmes Licht, das die altertümlichen Steinwände mit den fremdartigen Fresken und Wappen seltsam modern wirken ließ. Polierte Holztüren waren in regelmäßigen Abständen in den Wänden eingelassen, aber alle waren geschlossen und niemand sonst war auf dem Gang. In der Ferne konnte Grayson eine Kreuzung erkennen und dahinter schien eine breite Treppe hinabzuführen. Da die Türen keinerlei Anhaltspunkte boten, betrachtete er die Wände genauer. Die Fresken stellten verschiedenste Wesenheiten dar, die wiederum den unterschiedlichsten Aktivitäten nachgingen. Laufend, lachend, weinend, betend, sich gegenseitig zerfleischend, es war für jeden Geschmack etwas dabei. Wo diese Motive wenigstens ein wenig Aussagekraft besaßen, sagten ihm die Wappen allerdings überhaupt nichts. Nur eines kehrte immer wieder: Ein Kreis, mit Speichen wie ein Wagenrad, in seinem Zentrum ein weiterer Kreis. In diesem kleineren Rund war eine Waage zu sehen, deren Schalen sich im Gleichgewicht befanden. Grayson deutete darauf und fragte: »Das sehe ich hier ständig, was ist das für ein Symbol?« Worthington straffte sich und sagte mit Stolz in der Stimme: »Das ist das Symbol des *Equilibriums*. Der äußere Kreis stellt den *Verhangenen Rat* dar, die Waage im Inneren sollte bei unserem Namen selbsterklärend sein.«

Grayson nickte. »Nicht gerade subtil, oder?«

Morgan wollte streng dreinblicken, kicherte dann aber. »Da haben Sie recht, Sportsfreund. Die Symbole sind aber auch verdammt alt und damals wollte man sichergehen, dass die Botschaft sofort ankommt. Sie sollten mal die Wappen der anderen sehen.«

»Und warum stolpert man hier alle zwei Meter über eins?«, fragte Grayson.

»Dies ist unser Bereich, der des *Equilibriums*, meine ich. Dort vorne an der Kreuzung geht es links und rechts zu den anderen Fraktionen. Geradeaus liegt der Ratssaal.«

Morgan war während der Erklärung stehen geblieben und hatte eine Hand auf eine der Türen in der linken Wand gelegt. Ein kurzes Leuchten ging von seiner Handfläche aus und die Tür schwang lautlos nach innen. Spontan stieß Grayson einen bewundernden Pfiff aus, als er an Morgan vorbei die Einrichtung des Raumes sah. Der Magus machte eine angedeutete Verbeugung, und Grayson betrat neugierig das Büro Worthingtons. Ein riesiger antiker Schreibtisch, der den unverwechselbaren Glanz von Mahagoni besaß, dominierte den Raum, hinter ihm befand sich eine weitere Tür. Ölgemälde schmückten die Wände, schwere Vorhänge hingen vor bodentiefen Fenstern, von denen Grayson sich schon denken konnte, dass sie wieder Illusionen waren, schließlich waren sie geschätzte zwanzig Meter unter der Erde. Eine Wand war mit Regalen voller alter Bücher mit dunklem Lederrücken, wahrscheinlich alles Erstausgaben, bedeckt. Das einzige, was aus diesem Jahrhundert zu stammen schien, war die gleiche indirekte Beleuchtung wie auf dem Gang. Während er sich umsah, war Morgan durch den Raum marschiert, hatte die Tür hinter dem Schreibtisch geöffnet und winkte Grayson hindurch. »Hier vorne ist es ein wenig staubig und es gibt auch nichts zum Anziehen. Wir müssen Sie etwas aufpolieren, bevor wir Sie dem Rat präsentieren. Ein erster Eindruck ist wichtig, das sollten sogar Sie wissen.«

Dabei zwinkerte er Grayson zu, um seinen Worten die Spitze zu nehmen. Der leistete Folge und ging in den hinteren Raum, wo er wie angewurzelt stehen blieb. Dieses Zimmer war riesig, die Decke allein mindestens sechs Meter entfernt, die Wände waren gut und gerne zwanzig Meter lang. Eigentlich schien es sich hier um eine unterirdische Maisonettewohung zu handeln, denn im hinteren Teil führte eine Wendeltreppe zu einer Empore, auf der er ein riesiges Bett ausmachen konnte. Unter der Empore waren zwei extrem breite Schränke untergebracht, die offen standen und in denen Grayson genug Kleidung sah, um einen kleinen Modeladen damit zu füllen. Der Tisch in der Speiseecke konnte mindestens sechszehn Personen Platz bieten, und er war sich ziemlich sicher, dahinter einen Speiseaufzug zu sehen. Die High-End-Musikanlage und der riesige Fernseher fielen bei so viel Extravaganz dagegen kaum mehr auf. Die Wand rechter Hand bestand aus einer einzigen Fenster-Illusion und zeigte den Blick von einer Klippe aufs Meer hinaus, so dass der Eindruck entstand, als würden man direkt an der Küste wohnen. Alle Möbel waren in hellen Tönen gehalten und da die Illusion einen strahlenden Sommertag zeigte, wirkte der Gesamteindruck freundlich und einladend. Morgan freute sich sichtlich über Graysons Reaktion. »Die Luft riecht sogar ein wenig nach Meer, aber diese Illusion wirkt leider nicht auf Sie.« Er schnippte mit den Fingern und deutete schwungvoll auf Graysons Brust. »Eine schöne erste Lektion. Vertrauen Sie Ihrer Nase, Ihrem Gaumen und Ihrem Tastsinn. Alles was in Ihren persönlichen Bereich eindringt, wie Geruchspartikel, kann keine Illusion oder Manipulation sein. Ihre Augen können Sie auf Entfernungen täuschen, bis Sie nahe genug heran sind. Dasselbe gilt für Ihre Ohren.«

Während Grayson durch die Wohnung schlenderte, sagte Morgan mit gequältem Gesichtsausdruck: »Und bleiben Sie bitte vom Fenster weg. Wenn Sie aus Versehen die Illusion bannen, benötige ich bestimmt eine Woche, bis ich sie wieder so perfekt hinbekomme.«

Also ging der Ermittler zum Kleiderfundus hinüber und sah sich dort um. Der Magus trat neben ihn. »Der Rat tagt bereits, daher meine Eile. Wir sollten da sein, bevor die Sitzung beendet ist, sonst verlieren wir mehrere Tage Zeit, bevor wir Sie als Quaestor bestätigen können.«

Er begann einen schwarzen Anzug aus dem Schrank zu holen, aber Grayson lachte schallend. »Wenn Sie glauben, Sie machen aus mir einen Ermittler im Anzug, vergessen Sie es. Das hat bisher noch keiner geschafft.« Grayson hatte förmliche Kleidung schon immer verabscheut. Sie war unpraktisch und jeder sah darin irgendwie gleich aus. Sie verbarg den Charakter einer Person und das ging ihm schon seines Berufes wegen auf die Nerven. Als Konzession an seinen Chef hatte er daher begonnen, dunkle Kleidung zu tragen und einen Mantel überzuwerfen. Aber einen Hoodie, unter dem man schnell sein Gesicht verbergen, und anständige Turnschuhe, in denen man einen Verdächtigen verfolgen konnte, waren ihm allemal lieber als ein Anzug, der schon aus zwei Blocks Entfernung schrie: »Ich bin Ermittler, bitte hört alle auf, euch natürlich zu verhalten!«

Glücklicherweise hatte Worthington mehr als nur Anzüge in seinen Schränken und die Auswahl war wirklich riesig. Anscheinend hatte der piekfeine Magier auch eine Seite, die sich gerne mal amüsierte. Grayson behielt diese Information im Hinterkopf, während er sich passende Stücke heraussuchte. Zehn Minuten und eine erbitterte Diskussion über die Erhabenheit des Rates im Allgemeinen und sture Ermittler im Besonderen später, hatte Grayson sich zu seiner Zufriedenheit eingekleidet. Er würde zwar keinen Pokal für die beste Farbwahl bekommen, da Morgan auf Schwarz und Blautöne bestanden hatte, aber wenigstens sah er nicht wie ein Pfau aus. Ein dunkelblaues Shirt mit einem passenden hochwertigen Hoodie ohne Aufdruck, schwarze Jeans und Sneakers und dazu eine bequeme, schlichte, schwarze lange Lederjacke ohne Bommel, Fransen oder anderen Tand, der sich bei einem Kampf irgendwo verfangen konnte. Dick genug, um einen Sturz ein wenig abzuschwächen, aber dünn genug, dass er nicht anfing zu schwitzen wie ein Schwein. Außerdem konnte er sein Achselhalfter bequem tragen. Worthington sah nicht so glücklich aus, aber Grayson hatte ihn schlussendlich mit dem Argument überzeugt, dass er sich am besten verkaufen konnte, wenn er sich nicht verstellen musste oder unwohl fühlte. Zufrieden über diesen kleinen Sieg vor sich hin summend, ging Grayson in das elegant eingerichtete Bad, das Morgan hinter einer verborgenen Tür offenbart hatte, und rasierte sich mit schnellen geübten Bewegungen und stutzte den Bart. Der Magus bekam immer wieder Nachrichten auf sein Smartphone, wie weit die Ratssitzung fortgeschritten war, und er schätzte, dass ihnen noch knapp dreißig Minuten blieben. Als Grayson fertig war, spritzte er sich Wasser ins Gesicht und betrachtete seine Erscheinung kurz im Spiegel. Rasiert, bis auf den Bart um den Mund, wirkte er immer noch sehr ernst, mit asketischen Gesichtszügen und intensiv starrenden blauen Augen. Wenigstens hatte man ihm gesagt, er hätte ein markantes Kinn und eine edle Nase, was auch immer das bedeuten mochte. Er fuhr sich mit den Fingern durch die kurz geschnittenen schwarzen Haare. Seit ein Doppelmörder ihn beinahe getötet hätte, weil er Grayson an den Haaren erwischt hatte, trug er sie so kurz. Außerdem war es pflegeleichter und er war nun mal Pragmatiker. Er atmete noch zweimal tief durch und gesellte sich dann zu Morgan, der keine Zeit verschwendet hatte und einen neuen, tadellos sitzenden Anzug trug. Er wirkte Zoll um Zoll wie ein englischer Aristokrat und Politiker. Grayson begann zu ahnen, dass Morgan zu den wenigen Leuten gehörte, die einen Anzug trugen, weil er ihrem Charakter entsprach und nicht, um ihn zu verbergen. Dies war Morgan Worthington wie er war, wie er sein wollte. Ohne es zu wollen, begann Grayson den Mann ernsthaft zu mögen, trotz all der Unterschiede, die sie trennten.

»Sind Sie fertig, Sportsfreund? Dann auf ins Gefecht.« Dabei wirbelte er seinen Gehstock zwischen den Fingern und grinste ihn wölfisch an. »Ach, es geht nichts über einen geschickten Winkelzug, um den Gegner aus dem Gleichgewicht zu bringen.«

Er deutete mit Elan auf die Tür, die von selbst aufflog, und ging federnden Schrittes hinaus. Grayson folgte ihm, amüsiert und beklommen zugleich. Er wusste nicht, was ihn nun erwartete und auf der langen Liste an Dingen, die Grayson hasste, standen Überraschungen sehr weit oben. Nach gut hundert Metern waren sie an der Kreuzung, die die Räume der einzelnen Fraktionen miteinander verband, und geradeaus sah er die lange Treppe, die laut Morgan zum Ratssaal führte. Grayson blickte nach rechts und links, sah aber jeweils nur einen leeren Korridor mit Türen auf beiden Seiten. Alles schien absichtlich recht neutral gehalten zu sein, ganz so als ob keine Fraktion die anderen beiden provozieren wollte. Es roch förmlich nach brüchigem Waffenstillstand und Grayson standen wieder die Nackenhaare zu Berge.

Sie gingen die glatte, weiße Treppe hinab, während der Tunnel immer mehr an Breite und Höhe gewann und dabei auf zwei riesige elfenbeinfarbene Doppeltüren zuführte. Grayson schätzte deren Ausmaße auf über zehn mal zehn Meter pro Flügel. Als sie den Fuß der Treppe erreichten, kam er sich ausgesprochen winzig vor. Ohne es zu wollen, flüsterte er. »Gibt es hier keine Wachen?«, fragte er leise. Der Magus deutete nach oben und Grayson spähte in das Zwielicht der weit entfernten Decke hinauf. Er biss sich auf die Zunge, um nicht aufzuschreien. Dort hingen kopfüber und reglos bleiche Gestalten an der Decke, in weiße Mäntel gehüllt. Die Hände waren vor der Brust gefaltet, wie ins Gebet vertieft. Nur dass diese Hände Schwerter umklammerten und Grayson bei genauerem Hinsehen erkannte, dass das keine Mäntel, sondern gefaltete Flügel waren.

Morgan raunte ihm zu: »*Die bleiche Garde*. Sie erwachen nur, um Bedrohungen von einer laufenden Ratssitzung fernzuhalten. Das letzte Mal wurden sie vor 271 Jahren aktiv und wir wollen, dass das so bleibt, nicht wahr?« Eingeschüchtert nickte Grayson. Die Wesen strahlten keine Bedrohlichkeit aus, wie sie da über ihren Köpfen hingen, einem lebendigen Damoklesschwert gleich. Es war viel mehr eine absolute Gewissheit: Schlagen wir deinetwegen die Augen auf, bist du tot.

Grayson versuchte vergeblich, ein Frösteln zu unterdrücken und konzentrierte sich wieder auf die riesige Doppeltür.

Morgan drückte gegen einen der weißen Türflügel und dieser glitt trotz seiner Größe ohne einen Laut einen halben Meter weit auf. »Überlassen Sie mir das Reden. Antworten Sie nur, wenn Sie explizit gefragt werden.« Dann war er über die Schwelle und Grayson tat es ihm gleich, bevor ihn der Mut verlassen konnte.

Die Tür schwang hinter ihnen zu. Ein Rascheln lief durch die *bleiche Garde*, die für einen Moment unruhig wurde in ihrem langen Schlaf. Dann lag der Gang wieder still da.

Der Verhangene Rat von London

London, Westminster-Palast, City of Westminster, Mittwoch, 12. Oktober, 18.13 Uhr

Morgan blieb stehen und bedeutete Grayson mit einem Finger, neben ihm zu warten. Der nickte schwach, während er die Eindrücke in sich aufnahm, die auf ihn einstürmten. Der Saal war ein Oval mit einer hohen, glatten Kuppeldecke, unter der Nebel waberte. Wie bei einem Amphitheater saßen über dreihundert Personen, in drei Blöcke aufgeteilt, da. Die dem Eingang gegenüberliegende Seite war von grünen Bannern umgeben, auf denen das Wappen des *Equilibriums* prangte, und hinter den letzten Rängen über diesem Block sah er die Illusion eines gigantischen Mammutbaums, der sich auf einer Ebene im Wind wiegte. Auf breiten Sitzen mit hohen Lehnen saßen dort überwiegend humanoid aussehende Männer und Frauen, aber aufgrund der Entfernung konnte Grayson sich bei den Details nicht sicher sein. Nur die exotischen Ratsmitglieder ragten sofort heraus. Er sah eine riesige bärtige Gestalt am rechten Rand des Blocks sitzen, die in eine römische Toga gehüllt war und von der Grayson annahm, dass sie im Stehen gut und gerne sechs Meter hoch aufragte. Wie zur Symmetrie stand am linken Rand des Blocks ein Baum, der mit Amuletten und Ketten behangen war. Grayson hätte das Gehölz für eine Dekoration gehalten, aber dann beugte sich einer der mächtigen Äste herunter, um sich am Stamm zu kratzen! Sein Blick erfasste eine riesige Ameise, gefiederte Frauen und mindestens drei Gestalten, bei denen er sich auf die Entfernung nicht sicher war, was er da sah. Er beschloss zu Gunsten seiner geistigen Gesundheit nicht weiter darüber nachzudenken und reckte den Hals nach links und rechts, um die anderen beiden Blöcke in Augenschein zu nehmen. Links von ihm sah er blaue Banner, die fast dasselbe Symbol zeigten wie beim *Equilibrium*, allerdings war dort statt einer Waage ein fliegender Drache im Mittelpunkt zu sehen. Auch hier erstrahlte eine Illusion über den Mitgliedern, die einen sturmumtosten Himmel zeigte, durch den immer wieder die Sonne brach. Ab und zu konnte man einen geflügelten Schatten erkennen, der sich in einem eleganten Tanz durch die Sturmwolken wand und der den Eindruck purer Lebensfreude und Freiheit erweckte. Die Mitglieder dieses Blocks waren deutlich schillernder gekleidet und immer wieder blitzten Illusionen auf. Einige von ihnen schwebten sogar auf Wolken, statt auf ihren Sitzen Platz zu nehmen. Er sah viele echsenhafte Wesen, eine Menge menschlicher und fast menschlicher Gestalten, die direkt einem Märchenbuch hätten entsprungen sein können und dort die Rolle des Magiers oder der Zauberin ausfüllten, und einige grobschlächtige Humaniode, die sich in Tierfelle hüllten und gemein aussehende Hauer hatten, die ihnen aus dem Gesicht ragten.

Der letzte Block zu Graysons Rechten folgte derselben Symmetrie wie bei den anderen. Die Banner waren rot und zeigten in der Mitte einen Panzerhandschuh, der eine Erdkugel umfasste. Die Illusion über den Rängen zeigte eine Sonne, die gerade so über den Horizont ragte und die Ebene unter ihr in ein intensives rotgoldenes Licht tauchte. Ob es sich hierbei um einen Sonnenauf- oder -untergang handelte, konnte man unmöglich sagen und das schien Grayson auch Absicht zu sein: Die Sonne dominierte das Land und sie entschied, ob Licht oder Finsternis über die Welt hereinbrach. Grayson beobachtete viele bleiche Gestalten in den Rängen, ein wurmartiges Wesen, das zusammengeringelt auf einem der Sessel saß, und tatsächlich eine Person, die wie ein waschechter Teufel aussah, mit roter Haut, Hörnern auf dem Kopf und einem wirklich finsteren Gesichtsausdruck. Allerdings hatte dieser Teufel statt eines Dreizacks ein Tablet in der Hand, auf dem er herumtippte, und er trug einen gutsitzenden Anzug.

Grayson ließ das Gesamtbild auf sich wirken und versuchte, die Einzelheiten auszublenden. Die recht eindringliche Propaganda machte die Zuteilung einfach. Links die *Freien* mit dem tanzenden Drachen, rechts die *Erben* mit dem Panzerhandschuh und der allmächtigen Sonne.

Obwohl alle drei Sitzblöcke gleich groß waren, gab es Unterschiede bei der Besetzung. Die Fraktion des *Equilibriums* war deutlich dichter besetzt als die anderen beiden. Auffällig war hier jedoch ein hoher, reich verzierter Stuhl, der sich in der Mitte der vordersten Reihe befand und leer stand. Morgan starrte mit sorgenverzerrtem Gesicht darauf und Grayson war sich ziemlich sicher, das dort normalerweise die Ratsherrin saß, deren Tochter er finden sollte. Während seiner Beobachtungen hatte ein freundlich dreinblickender Mann mittleren Alters in einer blauen Robe aus den Rängen der *Freien* dagestanden und in einer Sprache, die stark nach Latein klang, auf die versammelten Ratsmitglieder eingesprochen. Als er fertig war und sich hinsetzte, drehten sich alle Gesichter einem seltsamen Zeremoniell folgend in Richtung des leeren Stuhls und warteten schweigend.

»Was soll das?«, hauchte Grayson Morgan ins Ohr, während er sich ganz nah zu ihm herunterbeugte.

»Alexander Klesk, ein Mitglied der *Freien*, hat gerade einen Antrag gestellt, der eine Entscheidung durch die Ratsherrin benötigt«, stieß Morgan leise zwischen zusammengebissenen Zähnen hervor. »Eigentlich findet keine Vollversammlung ohne Vorsitz statt. Sollte es doch dazu kommen, schreibt das Protokoll eine Schweigeminute vor und die Pflichtverletzung des oder der

Vorsitzenden wird amtlich. Das kann einen Misstrauensantrag gegen die Ratsherrin nach sich ziehen.« Er schüttelte den Kopf. »Wo steckt sie nur?«

Eine hochgewachsene bleiche Gestalt in einem altfranzösisch wirkenden Anzug erhob sich im Bereich der *Erben* und sagte etwas, das vor falschem Mitgefühl und Heuchelei nur so troff. Ein Tumult brach unter den Mitgliedern des *Equilibriums* aus und in diese Unruhe hinein sagte Morgan matt: »Und das war es. De la Toiboine hat sogleich die Chance genutzt und den Misstrauensantrag gestellt. In dreißig Tagen wird über den Ratsherrensitz neu entschieden.« Er wirkte auf einmal furchtbar müde.

»Können Sie denn gar nichts tun?«, fragte Grayson ungläubig. All der Elan und die Verve des Magus waren wie weggewischt, und ihm wurde mulmig bei dem Gedanken, dass ihn sein einziger Verbündeter in einem Raum voller mächtiger Wesenheiten im Stich ließ, nachdem der ihn erst hierher geschleift hatte! Er stieß Morgan seinen Ellbogen fest in die Rippen und der blonde Mann zuckte zusammen. Mit fast schon mechanischen Bewegungen ging der Magus die zwanzig Meter nach vorne, an den Rand des Ovals, das von den Rängen eingefasst wurde, wobei er Grayson mit einer Handbewegung zu verstehen gab, dort stehen zu bleiben, wo er war. Worthington hob seinen Gehstock und eine kleine grüne Lichtkugel erhob sich aus dem Knauf, um einen knappen Meter über ihm in der Luft zu schweben und dort pulsierend hängenzubleiben. Nach und nach wurde es stiller im Raum, bis alle Augen sich auf den Magus gerichtet hatten. Der trat weiter vor, bis er von allen Anwesenden gut gesehen werden konnte und verbeugte sich. Dann begann er zu reden: »Verehrte Mitglieder des *Verhangenen Rates*, gemäß den Statuten der *Lex Nebula* verkünde ich hiermit die Entdeckung eines Lacunus im Distrikt Britannia.« Wieder brach ein Tumult aus, diesmal jedoch in allen Bereichen der Versammlung. Grayson sah einige zornige, viele ängstliche und ein paar neugierige Gesichter. *Das geht ja gut los,* dachte er bei sich.

Morgan wartete darauf, dass wieder Ruhe einkehrte, und winkte seinen Gast nach vorne.

Hoch aufgerichtet, mit kämpferisch vorgerecktem Kinn, schlenderte Grayson betont gelassen nach vorne und zwang sich dabei, seinen Blick über die versammelten Wesenheiten schweifen zu lassen, ohne eine Miene zu verziehen. Diese Art des Auftretens hatte ihm bei seinen Zeugenaussagen vor Gericht immer geholfen, die Ruhe zu bewahren und etwas Besseres fiel ihm auf die Schnelle nicht ein. Er stellte sich neben Morgan und blickte möglichst selbstbewusst in die Runde. Der blasse Mann im rüschenverzierten Mantel erhob sich erneut und sagte in strengem Tonfall etwas in diesem seltsamen Latein. Morgan erwiderte: »Der Lacunus ist der Ratssprache noch nicht mächtig. Daher sollten wir dies in seiner Landessprache besprechen.« Der blasse Kerl machte ein Gesicht, als hätte er in eine Zitrone gebissen und starrte Grayson mit der selbstverständlichen Verachtung eines echten Snobs an. Grayson erwiderte den Blick ruhig und fest, während er ein kleines Lächeln in seinen Mundwinkeln zuließ. *Ja, verstanden. Du und ich werden niemals Freunde. Ich kann damit leben.*

»Da die Ratsherrin ihre Pflichten vernachlässigt hat, werde ich das Recht des letzten Sprechers beanspruchen und als Stimme des Rates fungieren«, sagte der Mann nun mit einem leichten französischen Akzent. Morgan schnaubte, machte jedoch eine kurze Verbeugung. »Wie es das Protokoll vorsieht«, erwiderte er laut.

Sein Gegenspieler hatte Morgan keines Blickes gewürdigt, sondern fixierte Grayson weiterhin. »Der Lacunus möge sich dem Rat präsentieren«, sagte er förmlich und deutete auf eine Stelle, genau in der Mitte des Raumes. Grayson blickte hinüber und sah dort einen goldenen Kreis von etwas unter zwei Metern Durchmesser, der in den Boden eingelassen war. Morgan nickte ihm zu und Grayson schritt betont langsam hinüber. Seine Schritte auf dem Steinboden waren das einzige Geräusch im Saal und er war sich der ängstlichen und feindseligen Blicke der verschiedenen Wesenheiten bewusst. Ein Teil seines Verstandes wollte ihm die Gefahr, in der er sich befand, bewusst machen, aber seine Sturheit und sein Durchhaltewillen verbannten die warnende Stimme in einen weit entfernten Teil seines Kopfes. Er betrat den Kreis und blickte den Sprecher fragend an, während er spöttisch eine Augenbraue hochzog. *Ich habe im Verhör schon ganz andere klein gekriegt, du Schnösel*, dachte er.

»Ihr behauptet also, ein Lacunus zu sein?«, fuhr der Sprecher fort. »Dann werdet Ihr nun von mir geprüft, so wie es die *Lex Nebula* verlangt.« Er machte eine sparsame Handbewegung und murmelte drei kurze Silben. Morgan schrie überrascht auf und hob seinen Gehstock, aber da raste schon ein Feuerball von der Größe eines ausgewachsenen Pitbulls aus der ausgestreckten Hand des Sprechers direkt auf Graysons einsame Gestalt zu. Innerhalb einer Sekunde war das Geschoß heran und die flammende Kugel füllte Graysons gesamtes Blickfeld aus, ein Ausweichen war unmöglich. Er spürte die Hitze auf seinem Gesicht und konnte nur noch die Zähne zusammenbeißen, sich auf den Aufprall vorbereiten und hoffen, dass sein Talent groß genug war, um nicht als lebende Fackel zu enden. Er zwang sich dazu, nicht zu schreien, als die Flammen lodernd über seine Haut züngelten und seine Augen blendeten. Dann war es vorbei. Das Feuer zerstob in alle Richtungen und verschwand, die Hitze verging in einer warmen Brise. Innerlich kochte Grayson vor Wut, aber er schenkte dem blassen Mann nur sein breitestes, fiesestes Grinsen und strich sich beiläufig einen einzelnen Funken von der Lederjacke. Zufrieden bemerkte er, dass sein Kontrahent für einige Sekunden extrem verunsichert dastand, bis er sich wieder fing.

Und die restlichen Zuschauer blickten nun durch die Bank weg eher erschrocken als zornig drein. *Einen Beliebtheitspreis werde ich so schnell nicht gewinnen, aber der Kerl hat mir einen echten Gefallen getan. Jetzt wird sich der Rest der Meute zweimal überlegen, gegen mich vorzugehen*, dachte er immer noch lächelnd. Während sein Herz langsam aufhörte, wie wild zu trommeln, und das Blut nicht mehr in seinen Ohren rauschte, lauschte er der Diskussion, die gerade losbrach.

»Comte de la Toiboine, darf ich energisch darauf hinweisen, dass ein solch brachialer Test nicht angemessen ist?« Morgan zitterte am ganzen Körper vor Entrüstung und er schrie beinahe, konnte seiner Stimme aber trotzdem einen Rest Würde verleihen: »Ein nicht ausgebildeter Lacunus wird normalerweise durch einen leichten Zauberbann getestet. Ihr hättet ihn umbringen können!«

Der Comte deutete auf den leeren Ratssessel der Vorsitzenden und sagte mit samtweicher Stimme: »Harte Zeiten verlangen harte Maßnahmen. In dieser Krise des Rates war es besser auf Nummer sicher zu gehen, als einen Scharlatan in unserer Mitte zu dulden.«

Es war offensichtlich, dass keiner der Anwesenden ihm so recht glaubte, aber Grayson hatte schon oft derart halbseidene Ausreden gehört, die akzeptiert wurden, weil es politisch opportun war. Morgan erkannte jedoch auch die Defensive, in die der andere sich manövriert hatte und zögerte nicht, diese auszunutzen. »Da der Comte so freundlich die Echtheit und beachtliche Stärke dieses Lacunus demonstriert hat, beantrage ich seine Ernennung zum Quaestor mit sofortiger Wirkung«, rief er triumphierend.

Grayson hätte einen weiteren Tumult erwartet, aber es wurde mucksmäuschenstill im Saal. Alle schauten den Comte de la Toiboine an, der sich hilfesuchend nach links und rechts umsah. Nach einigen Sekunden kam er wohl zu dem Schluss, dass es kein Schlupfloch gab, und starrte Morgan mit einem mörderischen Blick an, während er wiederwillig sagte: »Er sollte erst eine passende Ausbildung durchlaufen, bevor wir ihm den Schutz der *Nebula Convicto* anvertrauen.«

Morgan zeigte nun wieder sein breites Grinsen, mit dem er vorhin sein Büro verlassen hatte und erwiderte genüsslich: »Grayson Steel hat jahrelange Erfahrung als Detective Chief Inspector bei Scotland Yard. Seine Hartnäckigkeit und gute Beobachtungsgabe haben in der Vergangenheit dazu geführt, dass unsere Beobachter bereits eine Akte über ihn angelegt hatten, als seine Gabe noch unbekannt war. Ich bin sicher, meine hochgeschätzten Kollegen stimmen mir zu, dass seine weitere Ausbildung während seines aktiven Dienstes erfolgen kann.«

Beifälliges Nicken aus den Reihen der Ratsmitglieder begleitete diese Worte. Seltsamerweise schien die Stimmung im Raum ihm gegenüber gekippt zu sein, seit Morgan ihn zum Quaestor machen wollte. Anscheinend war ein Lacunus, der frei herumlief, angsteinflößend, aber einer, der für den Rat arbeitete, kostbar. Die Welt hier unten schien wirklich genau denselben moralischen Grautönen zu folgen wie die normale auch. Der Gedanke deprimierte Grayson.

Ich werde mich hier prima zurechtfinden, dachte er bitter.

Der Comte hatte sich in der Zwischenzeit mit seinen Sitznachbarn beraten und schien ein wenig seiner Selbstsicherheit zurückerlangt zu haben, was definitiv kein gutes Zeichen war. Er blickte auf Morgan herab und sagte in förmlichem Tonfall: »Ihr bürgt für den Charakter dieses Mannes?« Morgan nickte und zwinkerte Grayson zu. Der blasse Mann lächelte zufrieden und sagte: »Dann bestimmt der Rat Euch zu seinem Mentor. Ihr seid bis zum Ende seiner Eingewöhnungsphase für sein Handeln verantwortlich. Da dies bedeutet, dass Ihr Euren Pflichten im Rat nicht länger nachkommen könnt, müsst Ihr gemäß unseren Regeln Euren Platz räumen.«

Protest aus der Fraktion des *Equilibriums* wurde laut, aber an den hängenden Schultern Morgans erkannte Grayson, dass dieser sich geschlagen gab. Er zog einen goldenen Ring von seinem Finger und legte ihn auf seine ausgestreckte Handfläche. Sofort hob sich das Schmuckstück in die Luft und sauste schnurstracks hinüber zu einem der leeren Sitze zwischen den grünen Bannern. Der Ring wurde langsamer und versank dann in einer Vertiefung, die im Kopf der Lehne eingelassen war. Morgan schaute zerknirscht zu Grayson hinüber, der nur entschuldigend mit den Achseln zucken konnte. *Dies ist dein Spiel, mein Freund, tut mir leid*, dachte er, während ihn eine Welle der Sympathie für den Magier durchfuhr. Wenigstens konnte er sich nun der Motive Morgans sicher sein. Der Magus hätte sich kaum von seinem Posten getrennt, wenn er seine kleine Ansprache im Club nicht ernst gemeint hätte. Grayson wusste nun, dass er Morgan Worthington vertrauen konnte, und das war in seinen Augen verdammt viel wert. Er hoffte, dass sein Verbündeter das genauso sah.

Die Mitglieder verstummten wieder und standen dann alle auf, sofern es ihre Anatomie gestattete. Der Riese war nur fünfundzwanzig Meter von ihm entfernt und seine Präsenz war im Stehen noch um ein Vielfaches mächtiger. Grayson starrte ihn einfach nur an, bis der riesige Mann ihm überraschend mit einem Augenzwinkern zulächelte. Verlegen kratzte sich der frischentdeckte Lacunus am Kopf und konzentrierte sich wieder auf den Comte, bevor er noch jedes einzelne Ratsmitglied angaffte wie ein Dorftrottel. Der schien geradezu körperliche Schmerzen zu haben, als er Grayson wiederwillig ansprach: »Grayson Steel, schwört Ihr, die *Lex Nebula* zu achten, die *Nebula Convicto* zu schützen, Euren politischen Bündnissen zu entsagen und nur dem *Verhangenen Rat* Folge zu leisten?«

Grayson schielte kurz zu Morgan hinüber, unsicher ob er gerade in eine weitere Falle tappte, aber der nickte ihm fast unmerklich zu. Er zögerte seine Antwort noch einige Sekunden hinaus, einfach weil er Zeremonien nicht ausstehen konnte. Als das Gesicht des Comtes sich schließlich schon wütend verzog, sagte Grayson schlicht: »Ja.«

Der *Verhangene Rat* schloss wie ein Wesen die Augen und begann einen seltsam asynchronen Gesang anzustimmen. Ein Licht glomm eine Armeslänge von Grayson entfernt auf, das sich, sanft und silbrig schimmernd, zu einem kleinen Kreis formte. Der Gesang verebbte und im selben Maße verschwand das Licht. An seiner Stelle schwebte nun ein schmaler silberner Ring vor Grayson in der Luft. Das Schmuckstück war schlicht, ein einfacher silberner Reif, der an einer Stelle ein wenig dicker wurde und dort das Zeichen des Rates eingraviert hatte, allerdings ohne das Symbol einer Fraktion in seinem Mittelpunkt. Er griff zu und erwartete halb, dass der Ring sich auflöste, da er offenkundig durch Magie erschaffen worden war, stellte jedoch überrascht fest, dass er sich wie ein ganz normaler Gegenstand verhielt und anfühlte.

Als niemand protestierte, steckte er sich den Ring an den Finger und schaute Morgan erwartungsvoll an. Die Ratsmitglieder deuteten ihm gegenüber eine schwache Verbeugung an und setzten sich wieder. Der Comte de la Toiboine blieb als einziger stehen und intonierte förmlich: »Willkommen Quaestor Grayson Steel.«

Der nickte huldvoll und dachte gleichzeitig zufrieden: *Erstick daran, du Arsch.*

Der Comte war jedoch noch nicht fertig mit ihm. »Da Ihr ein neuernannter Quaestor seid, sollten wir für Euren ersten Auftrag mit etwas Leichtem beginnen, nicht wahr? Im Norden Spaniens haben sich einige Trolle der örtlichen Bevölkerung gezeigt und sind dann aus Angst vor der Bestrafung in die Berge geflüchtet. Ich bin sicher, dass Ihr innerhalb weniger Wochen Erfolg dabei haben werdet, sie aufzuspüren und herzubringen«, fuhr der Sprecher fort.

Grayson wurde stinksauer und hatte nicht übel Lust, alle Heilmagie dieser Welt auf die Probe zu stellen, indem er dem Drecksack mit seiner Waffe das Lächeln aus dem Gesicht ballerte, aber bevor er sich zu irgendeiner Dummheit hinreißen lassen konnte, hatte er eine Idee. Er verschränkte die Arme vor der Brust und sagte: »Das halte ich für keinen guten Einfall. Meine Pflichten als Quaestor gelten immer der größten Bedrohung für den Rat und die Gemeinschaft. Und ich denke, die Entführung der Tochter der Ratsherrin ist doch ein wenig wichtiger als ein paar flüchtige Trolle.« Grayson hoffte, dass er seine Position richtig verstanden hatte und nicht in der ersten Minute in seinem neuen Job schon sein Blatt überreizte. Andererseits hatte er so oft mit seinem Vorgesetzten bei Scotland Yard um zusätzliche Zeit für seine Fälle gefeilscht, dass er sich recht sicher war, die Situation korrekt einzuschätzen.

Dem Comte traten fast die Augen aus dem Kopf und er schien für einen Moment zu schockiert, um reagieren zu können. Schnell schaute Grayson sich um und erkannte viele unschlüssige Gesichter, daher setzte er noch eins drauf: »Sicher will keiner der hier Anwesenden der Ratsherrin erklären müssen, warum das Auffinden ihrer Tochter keine Priorität hatte, oder?« Dabei breitete er unschuldig die Arme aus und drehte sich langsam im Kreis, um mit so vielen Wesen wie möglich Augenkontakt herzustellen. Zustimmendes Gemurmel erfüllte den Raum und Grayson nickte zufrieden. *Die Angst vor politischem Selbstmord zieht immer. Ich glaube, meine neue Arbeit wird mir gefallen,* dachte er.

Der Comte gab sich geschlagen und sagte: »Nun gut, Eure Einwände sind einleuchtend. Wir beauftragen Euch mit der Suche nach dem verschwundenen Kind Sophia vom See. Damit beende ich die heutige Sitzung. Mögen die Nebel dicht und sicher sein.«

Kaum waren seine Worte ausgesprochen, verschwand der überwiegende Teil des Rates auf vielfältige Weise aus dem Saal.

Einige hüllten sich in Rauch, andere vergingen in Blitz und Donner, wieder andere verschwammen einfach und lösten sich auf. Erst dachte Grayson, sie würden angegriffen, aber die übrigen Ratsmitglieder standen in aller Seelenruhe auf und begannen damit, den Saal zu verlassen. Anscheinend war Grayson gerade Zeuge verschiedener Formen des magischen Reisens geworden. Morgan marschierte zu ihm herüber, seine edlen Züge legten beredtes Zeugnis über die widersprüchlichen Gefühle in seinem Inneren ab. Grayson versuchte ein schiefes Grinsen und sagte: »Und? Haben wir gewonnen? Bei all der politischen Spiegelfechterei habe ich den Überblick verloren.«

Morgan zuckte schwach mit den Schultern und rieb sich das Kinn. »Ich weiß es nicht. Das hängt jetzt ganz von Ihnen ab. Ich hatte diesen Ratsplatz so lange inne, ohne ihn fühle ich mich recht nackt. Ich hoffe wirklich, Sie sind das alles wert.«

Grayson wand sich unbehaglich. Er war jemandem extrem ungern etwas schuldig, aber Morgan hatte an ihn geglaubt und das konnte er nicht ignorieren. Er streckte dem Magus die Hand entgegen. »Danke für Ihr Opfer. Ich verspreche, dass ich alles tun werde, um Sophia zu finden.« Morgan ergriff die Hand und schüttelte sie kurz aber fest, begleitet von kleinen Lichtblitzen, die zwischen ihren Händen übersprangen. »Das weiß ich zu schätzen«, sagte er dabei. Dann zog er seine Hand schnell zurück. »Nichts für ungut, Sportsfreund. Aber eine Berührung durch einen erwachten Lacunus ist für einen Magier als würde man ein Stromkabel anfassen.« Während ihrer kurzen Unterhaltung hatten sie einige Ratsmitglieder passiert und ihnen höflich zugenickt.

»Über dreihundert Männer und Frauen, aber keiner sagt Hallo. Mein Auftritt muss wirklich Eindruck hinterlassen haben«, sagte Grayson nachdenklich.

Morgan schüttelte den Kopf. »Das ist es nicht, Sie haben sich sogar hervorragend geschlagen, wenn man die Umstände bedenkt. Aber die *Lex Nebula* verbietet eine Kontaktaufnahme einzelner Ratsmitglieder während einer laufenden Ermittlung, es sei denn Sie sprechen sie an. So soll eine Einflussnahme verhindert werden. Sie werden ganz genau beobachtet, aber ansprechen wird Sie niemand, es sei denn er hat Informationen zu Ihrem Fall, dann wird man Ihnen eine Anfrage zukommen lassen«, erklärte der Magus. Die Halle hatte sich merklich geleert und nun wandten die beiden sich auch Richtung Ausgang. Der Nebel, der bisher an der Decke gehangen hatte, sank langsam zu Boden und würde wohl bald den gesamten Ratssaal ausfüllen. Grayson vermutete, dass sie zu Morgans Büro zurück wollten und beschloss, die Zeit für ein paar Fragen zu nutzen. »Wem muss ich denn Bericht erstatten, wenn keiner mit mir redet?«

»Der nächsten Vollversammlung, wenn Ihre Ermittlungen es zulassen. Die ist in dreißig Tagen. Und bis dahin müssen wir ohnehin erfolgreich gewesen sein, oder die Wahl des nächsten Ratsherrn wird sehr nachteilig für uns ausfallen«, erwiderte Morgan.

Ich muss gestorben und im Ermittlerhimmel gelandet sein. Mehr als dreihundert Vorgesetzte und keiner von ihnen darf mir im nächsten Monat auf die Nerven gehen!, jubilierte Grayson innerlich. Laut sagte er: »Und was ist diese Mentor-Geschichte? War das nur ein Winkelzug, um Sie kaltzustellen?«

Morgan verzog sein Gesicht: »Wenn es nur so einfach wäre, aber da bin ich ganz allein Schuld. Jeder Neuzugang zur *Nebula Convicto* hat eine Art Eingewöhnungszeit, in der er unsere Regeln lernen muss. In dieser Zeit kann er für ein mögliches Fehlverhalten nicht bestraft werden, stattdessen muss der Mentor den Kopf hinhalten. Das sorgt dafür, dass jeder Mentor versucht, seinen oder ihren Schützling möglichst schnell und gründlich zu unterweisen. Ich habe einfach nicht bedacht, dass selbst ein Quaestor einen Mentor benötigt.«

Grayson blies kurz die Wangen auf, dann sagte er genervt: »Also an Regeln mangelt es hier nicht.«

Morgan warf ihm einen kurzen Seitenblick zu: »Sie sind hier im Herzen einer Regierung, die unterschiedlichste Wesenheiten mit variierender Macht und gegensätzlicher Agenda davon abhalten soll, die Welt in einen Kriegsschauplatz zu verwandeln. Da habe ich persönlich lieber eine Regel mehr als eine zu wenig, denken Sie nicht auch?«

Grayson konnte dem nur beipflichten. Er betrachtete nachdenklich seine Hände, da fiel ihm die nächste Frage ein: »Was hat es mit dem Ring auf sich und warum habe ich ihn nicht entzaubert oder wie auch immer das heißt?«

Morgan rollte mit den Augen. »Gebannt, der richtige Ausdruck ist gebannt. Der Ring ist ein Zeichen Ihrer Autorität, so etwas wie früher Ihre Dienstmarke. Es gibt kaum einen Ort, zu dem er Ihnen nicht Zutritt verschafft, und jeder, der sich dem *Verhangenen Rat* gegenüber loyal verhält, wird Ihnen helfen, so gut er kann. Davon abgesehen ist es ein ganz normaler Ring aus Silber. Er wurde zwar magisch erschaffen, ihm wohnen aber keine Kräfte inne. Hätten Sie ihn während seiner Entstehung berührt, wäre der Zauber misslungen und der Ring zerstört worden. Aber als er einmal fertiggestellt war, hätte er ebenso gut von jedem Juwelier gegossen worden sein können. Etwas wirklich zu erschaffen, also permanent und stofflich in dieser Welt zu verankern, ist die höchste Form der Magie. Deswegen war auch der gesamte *Verhangene Rat* daran beteiligt.«

Grayson war sich sicher, dass sie gerade an der Tür zu Morgans Räumen vorbeigekommen waren. Er schaute irritiert und Worthington sagte sanft: »Ich bin kein Ratsmitglied mehr, also sind das nicht mehr meine Räume. Die Tür würde sich für meine Berührung nicht öffnen. Außerdem wird es dringend Zeit, dass wir jemanden besuchen.«

»So, wen denn?«, fragte Grayson.

Der Magus ging noch einige Schritte weiter und klopfte dann mit seinem Gehstock an eine der zahlreichen Türen.

»Wir besuchen die amtierende Vorsitzende des *Verhangenen Rates* der *Nebula Convicto*.«

Die Tür schwang auf und Grayson sah nur Schwärze. Er zögerte und Morgan lachte freundlich.

»Glauben Sie mir, Sportsfreund. So sicher, wie Sie hinter dieser Schwelle sind, waren Sie seit Jahren nicht mehr«, beruhigte er ihn.

Der frischgebackene Quaestor nickte stoisch und zusammen betraten sie den pechschwarzen Raum. Sofort glitt die Tür hinter ihnen zu und hüllte die beiden in Dunkelheit.

Zu Gast in einem besonderen Teich

London, Westminster-Palast, City of Westminster, Mittwoch, 12. Oktober, 18.42 Uhr

Grayson wollte protestieren, aber dann bemerkte er ein sanftes grünliches Licht, das aus der Decke und den Wänden zu kommen schien, so schwach, dass man es nur wahrnehmen konnte, wenn die Tür geschlossen war und die Flurbeleuchtung aussperrte. Schemenhaft erkannte er, dass sie sich in einer Art Vorzimmer aufhielten, dessen Wände über und über mit schweren dunklen Vorhängen behangen waren. Der gegenüberliegende Durchgang war durch die gleichen Stoffbahnen verhangen und Grayson trat neugierig darauf zu. Morgan hielt ihn mit einer sanften Berührung an der Schulter auf und deutete an die linke Wand.

»Erst ziehen wir uns um.« Morgan schaute auf die Stelle, auf die der Magus deutete, und hätte beinahe laut losgelacht. »Soll das Ihr Ernst sein?«, fragte er amüsiert.

Direkt an der Wand stand eine dunkle Holzbank, auf der fein säuberlich gefaltet ein ebenso dunkles Badetuch lag. Er drehte sich zu Morgan um, aber der war zur anderen Seite des Raumes hinüber getreten, wo Grayson undeutlich ein ähnliches Arrangement sah. Der Magus war durch das Licht nur noch als verschwommener Fleck zu erkennen, und Grayson verstand, wieso diese seltsamen Lichtverhältnisse herrschten, als Morgan tatsächlich begann, sich auszuziehen. Hilflos starrte Grayson den Umriss seines Verbündeten an, dann ergab er sich seinem Schicksal und begann ebenfalls damit, seine Kleidung abzulegen. »Was soll denn das? Ist das eine Schutzmaßnahme gegen versteckte

Waffen oder so etwas?«, fragte er über die Schulter. Morgan antwortete ruhig: »Das könnte ein zusätzlicher Grund sein, Sportsfreund, aber ich denke, gleich wird Ihnen klar werden, welchem Zweck dies hauptsächlich dient.«

Grayson verzog sein Gesicht zu einer Grimasse. Schnell zog er die restlichen Kleidungsstücke aus und warf sich das Handtuch um die Hüften. Er blickte zweifelnd an sich herab und glaubte nicht, dass er den besten ersten Eindruck machen würde. Seine hagere Gestalt hatte im Laufe der Jahre als Polizist einige Narben gesammelt und einige prachtvolle Hämatome überzogen seine Brust und den Rücken – Andenken an seinen Kampf mit der Banshee. Von dem Verband, der seine Bauchwunden verbarg, ganz zu schweigen. Grayson versuchte sich klarzumachen, dass sein Zusammenstoß mit dem Monster noch keine vierundzwanzig Stunden her war, aber es war einfach zu viel passiert. Nach seiner Einschätzung hätten auch zwei Wochen vergangen sein können. Er hatte sich von dem Tempo der Ereignisse mitreißen lassen und wenn er zu genau über alles nachdachte, drohten ihn die Eindrücke zu überwältigen. Um sich abzulenken, sagte er: »Es wirkt hier alles so altertümlich und förmlich. Ich hätte nicht erwartet, das der *Verhangene Rat* eine Frau an der Spitze zulässt.«

Grayson zuckte zusammen, als er hinter sich ein explosionsartiges Gelächter vernahm. Er drehte sich um und sah Morgans Umriss, wie er sich auf der Holzbank sitzend krümmte vor Lachen. Nach einer Weile hatte er sich beruhigt und antwortete, während er sich die Tränen aus dem Gesicht wischte: »Seit Kleopatra hat keiner mehr bei uns über so etwas nachgedacht. Wer hier die falsche Frau beleidigt, dem sprengt sie mit einem Fingerschnippen den Kopf weg. Wir haben sicherlich unsere Probleme, aber in vielen Aspekten des Lebens ist Ihre Welt diejenige, die uns antiquiert und rückschrittlich vorkommt.«

Der Magus erhob sich und trat zum Durchgang, wo er eine Hand auf den Vorhang legte, der die Sicht versperrte. Er deutete auf den Siegelring, den Grayson abgelegt hatte, und gab ihm zu verstehen, ihn mitzunehmen. Der steckte ihn wieder auf, woraufhin Morgan fragte: »Bereit?«

Grayson nickte zögerlich und trat neben ihn. Worthington verlor keine Zeit und zog den schweren Vorhang zur Seite, während er den hageren Mann mit der anderen Hand vorwärts winkte.

Vor ihnen öffnete sich ein Areal, das Grayson nur als Waldlichtung bezeichnen konnte. Ein dichtes Blätterdach verdeckte den Himmel und wo er durch den Bewuchs nach oben spähen wollte, blockierte ein diffuses Licht die Sicht. Er holte tief Luft und schritt durch den Eingang. Grayson sah keine Wände, der Wald schien sich in alle Richtungen zu erstrecken. Er drehte sich um und sah einen verwitterten Torbogen, der mit einem schwarzen Tuch verhangen war, durch den Morgan gerade trat. Davon abgesehen hätte Grayson schwören können, in einem echten, lebendigen Wald zu stehen. Er schaute hinab auf seine Füße, deren Zehen sich in saftiges Moos krallten, und er roch den würzigen Duft der Pflanzen. Grayson hockte sich hin und strich mit den Fingern über den Boden. Kein Kräuseln, keine Blitze. *Das hier ist echt, keine Illusion,* dachte er überrascht.

Er richtete sich auf und blickte Morgan fragend an. Es war zwar schön hier, aber er stand, nur mit einem Handtuch bekleidet, in einem unbekannten Wald, ohne zu wissen warum. Morgan zwinkerte ihm zu und spazierte zwischen einer dichten Baumgruppe hindurch. Grayson trottete hinterher und sah vor sich einen kleinen Teich, der geschützt zwischen den Bäumen lag. Das Gewässer hatte einen Durchmesser von gut zwölf Metern und schien aus einer unterirdischen Quelle gespeist zu werden. Dampf stieg von der Oberfläche auf und das Wasser war weislich trüb und in leichter Bewegung. Er wollte Morgan gerade eine weitere Frage stellen, aber der war hinter einen der umstehenden Bäume getreten und von dort in den Teich geglitten. Grayson starrte zweifelnd auf seinen Verband hinunter und fragte sich, wie sinnvoll es war, mit zehn, wenn auch oberflächlichen, Fleischwunden im Bauch in einem Teich baden zu gehen. Morgan sah den Blick und blieb stumm, streckte allerdings den ausgestreckten Daumen hoch und winkte ihn aufmunternd hinein. Grayson zuckte die Achseln und verschwand ebenfalls hinter einem Baum, um außer Sicht des Magus sein Handtuch abzulegen und an den Rand des Teiches zu treten. Er tauchte prüfend den Zeh ein. Das Wasser war weder warm noch kalt, sondern schien ihn auf eine seltsam unwirkliche Art zu umschmeicheln und sich an seine Bedürfnisse anzupassen. Zu seiner Überraschung gab es keinen flachen Bereich, sein Fuß stieß ins Leere, als er ins Wasser stieg, und er fiel wenig elegant vornüber und versank unter der Oberfläche. Seine Wunden schmerzten und kribbelten aufgrund seines unfreiwilligen Bauchklatschers und durch das aufgewirbelte trübe Wasser wusste er nicht, wo oben und unten war. Seine Arme und Beine suchten nach Halt, während er darum kämpfte, einen Orientierungspunkt auszumachen.

Nach einigen Sekunden war er so weit versunken, dass sein Füße den Grund des Gewässers erreichten. Er stieß sich dankbar ab und kam prustend an die Oberfläche. Morgan hatte es sich breit grinsend am Rand gemütlich gemacht, indem er sich mit ausgebreiteten Armen am Ufer hinter ihm festhielt und dabei langsam Wasser trat. Grayson funkelte ihn böse an, tat es ihm dann aber gleich. Morgan schloss daraufhin die Augen und sagte sanft: »Mylady, wir sind hier.«

Grayson reckte den Hals und sah sich am Ufer um, ob er irgendjemanden sehen konnte, als sich in der Mitte des Sees lautlos ein Kopf aus dem Wasser hob. Schwarzes, glänzendes Haar umrahmte ein fein geschnittenes Frauengesicht, dessen Teint einen leichten Blauton besaß. Die Augen waren dunkelbraun und das Weiß schimmerte perlmuttfarben. Sie strahlte eine solche Traurigkeit aus, dass Grayson sich nicht sicher war, ob die Tropfen, die ihre Wangen herunterrannen, nur aus Teichwasser waren oder sich Tränen darin verbargen. Ihre Stimme war weich, sanft und überraschend tief.

»Morgan, es ist schön, dich in dieser schweren Stunde zu sehen. Aber es ist ein sehr unpassender Zeitpunkt, um einen Fremden hierher zu bringen.« Sie blickte Grayson direkt in die Augen und der musste einen Impuls unterdrücken, um die fremde Frau nicht tröstend in die Arme zu schließen. Er war immer stolz darauf gewesen, sich bei einem Fall stets professionell zu verhalten und die nötige Distanz zu wahren, aber ihre emotionale Ausstrahlung war ungewöhnlich stark. Er riss sich zusammen und sagte stattdessen mit so viel Würde, wie er nackt in einem Tümpel aufbringen konnte: »Guten Abend, Miss. Mein Name ist Grayson Steel. Ich soll dabei helfen, Ihre Tochter wiederzufinden.«

Die Augen der Frau weiteten sich überrascht und verengten sich dann zu Schlitzen, während sie Grayson genau musterte. Der verspürte auf einmal einen Druck im Kopf und konzentrierte sich, um seine Sicht zu klären, die plötzlich verschwamm. Die Augen der seltsamen Schönheit entspannten sich und genauso schnell wie das seltsame Gefühl in seinem Schädel aufgekommen war, verschwand es wieder.

»Ein Lacunus«, sagte sie überrascht. Morgan nickte eifrig. Er wirkte auf einmal wie ein Schuljunge, der seiner Lehrerin gefallen wollte, während er hastig erklärte: »Ich habe ihn gestern gefunden, nachdem ein Bericht über eine tote Banshee hereinkam. Er hat sie im Alleingang unschädlich gemacht und zwar ohne Vorkenntnisse. Mr. Steel hat sich bereit erklärt, uns zu helfen, und vorhin hat ihn der *Verhangene Rat* zum Quaestor ernannt und auf Sophias Entführung angesetzt.«

Sie lächelte für einen kurzen Moment und fragte Morgan: »Wie hast du das denn erreicht?«

Der schaute jetzt bedauernd und antwortete: »Einfach war es nicht. Ich bin nun sein Mentor und mein Ratssitz ist verloren. De la Toiboine hat versucht, ihn unter dem Vorwand der Prüfung seiner Fähigkeiten einzuäschern, aber Graysons Gabe ist sehr ausgeprägt.« Er zögerte für einen Moment, bevor er hinzufügte: »Es wäre einfacher gewesen, wenn Ihr uns im Saal unterstützt hättet.« In Morgans Tonfall schwang zu gleichen Teilen Besorgnis, Tadel und Unverständnis mit.

Der traurige Gesichtsausdruck kehrte zurück auf das Gesicht der Ratsherrin und nun war Grayson sich sicher, dass er Tränen sah, als sie antwortete: »Ich erhielt eine simple magische Botschaft, mich von dieser Ratssitzung fernzuhalten oder Sophia würde sterben. Der Zauber ließ sich natürlich nicht zurückverfolgen.« Ihre Stimme brach und sie verstummte.

Morgan schaute Grayson an, um der Frau einen Moment Zeit zu geben, sich zu sammeln.

»Das passt alles genau zusammen. Sophia wird entführt, um die Abwesenheit ihrer Mutter zu erzwingen. Da sie nicht an der Ratssitzung teilnimmt, kann sie nicht über Anträge entscheiden und es darf ein Misstrauensantrag gestellt werden. Und nun wird in dreißig Tagen über den Ratssitz entschieden.«

Bei seinen Ausführungen war der Kopf der Frau hochgeruckt und hatte einen erschrockenen Gesichtsausdruck angenommen. Sie sagte mit aufgewühlter Stimme: »Also darum geht es hier. Ich dachte, ich sollte nur von einer strittigen Abstimmung ferngehalten werden, die jemand dringend durch den Rat bringen wollte.«

Morgan schüttelte energisch den Kopf: »Dafür ist der Einsatz zu hoch. Man entführt nicht die Tochter der Ratsherrin für einen kurzfristigen politischen Erfolg. Hier geht es um einen Ärawechsel.«

»Ein Ärawechsel?«, warf Grayson ein. Er war froh, bisher alles nachvollziehen zu können, und wollte jetzt nicht den Anschluss verlieren.

»So bezeichnet man eine Übergabe des Ratsvorsitzes an eine andere Fraktion. Der Ratsherrenplatz wird lebenslang vergeben, oder im Falle eines langlebigen Inhabers, alle einhundert Jahre. Die letzte Wahl liegt gerade mal sechsundzwanzig Jahre zurück und das *Equilibrium* konnte sich eine weitere Amtszeit sichern, aber es war knapp und seitdem haben wir noch einige Ratssitze verloren. Zusammen mit dem heutigen Verlust meines Sitzes werden wir die Abstimmung höchstwahrscheinlich zugunsten der *Erben* verlieren.«

Es war für einige Sekunden still, nur das sanfte Plätschern des träge wirbelnden Wassers war zu hören, durchbrochen von einigen leisen Vogelstimmen, die in der Ferne ihr Lied in den Wald hinaussangen. Grayson nutzte die Zeit, um das eben Gehörte mit seinem neu erworbenen Wissen der letzten Stunden abzugleichen. Dann wurde ihm trotz des warmen Wassers kalt. »Moment mal, sind das nicht die Typen, die für das Mittelalter verantwortlich waren? Bitte sagen Sie mir, dass da vorhin nur Ihre politische Überzeugung aus Ihnen gesprochen hat«, entfuhr es ihm.

Die Frau antwortete, ihr Gesicht nun angespannt und konzentriert, der Tonfall überzeugt: »Leider nein. Als Beispiel für ihre Agenda nenne ich Ihnen einige der Abstimmungen, die die *Erben* in den letzten Jahren im Rat eingebracht haben: Die Zulassung zur unregulierten Nahrungsaufnahme für Vampire in ländlichen Gebieten mit fehlender Kameraüberwachung. Die Eingliederung des Seelenhandels in den weltlichen Börsenbetrieb, selbstverständlich ohne Kenntnis der restlichen Aktionäre. Oder die Aufhebung der Einzelfallprüfung durch den Rat bei der Einflussnahme auf politische Prozesse in der mundanen Welt mittels Gedankenmanipulation. Und das sind nur die Anträge, von denen sie glaubten, damit unter einer fraktionsfremden Ratsherrin durchzukommen.«

Grayson war sich sicher, dass er gerade einen extrem dummen Eindruck machen musste, denn sämtliche seiner Gesichtszüge waren entglitten und sein Mund stand weit offen. *Unregulierte Nahrungsaufnahme? Einzelfallprüfung zur Gedankenmanipulation?,* dachte er fassungslos. Die Implikation, wie weit die magische Welt bereits Einfluss auf das Leben von Milliarden ahnungsloser Menschen nahm, raubte ihm den Atem. Und der Gedanke, was eine *Nebula Convicto* unter der Führung der *Erben* alles anstellen konnte, überstieg seine Vorstellungskraft. Ursprünglich wollte er einfach nur einem entführten Mädchen helfen, aber nun wurde ihm klar, dass er hier allen Kindern half, die sonst in einer unmenschlichen Welt aufwachsen würden. Als er sich soweit gefangen hatte, dass er seine Umwelt wieder bewusst wahrnahm, stellte er fest, dass er von den beiden intensiv gemustert wurde. *Sie wollen wissen, wie ich reagiere, ob ich mit all dem fertig werde oder durchdrehe,* erkannte er. Ein Teil von ihm fragte sich, was wohl passieren würde, wenn sie zu dem Schluss kämen, dass er dem nicht gewachsen war, und kurz blitzte ein Bild in seinen Gedanken auf, wie er sich selbst sah, eine nackte Gestalt, die mit überraschtem Gesichtsausdruck unter Wasser gezogen wurde und nicht wieder auftauchte. Er schüttelte die Vision ab und sagte laut: »Ich werde alles in meiner Macht Stehende tun, um Ihnen Ihre Tochter zurückzubringen, Miss …«

Er zögerte und schaute Morgan fragend an, der betroffen einsprang: »Wie unbedacht von mir. Alles geht so schnell, dass ich heute ständig meine Manieren vergesse. Mr. Steel, erlauben Sie mir, Ihnen die amtierende Ratsherrin vorstellen zu dürfen: Die Lady vom See.« Dabei neigte er ehrerbietig den Kopf. Grayson stutzte kurz über den seltsamen Namen, aber dann regte sich eine Erinnerung an seine Schulzeit in seinem Hinterkopf.

Genauer gesagt an seinen Englischunterricht, zu der Zeit, als sie Sagen und Legenden des alten Englands durchgegangen waren. Er riss sich zusammen, um nicht wieder zu gaffen, und war sehr stolz auf sein Pokergesicht, als er fragte: »Sie meinen aber nicht DIE Lady vom See, oder?«

Eigentlich kannte er die Antwort schon und Morgans feierliches Nicken war fast schon Formsache. Grayson zögerte eine Sekunde und zuckte dann mit den Achseln. Es spielte zwischen all den anderen Dingen, die er heute erfahren hatte, keine Rolle mehr, dass er nackt der Frau gegenüber saß, die der Sage zufolge König Artus sein magisches Schwert gereicht und den Auftrag gegeben hatte, ganz England unter seinem Banner zu vereinen. Er imitierte Morgans Geste und neigte ebenfalls den Kopf. Ein glockenhelles Lachen erfüllte kurz die Luft und er und Morgan bekamen einen Schwall Wasser ins Gesicht, als ihre Hand kraftvoll über die Oberfläche fuhr. »Nun ist es genug. Ihr zwei müsst meine Tochter finden. Morgan, du kennst die Einzelheiten bezüglich der Entführung und kannst Mr. Steel alle Informationen zur Verfügung stellen. Sie sollten Ihre Ermittlungen möglichst schnell beginnen, Quaestor«, sagte die Lady vom See energisch.

Morgan nickte, hüstelte dann aber: »Da wäre noch die Sache mit dem Ring, Mylady. Das Ritual war ohne Eure Anwesenheit nicht vollständig.« Er deutete auf Grayson, der fragend seine rechte Hand mit dem neuerworbenen Ring hochhielt.

Sie nickte und schloss die Augen, während sich ein pulsierendes sanftes Leuchten über das Wasser legte, das von ihrer Gestalt ausging. Der Ring reflektierte dieses Licht und schien es dabei irgendwie einzufangen. Wenige Sekunden später war der Spuk vorbei und alles wirkte wie vorher. Grayson kribbelte es am ganzen Körper und er war sich sicher, dass er kleine Blitze gesehen hatte, die seine Haut umspielten, als das Licht ihn berührt hatte.

Er wollte gerade etwas anderes sagen, als er eine Berührung an seinem Bein spürte, ganz so als würde etwas daran entlanggleiten. Überrascht murmelte er: »Dass es hier Fische gibt, hätte ich nicht gedacht.« Morgan schüttelte amüsiert den Kopf: »Hier gibt es keine ...«, dann weiteten sich sein Augen und nahmen für eine halbe Sekunde einen glasigen Ausdruck an. »Blutaale!«, rief er und die Lady vom See, die seit ihrem Zauber die Augen geschlossen hatte, reagierte augenblicklich. Sie riss die Augen auf und die Arme hoch und plötzlich spürte Grayson eine unsichtbare Kraft, die ihn aus dem Wasser hob und ans Ufer schleuderte. Aus den Augenwinkeln sah er, dass Morgan das gleiche widerfuhr. Aber wo der blonde Mann einen riesigen eleganten Satz tat, der ihn zehn Meter vom Wasser entfernt sanft auf den Füßen landen ließ, war der Ruck, der an Grayson zerrte, deutlich roher und gleichzeitig schwächer, da seine antimagischen Kräfte sich gegen die Magie der Lady aufbäumten. Er knallte mit dem Oberkörper auf das Grün des Uferstreifens und begann damit, aus dem Wasser zu klettern. Dabei sah er, dass sich ein langes glitschiges Wesen um sein Bein gewickelt hatte. Es wirkte wie ein normaler Aal, dessen dreieckiger Kopf jedoch in einem bösartig aussehenden Maul auslief, das mit nadelspitzen Zähnen gefüllt war, die zu allem Überfluss noch Wiederhaken aufwiesen. Das Viech schien benommen zu sein und Grayson packte es mit seiner linken Hand direkt unterhalb des Kopfes, während er mit der rechten eine Baumwurzel ergriff und sich komplett aus dem Wasser zog. Er versuchte, das Wesen von seinem Bein zu lösen, aber es war glitschig und die Haut darunter schien wie aus Stein gemacht. Er packte mit beiden Händen zu und das Monstrum zischte wütend, während die Berührung des Lacunus es schwächte. Der Widerstand des Aals schmolz dahin, die Haut wirkte auf einmal ledrig und nachgiebig, ganz so, wie Grayson sich einen normalen Aal vorstellte. Er zog kräftig an dem schlanken Körper und der löste sich ohne Probleme von seinem Bein. Schnell schleuderte er das Ding ins Unterholz und blickte sich um. Neben ihm lag sein Handtuch, das er sich instinktiv umschlang, während er sich einen weiteren Überblick verschaffte. Morgan taumelte gerade auf der anderen Seite des Sees ins Sichtfeld, einige bösartige Bisswunden überzogen seinen Körper, aus denen das Blut hervorschoss. Doch der Magus schien keine Gedanken an sich selbst zu verschwenden, er starrte auf die Mitte des Sees und rief: »Mylady!«

Grayson blickte hektisch auf das Wasser und sah die Ratsherrin in der Mitte des Teiches. Die Stellen ihres Körpers, die aus dem Wasser ragten, waren bedeckt von diesen Aalen, die sich in ihrem Fleisch verbissen hatte. Die Augen noch immer geschlossen, versank ihr Kopf unter der wirbelnden Wasseroberfläche. Morgan schien kurz davor, sich in die tödlichen Fluten zu stürzen, als ein machtvoller roter Lichtblitz das gesamte Innere des Tümpels explosionsartig hell erleuchtete. Grayson konnte für einen Sekundenbruchteil alles innerhalb des Wassers schemenhaft erkennen. Der Tümpel schien in seiner Form einem Weinglas zu ähneln. Ein runder Teich mit scharf abfallendem Ufer, der in der Mitte des Grundes von einem zwei Meter breiten Zugang gespeist wurde, welcher sich senkrecht in der Tiefe verlor. In der Mitte der Wassermassen war die Gestalt der Lady vom See schemenhaft zu erkennen, umringt von einem wirbelnden Schwarm dieser aalartigen Wesen. Der Lichtblitz verging und das Wasser lag wieder trübe vor ihnen. Nach und nach trieben leblose, schmale Körper an die Oberfläche und bedeckten schließlich einen Großteil des Teiches. Dann erhob sich die Lady aus dem Wasser, bis sie einen Meter über der Oberfläche schwebte, ihr Körper eingehüllt in ein netzartiges, schimmerndes Kleid aus einem unirdisch anmutenden Material. Grayson sah, dass sie von unzähligen Bissen übersät war, aber noch während er die

Einzelheiten der Szenerie vor sich wahrnahm, verblassten die Wunden und waren nach einigen Augenblicken verschwunden. Die Miene der Ratsherrin strahlte eiserne Entschlossenheit und Härte aus, während sie mit einer Handbewegung die Oberfläche des Teiches in ein Flammenmeer verwandelte, das die Leichen der Angreifer in Sekundenbruchteilen einäscherte und eine riesige Dampfwolke auslöste. Durch den Dunst wurde Grayson die Sicht genommen, aber er hörte die befehlsgewohnte Stimme der Lady klar und deutlich: »Geht, ihr beiden, ich muss meine Quelle verteidigen. Unsere Feinde sind wagemutig, wenn sie mit Blutaalen gegen uns vorgehen. Findet meine Tochter. Findet sie, damit ich zurückschlagen kann.«

Die letzten Worte waren dermaßen eisig vorgetragen worden, dass Grayson bei dem Gedanken an eine Vergeltungsaktion dieser Frau ganz mulmig wurde. Er war nicht gerne auf eine Seite in einem politischen Gefecht festgelegt, aber in diesem Augenblick war er froh, die Lady vom See nicht zur Feindin zu haben.

Der Dampf ließ nach, aber von der Ratsherrin war nichts zu sehen, und Morgan war schon auf dem Weg hinaus aus dem Reich der Lady oder was auch immer das hier war. Grayson folgte ihm, mehr als glücklich über die Aussicht, sich endlich wieder etwas anziehen zu dürfen.

Als er dabei war, seine Kleidung in dem halbdunklen Vorraum anzulegen, fragte Grayson den Magus: »Was waren das für Viecher?«

»Blutaale«, antwortete Morgan grimmig. »Eine Königin kann pro Tag tausend Eier legen und unter denen befindet sich dann eine weitere Königin. Sie können ein Binnenmeer innerhalb von Wochen übernehmen. Die einzelnen Aale sind halbintelligent und agieren im Schwarm. Sie sammeln sich erst in möglichst großer Zahl unbemerkt um ihre Opfer und schlagen dann aus dem Hinterhalt zu.« Über seine Schulter nahm Grayson ein leichtes grünliches Leuchten wahr. Ein kurzer Blick zeigte ihm, dass Morgan mit einer in grünem Licht erstrahlenden Handfläche über seine Wunden strich, die dann ebenso verheilten wie die Bisswunden auf der Haut der Lady vorhin. Währenddessen fuhr der Magus fort: »Blutaale sind eine geächtete Schöpfung aus der Zeit der Freien Kriege. Damals hatten mächtige Wesen in einem endlosen Konflikt die Erde unter sich aufgeteilt, mit immer wechselnden Bündnissen und Grenzen. Das ist schon ein paar tausend Jahre her, zu den Zeiten von Atlantis. Die Vernichtung dieses Kontinents hat schließlich alle zur Vernunft gebracht und die ersten Regeln wurden erlassen. Keine Gesetzgebung per se, eher so etwas wie Grundsätze des gemeinsamen Überlebens. Die Ächtung magisch erschaffener Geschöpfe, die das Ökosystem zerstören, gehörte dazu. Blutaale fallen in diese Kategorie. Stellen Sie sie sich als eine Art magische Biowaffe vor, dann sind Sie nah dran. Dass Sie ein Lacunus sind, hat Sie vor der Aufmerksamkeit der meisten Aale getarnt.«

Der Magus war fertig mit seiner Heilung und kleidete sich schnell in seinen Anzug. Grayson hatte getrödelt und lieber aufmerksam zugehört und beeilte sich nun damit, ebenfalls fertig zu werden. Er zog vorsichtig seinen nassen Verband zur Seite und staunte nicht schlecht. Seine Wunden waren verheilt, seine Haut wies an den betroffenen Stellen nicht einmal die Verfärbung einer vergangenen Verletzung auf. Er musterte seinen Körper im schwachen Licht des Vorraums und bemerkte, dass auch die blauen Flecken fort waren. Selbst seine alten Narben spannten nicht mehr, wenn er sich bewegte. Morgan war bereits fertig und kommentierte Graysons Entdeckung: »Der See ist im wahrsten Sinne des Wortes die Quelle ihrer Macht. Seine heilenden Kräfte sind legendär. Auch wenn es ein längeres Bad benötigt hat, um bei Ihnen eine zumindest oberflächliche Heilung zu bewirken.«

Nun war auch Grayson komplett eingekleidet und beide traten hinaus in das blendende Licht des Flurs. Sie blinzelten kurz, um sich an die Lichtverhältnisse zu gewöhnen und Grayson flüsterte: »Kein Wort über diese Ereignisse zu irgendwem. Die Blutaale sind eine gute Spur und wir wollen doch niemanden aufschrecken, den wir vielleicht überraschen könnten. Offiziell sind wir ohne Zwischenfälle hinein und hinaus. Mit ein wenig Glück glauben die Drahtzieher, sie haben uns verpasst und die Lady allein erwischt. Je mehr falsche Annahmen die Gegenseite macht, umso besser.« Morgan schaute ihn verblüfft an, nickte dann aber nachdenklich. »Hervorragende Idee, Sportsfreund. Mir gefällt, wie Sie denken.«

Die beiden gingen zur Wendeltreppe, die hinauf in den offiziellen Bereich des Westminster-Palastes führte. Die beiden Wächter in ihren weiten Umhängen salutierten, als sie den runden Raum passierten und Grayson blieb überrascht stehen. Morgan zog ihn amüsiert weiter und erklärte: »Sie sind nun Quaestor. Wenn es hart auf hart kommt, könnten Sie den beiden sogar Befehle erteilen. Aber da man sie immer noch sehr schnell wütend machen kann, sollten Sie in dem Fall wirklich gute Gründe für Ihre Anweisungen haben.« Der Magus kicherte und die beiden schritten die Stufen empor, die sie zurück an die Grenzen der normalen Welt brachten. Sie verließen den Westminster-Palast und stiegen in Morgans Limousine, die bereits auf ihn wartete. Anscheinend waren nicht alle von Morgans Privilegien gestrichen worden. Oder dem Chauffeur hatte noch niemand Bescheid gesagt. Grayson beschloss, den Luxus zu genießen, solange es ging. Als sie saßen, fragte er Morgan: »Und wie geht es nun weiter?«

Morgan strahlte ihn an. »Sagen Sie es mir, Sie sind der Quaestor. Wir haben lange genug reagiert, langsam sollten wir Initiative zeigen, meinen Sie nicht? Jetzt wo alle Formalitäten erledigt sind, stehen Ihnen beide Welten frei zur Verfügung.«

Grayson brauchte einen Moment, um die Worte seines Gegenübers zu verarbeiten. So viel war geschehen, so viel auf ihn eingestürzt. Er starrte aus dem Fenster des Wagens hinauf in den Abendhimmel. Ein Blick auf die Uhr zeigte ihm, dass es nach acht war. Keine zwölf Stunden waren vergangen und seine gesamte Welt hatte sich verändert. Er atmete tief durch und zwang sich, ruhig nachzudenken. Ja, alles um ihn herum war anders, aber er selbst war immer noch derselbe wie gestern. Ein Ermittler, der unbequeme Fälle löste. Der Gedanke war tröstlich und elektrisierend zugleich. Als wäre ein Schalter in ihm umgelegt worden, verfiel er in seine angelernten Denkprozesse, jetzt wo die Ermittlungen begannen.

»Also gut, was wissen wir? Das Motiv ist uns mittlerweile klar, es geht um die Machtergreifung des Rates. Zwei Parteien kommen in Frage, die *Erben* und die *Freien*. Oder gibt es innerhalb des *Equilibriums* Unzufriedene, die so weit gehen würden?«

Morgan dachte kurz nach und schüttelte den Kopf. »Das Vergehen schwächt unsere Fraktion als Ganzes immens. Egal wie unzufrieden jemand bei uns wäre, das wäre vollkommen überzogen. Als würde jemand sein Haus anzünden, weil ihm das Sofa im Wohnzimmer nicht mehr gefällt.«

Grayson nickte nachdenklich. »Also zwei verdächtige Fraktionen. Können wir das weiter eingrenzen?«

Morgan grübelte kurz. »Die *Freien* haben zwar ein Motiv, aber wenn sie dahinter stecken würden, wäre alles deutlich chaotischer. Sie sind selten einer Meinung und es braucht für ein Unterfangen dieser Größe einige vertrauenswürdige Komplizen. Das Ganze ist zu perfekt geplant. Ich halte die Wahrscheinlichkeit für äußerst gering. Die *Freien* sind eher Opportunisten, die diese Situation für sich ausnutzen werden. Ich denke, die Täter sind unter den *Erben* zu finden. Gut organisiert, entschlossen, ihren Zielen wenn nötig Unschuldige zu opfern, und wirklich gut mit den dunkleren Elementen der *Nebula Convicto* vernetzt.«

Grayson nickte zustimmend. »Also gut, konzentrieren wir uns zuerst auf die *Erben*. Jemand, der heraussticht?«

Morgan prustete kurz und antwortete dann: »Jeder von denen würde sprichwörtlich alles dafür tun, um seine Fraktion an die Macht zu bringen. Aber es gibt ein gutes Dutzend Männer und Frauen, die aktiver sind als der Rest. Mit denen könnten wir anfangen.«

Grayson schüttelte den Kopf: »Das sind zu viele. Versuchen wir erst einen anderen Ansatz. Was ist mit dem Tathergang?«

Morgan griff wieder in das Fach unter seinem Platz und zog eine schwarze Akte hervor, auf der silbern das Zeichen des *Verhangenen Rates* prangte. Er reichte sie Grayson hinüber und der fing an, sie zu studieren. Im Inneren der Mappe fand er eine kurze Beschreibung des Tatortes und einige aussagekräftige Fotos sowie einen Lageplan, der alle Fundorte der Beweise und Leichen als Skizze darstellte. Wer auch immer die Akte zusammengestellt hatte, wusste was er tat. Er nickte anerkennend und Morgan reagierte darauf, indem er erläuterte: »Wir haben durchaus geschultes Personal in den Reihen der *Nebelwacht*. Einige von ihnen sitzen sogar aktiv in den weltlichen Strafverfolgungsbehörden, als eine Art Liaison. Also wird es Ihnen nie an Hintergrundinformationen mangeln. Fordern Sie an, was immer Sie benötigen. Wenn es möglich und nötig ist, werden Sie es auch bekommen.«

Grayson brummte nur zufrieden, da er ganz in die Lektüre des Tatortberichts vertieft war.

»Hier steht, dass die gesamte ›Quadriga‹ durch unbekannte Einflüsse zu Tode gekommen ist und dann verbrannt wurde. Sind damit die Leibwächter gemeint?«, fragte er schließlich.

Morgan nickte erst, um dann den Kopf zu schütteln: »Ja und Nein. In diesem Fall schon, aber eine Quadriga bezeichnet bei uns eine Einsatzgruppe aus vier Individuen, deren Fähigkeiten sich ergänzen. Diese Form der Zusammenarbeit gibt es schon seit der Gründung der *Lex Nebula*. Ein Quaestor arbeitet normalerweise auch in einer Quadriga.«

Als Grayson sich übertrieben langsam nach links und rechts umsah und demonstrativ die leeren Sitze beäugte, kicherte der Magus und sagte: »Sie sind schon zu verwöhnt, Mr. Steel. Ich bin zwar schnell, aber so schnell auch nicht. Auch wenn wir keinen Magus mehr suchen müssen, da ich diese Aufgabe übernehmen werde, müssen die anderen beiden zukünftigen Mitglieder unserer Quadriga wohlüberlegt ausgesucht werden. Nach Ihrem spektakulären Auftritt im Rat, sollten bereits innerhalb der nächsten Tage entsprechende Bewerber auftauchen.«

Grayson war es gewohnt, allein zu arbeiten und auch wenn er mit Morgan als Partner bisher gut leben konnte, war es dem Ermittler ganz recht, wenn es erstmal bei ihnen beiden blieb.

Er fragte daher weiter: »Warum wurden die Leichen verbrannt?«

Morgan antwortete dozierend: »Das ist eine gängige Praxis in der *Nebula Convicto*, wenn man eine Todesursache verschleiern will und die Leiche nicht verschwinden lassen kann. Der Stich eines Mantikor, der Schrei einer Banshee, ein Vampirbiss oder Wandlerklauen, egal was, alles hinterlässt spezifische Wundmale, mit denen man die Tätergruppe eingrenzen kann. Mit einem magischen Feuer kann man viele Spuren beseitigen, selbst charakteristische Gerüche. Gewöhnen Sie sich daran, bei geplanten Morden werden Sie in neun von zehn Fällen keine oder eine verbrannte Leiche finden.«

»Ok, also sind die Leichen keine Hilfe und man hat am Tatort keinerlei Spuren gefunden.«

Grayson kratzte sich nachdenklich an der Wange und starrte ins Leere.

»Unser bester Anhaltspunkt sind also die Blutaale?«

Morgan nickte und sagte: »Ich werde diskrete Anfragen aussenden, ob irgendwer etwas dazu weiß. Bis morgen früh sollte ich eine Rückmeldung erhalten. Das gibt uns die Gelegenheit, etwas zu essen und eine Mütze voll Schlaf zu nehmen.«

Grayson ging gedanklich noch einmal die Liste durch. Sie hatten Motiv, Verdächtige, Tatort und Beweise abgedeckt. Er zwang sich, die besonderen Umstände der *Nebula Convicto* mit in Betracht zu ziehen und eine einfache Frage drängte sich auf. Zögerlich sagte er: »Können Sie das Mädchen nicht einfach mit einem Zauber aufspüren oder so etwas?«

Morgan lächelte beifällig: »Bravo, Sie passen sich wirklich schnell an, Mr. Steel.« Dann verschwand das Lächeln von seinem Gesicht, als er sagte: »Das ist das erste, was wir versucht haben. Aber es läuft bei so etwas immer auf ein magisches Wettrüsten hinaus. Wer ist besser und hat die stärkere Magie? Die Abschirmung Sophias ist leider tadellos, bestimmt ein Ritualzauber, der schon seit Monaten mit Magie aufgeladen wurde. Da kommt man nur durch, wenn man ähnlich viel Zeit investiert und die haben wir nicht. In dreißig Tagen wird ein neuer Ratsherr gewählt.« Er atmete tief durch. »Das einzige, das wir mit Sicherheit wissen, ist, dass Sophia noch lebt.«

Grayson hatte diesen Gedanken bisher vehement von sich geschoben und fragte daher erleichtert: »Ist das sicher?«

Morgan nickte, während er sagte: »Sophia ist eine halbe Nymphe, mütterlicherseits. Nymphen können spüren, wenn ein Anverwandter stirbt, egal wie stark sie abgeschirmt sind. Das Kind lebt, oder die Lady würde es wissen.«

»Sehr gut«, sagte Grayson. *Eine Sorge weniger.* Bisher hatte er sich hinter seiner professionellen Distanz verkrochen, aber der

Gedanke, das Kind könnte bereits tot sein, war allgegenwärtig gewesen. Zu wissen, dass seine Bemühungen noch immer ein Leben retten konnten, bedeutete ihm viel und spornte ihn an. Es bereitete ihm jedoch Unbehagen, sich auf die Arbeit anderer zu verlassen. Er war es nicht gewöhnt, dass man ihm zuarbeitete, von speziellen Bereichen wie der Gerichtsmedizin einmal abgesehen und selbst da war er Dr. Gilford regelmäßig mit seinen Nachfragen auf die Nerven gegangen.

Er schaute hinaus in die Nacht. Die Limousine stand immer noch vor dem Nebeneingang des Westminster-Palastes und wartete auf seine Anweisungen. Er drehte und wendete noch einmal alle Informationen in seinem Kopf. *Es hilft alles nichts,* dachte er unwirsch. Grayson hasste es, auf eine Information warten zu müssen, aber sein Magen erinnerte ihn daran, dass er heute kaum etwas gegessen hatte, und auch der Gedanke an Schlaf klang mittlerweile recht verlockend. Es war für ihn nicht ungewöhnlich, sich während eines schweren Falls zu vernachlässigen, aber vielleicht sollte er damit nicht direkt an seinem ersten Tag als Quaestor beginnen. Sich selbst mit diesem archaischen Titel zu bezeichnen, kam ihm unwirklich vor, aber je eher er sich daran gewöhnte, umso schneller würde er lernen, seine neu gewonnene Autorität sinnvoll einzusetzen.

»Wie sicher sind Sie, dass wir morgen früh neue Erkenntnisse bezüglich der Aale haben?«, fragte er noch einmal, mehr um sich zu beruhigen als aus Zweifel. Morgan hatte am heutigen Tage alles gehalten, was er versprochen hatte und mehr.

Der Magus blickte ihn verständnisvoll an und sagte mit sanfter Stimme: »Mir gefällt es auch nicht zu warten, aber verlassen Sie sich darauf, morgen früh wissen wir mehr. Vor der nächsten Abstimmung wird Sophia kein Haar gekrümmt werden. Momentan ist die Lady vom See fügsam. Zu viel Druck könnte sie … unberechenbar machen. Und das will keiner.«

Grayson musste an die Leichtigkeit denken, mit der die Zauberin über zweihundert Blutaale eingeäschert hatte. Eine verzweifelte Lady vom See, die über die Mitglieder der anderen Fraktionen herfiel, würde wahrscheinlich einen Krieg auslösen, den keiner wollte und niemand gewann. »Warum dann überhaupt die Attacke durch die Tiere?«, fragte er.

Morgan zuckte die Achseln. »Ein Ablenkungsmanöver. Sie wird die nächsten Tage ihre Quelle von den Viechern reinigen müssen und dadurch sind ihre Kräfte gebunden. Wer auch immer dahinter steckt, kennt die Lady und fürchtet sie.«

Grayson zögerte noch einige Sekunden, dann gab er nach und sagte: »Also gut, Essen und Schlaf sind eine sinnvolle Nutzung unserer Wartezeit.«

Morgan schaute ihn schief an und sagte dann trocken: »Sie sind ein solcher Lebemann, Sportsfreund. Bestimmt sind Sie der Höhepunkt auf jeder Party.« Grayson schnaubte nur und blickte nachdenklich in die Nacht hinaus, während Morgan dem Fahrer sagte, er möge sie nach Hause fahren.

Während der schwarze Umriss der Limousine sich in den abendlichen Verkehr Londons einfädelte, fragte sich Grayson insgeheim, welchen Ort ein Magus wohl als sein Zuhause bezeichnen würde.

Worthington Manor

Greater London, Nähe Downe, Mittwoch, 12. Oktober, 20.23 Uhr

Es dauerte noch eine volle Stunde, bis seine Neugier gestillt wurde. Zügig fuhr der Wagen raus aus London, vorbei an den Vororten, bis hinaus aufs Land. An einem kleinen Wäldchen bog er auf eine kleine, aber gut in Schuss gehaltene Straße aus Kopfsteinpflaster ein, die geradewegs in den Wald führte. Die Bäume rechts und links des Wegs waren alle ordentlich gestutzt und getrimmt, sodass ihre Zufahrt mehr wie eine Allee, denn wie eine Straße durch den Wald wirkte. Erst die Bäume in der zweiten Reihe zeigten einen normalen Wildwuchs. Grayson glaubte, einige seltsame Schatten mit reflektierenden Augen in der Tiefe des Waldes ausmachen zu können, aber als er Morgan darauf ansprach, sagte der nur: »Nachbarn« und zuckte mit den Achseln. Grayson war zu müde und ließ es dabei bewenden. Wenn Morgan sich keine Sorgen machte, sollte ihm das vorerst reichen.

Ihr Wagen erreichte ein riesiges, schmiedeeisernes Tor, das ein altertümliches Wappen in seiner Mitte zeigte. Das Tor schwang durch eine Geste Morgans auf und während die Limousine hindurchglitt, konnte Grayson einen kurzen Blick auf das Zeichen werfen. Ein gestreifter Schild, auf dem ein Zepter und ein Schwert überkreuz zu sehen waren, hatte man dort mit viel Liebe zum Detail in das Metall des Tors graviert. Er blickte Worthington nachdenklich an. »Sind Sie etwa adelig?«, fragte er neugierig. Der blonde Mann schien in Gedanken versunken und antwortete beiläufig: »Nur ein Baronstitel, der notwendig war, um Zugang zu bestimmten Bereichen der Gesellschaft zu erhalten. Nichts von Bedeutung.«

Die laxe Art, mit der der Magus dies erwähnte, und einige der anderen Bemerkungen, die er im Laufe des Tages fallengelassen hatte, veranlassten Grayson zu einer Frage, deren Antwort er sonst keinerlei Bedeutung beigemessen hätte. Er musterte Morgan scharf und fragte: »Wie alt sind Sie eigentlich?« Sein Gegenüber warf ihm einen kurzen Seitenblick zu. »Wissen Sie, Sportsfreund, selbst unter Gentlemen gilt diese Frage als eher unhöflich.« Grayson reagierte nicht, sondern starrte ihn weiter durchdringend an.

Nach einer Weile stieß der Magus seinen Gehstock laut auf den Boden des Innenraums.

»Also schön, wir werden eine Weile miteinander arbeiten, dann kann ich es Ihnen ebenso gut sagen. Im April habe ich meinen zweihundertsiebenundvierzigsten Geburtstag gefeiert. Zufrieden?«, sagte er ungehalten. Dann drehte er sich weg und betrachtete demonstrativ die Bäume in der Nacht, an denen ihr Wagen vorbeiglitt. Grayson schloss die Augen und lehnte sich zurück. Er hatte ja unbedingt fragen müssen! *Kein Wunder, dass der Kerl kaum aus der Ruhe zu bringen ist. Er hat schon so viel Dreck gesehen, dass das hier wie ein Kindergeburtstag auf ihn wirken muss,* dachte Grayson. Er stellte sich vor, über zweihundert Jahre lang als Ermittler tätig sein zu müssen und musste sich bei dem Gedanken dazu zwingen, seinen Kopf nicht vor Grauen gegen die Fensterscheibe zu schlagen. *Bin ich froh, dass ich ein Normalsterblicher bin.*

Während er noch den Gedanken formulierte, hielt der Wagen an. Er sah auf seiner Fensterseite heraus, erblickte jedoch nur den Wald in der Ferne und einen gepflegten Rasen, der im Zentrum eines Kreisverkehrs lag. Morgan stieg aus und Grayson tat es dem Magus nach. Dann drehte er sich um und pfiff laut durch die Zähne. Auf der anderen Seite der Limousine erhob sich ein stattliches Anwesen, das mindestens zehn Familien ohne Platzprobleme unterbringen könnte. Er schätzte die Breite des mindestens zwei Jahrhunderte alten Landsitzes auf gute sechzig Meter, zur Tiefe konnte er von hier aus nichts sagen. Der gelbliche Coldswoth-Stein und das helle Holz bildeten ein harmonisches Muster in der gesamten Fassade und verliehen dem Bau Würde und ein wenig Anmut. Das Dach war mit schweren Ziegeln belegt und seine klare Linie wurde immer wieder von verspielten Erkern und Zinnen durchbrochen. Grayson hatte bezüglich Morgans Zuhause zwar eigentlich auf einen echten Magierturm getippt, aber ein altertümliches Anwesen in einem verschlafenen Wäldchen passte auch sehr gut. Staunend umrundete er die Limousine und folgte Morgan zum Eingang. Die dunkle Eichentür schwang wie von Geisterhand auf, aber an den Trick war Grayson mittlerweile gewöhnt. Amüsiert dachte er, dass bald der Tag kommen würde, an dem er ungebremst gegen eine Holztür rennen würde, weil diese nicht von selbst aufging.

Neu war allerdings die Ritterrüstung, die hinter der Tür auf die beiden wartete und mit überraschend fließenden Bewegungen den Mantel Morgans entgegennahm. »Danke, Parsley. Wir haben einen Gast, also richte eines der Gästezimmer her. Und etwas zu essen wäre gut. Ach ja, Mr. Steel ist ein Lacunus, richte dich also bitte darauf ein.«

Die Rüstung drehte den Kopf in seine Richtung und Grayson wusste nicht, was er unheimlicher fand: die Tatsache, dass dieser Haufen Eisen keine Geräusche machte oder die zwei roten Punkte, die in der Schwärze hinter dem heruntergeklappten Visier loderten.

Der Magus drehte sich zu Grayson um und sagte streng: »Parsley ist seit mehr als zweihundert Jahren mein persönlicher Diener. Bitte fassen Sie ihn nicht an, ich hänge an ihm und es wäre sehr traurig, wenn Sie ihn aus Versehen bannen würden.«

Der Lacunus trat automatisch einen Schritt zurück, ebenso wie die Rüstung. Morgan lachte und schlug mit seinem Gehstock vor die Brustplatte der Rüstung, was ein hohles Scheppern nach sich zog. »Angsthase«, lachte er und sagte dann zu Grayson gewandt: »Alles außer einer direkten Berührung ist sicher. Ich habe ihn sehr solide erschaffen.«

Der Ermittler schaute sich die Rüstung genauer an, während sie lautlos und verblüffend schnell davoneilte, um den Wünschen ihres Meisters nachzukommen. Das Konstrukt schien aus einem Stück zu bestehen und er konnte keine Öffnungen erkennen. »Ich habe so eine Rüstung schon einmal gesehen, allerdings inaktiv. Bei diesem Antiquitätenhändler Straage.«

Morgan nickte und schaute ihn melancholisch an. »Das war Wilbur. Er sollte eigentlich mit Parsley zusammenarbeiten, aber ich musste ihn weggeben. Die beiden haben sich ständig gezankt und gegenseitig Streiche gespielt.«

Morgan verließ den Flur und zurück blieb ein nachdenklicher Grayson, der sich den Kopf darüber zerbrach, welche Streiche sich zwei magisch belebte Ritterrüstungen spielen konnten.

Schließlich gab er auf und folgte dem Magus. Der magische Diener hatte sie in einer typischen Empfangshalle erwartet, die direkt hinter der Tür begann. Die Einrichtung hätte einem Historienfilm entsprungen sein können und selbst die klassischen geschwungenen Treppen, die beiderseits des Raumes in die oberen Stockwerke führten, fehlten nicht. Morgan war jedoch durch eine der Seitentüren im Erdgeschoss in ein gemütliches Kaminzimmer spaziert, das dem im Club, den sie heute Mittag besucht hatten, verblüffend ähnlich sah. Der Magus schenkte sich gerade ein großzügiges Glas Brandy ein und bot ihm stumm ebenfalls eines an. Grayson nickte dankbar. Jetzt, wo er nichts mehr tun konnte, als auf den Morgen zu warten, würde ihm der Alkohol dabei helfen, seine umherwirbelnden Gedanken zu beruhigen. Morgan zündete sich eine Zigarre an und beide starrten schweigend in die Flammen des Kamins, während sie darauf warteten, dass Parsley ihr Abendessen zubereitete. Der Brandy brannte in Graysons Bauch und das Feuer hatte etwas Hypnotisches an sich. Grayson begann alle Ereignisse der letzten Tage noch einmal vor seinem geistigen Auge abzuspulen. Der rätselhafte Mord in der Sackgasse, die Bannmünze bei Straage, der Angriff der Banshee, dann schließlich der Auftritt Morgans und alle Enthüllungen und Wendungen des heutigen Tages. Er war nun Quaestor der *Nebula Convicto*, auch wenn er die Bedeutung dessen noch immer nicht ganz fassen konnte. Grayson starrte auf seinen Ring an der rechten Hand hinunter, der die Flammen des Kamins seltsamerweise nicht reflektierte, sondern matt und kühl blieb. »Was hat die Lady eigentlich mit meinem Ring gemacht?«, fragte er laut, die gemütliche Stille durchbrechend, die die beiden Männer um sich errichtet hatten.

Morgan seufzte. »Ich freue mich darauf, wenn Sie nicht mehr alle drei Minuten eine Frage an mich haben. Aber je mehr Sie jetzt wissen, umso bessere Entscheidungen können Sie später treffen.« Er räusperte sich und sprach weiter: »Die Lady hat einen antimagischen Bann auf den Ring gesprochen. Das heißt, der Ring verstärkt Ihre Fähigkeiten. Antimagie ist die einzige Magie, die bei Ihnen uneingeschränkt funktioniert, da sie Ihren latenten Fähigkeiten ja nicht zuwider läuft. So wie ein Regentropfen in einer Pfütze. Er geht in der Masse unter, aber er verschwindet nicht.« Morgan deutete auf den Ring und fuhr fort: »Solange Sie den Ring tragen, wird Ihre rechte Hand deutlich mächtigere Magie bannen können als der Rest Ihres Körpers. Betrachten Sie ihn einfach als eine Art Verstärker.« Seine Augen nahmen einen glasigen Blick an und er verkündete: »Das Essen ist fertig, Sportsfreund. Zeit zu schlemmen.« Dabei zeigte er wieder dieses wölfische Grinsen, das den Magus zwanzig Jahre jünger aussehen ließ und seinem sonst so aristokratischen Auftreten stark zuwider lief.

Grayson folgte ihm kommentarlos. Er hatte sich mittlerweile zusammengereimt, das dieser seltsam unfokussierte Blick bedeutete, dass der Magus gerade mit anderen Sinnen als seinen Augen in die Welt hinaus blickte. Er führte Grayson in ein kleines, kompaktes Zimmer, das einen robusten Holztisch und vier Stühle mit mächtigen Lehnen enthielt. Fast hatte Grayson eine dieser protzigen langen Tafeln erwartet, bei denen man ein Fernglas brauchte, um sein Gegenüber zu erkennen. Dieser Raum wirkte hingegen richtig gemütlich und die vielen Gerichte auf dem Tisch verstärkten den Eindruck noch. Grayson sah einen Fishermens Pie, Rindfleisch im Pfannkuchenmantel, einen deftig riechenden Brotauflauf, gebackene, gebratene und gekochte Kartoffeln, vier verschiedene Soßen, auf denen das Fett schimmerte, einen unverschämt hohen Trifle und daneben tatsächlich einsam und allein einen Kopfsalat. Während Grayson darüber nachdachte, dass der Magus Parsley dringend die moderne Kochkunst beibringen sollte, setzte Morgan sich schwungvoll und begann damit, sich elegant aber schnell seinen ersten Teller zu füllen. Grayson beschloss, den Moment zu genießen und ließ sich schweigend nieder, um es dem Magier gleich zu tun. Parsley tauchte neben ihm auf und stellte ihm eine Flasche mit kaltem Bier neben den Teller, auf die er sich freudig stürzte.

Morgan sagte selbstzufrieden zwischen zwei Bissen: »Dachte ich mir doch, dass Sie eher der Biertrinker sind.« Er selbst hatte ein Weinglas in der Hand, an welchem er geziert nippte, wie Grayson mit einem Augenrollen feststellte. Die nächste halbe Stunde verbrachten die beiden in gefräßigem Schweigen. Da er den ganzen Tag nur wenig gegessen und praktisch dauerhaft unter Adrenalin gestanden hatte, aß Grayson deutlich mehr, als er gewohnt war. Die exzellente Zubereitung der Speisen tat ihr Übriges. Der Magus setzte sein Essen sogar noch fort, als der Ermittler vollkommen übersättigt seinen letzten Teller von sich schob. Eine Weile ertrug Morgan die amüsierten Blicke seines Gastes, dann erklärte er fast entschuldigend: »Magie zu wirken verbraucht Energie, mehr noch als würde man etwas von Hand tun. Es gibt Kollegen, die sich vor einem machtvollen Zauber monatelang eine Wampe anfressen, nur um diese während eines einzigen Rituals zu verbrennen. Die armen Kerle müssen hinterher mit Heilmagie aufgepäppelt werden, sonst würde ihr Körper an dem Schock sterben. Ich bevorzuge bei einem derart mächtigen Zauber äußere Hilfsmittel, aber jedem das seine.« Nun verstand Grayson die deftige Küche des magischen Dieners besser und er blinzelte träge. Er war einfach zu voll, um zu antworten.

Nach einer Weile war sogar der Appetit des Magus gestillt und die beiden saßen satt und zufrieden in ihren Stühlen. Grayson gähnte herzhaft und Morgan nickte mitfühlend. »Ich denke, das war es für heute. Eine gute Mütze voll Schlaf wird uns beiden guttun.« Grayson nickte nur verschlafen und ließ sich widerstandslos von Parsley zu seinem Zimmer führen, wo er sich ohne großes Zeremoniell aus den Klamotten schälte und auf das herrlich große und weiche Bett sank, um praktisch sofort einzuschlafen.

Bleierne Müdigkeit hielt seine Augen halb geschlossen, als Grayson mitten in der Nacht erwachte. Er lag quer auf dem Bett und Arme und Beine waren unbequem verdreht. Er hatte sich anscheinend in der unglaublich dicken und breiten Bettdecke verheddert, während er sich im Schlaf herumgewälzt hatte. All dies registrierte er dämmrig in diesem halbwachen Zustand, der einen für Empfindungen offen ließ, aber gleichzeitig handlungsunfähig machte. Während Grayson sich verzweifelt bemühte, einen Wachzustand zu erreichen, der es ihm ermöglichte, seine Gliedmaßen zu ordnen und die Bettdecke zu bändigen, realisierte er, dass etwas anderes für sein Erwachen aus dem Tiefschlaf verantwortlich war. Er lag halb auf dem Bauch und konnte daher nur aus den Augenwinkeln die Decke betrachten, aber er glaubte, dort eine Bewegung bemerkt zu haben. Wie ein langsam vorwärts gleitendes Stück Schwärze, das die normale Dunkelheit des Raumes übertraf. Mehr noch als das, hatte er dieses Gefühl von Nähe, das jedes Lebewesen unbewusst spürt, wenn es nicht allein in einem geschlossenen Raum ist. Sein Puls beschleunigte sich, als das Adrenalin in seine Adern schoss und die Spinnweben des Dämmerschlafs hinwegfegte, in dem er sich befand. Der Drang aufzuspringen war überwältigend, aber Grayson merkte nun deutlich, dass die Bettdecke seine Armen und Beine in einem komplizierten Muster gefangen hielt, das zu entwirren wertvolle Sekunden kosten würde. Die Schwärze schien sich langsam an der Decke entlang auf ihn zuzubewegen und er würde niemals schnell genug freikommen, wenn er nun anfing, sich wild strampelnd freizukämpfen. Auch wenn sein Fluchtinstinkt ihn zu sofortigem Handeln drängte, zwang Grayson sich dazu, seine Muskeln zu entspannen und er begann ganz langsam und möglichst unauffällig, den Griff des schweren Stoffes zu lockern, der sich um seine Extremitäten gelegt hatte. Während das Ding immer näher kam, gelang es Grayson, zumindest seinen rechten Arm frei zu bekommen und seinen Beinen etwas Spielraum zu verschaffen. Er konzentrierte sich gerade auf seinen linken Arm, als der Schatten genau über ihn glitt und innehielt. Grayson hielt seinen Atem so gleichmäßig wie nur möglich, während er aus halbgeschlossenen Augen versuchte, seinen Besucher zu erkennen. Aber es war unmöglich, den Schatten auch nur auszumachen, wenn der sich nicht bewegte. Einige Sekunden verstrichen, in denen sich nichts im Zimmer regte, und Grayson war drauf und dran zu glauben, er hätte sich das Ganze nur eingebildet, Überreste eines Traumes nach einem seltsamen Tag voller Magie und Monster. Dann ließ sich das Ding plötzlich auf ihn fallen und er sah nur eine alles verschluckende Schwärze, die auf ihn zuraste. Instinktiv schoss Graysons rechte Hand, zur Faust geballt, seinem Angreifer entgegen, während er in einer wilden Gebärde seinen Körper verrenkte, um sich von der Bettdecke zu befreien. Sein Knöchel traf auf etwas Schuppig-Ledriges und ein blauer Blitz durchzuckte den Raum, der von seinem Ring ausging und Grayson blendete. Ein schwerer Körper landete auf ihm und er drehte sich geistesgegenwärtig zur Seite, bevor das Gewicht ihn auf dem Bett festnageln konnte. Beide fielen über die Bettkante, aber während Grayson halbblind und heftig blinzelnd auf dem Boden aufschlug, hatte sich sein Angreifer anscheinend blitzschnell fortbewegt, um nicht seinerseits unter Graysons Körper begraben zu werden. Der Ermittler fühlte einen stechenden Schmerz in der rechten Hüfte, als scharfe Klauen im Vorbeirollen lange blutige Striemen auf seiner Haut hinterließen.

Er hörte ein Zischen aus der Ecke des Raumes und brachte hektisch seine Beine unter sich, um mit einer Hechtrolle auf die andere Seite des Bettes zu springen. Sein Kontrahent war seinerseits rasend schnell vorgesprungen und an der Stelle gelandet, an der Grayson gerade noch gelegen hatte. Der Quaestor sah zwei schemenhafte Bewegungen, die das Holz des Bettes in alle Richtungen splittern ließen. Das Ding war schnell und stark, ganz wie die Banshee. Aber im Gegensatz zu ihr hielt es Abstand und schien ihn mit schnellen Vorstößen verletzen zu wollen, nachdem sein Hinterhalt fehlgeschlagen war. Der Ermittler erkannte, dass dieses Wesen wusste, dass er ein Lacunus war.

Sein Blick schnellte zwischen dem Ding und der Tür hin und her und er versuchte, den Abstand abzuschätzen, den er überwinden müsste. Das Monster ging in die Hocke und machte sich zum Sprung bereit und Grayson ahmte die Bewegung nach. Er hatte nur einen Versuch und der musste sitzen. In einem geschlossenen Raum hatte er kaum Ausweichmöglichkeiten und auf einen Schlagabtausch wollte er sich nicht einlassen. Die einzige Lichtquelle war das Mondlicht, das schwach durch die Vorhänge drang und die vordere Hälfe des Raums in ein mattes, silbriges Zwielicht tauchte. Wenn sich der Kampf in den hinteren Teil des Zimmers verlagerte, war Grayson den Angriffen seines mysteriösen Feindes blind ausgeliefert.

Er versuchte, sich zu erinnern, wo der Lichtschalter war, aber da sprang sein Gegenüber schon wieder auf ihn zu. Der Quaestor wappnete sich für den Aufprall und schlug mit der rechten Faust so fest er konnte nach dem Kopf der Bestie, während er sich mit dem linken Arm vor den Krallen zu schützen versuchte. Die klingenartigen Finger schnitten tief in seinen Unterarm und er schrie vor Schmerzen auf, aber seine Faust traf ebenfalls ihr Ziel. Er schloss im letzten Moment die Augen, um nicht wieder von dem blauen Blitz geblendet zu werden, der erneut aufflackerte, als sein Ring den Angreifer berührte. Diesmal war es ein gezielter Schlag Graysons gewesen und das Monster taumelte zurück, während sich eine kleine Rauchwolke von seinem Gesicht erhob. Grayson ignorierte den flammenden Schmerz in seinem linken Unterarm und rannte zur Tür. Sein Gegner schien benommen zu sein, aber der Ermittler wollte nicht ausprobieren, ob er das Ding mit seiner blanken Faust besiegen konnte. Wenn das Wesen auf die Idee kam, seine rechte Schulter zu attackieren, so dass er nicht mehr zuschlagen konnte, war er wehrlos.

Grayson riss die Tür auf, warf sich durch den Rahmen und schleuderte sie wieder hinter sich zu, so schnell es ihm möglich war. Krachend schmetterte der Angreifer seinen Körper eine Sekunde später dagegen und ließ das schwere Holz in seinen schmiedeeisernen Angeln erzittern. Während Grayson den Gang hinunterstürzte, der von mehreren Nachtlichtern schummrig beleuchtet wurde, war er auf einmal sehr froh über dieses altmodische Haus und dessen stabile Türen. Blut floss seinen Unterarm hinunter und fiel in dicken Tropfen auf den Teppich herab.

Seine Hüfte war ebenfalls glitschig vor Blut und er war sich der Tatsache bewusst, dass er schnell Hilfe benötigte oder der Blutverlust würde ihn langsamer machen. Kurz überlegte er, ob es wohl noch weitere Angreifer im Haus gab, aber dann erwog er, das Risiko einzugehen.

»Morgan!«, brüllte er aus Leibeskräften, während er auf das Ende des Flurs zustolperte. Jeder Schritt brannte in der Hüfte und wie als Antwort auf seinen Ruf zersplitterte hinter ihm die Eichentür mit einem lauten Krachen und das Wesen prallte gegen die gegenüberliegende Wand. Wenigstens schien es nicht sonderlich intelligent zu sein, sonst hätte es die Tür einfach geöffnet. Auch wenn diese Erkenntnis tröstlich war, änderte sie nichts an der Tatsache, dass die Gestalt mit schnellen Sätzen hinter ihm herjagte, die Klauen drohend vorgereckt. In diesem Tempo würde sie den Vorsprung des Quaestors in wenigen Sekunden zunichtemachen. Grayson war am Ende des Flurs angelangt, eine breite Treppe führte hinab und er wusste, dass er sich in seiner jetzigen Verfassung nicht auf den Stufen anspringen lassen sollte. Seine einzige Hoffnung war, den Trick von vorhin zu wiederholen und das Ding noch einmal mit einem gut platzierten Schlag zu erwischen. Er drehte sich um und ging in eine tiefe Nahkampfstellung, die einzige, an die er sich aus seiner Grundausbildung erinnerte. Das Monstrum wurde langsamer und kam lauernd näher und zum ersten Mal hatte Grayson die Gelegenheit seinen untersetzten, aber kräftigen Gegner bei besseren Lichtverhältnissen zu betrachten. Dessen Haut schien die Helligkeit zu schlucken und sein Umriss erinnerte an einen mageren Menschen. Das Gesicht des Wesens hatte statt einer Nase zwei Hautfalten, die sich rhythmisch aufblähten und Grayson konnte keinen Mund erkennen. Die Augen waren ebenfalls schwarz und facettiert wie bei einer Ameise. Hände und Füße waren überproportional lang und liefen in spitzen Krallen aus, mit denen er schon Bekanntschaft gemacht hatte. Schließlich blieb es stehen und stieß ein Zischen durch die Hautfalten aus. Es ging in die Hocke und der Quaestor konnte regelrecht sehen, wie sich die Muskeln unter der Haut zu dicken Bündeln zusammenzogen, während es sich auf seine nächste Attacke vorbereitete. Er beschloss, auf die Hautfalten zu zielen, wenn das Monster angriff, die nach seiner verwundbarsten Stelle aussahen.

Grayson schob sich noch einige Zentimeter vor, um nicht durch den Aufprall die Treppe heruntergestoßen zu werden. Sekunden verstrichen, während sich beide Kontrahenten regungslos gegenüberstanden. Das Ding kannte Graysons Taktik und wartete auf eine Unachtsamkeit. Von Morgan war keine Spur zu sehen und der Ermittler war sich sicher, wenn er jetzt wieder rufen würde, würde das zwangsläufig den bevorstehenden Angriff auslösen. Er hoffte, dass der Magus sich vielleicht gerade heranpirschte und zögerte die Konfrontation heraus, so lange er konnte. Das einzige Geräusch war Graysons Atem und das stete Tropfen aus der Wunde an seinem Unterarm. Langsam, fast unmerklich schob sich das Monster vor, bereit zum Sprung, und der Puls des verletzten Mannes begann zu rasen. Der Angriff blieb aus, aber das Ding kam immer näher. Grayson hoffte, es würde den Fehler machen, ihn zu umklammern, aber dann erkannte er die Taktik seines Gegenübers, als ein Arm vorschoss und ihm beinahe die Augen auskratzte. Er wich ein wenig zurück und das Monster setzte nach, zu schnell waren dessen Bewegungen, als dass er wirksam hätte zurückschlagen können. Dann sprang es vor und rammte ihn brutal mit seinem Körper, die knochige Schulter voran. Die Wucht des Aufpralls warf ihn einen Meter nach hinten und die Treppe hinunter. Der Schwung trug ihn zwar die ganze Länge der Treppe entlang, ohne dass er auf die Stufen prallte, aber dafür war die Landung auf dem Absatz umso heftiger. Schmerz explodierte in seinem Rücken und er spürte wie mehrere Rippen brachen.

Grayson konnte nur benommen daliegen und zusehen, wie das Ungeheuer mit einem mächtigen Satz die Treppe hinabsprang. Die Krallen zielten auf seine Brust und selbst der schwächende Effekt seiner Fähigkeit würde ihn nicht schützen, denn die Gravitation war durch und durch weltlich und würde dem Ding dabei helfen, sein tödliches Werk zu verrichten. Graysons Blick war stur auf die Fratze des Monsters gerichtet und er bemühte sich, seinem Ende so kämpferisch wie möglich zu begegnen.

Der Körper seines Angreifers war noch zwei Meter entfernt, als plötzlich eine Gestalt von rechts die untere Treppe emporsprang und sich zwischen sie stellte. Grayson sah einen breitschultrigen Mann mit grauen, kurzen Haaren in einem weißen Trenchcoat, der seinen rechten Arm vorreckte, an dem ein weiß leuchtender Ritterschild hing. Das Monster prallte darauf wie auf eine solide Wand aus Stein, während der Lichtkranz um den Schild kurz heller wurde und dann schlagartig erlosch. Der grauhaarige Mann schien den Aufprall nicht einmal zu spüren. Er rief: »Deus lo vult!« und gleichzeitig kam sein linker Arm unter dem Mantel hervor, ein Breitschwert in der Hand. Bevor das Ding Gelegenheit hatte, vom Schild zu rutschen, durchbohrte er dessen Brust mit einer einzigen fließenden Bewegung. Schwarze Flüssigkeit schoss aus den Hautfalten und der gesamte Körper erschauderte. Dann zog der Krieger seine Klinge zurück, der Schild löste sich auf und das Monster glitt als lebloser Haufen zu Boden.

Der Mann drehte sich um und beugte sich zu Grayson hinunter, ein strenger, aber mitfühlender Ausdruck auf dem überraschend jugendlichen Gesicht, das von hellblauen Augen dominiert wurde.

Grayson hörte noch eine raue Stimme: »Gebt nicht auf. Kämpft, Quaestor!«

Dann versank er in gnadenloser Schwärze.

Greater London, Worthington Manor, Samstag, 15. Oktober, 11.31 Uhr

Unruhige Bilder zogen vor seinen Augen vorbei, schemenhafte Gestalten, die ihn mit überlangen, fahlweißen Fingern sanft in entgegengesetzte Richtungen zerrten. Gehörnte Bestien, die auf ihn zustürmten, und im Hintergrund erklang stets die klagende Stimme eines Mädchens, das herzzerreißend weinte. Als Grayson schließlich zu sich kam, war er trotz seiner Schwäche und der immensen Schmerzen, die seinen gesamten Körper durchzogen, froh, den diffusen Träumen entkommen zu sein. Er schlug die Augen auf und drehte vorsichtig den Kopf, um sich zu orientieren. Er war in einem anderen, ähnlich eingerichteten Gästeraum wie dem, den das Monster während ihres Kampfes verwüstet hatte. Die Vorhänge waren zurückgezogen und Grayson bemerkte, dass eine helle Mittagssonne hineinschien. Eine Bewegung aus den Augenwinkeln erregte seine Aufmerksamkeit und er sah Morgan neben sich auf dem Boden knien. Unter Schmerzen drehte Grayson seinen Kopf, um den Magus besser sehen zu können. Der blonde Mann saß in sich gesunken mit geschlossenen Augen in einem komplizierten Muster aus Kreidezeichen, das sich über den blanken Holzfußboden zog und anscheinend Graysons Bett umfasste. Mehrere merkwürdige Objekte waren in unregelmäßigen Abständen auf Knotenpunkten der Zeichnungen arrangiert. Der Ermittler sah einen Frauenhandschuh, etwas das wie ein seltsam geformtes Ohr aussah und einen grünlich schimmernden Stein. Er drehte den Kopf auf die andere Seite und sah den grauhaarigen Mann, der ihn gerettet hatte, auf der anderen Seite seines Bettes in derselben Pose sitzen wie Morgan, von ähnlichen Zeichen und Gegenständen umgeben. Grayson räusperte sich unter Schmerzen, aber keiner von beiden reagierte. Er versuchte zu sprechen, benötigte jedoch drei Anläufe, bevor er einen Ton heraus bekam. Grayson war erschreckt über den brüchigen Klang seiner Stimme, die sehr schwach seine Lippen verließ. »Morgan?«, brachte er mühsam hervor. Sofort schlug der Magus die Augen auf und fixierte ihn mit einem eindringlichen Blick.

»Na endlich, Sportsfreund. Wir dachten schon, das Ritual würde vielleicht gar nicht zu Ihnen durchdringen«, sagte er erleichtert. Als Grayson antworten wollte, schüttelte der Magus den Kopf. »Das lassen Sie besser noch sein. Ein übler Blutverlust, acht gebrochene Rippen, ein paar zerschnittene Muskeln und drei innere Blutungen im Brustkorb. Wir mussten dank Ihrer Gabe ganz schwere Geschütze auffahren, um überhaupt etwas zu bewirken. Ich habe bisher acht machtvolle Talismane verschlissen. Wenn Sie sich weiter in diesem Tempo verletzen lassen, bin ich Ende des Monats pleite.«

Dass Morgan bereits wieder in seine joviale Sprechweise zurückfiel, beruhigte Grayson ein wenig. Er versuchte sich aufzusetzen, aber das gelang nicht. Morgan hob die Hand, um den Quaestor aufzuhalten. »Liegenbleiben oder wir können von vorne anfangen und die letzten drei Tage waren umsonst«, sagte der Magus. Halb aus Gehorsam, halb aus Schock gab Grayson seine Bemühungen auf. Drei Tage! Er hatte bereits drei Tage verloren und konnte noch nicht einmal sprechen oder ohne Hilfe den Kopf heben. Seine Gedanken schossen zu Sophia und ein Stöhnen entrang sich seiner Kehle. Wer wusste schon, wann er wieder einsatzbereit wäre? So wie er sich fühlte, konnte seine Genesung Wochen dauern. Er schaute Morgan fragend an und krächzte: »Was ist mit der Quelle?«

Wenn ihn die Lady vom See einmal aufgepäppelt hatte, dann konnte ihr magisches Gewässer ihm jetzt bestimmt auch helfen. Morgan hob einen Finger und bedeutete ihm zu warten. Dann warf er dem grauhaarigen Kerl einen Blick zu und nickte. Sie erhoben sich gleichzeitig und machten einige komplizierte Gesten in der Luft, während sie etwas Seltsames murmelten. Der Magus glitt kurz in den unfokussierten Blick und sagte dann: »Gut. Das Muster ist stabil.« Sofort begannen beide damit, sich zu recken und zu strecken. Grayson war sich sicher, mehr oder weniger laute Knackgeräusche zu hören und in ihm keimte der Verdacht auf, dass die beiden die letzten drei Tage dort auf dem Boden verbracht hatten, um ihm mit diesem magischen Kreis zu helfen.

Morgan eilte zu einer Anrichte an der entfernten Wand und kam mit einer kleinen Flasche zurück, wobei er darauf achtete, weder die Kreidelinien noch die Gegenstände am Boden zu berühren. Vorsichtig hob er Graysons Kopf an, was ihm ein schmerzhaftes Stöhnen entlockte, und setzte ihm die Flasche an den Mund. »Wir haben mit diesem Ritualkreis Ihren Schutz … aufgeweicht, könnte man sagen. Das hier ist ein Heiltrank, der sollte Sie auf die Beine bringen. Bisher konnten wir nicht mehr tun, als Sie zu stabilisieren und selbst das war schon äußert schwierig. Sie müssen wirklich besser auf sich aufpassen, Sportsfreund.«

Grayson wollte protestieren, hatte aber den Mund voller Flüssigkeit und beschloss erstmal gute Miene zum bösen Spiel zu machen. Der Trank war kühl in seinem Mund, fast wie Eiswasser, aber immer wenn er schluckte, brannte das Elixier in seiner Kehle und im Magen wie ein harter Drink. Während er sich mit dem Inhalt des Fläschchens abmühte, kam ihm der grauhaarige Mann mit seiner markanten rauen Stimme zu Hilfe: »Er hat immerhin ohne Ausbildung einen Nachtmahr in Schach gehalten.« Der Ermittler nickte dankbar und der andere fuhr fort: »Aber du hattest mir erzählt, der Quaestor sei ein ausgebildeter Polizist und nicht jemand, der seine Waffe einfach achtlos außer Reichweite liegen lässt. Hätte ich gewusst, was mich hier erwartet, wäre ich bestimmt nicht hergereist.«

Grayson zuckte zusammen und funkelte dann beide abwechselnd böse an, während er die restliche Flüssigkeit herunterschluckte. Da er keine große Wahl hatte, nutzte er die Zeit und musterte den Unbekannten eindringlich. Seine ersten Eindrücke aus dem Kampf mit dem Nachtmahr blieben gleich: Dichtes, durchgehend graues Haar, das ein offen wirkendes, aber ernstes Gesicht von Anfang zwanzig umrahmte. Kurze Frisur, glatt rasiert, extrem hellblaue Augen. Er trug ein rotes, elegantes Hemd und eine schwarze Jeans. Der weiße Trenchcoat hing über einem nahstehenden Stuhl, wo auch das schwere Breitschwert lehnte. Außerdem fiel Grayson eine seltsame Eisenmanschette am rechten Unterarm auf. Die Bewegungen der breitschultrigen Gestalt waren selbstsicher und präzise, dabei aber sparsam. Alles an dem Kerl schrie nach Militär, auch ohne das übergroße Buttermesser. Grayson hasste das Militär. Alles stur nach Befehl, kein Hinterfragen der Hierarchien. Solche Typen machten es jedem korrupten Politiker leicht. Aber dieser hier hatte nun einmal seinen Hintern gerettet, also bekam der Silberrücken einen Vertrauensvorschuss, wenn auch nur einen kleinen. Die Schmerzen in seinem Körper ließen nach und er versuchte sich an einem dankbaren Nicken. »Ich bin Ihnen für Ihre Hilfe was schuldig«, murmelte er.

Der kräftige Mann schaute auf ihn herab, als hätte Grayson ihn gerade angespuckt. »Es besteht keine Schuld zwischen uns. Was ich tat, war meine Pflicht gegenüber der Quadriga«, erklärte er entschlossen.

Morgan warf hastig dazwischen: »Denke daran, er ist noch nicht lange eingeweiht. Mr. Steel, das ist Richard, er ist auf eigene Bitte vom Rat als unser Custos eingesetzt worden. Das bedeutet so viel wie Beschützer oder Wächter. Er ist für die Sicherheit der Quadriga zuständig, damit Sie und ich unsere Ermittlungen mit heiler Haut überstehen.«

Grayson erinnerte sich an die Bezeichnung für das Vier-Mann-Team. Er reichte Richard mit einem Ächzen die Hand und sagte: »Grayson Steel, danke für die Hilfe.« Der nahm sie ohne zu zögern in einen festen Griff. »Gern geschehen«, antwortete er.

Seit der Einnahme des Trankes war vielleicht eine Minute vergangen, aber der Ermittler verspürte bereits keinerlei Schmerzen mehr. Probeweise hob er die Arme über den Kopf, richtete sich auf und drehte sich in der Hüfte. Davon abgesehen, dass er sich irgendwie leicht anfühlte, ging es ihm gut! Morgan hatte wirklich nicht übertrieben, als er die Möglichkeiten von Heilmagie beschrieben hatte. Nur schade, dass man Grayson dafür erst drei Tage mit einem Ritual bearbeiten musste, damit so etwas funktionierte. Dann dachte er an den Feuerball im Ratssaal, den er aufgrund seiner Gabe ohne einen Kratzer überstanden hatte. *Kein Licht ohne Schatten,* sinnierte er.

Morgan betrachtete ihn kritisch. »Also gut, der Trank hat gewirkt. Dann sorgen wir mal dafür, dass Sie wieder Sie selbst werden. Ich möchte unseren geschätzten Quaestor nicht länger als nötig in diesem verwundbaren Zustand lassen. Aufgepasst, Sportsfreund, das wird jetzt etwas laut.« Morgan verwischte eine der Kreidelinien am Boden und Chaos setzte ein. Grayson hatte bereits mit so etwas gerechnet, aber die Intensität war trotz allem atemberaubend. Die Fenster explodierten förmlich nach außen, als weiße Blitze durch den Raum tanzten und alles zersplitterte, was sich nicht im Kreidekreis befand. Drei Sekunden später war der Spuk vorbei und Grayson fragte in die plötzliche Stille hinein: »Muss es immer so ablaufen, dass dabei alles kaputt geht?«

Morgan schüttelte den Kopf, während Richard lachte, ein tiefer, volltönender Laut. »Nein, wir hätten das Ritual langsam auflösen können, aber das hätte noch einmal vierundzwanzig Stunden gedauert und ich dachte, die sollten wir nicht vergeuden. Parsley wird sich um die Reparaturen kümmern.«

Grayson nickte beifällig und schwang seine Beine aus dem Bett. Er richtete sich auf und stellte fest, dass das Gefühl der

Leichtigkeit verschwunden war. Grayson war wieder sein gewohntes und vor allem unversehrtes Selbst und er musste tatsächlich lächeln. »Danke fürs Aufpäppeln«, sagte er schlicht in den Raum hinein und Morgan klopfte ihm, begleitet von einigen Funken, freundlich auf die Schulter, während Richard seinen Mantel anzog und das Schwert mit der Spitze voran unter dem Trenchcoat seinen Rücken hochschob, wo es mit einem leisen Klicken in einer verborgenen Halterung einrastete, sodass nur der Griff knapp unter der Hüfte hervorragte. Die Waffe war nun vollständig unter dem weiten Kleidungsstück verborgen und der Custos konnte sie ziehen, indem er einfach danach griff und den Arm aussteckte. Grayson kam ein komischer Gedanke und er musste einfach fragen: »Sie sind aber nicht Richard Löwenherz, oder?«

Morgan lachte auf, während der Gefragte nur kurz die Nase kräuselte und antwortete: »Nein, der alte Teufel hat vor meiner Zeit gelebt. Aber danach wurde Richard für einige Zeit ein sehr beliebter Name. Mein ganzer Name wäre wohl Richard, des Müllers Sohn, aus Köln.«

Grayson erkannte eine vage Antwort, wenn er eine hörte und ließ es gut sein. Der Mann hatte ihn gerettet und wollte sie beschützen, während das Team nach Sophia suchte, das genügte fürs Erste. Das Team! Grayson schüttelte leicht den Kopf. Er hatte sich bisher kaum an einen Partner gewöhnen können und jetzt hatte er schon ein Team, das noch größer werden würde, wenn der vierte Platz ebenfalls besetzt war. Mit einem Achselzucken griff er sich seine Kleidung, die für ihn bereit lag, und sagte, während er sich die Richtung zum Bad zeigen ließ: »Ich bin am Verhungern. Essen wir was und Sie beide bringen mich dabei auf den neuesten Stand.«

Ein gemütliches Stahlbad

Greater London, Worthington Manor, Samstag, 15. Oktober, 12.31 Uhr

Schnell war Grayson geduscht, satt und startbereit. Morgan hatte ihm erzählt, dass sich die Nachricht von der bevorstehenden Wahl über das magische Netz bereits in der gesamten *Nebula Convicto* herumgesprochen hatte. Eine unruhige Stimmung war die Folge. Es waren deutlich mehr Verstöße gegen die *Lex Nebula* gemeldet worden, ganz so, als könnten es viele nicht erwarten, endlich die strengen Regeln abzustreifen, die das *Equilibrium* so lange bewahrt hatte. Die Lady vom See reinigte noch immer ihre Quelle von den Blutaalen und war dadurch doppelt handlungsunfähig. Daher war ein Transport Graysons in den heilenden See sowieso ausgeschlossen gewesen. Nach den allgemeinen Neuigkeiten besprachen sie die Ergebnisse von Morgans Nachforschungen. »Bezüglich der Blutaale habe ich die Nachricht erhalten, das unsere beste Möglichkeit einen Hehler für so etwas zu finden, in einem Besuch im *Traumfänger* besteht«, sagte Morgan gerade.

Richard schnaubte als Reaktion, aß jedoch weiter. Grayson war aufgefallen, dass der kräftige Mann weder den Mantel abgelegt hatte noch die Rückenlehne benutzte. Er saß entspannt und leicht vorgebeugt da, und seine linke Hand hielt das Messer betont locker. Er gestikulierte nicht mit ihr und machte auch keine ausholenden Bewegungen damit. Erst dachte Grayson, dass der Custos sich vielleicht ebenfalls beim Kampf verletzt hatte, aber dann ging ihm auf, dass der grauhaarige Mann einfach unbewusst darauf achtete, dass seine Hand sich nie weiter als unbedingt nötig vom Griff seines Schwertes entfernte und er stets genug Freiraum hatte, um es sofort ziehen zu können. Auch wenn Grayson sich dadurch ein gutes Stück sicherer fühlte, war es ihm trotzdem unheimlich. Er hielt sich für besessen von seiner Arbeit und daher erkannte er sofort jemanden, der genauso war wie er. Nur dass Richards Betätigungsfeld nicht Ermittlungen, sondern der Kampf war. Der Quaestor hatte irgendwie das Bild einer tickenden Zeitbombe vor Augen, aber bisher verhielt sich der Mann ruhig und professionell. Vielleicht hatte er ja seine Dämonen besser im Griff als Grayson.

Um den Faden nicht zu verlieren, unterbrach er Morgans Redefluss und fragte: »Ist dieser *Traumfänger* irgendein magischer Gegenstand?« Die anderen beiden Männer schmunzelten, und Morgan sagte kryptisch: »Einige sehen das bestimmt so.« Als die Miene des Quaestors sich verhärtete, beeilte er sich hinzuzufügen: »Es ist ein Nachtclub, der sich in Soho befindet. Ein beliebter Ort für Grenzgänger, Mitglieder unserer Gemeinschaft, die sich freiwillig oder ungewollt immer an den Grenzen des Erlaubten aufhalten. Hehler finden dort eine große Nachfrage für exotischere Dinge, auf die ich hier am Frühstücktisch nicht näher eingehen möchte. Die Wahrscheinlichkeit ist recht hoch, dass wir dort einen Hinweis darauf finden, wer die Blutaale gekauft hat und von wem. Ich hätte selbst auf diesen Ort getippt, aber nach meinen Informationen wurde das *Traumfänger* dicht gemacht.«

Richard sagte trocken: »Das ist nicht das erste Mal, dass Sharifa dich zum Narren hält, oder nicht? Du hättest die Nachricht von der Schließung besser überprüfen sollen.«

Grayson überlegte währenddessen und nickte dann: »Klingt nach einem brauchbaren Ansatz. Lassen Sie uns hinfahren.«

Morgan schüttelte den Kopf. »Um diese Zeit ist noch niemand dort. Wir werden bis zum Abend warten müssen. Allerdings hat Straage sich gemeldet. Er hat Informationen, die er uns aber nur persönlich sagen will. Anscheinend etwas Brisantes, das er nur einem Quaestor mitteilen darf, ohne in Schwierigkeiten zu geraten.«

Grayson freute sich darauf den alten Kauz wiederzusehen, um ihm zu danken und sich für seinen schroffen Abgang zu entschuldigen. Er sagte: »Dann also auf zu Mr. Straage.« Er wollte gerade aufstehen, aber Richard sagte energisch: »Nicht ohne eine Einweisung. Sie hatten jetzt zweimal Glück, sowohl gegen die Banshee, als auch gegen den Nachtmahr. Ich kann die Quadriga nicht beschützen, wenn Sie nicht einmal die absoluten Grundkenntnisse beherrschen. Bis der Saggitarius, der offensive Leibwächter, zu uns stößt, bin ich der einzige, der Ihnen beiden physischen Schutz bietet. Aber wenn ich die ganze Zeit auf Sie aufpassen muss, schwebt Morgan in Lebensgefahr. Ich benötige nicht mehr als eine Stunde für das Nötigste.«

Morgan fügte hinzu: »Ich stimme ihm zu, Mr. Steel. Nachtmahre sind Attentäter. Dieser wurde gezielt auf Sie angesetzt. Sie verstärken den Tiefschlaf einer Person und schlagen dann blitzschnell zu, bevor das Opfer aufwachen kann. Sie werden gerne auf einen Lacunus angesetzt, denn im Schlaf oder wenn Sie entspannt sind, lässt Ihre Gabe nach. Unter Anspannung oder wenn Sie sich auf die Kräfte konzentrieren, nehmen sie zu.«

Grayson lachte schallend und die beiden Männer starrten ihn verständnislos an. Nach einigen Sekunden hatte er sich so weit gefangen, dass er seinen Heiterkeitsausbruch erklären konnte: »Es ist Jahre her, dass ich mich im Schlaf entspannen konnte. Zwei Psychologen, ein Schlaflabor und drei von Scotland Yard verordnete Fortbildungen zur Stressbewältigung konnten nichts daran ändern. Die Diagnosen gehen von einer Belastungsstörung bis zur kognitiven Selbstkonditionierung. Während ich schlafe, wälze ich alle Fakten eines Falles umher und mein Unterbewusstsein sucht nach Ungereimtheiten. Das ist so lange nützlich, bis man auf einen unlösbaren Fall trifft.«

Hier brach Grayson seine Erklärungen ab. In den letzten Jahren hatte er wochenlange Phasen gehabt, in denen er nur wenige Minuten pro Nacht in Tiefschlaf gefallen war, die Auswirkungen waren verheerend gewesen. Die dunklen Kapitel seiner Obsession für die Seltsamen Sieben gingen niemanden etwas an. Dass ihm diese Art der Schlafstörung jetzt das Leben gerettet hatte, erschien ihm wie ausgleichende Gerechtigkeit.

Morgan blickte ihn mitfühlend an und Grayson beschlich der Verdacht, das der Magus die ganze Geschichte kannte, aber Richard durchbrach die Stille und sagte: »Das ist gut zu wissen. Wenn das hier vorbei ist, zeige ich Ihnen eine Meditationstechnik, mit der Sie diesen Zustand beibehalten können und trotzdem genug Schlaf bekommen.« Der Quaestor starrte den grauhaarigen Mann ungläubig an, aber die beiläufig wissende Art, mit der er gesprochen hatte, ließ keinen Zweifel daran, dass sein Gegenüber einen Weg gefunden hatte, mit dieser Art Schlaf dauerhaft zurechtzukommen. Widerwillig musste er zugeben, dass sein Respekt vor dem Mann wuchs. Laut sagte er: »Also gut, ich will mir nicht nachsagen lassen, jemanden hier unnötig in Gefahr gebracht zu haben. Schießen Sie los.«

Der Krieger stand auf und bedeutete Grayson, ihm zu folgen. »Hier ist kein Platz, kommen Sie mit. Morgan, existiert die Trainingshalle noch?«

Der Magus nickte und sagte: »Ich habe Parsley angewiesen, alle nötigen Räume wieder nutzbar zu machen. Aber nehmt heute noch die Empfangshalle, bis alles hergerichtet ist. Worthington Manor wurde auf meinen Antrag hin als Operationsbasis unserer Quadriga bewilligt. Hier haben wir Platz und genug Abgeschiedenheit. Die Standardausstattung wird uns in den nächsten Tagen zukommen und die Sicherheit im umliegenden Wald wurde erhöht. Drei zusätzliche Waldpirscher-Clans haben um die Erlaubnis gebeten, dort zu siedeln, unter ihnen sind auch

Nachtstreifer. Hier kommt so schnell kein Attentäter mehr hinein, wenn die angekommen sind.«

Richard pfiff durch die Zähne und beäugte Grayson anerkennend: »Sie haben sich Freunde im *Equilibrium* gemacht, soviel ist sicher. Ein derart gut gesicherter Perimeter wird meine Arbeit langfristig deutlich erleichtern. Aber das Jetzt bereitet mir Sorgen, also kommen Sie.«

Grayson folgte dem Custos aus dem Frühstücksraum, während Morgan zurückblieb und sein Telefon zückte, um seinen Kontakten Druck zu machen. Während der Ermittler auf das breite Kreuz seines Vordermanns starrte, versuchte er sich an die Gegensätzlichkeiten des Mannes zu gewöhnen, der nun für ihre Sicherheit verantwortlich war. Er wirkte wie ein Zwanzigjähriger, wenn man von den Haaren absah, aber der Quaestor war sich sicher, dass auch Richard deutlich langlebiger war, als er schien. Allein der seltsam antiquierte Name und seine Weltsicht, die ab und zu aufblitzte, deuteten ein Alter an, das der altertümlichen Bewaffnung des Kriegers entsprach. Sein Auftreten und Jargon passten hingegen zu vielen Einsatzleitern von Eingreiftruppen, mit denen Grayson im Laufe der Jahre zu tun gehabt hatte.

Als sie die große Empfangshalle betraten, kam der Ermittler zu dem Schluss, den grauhaarigen Mann wie einen sehr alten Veteranen zu behandeln, der sich stetig weitergebildet hatte, um in seinem Gebiet immer auf dem Laufenden zu bleiben. Das war wahrscheinlich nahe genug an der Wahrheit und half ihm dabei, den Mann schneller als Teil seiner neuen Arbeit zu akzeptieren. Grayson hasste Vorgesetzte, aber Spezialisten konnte er respektieren. Solange Richard ihm nicht in seine Arbeit hereinredete, würde er ihm auf seinem Fachgebiet die gleiche professionelle Höflichkeit zukommen lassen. Zufrieden, das für sich geklärt zu haben, begann er den Ausführungen des anderen zu lauschen, als der sich umdrehte und Grayson streng anblickte, um sich seiner vollen Aufmerksamkeit zu versichern.

Der Krieger räusperte sich. »Wie Morgan bereits sagte, hängt Ihre Fähigkeit, Magie zu widerstehen oder sie sogar zu bannen, von zwei Faktoren ab: Ihrem Talent, das sehr ausgeprägt ist, und Ihrer Fähigkeit, Ihren Willen zu fokussieren. Das erste können wir nicht steigern, das zweite kann man üben. Morgan wird diesen Teil übernehmen, aber das braucht viel zu lange, also nur die Grundlagen dazu: Müdigkeit und Rauschmittel sind Ihre Feinde, ebenso Emotionen wie Furcht oder Verlangen. Alles war Ihrem Willen zusetzt und ihn schwächt. Aufputschmittel sind gut, ebenso Liebe und Entschlossenheit. Vermeiden Sie Verwirrung, seien Sie sich Ihres Handelns sicher. Das ist alles sehr grob zusammengefasst, aber ich denke, Sie wissen, worauf es hinausläuft?«

Grayson nickte. Seine Sturheit hatte ihm schon oft geholfen und würde ihm auch hier gute Dienste leisten. Kaffee war ein Aufputschmittel, also war auch an dieser Front alles geklärt. Das Gespräch verlief bisher besser als gedacht.

Richard deutete auf seine rechte Hand: »Die Hand mit dem Ring ist Ihre Primärhand. Jede Attacke damit auf ein magisches oder magisch begabtes Wesen zeigt mehr Auswirkungen als der Rest Ihres Körpers. Ihre Gabe erstreckt sich etwa zehn Zentimeter über Ihre Haut hinaus in jede Richtung. Ein Meisterlacunus kann dieses Feld beeinflussen, aber das benötigt intensives, langfristiges Training. Für Sie ist momentan wichtig, den jetzigen Abstand zu kennen und zu verinnerlichen.«

Er hielt kurz inne und fragte dann: »Laut Ihrer Akte sind Sie ein sehr guter Schütze mit Ihrer Dienstwaffe und haben rudimentäre Grundkenntnisse im Nahkampf?«

Grayson blieb stumm und nickte wieder nur. Die Souveränität und Effizienz, mit der Richard seine Ausführungen vortrug, zeigten ihm, dass der Custos diese Einweisung schon vielen Personen gegeben haben musste. Er hielt sich also zurück und die Augen und Ohren offen.

Richard drehte sich um und stieß einen schrillen Pfiff aus, der durch das gesamte Anwesen hallte. Eine Minute später kam Parsley in die Halle, ein Bündel auf den metallenen Armen, das er Richard reichte, bevor der magische Diener sich wieder seinen Arbeiten zuwandte. Richard legte das Bündel vor sich auf den Boden und schlug das Tuch auseinander. Grayson sah dort drei Dinge auf dem unscheinbaren Stoff liegen. Zuerst einmal erkannte er seinen Schulterholster, der ihm viele Jahre treue Dienste geleistet hatte. Irgendjemand hatte ihn jedoch modifiziert und rote Linien und Kreise aufgestickt, die das Ding irgendwie albern aussehen ließen. Er ärgerte sich darüber, aber die beiden anderen Gegenstände auf dem Tuch lenkten ihn ab. Das eine war ein kurzes Kampfmesser, wie er es aus jedem beliebigen Soldatenfilm kannte, das ebenfalls vom Griff bis zur Klingenspitze dieselben Muster aufwies wie der Holster. Den Abschluss bildete ein klobig wirkender, schwerer Revolver mit einem langen und extrem dicken Lauf. Auch hier sah Grayson fein eingearbeitete Gravuren, die zu Messer und Holster passten. Immer noch verärgert über die ungebetene Misshandlung seines Holsters knurrte Grayson: »Was soll das, ich denke Magie wirkt bei mir nicht? Das sind doch magische Zeichen, oder nicht?«

Richard ignorierte seinen Tonfall und begann gelassen seine Erklärung: »Das alles hier ist von sich aus so magisch wie ein Turnschuh. Die Muster sind einzig dazu da, Ihre Gabe in die Gegenstände hinein zu kanalisieren. Während Sie die Waffen in Ihrem Holster direkt an Ihrem Körper tragen, werden diese sozusagen durch Ihre Kräfte aufgeladen. Im Einsatz gegen einen Kontrahenten besitzt das Messer denselben Effekt wie eine direkte Berührung Ihrerseits. Das bedeutet, solange Sie den Kontakt zur Waffe nicht unterbrechen, können Sie sich damit effektiv gegen magische Wesenheiten und Effekte wehren. Für den Revolver gilt dasselbe, allerdings mit der Einschränkung, dass die Kugeln ja Ihr antimagisches Feld verlassen, wenn Sie sie abfeuern. Die Restladung verfliegt innerhalb von Sekundenbruchteilen. Je weiter sie fliegen, umso mehr ähneln sie demnach normalen Geschossen. Bei über dreißig Metern Distanz ist die Wirkung komplett verschwunden. Also nah herankommen lassen oder die ganze Trommel verschießen. Ich würde Ihnen gerne die Nuancen auf einem Schießstand nahebringen, aber dafür haben wir vorerst keine Zeit und außerdem müssen Sie Ihre Ausrüstung erst ein wenig getragen haben, damit eine Durchdringung stattfindet. Kommen Sie, ich helfe Ihnen beim Anlegen.«

Wiederstandlos ließ Grayson sich mit dem Holster helfen. Eine Scheide für das Messer war hinzugefügt und die Halterung für den Revolver passgenau geändert worden.

Richard sprach währenddessen weiter: »Ich empfehle Ihnen, stets beide Waffen gleichzeitig zu ziehen, die meisten Wesen sind schnell, können fliegen, sich teleportieren oder anderweitig überraschend fortbewegen. Es ist also ratsam, auf ein Gefecht in jeder Distanzklasse vorbereitet zu sein. Entscheiden Sie von Fall zu Fall, welche Waffe Sie in der rechten Hand führen, der Ring wird diese noch effektiver machen. Wie wir Ihren Holster schnallen, entscheidet darüber, mit welcher Hand Sie was ziehen. Ich denke, wir fangen mit Revolver rechtshändig, Messer linkshändig an, da Sie an Schusswaffen gewöhnt sind.«

Zwei Minuten später war Grayson ausstaffiert. Bei dem Revolver hatte er damit gerechnet, aber auch das Messer war überraschend schwer. Die Legierung erkannte er nicht, er beschloss jedoch nicht zu fragen. Ihm war egal, wie das Material hieß, Hauptsache es half ihm dabei, am Leben zu bleiben. Die restliche Stunde verbrachte Grayson damit, unter Richards strengen

Anweisungen die grundlegende Handhabung zu erlernen. Allein das gleichzeitige Ziehen beider Waffen war schon eine Herausforderung. Beinahe hätte Grayson sich selbst geschnitten, aber der Custos bestand darauf, dass es im Ernstfall zu lange dauern konnte, wenn der Quaestor die Waffen nacheinander zog. Am Ende der Stunde zeigte ihm der Krieger noch, wie man schnell die Waffenhände wechselte, indem er mit leichten, fast spielerischen Bewegungen die Hände vor der Brust zusammenschlug und dabei die Waffen von einer in die anderen Handfläche glitten.

»So können Sie schnell bestimmen, welche Bewaffnung durch den Ring unterstützt wird«, erklärte er dabei. Grayson stellte sich eher ungeschickt an, aber Richard sagte beruhigend: »Das wird schon.« Der Ermittler beschloss, in einer Auseinandersatzung vorerst keinerlei Experimente zu wagen und den grauhaarigen Mann bei nächster Gelegenheit um eine weitere Übungsstunde zu bitten.

Jetzt allerdings freute er sich darauf, zu dem zurückkehren zu dürfen, was er bereits beherrschte. Sie fanden Morgan, wo sie ihn zurückgelassen hatten, und wenige Minuten später saßen sie in einem bulligen SUV, der von Richard gefahren wurde. Grayson begrüßte den Fahrzeugwechsel. Er hatte nichts gegen eine gemütliche Fahrt im Fond einzuwenden, aber um Ermittlungen durchzuführen, war die Limousine dann doch zu auffällig und sperrig.

Sie umfuhren Londons Innenstadt, um schließlich wieder an den gleichförmigen Häusern der Vorstadt vorbeizufahren, die Straage als seine Nachbarschaft erwählt hatte. Grayson blickte auf das Treiben auf den Bürgersteigen und in den Vorgärten und war erstaunt über die veränderte Wahrnehmung, mit der er diese Umgebung heute bewertete. Wo er bei seinem ersten Besuch nur Konformität, Spießigkeit und Kleinbürgerlichkeit gesehen hatte, bemerkte er nun zusätzlich Konstanz, Friedlichkeit und einen wunderbaren Mangel an Übernatürlichem. Die Offenbarungen der letzten Tage hatten seine Weltsicht verändert und das war ein überraschend schöner Gedanke.

Bevor er diese Selbsterkenntnis weiter vertiefen konnte, bog ihr Wagen schon zwischen den schützenden Hecken der Plymouth Road ein. Wenig später stiegen sie aus und näherten sich dem Haus des Antiquitätenhändlers, als Richard auf einmal stehen blieb. Seine linke Hand glitt unter seinen Trenchcoat. »Straage hat Besuch«, flüsterte er. Dabei deutete er auf den Vorgarten, der wie bei Graysons erstem Besuch mit Muschelschalen ausgelegt war. Zuerst konnte der Quaestor nichts entdecken, aber dann sah er Verwerfungen im weißlichen Meer aus Schalensplittern, am Rand nur sehr seicht, aber in der Mitte des Bereichs extrem ausgeprägt. Mehrere Personen hatten versucht, sich anzuschleichen und dann aufgegeben, um schnell vorzustürmen. Aus einem Impuls heraus wollte er es ihnen gleichtun und dem alten Mann rennend zu Hilfe eilen, aber Richard hielt ihn auf. Vorsichtig und aufmerksam ging der Custos langsam auf den Eingang des Hauses zu, die Linke unter seinem Mantel, und die anderen folgten seinem Beispiel. Grayson hatte ebenfalls die Hand an der Schusswaffe und Morgan wisperte fremdartige Silben, während sein Umriss kurzfristig vor Graysons Augen verschwamm. Sie erreichten die Vordertür, die offen stand. Der schwere Türklopfer war zerborsten und rauchte noch ein wenig an den Bruchkanten. Die Zauberzeichen auf seiner Oberfläche glommen matt in einem rötlichen Licht. Während Richard nun sein Schwert zog und mit dem Fuß die Tür sanft aufstieß, blickte Morgan sich um und deutete nach links und rechts. »Sie hätten klopfen sollen«, gluckste er zufrieden.

Grayson folgte seinem Blick und sah kleine Häufchen aus feiner weißer Asche, die auf dem Kalk der Muscheln kaum zu erkennen waren. Anscheinend waren nicht alle Angreifer ins

Innere gelangt. Grayson schluckte schwer und folgte dem Krieger ins Haus, während er seinen neuen Revolver zog, der ungewohnt schwer in der Hand lag. Morgan bildete den Abschluss, wobei der Magus Grayson den Rücken zugewandt hatte und stattdessen die Eingangstür im Auge behielt. Der Ermittler erkannte, dass die beiden sich wie ein eingespieltes Team bewegten und dies bestätigte seinen Verdacht, dass Morgan Worthington wohl nicht immer ein Ratsmitglied gewesen war. Zu schnell hatte der elegante Mann sich mit seiner Rolle als Graysons Magus abgefunden. Er und Richard waren nicht nur befreundet, sondern früher schon einmal in derselben Quadriga gewesen, dessen war er sich sicher. Bestimmt hatte Richard sich wegen Morgan freiwillig als Custos für ihr Team gemeldet. Das bedeutete, dass sich gleich zwei Veteranen um seine Haut sorgten und Graysons Zuversicht wuchs.

Sie erreichten das Ende des dunklen Flurs. Bisher hatten sie nichts und niemanden gehört und sich selbst so leise wie möglich verhalten. Grayson kam sein eigener Atem unnatürlich laut vor und die Zeit schien sich ins Unendliche zu dehnen, während er beobachtete, wie Richard quälend langsam die Tür zum Verkaufsraum einen winzigen Spalt öffnete. Grayson packte seine Waffe fester und sein Körper war angespannt wie eine Feder, voller düsterer Vorahnungen, was dort drinnen lauern mochte.

Dann entspannte sich der breite Körper Richards und er öffnete schwungvoll die Tür, während er mit einer sparsamen Bewegung sein Schwert wegsteckte. Völlig verdutzt blieb Grayson unschlüssig in der Düsternis des Flurs zurück, bis er selbst einen Blick in den Raum werfen konnte. Der Eindruck von geordnetem Chaos, der bei seinem letzten Besuch geherrscht hatte, war reiner Unordnung gewichen. Selbst die Explosion der Bannmünze hatte damals keine solche Zerstörung angerichtet. Überall waren Kampfspuren zu sehen, aber Rudvig Straage saß in der Mitte des

Zimmers an seinem Tisch mit den altertümlichen Holzschemeln und schenkte gerade Kaffee in vier Tassen ein, die dort fein säuberlich drapiert standen. Er lächelte gewinnend und schielte über seine goldene Brille hinweg. »Richard! Es ist so lange her! Schön dich zu sehen«, rief er aus, als wäre das Chaos ohne Bedeutung. Der grauhaarige Mann streckte die Arme weit aus und schloss den Antiquitätenhändler in eine bärenhafte Umarmung.

Grayson holsterte seine Waffe und trat nun ebenfalls in den Hauptraum, nur um nochmals abrupt stehen zu bleiben. Er ignorierte den Protest Morgans, der in ihn hineinlief und dessen Schutzzauber dadurch mit einem kurzen Aufblitzen gebannt wurde. Überall an den Wänden lagen leblose Körper auf dem Boden, hier und da waren Blutflecken zu erkennen, wo die Opfer besonders hart aufgeprallt waren. Ausnahmslos alle schienen durch stumpfe Gewalteinwirkung gestorben zu sein. Sogar an der Decke erkannte Grayson einige Abdrücke. Und inmitten all dessen standen die beiden Männer und plauderten wie zwei alte Schulfreunde. Morgan ging mit einem grimmigen Seitenblick und einer Bemerkung über rücksichtslose Lacuni an ihm vorbei und gesellte sich zu den anderen. Alle drei setzten sich, tranken Kaffee und unterhielten sich angeregt, während Grayson begann, sich zu fragen, ob mit ihm etwas nicht stimmte. Er ging vorsichtig zu einem der Leichname herüber und betrachtete ihn genauer. Auf den ersten Blick sah er nur eine junge Frau, etwas unterernährt, ein paar Tattoos waren auf ihren blanken Armen zu erkennen. Grayson stutzte. Sie trug ein ärmelloses Top und Shorts, und das mitten im Herbst. Er betrachtete ihr Gesicht und bemerkte, dass ihr Mund zugenäht war! Ein rascher Blick in einige der anderen Gesichter zeigte ihm, dass alle genauso verstümmelt worden waren. Grayson zwang sich, langsam aufzustehen und zu den anderen hinüberzugehen. Er hatte genug davon, als Frischling oder Außenseiter gesehen zu werden, also riss er sich zusammen und fragte in schlichtem Tonfall: »Wer oder was waren diese Leute?«

Die Unterhaltung am Tisch brach ab und Rudvig Straage stand auf, um Grayson die Hand zu schütteln. »Mr. Steel, ich bin froh, dass Sie Ihren letzten Fall überstanden haben. Ich hätte Sie gerne deutlicher gewarnt, aber die *Lex Nebula* ist da recht eisern. Genau genommen habe ich Ihnen damals bereits zu viel erzählt, aber ich hatte die Freigabe.« Dabei schaute er zu Morgan hinüber.

Der zuckte die Achseln. »Ich hatte so lange Ihren Werdegang verfolgt, da wollte ich nicht, dass Sie die Chance verpassen, sich uns zu beweisen. Ihrem Profil zufolge hätten Sie einen weiteren ungelösten Fall psychisch nicht überstanden. Dass Sie sich als Lacunus entpuppt haben, war ein wunderbarer Bonus.«

Der Quaestor nickte einmal dankbar und wiederholte dann: »Die Leichen?«

»Ach, das sind nur Hüllen«, sagte Richard. »Frische Leichname, die mit minderen Geistern belebt werden, um einfache Arbeiten auszuführen. Sie werden sehr gerne eingesetzt, um leichte Drecksarbeit zu erledigen, da keine Spur zu ihrem Erschaffer zurückverfolgt werden kann. Die Praxis ist nicht unumstritten, aber legal. Die armen Schweine hier haben alle vor ihrem Tod die Rechte an ihrem Leichnam für einen kleinen Geldbetrag abgetreten. Die *Erben* und *Freien* setzen sie gerne ein, seitdem Ghule aus der öffentlichen Wahrnehmung verbannt wurden. Sie werden unter Hochrisikogruppen rekrutiert, wie Drogensüchtigen oder Schwerkriminellen. Meist müssen die Ernter nicht lange warten, bis sie die Körper erhalten.«

Grayson schluckte schwer. »Also sind sie so etwas wie Kanonenfutter?«, fragte er mit angewidertem Tonfall. Richard nickte zustimmend. »Das kommt hin, aber bedenken Sie, diese Leute waren schon tot. Nur die beschworenen Geister wurden ausgelöscht. Daher gilt diese Technik als human genug, um durch den

Rat zugelassen zu werden. Die Alternativen wären mit deutlich mehr zivilen Opfern verbunden. Offiziell werden Hüllen natürlich nur zu rein friedlichen Zwecken eingesetzt, bei Arbeiten in den Minen zum Beispiel.«

Straage sagte: »Ich werde gleich aufräumen, aber ich dachte mir, dass Sie alle vielleicht gerne meine Informationen erhalten würden. Die Hüllen wurden bestimmt nicht umsonst geschickt, und ich befürchte, wer auch immer seine Spuren verwischt, wird nicht bei mir Halt machen.«

Er räusperte sich und fuhr in formellem Tonfall fort: »Quaestor Steel, hiermit informiere ich Sie darüber, dass in den letzten Tagen vermehrt unregistrierte Bannmünzen in Umlauf geraten sind. Dies ist ein schwerwiegender Verstoß gegen die *Lex Nebula*, den ich offiziell melde.«

Morgan lehnte sich überrascht zurück und stieß explosionsartig den Atem aus. »Kein Wunder, dass Sie dazu nichts am Telefon sagen wollten.« Er drehte sich zu Grayson und erklärte: »Bannmünzen sind sehr mächtig und können, geschickt eingesetzt, extrem viel Schaden anrichten. Deswegen ist jeder Banngraveur dazu verpflichtet, genauestens Buch über jeden Kunden zu führen, sowie über Art und Wirkungsweise des Zaubers und Mächtigkeit der Münze. Wer dagegen verstößt, muss mit drakonischen Strafen rechnen, bis hin zum Tod.«

Straage fügte hinzu: »Andererseits werden diese Register nur zuständigen Ratsmitgliedern vorgelegt und unterliegen der Verschwiegenheit, sonst wären die Bannmünzen ja wertlos. Eine Offenlegung ist nur gegenüber Ratsmitgliedern und Quaestoren gestattet. Als ich vom Einsatz unregistrierter Münzen hörte, habe ich damit begonnen, vorsichtig Erkundigungen einzuholen.« Er blickte sich vielsagend um. »Anscheinend nicht diskret genug.«

»Warum kommen Sie damit zu mir? Vermuten Sie einen Zusammenhang mit der Entführung?«, fragte Grayson unschlüssig.

Morgan blickte nachdenklich drein. »Eine Bannmünze auf dem Schwarzmarkt ist schon selten, mehrere, die im gleichen Zeitraum auftauchen, erst recht. Und direkt nach der Entführung? Das ist bestimmt kein Zufall. Vielleicht sind sie Teil eines größeren Plans?«

Straage holte eine Liste mit den fraglichen Münzen hervor und wer sie wo eingesetzt hatte. Die Nutzer hatten auf den ersten Blick nichts miteinander zu tun und die Dienste der Münzen waren sehr spezifisch und meist persönlich, wenn auch durch die Bank weg illegal.

Die drei begannen wild zu diskutieren, während Grayson nachdachte. Ein Gedanke kam ihm, der durch seine Einfachheit bestach. »Wurde die Münze der Banshee auch unter der Hand gefertigt?«, fragte er. Die anderen wurden still und Straage nickte. Der Ermittler fuhr fort: »Könnte es dann sein, dass es hier keine Verschwörung gibt, sondern dass die Münzen als Bezahlung gedacht sind? Alle diese Zauber dienen dazu, um etwas zu erreichen, dass ihre Nutzer anders nie bekommen würden. Was wenn jemand sie für eine hochriskante Tat bezahlt und als Belohnung die Erfüllung ihrer Träume versprochen hat? Wie einer Banshee die Möglichkeit, ihre Opfer direkt in ihr Jagdgebiet zu locken und zwar ganz ohne Gegenwehr?«

Die anderen blickten ihn stumm an und blinzelten, während Grayson aufgeregt fortfuhr: »Sie sagen, die unregistrierten Münzen fallen nicht sofort auf und wenn, dann werden sie einem sehr kleinen Kreis gemeldet. Sie können ohne Registrierung bestimmt nicht ohne weiteres zurückverfolgt werden, oder?«

Der Antiquitätenhändler schüttelte den Kopf. »Nein, das geht nicht. Der ganze Sinn einer Bannmünze ist Diskretion und Anonymität. Der einzige Grund, warum ich von diesen illegalen Münzen weiß, ist die Tatsache, dass ich gutes Geld für bereits gebrauchte und vor allem exotische Bannmünzen zahle. Meine

Sammelleidenschaft ist bekannt und hat mir im Laufe der Zeit viele Kontakte eingebracht. Die haben sich gemeldet und mir die Informationen geliefert, wer derzeit im Besitz von exotischen Bannmünzen ist oder wo Münzen ungewöhnliche Kräfte entfaltet haben, die der Rat eigentlich nicht zulassen dürfte. So konnte ich diese kleine Liste zusammenstellen. Und wenn ich das anmerken darf, wenn der Fall gelöst ist, hätte ich nichts dagegen, ein oder zwei der Schätzchen meiner Kollektion hinzuzufügen.« Straage blinzelte vielsagend und Morgan schmunzelte, während er dem Antiquitätenhändler wissend zunickte.

Richard warf nachdenklich ein: »Schauen wir uns die Nutzer an. Ein Gestaltwandler, eine Banshee, eine Sirene und ein Dämon des achten Kreises. Alle können sich als Mensch tarnen, alle können im Tageslicht aktiv sein. Jeder von ihnen verfügt über einzigartige offensive Kräfte und keiner von denen würde normalerweise auf die Idee kommen mit den jeweils anderen zusammenzuarbeiten. Allein die Banshee und die Sirene sind natürliche Rivalen. Aber als Einheit wären sie unglaublich mächtig.«

»Wenn das Sophias Entführer waren, hatten ihre Leibwächter keine Chance«, flüsterte Morgan. Laut sagte er dann: »Sie sind da auf etwas gestoßen, Mr. Steel. Die Banshee können wir nicht mehr fragen, aber wenn wir einen von den anderen dreien finden, könnte uns das zu den Hintermännern führen.«

Grayson war die Meinung anderer Leute grundsätzlich völlig egal, aber der Respekt, den er in den Augen Richards und Morgans erkannte, freute ihn trotzdem.

»Kein Wunder, dass der Comte Sie im Ratssaal einäschern wollte. Sie sind wenige Tage nach der Tat zufällig über einen der Entführer gestolpert und haben die Münze entdeckt. Er konnte nicht wissen, was Ihnen die Banshee vor ihrem Ableben noch erzählt haben könnte«, sagte der Custos.

»Sie denken, de la Toiboine steckt hinter allem?«, hakte Grayson nach.

Alle am Tisch nickten und Morgan sagte: »Jetzt schon. Er hat Sie attackiert, ist bestens vernetzt, einer der Anführer unter den *Erben* und hat sich in den letzten Tagen als Kandidat für die anstehende Wahl des Ratsherrn ins Gespräch gebracht.«

Grayson zögerte. »Ich versuche, mich nie zu schnell auf einen Hauptverdächtigen festzulegen, das verstellt den Blick für die Details. Man neigt dazu, alle Fakten der eigenen Theorie anzupassen. Aber Sie könnten Recht haben. Neben unseren neutralen Ermittlungen sollten wir parallel in Betracht ziehen, ob neu gewonnene Erkenntnisse Ihren Verdacht unterstützen.«

Er blickte hinunter auf die Liste. »Also gut, wo finden wir die anderen drei mutmaßlichen Entführer?«

Richard kratzte sich am Kopf. »Den Gestaltwandler zu finden, dürfte am schwierigsten sein. Wenn er beteiligt war, wird er sich in irgendeiner mundanen Tarnidentität verstecken. Der Aufwand, ihn schnell zu finden, wäre immens.«

»Bleiben die Sirene und der Dämon. Wie sieht es da aus?«, fragte der Ermittler.

Straage meldete sich zu Wort. »Versuchen Sie es mit dem Dämon Telredor. Die Sirene wird im wahrsten Sinne des Wortes untertauchen. Telredor ist zwar mächtig, aber recht leicht zu finden, da Dämonen ab dem sechsten Kreis immer ein fest abgestecktes Herrschaftsgebiet für sich beanspruchen, das sie nur sehr selten verlassen. Und sie haben große Angst vor einem Lacunus. Sie sind hochmagische Wesen und schon eine Berührung durch Ihre Hand kann ihnen große Schmerzen bereiten. Wenn Sie an seinen Dienern vorbeikommen, dann wird er bestimmt reden.«

Richard und Morgan sahen beide besorgt aus, also fragte Grayson zögerlich: »Klingt doch gut, wo ist das Problem?«

»Das Herrschaftsgebiet eines Dämons oberhalb des sechsten Kreises gilt laut *Lex Nebula* als magisch autonom, der Name dafür lautet Domäne. Es unterliegt keinerlei Beschränkungen bezüglich Einwohnern und Magienutzung. Des Weiteren müssen grobe Verstöße gegen weitere Regularien mit physischen Beweisen untermauert werden, um geahndet werden zu können. Kurz gesagt, dort sind wir so gut wie Freiwild. Nicht der ideale Ort für Ihren ersten Ausflug«, antwortete der Krieger.

»Aber es ist momentan unsere beste Spur. Vor dem Abend macht das *Traumfänger* nicht auf, oder?« Es war offensichtlich, dass alle anderen wenig begeistert von der Idee waren, den Dämon aufzusuchen, und Grayson erkannte, dass der bestimmt auf genau diese Reaktion vertraute. Wie ein weltlicher Gangsterboss, der glaubte, unantastbar zu sein, verließ er sich darauf, dass es für die Ermittler einfacher war, um ihn herum zu arbeiten, anstatt sich durch eine Konfrontation zusätzlichen Ärger aufzuhalsen. Hier war Graysons Unkenntnis der magischen Welt von Vorteil, weil er diese Dinge von einem neutralen Standpunkt aus bewerten konnte. Und er war dem einen oder anderen mächtigen Verbrecher in der Vergangenheit bereits überraschend auf die Zehen getreten, weil er sich nicht einschüchtern ließ. Die Resultate waren für seine Ermittlungen stets befriedigend gewesen, auch wenn er jedes Mal für ein paar Wochen Personenschutz bekommen hatte.

»Er wird nicht mit uns rechnen und das Überraschungsmoment können wir ausnutzen. Schnell rein, Stärke zeigen, ein paar unbequeme Fragen stellen und wieder raus. Ist das machbar?«

Grayson richtete die Frage an Richard. Da der Custos für die Sicherheit des Teams zuständig war, benötigte er dessen Unterstützung. Der breitschultrige Mann schloss die Augen und blieb stumm. Nach einigen Sekunden dachte Grayson, er würde ablehnen, aber dann öffnete der Krieger die Augen und sagte mit ruhiger Stimme: »Es könnte klappen. Wenn wir direkt aufbrechen, haben wir die Chance, dass noch niemand von der gescheiterten Attacke auf Rudvig weiß. Sie glauben vielleicht, dass die Informationen über die Bannmünzen mit ihm gestorben sind und keinerlei Spuren zu den Tätern führen. Rudvig, es wäre gut, wenn du dich ein paar Stunden tot stellen könntest.«

Der alte Mann kicherte. »Ist nicht das erste und wird nicht das letzte Mal sein.«

Morgan warf ein: »Dann sollten wir die Einzelheiten durchgehen und aufbrechen.«

Während Morgan herumtelefonierte, um unauffällig das Territorium Telredors zu finden, und Richard damit begann, sich eine Taktik zurechtzulegen, lehnte Grayson sich gemütlich zurück und beschloss seinen Teil zu den Vorbereitungen beizutragen, in dem er sich über Straages hervorragenden Kaffee hermachte.

London, East London, Samstag, 15. Oktober, 15.22 Uhr

Eine Stunde später saßen sie zu dritt im Auto, unterwegs zu einer kleinen Stahlgießerei in einem heruntergewirtschafteten Industriegebiet am östlichen Rande Londons. Das kleine Areal wartete förmlich darauf, aufgekauft und in überteuerte Immobilienprojekte mit Industriecharme zerlegt zu werden. Dass es bisher von den Investoren, die seit Jahren über London herfielen, übersehen wurde, konnte sich Grayson wirklich nur mit Magie erklären.

Der Himmel hatte sich zugezogen und es regnete heftig, sodass Grayson alles auf der anderen Seite des Fensterglases nur verschwommen wahrnahm. Während er die schemenhaften Sinneseindrücke der Außenwelt an sich vorbeirauschen ließ, konzentrierte er sich auf die Stimme Morgans, der gerade über die Eigenheiten von Dämonen dozierte. »Eigentlich sind Dämonen so etwas wie außerdimensionale Raubzügler. Sie kommen in diese Welt, um schnell so viele Seelen wie möglich zu erbeuten. Einlass erhalten sie durch verpatzte, unkontrollierte Magie sowie durch gezielte Beschwörungen. Letztere sind eher harmlos. Sie bleiben eine festgelegte Zeitspanne, leisten vordefinierte Dienste und erhalten dafür vom Beschwörer dessen Seele. Langfristig gesehen nicht besonders klug, aber einige verzweifelte Magier tun es dennoch, sei es weil sie glauben, der Preis sei gerechtfertigt oder weil sie denken, sie hätten ein Schlupfloch gefunden. Die Dienste, die ein so beschworener und gebundener Dämon gewähren darf, sind streng reguliert und nur die eigene Seele gilt als legales Zahlungsmittel, aber Sie als Quaestor werden sehr häufig auf Verstöße gegen jene Regeln angesetzt werden, glauben Sie mir.« Da Grayson noch immer aus dem Fester starrte, räusperte sich Morgan. »Langweile ich Sie?«, fragte er pikiert.

Der Ermittler winkte ab, ohne den Kopf zu wenden. »So kann ich mich gut konzentrieren.« Um zu beweisen, dass er aufgepasst hatte, fragte er: »Was ist mit denen, die durch einen Unfall zu uns durchkommen?«

Besänftigt fuhr Morgan fort: »Die sind das eigentliche Problem. Vorneweg, jeder Dämon hat ein Dilemma, das ihn auf dieser Welt verfolgt: Jede Sekunde, die er hier ungebunden verbringt, kostet ihn Kraft. Diese Kraft muss er aus den Seelen, die er besitzt, aufbringen. Je länger er sich also hier aufhält, umso mehr Seelen muss er sammeln, sonst schwächt ihn sein Verweilen mehr, als ihn das Sammeln von Seelen stärkt. Je mächtiger ein Dämon, umso besser kann er diesem Verfall standhalten. Einige von ihnen haben sogar gelernt, mit ihren Kräften so gut zu haushalten, dass sie permanent hier bleiben können, solange sie ihre einzigartigen Fähigkeiten nicht einsetzen müssen. Ein Dämon des ersten Kreises kann höchstens vierundzwanzig Stunden ohne fremde Hilfe hierbleiben. Telredor ist ein Dämon des achten Kreises und etwa seit der vorletzten Jahrhundertwende hier.

Er hat damals dem Gründer der Gießerei geholfen und erhält das unnatürliche Glück der gesamten Familie aufrecht, die im Laufe der Generationen auf über zwanzig Personen angewachsen ist. Diese sind ihm mit ihren Seelen verpflichtet. Wir nennen solche Menschen Leibeigene, auch wenn sie sich selbst lieber als ›Erwählte‹ bezeichnen. Ich denke, jeder der seine Seele verpfändet, hat das Recht auf ein wenig Selbstbetrug.« Morgan lächelte schwach und Richard schnaubte verächtlich.

Grayson fragte nach: »Das heißt, dass da drinnen auch normale Menschen herumlaufen werden?

»Unwahrscheinlich. Leibeigene erfüllen normalerweise weltliche Funktionen und Dienste, die außerhalb der Domäne anfallen. So spart der Dämon seine Kräfte und fällt möglichst wenig auf.« Grayson dachte kurz über das Gesagte nach und fragte dann: »Warum machen sich die Dämonen überhaupt die Mühe herzukommen? Das klingt alles nach einem verdammt großen Aufwand mit hohem Risiko.«

Richard antwortete für Morgan: »Eine einzige Seele hält einen Dämon in seiner Dimension für über hundert Jahre am Leben. Wir sind eine Art Jungbrunnen für sie. Wenn einer von ihnen erfolgreich mit ein paar hundert Seelen im Schlepptau nach Hause marschiert, ist er so etwas wie ein Multimilliardär.«

Der Magus ergänzte: »Der Grund, warum ich das erzähle, ist folgender: Telredor hat wahrscheinlich die Macht, uns massiv zuzusetzen, aber wenn wir unsere Karten richtig ausspielen, überlegt er sich das vielleicht zweimal.«

Grayson verstand. »Je mehr Energie er für uns verbrauchen muss, umso größer sein Verlust.«

Der Quaestor freute sich diebisch über diese Information. Jemand, der einflussreich oder mächtig war, konnte mit einem passenden Hebel viel besser unter Druck gesetzt werden als ein kleiner Fisch, der nichts zu verlieren hatte. In ihm reifte ein Plan, der einfach, aber effektiv schien. Bevor er die Details durchdenken konnte, redete Morgan weiter: »Ich werde nicht besonders viel gegen Telredor ausrichten können, da seine und meine Magie sich gegenseitig neutralisieren würden. Richards Möglichkeiten sind eher defensiv, das heißt, bei einer direkten Konfrontation sind Sie gefragt.« Das erinnerte Grayson an eine Frage, die er hatte stellen wollen, seit er aufgewacht war: »Richard, sind Sie auch ein Magus? Sie haben Morgan doch bei meinem Ritual geholfen.«

Der Krieger schüttelte den Kopf: »Ich bin ein Katalyst. Magier können ihre Kräfte durch mich hindurch schleusen, wenn ich das zulasse. Meine eigenen magischen Fähigkeiten sind sehr eingeschränkt. Morgan kann das besser erklären.«

Mittlerweile waren sie bereits in dem Industriegebiet angekommen, in dem die Gießerei des Dämons stand. Grayson sah verschwommen die Umrisse rostiger Lastkrähne, die aussahen wie die knochigen Hände eines gefallenen Riesen. Verfallene Lagerhäuser mit zersprungenen Fensterscheiben reihten sich an alte Gebäude aus roten Backsteinen, denen nur noch die Erinnerungen an harte Arbeit und laute Fließbänder innewohnten. Grayson starrte fasziniert auf dieses Stück Londoner Geschichte, das wie ein Relikt der Vergangenheit dalag, entgegen allen Gesetzen der freien Marktwirkschaft, die London in ihren eisernen Klauen hielt.

Morgan erläuterte: »Es gibt drei Arten von Magie: die Kunst eines Magus oder einer Zauberin – kalkuliert, wissenschaftlich geordnet. Formeln und Rituale mit festen Regeln. Sehr effizient, aber auch wenig flexibel. Entweder es gibt für eine Anwendung einen Zauber oder eben nicht. Die Kreativität des Magus kann zwar ein wenig Abhilfe schaffen, aber da gibt es schnell Grenzen.

Die andere Seite des Spektrums ist die wilde Magie. Hexen und Geistertänzer, fast alle Dämonen und die angeborenen

Fähigkeiten der meisten magischen Wesen sind Nutzer dieser Spielart. Wilde Magie macht ihrem Namen alle Ehre. Sie ist ungezügelt, hochkreativ und wird fast immer vom bewussten oder unbewussten Wunsch des Anwenders ausgelöst. Intensive Gefühlszustände verstärken diese Magie und können zufällige Nebeneffekte auslösen. Sie ist sehr kräftezehrend, da eigentlich nur pure Kraft grob gezügelt und dann entfesselt wird, um das gewünschte Ergebnis herbeizuzwingen.« Grayson musste grinsen, da der Magus im Laufe seiner Erklärung ganz eindeutig an Objektivität eingebüßt hatte. Morgan fuhr unterdessen fort: »Als letztes gibt es noch die Katalysten. Wie Richard bereits sagte, können sie einem Magienutzer gestatten, durch ihre Körper hindurch Zauber zu wirken. Damit kann, wie zum Beispiel in Ihrem Fall, ein Ritualplatz ausgefüllt werden, wenn ein Magus fehlt.«

Grayson unterbrach ihn: »Das heißt, Sie haben das Ritual im Alleingang vollzogen und Richard war nur eine Art magischer Verteiler?« Der Custos brummte ungehalten und warf dem Ermittler einen strengen Blick zu.

Morgan sagte hastig. »Ein wenig mehr gehört schon dazu. Aber ja, stark vereinfacht, kann man das so sagen. Zusätzlich kann ein Katalyst jedoch noch seine eigenen Kräfte durch einen Fokus kanalisieren. Das heißt, ein Gegenstand der emotional oder spirituell von großer Bedeutung für den Katalyst ist, kann zum Wirken sehr einfacher und allgemeiner magischer Effekte eingesetzt werden.«

Grayson erinnerte sich an den Kampf mit dem Nachtmahr und sagte: »Richards Fokus ist also sein Ritterschild?« Zu seiner Überraschung schüttelte der grauhaarige Mann den Kopf: »Mein Schild wurde vor langer Zeit vernichtet. Mein Fokus ist das einzige Stück, das von meiner alten Rüstung übrig geblieben ist.« Während er sprach, hob er seinen rechten Arm so hoch, dass der Ärmel des Trenchcoats hinabrutschte und eine eiserne Unterarmschiene zeigte, wie sie früher von Rittern getragen wurden. Diese hier war über und über mit feinen Bannlinien bedeckt, die alle auf das Symbol eines christlichen Kreuzes zustrebten. Grayson starrte fasziniert darauf, bis der Krieger seinen Arm sinken ließ. Morgan riss ihn aus seiner Betrachtung, als er sagte: »Richard kann unter anderem die Erinnerung an seinen Schild heraufbeschwören. Das ist es, was Sie dort gesehen haben und was Sie gerettet hat. Unser Richard ist ein sehr gläubiger Mensch. Je fester sein Glaube an die moralische Richtigkeit seiner Aufgabe, umso mächtiger sein Fokus. Sollte er je seinen Glauben daran verlieren, dass Sie es wert sind, beschützt zu werden, wird sein Schild Ihnen nicht mehr helfen.«

Eine unbehagliche Stille trat ein und Grayson musste das erst einmal verdauen. Schließlich sagte er ernst und aufrichtig: »Dann danke ich Ihnen für den Vertrauensvorschuss, Richard.« Er blickte dem Custos durch den Rückspiegel fest in die Augen und für einen kurzen Moment gab es ein unausgesprochenes Verständnis zwischen den beiden. Dann sagte der Krieger in lockerem Tonfall: »Morgan vertraut Ihnen soweit, dass er seinen geliebten Ratssitz für Sie aufgegeben hat. Da konnte ich Sie wohl kaum sterben lassen. Er hätte mir die nächsten zweihundert Jahre damit in den Ohren gelegen. Es war also reiner Selbstschutz.« Alle lachten auf und die Stimmung normalisierte sich. Morgan sah aus dem Fester und deutete auf ein Schild, während er leise sagte: »Wir sind da.«

Grayson sah durch die Vorderscheibe ihres Fahrzeugs und blickte auf die regenverschwommenen Umrisse eines alten Fabrikgebäudes, das seinen verfallenen Brüdern sehr ähnlich sah. Nur dass hier alle Fenster intakt und der riesige Industrieschornstein in Betrieb war. Eine fettige, ölige Wolke schwarzen Qualms erhob sich träge in den düsteren Himmel und schien eifrigen Anteil an der Düsternis dieses Herbsttages zu tragen. Ein verwittertes, aber sauberes Schild am Eingang des weitläufigen Betriebsgebäudes verkündete: »Carson und Söhne, Gießerei seit 1896.«

Die Anspannung in Morgans Stimme war nicht zu überhören, als er sagte: »Jetzt wird es ernst. Ich bin sicher, unser Ankommen wurde bereits bemerkt. Je länger wir jetzt brauchen, umso mehr Vorbereitungen kann Telredor treffen. Denken Sie daran, im Inneren seiner Domäne gelten andere Spielregeln als in der normalen Welt. Sind Sie sicher, dass Sie ihn wirklich befragen wollen? Noch können wir umkehren, Quaestor.«

Grayson hätte gerne seinen vorhin gereiften Plan mit den beiden besprochen, aber ein wichtiger Teil davon, war das Schockmoment, das mit jeder Verzögerung geringer werden würde. Ein Rückzieher kam also nicht infrage. Er war schon ein paar Mal in seinem Leben neuen Abteilungen zugewiesen worden und der Ermittler wusste, das seine ersten eigenständigen Aktionen darüber entschieden, wie er von den anderen wahrgenommen wurde. Wenn sie jetzt umkehrten, würde es eine Ewigkeit dauern, bis die beiden ihm noch einmal so bereitwillig bei einem unkonventionellen Ansatz folgen würden.

Er biss die Zähne zusammen und nickte grimmig, dann riss er die Wagentür auf und trat hinaus in den strömenden Regen. Er ignorierte Morgans warnende Rufe und stürmte auf die schweren Eingangstore zu, die laut den Grundrissen, die der Magus beschrieben hatte, direkt in das Herz der Gießerei führen würden. Dampf schien von dem Gebäude aufzusteigen und dessen Umrisse in einem guten Meter Abstand als dünner Schleier zu umschweben. Aus den Augenwinkeln sah der Quaestor dürre Gestalten, die aus verschiedenen Bereichen des Außengeländes auf ihn zu eilten, aber er ignorierte sie und trat durch den Dampf, während er seine Hand nach einem der großen Flügel der Eisentore ausstreckte. Kleine Blitze fuhren dabei über seine Haut und zufrieden bemerkte Grayson, dass seine erste Einschätzung der

Verteidigungsmaßnahmen richtig gewesen war. Er hatte den Ausführungen der anderen in Straages Verkaufsraum konzentriert zugehört und seinen spontanen Plan darauf abgestimmt. Die äußeren Wächter hatte er überrumpelt und das Schutzsiegel der Domäne, das anscheinend durch den Dampf repräsentiert wurde, konnte seinen antimagischen Kräften keine Sekunde standhalten.

Er stieß kraftvoll mit der rechten Hand vor das blanke Metall und wiederum blitzte es auf. Die Entladung des zerstörten Schutzzaubers ließ das schwere Objekt mit einem protestierenden Kreischen in seinen gemarterten Angeln kraftvoll nach innen aufschwingen, wo es mit einem ohrenbetäubenden Knall gegen einige Paletten mit Stahlklötzen prallte. Das Innere des Gebäudes war ebenfalls von Dampf erfüllt, aber Grayson stürzte sich kopfüber hinein, um seinen Schwung nicht zu verlieren. Seit er den Wagen verlassen hatte, waren erst maximal zehn Sekunden vergangen und er war sich dumpf des Handgemenges bewusst, in das sich Richard und Morgan hinter ihm stürzten. Da er nicht viel sehen konnte, ignorierte er seinen Revolver fürs Erste und zog seine Klinge mit der rechten Hand, während er sich darauf konzentrierte, wohin er ging. Er versuchte, durch den schweren, öligen Dampf seine Umgebung zu erkennen. Die Luft war von einem stechenden, metallisch-schwefligen Geruch durchsetzt und der Quaestor begann umgehend zu husten, während sich innerhalb von Sekunden ein pulsierender Kopfschmerz bemerkbar machte. Er sah überall das schummrige, rötliche Schimmern von offenen Gießrinnen, in denen träge der flüssige Stahl vor sich hin blubberte. Er war kein Experte, doch es schien ihm, als würde es für einen normalen Betrieb viel zu viele von diesen Dingern hier geben. Kreuz und quer zogen sie sich durch den Raum, in lange geschwungenen Bögen unter der Decke, als gerade Linien in verschiedenen Höhen und sogar in den Boden waren sie eingelassen, gleich glühenden Flüssen voller Magma. Grayson war so überrascht, dass er beinahe in eine Bodenrinne hineingestolpert wäre. Gerade noch rechtzeitig konnte er seinen Schritt verlängern. Lacunus oder nicht, flüssiger Stahl hätte ihn mindestens seinen Fuß gekostet, wenn ihn der Wundschock nicht umgehend umgebracht hätte. Er wurde langsamer und versuchte, eine Art Orientierungspunkt in dem Dampf auszumachen, der von dem Stahl aufstieg. Er sah eine große, mächtige Steinkonstruktion, an der alle Rinnen auf ihren verschlungenen Bahnen zusammenzulaufen schienen. Wenn dieser Raum der Machtsitz des Dämons war, dann konnte das dort nur sein Zentrum sein.

Die Nerven aufs Äußerste angespannt, ging Grayson so schnell wie möglich vorwärts, den Mund hinter seinem linken Ärmel verborgen, um sich zumindest ein wenig gegen die giftigen Dämpfe zu schützen. Die Kampfgeräusche hinter ihm ließen nach und er hörte die aufgeregten Rufe seiner Gefährten. Dieser Teil des Plans verlief schon einmal nach Wunsch. Morgan und Richard waren sich einig gewesen, dass im Außenbereich höchstwahrscheinlich nur Hüllen eingesetzt sein würden und dass diese nur eine Verzögerung für sie darstellen sollten. Bei einem klassischen Angriff auf die Domäne waren die Hüllen und der Schutzwall nur dazu da, um Zeit für die schweren Geschütze im Inneren zu erkaufen. Grayson versuchte gerade, diese zu unterlaufen, war jedoch froh, dass er mit seiner unerwarteten Taktik anscheinend keinen der anderen ernsthaft in Gefahr gebracht hatte. Als er sich dem turmhaft aufragenden Umriss näherte, bemerkte Grayson, wie sich der Dampf an dessen Fuß zusammenballte. Während er weiterging, bildeten sich zwei Gestalten aus dem sich komprimierenden Nebel. Die Luft wurde klarer und der fürchterliche Geruch verschwand, als die Geschöpfe vor ihm immer mehr Gestalt annahmen und dabei den restlichen Nebel in sich aufnahmen. Der Ermittler konnte nun erkennen, dass die beiden Wesen vor einem riesigen steinernen Gießkessel hockten, zu dem linker Hand eine kleine eiserne Wendeltreppe hinaufführte. Dass er so weit gekommen war, ohne dass diese Dinger Zeit gehabt hatten, sich vollständig zu materialisieren, schien für seine Vorgehensweise zu sprechen, also beschloss er, ein großes Risiko einzugehen.

Ohne genau zu wissen, worauf er sich da einließ, sprintete Grayson auf die linke Gestalt zu, die zwischen ihm und der Wendeltreppe stand. Er sah eine sich stetig verändernde, wabernde Masse, deren Oberfläche an dichtes, graues Fell erinnerte. Hier und da ragten muskelbepackte, sehnige Armen herab, die in kräftigen Klauen endeten. Ein kreisförmiges Maul, das fünf Reihen scharfkantiger Zähne umschloss, öffnete sich zu einem Brüllen. Vier stämmige Beine lösten sich aus der felligen Masse und stabilisierten das gut drei Meter hohe Monstrum in einer tiefen Hocke. Grayson unterdrückte das Grauen, das in ihm aufstieg, und zwang sich dazu, weiter auf das Ding zuzulaufen. Drei der Arme griffen nach ihm, während das Wesen seine Beine durchsteckte, um ihn abzufangen. Der Quaestor ließ sich im letzten Moment fallen und schlitterte unter dem knolligen Körper der Bestie hindurch, während er mit seinem Messer großflächig durch das fellartige Gewebe schnitt. Der Effekt, den seine Klinge erzeugte, war spektakulär. Kleine Blitze knisterten, während sich der Umriss des Dings teilte, wo die Schneide auf Widerstand traf. Vor Dreck schillernder, dickflüssiger Nebel quoll heraus, wie aus einem mit Wasser gefüllten Ballon und über ihm stieß sein Gegner ein schrilles, unmenschliches Kreischen aus, das von den Wänden widerhallte. Grayson hatte das Gefühl, als würde ihm die Waffe aus der Hand geprellt werden, doch er hielt sie mit aller Kraft fest, während der Schwung ihn in den Rücken der Kreatur trug. Die Beine des Wesens knickten ein und seine Bewegungen wurden kraftlos.

Das zweite Monstrum hatte sich in der Zwischenzeit orientiert und versuchte nun mit überraschender Geschwindigkeit an seinem verletzten Artgenossen vorbeizukommen, um Grayson anzugreifen. Die fließenden Bewegungen, mit denen es sich bewegte, ließen in dem Ermittler keinen Zweifel über den Ausgang dieser Konfrontation aufkommen. Anscheinend hatte der Quaestor seinen jetzt verwundeten Gegner überrumpelt oder das Manöver hätte nicht funktioniert. Er hastete die Wendeltreppe hinauf, nach einem Kampf hatte ihm sowieso nie der Sinn gestanden. Die direkte Attacke war nur die beste Möglichkeit gewesen, an sein eigentliches Ziel zu gelangen, von dem Grayson nun hoffte, dass es am Ende dieser Wendeltreppe lag. Bei dem Gedanken sich zu irren, lief es ihm kalt den Rücken hinunter, aber dann verdrängte er diese Überlegung. Für den Moment konnten ihm die Biester nicht folgen, also ging er weiter nach Plan vor. Er steckte im Hinaufhasten sein Messer weg und zog den schweren Revolver hervor. Nach der letzten Biegung hatte er freie Sichtbahn auf den Gießkessel, aber der Anblick vor ihm ließ ihn für einen Moment zurückzucken.

In einem gut fünf Meter durchmessenden Bottich, gefüllt mit flüssigem Stahl, lag eine Gestalt bis zur Hüfte in dem matt schimmernden Metall, die einem extrem fetten Mann ähnelte. Nur dass seine gesamte, rötlich schimmernde Haut über und über mit kleinen Hörner bedeckt war. Der kahle Kopf hatte einen viel zu breiten Mund und als der Dämon ihn anlächelte, sah Grayson eine breite Reihe winziger, spitzer Zähne, die dicht an dicht standen und einen qualvollen Tod durch tausend Nadelstiche versprachen.

»Hochgeschätzter Quaestor, was kann ich für Sie tun?«, fragte der Dämon Telredor nach einem kurzen Blick auf Graysons Siegelring mit einer tiefen, samtenen Stimme, die ein wenig nachhallte. Grayson brauchte einen Moment, um sich zu sammeln, und starrte dabei in die halbmenschliche Fratze, die sein Zögern fehlinterpretierte und ihr siegessicheres Lächeln fortsetzte. »Ich bin sicher, wir können zu einer für beide Seiten vorteilhaften Lösung gelangen …«, begann der Dämon, als Grayson ohne ein Wort seine Waffe hob und in schneller Folge seine gesamte Trommel mit fünf Kugeln in das breite Maul Telredors abfeuerte. Die schwere Waffe bockte wie ein Maultier und Graysons Unterarm zitterte unter der Belastung des Rückstoßes. Stroboskopartig erhellten die Lichtexplosionen der auftreffenden Projektile den Raum und der humanoide Körper wurde zurückgeworfen und versank mit einem überraschten Röcheln unter der Oberfläche seines feurigen Bads. Seelenruhig lud Grayson nach, während er die blubbernde Masse vor ihm im Auge behielt. Die Magie des Dämons war vielleicht kein Problem für den Quaestor, aber sollte Telredor auf die Idee kommen, ihn mit dem Stahl zu bewerfen, wären die Folgen verheerend. Er vertraute darauf, dass er seinen Verdächtigen nun genug geschockt hatte, um ihn unter Kontrolle zu bringen, aber er war jetzt schon sehr viele Risiken eingegangen und blieb lieber wachsam. Morgan hatte ihm detailliert von der Macht des Dämons erzählt, dass der Ermittler sich sicher war, dass dieser durch seinen Angriff nicht getötet worden war. Nun ja, fast sicher, gestand er sich ein.

Unter ihm ertönte erneut Lärm, als Morgan und Richard sich in den Kampf mit den zwei Monstern am Fuße des Gießkessels warfen. Grayson beschloss, die Dinge zu beschleunigen, bevor noch jemand verletzt wurde, der ihm wichtig war. »Komm schon raus, oder soll ich anfangen, Luftlöcher in den Bottich zu schießen, Telredor?«, rief der Quaestor mit lauter Stimme. Er war sich nicht sicher, ob sein Gegenüber ihn unter flüssigem Metall hören konnte, aber andererseits war sein Verdächtiger ein Dämon. Tatsächlich tauchte der Kopf nach einer Sekunde wieder auf, auch wenn der Rest des Körpers vom schützenden Stahl umschlossen blieb. Der Gesichtsausdruck Telredors war halb zornig, halb vorwurfsvoll, die pechschwarzen Augen blickten dabei überrascht, wie ein trotziges Kleinkind, das zum ersten Mal in seinem Leben nicht das bekam, was es wollte.

Grayson hätte bei diesem Anblick beinahe aufgelacht, aber als der andere den breiten Mund öffnete, richtete er schnell seine Waffe auf dessen Kopf und blaffte barsch: »Ich bin mir sicher, der Schaden, den die letzten fünf Kugeln angerichtet haben, haben dafür gesorgt, dass deine Unternehmungen der letzten Tage ein Minusgeschäft geworden sind. Ich habe hier noch weitere kleine Freunde, die deinen fetten Arsch soweit zusammenschießen können, dass du dein Anrecht auf eine eigene Domäne verlierst. Dann kann dich jeder für deine Taten bei Sophias Entführung zur Rechenschaft ziehen.« Er machte eine Pause und nahm den Revolver hoch, sodass sein langer Lauf zur Decke zeigte. »Oder«, fuhr er fort, als der Dämon widersprechen wollte, »du pfeifst auf der Stelle deine Schoßtiere zurück und sagst mir, wo ihr Sophia versteckt haltet. Dann spazieren meine Freunde und ich hier raus und du kannst unbehelligt dein Stahlbad fortsetzen.« Die Hälfte seiner Aussagen beruhte auf vagen Annahmen, aber das machte einen guten Bluff aus. Deswegen war der Überrumpelungseffekt auch so wichtig. Die gesamte Aktion, seit ihr Wagen in den Hof gefahren war, hatte bisher keine fünf Minuten gedauert und das völlige Ignorieren sämtlicher Gepflogenheiten der *Nebula Convicto* hatte den Dämon ebenso kalt erwischt wie die Kugeln des Lacunus, die seine kostbare Macht empfindlich geschwächt haben mussten. Grayson rann der Schweiß den Rücken hinunter, während er gespannt auf die Reaktion des Dämons wartete, halb aus Nervosität und halb aus der Tatsache geboren, dass er zwei Meter von einem Bottich mit flüssigem Stahl entfernt stand. Telredor knurrte irgendwas in einer gutturalen Sprache und die Kampfesgeräusche unter ihnen verstummten schlagartig. »Alles in Ordnung da unten?«, rief Grayson, während er den gehörnten Kopf nicht aus den Augen ließ.

»Nur ein bisschen überrascht und außer Atem, Sportsfreund«, hörte er die Stimme Morgans. Der Tonfall des Magus' ließ keinen Zweifel daran, dass Grayson sich für seine Aktion noch in einem sehr langen, sehr lauten Gespräch würde erklären müssen, Quaestor hin, Quaestor her.

Erleichtert warf der Ermittler dem Dämon einen erwartungsvollen Blick zu, der diesen zum Reden aufforderte. Hastig sagte Telredor: »Ich weiß nicht, wo das Mädchen hingebracht wurde. Wir haben es direkt nach der Entführung zwei Querstraßen weiter an ein getarntes Fahrzeug übergeben und unsere Bezahlung erhalten, das war alles. Angeheuert wurde ich durch ein magisches Botenkonstrukt, das sich nach Annahme des Auftrags selbst vernichtet hat. Ich weiß nichts, was Ihnen weiterhelfen könnte, Quaestor. Vielleicht gibt es noch eine Möglichkeit, die Situation zu bereinigen? Ich bin ein vermögender Dämon …«

Graysons Gesicht wurde hart und seine Waffe richtete sich wieder auf den fetten Kopf des Wesens. Mit einem erschreckten Quieken glitt der Dämon noch tiefer in den Stahl, traute sich jedoch nicht, ganz zu verschwinden, aus Angst vor Graysons Zorn. Der Quaestor sagte nun in gefährlich leisem Tonfall: »Liefere mir eine Spur, oder du bist wertlos für mich.« Er erkannte die subtile Veränderung im Gesicht des Verdächtigen. Er hatte ihn am Haken, jetzt musste er ihn nur noch einholen. Wieder hob er die Waffe zur Decke und sagte in einem fast schon freundschaftlichen Tonfall: »Du bist mir egal, Telredor. Ich will nur das Mädchen und die Drahtzieher. Liefere mir irgendwas und ich kann das hier vergessen. Hilf mir, dir zu helfen.«

»Valindar«, blubberte der Dämon dienstbar hervor. »Als Bezahlung erhielten wir Bannmünzen. Und die kamen von

Valindar. Ich habe die Erschaffer magischer Artefakte schon immer erkannt. Eine der latenten Fähigkeiten, die ich besitze.«

Grayson schaute tief in die kohlenschwarzen Augen des anderen, dann nickte er zufrieden. »Schön, ich glaube dir.« Erleichterung machte sich im Gesicht Telredors breit, dann ließ Grayson seine Waffe blitzschnell sinken und feuerte ihm eine weitere Kugel ins Gesicht. Als der nachfolgende Lichtblitz nachließ, war Telredor nicht mehr zu sehen. Der Quaestor rief: »Das war mein Dankeschön. Stell dir vor, was ich erst mache, wenn ich wiederkommen muss, weil ich feststelle, dass du gelogen hast.«

Grayson musste den Dämon vielleicht zurücklassen, aber wenigstens hatte er dafür sorgen können, dass der Dreckskerl seinen Anteil an der Entführung bereute. Ohne eine weitere Reaktion abzuwarten, stieg er die schmale Wendeltreppe hinunter. Jetzt, da das Adrenalin nachließ, spürte Grayson erst, wie schweißüberströmt er von der unmittelbaren Nähe zu dem blubbernden Stahl war. Auf einmal kam ihm der schwere Regenguss des düsteren Herbsttages draußen vor dem Eingang der Gießerei sehr verlockend vor.

Zu Fuß durch London

London, East London, Samstag, 15. Oktober, 15.35 Uhr

Der kalte Regen traf ihn wie eine Eisdusche. Grayson hob das Gesicht gen Himmel und genoss das Gefühl der Taubheit, das den Adrenalinkater verdrängte, der sich mit Macht in seinem Gehirn ausbreiten wollte. Er stand dort eine Weile still im Regen, die Augen geschlossen und ließ die letzten Minuten Revue passieren. Wie sehr ihn diese Welt bereits verändert hatte. Er hatte Waffengewalt benutzt, um einen Verdächtigen zu erpressen, damit der ihm wertvolle Informationen gab! Auch wenn dem Dämon kein physischer Schaden entstanden war und Graysons neue Befugnisse ihn vor Strafe schützten, erschreckte ihn die Geschwindigkeit, mit der er sich an die harten Erfordernisse der *Nebula Convicto* gewöhnte. Plötzlich war der Regen fort und er öffnete die Augen. Eine transparente, leicht violett schimmernde Wand aus Licht von knapp drei Metern Durchmesser hatte sich in sicherem Abstand über seinem Kopf gebildet und hielt die Tropfen davon ab, ihn und seine Gefährten zu durchnässen, die mittlerweile zu ihm getreten waren. Morgans Gehstock schimmerte schwach in demselben Licht und Grayson schloss daraus, dass der Magus für den Schutzwall verantwortlich war. Außerdem sagten ihm die Mienen der beiden Männer, dass sie alles andere als erfreut über seinen Alleingang waren.

»Wollen wir uns im Wagen unterhalten, Quaestor?« Die Art und Weise wie Morgan den Titel betonte, machte Grayson klar, dass er besser sehr schnell seine Handlungen erklärte. Er nickte und alle setzten sich ins Auto. Für einen Moment herrschte unbehagliches Schweigen, dann erläuterte der Ermittler seine Gründe, wobei er darauf achtete, sich stets auf die Informationen zu beziehen, die die beiden ihm im Vorfeld gegeben hatten und die ihn erst auf seinen Plan gebracht hatten. Grayson hatte diese Taktik schon früher erfolgreich bei verärgerten Kollegen und Vorgesetzten angewandt. Die wenigsten Leute konnten sich dadurch dem Gefühl, mitverantwortlich zu sein, entziehen. Leider lebten der Magus und der Krieger schon eine ganze Weile länger als seine bisherigen Opfer dieser Masche und waren daher deutlich unempfänglicher dafür. So schloss er schließlich etwas defensiver als gehofft: »Wir fuhren bereits vor, als ich die Idee soweit zusammenhatte und konnte sie deswegen nicht mehr mit Ihnen beiden durchsprechen. Jede Sekunde hätte Telredor bei der Verstärkung seiner Verteidigung geholfen.« Er schaute von einem zum anderen und wartete auf die Reaktionen. Richard begann. Seine Stimme war tief und ruhig und diese Ruhe war es, die Grayson am meisten zusetzte. »Strategisch gesehen waren Ihre Handlungen brillant und der Erfolg gibt Ihnen Recht. Die beiden Nebelgänger hätten uns schwere Probleme bereitet, wenn sie vollends erwacht und unverwundet gewesen wären. Ganz zu schweigen davon, dass Telredor mittels Magie bestimmt noch die eine oder andere böse Überraschung mit in den Kampf eingestreut hätte.« Er machte eine kurze Pause. »Allerdings sind Sie aufgrund einiger sehr wagemutiger Annahmen vorgegangen, die leicht hätten nach hinten losgehen können. Was wenn Morgan und ich nicht rechtzeitig im Inneren gewesen wären, um Ihnen den Rücken zu decken? Nebelgänger können ihre Form den Gegebenheiten des Kampfes anpassen. Nach zwanzig Sekunden hätten Sie es mit zwei zehn Meter hohen, spindeldürren Gestalten zu tun gehabt, die sie vom Rand des Gusskessels gestoßen hätten. Oder wenn er dort drinnen statt der zwei Nebelgänger fünfzig Ghule zur Unterstützung gehabt hätte? Sie hätten vielleicht zehn getötet, bevor der Rest Sie zerrissen hätte. Sie konnten auch den Effekt Ihrer Waffe nicht richtig einschätzen, da Sie diese noch nie zuvor abgefeuert hatten. Unsere vorherigen Aussagen, ob Telredor einige direkte Treffer überlebt, waren grobe Schätzungen, da auch Morgan und ich Ihr Potential als Lacunus noch nicht genau kennen. Der Revolver war glücklicherweise noch nicht vollends von Ihrem Talent durchdrungen und Sie standen mehr als vier Meter von ihm entfernt, als Sie den Dämon als Zielscheibe verwendet haben. Was wenn er das nicht überstanden hätte? Unsere Spur wäre verloren gewesen und ein solch brachialer Überfall wäre von unseren politischen Gegnern als geplante Hinrichtung interpretiert worden. Einem Quaestor lässt man einiges durchgehen, aber Morgan als Ihr Mentor wäre unter Garantie verurteilt worden.«

Betreten starrte Grayson den Magus an, der mit zusammengekniffenen Lippen dasaß und den Custos reden ließ.

»Ich weiß, dass Sie ein Einzelgänger sind, der in der Vergangenheit wenig Rückhalt unter seinesgleichen gefunden hat. Hilfe haben Sie nur angefordert, wenn unbedingt nötig, dann aber bis zum Anschlag des Erträglichen ausgereizt. Aber Ihr Verhalten muss sich ändern, sonst schwebt jeder hier in diesem Wagen in großer Gefahr, und Sophia ist ebenso verloren, wie der Frieden und die Ruhe, in dem die mundane Welt vor sich hindämmert.«

Grayson war um Worte verlegen und das passierte ihm nicht oft, also begnügte er sich mit einem langsamen Nicken, während er den beiden stumm in die Augen sah. Nach einigen Sekunden ergriff Morgan das Wort und seiner gewohnt jovialen Sprechweise war nicht anzumerken, dass er eben noch vor Wut gekocht hatte: »Sei es, wie es sei, Sie haben dort eine sehr interessante Information zu Tage gefördert, Mr. Steel. Wenn unser durchlöcherter Freund nicht gelogen hat, was ich unter diesen Umständen stark bezweifle, dann hat die Gegenseite gänzlich unerwartete Hilfe.

Sehen Sie, Valindar ist der Name eines Elfs und die sind vollkommen unpolitische Wesen. Auch sind sie extrem selten in zwielichtige Geschäfte verwickelt. Sie schätzen die schönen Künste über alles und sind von der gesamten *Nebula Convicto* das am meisten in die ›normale‹ Welt verflochtene Volk.« Grayson war sich nicht sicher, was Morgan damit meinen mochte. Er warf dem Magus einen fragenden Blick zu und der klärte ihn auf. »Viele Elfinnen und Elfen betätigen sich als Models, Schauspieler, Modedesigner, Fotografen, Maler … die Liste ist lang, aber Sie verstehen, was ich meine. Als Faustformel gilt: Ist eine Person groß, schön, bartlos und verdient in einem künstlerischen Bereich mehr als zehn Millionen Pfund pro Jahr ist die Wahrscheinlichkeit sehr groß, dass es sich um ein elfisches Wesen handelt.«

Grayson fragte verwundert: »Aber was ist mit den Ohren oder sind die nicht spitz?«

Morgan zuckte die Achseln: »Das schon, aber eine Ohrspitze rund erscheinen zu lassen, lässt sich selbst mit einfachsten magischen Mitteln permanent bewerkstelligen. Und einige gehen sogar soweit, einen Chirurgen zu beauftragen, um vollends menschlich auszusehen. Es gab deswegen sogar mal einen Antrag der *Erben*, den Elfen das Stimmrecht abzuerkennen.«

Richard kicherte auf dem Vordersitz und warf ein: »Eine der wenigen Gelegenheiten, wo die Leinwandkuschler doch politisch aktiv wurden. Da ein großer Teil ihrer Gagen in die Kassen des *Equilibriums* und der *Freien* fließt, reichte die Drohung diesen Geldfluss zu stoppen, damit der Antrag abgeschmettert wurde. Sie verabscheuen vielleicht Politik, aber ihr Einfluss ist trotzdem groß.«

Morgan rieb sich das Kinn und sagte: »Es ist aber völlig untypisch, dass ausgerechnet Valindar bei so etwas mitmacht. Er stellt eigentlich magischen Schmuck für superreiche Wesen her, Bannmünzen gehören nicht zu seinem Spezialgebiet. Sicher, er hat die Fähigkeiten, aber die Arbeit ist mühsam und bringt nicht ein Zehntel dessen ein, was er legal verdienen würde.«

Grayson konnte daraus sofort eine Vermutung herleiten. »Er hat nicht freiwillig geholfen.« sagte er. »Wenn jemand eine selbstzerstörerische Handlung begeht, die nicht zu seinem normalen Lebenswandel passt, steckt meistens eine Erpressung dahinter.«

Richard nickte zustimmend. »Das passt, wir wissen ja bereits, dass auch die Entführung nur dazu diente, die Lady gefügig zu machen. Es wäre nur logisch, dass sie den Elfen ebenfalls unter Druck gesetzt haben.«

Morgan räusperte sich und blickte Grayson vielsagend und mit hochgezogenen Augenbrauen an: »Dann sind wir uns einig, dass wir Valindar mit ein wenig mehr Feingefühl befragen, ohne vorher ein Magazin in ihn zu entleeren?«

Grayson verbiss sich die patzige Antwort, die ihm auf der Zunge lag, und nickte nur. Die beiden würden sich hoffentlich schneller beruhigen, wenn er sich vorerst handzahm gab.

London, West End, Samstag, 15. Oktober, 16.04 Uhr

Richard fuhr in die Innenstadt, wo der Elf sein Juweliergeschäft hatte. Grayson schloss die Augen und ging die letzte halbe Stunde in seinem Kopf noch einmal durch. Die Ereignisse überstürzten sich und er hatte ganz offensichtlich Anpassungsschwierigkeiten. Aber immerhin waren sie einen Schritt weiter und das war ein verdammt gutes Gefühl. Beinahe hätte er sich ein triumphierendes Lächeln gegönnt, aber er war sich recht sicher, dass der Magus ihn beobachtete und Grayson wollte ihn nicht weiter verärgern. Also ließ er die Augen geschlossen und zog eine reuige Grimasse, während er alle Informationen verarbeitete, die sie zusammenhatten. Es bestand eine hohe Chance, dass der Elf einen der Hintermänner direkt kannte. Auch hier über

Strohmänner zu arbeiten, würde den Kreis der Eingeweihten zu deutlich ausdehnen.

Eine einfache Faustformel bei Kapitalverbrechen: Je mehr beteiligt sind, umso schneller geht etwas schief. Wer auch immer dahintersteckte, schien das zu wissen. Das magische Söldnerteam, das die Entführung durchgeführt hatte, war sehr professionell ausgewählt und abgeschirmt worden. Ohne die latente Fähigkeit des Dämons, den Hersteller von Artefakten wiederzuerkennen, hätten sie keinerlei brauchbaren Hinweis gehabt, nur die Beschreibung eines schwarzen Lieferwagens ohne Nummernschilder. Der Elf war eine von den Tätern unerwartete Spur, das waren meist die besten. Grayson öffnete die Augen und blickte zu Morgan hinüber. Der las gerade etwas auf seinem Smartphone und was auch immer dort stand, schien ihn nicht zu freuen.

»Ärger?«, fragte der Quaestor.

Morgan biss sich auf die Lippe und sagte nachdenklich: »Ich weiß es nicht. Anscheinend wurde noch eine Dringlichkeitssitzung des *Verhangenen Rates* einberufen, aber keiner meiner Kontakte weiß warum. Wir werden abwarten müssen, was dabei herauskommt.«

Schweigend fuhren sie weiter, jeder in seine Gedanken vertieft.

»Kennen Sie Valindar persönlich?«, fragte Grayson nach einer Weile.

Morgan nickte: »Wir sind uns ein paar Mal auf Empfängen über den Weg gelaufen, Spendengalas und so etwas. Er ist sogar für einen Elfen abgehoben und das will etwas heißen. Aber seine Arbeiten sind atemberaubend. Ich wollte von ihm einmal einen neuen Stock haben, aber das war ihm nicht anspruchsvoll genug.« Der elegante Mann schnaubte.

»Vielleicht übernehmen Sie dann das Verhör?«, schlug Grayson vor. »Da er Sie kennt, entspannt er sich vielleicht und redet freiwillig.«

Richard brachte sich vom Fahrersitz aus ins Gespräch ein: »Unwahrscheinlich. Was immer die Hintermänner gegen ihn in der Hand haben, muss schon recht massiv sein. Unregistrierte Bannmünzen sind keine Kleinigkeit, damit ruiniert Valindar seine Karriere und ist schnell seine Lizenz als Artefakthersteller los.«

Grayson musste schmunzeln und entspannte sich ein wenig. Egal wie anders diese Welt war, einige Dinge schienen universell zu sein, wie zum Bespiel der Hang zur Bürokratie und die damit verbundenen Regularien und Lizenzen. Grayson schaute aus dem Fenster und war nicht überrascht, dass sie in die Bond Street einbogen. Hier wurde man beim Einkaufen schnell einen fünfstelligen Betrag los, bevor man auch nur zehn Meter weit gekommen war. Neben den obligatorischen Touristen, die sich auch vom vorherrschenden Mistwetter nicht abschrecken ließen, war es recht ruhig. Einige Edelschlitten spuckten reiche Leute aus oder nahmen sie auf, je nach Wichtigkeit ihrer Besitzer mit mehr oder weniger Begleitern im Schlepptau. Richard fuhr den Wagen an den Straßenrand und deutete auf eine Fensterscheibe, auf der in etwas verschnörkelten Buchstaben »VALINDAR'S« zu lesen war. Der Ladenfront haftete eine schlichte Feinsinnigkeit an, die den umliegenden Gebäuden fehlte. Auf subtile Art waren Farbkomposition, Außenverzierungen und Lage perfekt aufeinander abgestimmt. Selbst an einem regnerischen Herbsttag strahlte das Geschäft eine ruhige Eleganz aus. Momentan war alles dunkel. Es hing ein altmodisches »Bin bald zurück«-Schild an der Tür. Morgan warf einen Blick darauf. »Ich schlage vor, wir warten auf seine Rückkehr, was meinen Sie, Sportsfreund?«

Irgendwie war Grayson über diese veraltete Anrede froh, besser zumindest als das förmliche Quaestor, mit dem der Magus ihn vorhin gestraft hatte. Er dachte kurz über den Vorschlag nach und erwiderte: »Das wäre auch meine erste Wahl, allerdings stehen wir hier zu nah vor dem Eingang. Wenn er uns sieht, könnte er fliehen, sollte er zwei und zwei zusammenzählen.«

Morgan blickte sich um und deutete lächelnd auf die andere Straßenseite. »Dann können wir das Angenehme mit dem Nützlichen verbinden. Das Essen dort drüben ist ganz hervorragend und es gibt im Inneren zwei Tische, von denen aus wir den Laden perfekt im Auge behalten können. Ich bin sicher, dass Claudine uns einen davon geben wird.« Grayson starrte zweifelnd zu dem piekfeinen Edelrestaurant hinüber, das mit künstlichen Fackeln um die Aufmerksamkeit der Vorbeigehenden warb. Ein Touristenpärchen wandte sich soeben enttäuscht von der Speisekarte ab. Grayson kannte diesen Gesichtsausdruck nur zu gut. Bei diesen Läden waren einfach zu viele Stellen vor dem Komma, wenn die Rechnung kam. Zweimal war er zu Ermittlungen in solchen Etablissements gewesen und bei einer dieser Gelegenheiten hatte sogar seine Marke beinahe nicht ausgereicht, um reinzukommen. Er wollte schon ablehnen, aber Morgan kam ihm zuvor. »Wie ich bereits sagte, Magie zu wirken ist verdammt anstrengend und ich muss nach dem Kampf in der Gießerei dringend meine Batterien aufladen. Richard kann den Wagen ein Stück die Straße runter parken und wir besorgen uns diesen Tisch, in Ordnung?«

Grayson erkannte eine rhetorische Frage, wenn er sie hörte, und nickte schicksalsergeben.

Sie stiegen aus und überquerten die Straße schnellen Schrittes, dann standen sie auch schon vor dem eleganten Eingang. Während Grayson zögerte und prüfend an sich herabsah, ob seine Kleidung unter dem Scharmützel mit dem Dämon gelitten hatte, ging Morgan voran und einige Sekunden später war der Magus in ein freundliches Gespräch mit dem Maître, einer fülligen Frau mit freundlichem Gesicht, vertieft. Grayson hätte sich denken können, dass Morgan in diesem Edelschuppen bekannt war. Wenn er genauer darüber nachdachte, war es wahrscheinlich, dass sein gut vernetzter Freund in jeder Region Londons mindestens drei oder vier Anlaufstellen wie diese kannte, wo er Unterredungen und Verhandlungen in einem angenehmen Rahmen nachgehen konnte. Der Quaestor ging ebenfalls hinein und wurde mit einem offenen Lächeln begrüßt, während man ihm mit einer angedeuteten Verbeugung den Mantel abnahm. Die Gesellschaft Morgans war unverkennbar wirksamer als damals seine Dienstmarke. Grayson spielte jetzt anscheinend auch in der normalen Welt in einer anderen Liga. Sich an diesen Unterschied zu gewöhnen, würde ihm noch schwerer fallen, als einem Dämon mit einer magisch aufgeladenen Waffe in den Kopf zu schießen.

Ein gequältes Lächeln stahl sich auf sein Gesicht, als er den absurden Satz nochmal in Gedanken durchging. Kopfschüttelnd folgte er dem Maître, der sie zu einem abgeschirmt gelegenen Tisch direkt am Fenster führte. Morgan hatte nicht gelogen: Sie hatten einen guten Ausblick auf den Laden des Elfen und die umliegenden Gebäude. Sie setzten sich und Grayson zwang sich dazu, sich zu entspannen, während er begann, sich auf eine längere Observierung einzustellen. Morgan schien mit dieser Art der Tätigkeit vertraut zu sein, denn er hatte ihr Ziel ebenfalls ständig im Auge, sodass Grayson es riskierte, einen kurzen Blick auf die Speisekarte zu werfen. Die angebotenen Speisen waren glücklicherweise nicht zu exotisch; Grayson hatte schon befürchtet, sich durch aufgeschäumte Schnecken und flambierten Tintenfisch kämpfen zu müssen. Er entschied sich für ein Steak, wobei er versuchte, den fast dreistelligen Preis zu ignorieren. Richard gesellte sich, noch immer im Trenchcoat, zu ihnen, ohne auf die zweifelnden Blicke des Personals zu achten. Die Selbstsicherheit und Zielstrebigkeit, mit der er sich näherte, schien jeden Protest der Angestellten im Keim zu ersticken. Die drei saßen eine gute Stunde schweigend beieinander, während je einer die Straße beobachtete, einer ihre unmittelbare Umgebung im Auge behielt, und der Dritte von ihnen sich um sein Essen kümmerte. Ganz fließend wechselten die Rollen und Grayson überraschte es erneut, wie nahtlos die beiden sich als Team ergänzten und wie effizient sie ihn in ihre Routine einbanden. Der Quaestor hätte ebenso gut mit zwei verdeckten Ermittlern von Scotland Yard hier sitzen können. Dann korrigierte er sich grinsend. Hier hätten sie sicher nicht gesessen, sondern in einem muffigen, kleinen Dienstfahrzeug, das nach kaltem Fastfood roch. Grayson bemerkte, dass ihm das Personal neugierige Blicke zuwarf und dabei tuschelte. Morgan sah das auch und starrte mit einem selbstzufriedenen Blick aus dem Fenster. Beunruhigt flüsterte der Quaestor: »Was geht hier vor?«

»Nichts, was Sie beunruhigen müsste, Sportsfreund. Ich habe lediglich erwähnt, dass Sie ein Freund aus dem Außenministerium sind, der in gefährlichen Situationen aushilft«, erwiderte Morgan lächelnd, wobei er weiter aus dem Fenster sah.

»Bitte, was?« Grayson war lauter geworden, als ihm lieb war, aber die Reaktion des Personals war nur noch mehr Getuschel.

Morgan warf ihm einen kurzen Seitenblick zu und sagte leise: »Sie benötigen dringend einen Ruf in der normalen Welt. Einer, der Ihnen weiterhilft und dafür sorgt, dass Sie auch mal ohne mich gut essen gehen können, ohne an der Tür abgefertigt zu werden.«

Bei diesen Worten fühlte sich Grayson wie ein Zwölfjähriger, sagte aber nichts, da der Magus fortfuhr: »Ich werde diese Geschichte in den nächsten Wochen streuen, wo immer es mir möglich ist. Die Wahrnehmung bestimmt die Realität. Als Sie hereinkamen, hielten die meisten Sie für brummig und verschlossen, jetzt sind Sie gefährlich-geheimnisvoll.« Mit einem Augenzwinkern fügte er hinzu: »Sie sind zwar kein James Bond-Material, aber man nimmt, was man kriegen kann.«

Nach diesen Ausführungen betrachtete er wieder seelenruhig das Geschäft auf der anderen Straßenseite.

Grayson war sprachlos und wusste nicht, wo er anfangen sollte. Als er Richard neben sich kichern hörte und zu ihm hinübersah, verdüsterte sich seine Stimmung weiter. Der breitschultrige Mann war kurz davor, in einen Lachanfall auszubrechen und bemühte sich redlich, seine Heiterkeit unter Kontrolle zu bringen. Der mörderische Blick, den der Quaestor ihm zuwarf, half nicht dabei, sondern schien den Custos nur noch mehr zu amüsieren. Grayson warf die Arme in die Höhe und konzentrierte sich wieder auf die Observierung. Der Schaden war angerichtet und er würde damit leben müssen. Aber er nahm sich vor, später mit dem Magus ein langes Gespräch über die Vorteile der Anonymität zu führen. Eine weitere Stunde saßen sie schweigend da, alle waren mittlerweile mit dem Essen fertig. Das Steak war wie zu erwarten hervorragend gewesen und auch der Kaffee hier konnte sich sehen lassen, wie Grayson eingestehen musste. Noch immer rührte sich nichts am Gebäude gegenüber und der Ermittler beschloss, die Zeit zu nutzen, um Richard etwas besser kennen zu lernen. Da der Krieger stets geradlinig und offen heraus sprach, begann Grayson ebenso direkt: »Erzählen Sie mir Ihre Geschichte. Ich will wissen, wer mir den Rücken freihält.« Kurz blickte der grauhaarige Mann ihn mit seinen hellblauen Augen überrascht an, dann nickte er zögerlich und sagte leise: »Das ist nur fair.« Sein Blick schweifte fort und Grayson war sich nicht sicher, ob der Custos ihr Ziel im Blick hatte oder Bilder aus der Vergangenheit sah.

»Ich wurde 1205 als Sohn eines Müllers geboren, in einem kleinen Kaff in der Nähe von Köln. Als ich alt genug war, selbst zu entscheiden, zogen gerade Priester durch unser Dorf, um für einen Kreuzzug zu predigen. Ich war jung, dumm und idealistisch und als sie weiterzogen, war ich Teil des Trosses. Die Details erspare ich Ihnen, aber am Ende war es grausam, blutig und eine sinnlose Vergeudung von Menschenleben. Ich geriet in Gefangenschaft und wurde als Sklave an einen Magus verkauft, der damals in der ägyptischen Wüste ein zurückgezogenes Leben führte. Er benötigte Kanonenfutter, denn er führte Krieg gegen einen anderen Magus. Das war zur damaligen Zeit nichts Ungewöhnliches, denn die *Lex Nebula* wurde in dieser Region kaum umgesetzt. Jedenfalls kämpfte ich auf einmal in einem gänzlich anderen Krieg, der nicht meiner war und der mit unvorstellbaren Mitteln ausgetragen wurde. Die Schrecken, die ich dort sah und die Magie, der ich ausgesetzt war, ließen mich vorzeitig ergrauen. Jeden Abend betete ich um Erlösung und nur mein Glaube hielt mich bei Verstand. Vier Jahre später erreichte uns schließlich eine Strafexpedition des *Verhangenen Rates* und löschte beide Magier aus. Wir wurden freigelassen und ich schwor feierlich, bis in alle Ewigkeit die Unschuldigen vor den Gräueln zu beschützen, die ich erlebt hatte.«

Seine Stimme verlor sich und Morgan übernahm mit einem Räuspern, damit der Krieger sich sammeln konnte. »Damals waren solche Schwüre üblich. Was Richard nicht wusste, war die Tatsache, dass in dem magischen Krieg seine Fähigkeit als Katalyst erweckt worden war. Als er in einem Akt höchster Dankbarkeit und von absolutem Glauben an seine Ideale erfüllt einen Schwur für die Ewigkeit tat, hatte das weitreichende Konsequenzen für ihn. Er band sich an seine ernannte Aufgabe und seine Alterung stoppte. Seitdem muss er sich stets im Dienst an der von ihm geschworenen Sache befinden, sonst wird er nach einigen Wochen … ruhelos.«

Hier stieß Richard ein trockenes Lachen aus und übernahm wieder: »Das war sehr diplomatisch ausgedrückt. Jedenfalls, die *Nebula Convicto* freute sich über einen Freiwilligen und die Strafexpedition nahm mich mit nach Gibraltar, wo ich im Fels meine Ausbildung erhielt.«

Grayson hakte ungläubig nach: »Der Fels von Gibraltar ist in Händen der *Nebula Convicto*?«

Morgan antwortete: »Dort laufen die transkontinentalen Kraftlinien zusammen. Der Fels ist ein aktives Bollwerk gegen globale Flüche und war schon immer gut gesichert. Wir halten uns allerdings immer nur in den unteren Tunneln und Ebenen auf, schön weit weg von den Touristen.«

Bevor Grayson noch eine Frage stellen konnte, fuhr Richard ungehalten fort: »Ich erhielt eine anständige Ausbildung, wurde zum Ritter geschlagen und stand fortan im Dienst des exekutiven Arms der *Nebula Convicto*. Ausrotten unkontrollierten Vampirtums, Erschlagen illegaler Chimären, solche Dinge eben. Als ich nicht alterte, wurde ich gründlich unter die Lupe genommen und der Rat bemerkte, was ich unbeabsichtigt getan hatte. Ich wurde zur *Unendlichen Legion* geschickt, einem Zusammenschluss unsterblicher Wesen, die alle auf die eine oder andere Art mein Schicksal teilen. Bessere Ausbildung und Ausrüstung, höheres Risiko, dieselbe Arbeit. Nach einigen hundert Jahren und mehreren Dutzend Nahtoderfahrungen war ich die dauernden Schlachten leid und versuchte, die Grenzen meines Schwurs auszuloten. Nicht meiner selbst auferlegten Bestimmung nachzugehen, hatte schwere negative Auswirkungen auf meine Psyche. Nach mehreren Fehlschlägen bezüglich einer alternativen Betätigung innerhalb der *Nebula Convicto*, landete ich schließlich als Custos bei der Einheit eines Quaestors. Das funktionierte für mich. Morgan war ein paar Jahrzehnte unser Magus, bevor er in die Politik ging, daher kennen wir uns. Solange ich meine Quadriga beschütze, die wiederum Unschuldige beschützt, ist mein Schwur erfüllt, ohne dass ich drei kleine Kriege pro Monat austragen muss. Dies hier ist also das Maximum an Frieden, das ich je erhalten werde.« Der grauhaarige Mann beendete seine Ausführungen und starrte wieder aus dem Fenster.

Grayson tat es ihm gleich, während er erstmal verdaute, was er gerade gehört hatte. Jahrhundertelanger Konflikt ohne Aussicht auf ein Ende! Grayson hatte sich nach einem harten Tag im Job schon oft auf die Rente gefreut und dabei war er erst in den späten Dreißigern. Fest stand, dass Richard seinen Respekt verdiente, und der frischgebackene Quaestor erkannte auf einmal, dass er hier in diesem Trio noch am wenigsten geleistet hatte. Normalerweise war er stolz auf seine bisherigen Erfolge, aber mit den beiden anderen konnte er schon aufgrund ihrer Lebensspanne nicht mithalten.

Bescheidenheit war nie Graysons Stärke gewesen, aber er nahm sich zumindest vor, die anderen als vollwertige Partner zu akzeptieren. Der Gedanke war nach all den Jahren im Alleingang zwar fremd für ihn, aber zu wissen, was diese beiden schon vollbracht hatten, half ihm dabei. Um die unangenehme Stille zu durchbrechen, fragte Grayson: »Ist es normal, dass Valindar seinen Laden so lange geschlossen hat?«

Morgan zuckte mit den Achseln: »Für Elfen ist Zeit generell ein eher fließender Begriff. Vielleicht ist er gerade auf einer Vernissage oder so etwas. Aber er hat über dem Laden seine Wohnung, also muss er wiederkommen. Meine Kontakte haben mir versichert, er ist in der Stadt, also schlage ich vor, wir warten bis zum Abend. Sollte er dann immer noch nicht aufgetaucht sein, schauen wir uns im Gebäude um, ob wir einen Hinweis finden. In Ordnung, Sportsfreund?«

Grayson nickte, die Vorgehensweise hatte Hand und Fuß. Das Risiko, während einer Durchsuchung entdeckt zu werden, wurde mit wachsendem Zeitverlust immer lohnender. Den Abend als spätesten Handlungsrahmen festzulegen war sinnvoll, denn danach konnten sie ihre Ermittlungen im *Traumfänger* beginnen. Grayson bestellte sich noch einen Kaffee und sie warteten.

Seufzend schaute der Quaestor auf die Uhr. Es war jetzt halb acht und noch immer war keine Spur von dem Elfen zu sehen.

Weder im Geschäft noch in der Wohnung darüber war ein Licht angegangen, obwohl es bereits stockdunkel war, also war anscheinend niemand anwesend. Er blickte die beiden anderen an und sie nickten ihm zu. Morgan bezahlte die Rechnung, bei deren Höhe Grayson beinahe in Schnappatmung verfiel, aber der Magus zuckte mit keiner Wimper und gab stattdessen ein geradezu obszön hohes Trinkgeld. Neben den anderen Umwälzungen seines Lebens schien die Maxime »Geld spielt keine Rolle« ebenfalls zu Graysons neuem Arbeitsalltag zu gehören.

Der Regen hatte nachgelassen und als sie das Restaurant verließen, genoss er erst einmal die kalte, klare Luft und streckte seinen Rücken durch. Die lange Sitzerei machte ihn steif und man wusste nie, wann man einem Verdächtigen hinterherjagen musste. Die drei überquerten die Straße, die nun in das Licht der Straßenlaternen und Schaufenster getaucht wurde. Der Anteil an Touristen hatte deutlich nachgelassen, aber die reiche Kundschaft der Einkaufsstraße war noch immer präsent. Grayson mochte private Sicherheitsleute nicht besonders. Dass er bei einem Rundumblick allein drei Leibwächter sah, machte ihn unruhig. Auch wenn er genug Sondervollmachten besaß, um die Wohnung eines Verdächtigen zu stürmen, wussten das die Umstehenden natürlich nicht. Es fehlte noch zu seinem Glück, dass hier einer der Bewaffneten den Held spielen wollte und die Dinge unnötig verkomplizierte. Also fragte er Morgan: »Kommen wir da unauffällig hinein?«

Für den Moment mochten Richard und er in ihren langen Mänteln wie die Leibwächter Morgans wirken, der definitiv die Rolle des Adligen spielen konnte, aber wenn sie die Tür aufbrechen mussten, wäre das extrem unpassend und würde bestimmt Aufmerksamkeit auf sich ziehen, die sie im besten Falle wertvolle Zeit kosten würde.

Morgan nickte auf seine Frage und murmelte einige Wort in einer fremden Sprache, während er mit dem Knauf seines Gehstocks auf das Schloss der Ladentür tippte. Der Knauf leuchtete in einem tiefen Violett auf und der Magus brummte überrascht. Etwas nachdrücklicher intonierte er eine weitere Formel und diesmal war es mehr ein kräftiges Drücken, denn ein sanftes Tippen, als der Stock die Tür berührte, aber dann klickte das Schloss und der Weg war frei.

»Geht doch«, sagte Morgan mit Genugtuung in der Stimme und betrat das Geschäft, dicht gefolgt von den anderen. Grayson ging als letzter und zog die Türe hinter sich zu, um den Lärm der Straße und neugierige Passanten auszusperren. Sie standen in fast völliger Dunkelheit, der schwere Vorbau des Gebäudes schirmte das Innere des Ladens vom Licht der Laternen ab. Morgan schloss die Augen für einen Moment und sagte dann: »Der Lichtschalter ist rechts von Ihnen, Sportsfreund.« Grayson tastete in der angegebenen Richtung und wurde nach einigen Sekunden fündig. Licht flammte auf und erhellte den Verkaufsraum, der wie ein normales Juweliergeschäft aussah. Ein wenig enttäuscht blickte sich Grayson um und Morgan musste über seinen Gesichtsausdruck lachen. »Das hier ist nur die Fassade für Touristen und Uneingeweihte. Der richtige Verkaufsraum ist weiter hinten. Kommen Sie, hier vorne stehen wir auf dem Präsentierteller.« Grayson nickte und folgte den anderen zu einer Tür, die der Magus mit einem weiteren, diesmal deutlich längeren Spruch öffnen musste.

»Wenn er noch mehr solcher Barrieren aufgestellt hat, bin ich heute keine große Hilfe mehr«, keuchte der blonde Mann. Zu seinem Erstaunen sah Grayson, dass der Magus schweißgebadet war und legte ihm ohne zu Überlegen mitfühlend eine Hand auf die Schulter, von der umgehend kleine Lichtblitze aufstiegen. Von der eigenen Reaktion überrascht, blickte Grayson in das verblüffte Gesicht des Magus, der nach einer Sekunde schwach lächelte und ihm zublinzelte. »Es geht schon, aber danke«, sagte er leise und bedeutete Grayson vorzugehen. Richard war bereits eingetreten und hatte vorsorglich sein Schwert gezogen, jetzt wo sie vor den Blicken der Passanten verborgen waren. Grayson ging einige Schritte in den Raum und gaffte die Gegenstände an, die er hier in den Auslagen erblickte. Wo Straage Altes und Kurioses verkaufte, schwankte hier jedes Stück mindestens zwischen schlichter Eleganz und strahlender Schönheit. Er sah kunstvoll geformte Diademe, die in einem inneren Feuer leuchteten, eine Perlenkette ohne Schnur, bei der die grünlich schimmernden Kugeln dicht an dicht nebeneinander schwebten, und sogar ein paar Ohrringe, die nur sichtbar waren, wenn man sie in einem bestimmten Winkel betrachtete. Grayson stellte sich in die Mitte des Raumes und vermied es, den Kostbarkeiten zu nahe zu kommen, um mit seiner ungeübten Fähigkeit nicht aus Versehen eines der Objekte seines Zaubers zu berauben. Morgan kommentierte dieses Verhalten mit einem zufriedenen Nicken. Dieser zweite Verkaufsraum lag ebenso still da wie der erste und auch hier gab es nichts, was auf Dokumente oder auch nur eine Kasse hindeutete. Grayson schätzte, dass in so einem Geschäft die Zahlungsabwicklung anders ablief. Kurz wollte er fragen, womit genau man hier bezahlte, aber sein Bedarf an exotischen Antworten war für heute gedeckt. Sollte es für den Fall relevant werden, konnte er sich immer noch schlau machen.

Es gab eine weitere Tür und auch diese war verschlossen. Morgan wirkte sichtlich erschöpft, als er mit ihr fertig war und lehnte sich einen Moment gegen die Wand, um zu Kräften zu kommen. »Das waren zwergische Schutzrunen. Valindar hat wirklich keine Kosten und Mühen gescheut, um diesen Bereich abzuschirmen. Wir sollten uns beeilen. Ich konnte die Runen nur dämpfen, in einer halben Stunde sind sie wieder aktiv und ich darf von vorne beginnen, wenn wir dann noch auf der anderen Seite der Tür sind.« Die anderen nickten und Richard ging wieder vor. Grayson erkannte mittlerweile ein Muster. Immer wenn der Grauhaarige der Meinung war, dass die Situation gefährlich sein könnte, übernahm er automatisch die Führung. Da Morgan stark geschwächt war, ließ Grayson ihm den Vortritt und übernahm die Nachhut, die Hand sicherheitshalber am Revolver. Der Magus schaute ihn dankbar an und schleppte sich matten Schrittes vorwärts. Hinter der Tür führte eine breite Wendeltreppe aus weißem Holz mit einem eleganten messingfarbenen Geländer in die Höhe zur Wohnung des Elfen. Eine indirekte Beleuchtung warf ein weiches, angenehmes Licht, ganz so wie im zweiten Verkaufsraum. Die Wendeltreppe endete vor einer ebenfalls weißen Holztür, deren Schloss Morgan mit einem angewiderten Schnauben betrachtete. Während der Magus etwas von paranoiden Leinwandkuschlern murmelte, wirkte er erneut einen Zauber. Als das Schloss nachgab, war Morgans Gesicht blass und eingefallen.

»Das war's. Die nächste Stunde zaubere ich höchstens noch eine Münze hinter dem Ohr hervor«, nuschelte er undeutlich. Richard und Grayson warfen sich besorgte Blicke zu, doch Morgan sagte nur schwach, aber energisch: »Tick-Tack, meine Herren. Wenn wir nicht die halbe Nacht hier festsitzen wollen, bis ich mich soweit erholt habe, die Runen da unten erneut zu dämpfen, dann wäre ein wenig Eile angebracht.« Die drei betraten also schnell die Wohnung des Elfen, um das Beste aus den Minuten zu machen, die ihnen verblieben. Zur Eile angetrieben und durch die Sorge um den Magus abgelenkt, waren sie bereits einige Schritte in den Raum marschiert, bevor Richard die Blutlache am Boden bemerkte. Instinktiv wollte er seinen Schild herbeirufen, aber es war zu spät. Eine hochgewachsene, bullige Gestalt in dunkler Kleidung stürzte aus dem Nebenzimmer und gab Richard einen kräftigen Schubs, der ihn gegen die Wand schleuderte. Der Angreifer hatte eine bleiche Hautfarbe und seltsam blasse Augen. Während Richard sich blitzschnell aufrappelte und Morgan mit matter Stimme begann, einen Zauber zu formulieren, rief die Gestalt: »Still! Stopp!«, und beide gehorchten. Grayson hatte gerade seine Waffe gezogen und verharrte aus Überraschung und Verunsicherung mitten in der Bewegung, den Revolver auf den Boden gerichtet. Wer war der Kerl, dass die anderen auf ihn hörten? Gab es politischen Wirbel, wenn Grayson ihn bedrohte? Nach seinem etwas überschwänglichen Auftritt bei Telredor wollte er lieber kein Risiko eingehen. Er rührte keinen Muskel und wartete auf eine Reaktion Richards oder des Magus. Die funkelten den Fremden aber nur böse an und taten nichts. Zufrieden trat die bleiche Gestalt auf sie zu. »Ihr seid wohl doch nicht so stark, wie alle behaupten, Quaestor. Jetzt schön stillhalten.« Bei diesen Worten begann er zu lächeln und Grayson sah zwei raubtierhafte Fänge aufblitzen.

Der Kerl will mich beißen!, ging es Grayson durch den Kopf. Er sah aus den Augenwinkeln, wie Richard und Morgan zitterten, als ob sie krampfhaft versuchen würden, sich zu bewegen. Während die Gestalt noch einen Schritt auf ihn zutrat, begriff der Quaestor endlich die Situation. Ihr Angreifer war offensichtlich ein Vampir und seine Ausrufe waren eine Art magischer Befehl gewesen. Graysons Zögern hatte der blasse Mann falsch gedeutet und er glaubte, den Ermittler ebenfalls in seinem Bann zu haben. Grayson gab dem Blutsauger noch eine Sekunde, in der er seine nächste Aktion durchdachte. Dann hob er seine Waffe und schoss dem Vampir in die rechte Schulter, da er nicht wusste, was sein Angreifer aushielt und er ihn außerdem noch befragen wollte. Die Wirkung war zufriedenstellend normal. Das Geschoss durchschlug die Schulter, Blut spritzte hervor und der Aufprall wirbelte den Körper des Vampirs herum, der dabei ein derart überraschtes Gesicht machte, dass Grayson trotz der ernsten Situation lächeln musste. Das hielt jedoch nur zwei Sekunden an, bis der Fremde Richard in die Augen sah und, während er auf Morgan deutete, sagte: »Töte ihn.«

Mit hölzernen Bewegungen drehte sich der Custos um und hob quälend langsam sein Schwert, die Augen auf Morgan gerichtet. Grayson sprang fluchend dazwischen und hielt den Krieger an der Schwerthand fest, während er panisch überlegte, was er tun konnte. Richard war deutlich stärker als er und da diese Stärke von rein weltlicher Muskelkraft herrührte, halfen dem Quaestor hier seine Kräfte kein bisschen weiter. Seine Gedanken rasten und er ging die Informationen durch, die er hatte, während er mit dem kräftigen Mann rang: *Der Befehl war magischen Ursprungs und nun muss Richard ihn ausführen. Meine Kräfte ragen zehn Zentimeter weit und seine Hand habe ich umschlossen. Keine Reaktion, also wirkt der Zauber nicht auf die Hand als solches.* Schnell umschloss er mit der Rechten den Oberarm des Ritters, während sich seine Linke abmühte, ihn noch für einige Sekunden unter Kontrolle zu behalten. Das Verhalten des Custos änderte sich nicht, also setzte Grayson alles auf eine Karte, da er gegen die Kräfte des Grauhaarigen sowieso nicht mehr lange durchhalten konnte. Er ließ den Schwertarm los und legte beide Hände seitlich auf den Kopf Richards. Nach einer halben Sekunde entspannte der sich und schenkte Grayson ein dankbares Nicken. Anscheinend war die letzte Vermutung richtig gewesen, dass der Zauber sich im Kopf festsetzte.

Erleichtert stieß der Quaestor den Atem aus und wirbelte herum, als er hinter sich Glas splittern hörte. Der Vampir hatte die letzten Sekunden genutzt, war aus dem Fenster gesprungen und mühelos auf seinen Füßen aufgekommen. Richard und Grayson hasteten beide hinterher und sahen die dunkle Gestalt, die gerade auf dem Boden aufkam und die Straße entlanglief. Richard sagte: »Die Kugel hat ihn geschwächt, er kann seine Gestalt nicht verwandeln. Wir können ihn noch einholen.« Ohne zu zögern warf er sich durch das Fenster und rollte sich zu Graysons Unglauben vier Meter weiter unten auf dem Bürgersteig in einer fließenden Bewegung ab. Eine Sekunde starrte der Ermittler dem Krieger hinterher, dann drehte er sich um und nahm die Treppe. Verfolgung hin oder her, wenn er versuchte, dieses Kunststück nachzumachen, konnten die anderen ihn schon wieder zusammenflicken.

Morgan war nach der Flucht des Vampirs anscheinend wieder Herr seiner selbst und lehnte mit aschgrauem Gesicht an der Wand. »Helfen Sie Richard. Ich wäre sowieso keine Hilfe, also sehe ich mich in der Zeit hier um und schaue, ob ich Valindar noch helfen kann.«

Grayson nickte dem Magus im Vorbeilaufen zu und hastete so schnell er konnte die Treppe hinunter. Er brauchte wertvolle Sekunden, um durch die Verkaufsräume zu sprinten und die Eingangstür aufzureißen. Wären da nicht die gaffenden Passanten gewesen, die den beiden rennenden Männern hinterherblickten, hätte Grayson nach einem halben Block keinen Anhaltspunkt mehr gehabt, wohin er hätte laufen sollen. So gab er alles, was seine langen Beine hergaben und schließlich sah er Richards weißen Trenchcoat wie ein paar weiße Flügel vor sich her flattern. Grayson war kein wirklich sportlicher Typ, aber das Laufband im Trainingsbereich des Reviers hatte er trotzdem regelmäßig genutzt, seit ihm einmal ein Verdächtiger entkommen war, der deutlich fitter gewesen war als er. Daher holte er beständig auf, bis er Richard erreichte, der ihm einen kurzen Seitenblick zuwarf.

Der Vampir war gut zu sehen, eine leicht schief laufende Gestalt etwa zwanzig Meter vor ihnen. Als der durch einen Schulterblick Grayson entdeckte, änderte der Verletzte seine Taktik. Er drosselte das Tempo zu einem schnellen Gehen, als er in den Hanover Square Garden einbog und begann den umliegenden Passanten etwas zuzuraunen. Die drehten sich daraufhin zu den beiden Verfolgern um und blickten grimmig. Richard fluchte und verringerte ebenfalls sein Tempo, während er das Schwert, das er unter dem Mantel verborgen gehalten hatte, wegsteckte. »Die Waffe weg«, flüsterte er. Grayson tat es ihm gleich und holte dabei tief Luft. Laufband hin oder her, das verringerte Tempo war eine Wohltat. Als sie bei den ersten Passanten ankamen, die ihnen mit misstrauischen Blicken begegneten, nickte Richard übertrieben höflich, während er laut »Guten Abend« oder »Wie geht es Ihnen?« sagte.

Kaum wurden die Leute freundlich angesprochen, blinzelten sie und schauten sich fragend um, so als würden sie aus einem Tagtraum erwachen. Grayson hielt sich in Richards Kielwasser und beließ es bei einem freundlichen Lächeln. Als sie ein wenig Luft hatten, fragte er: »Was geht hier vor?«

Richard antwortete halblaut: »Er nutzt eine Suggestion, um den Argwohn der Leute zu wecken und ihn gegen uns zu richten. Hart an der Grenze dessen, was die *Lex Nebula* erlaubt, aber recht wirksam. Am einfachsten kontert man eine Suggestion, in dem man ihr zuwider handelt. Kein aggressives Auftreten, ein freundliches Wort und schon löst sich diese hier auf.«

Durch ihre erzwungen langsame Gangart vergrößerte sich der Abstand zu ihrem Verdächtigen immer mehr, der versuchte durch die Bäume des Parks die Sichtlinie zu seinen Verfolgern zu unterbrechen. Grayson überlegte kurz und testete kurzerhand eine Theorie. Er trabte auf drei Parkbesucher zu und als diese ihre Fäuste als Reaktion auf sein auffälliges Auftreten hoben, tippte er ihnen leicht mit einem Finger vor die Stirn. Seine Taktik funktionierte prächtig. Die nur leicht verankerte Suggestion löste sich bei jedem Berührten sofort auf und sie konnten ihr Tempo deutlich erhöhen. Grayson hörte hinter sich ein zufriedenes Brummen von Richard und schritt zuversichtlich aus, wobei er einfach die größeren Gruppen der Anwesenden mied. Als der Gejagte bemerkte, dass sein Trick wirkungslos geworden war, ließ er von den Passanten ab, verließ die Grünanlagen und erhöhte wieder das Tempo. Grayson erkannte, dass der Vampir auf die Regent Street einbog und fluchte keuchend. Zu Richard sagte er: »Er läuft durch möglichst viele Menschenmassen, um uns abzuschütteln. Erst der Park, jetzt die Einkaufsmeile und ein Stück vor uns liegt der Picadilly Circus. Viele Leute, viele Fluchtmöglichkeiten. Wir müssen näher heran oder wir verlieren ihn.«

Der Custos nickte und erhöhte noch einmal das Tempo, sein mächtiger Brustkorb klang wie ein altmodischer Blasebalg. Grayson war zwar noch ganz gut bei Atem, aber zu lange sollte die Verfolgungsjagd auch für ihn nicht mehr dauern. Sie holten in den nächsten Minuten ein gutes Stück auf, während sie an den riesigen, teils geschmackvollen, teils um Aufmerksamkeit heischenden Schaufenstern der großen Namen wie Apple, Ferrari oder Armani vorbeiliefen, als die blasse Gestalt vor ihnen schließlich den weitläufigen Platz des Picadilly Circus erreichte. Die riesigen Werbetafeln warfen ein wechselndes Licht auf die versammelten Menschen, und Grayson verfluchte ihr Pech. Es gab Abende, wo hier recht wenig los war, aber heute war es richtig voll. Irgendein Event musste in der Nähe stattfinden; alles war voller Jugendlicher. Wenigstens bedeutete das, dass der bullige Umriss des Vampirs nicht so einfach in der Menge untertauchen konnte. Alle drei begannen nun, sich so schnell wie möglich durch die Massen zu schieben, wobei sich der Vampir immer wieder umschaute, wie weit seine Verfolger noch entfernt waren. Grayson schenkte ihm sein fiesestes Grinsen, um den Verdächtigen zu einem Fehler zu verleiten. Der rannte hektisch zum Angus Steakhaus am Rande des Platzes und verschwand in dessen Innerem. Als die beiden Verfolger das Restaurant betraten, hatten alle Anwesenden einen glasigen Blick in den Augen, saßen teilnahmlos auf den roten Kunstlederbänken und kauten mechanisch auf ihrem Essen herum. Richard murmelte: »Eine Verneblung.«

Der Quaestor erkannte nach kurzem Nachdenken den Ausdruck wieder: Die verschiedenen Formen der Tarnung in der Öffentlichkeit wurden so bezeichnet.

Der Vampir stand in der Mitte des Raumes und schnarrte: »Verzieht euch oder ich richte ein Blutbad an.«

Die Gäste waren offenkundig nicht in der Lage, etwas um sich herum wahrzunehmen und somit leichte Beute für das übernatürliche Wesen. Richard schaute gequält drein und Grayson erkannte, dass sein magischer Schwur, Unschuldige zu beschützen, ihm keine Wahl ließ. Also beschloss er, das für sich auszunutzen. »Ergeben Sie sich«, flüsterte er dem Grauhaarigen ins Ohr. Der kam erleichtert der Bitte seines Quaestors nach und hob die Hände. Ihr Gegenüber entspannte sich bei dieser Geste ein wenig und darauf hatte Grayson gehofft. Als Richard die Arme gehoben hatte, war Grayson teilweise durch dessen wallenden Trenchcoat verdeckt worden. Nicht viel, aber gerade genug, dass er seinen Revolver hatte ziehen können. In der Sekunde, als der Vampir in seiner Aufmerksamkeit nachließ, hob er seine Waffe und schoss ihm in den Bauch. Wieder huschte dieser überraschte Gesichtsausdruck über die Züge des anderen und Richard zog scharf die Luft ein. »Das war hochriskant«, knirschte er, während der Vampir noch immer sehr behände durch den Hinterausgang der Küche floh, die Hände auf den Bauch gepresst. Grayson lief sofort hinterher, an den benebelt dastehenden Köchen vorbei und sagte keuchend: »Nicht wirklich. Sie sagten, die aufgeladenen Geschosse beeinträchtigen seine Fähigkeiten. Es war unwahrscheinlich, dass er mit einer zweiten Kugel im Körper noch viele Tricks durchziehen kann.« Während sie dem Verletzten die Haymarket Street hinterherhetzten, fügte er hinzu: »Ich muss aber zugeben, dafür, dass eine Kugel in seinen Eingeweiden steckt, ist er noch verdammt flink.«

Richard keuchte: »Vampire haben keine Eingeweide mehr, jedenfalls die älteren. Ist alles verkümmert. Außerdem müssen sie nicht atmen. Ohne den Blutverlust würden wir ihn nie einholen.« Zuerst schien es, als wollte der Krieger nichts mehr sagen, aber dann fragte er mürrisch: »Und wenn Sie ihn verfehlt hätten?«

Grayson warf dem Custos einen verletzten Seitenblick zu: »Er stand vier Meter entfernt und war abgelenkt. Schlagen Sie etwa aus einem Meter Entfernung bei einem stillstehenden Ziel daneben?«, konterte er. Richard hob schwach grinsend die Hände und zuckte entschuldigend mit den Achseln. Anscheinend war die Sache geklärt und der muskulöse Mann sparte sich seinen Atem für die Verfolgung.

Während sie weiterrannten, freute sich Grayson insgeheim darüber, dass der andere anscheinend anfing, seinen Entscheidungen zu trauen. Dann erkannte der Quaestor, dass ihr Verdächtiger, den Trafalgar Square mit den Touristen ignorierend, direkt auf die Themse zulief. Er fragte beunruhigt: »Können Vampire schwimmen?« Anscheinend schien das unsterbliche Wesen nochmals seine Strategie zu ändern und Grayson hatte keine Lust auf ein Wettschwimmen. Das Ganze würde bald eher einem Tritathlon als einer Verfolgungsjagd ähneln. Und der Quaestor war sich sicher, im Wasser würde der Kerl, der nicht atmen musste, definitv gewinnen.

Richard schüttelte als Antwort den Kopf, während ihm der Schweiß in Sturzbächen über das Gesicht lief. Grayson fiel ein Stein vom Herzen, dass er sich nicht auch noch in die Themse würde stürzen müssen. Der Krieger fiel jetzt allerdings immer weiter zurück und der Quaestor musste sich damit abfinden, dass er den Vampir wohl allein stellen musste.

Der hatte entweder alle Gedanken an Magie aufgegeben oder war in dieser Hinsicht mittlerweile wirklich handlungsunfähig, denn er sprintete und schlug Haken wie jeder gewöhnliche

Taschendieb, den Grayson jemals verfolgt hatte. Richard war diesem Tempo nicht länger gewachsen und bald hatte Grayson ihn notgedrungen abgehängt, um den Verdächtigen nicht zu verlieren. Nach wenigen Minuten ragte die steinerne Ummauerung der Themse vor ihnen auf und sein Gegner verschwand in einem der Durchgänge, die hinunter zum Wasser führten. Für einige Sekunden war er außer Sicht und als Grayson die Mauer umrundet hatte, konnte er den Vampir nirgends sehen. Jahrelange Erfahrung als Gesetzeshüter sorgte dafür, dass Grayson nicht blindlinks in irgendeine Richtung rannte, sondern tief durchatmete, um wieder zu Kräften zu kommen und sich dabei konzentriert umsah. Er war mittlerweile klatschnass geschwitzt und froh, dass er sich erst einmal orientieren musste. Weder rechts noch links war der mittlerweile vertraute Umriss des Verdächtigen zu erkennen, er war also nicht an der Innenseite der Mauer weitergerannt. Graysons Blick schweifte abwärts und er erkannte eine der Fähren, die die Themse in Scharen auf und ab fuhren und jeden Tag hunderte von Touristen durch die Stadt kutschierten. Sie legte gerade ab und Grayson war sich sicher, dass sein Ziel dort Unterschlupf gesucht hatte. Mit langen, raumgreifenden Schritten flog Grayson förmlich die Treppe hinab und rannte den kurzen Pier entlang, der eigentlich nur eine breitere Plattform war. Die Fähre war eines dieser simplen halboffenen Dinger, die nur ein Stoffverdeck besaßen, das die Hälfte der Sitzplätze vor Regen schützte. Die Beleuchtung war bereits abgeschaltet, die Sitzbänke leer, anscheinend war dies die letzte, erfolglose Fahrt des Tages.

Den Revolver in der Hand stieß Grayson sich ab und landete mit den Füßen auf einem der Plastiksitze, die im Halbdunkeln lagen. Noch während er aufkam und um sein Gleichgewicht kämpfte, erkannte Grayson, dass er einen Fehler gemacht hatte. Neben ihm erhob sich ein bulliger Schatten zwischen den Sitzreihen. Der Vampir, der nur auf das waghalsige Manöver des

Quaestors gewartet hatte. Ein schneller Schlag mit beiden Fäusten gegen Graysons rechten Arm schickte seinen Revolver schlitternd in die Düsternis des Bootsrumpfes. Der Vampir schlug weiter auf ihn ein und Grayson ließ sich nach links außer Reichweite der stahlharten Fäuste seines Gegners fallen. Wenig elegant rutschte der Ermittler über eine der Stuhllehnen und nutzte das Hartplastik als spärliche Deckung, während er, in einer tiefen Hocke kniend, seinen Dolch zog, den er aufgrund der Holsterschnürung nur mit der linken Hand hervorholen konnte.

Die Stuhllehne explodierte durch einen wuchtigen Hieb des Vampirs direkt vor seinem Gesicht in einem Hagel aus Plastiktrümmern und Grayson wandte den Kopf ab, um seine Augen zu schützen. Mehrere Splitter ritzten seine Haut und mindestens drei blieben dabei stecken. Während er noch schmerzerfüllt die Luft einsog, war sein Gegner bereits über ihm und traktierte ihn mit kontrollierten Schlägen und Tritten. Benommen taumelte Grayson rückwärts, den Dolch umständlich von der linken in die rechte Hand wechselnd. Er schwor sich, wenn er das hier überlebte, würde er das Manöver, das Richard ihm heute früh gezeigt hatte, üben, bis ihm alle Knochen wehtaten. Die Hiebe des Vampirs kamen mit furchterregender Präzision, auch wenn Grayson bemerkte, das der andere seinen rechten Arm nach den anfänglichen Attacken kaum noch einsetzte, wahrscheinlich wegen der Kugel, die noch in der Schulter steckte. Aber auch so war ihm das magische Wesen in der Kunst des Nahkampfes haushoch überlegen. Grayson wusste, dass er nur einen Versuch hatte. Bisher hatte er sich mehr schlecht als recht verteidigt und den Dolch unter seiner Jacke versteckt. Als sein Gegner zu einem besonders gemeinen Tritt ausholte, lief Grayson entgegen aller Erwartung mitten hinein, anstatt davor auszuweichen. Der Aufprall auf seine Rippen tat höllisch weh und war dermaßen hart, dass ihm die Zähne klapperten, aber dafür hatte er die Deckung des anderen unterlaufen und rammte ihm mit aller Kraft, die er aufbringen konnte, das Messer in die Brust. Was auch immer Grayson erwartet hatte, mit der daraufhin eintretenden Wirkung hatte er nicht gerechnet.

In einem Moment legte er noch jedes bisschen Kraft in den Stoß, der die Waffe bis zum Heft im zähen Fleisch des Vampirs versenkte und im nächsten fiel er in eine feine Aschewolke, durch seinen eigenen Schwung vorwärts getrieben. Beinahe hätte ihn die plötzliche Bewegung über die Reling getragen. Im letzten Moment konnte er sich noch am glatten Aluminiumgeländer festhalten. Grayson ließ sich schnell zu Boden sinken und sah sich betäubt um. Überall um ihn herum schwebten noch immer winzige Ascheflocken zu Boden oder wurden vom Fahrtwind fortgewirbelt. Trotz all seiner Erlebnisse konnte der Quaestor nicht begreifen, wie eine derart massige, große und kräftige Gestalt innerhalb eines Herzschlags durch einen Haufen Asche ersetzt werden konnte. Mit schmerzenden Knochen suchte er geschlagene fünf Minuten, bevor er seinen Revolver fand. Dann begann er lauthals zu fluchen. Er hatte dem Vampir in der Wohnung in die Schulter geschossen, um ihn verhören zu können. Wenn er da schon gewusst hätte, wie das alles ausging, hätte er den Mistkerl direkt über den Haufen geballert!

Die Rückreise gestaltete sich ungewöhnlich schwierig und Grayson war übler Laune, als er wieder bei Valindars Laden ankam. Der Fahrer der Fähre war zunächst nicht ansprechbar gewesen, gefangen in einem durch den Vampir platzierten Tagtraum. Als Grayson ihm die Hand auf Stirn gelegt hatte, war er aufgewacht und hatte panisch reagiert, als er irgendwo mitten auf der Themse plötzlich neben einem blutig geschlagenen Kerl aufwachte, der über ihm aufragte und ihm die Stirn tätschelte.

Es hatte Grayson viel Überredungskunst und den gesamten Inhalt seiner Brieftasche gekostet, damit der arme Mann ihn am

Ufer absetzte. Natürlich hätte er auch auf die Polizei warten können, aber selbst seine neuen Sonderbefugnisse hätten nicht ausgereicht, um ihn vor zwei oder drei ausführlichen Berichten zu bewahren. Grayson wollte zu den anderen und hatte daher lieber zur guten altmodischen Bestechung gegriffen. Als er wieder am Ufer stand, war ihm allerdings aufgegangen, dass er nun kein Geld mehr für ein Taxi hatte. Also war er leise vor sich hin grummelnd den ganzen Weg zurückgelaufen. Zwei Streifenwagen standen vor Valindars Laden und gelbes Absperrband zierte die Szenerie. Der Abgang des Vampirs aus dem Fenster war wenig subtil gewesen und so war dies nun zu allem Überfluss ein offizieller Tatort. Grayson rollte die Augen, versuchte sich zusammenzureißen und ging auf seine ehemaligen Kollegen zu. Da sowohl seine Nerven als auch seine Geduld am Ende waren, kramte er den neuen Ausweis vom Außenministerium hervor. Dann kopierte er die Körperhaltung Richards, die er heute Mittag im Restaurant an ihm bewundert hatte und schob sich mit derselben Mischung aus Autorität und Selbstsicherheit an den verdutzten Kollegen vorbei, während er ihnen die neue Marke unter die Nase hielt. Zufrieden stellte er fest, dass sein Manöver Erfolg hatte. Keiner stellte dumme Fragen, alle ließen ihn durch. Die magischen Schmuckstücke im zweiten Verkaufsraum waren weltlichen gewichen, alles wirkte wie der Laden eines reichen Juweliers. Oben fand er Morgan, der immer noch mitgenommen aussah, nun aber wenigstens wieder Farbe im Gesicht hatte. Von Richard fehlte jede Spur. Morgan bedeutete Grayson, ihm zu folgen und die beiden zogen sich in eine stille Ecke der Wohnung zurück, da es hier oben von Beamten nur so wimmelte. Ein flüchtiger Blick offenbarte ein Leichentuch im Nebenzimmer, aus dem der Vampir bei ihrer Ankunft gestürmt war. Der Elf hatte es offenbar nicht geschafft.

Grayson warf Morgan einen fragenden Blick zu und der begann zu berichten: »Der Vampir hat ihn heute früh getötet, kurz vor Sonnenaufgang. Valindars Schutzmechanismen müssen ihn sehr lange aufgehalten haben. Als er den Elf endlich getötet hatte, war die Sonne wohl schon zu sehen und er hat sich hier in der Wohnung versteckt und auf die Dunkelheit und den Ladenschluss gewartet. Fünf Minuten später und er wäre weg gewesen.« Morgan zögerte kurz und fuhr dann im bedauernden Tonfall fort: »Wären wir doch tagsüber hier eingedrungen, dann hätten wir leichtes Spiel mit ihm gehabt.« Anscheinend hatte der Magus ein schlechtes Gewissen, da es sein Vorschlag gewesen war, zu warten.

Der Quaestor schüttelte schnell den Kopf und sagte: »Wir waren uns einig, dass es so am besten war. Sie trifft keine Schuld.«

Morgan blickte ihn dankbar an und fuhr fort: »Bevor die Polizei eintraf, habe ich unten die Artefakte getarnt und konnte mich ein wenig in Valindars Büchern umsehen. Sie hatten Recht, er war erpressbar. Anscheinend hatte unser Künstler ein größeres Glücksspielproblem. Ich konnte einen riesen Haufen Schulden sehen, der von einer Person aufgekauft wurde: dem Comte de la Toiboine.«

Grayson stieß erleichtert die Luft aus. Endlich etwas Vorzeigbares. Es war zwar kein Beweis, aber immerhin ein gutes Indiz. Morgan schob hinterher: »Es kommt noch besser: Ich habe den Killer erkannt. Einer der Leibwächter des Comte.«

Jetzt war es an Grayson schuldbewusst dreinzuschauen: »Das nützt uns nichts, es sei denn, Sie können einen Aschehaufen mit Magie zum Reden bringen.« Es war halb Scherz, halb Frage, aber Morgan schüttelte nur müde den Kopf. Grayson dachte kurz nach und fragte dann: »Sollen wir nun ins *Traumfänger* gehen?«

Morgan blickte ihn überrascht an und lachte dann leise: »Über eine mangelnde Arbeitsmoral muss man sich bei Ihnen wirklich keine Sorgen machen, Sportsfreund. Ich kann mich kaum auf den Beinen halten und auf Ihrem Gesicht könnte man bei all den

Schnitten Schach spielen. Das *Traumfänger* kann ein sehr gefährlicher Ort sein, vor allem wenn man nach leichter Beute aussieht. Wir kämen keine zehn Schritte weit, ohne Ärger zu provozieren. Nein, wir müssen zurück nach Worthington Manor und dort unsere Wunden lecken, auch wenn wir dadurch einen Tag verlieren. Es nützt Sophia nichts, wenn wir uns aufreiben und im falschen Moment versagen.«

Der Logik des Magus war nichts entgegenzusetzen und jetzt, wo er Graysons Aufmerksamkeit auf seine Verwundungen gelenkt hatte, brannten die Schnitte wie Feuer. Er hatte zwar vorhin die Splitter herausgezogen, aber er befürchtete, die Verletzungen entzündeten sich gerade. Plötzlich hatte er es eilig, zurück ins Anwesen zu kommen. Nachdem Grayson ihnen wieder mit seinem Dienstausweis den Weg nach draußen erkämpft und ein halbes Dutzend Dokumente unterzeichnet hatte, damit sämtliche Fallakten und Valindars Bücher an eine getarnte Abteilung der *Nebelwacht* übergeben wurden, verließen sie den Tatort. Als sie die Straße betraten, fuhr gerade ihr Wagen vor. Richard hatte bereits mit laufendem Motor ein paar Meter entfernt gewartet und so waren sie zwei Minuten später schon auf der Ausfallstraße, die sie auf den London Orbital bringen würde, die ringförmige Autobahn, die London umschloss.

Der Magus kramte in einem der Staufächer des Autos herum und zog dann eine kleine silberne Aluminiumflasche hervor. Er drehte sich zu Grayson um, schraubte den Deckel ab und sagte: »Mit der linken Hand nehmen und möglichst schnell trinken. Das ist ein starker Heiltrank, aber im Vollbesitz Ihrer Kräfte wird er kaum wirken. Wenn Sie länger als fünf Sekunden brauchen, könnten Sie ebenso gut ein Glas Wasser trinken.« Grayson nahm die Flasche und setzte sie hastig an die Lippen. Er kleckerte ein wenig, da er das Zeug runter stürzte so schnell es ging, während gleichzeitig winzige Blitze über die Oberfläche der Flasche fuhren und Grayson sich sicher war, sogar minimale Entladungen in seinem Mund zu spüren. Halb amüsiert dachte er sich, dass er für diesen Job tatsächlich das Schnellsaufen üben musste. Jeder Student wäre begeistert. Er spürte, dass die Wirkung der Flüssigkeit im Vergleich zum letzten Mal sehr zögerlich eintrat und der Effekt extrem schwach war. Die Schmerzen in den blauen Flecken wurden nur ein wenig besser und er war genauso müde wie vorher. Zumindest brannten die Schnitte nicht mehr und dafür war Grayson dankbar. Er verrenkte sich ein wenig, um sich in einem der Außenspiegel zu sehen und stellte erleichtert fest, dass die Schnitte zugeheilt waren.

Morgan beäugte ihn kritisch. »Das war unser Notfalltrank für schwerste Verwundungen. Was für eine Verschwendung.« Grayson wollte protestieren, aber dann sah er, dass der Magus ihn nur aufzog und schwieg. Er merkte sich jedoch die Stelle im Wagen, wo der Trank aufbewahrt wurde. Für den Fall, dass er einen der anderen nach einem Zwischenfall aufpäppeln musste. Richard hatte bisher noch nicht ein Wort gesagt und auch wenn der kräftige Mann wortkarg war, glaubte Grayson, dass mehr dahinter steckte. »Was geht Ihnen durch den Kopf, Richard?«, fragte er.

Der Kopf des Custos ruckte kurz herum, dann schaute er wieder mit ausdruckslosem Gesicht auf die Fahrbahn. Schon glaubte Grayson, dass er keine Antwort bekommen würde, aber dann sagte Richard: »Der Vampir musste meine Akte kennen und hat meinen Schwur gegen mich ausgespielt. Magische Befehle, die mich in ein moralisches Dilemma stürzen, haben eine starke Wirkung auf mich. Erst hetzt er mich auf Morgan, dann die Sache mit den Geiseln im Steakhaus. Diese Informationen sind extrem vertraulich, nur Ratsmitglieder können sie einsehen.«

Morgan sagte: »Unser blasser Freund war ein Leibwächter des Comte. Der kann sich diese Informationen ohne weiteres beschaffen.« Das Gesicht des Ritters wurde hart und Morgan sagte eindringlich: »Keine voreiligen Schritte. De la Toiboine ist eines der mächtigsten Mitglieder des *Verhangenen Rates.* Ohne stichhaltige Beweise schaden wir uns selbst, wenn wir Vorwürfe erheben.«

Richard nickte zögerlich. Das Eis in seinen Augen war jedoch nicht verschwunden. Die Reaktion des Mannes fand Grayson ungewöhnlich heftig und Morgan schien das zu ahnen. Erklärend sagte er: »Wenn man Richard eine Handlung aufzwingt, die seinem Schwur zuwider läuft, macht ihn das im wahrsten Sinne des Wortes wahnsinnig. Hätten Sie ihn in der Wohnung nicht von dem Zauber befreit, hätte er zuerst mich getötet und wäre dann als Berserker Amok gelaufen. Das kann man schon mal persönlich nehmen.« Das erklärte Grayson auch, warum der Ritter im Steakhaus so dankbar gewesen war, als der Ermittler ihm gesagt hatte, er solle sich ergeben. Kurz dachte er nach und sagte dann laut: »Ich bin doch als Quaestor Ihr Vorgesetzter, oder?«

Morgan flüsterte leise: »Vorsicht, Mr. Steel.« Richard funkelte ihn wütend an, nickte aber stumm. Unbeeindruckt fuhr Grayson fort: »Dann gebe ich Ihnen hiermit den permanenten Befehl, dass Ihr Schwur über jedwede andere Handlung die Quadriga betreffend Vorrang hat. Das sollte mögliche moralische Dilemmata auf ein Minimum beschränken.« Einige Sekunden war es still im Auto, dann schlug Morgan ihm kurz auf die Schulter und sagte: »Gut gelöst, Sportsfreund.«

Richard sagte schlicht: »Danke. Nur wenige Quaestoren haben in all den Jahren diese Order gegeben und noch keiner nach nur zwei Tagen.« Grayson schaute aus dem Fenster, zufrieden mit seiner Entscheidung und der Reaktion der anderen. Alles in allem hatte der Tag sich doch noch gut entwickelt. Den Rest der Fahrt zum Anwesen verbrachten die drei schweigend, jeder von ihnen versunken in Gedanken an die Zukunft.

Es war schon spät, aber Grayson konnte noch nicht schlafen. Er hatte in der letzten Stunde ein Whiteboard mit den Fakten und Personen bekritzelt, die für ihren Fall relevant waren. Parsley hatte ihm innerhalb einiger Minuten eines aufs Zimmer gebracht, als Grayson danach gefragt hatte. Kurz war er versucht gewesen, die magisch animierte Rüstung nach einem Babyelefanten zu fragen, um ihre Grenzen zu testen, hatte sich dann aber doch zurückgehalten. Dem unheimlichen Konstrukt und vor allem Morgan traute er praktisch alles zu. Stattdessen hatte der Ermittler sich ans Werk gemacht und betrachtete nun seine Bemühungen. Sophia stand ganz oben, darunter die unmittelbaren Entführer. Die Banshee hatte Grayson mit Genugtuung durchgestrichen, ebenso Telredor. Daneben gab es noch die Sirene und den Wandler, die laut Morgan momentan unerreichbar für sie waren.

Von den Vieren führte je ein Strich zu Valindar, der ihnen die Bezahlung in Bannmünzen erstellt hatte. Auch den hatte Grayson durchstreichen müssen. Wiederum darunter kam sein Killer/Erpresser. Wieder durchgestrichen. Er war sich sicher, dass der Vampir von Anfang an die Kontaktperson des Juweliers gewesen war. Warum zwei Scheißkerle schicken, wenn einer beide Jobs erledigen konnte? Unter dem Killer stand in Klammern der Comte de la Toiboine. Momentan deutete alles auf den Comte hin, aber Grayson hasste es, wenn er keinerlei alternative Theorie anzubieten hatte. Konnte ein erfahrener Ränkeschmied wie de la Toiboine ihr einziger Verdächtiger sein?

Grayson konnte es drehen und wenden wie er wollte, wenn er die zwei flüchtigen Entführer nicht fand, würde er diese Spur nicht weiter verfolgen können. Am rechten Rand des Boards hatte er noch einen kleinen Kasten aufgemacht, in dem die Worte »Blutaal« und »Traumfänger« standen. Wenn sie in dem Nachtclub keine neuen Informationen bekamen, würde es richtig schwierig werden. Aus Erfahrung wusste Grayson, dass man ein politisches Schwergewicht wie den Comte in Ruhe ließ, bis man genug hatte, um ihn zu beerdigen. Schon jetzt hatte es Anschläge auf die Lady, Straage und ihn selbst gegeben. Ihn zu reizen, würde nur seine Bemühungen, sie zu beseitigen, vergrößern. Und das Sammeln von Beweisen durch gescheiterte Attentate war eine wirklich verzweifelte Strategie. Obwohl Grayson sie für den Notfall im Hinterkopf behielt.

Frustriert legte er den Filzstift weg und beschloss, für heute Feierabend zu machen. Er löschte das Licht und warf noch einen Blick aus dem Fenster, wodurch er schemenhafte Bewegungen im umliegenden Wald sah. Gelb reflektierende Augen schienen ihn direkt anzuschauen und Grayson hörte ein langgezogenes Heulen. Morgan hatte ihn darüber informiert, dass der Wald nun gesichert sei, aber Grayson war sich nicht sicher, ob ihm die Art der Wächter gefiel. Bis er sich an alle Aspekte seiner neuen Arbeit gewöhnt hatte, würde es noch eine ganze Weile dauern. Als er sich hinlegte, war er für das übertrieben weiche Bett auf einmal sehr dankbar, denn jeder Fleck seines Körpers schien auf unterschiedliche Art und Weise zu schmerzen. Er benötigte dringend irgendeine Form von physischem Schutz, wenn er mal eine normale Nacht erleben wollte. Über den Gedanken fiel er schließlich in einen tiefen Schlaf.

Traumfänger

Greater London, Worthington Manor, Sonntag, 16. Oktober, 10.03 Uhr

Das morgendliche Frühstück wurde einmal mehr zur Lagebesprechung. Während sie sich über die Köstlichkeiten hermachten, die Parsley aufgetischt hatte, besprachen sie die Optionen des vor ihnen liegenden Tages. Grayson ermahnte sich selbst, keinen dritten Teller zu füllen, hatte er doch weder die Muskeln Richards noch den Energieverbrauch des Magus. Wenn er im selben Tempo futterte wie die beiden, würde er schnell herausfinden, ob es in der *Nebula Convicto* auch ein hochtrabendes Wort für »Fettsack« gab. Er lenkte sich vom Essen ab, indem er Morgan nach Vampiren ausfragte. Der Magus gab ihm zwischen großen Bissen einer köstlichen, mit Marzipan gefüllten Honigpastete bereitwillig Auskunft.

»Wir unterscheiden Vampire nach ihrem Alter. Je älter, desto mächtiger. Es geht los mit Jungvampiren, niederen, normalen und Hochvampiren. Darüber gibt es noch Alte Vampire, aber die wachen nur noch alle paar Jahrzehnte auf und sind eher zu vernachlässigen.« Richard schnaubte ablehnend und Morgan korrigierte sich: »Alle Gräber mit Alten Vampiren liegen unter strenger Bewachung und jeder hat ein eigenes Eingreifteam, das ihn unter Kontrolle hält, wenn er zu sich kommt. Also ja, sie sind zu vernachlässigen, zumindest in diesem Fall.« Richard zuckte mit den Achseln und aß weiter. Der Magus fuhr fort: »Bis auf Jungvampire, die ganz normal sterben, zerfallen alle anderen zu Staub, wenn sie vergehen. Kein Tageslicht, kein Spiegelbild, kein Schwimmen. Knoblauch schmeckt ihnen recht gut, zumindest im

Blut ihres Opfers, und das mit dem Holzpflock im Herz ist nicht akkurat. Solange Sie irgendwie das Herz eines Vampirs durchlöchern, war es das für ihn. Je älter, umso schneller und stärker sind sowohl der Körper als auch die suggestiven Fähigkeiten. Irgendwann bildet sich ein geringes Talent als Magus, das dann immer mehr zunimmt. Interne Streitereien werden bei Vampiren so gut wie immer durch Zweikämpfe bis zum Tod geklärt. Als Faustformel gilt deswegen, je älter ein Vampir ist, umso schlauer und hinterhältiger ist er auch.«

Grayson verarbeitete das Gehörte und fragte dann: »Wie alt war der Kerl von gestern Abend?« Morgan blickte zur Decke und schüttelte dann den Kopf. Er schwieg und tippte eine Minute auf seinem Smartphone herum. Dann sagte er: »Ich halte nicht so viel von Technik, aber alle Notizen aus über zweihundert Jahren immer bei sich haben zu können, hat schon etwas für sich. Das erste Mal habe ich Guillaume Travére vor knapp 130 Jahre im Umfeld des Comte gesehen. Rechnen wir 20 Jahre drauf, um sich zu profilieren, also um die 150 Jahre. Je nach persönlichem Potenzial war er knapp davor oder gerade dabei, ein Magus-Talent zu entwickeln. So gesehen hatte der arme Teufel eh nicht mehr lang. Der Comte duldet keine anderen Magier in seinem Gefolge.« Dabei strich sich Morgan vielsagend über die Kehle.

Grayson zog die Augenbrauen hoch und fragte ungläubig: »Bei den Aussichten wundere ich mich, dass er noch ein Gefolge hat.«

Morgan seufzte und erklärte: »Der Comte umgibt sich nur mit selbst erschaffenen Vampiren, die ihm durch einen Bluteid verpflichtet sind. Der verhindert, dass seine Nachkommen direkt gegen ihn vorgehen können, außer in einem offenen Zweikampf. Deswegen auch das Ausmerzen, bevor ihre Macht zu groß wird.«

»Nettes Kerlchen«, unkte Grayson. Ihr vermeintlicher Gegner war also jemand, der Schützlinge versklavte und sie nach jahrhundertelangem Dienst tötete, bevor sie ihm gefährlich werden konnten. Auf einmal hoffte Grayson, dass de la Toiboine ihr Mann war, damit er das Ekelpaket aus dem Verkehr ziehen konnte.

Aber warum sollte ein uralter Vampir, der eine Horde selbsterschaffener Zöglinge seit Jahrhunderten erfolgreich davon abhielt, ihn zu stürzen, so dumm sein, seinen eigenen Leibwächter für etwas derart Kompromitierendes wie einen Mord an einem bekannten Elfen einzusetzen? Irgendetwas ergab hier keinen Sinn.

Morgan starrte wieder auf sein Smartphone und sagte dann: »Die Sondersitzung des Rates hat gerade begonnen. Seit sie gestern bekannt wurde, ist seltsamerweise nicht nach außen gedrungen, worum es geht. Das gefällt mir nicht.«

Grayson wurde aus seiner Grübelei gerissen und sein Instinkt schlug Alarm. »Der Plan unserer Entführer geht in die nächste Phase, da bin ich mir sicher«, orakelte er düster. Die anderen schauten betroffen, keiner konnte ihm da widersprechen. Bis auf den Besuch im *Traumfänger* am Abend wollte ihnen nichts einfallen, also beschloss Morgan persönlich zur Ratshalle zu fahren und dort seine Fühler auszustrecken. Richard ergriff die Gelegenheit und sagte: »Dann werde ich unseren Quaestor ein bisschen trainieren. Bei der Verletzungsrate stirbt er uns sonst bis Ende nächster Woche weg.« Grayson erwartete, dass die anderen in ein heiteres Lachen ausbrachen, aber Morgan nickte nur ernst und verließ den Raum, während Richard den Quaestor erwartungsvoll ansah.

Grayson wurde ein wenig mulmig. Er dachte daran, wie er gestern von dem Vampir verdroschen worden war und wie er selbst mit dem Messer herumgefuchtelt hatte. Schicksalsergeben folgte er Richard, der ihn den gesamten Tag über durch verschiedene Übungen hetzte, um Graysons Fähigkeiten und Grenzen besser ausloten zu können. Der Quaestor war überrascht, wie viel Räume des Anwesens anscheinend Trainingszwecken dienten. Es gab einen Schießstand, einen Hindernisparkour, ein Tauchbecken von sieben Metern Tiefe und natürlich einen Raum voller Fitnessgeräte, der von einem riesigen Boxring in der Mitte dominiert wurde. Der Ritter war fair, aber gnadenlos in seiner Beurteilung. Während er sehr zufrieden mit Graysons Treffsicherheit war und ihm eine gute Kondition unterstellte, war er bei Körperkraft und Nahkampf deutlich unterhalb dessen, was der Custos erwartete.

Gegen Mittag waren sie mit der ersten Runde durch und Richard sagte: »Arbeiten wir kurzfristig mit dem, was wir haben. Ich zeige Ihnen auf dem Schießstand, ab welcher Entfernung Ihre Kugeln bei den unterschiedlichen Wesen wirken. So können Sie besser einschätzen, wem Sie zur Drohung in den Kopf schießen und wie Sie einen Vampir kampfunfähig machen können.« Der Grauhaarige hatte ein besonderes Talent dafür, Graysons Teilerfolge mit nur einem Satz zu zerlegen, aber der Ermittler biss die Zähne zusammen und hörte weiter zu. »Bis auf Weiteres bleiben Sie immer in der Quadriga und möglichst hinter mir. Wenn Sie einen guten Schuss ansetzen können, tun Sie es. Aber um Himmels willen, gehen Sie nicht in den Nahkampf, wenn es sich vermeiden lässt.«

Das musste er Grayson nicht zweimal sagen, aber es war ja nicht so gewesen, als hätte er gestern eine große Wahl gehabt. Er behielt den Einwand für sich und nickte nur schweigend. Richard führte ihn schließlich zu einem Ausrüstungskoffer, der in einem charakteristischen matten Schwarz gehalten war: Grayson erkannte, dass es sich hier um paramilitärische Ausrüstung handeln musste.

Der Custos zog ein schwarzes Hemd hervor, das auf den ersten Blick wie ein Sportunterhemd wirkte. Er warf es Grayson zu, der seinen Eindruck korrigierte. Das Gewebe war irgendwie dicht und schwer. Als der Ritter sprach, bestätigte er seinen Verdacht: »Ein hochentwickeltes Kevlargewebe, speziell gegen Schnitte. Etwas zu dünn, um größere Schusswaffen aufzuhalten, aber dafür können Sie sich damit ungehindert bewegen.« Er bedeutete Grayson, das Kleidungsstück anzuziehen. Der Quaestor war überrascht wie bequem der Körperschutz war, fast wie ein normales Sportshirt. Dankbar nickte er Richard zu. Aber sein Gegenüber war noch nicht fertig mit ihm. Er holte zwei längliche Schienen heraus, an denen ebenfalls das schützende Material zu erkennen war. Es waren zwei dünne Unterarmschienen, die aus irgendeinem Kompositmaterial bestanden. Die Unterseite war mit einem Zylinder des Schutzmaterials verbunden. Grayson musste sich den strumpfartigen Zylinder über den Arm ziehen, bis die Armschienen ihn von Handgelenk bis Ellbogen schützten. Auch hier wurde Grayson durch das fehlende Gewicht überrascht. Die Konstruktion war klug gewählt. Während das weiche Gewebe die Unterarmmuskeln schützte, ohne sie zu behindern, lag die Kompositschiene auf seinem Knochen auf, wo sie ihn in seiner Bewegung nicht einschränken konnte.

Richard erklärte: »Wir anderen behelfen uns mit Schutzzaubern, Sigillen und Runen, aber das alles ist bei Ihnen wirkungslos. Das hier ist das Beste, was man momentan an Schutzkleidung kaufen kann. Ich habe über weitere Panzerung nachgedacht, aber das würde Sie nur langsamer machen und wenn Sie ins Wasser fielen, würden Sie sinken wie ein Stein. Nur das Futter der Lederjacke habe ich noch ersetzt. Es ist jetzt etwas dünner, aber aus demselben Gewebe wie das Shirt. Das Gewicht sollte sich nicht geändert haben, also sollten Sie daran gewöhnt sein.«

Grayson nickte dankbar. Alles passte wie angegossen. Misstrauisch fragte er: »Das passt schon zu perfekt. Wie haben Sie das hingekriegt?«

Richard lachte kurz auf: »Wir verlassen uns nicht nur auf Magie. Als sie die Lady besuchten und sich umzogen, wurde ein umfassender Scan durchgeführt, der unter anderem Ihre physiologischen Merkmale millimetergenau aufgezeichnet hat.« Die Art, wie er Grayson dabei zuzwinkerte, ließ keinen Zweifel daran, dass wirklich alle seine Merkmale gescannt worden waren. Etwas peinlich berührt zupfte der Ermittler an seinen neuen Armschienen herum und streifte rasch seinen Hoodie wieder über. Seine Unterarme wirkten einen Zentimeter massiger als sie eigentlich waren, ansonsten war kein Unterschied zu sehen. Richard erzählte dabei weiter: »Als Sie sich von dem Angriff erholten, bei dem der Nachtmahr Ihren Arm zerschnitt, habe ich diese Dinger anfertigen lassen. Wir haben zwar unbegrenzte Ressourcen, aber ein paar Tage hat es schon gedauert. Unsere Ausrüstung kam gestern Abend zusammen mit dem Nachtstreifer-Clan hier an.«

Bevor Grayson weitere Fragen stellen konnte, schleifte Richard ihn in den Ring und übte mit ihm die verschiedensten Unterarmparaden, bis der Quaestor von den Schultern bis zu den Händen taub war. Auf Graysons Bitte und zu Richards Freude gingen sie noch einmal den Waffenwechsel durch, aber die Muskeln des Ermittlers waren zu müde und so fielen die Waffen häufiger zu Boden, als beiden lieb war. Schließlich sagte der Custos bestimmt: »Das reicht jetzt. Sie müssen heute Abend wieder fit sein.« Er deutete auf eine blaue Tür. »Sie gehen da jetzt rein und kommen erst in zwei Stunden wieder raus.« Etwas beklommen ging Grayson auf den Ausgang zu. In diesem Bereich war er noch nicht gewesen und er war sich nicht sicher, welche Art von Trainingsraum ihn die nächsten zwei Stunden foltern würde. Er öffnete die Tür und blieb wie angewurzelt stehen. Aromatische Luft strömte ihm entgegen, während er auf einen riesigen Whirlpool blickte. Rechterhand sah Grayson eine Sauna und die gesamte gegenüberliegende Wand bildete die magische Illusion eines tropischen Sandstrandes. Zehn Minuten später ließ er seine müden Muskeln vom Wasser weichkneten, während er den Papageien dabei zusah, wie sie Kreise über dem Wasser zogen. Vielleicht, nur vielleicht, hatte sich sein Leben ja doch zum Besseren gewendet, dachte er zufrieden seufzend.

Der Abend kam schneller, als es Grayson lieb war. Sein Aufenthalt im Entspannungsraum hatte ihm vor Augen geführt, wie lange es her war, dass er nicht unter Hochspannung gestanden hatte. Er war sich sicher, dass er einen neuen Lieblingsort gefunden hatte und als Morgan ihn mit einem wissenden Grinsen aus dem Whirlpool holte, fühlte der Quaestor sich so gut wie lange nicht mehr. Als er am Magus vorbeiging, warf er einen letzten Blick auf die Illusion des Strandes und klopfte dem blonden Mann anerkennend auf die Schulter. Dessen Grinsen verbreiterte sich und er sagte nur: »Kommen Sie hierher, sooft Sie wollen.«

Grayson beschloss, ihn beim Wort zu nehmen.

London, Soho, Sonntag, 16. Oktober, 19.37 Uhr

Kurz darauf saßen alle drei wieder im Auto und fuhren in die Londoner Innenstadt. Das *Traumfänger* lag im lebhaften Teil von Soho und auf den Straßen war einiges los. Grayson hatte wieder irgendein Fassadeunternehmen erwartet wie bei dem Juwelier, aber die Tarnung des Nachtclubs war viel einfacher. Zwischen zwei lauten und etwas anrüchigen Bars mit viel nackter Haut, befand sich eine kleine Gasse, die nach nur drei Metern an einer schwarzen Tür endete. An dieser Tür hing ein gewöhnlicher indianischer Traumfänger. Kein Türsteher, kein Eingangsschild, nichts was Aufsehen erregte. Morgan blies einmal sanft durch die Maschen des Traumfängers und die Tür schwang auf. Während sie eine schmale, dunkle Treppe mit spärlicher Notbeleuchtung hinuntergingen, blickte der Magus über die Schulter und sagte:

»Wer nicht zur *Nebula Convicto* gehört, den lässt das *Traumfänger* nicht hinein.« Irgendetwas an der Art wie Morgan den Satz betonte, ließ in Grayson den skurrilen Verdacht aufkommen, der gesamte Ort sei lebendig. Je länger er darüber nachdachte, umso weniger seltsam war der Gedanke und umso mulmiger wurde ihm. Sie stiegen mindestens hundert Stufen hinab, während sich das Licht zu einem gleichmäßig schummerigen Rot wandelte und die Musik, die von unten heraufdröhnte, immer lauter wurde. Grayson schätzte, dass sie mittlerweile über dreißig Meter unter der Erde waren, als sie endlich an das Ende der Treppe kamen und sich vor ihnen die Eingangshalle des *Traumfängers* auftat.

Während Grayson sich staunend umsah, redete Morgan halblaut auf ihn ein, um die Musik zu übertönen: »Wir bleiben zusammen. Keine Alleingänge, dieser Ort gilt als Domäne. Unreglementierter Gebrauch von Magie und keine Ahndung von Verbrechen ohne schwerste Beweislast, Sie erinnern sich hoffentlich.«

Grayson nickte abwesend, noch gefangen von den Eindrücken der neuen Umgebung, in der er sich nun befand. Die riesige Halle war dem Thronsaal einer mittelalterlichen Burg nachempfunden, allerdings mit stark orientalischem Einschlag. Er sah echte Öllampen, die von der Decke hingen und viele Rundbögen und Fresken. Der Großteil der Halle wurde von einer Tanzfläche eingenommen, auf der sich eine Vielzahl verschiedener Wesen zum Rhythmus der Musik bewegte. Halb amüsiert bemerkte Grayson, das hier anscheinend dieselben Songs gespielt wurden wie in einem mundanen Club. Riesige Leinwände zeigten den passenden Musikclip, nur dass dem verdutzten Ermittler sofort etwas ins Auge sprang: Die Sängerin des Songs, die gerade in den britischen Charts durchstartete, hatte in dieser Version des Clips spitze Ohren. Anscheinend war sie eine Elfe und hatte es sich nicht nehmen lassen, ein eigenes Video für ihre magische Kundschaft zu drehen. Die anderen gaben ihm eine Minute, um die

Eindrücke zu verarbeiten und er begann, sich auf Details zu konzentrieren. Links von ihnen war eine Bar, das Wesen hinter dem Tresen war über zwei Meter groß und hatte einen weißen Pelz, die Augen waren hinter einer verspiegelten Sonnenbrille verborgen. Die muskulöse Gestalt polierte gerade ein Glas, eine rote Krawatte als einziges Kleidungsstück um den Hals, die schief auf dem dichten Fell hing. Der Anblick war derart skurril, dass Grayson einfach lächeln musste. Das Wesen fing seinen Blick auf und lächelte zurück, wobei es einen Mund voller spitzer Zähne offenbarte. Schnell ließ der Quaestor seinen Blick schweifen, um den Muskelberg nicht zu provozieren. Über der Tanzfläche sah er zwischen den Öllampen schmiedeeiserne Käfige hängen. Glücklicherweise vermoderten in ihnen keine Gefangenen, wie im Mittelalter üblich. Stattdessen wanden sich dort Feuerelementare in lasziven Posen, während sie mal männliche, mal weibliche Umrisse annahmen.

Seine beiden Gefährten verloren langsam die Geduld und schoben ihn sanft auf die Tanzfläche zu. Die Musik wurde immer lauter und Grayson blieb daher stumm und blickte sie nur fragend an. Richard deutete mit dem Kinn auf das andere Ende des Saals. Grayson reckte den Hals. Normalerweise war er immer eine der größten Personen im Raum, aber hier bestand die Hälfte der Gäste aus Monstrositäten, die deutlich massiger und größer waren als er. Über die tanzenden Gestalten hinweg, sah er ein Podest hinter der Tanzfläche, auf dem sich einige Personen aufhielten. Ein riesiger Diwan war dort aufgestellt worden, auf dem sich eine Gestalt räkelte und auf die Gäste des Nachtclubs herabblickte. Grayson konnte noch keine Einzelheiten erkennen, aber anscheinend war diese Frau ihr Ziel.

Der Quaestor verspürte keine Lust, sich durch die Tanzenden zu quetschen. Zum einen war ihm das Gedränge zu dicht, zum anderen befürchtete er im falschen Moment das falsche Fabelwesen anzustarren. Er wollte keinen Ärger heraufbeschwören und bedeutete den anderen mit einer Handbewegung, dass sie außen herum gehen sollten. Beide nickten und die kleine Gruppe machte sich auf den Weg. Dabei kam Grayson näher an die Wände heran und sah, dass sich hier viele kleine Alkoven aneinanderreihten, die durch Vorhänge vom Rest des Geschehens verdeckt werden konnten. Die meisten waren zugezogen, aber einige standen offen und hier sah er feiernde Gäste auf Stühlen, Bänken oder sogar in Bottichen, je nach Physiognomie der Besucher. Der Quaestor nahm sich vor, den Magus um ein paar Bildbände oder so etwas zu bitten, sobald sie wieder im Anwesen waren, damit er den verschiedenen Gestalten zumindest Namen zuordnen konnte. Richard war mit ihm vielleicht zwanzig Wesenheiten durchgegangen, aber hier tummelten sich Dutzende verschiedenartige Kreaturen. Neben den Alkoven sah er noch einzelne Durchgänge, hinter denen Korridore im schummrigen Licht verschwanden. Über dem ersten, den er bemerkte, war ein trauriges Gesicht in den Stein gemeißelt, bei einem anderen ein lächelndes. Beim dritten waren die Züge wütend. Er schaute Morgan an und deutete darauf. Der beugte sich zu ihm herüber und schrie ihm, gegen die Musik ankämpfend, ins Ohr: »Das *Traumfänger* verdankt seinen Namen der Tatsache, dass es die Träume zufällig ausgewählter Individuen einfängt und diese in magischen Illusionen wiedergeben kann. Jeder dieser Bereiche ist auf einen Aspekt der Gefühlswelt spezialisiert. Einige der wilderen oder unangenehmeren Spezies der *Nebula Convicto* nutzen die hier gebotenen Albträume, um sich abzureagieren. Deswegen wird dieser Ort auch seit Jahrhunderten halbwegs geduldet. Neben der Traumfängerei gibt es hier auch einen florierenden Schwarzmarkt, unter dem oft Unschuldige leiden, wie unfreiwillige Blutspender für Vampire oder Seelen, die ohne Kontrakt verkauft werden. Immer wenn sie es hier übertreiben, schreitet der Rat ein. Man hat den Laden ein Dutzend Mal geschlossen und dreimal abgebrannt, aber er taucht immer wieder auf. Sharifa versteht sich auf Irreführung wie keine Zweite, die Hälfte der Zeit weiß der Rat gar nicht, dass das *Traumfänger* schon wieder geöffnet hat. Die *Freien* lieben diesen Ort und viele Mitglieder der *Erben* auch.«

Grayson empfand Ekel bei dem Gedanken, dass die Träume ahnungsloser Mitmenschen hier zur Triebbefriedigung öffentlich gemacht wurden. Sein Gesicht sprach Bände und Morgan erklärte ihm: »Die Alternative wäre schlimmer. Besser ein Troll ergötzt sich an dem Albtraum einer Vierjährigen und schlingt dabei ein rohes Schwein runter, als dass er das arme Kind tötet und frisst, oder nicht?« Hatte Grayson schon mit der *Nebula Convicto* als solcher zu kämpfen, begann er zu ahnen, dass er erst an der Spitze des Eisbergs gekratzt hatte. Sie hatten die Empore fast erreicht, aber er musste einfach nachhaken: »Warum wird dem Troll nicht einfach verboten, kleine Kinder zu essen? Ich dachte, genau dafür ist die *Nebula Convicto* da?«

Richard erwiderte: »Es ist ihm ja verboten. Aber seine Hirnchemie benötigt den Stimulus von Schmerzen anderer, damit ein bestimmter Botenstoff ausgesandt wird, der seine Verdauung aktiviert. Dieser Ort gibt ihm die Möglichkeit, niemandem zu schaden, ohne zu verhungern.«

Jetzt begriff Grayson langsam. Dieser Ort mochte widerwärtig sein, war aber das deutlich kleinere Übel. Er beschloss, vorerst gute Miene zum bösen Spiel zu machen und sie stiegen die Empore hinauf. Alle hier Anwesenden drehten sich zu ihnen um und der Quaestor erkannte zwei Vampire und einen Teufel. Dann waren da noch ein grobschlächtig aussehender Kerl mit Hauern im Gesicht und natürlich die Frau auf dem Diwan, von der Grayson annahm, dass es sich um die Besitzerin des Clubs handeln musste. Sie schien aus dem mittleren Osten zu stammen: Glatte schwarze lange Haare umschmeichelten seidig einen schlanken

Körper, der in einem schwarzen Kleid steckte, das mit harmonischen goldenen Mustern überzogen war, die der Ermittler inzwischen als magische Symbole erkannte. Goldene Augen blickten ihm neugierig und herausfordernd entgegen. Grayson ertappte sich dabei, dass sein Puls deutlich schneller ging und er unfreiwillig lächelte, als sie ihm schmunzelnd in die Augen blickte. Neben ihm glühte ein bläuliches Leuchten auf und ein Seitenblick zeigte ihm, dass Morgan einen Zauber auf sich und Richard gewirkt hatte. Die Frau auf dem Diwan stieß ein melodisches Lachen aus und statt einer Begrüßung sagte sie nur: »Spielverderber«, um danach spielerisch den Mund zu einem übertriebenen Schmollen zu verziehen.

Morgan erwiderte: »Als ob ich mich dir ohne Schutz nähern würde, Sharifa. Ich würde mich morgens ohne Kleidung auf dem Trafalgar Square wiederfinden, mit einem frisch gerupften Huhn in der Hand und ohne einen Cent auf dem Konto.«

»Also erinnerst du dich noch an 1862?«, fragte die Frau kokett, woraufhin Morgan eine säuerliche Grimasse schnitt.

Also war seine körperliche Reaktion auf die Frau magischen Ursprungs. Grayson wollte sich gar nicht vorstellen, wie jemand ohne sein Talent oder Morgans Schutzzauber reagieren mochte. Als er in die Augen der anderen Besucher der Empore blickte, kannte er die Antwort. Es lag eine solch grenzenlose Hingabe in ihren Mienen, dass er instinktiv wusste, sie würden alle ihr Leben für diese Frau geben, wenn sie sie darum bitten würde. Grayson konzentrierte seine Willenskraft darauf und der Effekt wurde schwächer. Sharifa zog die geschwungenen Augenbrauen hoch und sagte anerkennend: »So kurz dabei und schon so widerstandsfähig. Da hast du aber einen Prachtburschen gefunden, Morgan.«

Dabei musterte sie Grayson eindringlich und eindeutig von Kopf bis Fuß.

Um die Initiative zurückzugewinnen und seinen Kopf frei zu bekommen, sagte Grayson energisch: »Dies ist kein Höflichkeitsbesuch, Miss Sharifa. Ich bin Quaestor Grayson Steel und im Auftrag des *Verhangenen Rates* hier. Sie stehen unter Verdacht, an einem Anschlag auf die Lady vom See beteiligt zu sein und werden sich daher einer ausführlichen Befragung unterziehen.« Sein kleiner Vortrag kam zwar etwas hölzerner heraus, als ihm lieb war, aber schließlich war dies auch das erste Mal, dass der Ermittler seinen neuen Titel und die dazugehörige Autorität in einem offiziellen Rahmen verwendete.

Sharifa blickte Morgan ernst an und sagte eisig: »Von Smalltalk oder Höflichkeit scheint er aber nicht viel zu halten, oder?«

Der Magus zuckte mit den Achseln: »Wie du gerade sagtest, er ist noch neu.« An seiner Miene konnte Grayson jedoch ablesen, dass er sein Manöver billigte.

Resigniert wedelte die Frau mit ihrer Hand und sofort verließ ihre Entourage die Empore. »Also gut, bringen wir es hinter uns«, sagte sie gelangweilt.

Grayson hatte keinen absoluten Gehorsam erwartet, aber diese Mischung aus Geringschätzung und Langeweile war selbst für ihn als erfahrenen Gesetzesvertreter zu viel.

Er knurrte: »Wir vermuten, dass in Ihrem Etablissement Blutaale verkauft wurden. Diese wurden dann gegen die Quelle der Lady vom See eingesetzt. Ich schlage vor, dass Sie diese Sache ernster nehmen, oder wollen Sie, dass hier alles ein viertes Mal Feuer fängt?«

Druck auf Verdächtige auszuüben, war ihm nicht fremd und hier hatte er einen Hebel, mit dem er arbeiten konnte. Die Reaktion der Besitzerin war unmittelbar. Sie schnellte aus ihrem Diwan heraus und baute sich vor dem Quaestor auf, ihre goldenen Augen zu schmalen Schlitzen zusammengekniffen. Er bemerkte nun den ledrigen Schwanz, auf dem sie bisher gelegen hatte, und der jetzt gereizt um ihre Beine peitschte, aber seine Hauptaufmerksamkeit galt etwas anderem: Während sie aufgesprungen war, hatte Sharifa herrisch mit den Fingern geschnipst und hoch oben in den Wänden waren Gestalten mit Waffen aufgetaucht, richtigen Schusswaffen, die sie auf ihn angelegt hatten. Zielpunkte tanzten über seine Brust und Grayson fragte sich, welches Kaliber seine neue Panzerung wohl aushielt. Die Frau vor ihm zischte: »Sie kommen in mein Heim, bellen Ihre Befehle wie ein ungehobelter Barbar und dann bedrohen Sie mich und mein Lebenswerk? Das ist nicht mutig, sondern einfach nur dumm.« Grayson war nun hochkonzentriert und angespannt. Hinter sich hörte er, wie Richard sein Schwert zog. Er zwang sich zu lächeln, als er erwiderte: »Wer ist jetzt dumm? Hier sind über zweihundert Zeugen. Wollen Sie wirklich einen Quaestor erschießen? Wie, glauben Sie, wird der Rat darauf reagieren? Ich denke, dann würden Sie es nicht bei einem kleinen Feuerchen belassen, dann geht es um Ihren Kopf.«

Jetzt war der Ermittler genau in seinem Element, solche Szenen hatte er einfach zu häufig erlebt. Nicht immer waren dabei Schusswaffen auf ihn gerichtet worden, aber jeder bessere Gangster oder Politiker hatte ihm im Laufe seiner Karriere gedroht und es lief immer auf dasselbe hinaus: Keine Schwäche zeigen und dem Gegenüber die Konsequenzen seines Tuns so drastisch wie möglich vor Augen führen. In den meisten Fällen hatte er diese Art verbales Wettrüsten gewonnen. Er blickte Sharifa fest in die Augen und ignorierte die tanzenden Lichtpunkte auf seiner Brust, so gut es ihm möglich war. Die Sekunden verstrichen und langsam wurde Grayson unsicher, ob er sein Blatt überreizt hatte. Er versuchte, sich nichts anmerken zu lassen und hakte die Daumen scheinbar gelassen in die Taschen seiner Jeans.

Nach zwei weiteren Sekunden lachte Sharifa auf und die Wachen hoben daraufhin ihre Waffen zur Decke und verschwanden wieder in den Schatten. »Telredor hat mir sein Leid geklagt, was für ein harter Hund Sie sind, Quaestor. Ich dachte, er würde nur übertreiben, wie er es immer tut, aber jetzt bin ich mir nicht mehr so sicher.«

Hinter ihnen steckte Richard sein Schwert mit einem schleifenden Geräusch ein und Morgan stieß einen Seufzer der Erleichterung aus. Die Clubbesitzerin fuhr fort: »Haben Sie dem armen Kerl wirklich ein Dutzend Kugeln ins Gesicht geschossen?« Sie trat dabei ein paar Schritte zurück und endlich schien es sich hier um eine normale Unterhaltung zu handeln.

Grayson dachte daran, was Morgan darüber gesagt hatte, einen Ruf zu kultivieren und so erwiderte er mit einem Achselzucken: »Es waren nicht ganz so viele, aber zu dem Zeitpunkt erschien es angemessen. Er hat ein Mädchen entführt und ich reagiere auf so etwas sehr gereizt.«

Ein weiteres Lachen und so etwas wie Respekt glomm in den Augen der Frau auf, als sie antwortete: »Ich glaube, ich könnte mich an Sie gewöhnen.« Einen Moment dachte sie nach und sagte dann: »Was den Verkauf der Blutaale angeht, kann ich Ihnen leider wirklich nicht helfen. Der Hehler, der das Geschäft vermittelt hat, wurde vor drei Tagen tot aufgefunden. Eine ziemliche Sauerei, anscheinend als Warnung an andere gedacht, gefälligst den Mund zu halten. Seine üblichen Geschäftspartner haben den Wink zumindest verstanden. So weit ich gehört habe, sind alle in einen ausgedehnten Urlaub verschwunden.«

Grayson fluchte laut und herzhaft, während er sich zu den anderen umdrehte. Sharifa lachte wieder und sagte: »Quaestor, küssen Sie Ihre Geliebte mit diesem Mund? Ich bin erstaunt.«

Grayson wirbelte herum und wollte zu einer scharfen Erwiderung ansetzen, aber Morgan legte ihm eine Hand auf die Schulter und hielt ihn zurück. Der Magus trat neben ihn und zog mit einer fließenden Bewegung einen Umschlag aus seinem Jackett. »Wir dachten uns schon, dass es Komplikationen geben würde. Dies ist eine Nachricht von der Lady, die uns allen vielleicht weiterhelfen wird.«

Grayson schaute ebenso überrascht wie Sharifa. Der Magus war ungewöhnlich still gewesen, nachdem er aus dem Westminster-Palast zurückgekehrt war. Die Sondersitzung des Rates hatte noch immer getagt, ohne dass er einen Hinweis darauf hatte ergattern können, was vor sich ging. Dass er die Lady besucht hatte, war mit keinem Wort erwähnt worden. Er konzentrierte sich auf das Gesicht der Frau, als sie das Siegel brach und das Schreiben überflog. Der überraschte Gesichtsausdruck blieb und verstärkte sich noch. Sharifa begann genauer zu lesen und ein Lächeln zog über ihr Gesicht. Sie senkte den Brief und strahlte Morgan an.

»Jetzt weiß ich, warum die Lady vom See schon so lange den Ratssitz ihr Eigen nennt. Sie versteht es wirklich, jemandem ein Angebot zu machen, das man nicht ablehnen kann.«

Morgan streckte wortlos die Hand aus und Sharifa gab ihm den Brief zurück. Er studierte ihn seinerseits, während Grayson einen kurzen Blick darauf warf und feststellte, dass er in der Ratssprache verfasst war. Innerlich die Umständlichkeiten der *Nebula Convicto* verfluchend, stellte er sich darauf ein, in den nächsten Monaten ein paar Vokabeln pauken zu müssen. Morgan stieß einen erstaunten Ruf aus und sagte: »Die Lady hat eine Übereinkunft angeboten. Das *Traumfänger* bekommt einen Status als sicherer Hafen angeboten. Dies ist die nächste Stufe oberhalb einer Domäne. Das bedeutet: Keine Strafverfolgung von außen, komplette Autonomie innerhalb der Grenzen des Clubs. Einen solchen Status haben bis auf wenige Ausnahmen nur diplomatische Gebäude und die drei Gefängnisse der *Nebula Convicto.* Im Gegenzug erhalten wir volle Unterstützung bei unseren Ermittlungen und die Dienste von Shaja.«

Während Grayson sich eine gedankliche Notiz machte, Morgan bei Gelegenheit über die magischen Gefängnisse auszufragen, hakte er nach: »Wer oder was ist Shaja?«

Die Besitzerin antwortete statt des Magus: »Meine Tochter. Sie kennt sich ganz hervorragend in den dunkleren Gefilden der *Nebula Convicto* aus. Außerdem verfügt sie über einzigartige Fähigkeiten.« Dann wurde ihr Tonfall förmlich und sie sagte: »Hiermit nehme ich die Übereinkunft unter den Augen eines Quaestors an. Mögen die Nebel dicht und sicher sein.«

Morgan stieß Grayson an und warf ihm einen vielsagenden Blick zu. Der Ermittler zögerte und sagte dann, halb fragend: »Mögen die Nebel dicht und sicher sein.« Anscheinend war damit der Form genüge getan, denn alle außer ihm schauten sehr selbstzufrieden drein.

Grayson war sich nicht sicher, ob sie bei dem Deal nicht den Kürzeren gezogen hatten, vertraute aber auf das Urteil der Lady. Sharifa setzte sich wieder und sagte: »Wie ich sagte, kann ich euch leider nicht weiterhelfen, aber Shaja bestimmt. Quaestor, ich schlage vor, Ihr teilt meiner Tochter die Neuigkeiten selbst mit, mutig wie Ihr seid. Ihr findet sie in der Arena.« Mit einem geheimnisvollen Lächeln winkte sie wieder ihr Gefolge herbei und Grayson kam nicht umhin zu bemerken, dass ihr gesamtes Gebaren nun deutlich herrschaftlicher war als noch vor einer Minute. Anscheinend war das Gespräch beendet, denn Morgan und Richard drehten sich um und verließen die Empore. Grayson folgte ihnen und fragte matt: »Was ist da gerade passiert?«

Morgan kicherte und antwortete: »Eine Spezialität der Lady. Sharifa arbeitet schon seit hundert Jahren auf den legitimen Status des *Traumfängers* hin. Durch die Anerkennung als sicherer Hafen hat sie genau das erreicht und noch mehr. Dieser Club ist jetzt ihr eigenes kleines Königreich.« Wieder musste der Magus hämisch lachen, bevor er weiterredete: »Was unserer frisch gebackenen Möchtegern-Regentin noch dämmern muss, sind die weitreichenden Konsequenzen. Sie ist jetzt autonom und daher für die Sicherheit innerhalb des Clubs allein verantwortlich und auch verwundbar gegen Angriffe von außen. Der Rat darf nur noch auf ihre Bitte hin auf diesem Grund und Boden agieren oder zu ihrem Schutz intervenieren und jedes Mal wird er sich das teuer bezahlen lassen. Außerdem hindert den Rat nichts daran, ihre Lieferanten weiterhin zu überprüfen, um den Schwarzmarkt einzudämmen. Das wird für Sharifa ein böses Erwachen.« Ein weiteres Kichern, dann wurde der Magus ernst. »Gleichzeitig bekommen viele der vom *Traumfänger* abhängigen Wesen ein wenig Rechtssicherheit. Die Gefahr, dass der Rat den Laden schließt, ist fort. Die Lady hat Stabilität gegen einen Titel getauscht und Sharifa mit mehr Verantwortung belegt, als ihr auf lange Sicht lieb sein kann. Ich wette, die Lady hatte diesen Deal schon lange in der Schublade liegen, für eine Gelegenheit wie diese, wenn sie Sharifa sicher und schnell würde überzeugen müssen.«

Grayson hörte interessiert zu, während sie auf einen Torbogen zusteuerten, der statt eines Gesichts eine geballte Faust zeigte. Rufe waren durch die Öffnung zu hören, laut und zornig, aber auch anfeuernd und jubelnd. Hier musste Grayson nicht fragen. Dass sie auf einen Kampfring zusteuerten, konnte er bereits hören und riechen.

Sie schritten durch den Torbogen und ein kurzer Korridor führte sie zu einem kreisrunden, mehr als dreißig Meter durchmessenden Raum, der tatsächlich von Fackeln erleuchtet wurde und die rustikale Bedrohlichkeit eines Kerkers vermittelte. Wesen aller Art standen um einen Kreis aus Sand herum, in dem sich zwei Gestalten gegenüberstanden. *Muss eine Art Opferritual sein!*, dachte Grayson entsetzt, als er erkannte, dass ein drei Meter hohes Ungetüm, das wie ein aufrecht stehender Alligator mit Armen aussah, auf eine junge Frau zustürmte, die nur mit zwei kurzen Stöcken bewaffnet war. Der Quaestor wollte einschreiten und seine Waffe ziehen, aber Richard griff ihm in den Arm und Morgan raunte alarmiert: »Das würden wir nicht überleben, Sportsfreund. Die Menge ist zu aufgewühlt und zerreißt uns, bevor wir zwei Schritte weit gekommen sind.«

Gelähmt vor Entsetzen starrte Grayson auf den Ring, während er hilflos in Richards eisenhartem Griff feststeckte. Wie der Schwur des Ritters das kommende Gemetzel zulassen konnte, war ihm ein Rätsel. Schon war die Bestie über der Frau und die Kiefer öffneten sich zu einem gewaltigen Biss.

Fließend, fast schon spielerisch trat die zierliche Gestalt mit den Stöcken gerade soweit zur Seite, dass die mächtigen Fänge knapp neben ihr mit einem markerschütternden Geräusch zuschnappten. Dann ließ sie mit einem lauten Wutschrei ihre Stöcke in schneller Folge auf den Kopf des echsenhaften Wesens niedergehen. Allein die Relation zwischen der Masse des Echsenmenschen und den vielleicht unterarmlangen Stöcken sollte ihre Versuche der Gegenwehr wirkungslos machen, aber zu seinem Erstaunen sah Grayson, wie die riesige Gestalt unter den Schlägen zusammenzuckte und schließlich zurücktaumelte. Mit offenem Mund verfolgte der Quaestor, wie die Frau unter dem frenetischen Jubel des Mobs weiter auf das Monstrum eindrang und begann, Gelenke, Augen und Kehle ihres Gegners mit einem wahren Wirbelwind aus Hieben einzudecken, wobei sie sich immer wieder drehte und wand, so dass keiner ihrer Angriffe vorhersehbar war. Die plumpen Versuche des schuppigen Wesens gingen jedes Mal ins Leere und nach einer Minute schwankte es so stark, dass niemand mehr Zweifel am Ausgang des Kampfes hatte. Drei wuchtige Hiebe gegen den Hals des Ungetüms brachten die Entscheidung. Als es mit einem dumpfen Geräusch in sich zusammenbrach, tobten die Zuschauer und die junge Frau sprang auf den Rücken des Bezwungenen und ließ sich feiern.

Während der Jubel durch die Arena hallte, sagte Grayson zu den anderen: »Das ist Shaja, oder?«

Morgan nickte ihm zu und erwiderte: »Sharifa ist ein Sukkubus und Shaja ist ihre Tochter. Sie ist ein Mischling, halb Sukkubus, halb Mensch, aber sprechen Sie das Thema nicht an. Hybriden sind extrem selten bei Sukkuben und werden eigentlich gemäß ihrer Tradition bei der Geburt getötet. Sharifa hat einfach zu lange unter Menschen gelebt und ist wohl weich geworden. Einer der Gründe, warum ich ihr in der Vergangenheit das eine oder andere habe durchgehen lassen.«

In Grayson keimte ein Verdacht auf: »Sie ist aber nicht Ihre Tochter, oder?«

Richard prustete los vor Lachen und Morgan wirkte ernsthaft schockiert: »Wo denken Sie hin, Sportsfreund?« Nach einigen Sekunden hatte er sich wieder gefasst und fügte hinzu: »Ein Sukkubus ernährt sich von der Lebensenergie seiner Partner während des Geschlechtsaktes. Für einen Menschen ist es also ein Todesurteil mit einem Sukkubus zu schlafen, hier sind die Mythen sehr akkurat. Der Vater von Shaja hat sich in die stärksten Bannzauber gehüllt, die es nur gab, um lange genug durchzuhalten, damit Sharifa von ihm schwanger wurde, wenn Sie verstehen, was ich meine.« In die folgende Stille brachte sich unerwarteterweise Richard ein, indem er sagte: »Er muss Sharifa aufrichtig geliebt haben, um solch ein Opfer zu bringen. Vielleicht hat sie Shaja deswegen verschont.« Es schien, als hätte der Ritter tatsächlich eine romantische Ader. Wenn man bedachte, wie viel der Mann schon durchgemacht hatte, empfand Grayson dies als beachtliche Leistung.

Neugierig starrte er zu der jungen Frau hinüber, die mittlerweile von dem beschuppten Muskelberg hinunterstieg. »Und wie hat sie das gerade gemacht?«, fragte er. Morgan und Richard zuckten beide die Achseln. Der Magus erklärte: »Wir wissen wenig über sie. Sie ist ein Paria, eine Ausgestoßene, für viele traditionelle Kreise, die glauben, dass sie nicht existieren dürfte. Diese Mischung aus Magus und Sukkubus ist noch nie vorgekommen, also gibt es keine vergleichbaren Fälle. Wir wissen kaum, was sie bisher gemacht hat. Sie scheint immer unter dem Radar zu fliegen, wenn Sie so wollen.« Während die Tochter Sharifas auf sie zuschritt, murmelte Richard: »Sie hat ein paar Mal versucht, in die *Unendliche Legion* aufgenommen zu werden, wurde aber jedes Mal abgelehnt. Nach dem, was ich hier gesehen habe, war das ein Fehler. Mit ihrem Wissen um die Grenzgänger der *Nebula Convicto* und ihren offensiven Fähigkeiten wird sie eine exellente Saggitaria sein, wenn wir uns ihrer Kooperation versichern können.«

»Was macht eine Saggitaria noch gleich?«, raunte Grayson.

»Knapp erklärt, eine Frau fürs Grobe«, erklärte Richard leise.

Nach dem, was Grayson gerade gesehen hatte, konnte er Morgan nur beipflichten. Wenn das nicht grob gewesen war, dann wusste er auch nicht weiter.

Dann war die junge Frau heran und musterte sie eingehend. Grayson erwiderte die Geste und taxierte sie seinerseits. Einen Kopf kleiner als er, war sie immer noch hochgewachsen. Sie steckte in einem Tanktop und Shorts, so dass er ihren drahtigen und durchtrainierten Körper sehen konnte. Shaja hatte tiefrote seidige Haare und den dunklen Teint ihrer Mutter. Während Grayson sie betrachtete, sah er immer wieder goldene Schatten über ihre Haut schimmern, die nur einen Sekundenbruchteil zu sehen waren. Ihr junges, symmetrisches Gesicht wurde von grünen Augen geziert, die goldene Sprenkel besaßen und ihrem Blick etwas Raubtierhaftes verliehen. Der Ermittler suchte unauffällig nach ihrem Schwanz, aber anscheinend hatte sie den nicht von ihrer Mutter geerbt.

Herausfordernd starrte sie Grayson an: »Habt ihr euch verlaufen? Ihr drei seht aus wie der Anfang eines schlechten Witzes:

Ein Magus, ein Ritter und ein Quaestor gehen in eine Bar …« Sie ließ den Satz ins Leere laufen und die umstehenden Wesen lachten, zischten und rasselten, je nachdem was bei ihrer Spezies Heiterkeit ausdrückte.

Da Grayson wusste, dass sie mit der Frau eine Weile zusammenarbeiten mussten, versuchte er es erstmal diplomatisch. »Ihre Mutter hat uns zu Ihnen geschickt, damit Sie uns helfen. Ein Mädchen wird vermisst und Sie können vielleicht dazu beitragen, es zu finden.«

Shaja antwortete schlicht: »Warum sollte ich? Ich bin Ihnen nichts schuldig.«

Grayson rollte die Augen und seufzte. Jetzt hatte er es einmal friedlich versucht und dann das. Aber Morgan hatte die Initiative ergriffen. Er zog die Übereinkunft aus dem Jackett und drückte sie Grayson in die Hand, während er ihm etwas ins Ohr flüsterte. Der Quaestor zögerte einen Moment, tat dann aber, was der Magus sagte. Er räusperte sich und intonierte laut und vernehmlich: »Shaja Janar, Tochter von Sharifa und Akar Janar, hiermit verpflichte ich Euch gemäß der Übereinkunft zwischen der Lady vom See und Sharifa, Regentin des *Traumfänger*-Hafens. Ihr werdet mir gemäß Eures Antrags zur *Unendlichen Legion* als Saggitaria in dieser Quadriga dienen, bis Eure Dienstzeit für beendet erklärt wird.«

Eine Welle der Stille breitete sich bei diesen Worten im Raum aus und was auch immer Grayson gerade losgetreten hatte, es musste etwas Großes sein, wenn er damit einen aufgeputschten Mob aus magischen Ungetümen in Sekundenschnelle zum Schweigen bringen konnte. Shaja hatte ihn zunächst nur mit großen Augen angestarrt, aber nun begann sie leise etwas in einer ihm unbekannten Sprache zu murmeln. Ihre Stimme klang zornig und schnell wurde aus dem Murmeln ein Knurren, dann ein Schreien und schließlich ein Kreischen. Ihre Haut glomm dabei immer mehr in den seltsamen Goldmustern auf, bis ihr gesamter Körper von gleißenden Linien, Wirbeln und Schnörkeln übersät war. Sie hob ihre Hand und schlug auf eine nahestehende Säule ein, wobei sie mit bloßen Händen kopfgroße Stücke aus dem soliden Stein schlug. Jedes Lebewesen in der Arena machte drei Schritte von ihr fort und starrte die wutentbrannte Frau ängstlich an.

Während sie tobte, flüsterte Grayson: »Was zur Hölle habe ich gerade getan?«

Morgan schaute beklommen auf das Schauspiel der Zerstörung vor ihm und sagte ganz leise: »Der Eid ihrer Mutter bindet sie an die Übereinkunft, sowohl durch Gesetz als auch durch Loyalität. Dass Shaja versucht hat, in die *Unendliche Legion* aufgenommen zu werden, hat die Lady meisterlich ausgenutzt. Laut Gesetz darf jeder Bewerber auf ein Amt in der *Nebula Convicto* auch für ein anderes gleichwertiges oder höheres Amt ausgewählt werden. So etwas wie eine unfreiwillige Beförderung, wenn Sie so wollen. Normalerweise ist dies eine Belohnung für besondere Leistungen, aber hier sehen Sie ja, was unser Neuzugang davon hält.«

Mittlerweile waren Teile der Säule nur noch halb so dick wie vorher, aber die Frequenz der Schläge hatte nachgelassen. Die aufgebrachte Frau holte nun zwischen den Schlägen tief Luft, um jedes Mal mit einem langsam lauter werdenden Fluch zu beginnen, der in einem weiteren zerschmetterten Stück Stein endete. Richard flüsterte: »Sie wollte mit ihrem Militärdienst bestimmt die Traditionalisten beeindrucken, damit sie trotz ihres Mischlingsstatus von ihnen akzeptiert wird. Und politisch wird sie bestimmt zu den *Freien* gehören. Dass sie nun mit uns zusammenarbeiten muss, wird beide Gruppen verprellen. Die Lady weiß wirklich, wie man Wünsche nachteilig erfüllt. Sicher, dass sie kein Djinn ist?«

Morgan kicherte und eine halbe Sekunde später erkannte er, dass das ein Fehler gewesen war. Shaja fuhr zu ihm herum und kam auf ihn zu, die Hände noch immer zu Fäusten geballt. »Was ist so lustig, alter Mann?«, fauchte sie.

Unbeholfen hob Morgan die Hände und sagte erschrocken: »Na, na, immer mit der Ruhe ...«, als Grayson sich dazwischen schob. Er hob die Hand mit dem Ring des Quaestors und sagte nur: »Stopp.« Die Frau hielt inne und fixierte ihn aus zusammengekniffenen Augen. Dann leuchteten auf einmal ihre Züge auf. Mit erhobener Stimme rief sie formell: »Ich fordere das Recht auf Widerruf durch Zweikampf.« Dann stapfte sie in den Ring, zog ihre Stäbe und starrte erwartungsvoll zu ihnen herüber. Grayson drehte sich mürrisch zu den anderen um. »Ein Zweikampf. Ernsthaft? So klärt ihr Differenzen?«

Morgan sah ihn gekränkt an: »Jeder hat das Recht eine Entscheidung, die ihn persönlich betrifft, anzufechten. Die wenigsten wählen dafür den Zweikampf. Zum Glück kann sie das nur einmal tun. Wenn sie verliert, muss sie sich fügen.«

Grayson rieb sich über das Gesicht: »Na gut, dann werde ich ...«

Weiter kam er nicht. Richard fiel ihm entschieden ins Wort: »Gar nichts werden Sie. Sie könnten im Nahkampf nicht mal einen einarmigen Kobold bezwingen. Oder wollen Sie die Frau zusammenschießen?«

Grayson schwieg und hob schicksalsergeben die Hände. Er war nicht scharf darauf, mit dieser Furie zu kämpfen und Richard war definitiv die bessere Wahl. Dies war einer der Momente, wo es deutlich sinnvoller war, zu delegieren. »Also gut, Sie gehen«, fügte er sich.

Richard nickte und zog sein Schwert, während er »Deus lo vult« rief. Sein Schild erschien schimmernd an seinem rechten Unterarm und der Ritter begab sich in die Mitte der Arena.

»Wenn er die junge Dame in Streifen schneidet, hätte ich auch meinen Revolver benutzen können«, unkte Grayson. Morgan erwiderte ruhig: »Richard wird die Breitseite der Klinge nehmen. Ich bin recht zuversichtlich, dass er es schaffen wird, sie zu besiegen, ohne ihr dauerhaften Schaden zuzufügen.«

Grayson hatte da so seine Zweifel, aber die behielt er für sich. Die Menge tobte wieder, als die zwei Kontrahenten begannen, einander zu umkreisen. Shaja täuschte hin und wieder einen Angriff an, wobei sie sich unglaublich schnell bewegte, aber Richard hielt den Schild ruhig und gelassen zwischen ihnen und zuckte mit keiner Wimper. Er durchschaute jede ihrer Finten, machte aber selbst keine Anstalten anzugreifen. Schließlich verlor die junge Frau die Geduld und ging in einem Wirbelwind aus Stockschlägen zum Angriff über. Es klang als würde ein Mönch auf Speed den Mittagsgong schlagen, als jede ihrer Attacken von dem Schild des Ritters abprallte. Shaja schrie wütend auf und bedrängte den Custos weiter, aber Richard nutzte seine jahrhundertelange Erfahrung, um seine Verteidigung mühelos aufrechtzuhalten. Als sie schließlich zu einem kräftigen Doppelschlag ausholte, ließ der Ritter plötzlich seinen Schild sinken, trat einen Schritt an sie heran und pflanzte ihr den Knauf seines Breitschwertes genau zwischen die Augen. Wie eine Marionette, der man die Fäden durchschnitt, sackte die rothaarige Frau an Ort und Stelle zu Boden und regte sich nicht mehr. Das Tosen in der Arena brach ab und ungläubiges Gemurmel war von überall her zu hören.

Morgan flüsterte: »Wir packen sie besser ein und verschwinden, bevor hier jemand beschließt, dass es bestimmt einen Haufen Spaß macht, die Spielverderber auseinanderzunehmen.«

Grayson nickte eifrig und half Richard dabei, die benommene Frau in ihre Mitte zu nehmen, indem jeder von ihnen einen Arm um ihre Schultern legte. Funken stoben von der Haut der jungen Frau auf, wo Grayson sie berührte, also versuchte er, nur den spärlichen Stoff des Shirts zu erwischen. Während sie so schnell wie möglich die Halle verließen, murmelte Shaja ständig etwas Unverständliches vor sich hin. Grayson ächzte angestrengt: »Was ist das nur für eine Sprache?«

»Das sind nur ein paar Flüche auf Dämonisch«, antwortete Morgan.

»Wieso denn dämonisch?«, fragte Grayson irritiert.

»Weil Sukkuben nun einmal Dämonen sind«, brummte Richard.

Der Ermittler rieb sich mit der freien Hand über die geschlossenen Augen und verfluchte sein Glück. Einen feindseligen Dämon in seinem Team zu haben, klang einfach zu schön, um wahr zu sein!

Sie verließen das *Traumfänger* und saßen kurz darauf wieder im vertrauten Inneren ihres Wagens. Morgan hatte sich neben Richard auf den Beifahrersitz gesetzt, sodass Grayson neben ihrem halb bewusstlosen Neuzugang saß. Er war sich immer noch nicht sicher, ob er sich mit einem halben Dämon eine Rückbank teilen wollte, aber für den Moment wirkte die rothaarige Frau hilflos, und er zwang sich dazu, sein Misstrauen zu zügeln. Eigentlich war ihm Herkunft, Hautfarbe, Geschlecht oder Neigungen anderer Menschen immer egal gewesen, solange sie sich dabei an das Gesetz hielten und er wollte verdammt sein, wenn er diese Haltung jetzt aufgab. Nachdenklich betrachtete er die reglose Gestalt neben sich genauer. Obwohl es in der herbstlichen Nachtluft extrem kühl war und das Innere des Wagens entsprechend kalt, schien ihre Begleiterin trotz ihrer knappen Kleidung nicht zu frieren. Jetzt, wo die Züge Shajas entspannt waren, musste Grayson anerkennen, dass sie eine bildschöne Frau war. Wie sie mit ihrer furienhaften Attacke das Echsenwesen niedergestreckt und dann auf ihrem gefallenen Gegner für den Mob posiert hatte, erinnerte ihn jedoch daran, dass das

Äußere täuschen konnte. Die Halbdämonin genoss den Kampf und schien Unterlegenen gegenüber keinerlei Empathie zu besitzen. Grayson kannte genug von diesem Typ Mensch aus einigen Spezialeinheiten der Polizei. Nur ihre Vorgesetzten hielten diese Individuen in Schach. Bei dem Gedanken, dass dies nun seine Aufgabe war, war dem Ermittler wieder sehr unbehaglich zumute. Er konnte Shaja wohl kaum das Gehalt kürzen oder sie suspendieren. Schon kam ihm ein weiterer unangenehmer Gedanke: Würde sie Seelen als Bezahlung für ihre Dienste verlangen? Er schauderte und beschloss, vorurteilsfrei an die Sache heranzugehen.

Während ihm all dies durch den Kopf raste, schlug die junge Frau die Augen auf und Grayson wurde bewusst, dass er sie noch immer eindringlich musterte. Shaja verschränkte die Arme in einer seltsam defensiven Haltung vor dem Körper und ihre Augen wurden zu Schlitzen. Sie fauchte ihn wütend an: »Genug gegafft? Egal, was meine Mutter und die Lady vereinbart haben, ich werde mich sicher nicht ausziehen.«

Grayson war sich nicht sicher, was ihn mehr traf: Der verbitterte Unterton, den er heraushörte, oder die Schlussfolgerungen, die sein Gegenüber über ihn gezogen hatte. Was hatte Shaja im *Traumfänger* bereits alles erlebt? Und wie sollte sie ihnen nützlich sein können, wenn sie erwartete, dass er sich wie ein Dreckskerl aufführte? Er würde keiner ihrer Aussagen vertrauen können und überall eine Falle vermuten.

Also beschloss Grayson tatsächlich, es noch einmal mit Diplomatie zu versuchen: »Miss Janar, ich weiß nicht, was Sie von uns erwarten, aber ich versichere Ihnen, Sie sind hier absolut sicher. Sowohl vor anderen als auch vor uns.« Er hoffte, indem er dies erst einmal klarstellte, könnte er vielleicht die Grundeinstellung verbessern, mit der die Dämonin alle weiteren Aussagen aufnahm.

Allerdings brach die Frau nur in schallendes Gelächter aus und sagte in spöttischem Tonfall: »Seit meiner Geburt gibt es Gruppen, die mir nachstellen und in mir eine Abscheulichkeit sehen, die es auszulöschen gilt. Wenn wir um eine Ecke biegen, hinter der wir auf die falschen Leute treffen, bin ich tot, bevor jemand Ihren tollen Ring auch nur bemerkt.«

Grayson fluchte leise und fragte sich ernsthaft, was sich die Lady dabei gedacht hatte, ihnen ein wandelndes Minenfeld als Teammitglied ans Bein zu binden. Immerhin ging es um ihre entführte Tochter. Wie wichtig konnte Shaja sein, dass sie all diese Komplikationen wert war? Dann war es auf einmal an Grayson lauthals zu lachen. So also hatten sich seine Kollegen von Scotland Yard gefühlt, wenn er zu einem Fall hinzugezogen worden war. Mürrisch, reizbar und mit genug politischen Feinden, dass es für alle der letzte Fall ihrer Karriere sein konnte. Kein Wunder, dass die meisten ihn am liebsten von hinten gesehen hatten, am besten mit der alleinigen Verantwortung für den unliebsamen Fall im Schlepptau. Shaja war anscheinend nun seine Offensivspezialistin mit Handicaps und er war fest entschlossen, diese Einsicht zu seinem Vorteil zu nutzen.

Die junge Frau hatte sein Lachen jedoch falsch gedeutet und schien wutentbrannt, während wieder diese goldenen Linien auf ihrem Körper aufflammten. Ihre rechte Faust schoss auf seinen Kopf zu und zwar so schnell, dass er nur mühsam seinen Unterarm zur Parade hochreißen konnte. Der Aufprall ging ihm durch Mark und Bein, und er war sich sicher, ohne die Armschiene, die ihn schützte, wäre zumindest eine schwere Prellung zurückgeblieben. Ein gleißender Blitz entsprang dem Aufschlag und tanzte für einen Sekundenbruchteil über das Innere des Wagendaches. Mit einem unwilligen Grunzen zog Richard ihr Fahrzeug an den Straßenrand, um ihnen im Rückspiegel einen wütenden Blick zuzuwerfen, ganz so, wie es ein Vater mit zwei ungezogenen Kindern machen würde, die während der Autofahrt tobten. Shaja hatte sich auf ihrer Seite der Rückbank so weit von Grayson zurückgezogen, wie es ihr eben möglich war und rieb sich die Stelle, wo sie ihn berührt hatte. Er selbst spiegelte ihre Haltung auf seiner Seite und hielt sich den schmerzenden Unterarm. Wenn die junge Frau ihm trotz Armschiene und seines antimagischen Feldes mit nur einem Schlag dermaßen zusetzen konnte, mussten ihre körperlichen Fähigkeiten immens sein.

Morgan starrte ratlos zu ihm nach hinten und rieb sich nachdenklich über das Kinn. Dann sagte er: »Ich wollte eigentlich bis Worthington Manor damit warten, aber wenn Sie wollen, kann ich Sie hier und jetzt binden. Das wäre wahrscheinlich sicherer für alle. Sie wäre nicht mehr so effektiv, aber zumindest keine direkte Gefahr mehr für uns.« Bei seinen Worten spannte sich Shaja an und wirkte mit einem Mal sehr angsterfüllt.

Grayson fragte: »Sie meinen eine Art magische Kontrolle?« Morgan nickte mit unglücklich verzogenem Gesicht: »Ich halte eigentlich nichts davon, aber in ihr sollte genug Dämon stecken, damit ich ein paar einfache Regeln etablieren könnte, wie zum Beispiel: Du darfst uns nicht im Schlaf ermorden.«

Grayson schüttelte vehement den Kopf. Er wollte die Richtung weiterverfolgen, die er vorhin als gangbaren Weg erkannt hatte. Sein Heiterkeitsausbruch hatte ihn dabei unterbrochen, also versuchte er einen neuen Anlauf.

»Morgan, können wir irgendeine Form der öffentlichen Verlautbarung oder so etwas in die Welt setzen? Etwas, das alle Mitglieder der *Nebula Convicto* lesen oder hören werden?«

Der Magus nickte: »Jetzt, wo die Quadriga vollständig ist, müssen wir sowieso ihre Bildung bekannt geben. Wenn wir das als Proklamation tun, weiß morgen um diese Zeit jeder davon. Wir arbeiten schließlich für den Rat, also stehen uns auch seine Mittel zur Verfügung.«

Grayson nickte und dachte kurz nach, dann sagte er: »Dann setzen Sie eine auf. Wichtig ist, dass Folgendes klar wird: Shaja Janar ist ein vollwertiges Mitglied der Quadriga und genießt die gleichen Rechte und Freiheiten wie alle ihre Mitglieder. Durch ihre Tätigkeit untersteht sie dem Schutz des *Verhangenen Rates* und insbesondere dem des Quaestors Grayson Steel. Jedwede Attacke auf eines der Mitglieder der Quadriga gilt als Attacke auf den Rat und wird als politisch motivierte Tat gewertet, mit allen daraus resultierenden Konsequenzen.« Grayson zögerte kurz. »Wir haben doch die Befugnis für so etwas?«

Alle im Fahrzeug starrten ihn mit großen Augen an, keiner rührte sich oder sagte etwas. Der Quaestor fragte sich, was er nun wieder angerichtet hatte, aber dann sagte Richard mit leiser Stimme: »Es ist selten, das sich ein Quaestor derart für die Mitglieder seiner Quadriga ins Zeug legt. Denn der Schutz des Rates hat seinen Preis. Wenn Sie das in die magische Welt hinausposaunen, werden Sie für alles geradestehen müssen, was wir drei anstellen. Morgans Mentorstatus wird aufgelöst und Sie übernehmen die Verantwortung für Ihre und unsere Taten. Den meisten Quaestoren ist das Risiko zu groß und sie verzichten lieber auf den Schutz für die Quadriga, um ihre eigene Unantastbarkeit nicht zu gefährden.«

Morgan fügte zweifelnd hinzu: »Sicher, dass Sie das tun wollen, Sportsfreund?«

Grayson blickte alle nacheinander an. Richard wirkte sehr gelassen, nach Graysons Freigabe, seinem Schwur folgen zu dürfen, schien ihn nichts mehr zu überraschen. Morgan wirkte nervös, der Politiker in ihm war sich des Risikos einfach zu bewusst. Und Shajas Gesichtsausdruck schien zwischen Hoffnung und Misstrauen zu schwanken. Dem Ermittler war klar, wenn er jetzt einen Rückzieher machte, würde diese Quadriga bestenfalls ein Zweckbündnis werden, ohne Vertrauen oder engeren

Zusammenhalt. Sie benötigten aber das Vertrauen Shajas, oder sie würden im Gegenzug den Informationen der Saggitaria nicht vertrauen können. Und außerdem war Grayson der Gedanke verhasst, irgendjemand müsste unter magischem Zwang für ihn arbeiten. Also sagte er: »Ich bin bereit, das Risiko einzugehen, unter einer Bedingung: Jeder hier im Wagen erklärt, dass diese Zusammenarbeit freiwillig ist und mindestens bis zum Abschluss des Falls anhält. Es wird bestimmt um einiges gefährlicher, sobald wir offiziell auf dem Radar auftauchen und ich möchte nicht, dass jemand abspringt.«

Dass diese Worte Shaja galten, war allen klar, aber Grayson hatte sich absichtlich so allgemein wie möglich ausgedrückt. Sie schaute ihn aus diesen grünen Augen mit den goldenen Sprenkeln an und sagte dann verbittert: »Nur, dass das gelogen wäre. Ich bin durch die Vereinbarung meiner Mutter gebunden. Dies hier ist nicht freiwillig.«

Grayson machte eine wegwerfende Handbewegung und intonierte bewusst lässig: »Hiermit entbinde ich, Quaestor Grayson Steel, die anwesende Shaja Janar von ihren Pflichten. Ihre Dienste gemäß der Vereinbarung zwischen ihrer Mutter Sharifa und der Lady vom See gelten als erfüllt.«

Jetzt verfiel Morgan in Schnappatmung und Richard griff tatsächlich nach seinem Schwert. Grayson war sich des Risikos bewusst, das er einging. Die Lady hatte all dies unter großem Aufwand eingefädelt und er hatte den Deal soeben nach nur wenigen Minuten beiläufig beendet. Die Hand der jungen Frau flog förmlich zur Autotür, um dem Wagen so schnell wie möglich zu entkommen. Dankbar, dass Shaja sie zumindest nicht direkt angriff, redete er schnell weiter, bevor die Dämonin aussteigen konnte.

»Bevor Sie überhastet flüchten, bedenken Sie Folgendes: Sie können in Ihr bisheriges Leben zurückkehren, sich weiterhin im

Traumfänger verstecken und ständig auf den Schutz Ihrer Mutter angewiesen sein und irgendwelche Wesen verdreschen oder was auch immer Sie dort tun, um sich die Langeweile zu vertreiben. Oder Sie bleiben aus freien Stücken bei uns, als vollwertiges Mitglied dieses Teams. Sie stehen dabei unter meinem Schutz und können der gesamten magischen Welt Ihren Wert beweisen. Ihre Entscheidung.«

Er unterstrich seine Worte, indem er an ihr vorbeigriff und die Autotür aufstieß, damit sie ungehindert aussteigen konnte. Dabei kam er Shaja sehr nah und spürte überrascht die Hitze, die von ihrer Haut aufstieg. Als die Luft der Herbstnacht das Auto flutete und das Innere weiter abkühlte, nahm er um den Körper der Frau herum einen feinen Hitzeschleier wahr. Shaja biss sich auf die Unterlippe und ihr Blick schoss zwischen ihm und der offenen Tür hin und her. Sekunden, die sich wie Stunden anfühlten, verstrichen, bis sich der Körper der Rothaarigen anspannte und sie vorwärtsschoss. Für einen Moment dachte Grayson, sie würde in die Nacht verschwinden, aber sie packte nur den Handgriff der Tür und zog sie wieder zu. Dann schaute sie ihm herausfordernd in die Augen und sagte: »Ich bleibe. Zumindest bis der Fall abgeschlossen ist.« Richard lächelte ihr aufmunternd zu, während Morgan um Jahre gealtert schien, als er Grayson einen besorgten Blick zuwarf. Der ignorierte ihn so gut es ging und streckte seine Hand aus. »Willkommen im Team.«

Zögerlich griff Shaja zu und kurz schüttelten sich die beiden die Hände, während kleine Blitze von ihren Handflächen ausgingen. Schnell lösten sie den Kontakt und Grayson sagte: »Richard, fahren Sie bitte weiter. Morgan, Sie kümmern sich um die Proklamation und Shaja, Sie denken darüber nach, was Sie uns zu Hehlern von Blutaalen sagen können. Wenn wir wieder in Worthington Manor sind, will ich eine Lagebesprechung abhalten. Da draußen ist ein junges Mädchen, das sich auf uns verlässt, und es wird Zeit, dass wir einen Gang hochschalten.« Die anderen kamen seinen Aufforderungen nach und ein Gefühl vorsichtiger Kooperation machte sich bemerkbar. Grayson hatte sich etwas mehr erhofft, aber er war dankbar für alles, was er kriegen konnte.

Die restliche Fahrt verlief schweigend. Shaja schien sich ernsthaft auf die Besprechung vorzubereiten und Grayson wollte sie nicht mit Fragen stören, die er zu ihrer Person hatte.

Morgan telefonierte und tippte auf einem schmalen Laptop herum und anhand der Häufigkeit, mit der der Magus Graysons Formulierungen bestätigen musste, erkannte der Ermittler, dass seine Handlungsweise wirklich höchst ungewöhnlich war. Richard blieb stumm, warf Grayson aber hin und wieder einen ermutigenden Blick durch den Rückspiegel zu. Der Quaestor zuckte schließlich mit den Achseln. Für Zweifel war es nun zu spät, also ging er die Möglichkeiten durch, die sein neu geformtes Team bieten würde. Sein Rang als Quaestor versprach ihnen weitläufigen politischen Schutz und öffnete viele Türen. Morgan konnte durch sein Netz an Beziehungen und Bekanntschaften weiterhelfen, wo sie auf gesellschaftlichen Widerstand trafen. Nach dem was Grayson bisher gehört hatte, schien Shaja ihnen dort Gehör verschaffen zu können, wo man offizieller Autorität gegenüber gleichgültig war. Und Richard würde ihnen überall den Rücken freihalten. Egal, wohin sie die nächste Spur führen würde, sie hatten nun Mittel und Wege, sie weiterverfolgen zu können. Während der Wagen in das kleine Wäldchen einbog, das Worthington Manor umschloss, gönnte Grayson sich tatsächlich einen Anflug von Optimismus.

Greater London, Worthington Manor, Sonntag, 16. Oktober, 22.51 Uhr

Es waren nur einige hundert Meter Fahrt bis zum Anwesen, aber Graysons Einschätzung sollte sich bis dahin rapide ändern. Morgan tätigte gerade einen weiteren Anruf, als der Magus weiß wie eine Wand wurde und nach einigen hektischen Sätzen abrupt auflegte. Er blickte Grayson ernst in die Augen und sagte: »Ich weiß nun, warum der Rat noch einmal tagte. Auf Betreiben der *Erben* wurde in einer Dringlichkeitssitzung des Rates beschlossen, die Wahl um den Ratsvorsitz vorzuverlegen. Als Vorwand diente die Unruhe in der *Nebula Convicto* und die vermehrten Vergehen gegen die *Lex Nebula* in letzter Zeit. Um die Ordnung innerhalb der magischen Gemeinschaft herzustellen, wie es offiziell heißt.«

Der Magus fluchte laut und ausgiebig. Dabei benutzte er Worte, die Grayson dem sonst so eleganten Mann gar nicht zugetraut hätte. Wäre der Anlass nicht so ernst gewesen, hätte er sich ein Lächeln nicht verkneifen können. So fragte er stattdessen: »Denken Sie, die angestiegenen Verstöße waren inszeniert?«

Richard schüttelte den Kopf und antwortete für den geschockten Magier: »Die *Nebula Convicto* ist ein hochdynamisches Konstrukt. Wenn etwas so Weitreichendes wie ein Misstrauensantrag gegen die Ratsvorsitzende geschieht, kommt es zwangsläufig zu Machtverschiebungen auf allen Ebenen und damit zu Turbulenzen. Unsere Gegenspieler haben dies nur geschickt für sich ausgenutzt.«

Wieder fragte Grayson sich, wer genau diese Gegenspieler sein mochten? Momentan fokussierten sie sich ausschließlich auf Toiboine und mit jeder Spur, der sie folgten, schien seine Täterschaft wahrscheinlicher. Aber Graysons Instinkt störte sich an etwas, das er noch nicht greifen konnte. Der Comte blieb letztlich ihr einziger Verdächtiger, gegen den sie zumindest Indizien, wenn auch noch keine Beweise, hatten.

Sie fuhren derweil vor und Richard stellte den Motor aus. Shaja schaute interessiert und beeindruckt aus dem Fenster, während die anderen ihren Gedanken nachhingen. Sie schien der Nachricht über die Unruhen kaum Bedeutung beizumessen und dem Ermittler war klar, dass die Dämonin keinen Grund hatte, Anteilnahme zu zeigen. Es hatte schon einer großen Vertrauensgeste seinerseits bedurft, damit sie nur im Wagen sitzen blieb. Um mehr als beiläufiges Interesse bei ihr zu wecken, würde er schwerere Geschütze auffahren müssen.

Er richtete seine Aufmerksamkeit wieder auf Morgan, der gerade sagte: »Wenigstens habe ich einen kleinen Teilsieg errungen. Unsere Proklamation wurde direkt in die Sondersitzung eingebracht und bewilligt. Einige *Erben* müssen halbe Tobsuchtsanfälle bekommen haben, als sie von unserem Neuzugang erfahren haben. Aber bis morgen Mittag wird jeder Bescheid wissen und zufällige Übergriffe auf Shaja dürften höchstens noch durch fanatische Einzelgänger verübt werden.«

Grayson nickte dankbar, während Shaja mit undurchschaubarem Gesichtsausdruck zuhörte. Der Quaestor sagte: »Dann denke ich, wir werden besser beratschlagen, während Parsley uns etwas zu essen macht. Ab jetzt zählt jede Minute.« Alle anderen nickten und so stiegen sie aus und gingen hinein.

Beim Abendessen hatten sie Shaja alle Einzelheiten der bisherigen Ermittlungen mitgeteilt. Als sie erfahren hatte, dass das Opfer die Tochter der Ratsherrin war, hatte die selbstbewusste junge Frau für einen Moment sehr eingeschüchert gewirkt. Hier und da konnte sie interessante Kenntnisse einstreuen, die ihre skizzenhafte Theorie der Ereignisse bestätigten, jedoch ohne neue verwertbare Hinweise. So war der Leibwächter des Comte öfter im *Traumfänger* gewesen, um freischaffende Wesen anzuwerben. Der Wandler und die Sirene waren Stammgäste in

Sharifas Club und er hatte sie wahrscheinlich vor Ort rekrutiert. Außerdem war ihr bekannt, dass Valindar dort häufig auf den Ausgang der Kämpfe gewettet und verloren hatte. Dass eine so offenkundig feinsinnige Person wie der elfische Artefakthändler auf Zweikämpfe stand, hatte sogar Grayson überrascht. Gerade waren sie auf die Blutaale zu sprechen gekommen. Shaja blickte nachdenklich zur Decke und zählte einige Namen von bekannten Auftraggebern des toten Hehlers an ihren Fingern ab. Als sie bei neun verschiedenen Individuen angekommen war, unterbrach Grayson sie: »Wir haben nicht genug Zeit, um all denen auf den Zahn zu fühlen. Das muss sich doch irgendwie eingrenzen lassen.« Es zerrte an seinen Nerven, dass er nicht darauf kam, was ihn an ihrer bisherigen Theorie zur Täterschaft störte und so war er ruppiger als nötig.

Die junge Frau kniff die Augen wütend zusammen und setzte zu einer heftigen Erwiderung an, entschied sich jedoch um. Stattdessen kramte sie in ihrer knappen Hose herum und förderte verschiedene kleine Zettel hervor, die sich alle in einem mehr oder weniger starken Zustand der Auflösung befanden. Ein besonders mitgenommenes Stück Papier, das kaum mehr als ein drei Zentimeter durchmessender Fetzen war, wurde von ihr auf den Tisch geworfen und sie sagte: »Das ist von dem Hehler, der ermordet wurde. Als ich den Deal vermittelt habe, gab er mir den Zettel und sagte, das wären die Konditionen des Handels, die er vom Lieferanten bekommen hat. Ich sollte ein Auge darauf haben, dass er seinen vereinbarten Anteil erhält. Aber mehr habe ich dazu nicht. Es ging alles über zwei bis drei Mittelsmänner auf jeder Seite, mit dem *Traumfänger* als neutralem Boden. Vielleicht kann einer von Ihnen noch etwas damit anfangen, aber ich denke, es ist wertlos.«

Grayson nahm das Papier vorsichtig hoch. Handschuhe waren nutzlos, da der Fetzen mehrere Tage in der Hosentasche der Dämonin verbrachte hatte und etwaige Spuren längst fort waren. Der Verfasser der Notiz hatte einen Bleistift benutzt und es waren nur noch zwei Zeichen zu erkennen, die mit viel Mühe ein U und eine Drei sein könnten. Seufzend legte Grayson den Zettel wieder auf den Tisch. Einen Moment herrschte Schweigen, aber dann wurde Morgan unruhig: »Sie sagten, der Zettel stammte direkt vom Lieferanten des Hehlers?« Shaja nickte bestätigend. »Dann haben wir vielleicht eine Chance, diesem Fetzen etwas abzugewinnen«, sagte der Magus nun sichtlich aufgeregt. Er nahm die Notiz in die Hand und fuhr mit der Hand darüber, während er einen Zauber murmelte. Kurz war ein schwaches, dunkelgrünes Leuchten zu erkennen, das sofort wieder verschwand. Triumphierend lachte Morgan auf und sprang auf die Beine. »Schwach, aber vorhanden. Wir müssen sofort zum Auge, bevor die Spur ganz verschwindet.«

»Was denn für ein Auge?«, fragte Grayson verwirrt.

»Zum London Eye natürlich, Sportsfreund. Kommen Sie, ich erkläre es Ihnen unterwegs.«

Zehn Minuten später saßen Grayson und Morgan in einem schnittigen Sportwagen, der ein kleines Vermögen kosten musste. Der Magus saß das erste Mal selbst hinter dem Steuer und Grayson war nicht traurig darüber, dieser Erfahrung bisher entkommen zu sein. Sein blaublütiger Teamkollege fuhr das Fahrzeug hart an der Grenze der Physik und manchmal darüber hinaus. Er war sich sicher, in einigen der haarsträubenden Kurven ein blaues Aufleuchten um die Reifen entdeckt zu haben. Grayson blickte durch die Spiegel hinab auf das qualmende Gummi und Morgan erklärte ungefragt: »Es wäre besser, wenn Sie mich momentan nicht anfassen, Sportsfreund. Sonst landen wir vor dem nächsten Laternenpfahl.«

Der Magus war trotz seiner Ankündigung einer Erklärung bisher sehr wortkarg gewesen und Grayson war klar, dass dessen

Form des magisch unterstützten Fahrens zu viel Konzentration kostete, um zusätzlich eine komplexe Unterhaltung führen zu können. Shaja war im Haus geblieben, da es noch nicht sicher für sie war, bis alle von ihrem neuen Status und Schutz erfahren hatten. Richard war ebenfalls nicht mitgekommen, er hatte sich entschuldigt, dass er sich auf die kommenden Gefahren vorbereiten wollte, indem er die Nacht im Gebet verbrachte. Grayson hatte einige Sekunden gebraucht, bis ihm eingefallen war, dass der Ritter als Katalyst seine Kraft aus seinem Glauben und seinen Überzeugungen bezog. Eine Nacht des Betens musste ihm ebenso viel Kraft geben wie Morgan eine seiner Fressattacken.

Also waren die zwei allein losgerast, wobei sich Graysons Sorge um ihre Sicherheit durch den unerwarteten Fahrstil des Magus verschoben hatte. Nun war nicht mehr ein Hinterhalt in Unterzahl seine größte Sorge, sondern die nächste scharfe Kurve. Das halsbrecherische Tempo und die späte Stunde hatten jedoch auch ihr Gutes und so waren sie innerhalb kürzester Zeit in der Londoner Innenstadt angekommen. Morgan benutzte denselben Trick wie auch der Chauffeur vor einigen Tagen und manipulierte die Gedanken der Fahrer mit kurzen Tagträumen, um so die passenden Lücken zu schaffen. Bald kam die Themse in Sicht, die sich, einem schwarzen Band gleich, durch die Nacht schlängelte. In der Ferne konnte Grayson das hochaufragende Rund des Riesenrads ausmachen, das jeden Tag unzähligen Touristen einen spektakulären Ausblick auf London bescherte und seit Jahren den Anblick der Themse verschandelte. Der Quaestor hatte dieses Ding noch nie gemocht. Dass es nun einen sinnvolleren Zweck erfüllen sollte, als Touristen das Geld aus der Tasche zu ziehen, besänftigte ihn. Morgan hielt den Wagen an und die beiden gingen den Rest des Weges zu Fuß. Da er sein atemberaubendes Tempo hier nicht fortsetzte, konnte Grayson endlich nachfragen: »Warum das London Eye und wieso diese Hast?«

Der Magus schien aus seinen Gedanken hochzuschrecken. »Dieses Konstrukt wurde im Namen des *Verhangenen Rates* gebaut, um London magisch überwachen zu können. Das Verbot der Blutmagie konnte erst konsequent umgesetzt werden, seit das Auge hier steht. Jede Form der Magie, ebenso wie das Zusammenspiel der Kraftlinien kann hier erkannt werden. Natürlich ist der Zugang beschränkt, und da ich kein Ratsmitglied mehr bin, habe ich eigentlich keinen Zutritt, aber Ihr Ring bringt uns hinein. Was meinen Fahrstil angeht, ich wollte das Risiko minimieren, dass uns jemand überfällt. Außerdem ist die Spur auf der Notiz kaum noch wahrzunehmen und kann jede Minute erlöschen.« Er hob seinen Gehstock und tippte mit ihm sanft gegen einen der Betonpfeiler, die am Fuß des Riesenrads standen. Die Oberfläche schimmerte und das Zeichen des Rates erschien auf der Oberfläche. Darunter waren einige Vertiefungen und Rillen zu sehen und Morgan zeigte auf eine von ihnen. Grayson erkannte den Umriss und legte seinen Ring darauf. Einige Meter entfernt hörte er ein metallisches Klicken und die Tür der untersten Gondel des Riesenrads sprang auf. Die beiden gingen darauf zu. Morgans Gehstock verströmte ein diffuses, halbhelles Licht. »Die Beleuchtung lassen wir besser aus, damit wir keine Aufmerksamkeit erregen, nicht wahr?«, sagte er, nun wieder sein altes, nonchalantes Selbst.

Während sie die Kabine betraten, spazierte ein verliebtes Pärchen an ihnen vorbei, Arm in Arm, die Augen auf einen Punkt am Horizont gerichtet. Sie gaben mit keiner Miene zu erkennen, dass sie die beiden seltsamen Gestalten wahrnahmen, die spät in der Nacht in ein offensichtlich ausgeschaltetes Fahrgeschäft stiegen. Morgan zog die Tür hinter ihnen zu und die beiden setzten sich. Grayson behielt des Paar im Auge und nach knapp zehn Metern begannen die zwei Turteltauben, sich lebhaft zu unterhalten. Grayson erinnerte sich an ihre Konfrontation mit dem Vampir im Steakhaus. Da hatten alle Gäste ein ähnliches Verhalten an den Tag gelegt. »War das eine Verneblung?«, fragte er.

Morgan nickte. »Eine der gängigsten. Sie kennen bestimmt das Gefühl, etwas Alltägliches erledigt zu haben, ohne dass sie diese Handlung bewusst vollführten. Der Weg zur Arbeit, der scheinbar wie im Flug vergeht, oder wenn Sie dreimal überlegen müssen, um sich daran zu erinnern, dass Sie den Müll bereits rausgebracht haben. Wir simulieren diesen Zustand bei umstehenden Personen. Tagträumen wird nicht hinterfragt und ist daher narrensicher. Einfach, effektiv und wenig invasiv.«

Grayson konnte wieder nur ungläubig den Kopf schütteln. Wie oft hatte er selbst dieses Phänomen schon erlebt? Ob er vielleicht schon unbewusst Zeuge von übernatürlichen Ereignissen geworden war, ohne es zu wissen? Oder hatte seine Gabe als Lacunus ihn schon immer beschützt?

Das Rad setzte sich leise rumpelnd in Bewegung und beendete damit seine Grübeleien. Morgans magisches Licht wurde noch schwächer, da man sie sonst auch auf mehrere hundert Meter Entfernung hätte sehen können. Zwei Umrisse in einem Riesenrad, das eigentlich stillstehen müsste, waren nur schwer zu ignorieren, und Grayson war sich sicher, dass Morgans Verneblung nicht so weit reichte. Langsam näherten sie sich dem Scheitelpunkt und die Gondel wurde immer langsamer. Der Ermittler hielt sich zwar für abgebrüht, aber der Anblick seiner Heimatstadt bei Nacht aus dieser Perspektive war einfach atemberaubend.

Der Moment verging und Morgan sagte: »Bleiben Sie bitte da drüben sitzen, Sportsfreund. Das hier wird auch ohne antimagisches Feld schwer genug.« Dann fuhr er mit seinen Fingern über die Rahmen der Fenster, die die Gondel bildeten. Wann immer er den Umriss eines Segments vollständig berührt hatte, veränderte sich die Szene, die das Glas zeigte. Nicht die Szene, korrigierte sich Grayson, sondern die Farben änderten sich. Linien erschienen, die sich scheinbar zufällig und chaotisch durch Land, Luft und Wasser zogen, wanden und krümmten. Sie wurden ergänzt durch mehrfarbige Schleier und eine Vielzahl an Punkten, die in den verschiedensten Farben aufleuchteten. Überstrahlt wurde dies alles von dicken Strängen purer Energie, die sich durch den Himmel bohrten und an mehreren Stellen in London kreuzten.

Während Grayson noch staunte, holte Morgan den Fetzen Papier hervor und ließ ihn mit einer Geste und einem Wort in der Luft schweben. Träge drehte sich das Papier um die eigene Achse, bis es anfing, fast unmerklich zu zittern. Schnell wurde die Bewegung deutlicher, dann schnellte es auf eine der Scheiben zu und blieb auf einem bestimmten Punkt haften. Morgan stellte sich direkt davor und schien dann durch das Papier hindurch zu blicken. Er brummte zufrieden und berührte die Notiz, die sich daraufhin vom Glas löste. Er steckte sie wieder ein und sagte: »Wir haben unseren nächsten Hinweis. Hier ist der Unterschlupf der Blutaallieferanten.« Grayson reckte den Hals, peinlich darauf bedacht, sich dem Zauber nicht zu nähern und sah einen grünlichen Punkt, der knapp neben der Themse und deutlich unterhalb der Stadt pulsierte. Wo auch immer die Hehler ihr Lager hatten, es lag tief in den Eingeweiden Londons vergraben.

London, Docklands, Montag, 17. Oktober, 01.12 Uhr

Als sie wieder im Wagen saßen, kam Grayson auf einmal ein Gedanke. »Müssen wir sofort zurück, oder haben wir noch Zeit für einen Umweg?«

»Wenn es nicht zu lange dauert. Was schwebt Ihnen vor, Sportsfreund?« Morgan schaute müde und neugierig zugleich.

Etwas betreten kratzte sich der Ermittler am Kinn. »Seit Sie mich aus dem Verhörraum geholt haben, bin ich nicht einmal in meiner alten Wohnung gewesen. Ich würde gerne ein paar Habseligkeiten abholen, den Anrufbeantworter abhören und die eine oder andere Nachricht schreiben, wo ich abgeblieben bin. Auch wenn ich sehr eigenbrötlerisch bin, wenn ich komplett sang- und klanglos verschwinde, wird das bestimmt Fragen aufwerfen.«

Morgan lächelte ihn an, die grünen Augen voller Mitgefühl. »Selbstverständlich, Mr. Steel. Ich habe mich zwar um den offiziellen Teil Ihrer Versetzung gekümmert, aber Ihre privaten Kontakte völlig außer Acht gelassen. Einige müssen krank vor Sorge sein.«

Demonstrativ hielt Grayson sein Smartphone hoch. »Keine neuen Nachrichten« stand dort in hellen Buchstaben zu lesen. »Alle, mit denen ich zu tun habe, kennen meine Phasen, in denen ich tage- oder wochenlang abtauche, wenn mich ein Fall beschäftigt. Und dass ich meine Mailbox extrem selten abhöre und man mir besser eine Nachricht auf den Anrufbeantworter spricht. Aber meine ›Versetzung‹ wird sich herumgesprochen haben. Also sage ich allen Bescheid, dass es mir gut geht und die neue Arbeit mich sehr in Anspruch nehmen wird und ich habe Ruhe bis zum Ende der Ermittlungen.«

Morgan wirkte belustigt. »Mit Ihnen befreundet zu sein, klingt sehr einseitig, Sportsfreund.«

Der mitleidige Unterton in der Stimme des Magus war Grayson nicht entgangen. Die Seltsamen Sieben hatten Grayson viele Freunde gekostet und das was übrig geblieben war, schwankte zwischen Kontakt unter Kollegen und besseren Bekanntschaften. Schroff sagte er: »Können wir nun den Umweg fahren oder nicht? Ich vermisse meinen eigenen Rasierer und ein paar von meinen Wohlfühlklamotten.« Sein Tonfall war ruppiger als beabsichtigt, aber Morgan nickte nur verständnisvoll. »Selbstverständlich«, antwortete er und fuhr los.

Nach dreißig Minuten waren sie in einer der letzten billigen Gegenden der Docklands angekommen und Grayson stieg die schummrig erleuchtete Treppe eines alten Reihenhauses mit heruntergekommener Fassade hinauf. Er hatte hier ein kleines Apartment angemietet, in dem er nach dem Ende seiner Ehe gestrandet war.

Grayson hatte sich schon lange etwas Besseres suchen wollen, aber nie die Energie dazu aufgebracht. Er schloss die unscheinbare Tür zu seiner Wohnung auf und schob die Post beiseite, die sich dahinter angehäuft hatte. Leise ließ er die Tür hinter sich ins Schloss gleiten und blieb einen Moment regungslos im Dunkeln stehen. Seine Hand verharrte über dem Lichtschalter. Er zögerte den Moment hinaus, in dem er einen Blick auf sein bisheriges Leben werfen musste. Für einige Sekunden genoss er die Stille der Nacht, dann betätigte er den Schalter und das kalte, erbarmungslose Licht des Deckenfluters beleuchtete sein Domizil.

Es gab keinen richtigen Flur, nur die Nische, in der er stand und die direkt in den Wohnraum führte. Die Einrichtung war spärlich und funktional, Grayson hatte nie die Geduld oder den Ehrgeiz besessen, diesen Dingen große Aufmerksamkeit zu schenken. Eine fensterlose Wand war leergeräumt, hier hingen Fotos und Notizen über die Seltsamen Sieben, in einem scheinbaren Chaos angeordnet und mit Klebestreifen direkt auf der weiß getünchten Tapete befestigt. Grayson sah einige achtlos liegengelassene Kleidungstücke von seiner letzten Nachtschicht auf der Couch und auf dem niedrigen Tisch daneben befand sich eine Aluschale mit den Resten eines Fertiggerichtes. *Stimmt ja, das wollte ich nach der letzten Schicht aufräumen*, dachte er matt.

Bevor er auf den Tod von Miss Arling angesetzt worden war, hatte er seine freie Zeit auf der Couch verbracht und die Wand mit den Indizien angestarrt. Er hatte sogar dort übernachtet, wenn er über die Grübelei eingeschlafen war. Entschlossen ging Grayson durch den Raum und nahm die Notizen ab. Er warf sie in die Spüle der winzigen Küchenzeile, die ebenfalls in den

Wohnraum integriert war und zündete den Papierhaufen an. Er betrachtete mit Genugtuung, wie seine alte Obsession in Flammen aufging, dann schaltete er hastig den Rauchmelder aus, bevor der losgehen konnte. Er wollte sich nicht mit einem Feueralarm von seinen Nachbarn verabschieden. Kurz dachte er daran, bei der alten Miss Folkon zu klingeln, die in der Wohnung gegenüber wohnte und ihn stets mit einer distanzierten Mütterlichkeit behandelt hatte, aber er entschied sich für einen kurzen Brief, in dem er sich für die gute Nachbarschaft bedankte und mitteilte, dass er arbeitsbedingt wegzog und daher die Wohnung aufgab. Leise schob er ihn unter ihrer Tür hindurch und ging in seine Wohnung zurück. Das Feuer in der Spüle war bereits erloschen und Grayson ging hinüber zum Telefon. Mehrere Nachrichten, die meisten von Kollegen mit Glückwünschen zu seinem neuen Job, zwei von Bekannten, die sich nach ihm erkundigten. Mit schlechtem Gewissen bemerkte Grayson, dass beide Nachrichten aus der Zeit stammten, bevor er in die Welt der *Nebula Convicto* hereingezogen worden war.

Ziellos begann er, durch seine Wohnung zu gehen und Dinge anzuhäufen, die er mitnehmen wollte. Schließlich hatte sich ein formloser, unordentlicher Haufen aus Zeug auf seiner Couch gebildet. Er kramte einen Karton hervor und wollte alles hineinstopfen, konnte sich aber nicht dazu überwinden. Das meiste von dem, was er dort sah, bedeutete ihm genaugenommen nichts. Schließlich landeten vielleicht ein Dutzend Sachen in der Pappschachtel, der Rest blieb wahllos zerstreut zurück. Er hob den Karton an und blickte auf seine Ausbeute hinunter: Seine Auszeichnungen als Polizist, ein Bild von ihm und seiner Exfrau, sein Lieblingshoodie, die bequemen Treter, die er gerne bei langen Observierungen trug und einige offizielle Dokumente, die bezeugten, dass er die letzten Jahrzehnte gelebt hatte.

Nicht besonders viel für über dreißig Jahre Existenz, dachte Grayson beklommen.

Er trug den Karton hinüber zu seinem Rechner. Dort schrieb er einige E-Mails an seine wenigen Kontakte und erzählte von seiner neuen Arbeit und dass er viel im Ausland unterwegs sein würde. Aber dass er sich melden würde. Ganz bestimmt.

Grayson war sich bewusst, wie sehr dies nach Abschied klang, aber er wollte niemanden von diesen Leuten in sein verrücktes neues Leben hineinziehen und traurig musste er sich eingestehen, dass er keinen davon wirklich vermissen würde. Die meisten waren flüchtigte Bekannte oder Kollegen, die er bei irgendwelchen revierübergreifenden Ermittlungen kennengelernt hatte. Seine Eltern waren lange tot und er war ein Einzelkind gewesen. Der erweiterte Teil seiner Familie hatte schon vor Jahren aufgehört, Kontakt zu ihm zu suchen. Während Grayson darauf wartete, dass seine Daten auf einem USB-Stick gesichert wurden, saß er eine Weile schweigend da und erkannte, dass nicht nur der Karton neben ihm fast leer war. Sein ganzes bisheriges Leben fühlte sich irgendwie hohl an und in diesem stillen Moment der Einsicht erkannte Grayson, wie sehr er diesen Neuanfang gebraucht hatte.

Er löschte die Festplatte, dann hob er den Karton auf. Als er die Wohnung verließ, war ihm, als würde ein schweres Gewicht von seinen Schultern abfallen. Ohne sich noch einmal umzublicken, schloss er die Tür und ging leise vor sich hinsummend die Treppenstufen hinab und in ein neues Leben hinein.

Die Rückfahrt nach Worthington Manor gestaltete sich genauso rasant und schweigsam wie der Hinweg. Der Magus besaß das Taktgefühl die wenigen Erinnerungsstücke in Graysons Karton zu ignorieren und Grayson war ihm sehr dankbar dafür. Stattdessen strahlte Morgan aufgrund ihres Fundes am London Eye jetzt eine gewisse Selbstzufriedenheit aus und Grayson hoffte, dass dies ein gutes Zeichen war. Federnden Schrittes stieg der Magus bei ihrer Ankunft aus und sagte über die Schulter: »Sie sollten etwas schlafen, Sportsfreund. Was auch immer uns dort unten erwartet, wird sich nicht freuen uns zu sehen. Ich habe das Gefühl, Ihr Ring wird da nicht helfen. Wer auch immer Blutaale züchtet, weiß, dass er keine Gnade vom Rat zu erwarten hat. Also seien Sie vorbereitet. Ich versuche noch mein Glück in den digitalen Archiven des Rates. Vielleicht kriege ich heraus, wer an dieser Position seine Domäne hat oder hatte. Zum Frühstück wissen wir hoffentlich mehr.«

Mittlerweile waren sie im Haus, Morgan winkte Grayson noch einmal zu und verschwand anschließend in Richtung seines privaten Flügels. Da das Anwesen still und verlassen dalag und Grayson wirklich eine gewisse Müdigkeit verspürte, beschloss er, dem Rat des Magus zu folgen und ins Bett zu gehen. Es gab nichts, was er jetzt noch tun konnte und je früher er einschlief, umso früher konnten sie morgen starten. Er war noch etwa zehn Meter von seinem Zimmer entfernt, als neben ihm überraschend eine Tür aufging. Grayson wirbelte herum, die Hand am Griff des Revolvers, die Beine leicht gebeugt, bereit wegzuspringen, während der Karton mit seinen Habseligkeiten zu Boden polterte. Shaja stand im Türrahmen. Ihre sonderbaren Augen funkelten halb belustigt, halb respektvoll. Sie sagte nichts, bis der Quaestor sich entspannt hatte. Als er seine Hand von der Waffe nahm und sich so würdevoll wie möglich aufrichtete, sagte die junge Frau überraschend sanft: »Ich wollte nur Danke sagen. Noch nie hat sich jemand derart vertrauensvoll mir gegenüber gezeigt, wie Sie es heute taten. Nicht einmal meine Mutter. Die meisten Wesen wollen mich bestenfalls ausnutzen und schlimmstenfalls töten.«

Grayson nickte nur und sagte: »Vertrauen Sie mir im Gegenzug und wir sind quitt.«

Shaja legte den Kopf schief und schüttelte ihn dann leicht. »So weit sind wir noch lange nicht, Quaestor. Aber ich sage Ihnen was: Die meisten Wesen will ich ebenfalls ausnutzen oder töten. Ich streiche Sie von der hinteren Liste, in Ordnung?«

Während er noch darüber nachdachte, ob sie ihn auf den Arm nahm, schloss die Dämonin die Tür und er konnte durch das dicke Holz ein kehliges Kichern hören, das wenig dazu beitrug, ihn zu beruhigen. Der Ermittler starrte den dunklen, stillen Flur entlang und fragte sich, ob er heute gewonnen oder verloren hatte. Auf einmal war er furchtbar müde und wollte nur noch ins Bett. Mit etwas Glück würde er morgen auf viele seiner Fragen eine Antwort erhalten. Er raffte den Karton auf und stellte ihn gedankenverloren in eine Ecke seines Raums. Grayson legte sich hin, aber der Schlaf wollte nicht kommen. Als er schließlich einschlief, waren seine Träume voller Krallen, goldener Augen und Dolche, die auf seinen Rücken zielten, während er vor einem schwarzen Abgrund davonlief, aus dem Bildfetzen seiner Vergangenheit aufstiegen.

Quadriga

Greater London, Worthington Manor, Montag, 17. Oktober, 07.49 Uhr

Als sich der erste Lichtschimmer am Horizont zeigte, erhob sich Grayson mit verklebten Augen, dankbar, seinem kurzen, erschöpfenden Schlaf zu entkommen. Eine lange und kalte Dusche brachte seine Lebensgeister zurück und als er das Esszimmer betrat, erkannte er, dass er mit seiner Entscheidung, den Tag früh zu beginnen, nicht allein war. Richard saß am Kamin und starrte in die Flammen, die Parsley anscheinend ohne Unterbrechung in Gang hielt. Morgan las angestrengt an seinem Laptop und Shaja verschlang gerade einen großen Teller voller Köstlichkeiten, die sich wie jeden Morgen auf dem Frühstückstisch wiederfanden.

Grayson schüttelte belustigt den Kopf und begrüßte die anderen mit den Worten: »Und ich hatte erwartet, der erste hier unten zu sein, bei den paar Stunden Schlaf, die ich nur hinter mir habe.«

Morgan blickte auf und schmunzelte: »Grämen Sie sich nicht, Sportsfreund. Wir alle hier sind Ihnen gegenüber im Vorteil. Richard kann dank seiner Meditationen und Gebete drei Tage wach bleiben, ohne in seiner Aufmerksamkeit nachzulassen. Ich schummele mich mit Zaubern durch und ich glaube, unser neuer Gast hier, muss dank ihrer dämonischen Seite nur wenige Stunden pro Nacht schlafen.« Der letzte Teil seiner Aussage war in einem halben Frageton gestellt, während er zu Shaja hinüberschielte.

Sie nickte nur mit vollem Mund und genoss ihr Frühstück. Grayson wischte sich mit einer Hand über die Augen und akzeptierte stoisch die Tatsache, dass er als einziger im Team selbst in

Krisenzeiten regelmäßigen Schlaf benötigte. Er ließ sich in einen der Stühle plumpsen und fragte: »Also, wo stehen wir?«

Morgan erwiderte: »Übermorgen bei Sonnenuntergang beginnt der Rat mit seiner Wahl des oder der neuen Vorsitzenden. Wenn wir Sophia bis dahin nicht gefunden haben, werden weite Teile der Welt ein ungemütliches Jahrhundert vor sich haben. Ich habe den Großteil der Nacht damit verbracht, nach Unterlagen zu dem Teil Londons zu forschen, zu dem uns der Zauber geführt hat. Leider scheint es sich um eine dunkle Enklave zu handeln.« Grayson rollte die Augen und warf dem Magus einen genervt-fragenden Blick zu. Der räusperte sich und sagte: »Entschuldigung, Sportsfreund. Erinnern Sie mich daran, dass ich Ihnen nach diesem Fall ein wenig Lehrmaterial zur Verfügung stelle, damit Sie zumindest die Grundlagen der *Nebula Convicto* kennen.«

Bei diesen Worten kicherte Shaja schadenfroh und Grayson warf ihr einen finsteren Blick zu, der ihre Heiterkeit jedoch nur verstärkte. Bevor er auf diese Provokation reagieren konnte, fuhr Morgan fort: »Eine dunkle Enklave ist so etwas wie eine illegale Domäne, ein magischer Slum, wenn Sie so wollen. Unkontrollierte Magie in rechtsfreiem Raum, bevölkert von Grenzgängern, die eine sehr schlechte Meinung vom Rat und seinen Regeln haben. Die *Freien* und einige *Erben* decken manchmal solche Gebiete, so dass einige von ihnen jahrelang gedeihen können, bevor der Rat sie schlussendlich auflöst. Meist trifft man auf solche Zonen in den entlegenen oder vergessenen Ecken dieser Welt. In unserem Fall in einem Teil des stillgelegten U-Bahn-Netzes, das vor dem heutigen in Betrieb war. Die Tunnel sollten eigentlich versiegelt sein, sowohl magisch als auch weltlich, aber wenn irgendwer ein Schlupfloch gefunden hat, dann gibt es dort unten einen wirklich ungemütlichen Spielplatz für ein paar üble Gestalten.«

Jetzt unterbrach Shaja ihre Nahrungsaufnahme, um mit vollen Backen einzuwerfen: »Ich kenne den Ort aus Gerüchten, die man sich im *Traumfänger* erzählt. Die Bewohner nennen ihn *Hades*, weil jeder, der dort lebt, so gut wie tot ist, wenn der Rat davon erfährt. Der Eingang ist schwer zu finden, aber ich weiß, wo er ist. Mutter hat schon vor einiger Zeit angefangen, Informationen für diese Spinner zu sammeln, um ein Druckmittel gegen sie in der Hand zu haben.«

Morgan sah sehr erleichtert aus. »Haben Sie genauere Angaben über den *Hades*, Miss Janar?«

Sie winkte ab: »Nennen Sie mich Shaja. Ich mag den Namen meines Vaters nicht. Zu Ihrer Frage: Der *Hades* wird von einem alten Troll kontrolliert, den Namen kenne ich nicht. Die Einwohner sind hauptsächlich Ghule. Unzufriedene, die der Beschluss des Rates in den Untergrund getrieben hat.«

Grayson erinnerte sich daran, was Morgan ihm bei ihrem zweiten Besuch bei Straage erzählt hatte. Hüllen hatten Ghule in ihrer Funktion als Aufpasser, Leibdiener und ähnliches ersetzt, seit letztere sich nach einem Ratsschluss nicht mehr in der Öffentlichkeit sehen lassen durften. Erst jetzt wurde ihm klar, dass eine solche Einschränkung massive Konsequenzen für diese Gruppe der *Nebula Convicto* nach sich gezogen haben musste. Den Verlust der Arbeit, des Ansehens und sogar der Behausung. Kein Wunder, dass sich hier bestimmt Unzufriedene gefunden hatten, die fortan dem Rat den Rücken kehrten.

Richard hatte sich in den letzten Sekunden umgedreht und interessiert zugehört. Nun warf er in entschiedenem Tonfall ein: »Wenn wir es mit einem Troll und Ghulen zu tun bekommen, müssen wir vorher einiges klären. Unvorbereitet reißen sie uns in Stücke.« Die absolute Souveränität, die in seiner Stimme mitschwang, ließ keinen Zweifel am Wahrheitsgehalt seiner Aussage. Grayson sagte daher zerknirscht: »Wir haben wirklich keine Zeit zu verlieren, aber Sie sind unser Experte für die Sicherheit des Teams. Was schwebt Ihnen vor?« Er wollte dem Ritter zeigen, dass er seine Meinung respektierte, ihm aber auch keinen Freifahrtschein geben wollte, sie die nächsten zwei Tage mit Vorsichtsmaßnamen zu blockieren.

Der Custos schien seine Bedenken verstanden zu haben, denn er hob beschwichtigend die Hände. »Nichts allzu Aufwändiges, auch wenn genug zu tun wäre. Als erstes sollten wir in Erfahrung bringen, welche Fähigkeiten und Restriktionen Shaja genau in unsere Gruppe mit einbringt. Dann müssen wir dringend über den Aufbau unserer Quadriga reden, damit jeder seine Rolle kennt. Als letztes sollten wir zumindest einige grundlegende Manöver durchgehen, sonst stolpern wir im Ernstfall übereinander oder sogar in die Waffen des anderen.«

Grayson biss sich nachdenklich auf die Innenseite seiner Wange. Das klang nach einem Haufen Arbeit und die Zeit saß ihnen im Nacken.

Eindringlich redete Richard weiter: »Es sollte nur einen halben Tag dauern und wir brauchen sowieso die Bestätigung, dass jeder Shajas neuen Status kennt, bevor wir das Haus verlassen.«

Morgan nickte zustimmend und Grayson gab sich geschlagen.

»Also gut. Wir gehen die Einzelheiten unter Ihrer Leitung durch. Aber spätestens um 13.00 Uhr werden wir uns auf den Weg machen, und wenn wir uns durch jeden gottverdammten Fanatiker Londons kämpfen müssen, bis sie begreifen, dass Shaja unantastbar ist.«

Alle nickten daraufhin und die junge Frau zeigte tatsächlich einen kurzen Anflug von Dankbarkeit, der allerdings von ihrer Kampfeslust überlagert wurde. Der Ermittler hatte berechtigte Zweifel, dass die Dämonin in einer Konfrontation mit einem ihrer Gegner etwas sah, dem man besser aus dem Weg ging.

Richard setzte sich kerzengrade hin und fixierte die rothaarige Frau. »Dann wäre es jetzt Zeit, dass Sie Ihre Karten auf den Tisch legen. Der Quaestor hat für Sie seine Hand ins Feuer gelegt, also erwarte ich absolute Ehrlichkeit von Ihnen.« Der Blick aus seinen hellblauen Augen bohrte sich in die der Dämonin, die ihn ebenso eisern fixierte. Nach einigen Sekunden flog ihr Blick jedoch hinüber zu Grayson und sie nickte zögerlich.

»Na schön. Nur zwei weitere Personen kennen meine genauen Fähigkeiten, eine ist meine Mutter, die andere ist mittlerweile tot. Ich rede normalerweise nicht über mich, aus bekannten Gründen. Aber ich sehe ein, dass auch mein Überleben gefährdet ist, wenn Sie nicht Bescheid wissen, also bringen wir es hinter uns.« Sie schloss kurz die Augen und begann dann schnell weiterzureden, so als ob sie sich selbst zwingen musste, zu ihrer Entscheidung zu stehen: »Mein Vater hat mir ein beachtliches magisches Talent vererbt, das sich in regelmäßigen Schüben weiterentwickelt. Da ich der *Unendlichen Legion* beitreten wollte, habe ich mich vor einigen Jahren dazu entschlossen, diese Magie zu binden, um sie zu kanalisieren und so zu verstärken. Meine dämonische Seite hat es mir erlaubt, meinen eigenen Körper als Fokus zu benutzen und daher werden meine körperlichen Fähigkeiten um ein vielfaches gesteigert.«

Morgan pfiff nach diesen Worten leise durch die Lippen und kommentierte: »Das ist extrem selten. Die wenigsten Magier binden ihre Magie in einen Fokus, da sie ohne ihn praktisch wehrlos sind. Selbst ich habe meinen Gehstock nur mit einem kleinen Teil meiner Macht versehen. Dass sie ihre Magie in sich selbst binden kann, sollte eigentlich unmöglich sein. Das würde ja neues Potenzial erzeugen, das wieder gebunden wird und neues Potenzial erzeugt. Und so weiter und so weiter.«

Shaja schüttelte den Kopf: »Es ist eher so, als würde ich mich selbst als meinen magischen Vertrauten binden. Die Magie wird nur ein einziges Mal verstärkt und der Preis ist sehr hoch. Einmal gebunden ist sie versiegelt und kann nur in körperlicher Form eingesetzt werden. Ich kann also fest zuschlagen, hoch springen oder im Dunkeln sehen. Aber meine Magie kann die Grenzen meines Körpers nicht verlassen.«

Jetzt schaute der Magus betroffen: »Sie machen sich selbst zu einem magischen Krüppel?« fragte er ungläubig.

Die junge Frau lächelte: »Ich sehe das anders. Ich bin einzigartig und so habe ich meine Magie unter Kontrolle. Sie ist von meinen Gefühlen abhängig und durch die Bindung konnte ich sicherstellen, bei einem Wutanfall nicht unabsichtlich das *Traumfänger* niederzubrennen.«

Morgan riss die Augen auf und klatschte in plötzlicher Erkenntnis in die Hände: »Also deswegen werden alle Halb-Sukkuben getötet. Die Wechselwirkung zwischen der wilden Magie eines Dämons und dem Potential eines Magus sorgt in einem emotionalen Moment für mittelschwere magische Katastrophen.«

Shaja nickte ernst. »Ich habe mit der Hilfe meiner Mutter einen Weg gefunden, beide Seiten meines Wesens nutzbar zu machen. Sie ergänzen und kontrollieren sich gegenseitig, anstatt sich zu bekämpfen. Das einzige, was mich begrenzt, sind meine Emotionen.«

Jetzt brachte sich Richard ein. »Daher auch Ihr Kampfstil. Je mehr Sie sich in den Kampf hineinsteigern, umso mächtiger werden Sie. Gleichzeitig steigt die Gefahr, dass Sie aufgrund Ihrer Emotionen einen Fehler machen. Deswegen konnte ich Sie gestern mit einem Schlag besiegen. Die Wut hat Sie blind gemacht und Ihre Deckung war völlig offen.«

Shaja biss sich auf die Lippe und starrte ihn dann trotzig an. »Noch eine Minute und ich wäre zu schnell gewesen, als dass Sie mich hätten parieren können. Dann hätte ich gewonnen.«

Richard nickte nur trocken. »Gut möglich. Nur dass Sie keine Minute mehr hatten.«

Die Dämonin schwieg und Grayson stellte fest, dass die junge Frau tatsächlich schmollte. Bisher hatte er stillschweigend angenommen, dass sie ähnlich alterslos wie die anderen war und daher viel älter, als sie aussah. Jetzt aber erkannte er, dass er hier tatsächlich eine Frau vor sich hatte, die gerade erst die Zwanziger erreicht hatte. Kein Wunder, dass sie mit der Kontrolle über ihre Gefühle haderte. Grayson war deutlich älter und hatte dieses Problem noch immer.

Der Ritter redete indes weiter: »Gut, soweit habe ich alles verstanden. Die Natur Ihrer Magie ist nun klar, welche Fähigkeit beherrschen Sie?«

Shaja zuckte die Achseln: »Ich bin beidhändig geschult im Fernkampf und im Nahkampf. Unabhängige Koordination aller Extremitäten. Maximale Gelenkigkeit. Kurzfristig kann ich zusätzlich auf die Fähigkeiten meines Sukkubuserbes zurückgreifen, so dass ich viele Lebewesen zu meinen Gunsten manipulieren kann.«

Richard runzelte die Stirn. »Das heißt was genau?«

Sie lächelte den Ritter breit an und klimperte mit den Wimpern, während ihre Augen groß und rund wurden: »Ob ich wohl kurz Ihr Schwert bekommen könnte?«

Ohne zu zögern holte der grauhaarige Mann seine Waffe hervor und drückte sie der jungen Frau in die Hand. Diese lächelte weiter und nach knapp fünf Sekunden, legte sich ein bestürzter Gesichtsausdruck auf die jungenhaften Züge des Mannes, der kurz wie ein Schuljunge aussah, den sein Date zum Abschlussball versetzt hatte, um mit dem Kapitän der Fußballmannschaft rumzumachen. Morgan hielt sich schnell die Hand vor den Mund und sagte belustigt: »Äußerst eindrucksvoll, meine Liebe.« Sie gab dem Custos seine Waffe zurück und warf dem Magus einen schnellen Schulterblick zu. »Ich denke, mir würde Ihr Gehstock sowieso besser stehen als diese plumpe Waffe, oder?« Sofort hatte ihr der Magus seinen Fokus in die Hand gedrückt und schaute nun genauso verdutzt drein wie Richard.

Das war einfach zu viel für Grayson, der in schallendes Gelächter ausbrach, als diese jahrhundertealten Männer von der jungen Frau vorgeführt wurden. Die Reaktion ließ nicht lange auf sich warten. »Und was ist mit Ihrem Revolver?«, fragte Shaja ihn, während sie ihm einen tiefen Blick aus ihren exotischen Augen zuwarf. Die goldenen Sprenkel im tiefen Grün ihrer Pupillen funkelten hypnotisch und er musste im Stillen zugeben, dass sie wirklich absolut hinreißend aussah. Sein Puls ging zwar schneller, aber er streckte lässig seine Hand aus und hob seine Kaffeetasse, um langsam und genüsslich einen tiefen Schluck zu nehmen. Der Gesichtsausdruck der Dämonin war unbeschreiblich und er musste darum kämpfen, sich nicht an seinem Kaffee zu verschlucken. »Das hat immer funktioniert. Was sind Sie?«, hauchte Shaja.

Morgan hatte sich gefangen und sagte nun in feierlichem Tonfall: »Unser geschätzter Quaestor ist ein Lacunus. Daher auch die magische Entladung, als Sie gestern nach ihm schlugen.« Man konnte dem Magus deutlich ansehen, dass er die Verunsicherung der jungen Frau sehr genoss. Ihre Verwirrung nutzend nahm er ihr seinen Gehstock aus der Hand und lehnte sich zurück.

Grayson erkannte das Potenzial für Katastrophen, das sich hier abzeichnete, und legte so viel Nachdruck in seine Stimme, wie es ihm möglich war: »Sie werden diese Fähigkeit niemals gegen einen der beiden einsetzen. Ist das klar?«

Die junge Frau nickte nur, immer noch völlig aus der Bahn geworfen von Graysons Immunität. Richard klopfte ihr aufmunternd auf die Schulter und sagte halb spielerisch. »Kopf hoch, Kindchen. Unser Quaestor sorgt dafür, dass wir uns alle etwas verbiegen müssen.«

Grayson hätte sich zwar eine etwas schmeichelhaftere Umschreibung gewünscht, aber der Kommentar tat seine Wirkung. Sie schüttelte ihre kurze Lethargie ab und sagte zu dem Ritter: »Ich beherrsche noch das Schlösserknacken und die eine oder andere Infiltrationstechnik, da meine Mutter mich überwiegend als Spionin eingesetzt hat, um an heikle Informationen über ihre Feinde zu kommen. Schnell rein, schnell wieder raus, nach Möglichkeit ungesehen. Das war alles.«

Richard nickte anerkennend. »Sie rundet unsere Fähigkeiten hervorragend ab. Ich bin sicher, die Lady war sich dieser Tatsache bewusst. Anscheinend weiß eine Person mehr von Ihren Talenten als Sie dachten.« Der breitschultrige Mann stand auf und winkte allen, ihm zu folgen. »Wir sollten hinübergehen, ich habe noch etwas vorbereitet.« Alle schauten ihn fragend an, folgten ihm aber, als er ohne weitere Erklärung den Raum Richtung Halle verließ. Dort hatte der Ritter einen kleinen Tisch aufgebaut, auf dem eine große goldene Scheibe mit Gravuren lag. Morgan fragte leise: »Ernsthaft, Richard? Eine Benennung?«

Der Ritter schaute ihn streng an. »Es ist ein gutes Mittel, alle einzuweisen und ein wenig Tradition kann nicht schaden. Manchmal ist ein ganz normales Versprechen mehr wert als jeder magische Bann.«

Sie waren mittlerweile an den Tisch herangetreten und Grayson konnte die Gravuren der Scheibe genauer betrachten. Ein Viereck, das aus vier weiteren Vierecken bestand, war dort zu erkennen. Jedes der Vierecke ragte in eine Himmelrichtung, und Richard stellte sie so auf, dass jeder vor einem davon zu stehen kam. Grayson sah in der Kachel vor dem Ritter einen gravierten Schild. Das war soweit klar, ebenso wie die stilisierte Flamme, von Eiskristallen umgeben, die vor dem Magus in der Scheibe zu sehen war. Der Quaestor stand vor dem Zeichen eines skizzierten Auges, das wahrscheinlich seine investigative Tätigkeit darstellen sollte. Shajas Zeichen war ein Bogen mit aufgelegtem Pfeil, der in den Himmel zeigte. Die anderen schienen um die Bedeutung der Scheibe zu wissen und wirkten sehr ernst, Shaja sogar etwas nervös. Bevor Grayson eine Frage stellen konnte, begann der Ritter in getragenem Tonfall zu sprechen: »Wir stehen hier als Quadriga. Vier Wesen, die eine Einheit bilden.« Nach einer kurzen Pause legte er seine Hand auf sein Zeichen und sagte laut: »Ich bin der Custos, der Wächter. Ich bin das Schild der Quadriga. Ich kämpfe zuerst und falle zuerst. Solange ich atme, sind wir sicher.«

Shaja tat es ihm gleich und erhob die Stimme. Ein wenig unsicher, aber bestimmt sprach sie: »Ich bin die Saggitaria, die Bogenschützin. Ich bin die Waffe der Quadriga. Ich kämpfe zuerst und falle als zweites. Solange ich atme, vergehen unsere Feinde.«

Morgan führte die Zeremonie fort, ebenfalls die Hand auf seinem Symbol: »Ich bin der Magus, der Magier. Ich bin der Zauberer der Quadriga. Ich kämpfe ständig und in Achtsamkeit. Solange ich atme, ist die Magie unser Freund.«

Grayson legte seine Hand auf das Auge und blickte fragend in die Runde. Richard sprach für ihn und sagte: »Sie sind der Quaestor, der Suchende. Sie sind das Auge und die Stimme der Quadriga. Sie kämpfen für alle, die nicht kämpfen können. Solange Sie atmen, gibt es Hoffnung.«

Grayson schluckte schwer. Bisher hatte er zwar akzeptiert, dass er so etwas wie der Vorgesetzte ihres kleinen Teams sein sollte, aber das hier klang alles sehr absolut und ein wenig zu fatalistisch für seinen Geschmack. Er wollte die Hand fortnehmen, aber Morgan schüttelte unmerklich den Kopf. Anscheinend waren sie noch nicht fertig.

Richard intonierte wieder: »Ich schwöre, diese Quadriga zu schützen, der *Nebula Convicto* zu dienen und den *Verhangenen Rat* zu ehren.« Reihum sprachen die anderen den Schwur und Grayson bildete auch hier den Schluss. Dann war es vorbei und alle nahmen ihre Hände von der Scheibe. Die anderen blieben in ihrer feierlichen Stimmung und schauten sich gegenseitig fest in die Augen. Grayson wartete noch einen Moment, bevor er leise fragte: »Was genau war das gerade?«

Richard schaute ihn ernst an und sagte: »Nur vier Personen, die sich gegenseitig etwas versprechen, bar jeder Magie. Wie gesagt, ein ernstgemeinter Schwur kann bindender sein als jeder Vertrag. Oder haben Sie Ihren Diensteid je gebrochen, den Sie damals geleistet haben?«

Grayson schüttelte sofort den Kopf und verstand, was der Ritter meinte.

Worte wogen manchmal schwerer als alles andere.

»Der hintere Teil der Zeremonie ist einleuchtend, aber wie war das am Anfang gemeint?«

Der grauhaarige Mann sagte: »Sie wissen, dass eine Quadriga aus verschiedenen Positionen besteht, die verschiedene Rollen erfüllen. Sie ist die älteste uns bekannte Form einer Spezialeinheit, wenn Sie so wollen. Der Custos bildet die Front, er achtet auf Bedrohungen und schützt die Gruppe mit seinen Fähigkeiten und wenn nötig mit seinem Leben. Wenn jemand den Rückzug decken muss, bin ich das. Ebenso wenn der Feind auf eine falsche Spur gelockt werden muss oder jemand den anderen Zeit erkauft. Deswegen heißt es in dem Schwur, der Custos fällt zuerst. Wenn einer von Ihnen umkommt, habe ich meinen Job nicht richtig gemacht. Daher rede ich im Einsatz nur, wenn es notwendig ist. Ich halte allen den Rücken frei und achte ständig auf potenzielle Gefahren, damit Sie alle Ihren Aufgaben nachgehen können.«

Richard deutete auf Shaja: »Sie bildet den Gegensatz. Der Saggitarius oder in diesem Fall die Saggitaria ist die Offensivkraft unserer Gruppe. Wenn sie beginnt, zu kämpfen, dann ziehen alle anderen von uns mit. Überraschungs- oder Flankenangriffe finden unter ihrer Planung statt. Idealerweise beendet sie einen Kampf, bevor er überhaupt begonnen hat. Eine schlechte Saggitaria macht mir das Leben zur Hölle, indem sie ständig Kämpfe vom Zaun bricht, die die Quadriga ausbaden muss.

Eine gute erleichtert mir meine Aufgabe ungemein, indem sie die größte Bedrohung für uns schnell und sauber ausschaltet.« Die letzten Worte schienen ebenso an Shaja gerichtet gewesen zu sein wie an Grayson. Der Verdacht bestätigte sich, als der Ritter die junge Frau direkt ansprach: »Wir werden viel und ausgiebig zusammen trainieren, bis wir uns blind verstehen.« Irgendwie klang diese Aussage wie eine Drohung und zum ersten Mal, seit er die Halbdämonin kannte, wirkte sie regelrecht eingeschüchtert.

Morgan übernahm das Reden: »Der Magus der Quadriga übernimmt den Schutz vor allen Dingen die magischer Natur sind. Bannzauber, Flüche, Feuerbälle, was immer Sie wollen. Ich halte meist mehrere Schutzzauber gleichzeitig aufrecht, während wir durch die Gegend laufen. Was passiert, wenn ich müde bin und diese Zauber zusammenbrechen, haben Sie ja in Valindars Wohnung erlebt.« Grayson schauderte bei der Erinnerung. Ohne seine eigenen Fähigkeiten wäre eine gewöhnliche Quadriga an Ort und Stelle durch den Vampir ausgelöscht worden. Sein Respekt vor den Aufgaben der Magus wuchs sprunghaft an. Die joviale Art Morgans ließ alles ganz leicht erscheinen und dieser Einblick in die Welt des Magiers half ihm dabei, die Dinge aus einem anderen Blickwinkel zu betrachten.

Der blonde Mann fuhr fort: »Sie hingegen sind für die strategischen Entscheidungen zuständig. Wo fahren wir hin, wen fragen wir aus, wen betrachten wir als Freund und Feind? Wir anderen setzen diese Dinge auf taktischer Ebene um, wie Richard gerade beschrieben hat. Und über Ermittlungen muss ich Ihnen ja nichts mehr erzählen.«

Der Magus lächelte und schlug Grayson funkensprühend auf die Schulter.

Richard beendete die Ausführungen mit den Sätzen: »Die Zeremonie dient dazu, dass jeder seinen Platz anerkennt und die jeweiligen Kompetenzen der anderen. Außerdem soll sie Vertrauen schaffen. In der alten Zeit haben sich Quadrigas aus Gleichgesinnten geformt, die ein Dorf, einen Tempel oder ein bestimmtes Ideal schützen wollten. Die wenigsten waren so spezialisiert wie wir, also musste man sich abstimmen, wer was innerhalb der Gruppe übernimmt. Auch heute gibt es zum Beispiel Quadrigas, die nur aus Magiern bestehen. Einer übernimmt dann die Schutzzauber, der nächste die Offensivmagie, einer konzentriert sich auf Hellsichtigkeit und der letzte kontert feindliche Magie. Wenn da nicht klar ist, wer wofür zuständig ist …« Richard beendete den Satz nicht, aber Grayson konnte sich das Chaos lebhaft vorstellen. Er war dem großen Mann dankbar für die Zeremonie und die Erklärungen. Sein Diensteid bedeutete ihm viel und dass er diesen nun auf zugegebenermaßen altertümliche Weise erneuert hatte, kam ihm im Nachhinein sehr wichtig vor. Außerdem begriff er nun besser, wie er mit diesen drei Personen zusammenarbeiten sollte und konnte, die alle derart unterschiedlich waren.

Dieses Verständnis wurde in den nächsten vier Stunden deutlich vertieft. Morgan und Richard gingen mit ihnen in der Trainingshalle verschiedene Szenarien durch, damit sie zumindest in Ansätzen wussten, was jeder zu tun hatte. Einige Grundzüge waren Grayson schnell klar, da er ihre praktische Anwendung bereits in den letzten Tagen gesehen hatte. Richard war immer vor ihnen, der Magus hingegen am Ende der Gruppe. Der tiefere Sinn hinter dieser Reihenfolge war jedoch, dass Morgan so seine Schutzzauber deutlich leichter aufrechterhalten konnte. Da Richard ein Katalysator war, wirkte der Magus seine Zauber durch den Ritter und gleichzeitig durch sich selbst. Dadurch verbanden sich die beiden Magiegeflechte und schützten alles was zwischen ihnen lag wie zwei unsichtbare Wände. Laut Morgan war dies deutlich weniger anstrengend, als ständig eine Schutzkuppel zu erschaffen, bei der er dann auch noch gegen Graysons antimagische Begabung ankämpfen musste. Dem Quaestor wurde eingeschärft, nach Möglichkeit immer zwischen den beiden zu bleiben. Shaja hingegen hatte völlige Autonomie. Oder wie Richard es ausdrückte: »Geh hin, wo immer du den meisten Schaden anrichtest.« Nach dem Schwur hatten die beiden angefangen, sich zu duzen und Grayson hoffte, dass dies ein gutes Zeichen war. Während ihrer Übungen wurde ihm außerdem klar, über welches Können die junge Frau eigentlich verfügte. Sie schoss mit einer Waffe in jeder Hand fast genauso gut, wie er mit der rechten, wobei sie auch noch unterschiedliche Ziele anvisierte.

Am Ende ging sie mit Richard die vorhandene Ausrüstung durch. Neben den zwei Metallstöcken mit angespitztem Ende, die er bereits im Einsatz gesehen hatte, entschied sich die Saggitaria für zwei schwere Schnellfeuerpistolen. Grayson war sich sicher, dass er eine der Waffen mühsam mit beiden Händen abfeuern könnte, was Gewicht und Rückstoß betraf, aber Shaja schwang sie herum, als wenn sie ein paar Wasserpistolen in den Händen hätte. Zu seinem Erstaunen ersetzte sie die langen Magazine, die unter dem Lauf aus der Waffe ragten und normalerweise als zweiter Handgriff dienten, gegen leicht gebogene Magazinhüllen, die auf ihren Längsseiten geschliffene Kanten aufwiesen. So entstand an jeder Schusswaffe ein Halbmond aus scharfem Stahl, mit dem die Halbdämonin virtuos umzugehen verstand. Mit fließenden Bewegungen schoss sie abwechselnd auf entfernte Zielscheiben, während sie zwischendurch mit kreisförmigen Hieben große Stücke aus nahestehenden Übungspuppen schnitt. Richard schaute sich das ganze Schauspiel mit zufriedenem Gesichtsausdruck an und sah aus wie die sprichwörtliche Katze vor der Milchschale. So unheimlich ihm

Shaja momentan auch vorkam, der Gedanke, dass dieser Wirbelwind aus Stahl und Kugeln auf ihrer Seite stand, war zutiefst beruhigend.

Immer wieder blickte er auf die Uhr und wurde jedes Mal nervöser, als Morgan endlich die erlösenden Worte sprach. »Ich habe soeben eine Nachricht erhalten. Unsere Quadriga ist bestätigt und alle Regionen der *Nebula Convicto* sind informiert. Wir können ganz offiziell starten.«

Hinunter in den Hades

London, Chelsea Harbour, Montag, 17. Oktober, 14.18 Uhr

Richard holte den SUV aus der Garage und legte die Sitzpositionen fest. Er war natürlich wieder der Fahrer und Shaja sollte ab nun auf dem Beifahrersitz Platz nehmen, wo sie den größten Bewegungsradius hatte. Hinter ihr saß Morgan und Grayson fand sich hinter dem breiten Rücken des Ritters wieder. Die Halbdämonin lotste sie durch den Verkehr, um sie zu der Stelle zu führen, wo ihre Mutter den Eingang zur dunklen Enklave vermutete, die in der magischen Unterwelt den Namen *Hades* trug. Der Ermittler ließ sich diesen Gedanken noch einmal in Ruhe durch den Kopf gehen und dachte, wie viele Absonderlichkeiten darin steckten, dann gab er auf. Dies war nun die Welt, in der er ermittelte, und er hatte resigniert eingesehen, dass es Energieverschwendung war, auf den Kuriositäten herumzureiten, die sich ihm offenbarten. Seine Aufgabe war es, dafür zu sorgen, dass der Rest der normalen Welt sich nicht mit diesen Dingen auseinandersetzen musste.

Die Saggitaria führte sie zu einem Parkplatz, der in einem wenig touristenbeladenen Teil des Chelsea Harbour lag, und trotzdem nur zwei Blocks vom Nordufer der Themse entfernt war. Sie gingen zügigen Schrittes zu den Mauern, die den Fluss im Zaum hielten und ein paar hundert Meter daran entlang. Schließlich blieb die junge Frau stehen und begann, einige alte Sprossen hinunterzuklettern, die rostig aus dem Mauerwerk ragten und zu einem zugemauerten Servicetunnel hinabführten, dessen schmales Sims bei Flut nur knapp über der Wasseroberfläche zu sehen war. Neugierig sah Grayson ihr zu, wie sie hinabkletterte, ihnen kurz zuwinkte und scheinbar im Mauerwerk verschwand. Morgan schnappte überrascht nach Luft und sprach leise einen Zauber. Die Steinwand vor dem Tunnel schimmerte an einer schmalen Stelle und der Magus sagte mit widerwilligem Respekt: »Das ist ein verdammt gutes Stück Magie. Die Illusion ist nur mit einem starken Zauber zu entdecken und ihre Position sorgt dafür, dass man sie selbst dann kaum sieht. Vom London Eye aus, ist sie nicht zu erkennen. Kein Wunder, dass die Enklave bisher unentdeckt blieb. Ich werde den Rat auf diese Sicherheitslücke aufmerksam machen müssen. Wir haben uns zu sehr auf unser neues Spielzeug verlassen. Es wird Zeit, dass wir wieder dazu übergehen, ein paar Quadrigas auszusenden, die in den verwinkelten Stellen Londons nach dem Rechten sehen.«

Hintereinander kletterten sie die verwitterten Sprossen hinab. Grayson fand das brüchige Material wenig vertrauenerweckend. Das rostige Eisen schien sich regelrecht zwischen seinen Fingern aufzulösen und er stieg schnell hinab, bevor eine der Streben nachgeben konnte. Die anderen waren bereits durch die Illusion in der Wand gegangen. Als er auf dem Sims ankam, stoben kleine Blitze von dem Trugbild auf, das Wellen warf, als Grayson sich näherte. Dann explodierte der Zauber lautlos in einem hellen Licht und Grayson stand in einem schmalen Durchlass von vielleicht sechzig Zentimetern, der in die massive Ziegelwand gehauen worden und nun deutlich für jedermann sichtbar war. Die anderen blinzelten ihm eulenhaft entgegen und Morgan sagte trocken: »Vielleicht sollten wir dazu übergehen, Sonnenbrillen zu tragen. Wenn Sie im falschen Moment einen mächtigen Zauber bannen, sind wir alle für Sekunden blind und wehrlos.« Grayson blickte kurz zu Richard hinüber und stellte sich vor, wie der grauhaarige Mann in seinem weißen Trenchcoat mit einer verspiegelten Sonnenbrille durch die Nacht schritt wie in einem schlechten 80er Jahre Film. Er grinste, sagte aber nichts. Sie befanden sich nun auf ratsfeindlichem Gebiet und Ablenkungen waren hier fehl am Platz.

Richard übernahm die Führung, die anderen folgten hinter ihm wie eingeübt. Morgan ließ ein schwaches magisches Licht aufsteigen, das gerade genug Helligkeit spendete, damit sie ihre Umgebung wahrnehmen konnten. Boden, Decke und Wände waren gemauert und schienen uralt zu sein. Über ihren ursprünglichen Zweck konnte Grayson nur Mutmaßungen anstellen. Vielleicht war hier Treibgut gesammelt worden oder ein altes Überlaufbecken lag irgendwo in der Dunkelheit vor ihnen. Wo auch immer der Tunnel hinführte, es sollte ein Geheimnis bleiben, denn nach knapp zweihundert Metern kamen sie an einen weiteren Durchbruch in der Wand, aus dem ihnen ranzige Luft in unregelmäßigen Böen entgegenwehte. Bisher hatte Grayson sich gefragt, warum sie nicht einfach Taschenlampen verwendeten, aber dann ließ Morgan die Lichtkugel voranfliegen, sodass die andere Seite des Spalts ausgeleuchtet wurde und sie sehen konnten, was sie dort erwartete. Grayson erkannte die Vorteile des magischen Lichts und merkte sich die Vorgehensweise.

Hinter dem Spalt befand sich ein halbrunder Tunnel, an dessen Decke verrottete Kabel hingen. Auf dem Boden sah er alte Eisenschienen, die in den verfaulten Überresten von Holzbohlen lagen. Morgans Vermutung war korrekt gewesen: Hier war ein Zugang zum stillgelegten Teil des altertümlichen U-Bahn-Netzes von London geschaffen worden. Angespannt und ohne ein Wort zwängte sich die Quadriga nach und nach durch den Spalt. Jeder hatte die Hände an den Waffen, außer Morgan natürlich, dessen glasiger Blick jedoch Bände sprach. Der Magus spähte mit anderen Sinnen als den weltlichen in die Dunkelheit hinaus. Auf der anderen Seite angekommen, formierten sie sich neu und sahen sich um. Der Tunnel führte nach links und rechts scheinbar ins

Nichts und Grayson bemerkte, dass alle ihn erwartungsvoll ansahen. Anscheinend fielen auch Richtungsangaben in sein Resort, wenn es keine Anhaltspunkte gab.

Er schnippte leise mit den Fingern. Vielleicht gab es ja doch Hinweise. »Shaja, können Sie mit Ihrer gebundenen Magie irgendwelche Spuren sehen oder Rückstände, die hier nicht hergehören? Irgendwas, das uns anzeigt, welche Richtung häufiger genutzt wird?«

Die Halbdämonin nickte und für einen Moment flammten die Zauberzeichen auf ihrem Körper auf. Das Licht schien ihre Haut entlangzulaufen und sich in ihren Augen zu sammeln, die nun schwach golden glühten. Sie sah sich genauestens um und nach einer Minute sagte sie: »Ich bin zwar keine echte Fährtenleserin, aber nach links hinunter ist alles etwas zu ordentlich arrangiert. Ganz so, als hätte man ein paarmal zu oft versucht, die Trümmer chaotisch erscheinen zu lassen. Geplante Zufälligkeit folgt immer einem Muster. Wahres Chaos kann man nicht planen.«

Bei diesen Worten grinste sie wild und mit ihren glühenden Augen wirkte sie auf einmal so fremd, dass Grayson unbewusst einen Schritt rückwärts machte. Die junge Frau stieß ein leises kehliges Kichern aus und der Ermittler erkannte, dass es noch sehr lange dauern würde, bis er nicht mehr auf ihre Spielchen hereinfallen würde. Anscheinend hatte Shaja beschlossen, ihn mit normalen Mitteln zu manipulieren, wenn magische bei ihm versagten. Während sie in die angegebene Richtung weitergingen, war er sicher, dass er noch eine harte Zeit vor sich haben würde, bis die Saggitaria ihm seine Immunität verziehen hätte. Er seufzte leise und konzentrierte sich auf den Tunnel.

Als einige Minuten später der Angriff kam, war Grayson trotz aller Wachsamkeit nicht vorbereitet. Rings um sie explodierten die verrotteten Holzbohlen in alle Richtungen, als dunkle Gestalten aus vorbereiteten Fallgruben emporschnellten und andere sich von der Decke auf sie herabfallen ließen. Morgan ließ sein magisches Licht mit einem Wort aufflammen, um für gute Lichtverhältnisse zu sorgen, während Richard bereits sein Schwert zog und mit seinem Kampfschrei den magischen Ritterschild herbeirief. Shaja war unter den Angreifern, bevor diese vollständig aus den Gruben gesprungen waren und begann mit furchterregender Effizienz auf sie einzuschlagen. Ihre Gegner sahen wie magere Menschen aus, die allerdings viel zu viele spitze Zähne in ihrem Mund aufwiesen. Sehnige Muskeln spannten sich unter dicker Haut und die Finger, die nach ihnen griffen, waren extrem spitz und knochig. Unwillkürlich musste Grayson an den Nachtmahr denken, der ihn vor einigen Tagen in Worthington Manor angegriffen hatte. Allerdings waren diese Wesen deutlich langsamer und von blasser Hautfarbe, die weißlich schimmerte. So schnell er konnte, zog der Quaestor seinen Revolver und legte auf eine Gestalt an, die auf ihn zugestürzt kam. Während seine Linke noch nach dem Dolch tastete, zog er den Abzug durch und erschrak über das Ergebnis. Die Kugel traf sein Gegenüber in der Brust und das Wesen wurde von den Füßen gehoben und nach hinten geschleudert, während ein weißer Blitz über seinen Körper tanzte. Zwei Meter entfernt fiel er leblos zu Boden, um dort als rauchender Umriss liegen zu blieben. Grayson suchte mit dem Lauf nach einer unmittelbaren Bedrohung, aber kein weiterer Angreifer kam auf ihn zu. Shaja hatte drei Gestalten am Boden verstümmelt und nebenbei zwei der Wesen, die sie von der Decke aus angriffen, mit schnellen Feuerstößen aus der Bahn geworfen. Richard hatte einen Gegner bezwungen und hielt fünf weitere in Schach, die sich nicht an ihm vorbeitrauten. Grayson drehte sich schnell zu Morgan um, der in einer schimmernden Kuppel aus reiner Energie kauerte, von der gerade die Überreste eines Angreifers zischend und rauchend herunterrutschten. Anscheinend war es dem Magus gelungen, gerade noch rechtzeitig einen Schild zu errichten, bevor das Wesen ihn von der Decke aus angesprungen hatte. Ein weiteres kroch geduckt auf den Rücken des Magus zu, der mit angespannten Gesichtszügen dahockte und mühsam den Schild aufrechterhielt. Grayson schoss dem Wesen ins Gesicht, das mit einem Salto hintenüberkippte und liegen blieb.

Morgan nickte ihm dankbar zu und richtete sich auf, während der Schild flackerte und erlosch. Dann riss der Magus die Augen auf und starrte dabei auf einen Punkt über Graysons Kopf. Diese kleine Geste rettete dem Ermittler den Hals, denn er sah nach oben und hob instinktiv seinen Dolch in eine Abwehrstellung. Eine hässliche Fratze voller Zähne fiel direkt auf ihn zu und landete mit Wucht auf seinen Schultern. Die Luft wurde Grayson aus den Lungen gedrückt und er fühlte lange, spitze Finger, die nach seinem Hals und seinen Augen tasteten, während sich nadelspitze Zähne mit einem kreischenden Geräusch in seiner rechten Armschiene verbissen und so den Einsatz seines Revolvers verhinderten. Ein scharfer, metallischer Geschmack machte sich in seinem Mund breit, als er mit aller Kraft seinen Dolch auf den Körper des Angreifers niedersausen ließ. Die Klinge drang ohne bemerkenswerten Widerstand ein und sein Gegenüber erschauderte. Mit einem Wutschrei, mehr tierisch als menschlich, stieß Grayson immer wieder zu, bis der Biss um seinen Arm sich lockerte und das Ding zu Boden sank. Er sah sich mit einem wilden Blick um, sein Kopf flog hektisch nach links und rechts und nach oben auf der Suche nach einem weiteren Gegner. Das Adrenalin schoss durch seine Adern und der Drang, seine Waffen einzusetzen, war überwältigend. Shaja hatte mittlerweile drei weitere der bleichen Wesen getötet und Richard hielt noch zwei auf Distanz. Grayson zielte und drückte je zweimal ab. Getroffen sanken die letzten Widersacher zu Boden. Während der Kampfesrausch langsam verflog, bemerkte er mit dem analytischen Teil seines Verstandes die veränderte Wirkung seiner Kugeln bei größerer Distanz. Auf einen Meter hatte der Aufprall das Wesen weggeschleudert, bei drei Metern war der Körper nur umgekippt. Die letzten beiden waren mindestens acht Meter entfernt gewesen und auch wenn die Kugeln eingedrungen waren, regten sich die Gestalten noch. Zwei fließende Bewegungen von Richards Schwert beendeten jedoch, was der Quaestor begonnen hatte. Shaja rannte in die Dunkelheit, die Waffen erhoben und mit einem wutverzerrten Gesichtsausdruck. Richard bellte lauthals: »Stopp!« und sie hielt widerstrebend an. Dann drehte die Saggitaria sich um und für einen Moment dachte Grayson, sie würde auf ihre kleine Gruppe losgehen. Die Augen schienen durch sie hindurch zu sehen und er sah wieder, wie das Hitzeflimmern von ihrer Haut aufstieg. Richard steckte sein Schwert weg, hielt seinen geisterhaften Ritterschild aber zwischen sie und die Halbdämonin.

»Shaja, es ist vorbei«, sagte er sanft. Endlich drang seine Stimme zu ihr durch und ihre Gesichtszüge glätteten sich. Sie steckte ihre Waffen weg und kam zu ihnen zurück, wobei sie so tat, als wäre nichts geschehen. Richard verlor ebenfalls kein Wort darüber, taxierte sie jedoch mit einem nachdenklichen Blick. Morgan stieß einen der Leichname mit seinem Fuß an und sagte: »Ghule schließen sich gerne zu Gruppen zusammen und legen dann Hinterhalte wie diesen. Ein gut genährter Ghul kann bis zu zwei Wochen in völliger Starre verharren und auf sein nächstes Opfer warten. Tut mir leid, dass ich sie nicht bemerkt habe.«

Richard winkte ab: »Keiner von uns hat sie wahrgenommen. Dies hier ist ein Heimspiel für sie. Die Wahrscheinlichkeit, sie im Voraus zu entdecken, ist sehr gering.«

Da die anderen beschlossen hatten, Shajas Gebaren zu ignorieren, tat Grayson dasselbe. Schließlich hatte er sich selbst auch für einige Sekunden nicht unter Kontrolle gehabt. Wenn er dann noch bedachte, dass die junge Frau zusätzlich mit ihrem dämonischen Erbe belastet war, konnte er ihren inneren Kampf jetzt besser nachvollziehen. Vorsichtig setzte sich die Quadriga wieder in Bewegung. Shaja und Grayson luden ihre Waffen nach und Morgan ließ das Licht weiterhin hell strahlend über ihnen schweben, da sie sowieso entdeckt worden waren. So konnten sie wenigstens alle Details ihrer Umgebung sehen und dadurch schneller reagieren. Grayson sah nun die Krallenspuren an der Decke, die sich wie ein kompliziertes Spinnennetz über den gewölbten Teil des Tunnels zogen. Mehr um die innere Anspannung zu überwinden als aus Neugier, fragte er Morgan leise: »Die Ghule haben mich entfernt an den Nachtmahr erinnert. Woher kommt das?«

Morgan blickte sich nervös um und antwortete knapp: »Wenn ein Ghul ein paar Jahrzehnte auf dem Buckel hat, verfärbt seine Haut sich dunkler und er wird langsam stärker und schneller. Nach einem Jahrhundert ist er dann zu einem Nachtmahr geworden. Als generelle Regel gilt für alle magischen Wesen: je älter, desto mächtiger.«

Grayson nickte und ging schweigend weiter. Nach einigen Minuten wurde die stickige Luft im Tunnel immer schwerer und sie sahen einige Risse in den Wänden des Tunnels. Grayson dachte an all die Tonnen Gestein über ihnen und seine sowieso schon dünnen Nerven waren bis zum Zerreißen gespannt. Dem Rest der Gruppe schien es nicht anders zu gehen, und in stillschweigender Übereinkunft beschleunigten alle ihre Schritte.

Die Anspannung wuchs ins Unerträgliche und Grayson ertappte sich wieder dabei, dass er aus Nervosität eine Frage stellte: »Shaja, wieso sehe ich immer wieder einen Hitzeschleier von Ihnen aufsteigen?«

Die Saggitaria warf ihm einen irritierten Blick zu. »Wenn Sie es unbedingt jetzt wissen müssen: Mein Gemütszustand hat direkte Auswirkungen auf meine Kerntemperatur. Der Ausdruck ›kochen vor Wut‹ stammt von den Dämonen und ist durchaus wörtlich gemeint.«

Jetzt verstand der Quaestor auch ihr seltsam knappes Outfit. Hier unten war es vielleicht stickig, aber dabei auch extrem kalt. Er konnte seinen Atem sehen und Shaja lief immer noch in Tanktop und kurzer Hose herum. Richard hatte ihr vor ihrem Aufbruch gepanzerte Kleidung angeboten, aber sie hatte abgelehnt. Grayson hatte angenommen, dass es ihr um Schnelligkeit und Beweglichkeit gegangen war, aber vielleicht war der Grund auch elementarer. Shaja war ständig warm und jedes zusätzliche Stück Kleidung war eine Qual.

Richard warf ihm einen strengen Blick zu und der Quaestor beschloss, vorerst von weiteren Fragen Abstand zu nehmen. Sie wanderten eine gute Stunde durch den alten Tunnel, als plötzlich ein Rumpeln einsetzte, das den gesamten Tunnel zu erfassen schien. Die Quadriga schrak zusammen und alle fuhren suchend herum, bis Morgan lächelnd mit den Achseln zuckte und zur Decke deutete. »Anscheinend führt über uns die moderne U-Bahn entlang. Wenn mich meine Orietierung nicht täuscht, dann müssten wir unter der Fulham Broadway Station sein.« Er warf einen fragenden Blick zu Richard hinüber, der entschieden nickte. Selbstzufrieden schaute Morgan in die Runde und beruhigt schritten sie weiter voran. Ab und zu zweigte ein weiterer Tunnel ab, aber jeder einzelne von ihnen war akribisch mit Trümmern aufgefüllt worden. Die Bewohner des *Hades* hatten dafür gesorgt, dass man nur einen einzigen Weg in ihr Reich fand. Lebenszeichen nahmen sie keine wahr, und langsam wagten sie zu hoffen, dass ihr Scharmützel mit der Gruppe am Eingang unbemerkt geblieben war. Schließlich nahm Shaja Richard beiseite und flüsterte auf ihn ein. Er wirkte wenig begeistert von ihren Worten, aber sie machte eine Geste vor ihrem Körper, als wenn sie einen

Bogen spannen würde und Richard gab schließlich zögernd nach. Die Augen der jungen Frau glommen wieder gelblich auf und mit einigen schnellen Schritten war sie außerhalb des Lichtscheins verschwunden und rannte den Tunnel entlang. Der Custos kam zu ihnen herüber und klärte sie auf: »Shaja kundschaftet für uns voraus. Sie kommt in der Dunkelheit schnell und leise voran und hofft unbemerkt ein paar Informationen sammeln zu können. Ich hoffe, sie überschätzt sich nicht und kommt dann mit vierzig Ghulen im Schlepptau zu uns zurückgerannt.

»Was war das für eine Geste?«, fragte Grayson. Er war sich nicht so sicher, ob ihm der Gedanke gefiel, eine kampfversessene Dämonin allein als Späherin einzusetzen, und Richard hatte eigentlich genauso gewirkt, bis Shaja dieses seltsam rituelle Zeichen gemacht hatte.

Morgan drehte sich zu ihm um und ballte eine Faust, bevor er die Finger soweit spreizte, wie er konnte. »Das ist mein Zeichen. Richard hebt den angewinkelten rechten Arm, so als würde er ein Schild tragen, Shaja deutet Pfeil und Bogen an. Wenn Mitglieder der Quadriga sich über eine Vorgehensweise nicht einig sind, beendet man die Diskussion mit seinem Zeichen. Kundschaften fällt in das Gebiet der Saggitaria, also hat sie das letzte Wort.«

Grayson war jetzt neugierig: »Was ist mein Zeichen?«

Morgan zuckte mit den Achseln: »Ein Quaestor hat kein Zeichen. In einer Diskussion wie dieser würde Ihre Meinung die aller anderen ausstechen. Deswegen ist Vertrauen so wichtig. Wenn Sie uns ständig in unsere Arbeit hineinpfuschen, werden wir nicht sehr weit kommen.«

Der Ermittler biss sich auf die Lippe, um einen scharfen Kommentar herunterzuschlucken. Jetzt begriff er das ganze Ausmaß seiner Macht. Deswegen waren ihm die beiden bei seinem waghalsigen Plan gegen Telredor ohne jedes Zögern gefolgt. Nichtsahnend hatte er den kompletten Schlachtplan an sich gerissen und sie dazu verdammt, ihm komme, was da wolle, beizustehen. Kein Wunder, dass die beiden hinterher wütend und besorgt gewesen waren. Wenn er sich hier so aufführen würde, wäre diese Quadriga ganz schnell tot.

Er nickte ihnen zu, als Zeichen, dass er verstanden hatte, dann gingen sie vorsichtig weiter. Keine Minute später kam Shaja zurück, einen unlesbaren Gesichtsausdruck auf ihren Zügen. Sie winkte sie stumm vorwärts und eine weitere Minute später änderte sich die Szenerie des Tunnels. Dicke, dunkle Adern zogen sich über Decke und Wände. Richard und Morgan wechselten einen besorgten Blick und bedeuteten ihnen anzuhalten. Shaja sah mit hungrigen Augen immer wieder zu den Strängen hinüber, und Grayson tat sein Bestes, um Genaueres erkennen zu können. Er sah, dass die Substanz in einem tiefen Grün schimmerte, das das magische Licht Morgans zu absorbieren schien. Die Oberfläche war matt und unruhig und die Struktur der Anordnung an Wänden und Decke legte nahe, das das Zeug dort entlang gewachsen war. Shaja war näher an eine der Wände herangetreten und streckte eine Hand aus, als Morgan eindringlich sagte: »Das würde ich nicht tun, meine Liebe. Das ist Seelenflechte.«

Die Hand der jungen Frau zuckte zurück, als ob die Flechte sie angreifen könnte, und stolperte hastig zwei Schritte nach hinten, bis sie wieder neben ihnen stand. Mit großen Augen starrte sie den Magus an und fragte: »Sind Sie sicher? Bei einer so großen Menge …« Sie brach den Satz ab und fügte nur hinzu: »Mutter hat sich davon ferngehalten. Viel zu gefährlich, selbst für den *Traumfänger*, sagte sie immer.«

Morgan nickte, ein Ausdruck des Abscheus auf dem Gesicht. »Dieses Zeug ist so illegal, wie man es sich nur vorstellen kann. Es ist ein magischer Pilz, der nur auf einem lebenden Wesen mit einer Seele kultiviert werden kann. Ein derart befallener Wirt kann unter idealen Bedingungen bis zu 50 Tonnen Seelenflechte hervorbringen, bevor nichts mehr von ihm oder seiner Seele übrig ist.«

Grayson musste würgen und brachte nur hervor: »Wer sollte so etwas tun und warum?«

Der Magus hob die Hände in einer hilflosen Geste: »Der Pilz wurde vor Jahrhunderten mit guten Absichten entwickelt. Man wollte einen Weg finden, wie Wesen, die sich ausschließlich von menschlichen Körpern ernähren konnten, auf alternative Weise gesättigt werden könnten. Anfangs wurde er als Erfolg gefeiert. Durch einen infizierten Menschen konnten hundert andere verschont werden. Zur damaligen Zeit war das durchaus als human anzusehen. Jedenfalls, es stellte sich erst später heraus, dass der Pilz nicht nur den Körper, sondern auch die Seele des Wirtes mit verzehrte. Wesen, die dann von der Flechte aßen, wurden sehr schnell abhängig davon. Die gespeicherte Seelenenergie gab ihnen ein Hochgefühl, das extrem süchtig machte und zusätzlich ihre Nahrungsbedürfnisse veränderte. Auf einmal benötigten sie weitere Seelen, um überleben zu können, also aßen sie mehr von der Flechte. Die Nachfrage explodierte, ganze Gemeinschaften wurden abhängig und von den Pilzzüchtern erpresst. Die Lage eskalierte, ganze Landstriche wurden entvölkert, als alle mundanen Lebewesen der Umgebung zu Pilzwirten versklavt wurden, und als nichts mehr übrig war, gingen die wahnsinnig gewordenen abhängigen Wesen aufeinander los. Schließlich wurde der Anbau verboten.«

Morgan atmete einmal tief durch, bevor er weiterredete. »Kein Wunder, dass uns die Ghule sofort angegriffen haben. Jeder, der Seelenflechte anbaut, ist laut *Lex Nebula* des Todes. Keine Ausnahmen, keine mildernden Umstände.«

Richard deutete mit seinem Schwert, das er inzwischen wieder gezogen hatte, zur Decke. »Schau dir an, wie sie wuchert, Morgan. Das ist nicht einmal eine anständig kultivierte Flechte, sondern wildes Wachstum. Irgendwo hier unten sind verdammt viele Wirte und ich wette, keiner von ihnen hat sich freiwillig gemeldet.«

Shaja sah immer noch mit einem verlangenden Ausdruck in den Augen zu der fürchterlichen Substanz hinüber und Morgan legte ihr sanft eine Hand auf den Arm: »Ich weiß, dass die Flechte Sie ruft. Ihre dämonische Seite kann die Seelenenergie darin spüren. Ignorieren Sie die Verlockung. Bisher brauchen Sie keine Seelen, um zu überleben, aber wenn Sie davon essen, unterliegen Sie auf einmal denselben Zwängen wie Ihre Mutter.« Die Worte wirkten wie ein Kübel Eiswasser auf die Halbdämonin. Sie warf einen letzten angewiderten Blick auf den Pilz und begann zusammen mit Richard die Umgebung im Auge zu behalten. Grayson betrachtete die junge Frau aus den Augenwinkeln, während er das eben Gehörte verarbeitete. Anscheinend benötigte Shaja keine fremden Seelen für ihr Überleben in dieser Welt und dem Quaestor fiel bei dieser Erkenntnis ein Stein vom Herzen.

Richard knurrte leise: »Wir sollten wirklich weitergehen. Dies ist eine Ermittlung und keine Schulexkursion.«

Morgan und Grayson sahen sich schuldbewusst an und die Quadriga ging weiter, wobei Shaja wieder vorauskundschaftete. Die Stränge der Flechte wurden immer breiter und dichter. Bald waren die oberen zwei Drittel der Tunnelwände zentimeterdick mit dem Pilz bedeckt und Richard sah immer wütender aus, während sich das Gesicht Morgans vor Mitgefühl verzog. Auch Grayson litt mit dem Ritter. Hier hatten ganz offensichtlich viele Unschuldige ihr Leben gelassen und sein Schwur musste dem Grauhaarigen gerade massiv zusetzen. Sollten sie während ihrer Untersuchung diesen Ort stilllegen können, dann war das ein gewaltiger Bonus. Grayson tröstete sich mit dem Gedanken, dass die Tage des *Hades* in jedem Fall gezählt waren. Der Rat würde die *Nebelwacht* schicken, um den *Hades* zu zerstören. Zumindest wenn sie es lebend hier raus schafften, um Bericht erstatten zu können.

Er verdrängte diesen letzten Gedanken und konzentrierte sich wieder auf seine Umgebung. Der Pilz gab einen aufdringlich süßlichen Geruch ab, der sich mit dem Moder der Holzbohlen zu einem klebrigen Ganzen verband. Das Atmen war unangenehm und die permanente Anspannung zehrte an seinen Kräften. Irgendwo vor ihnen war eine unbekannte Anzahl an Feinden und niemand konnte ihm garantieren, dass sie hier unten einen weiteren Hinweis auf den Verbleib Sophias finden würden, aber dies war momentan ihre einzige Spur. Also blieb ihnen nur der Weg vorwärts. Grayson warf immer mal wieder einen Blick auf die Uhr, da ihm sein Zeitempfinden in dieser monotonen Umgebung einen Streich spielte. Nach weiteren zwanzig Minuten trat Shaja wieder in den Lichtschein, den Morgan erzeugte, und bedeutete ihm, das Licht zu dimmen. Sofort sank die Lichtkugel in sich zusammen und alles außerhalb weniger Meter verschwand in der Finsternis des Tunnels. Sie bedeutete ihnen, niederzuknien und erstattete flüsternd Bericht: »Dreihundert Meter den Tunnel hinunter kommt eine alte U-Bahn-Station. Dort scheint ihr Hauptlager zu sein. Mehrere Tunnel, die nicht verschüttet sind, gehen von dort ab. Aus allen sind schwache Geräusche zu hören. Linker Hand stehen zwei alte Waggons, in denen sie den Pilz züchten. Rechter Hand geht es auf den Passagiersteg, wo einige alte Büroräume für das frühere Bahnhofspersonal zu finden sind. Es gab dort vier Wachen, um die habe ich mich gekümmert. Auf die Entfernung schien es, als ob die Räume genutzt werden, vielleicht werden wir ja dort fündig.«

Richard schaute besorgt, aber Grayson nickte zustimmend. »Wenn wir Informationen bekommen können, ohne noch einmal kämpfen zu müssen, ist mir das Recht. Wir dürfen nicht vergessen, je höher die Wellen, die wir hier schlagen, umso wahrscheinlicher erfahren Sophias Entführer von unseren Fortschritten.« Richard sah aus, als wollte er widersprechen, also fügte Grayson hinzu: »Sobald wir hier raus sind, schicken wir den Schweinen den Rat auf den Hals, in Ordnung? Sollten wir unterwegs ein Opfer sehen, das noch lebt, nehmen wir es mit. Klingt das gut?«

Richard nickte grimmig und auch der Rest stimmte zu. Dem Ermittler gefiel es nicht, so analytisch zu sein, aber zumindest war es ihm fürs Erste gelungen, einen simplen Aktionsplan ins Leben zu rufen, der allen Bedürfnissen gerecht wurde und die armen Teufel nicht ignorierte, die hier unten an einen magischen Pilz verfüttert wurden. Die vier gingen geduckt weiter, wobei Morgan sein Licht noch weiter dimmte, bis sie kaum noch sahen, wohin sie gingen. Nur Shaja war davon unbeeinträchtigt und führte sie sicher durch die Dunkelheit. Bald vergrößerte sich der Tunnel und die Wände wichen nach links und rechts. Ohne die Saggitaria hätten sie in dem schwachen Licht des Magus keine Orientierungsmöglichkeit gehabt. Die rothaarige Frau brachte sie zu den Büroräumen, wobei sie an den Leichen zweier Ghule vorbeikamen, deren Hälse dünne Schnitte aufwiesen. Anscheinend waren sie da gefallen, wo sie gestanden hatten. Grayson betrachtete das Werk der Halbdämonin und empfand wieder einmal große Zweifel ihr gegenüber. Auch wenn alle Bewohner des *Hades* zum Tode verurteilt waren, sich von hinten an jemanden heranzuschleichen und ihm die Kehle durchzuschneiden, war kaltblütiger Mord, egal, wie man es drehte und wendete. Dass er nun hier stand und nichts dagegen unternehmen konnte, verärgerte ihn zutiefst. Selbst das Wissen, dass sie bei Entdeckung in Lebensgefahr schwebten und dann definitiv mehr Leben ein Ende finden würden, half ihm nicht. Er beschloss, sein moralisches Dilemma beiseite zu schieben und später darüber nachzudenken. Jetzt konnte er nichts daran ändern, ohne ihre Sicherheit und die von Sophia zu gefährden.

Shaja führte sie durch einen großen Torbogen, hinter dem ein geräumiges Büro mit altertümlichen Tischen und Schränken zu finden war. Schnell durchsuchten sie alles, fanden aber nur verrottetes Papier und nichts, was von Wert für ihre Ermittlungen gewesen wäre. Mehrere Durchgänge führten zu kleinen Kammern, die bis auf simple Schlafstätten aus zerfetzten Decken und Kartonresten leer waren. Anscheinend schliefen hier bis zu fünfzig Ghule. Grayson schauderte und verdoppelte sein Tempo bei der Durchsuchung. Wenn die Bewohner des *Hades* alarmiert wurden, hatten sie kaum eine Chance. Der hinterste Durchgang führte in einen kurzen Flur, an dessen Ende eine eiserne Tür den Zugang versperrte. Überrascht stellten sie fest, dass diese Tür tatsächlich noch funktionsfähig war. Morgan sprach einen Stillezauber aus und öffnete danach langsam die Tür, die sich widerstrebend bewegte und normalerweise bestimmt einen Haufen Lärm verursacht hätte. Der Magus beendete den Zauber wieder, als das schwere eiserne Ding offenstand und sie in ein kreisrundes Wasserreservoir starrten, das dahinter in den Boden eingelassen war. Früher wohl als Reservoir für Lampenöl oder Trinkwasser gedacht, schwammen hier nun dicht an dicht die schlanken Körper eines großen Schwarms Blutaale. Das Wasser war so voll von ihnen, dass Grayson sich nicht wunderte, als er sah, wie die größeren über die kleineren herfielen. Hier vor ihnen schwamm tatsächlich der erste handfeste Beweis. Diese Gruppe konnte zweifelsfrei dem Attentat auf die Lady vom See zugewiesen werden. Wenn sie nun einen Hinweis auf die Hintermänner fanden, konnten sie endlich anfangen, offiziell Verdächtige zu vernehmen. Grayson bedeutete Morgan, die Blutaale zu filmen, da sie schlecht den Bottich mitnehmen konnten, danach schlossen sie die Tür wieder mithilfe des Stillezaubers. Fast unhörbar wisperte Grayson Morgan zu: »Wie stehen die Chancen, dass wir einen der Ghule verhören können?«

Der Magus schüttelte den Kopf: »Wenn die alle seit längerem Seelenflechte essen, dann werden sie dem Züchter treu ergeben sein. Wie ein Junkie, der seinen Dealer nicht verrät. Wir könnten sie aushungern, bis sie reden, aber das würde Tage dauern und die haben wir nicht.«

Grayson dachte nach: Wer die Flechte kultivierte, war bestimmt auch für die Zucht der Aale verantwortlich. Dieselbe Person hatte die Ghule unter Kontrolle. Die Chancen waren extrem hoch, dass dieses Wesen auch den Deal mit den Entführern abgewickelt hatte. Wenn diese Verbrecher auch nur annähernd wie ihre menschlichen Pendants waren, dann mochte die Kontaktaufnahme und Verhandlung über Strohmänner angelaufen sein, aber die Übergabe einer so wertvollen und gefährlichen Fracht wäre persönlich erfolgt. Keine Seite wollte, dass dabei etwas schieflief. Also war hier unten in der Dunkelheit irgendwo jemand, der einen relevanten Namen oder ein entsprechendes Gesicht kannte.

Leise flüsterte er: »Wir brauchen den Kopf dieser Enklave.« Die anderen nickten verstehend und Shaja führte sie hinaus und den Bahnsteig hinunter zu den Waggons, die bereits jahrzehntelang hier standen und nie wieder ihren ursprünglichen Dienst aufnehmen würden. Ihre Erbauer hätten sich wohl niemals träumen lassen, welche Schrecken ihre Schöpfungen jetzt beherbergten. Als sie dicht genug heran kamen, sah Grayson, dass die dick verglasten Fenster noch intakt waren. Durch das schwere Glas konnte er erkennen, dass beide Gefährte zum Bersten mit Seelenflechte gefüllt waren. Der Pilz wucherte durch die Dachfenster hinaus und rankte sich zur Decke empor, um sich dort entlang und an den Wänden auszubreiten. War dieser Anblick schon widerlich, so war der Rest kaum zu ertragen. Innerhalb der Waggons sahen sie schemenhafte Umrisse, einige noch vage menschlich, andere schon stark in Auflösung begriffen, alle vollständig eingehüllt von dem verschlingenden Gewächs. Keine der Gestalten schien noch zu retten zu sein und ein schneller Seitenblick zu Morgan bestätigte Graysons Vermutung, da der Magier traurig den Kopf schüttelte. Schweigend und gelähmt starrten alle vier für einige Sekunden auf den Schrecken vor ihnen, dann riss sich Morgan als erster los und zeigte stattdessen auf einige klobige Schatten, die hinter den Waggons standen. Sie gingen leise und verstohlen darauf zu und das Licht offenbarte die Umrisse schließlich als stählerne Zylinder, die Grayson an große Sauerstoffflaschen erinnerten.

Morgan rieb sich müde über die Augen und wisperte: »Darin kann man Seelenflechte als Konzentrat transportieren. Anscheinend ist diese Enklave soweit, den Pilz an willige Konsumenten in London zu verkaufen. Das würde im momentan aufgeheizten Klima ein Blutbad oder sogar einen kleinen Bürgerkrieg gegeben. Der perfekte Nährboden für einen Regimewechsel. Unsere Verschwörer wollen nichts dem Zufall überlassen.« Morgan filmte auch die Waggons und die Transportbehälter, als sie in der Ferne auf einmal ein rhythmisches Krachen hörten, das sich ihnen näherte.

Richard legte den Kopf schief und lauschte, dann sagte er laut: »Ein Troll. Er muss uns gerochen haben«, und zog sein Schwert. Der Ritter kniete nieder und begann in altem Latein ein Gebet aufzusagen, in dessen Verlauf der magische Schild an seinem rechten Unterarm erst schemenhaft auftauchte und dann deutlich stofflicher wurde, als es bisher der Fall war. Morgan warf sein Licht an die Decke, wo es auf einmal in gleißendem Glanz erstrahlte und die gesamte U-Bahn-Station aus dem Dunkel riss. Alle grausigen Details, die Grayson bisher erspart geblieben waren, lagen nun sichtbar vor ihm und er musste wieder würgen. Hier und da sah er die Überreste verzweifelter Gesichter, die nahe genug an den Waggonfenstern waren, um sie erkennen zu können. Wie gebannt stand er da und versuchte, die Qualen zu fassen, die diese unglücklichen Opfer noch immer durchlebten, da der Pilz sie nicht sterben ließ, solange noch ein Rest ihrer Seelen übrig war. Shaja hingegen lud ungerührt ihre MPs durch und rückte die Extramagazine an ihrer Hüfte zurecht. Dann legte sie auf die Quelle des Lärms an und wartete. Ein Teil seines Verstandes realisierte, dass die anderen der festen Überzeugung waren, dass ein Kampf unvermeidlich war, und langsam, fast wie ein Schlafwandler, zog auch der Quaestor seine Waffen.

Das Poltern wurde immer lauter und Grayson erkannte darin langsam die schweren, riesigen Schritte von etwas unglaublich Massigem, das sich ihnen schnell näherte. Er legte ebenfalls an und versuchte, etwas in der Schwärze hinter dem Lichtschein auszumachen. Als der Troll schließlich auftauchte, war der Ermittler so überrascht, dass er vergaß, abzudrücken. Ein massiver, vier Meter hoher Körper, der stark menschenähnliche Proportionen aufwies, kam schwindelerregend schnell näher. Er sah graugrüne Haut, einen breiten Kopf mit säbelzahnartigen Hauern und mit Muskelknoten übersäte Extremitäten. Das Monster war außerhalb des Lichtkegels in vollem Sturmlauf auf sie zu gerannt und abgesprungen, so dass es nun mit erhobener Faust auf sie zuzufliegen schien. Allein diese Faust hatte den Umfang von Richards Brustkorb, allerdings hielt sie noch etwas fest umklammert, das wie ein verbogener Stahlträger aussah, der wie ein plumper Schlagring die Knöchel des Trolls bedeckte. Shaja hatte kurz angefangen, auf das Monstrum zu feuern, aber die Kugeln prallten einfach ab, ohne es zu verlangsamen oder seine Flugbahn zu beeinflussen. Morgan pumpte Zauber um Zauber in den Ritter, der sich im letzten Moment aus seiner knienden Position erhob, um dem Ansturm dieser fleischgewordenen Naturgewalt zu begegnen. Die riesige stahlverstärkte Faust sauste herab, unterstützt durch die Fliehkraft des mehrere Tonnen wiegenden Körpers und Grayson riss den Mund zu einem Schrei der Furcht auf.

Richard war tot, daran hatte er keinen Zweifel. Die Ohren des Quaestors registrierten einen kurzen scheppernden Knall, als die Faust auf den Schild des Ritters traf, dann konnte er gar nichts mehr hören. Ungläubig sah er, wie die Attacke des Trolls entgegen allen Regeln der Physik von dem Schutz des Ritters abglitt und ihre Kraft verpuffte. Der Custos wurde dabei drei Meter nach hinten geschoben, blieb aber mit entgegengestemmten Beinen stehen und drückte die ledrige Hand zur Seite. Nur eine Armeslänge trennte Richard noch von seinen Gefährten, sodass die rasende Gestalt des Trolls über ihnen allen aufragte.

Morgan erschuf eine schillernde Schutzkuppel und warf gleichzeitig eine blendende Lichtkugel aus Magie gegen den Kopf des Trolls, die zwar harmlos verpuffte, ihn aber kurzzeitig blendete. Shaja lief, beide Klingen an den Maschinenpistolen benutzend, zwischen den Beinen des Monstrums hindurch und hinterließ ein halbes Dutzend blutiger Schnitte auf der Haut des Trolls. Richard stach mit seinem Schwert nach ihm und ritzte ihn am Bauch. Unter der Wucht der Gegenattacken schrie ihr Gegner schmerzerfüllt auf und Grayson schöpfte erleichtert Hoffnung. Dann schwärmte eine Horde Ghule aus der Dunkelheit hervor, um kreischend über sie herzufallen. Shaja schwenkte sofort um und fuhr zwischen sie, um in einem Sturm aus Kugeln und Klingen blutige Ernte zu halten. Morgan versuchte noch einmal, den Troll zu blenden, aber der drehte rechtzeitig den Kopf weg und schmetterte seine Faust erneut auf Richards Schild hinab. Wiederum hielt der Custos stand, aber seine Beine knickten ein und er sank kurz auf ein Knie. Neben ihm stöhnte der Magus und sagte keuchend: »Wann immer Sie so weit sind, Sportsfreund.«

Grayson zuckte zusammen und hob die Waffen wieder, die er während des Spektakels gesenkt und in seinen Händen vergessen hatte. Während er sich in einen ruhigen, gemütlichen Verhörraum zurückwünschte, schoss er sein ganzes Magazin in die

Reihen der Ghule, die Shaja umschwärmten und ihr mit ihren Klauen und Zähnen zusetzten. Grayson sah das Blut der Saggitaria aus mehreren Wunden fließen und versuchte instinktiv, ihr zu helfen. Fünf Ghule sanken getroffen zu Boden oder wurden regelrecht davongeschleudert, aber hinter sich hörte er Richard ächzen: »Der Troll, Quaestor. Die Ghule fliehen, wenn wir den Troll erledigen.«

Grayson wirbelte herum und drückte wiederum ab, diesmal war der Lauf auf die Gestalt des großen Monsters gerichtet. Aber es klickte nur metallisch in der Kammer und Grayson fluchte. Er war noch die Magazingröße seiner alten Dienstwaffe gewöhnt. Sein neuer Revolver hatte nur fünf Kugeln in der Trommel und es würde eine Weile dauern, bis er sich an diesen Unterschied gewöhnt haben würde. Fieberhaft lud er nach, während der Troll wieder zuschlug, diesmal den Magus anvisierend. Die Schutzkuppel zerbarst gleißend und Morgan taumelte durch den magischen Rückschlag, das Gesicht totenbleich. Das Monstrum ließ einen fast spielerischen Rückhandschlag folgen und dieser hätte dem schutzlosen Magier den Brustkorb zertrümmert, aber Richard schob seinen Schild dazwischen und fing den Hieb gerade noch ab. Schweißperlen standen auf der Stirn des Ritters und er hatte damit aufgehört, dem Troll mit seinem Schwert zuzusetzen, da er all seine Kraft für die Paraden benötigte. Kurz schaute Grayson nach Shaja, konnte sie aber zwischen den Leibern der Ghule nicht mehr ausmachen. Nur die Tatsache, dass die bleichen Gestalten ihnen weiterhin den Rücken zudrehten und etwas in ihrer Mitte attackierten, sagte ihm, dass die junge Frau noch stand.

Endlich hatte er nachgeladen und schoss jetzt mehrfach auf den Troll, wobei er noch näher an die massige Gestalt herantrat, als ihm lieb war. Selbst auf zwei Meter Entfernung drangen die Kugeln zwar ein, richteten aber nicht genug Schaden an, um ihren Gegner zur Strecke zu bringen. Wenigstens brüllte das

Monstrum schmerzerfüllt auf und ließ von Richard ab, um sich zu Grayson umzudrehen, der bei seiner Annäherung an die Seite des Trolls getreten war.

Als sich die unglaublich große Faust bis unter die Decke des Tunnels hob, wurde dem Ermittler klar, dass ihn seine Gabe hier nicht retten konnte. Der Stahlträger um die Faust allein würde ihn schon töten, ganz ohne magischen Einfluss, den er bannen könnte. Verzweifelt suchte er nach einer Schwachstelle bei seinem Gegenüber, irgendeine verwundbare Partie, wo seine Kugeln mehr Schaden anrichten würden. Er sah nur die Augen, aber so schnell, wie der Troll den Kopf bewegte, würde er die von hier unten nicht treffen.

Dann war auch schon die Faust heran und er musste sich mit einem Hechtsprung in Sicherheit bringen, als das zentnerschwere Gewicht der Hand auf der Stelle aufschlug, wo er gerade noch gestanden hatte und die Wucht des Aufpralls Stücke aus dem Stein des Tunnelbodens schlug. Grayson kam auf die Füße, in der Absicht, in einer Verzweiflungstat an dem graugrünen Brustkorb emporzuspringen, um vielleicht einen Schuss auf eines der Augen abfeuern zu können. Aber plötzlich erklang hinter ihm ein schriller Pfiff. Alle Köpfe drehten sich und der Ermittler sah Shaja, deren Zauberzeichen am ganzen Körper aufflammten, während sie verführerisch lächelte und dabei die Waffen kokett hinter ihrem Rücken verschränkte. Für eine Sekunde waren alle Wesen im Raum von der Macht ihrer magischen Ausstrahlung verzaubert und gafften den Halbsukkubus nur an.

Alle Wesen, bis auf Grayson.

Der Troll stand nach seinem mächtigen Abwärtshieb weit vornübergebeugt da und war durch Shaja abgelenkt. Während der Quaestor sich mit einer Hand an dem Stoßzahn des Wesens hochzog und dafür seinen Dolch fallen ließ, stieß er sich so stark es ging mit beiden Beinen ab. Er federte auf Gesichtshöhe des Trolls, der in diesem Moment wieder zu sich kam und ihn erschreckt ansah. Schnell riss Grayson seine Waffe hoch, bis sich der Lauf direkt vor der Pupille des rechten Auges befand und drückte ab. Ohne einen Laut von sich zu geben, fiel der Troll nach hinten um und rührte sich nicht mehr, während Grayson auf halben Weg losließ und sich abrollte. Es qualmte aus der zerstörten Augenhöhle des Ungetüms, durch die beim Aufprall der Kugel ein sengender Blitz gefahren war. Die Guhle starrten für einen Moment auf den gefallenen Koloss, während Shaja weiter auf sie einhackte und schoss. Dann stürzte Richard mit einem Sturmangriff mitten in sie hinein und die Gruppe sprengte auseinander, um in der rettenden Dunkelheit zu verschwinden.

Schnell versammelte sich die Quadriga und selbst Shaja dachte nicht daran, die flüchtenden Ghule zu verfolgen. Richards Schild schimmerte noch immer an seinem Unterarm und auch das Schwert behielt der Ritter in der Hand, doch beides zeigte zu Boden und der grauhaarige Mann schien unverletzt, aber erschöpft zu sein. Morgan bot ein Bild des Elends, sogar Grayson konnte erkennen, das der Magus keine große Hilfe mehr darstellen würde. Sein besorgter Blick fiel auf Shaja, die aus vielen Schnitten und Rissen blutete und schnell schwächer werden würde. Sie fing seinen Blick auf und runzelte kurz die Stirn. Dann schaute sie an sich herab, als sähe sie die Wunden zum ersten Mal und schloss daraufhin die Augen. Das Zaubernetz auf ihrem Körper glühte langsam auf und hielt einige Sekunden an, während es ein warmes, rotgoldenes Licht verbreitete. Die Schnitte schlossen sich und das Blut wurde von der Haut der Saggitaria absorbiert. Anscheinend ein weiterer Grund, warum die junge Frau so wenig Kleidung wie möglich trug. Richard brummte neidisch: »Also das würde ich auch gerne können.« Dann behielt er wieder die Umgebung im Auge.

Jetzt wo klar war, dass alle relativ unversehrt waren, ging Grayson um den gefallenen Körper des Trolls herum. Zu seiner Überraschung stellte er fest, dass sich der riesige Brustkorb noch immer leicht hob und senkte. Schnell ging er hinüber zum Kopf des Wesens, wobei er die Seite mit dem gesunden Auge wählte. Tatsächlich starrte der Troll ihn aus einem trüben Auge an, dessen Blick überraschend intelligent wirkte. Ohne darüber nachzudenken, flüsterte Grayson: »Warum das alles?« und schwenkte seine Arme in Richtung der Waggons mit ihrer grausigen Fracht.

Die Antwort kam als schwaches Rumpeln, das sich schwer einen Weg aus den Tiefen der Kehle des tödlich verwundeten Trolls bahnte: »Der Rat hat uns im Stich gelassen. Wir mussten irgendwie überleben. So kurz, wir standen so kurz davor unseren Platz in der Gesellschaft zurückzuerhalten.«

Die Stimme wurde schwächer, aber Graysons Instinkt und seine jahrelange Erfahrung sagten ihm, dass er hier Antworten erhalten würde, wenn er nur die richtigen Fragen im passenden Tonfall stellte. Möglichst sanft und eindringlich sprach er in das Ohr des riesigen Wesens: »Wollte Ihnen jemand beim Erreichen Ihrer Ziele helfen? Jemand, der Sie verstanden hat?«

Die Antwort kam schwach, aber verständlich: »Er sagte, wir würden wieder ein richtiges Leben führen dürfen. Kein Versteckspiel mehr im Untergrund, kein ewiges Hungern. Die Blutaale im Tausch gegen unser altes Leben.«

Die Stimme war kaum noch zu hören und Grayson knirschte vor Verzweiflung mit den Zähnen. »Wer? Wer wollte Ihnen helfen?«

Der Troll wollte antworten, aber ein Krampf erfasste seinen massigen Körper. Das gesunde Auge schien durch Grayson hindurchzusehen, als der Koloss sich bemühte dem Quaestor noch etwas mitzuteilen. Dann lag er still, das Licht war aus seinem Auge verschwunden. Wut und Frust stiegen in dem Ermittler auf, aber er zwang sie hinunter und konzentrierte sich auf die letzten Momente der Befragung. Die anderen hatten schweigend zugehört und schauten ihn etwas ratlos und verloren an, aber er weigerte sich, hier aufzugeben. Er starrte in das nun leblose Auge des Trolls und drehte sich dann einer Eingebung folgend um. Vielleicht hatte das Wesen in seinen letzten Momenten wirklich durch ihn hindurchgeblickt.

Und zwar auf etwas *hinter* ihm. Grayson ging um die Behälter herum, in denen der Pilz hatte verteilt werden sollen und zur dahinterliegenden Wand. Ein Teil war hinter einer besonders dicken Schicht Flechte verborgen und er begann, mit seinem Dolch daran herumzukratzen. Der magische Pilz fiel schwarz und verdorrt in schweren Flocken zu Boden, wo die Klinge, verstärkt durch das antimagische Feld des Quaestors, die Substanz durchtrennte. Dahinter kam ein Hohlraum zum Vorschein. Er spähte durch das faustgroße Loch, das er mit dem Dolch gegraben hatte, konnte aber außer Schwärze nichts entdecken. Grayson signalisierte den anderen, zu ihm zu kommen. »Hier ist etwas hinter dem Pilz, aber ich kann nichts erkennen. Können Sie mir helfen, es freizulegen?«

Morgan schüttelte den Kopf und sagte: »Seelenflechte ist extrem leicht entflammbar. Wenn ich darauf einen Feuerzauber wirke, brennt hier alles lichterloh. Und Shaja hält sich besser davon fern, jeder Körperkontakt wäre eine Gefahr für sie.«

Richard hielt weiter wortlos Wache und starrte in die Dunkelheit, also käme von ihm auch keine Hilfe. Während Shaja dem Custos half, drehte Grayson sich seufzend um und begann, mit kräftigen Schnitten, den Pilz von der Wand zu lösen. Selbst jetzt, wo er ein ganzes Team zu seiner Verfügung hatte, blieb die Drecksarbeit wieder an ihm hängen! Ein selbstironisches Grinsen stahl sich bei dem Gedanken auf seine Lippen und er schnitt weiter. Nach zwei Minuten war er schweißgebadet, hatte aber einen Durchgang geschaffen, durch den er mühelos passte. Das Licht des Magus zeigte ihm, dass vor ihnen ein Alkoven lag, der aber außer einem improvisiert gezimmerten, riesigen Stuhl und einem ebenso plumpen über zwei Meter hohen Tisch nichts weiter beherbergte. Die Größe der Möbelstücke legte nahe, dass der Troll diese genutzt hatte, bevor die Flechte darüber gewachsen war. Aber warum hatte der Pilzzüchter zugelassen, dass die Seelenflechte den Eingang verschloss? Oder hatte der Troll die Nische etwa willentlich versiegelt?

Grayson ging hinüber und reckte den Hals, um auf die Tischplatte schauen zu können, die knapp über ihm aufragte. Ein aufgeregter Schrei entrang sich seinen Lippen, als er einige Dokumente darauf liegen sah. Er zog sich mühsam an der Tischkante hoch und griff ächzend mit einem Arm nach den Papieren, um sich danach wieder fallen zu lassen. Schnell kletterte er durch sein geschaffenes Loch wieder hinaus zu den anderen. Morgan sah ihn erwartungsvoll an, während die beiden anderen ihnen den Rücken zuwandten und die Umgebung sicherten. Grayson trat zu dem Magus und warf einen schnellen Blick auf seine Beute. Drei Seiten aus Papier, alle unterschiedlich in Machart und Schriftbild. Ein Dokument zeigte das Zeichen des Rates und war in der Ratssprache verfasst. Der Ermittler drückte es Morgan in die Hand und schaute sich die beiden anderen an. Das obere war ein Pamphlet, ein Aufruf sich zu erheben und die Ungerechtigkeiten des *Verhangenen Rates* nicht länger zu dulden. Grayson kannte solche Schriftstücke aus seiner bisherigen Laufbahn. Plumpe Argumentationen, mehr oder weniger kunstvoll aneinandergereiht, um Gewalt gegen Andersdenkende zur Durchsetzung der eigenen Ziele zu rechtfertigen. Er überflog den Inhalt, aber der einzig interessante Aspekt daran war, dass der Schrieb auf die kommende Woche datiert war. Dies hier war wohl die Rohfassung, die als Grundlage für ein Flugblatt hatte dienen sollen, das zu einer Revolte aufrief.

Grayson wollte sich gerade das letzte Blatt ansehen, als Morgan einen traurigen Laut ausstieß. »Dieser Troll war Barry Poxborrow. Er saß bis letztes Jahr im *Verhangenen Rat* für das *Equilibrium*. In diesem barbarischen Zustand habe ich ihn nicht erkannt. Er war stets recht konservativ was seine Kleidung betraf und kam immer in Anzug und mit Perücke und Zylinder zur Ratsversammlung. Als die Ghule aus der öffentlichen Wahrnehmung verbannt wurden, hat er vehement dagegen protestiert. Viele seiner Freunde waren Ghule und er wollte alternative Wege finden, damit sie weiterhin Zugang zur normalen Welt besaßen. Aber jede seiner Initiativen wurde abgeschmettert. Es gab einfach zu viele Sichtungen von Ghulen durch Zivilisten in den letzten Jahren und die *Nebula Convicto* galt als gefährdet. Also war sein Kampf aussichtslos. Er wurde verbittert und zornig und schließlich zur Belastung. Letzten Endes wurde er nach einer Handgreiflichkeit aus dem *Verhangenen Rat* ausgeschlossen. Dies hier ist die offizielle Verlautbarung seines Ausschlusses.«

Grayson nickte nachdenklich. Das erklärte den politischen Ton des Flugblatts und die extremen Maßnahmen, die auf den Ratsschluss folgten. Der Troll musste sich vom politischen System verraten gefühlt haben und dieses Gefühl war ein perfekter Nährboden für das Etablieren einer Untergrundbewegung. Er musste viele seiner Freunde überzeugt haben, hier eine Zuflucht zu finden. Die ideale Schachfigur für die Hintermänner von Sophias Entführung. Schnell las der Ermittler das dritte Stück Papier und wurde ganz aufgeregt. Die anderen bemerkten seine Anspannung und schauten ihn neugierig an. Er beschloss, laut vorzulesen, damit jeder möglichst schnell im Bilde war.

»Lieber Barry, mit Bedauern habe ich zur Kenntnis genommen, wie all Ihre Anstrengungen der letzten Jahre durch das korrupte Gremium zerstört wurden, das unsere Welt zurzeit unterjocht. Sie und Ihre Freunde sollten nicht in einem Loch im Boden hausen müssen, verborgen vor den Augen der Welt. Einige Gleichgesinnte und ich haben einen Weg gefunden, den jetzigen politischen Zustand aufzulösen und Ihrem Exil ein Ende zu bereiten. Sollten Sie gewillt sein, uns dabei zu unterstützen, wären wir diesem Ziel ein großes Stück näher. Umseitig finden Sie Anweisungen, welche Dinge wir wann von Ihnen brauchen. Gezeichnet, ein Freund.«

Er drehte das Papier um und las leise weiter. Dann sagte er: »Hier wird eine Lieferung der Blutaale verlangt, neutral verpackt und am Eingang des *Hades* zur Ausschiffung bereit stehend. Als Datum ist der Montag der vorletzten Woche angegeben.«

Morgan klatschte in die Hände: »Genau, was wir brauchen. Rund um die Themse gibt es genug Überwachungskameras und Aufzeichnungen. Ich kriege raus, welches Schiff hier zum fraglichen Zeitpunkt angehalten hat. Schiffe kann man nicht so leicht anonymisieren wie einen schwarzen Lieferwagen. Wem immer das Schiff gehört, ich finde es schnell heraus.«

Grayson warf dem Magus einen zufriedenen Blick zu und sagte dabei: »Es geht noch weiter: In zwei Tagen sollen die restlichen Blutaale in die Themse entlassen und die Seelenflechte soll an alle bekannten Dealer der *Nebula Convicto* ausgeliefert werden, die sich innerhalb Londons befinden. Zum Zeitpunkt der Wahl des Vorsitzenden soll in und um London die Hölle losbrechen.«

Die vier schauten sich schweigend an und verdauten diese Entwicklung. Aus einer politischen Entführung war auf einmal etwas viel Größeres geworden.

Grayson steckte die Dokumente ein und Richard sagte: »Wir müssen die Freisetzung der Aale und die Verteilung der Flechte unbedingt verhindern. Am besten wäre es …« Weiter kam er nicht.

Shaja unterbrach ihn mit einem lauten Schrei: »Sie kommen zurück. Ich sehe Bewegung in allen Tunneln. Ich denke, jeder Ghul, der hier unten lebt, kommt gerade auf uns zu.«

Morgan sagte mit Angst in der Stimme: »Sie wollen uns mundtot machen, bevor wir den Rat warnen können.«

Richard hob sein Schild und rief: »Los, Richtung Ausgang. Wir brechen durch, so schnell wir können und ich erkaufe Ihnen die nötige Zeit, um zu fliehen.«

Die Quadriga stürmte los, während langsam die Geräusche der heranrückenden Ghule hörbar wurden. Das Scharren der spitzen Klauen hallte von den Tunnelwänden wieder, durchsetzt von einem ekelhaft schmatzenden Geräusch, wo sich die bleichen Gestalten über den Pilz an Decken und Wänden näherten. Grayson prüfte seinen Revolver. Es waren nur noch zwei Schuss übrig, dann war sein Kugelvorrat am Ende. Er nahm sich vor, Richard vor dem nächsten Ausflug um deutlich mehr Munition zu bitten und wechselte die Schusswaffe in die linke Hand, damit sein Dolch in der Rechten von der verstärkenden Kraft seines Rings profitierte. Sie hasteten den Tunnel entlang, durch den sie hergekommen waren, und Grayson hörte deutlich, das sich auch vor ihnen Gegner befanden, denen sie sich schnell näherten. Er wappnete sich und dann wurden die ersten hageren Umrisse von Morgans Licht aus der Schwärze des Tunnels herausgerissen. Mindestens zwanzig der bleichen Wesen kamen ihnen entgegen und Richard schrie: »Wir müssen durchbrechen! Wenn die vor uns, uns lange genug aufhalten, erwischt uns die Meute, die uns auf den Fersen ist.«

Grayson riskierte einen Schulterblick und sah mindestens ebenso viele Ghule hinter wie vor ihnen, aber den Geräuschen aus dem Dunkel zufolge, waren da noch viel mehr. Während sie den vor ihnen liegenden Feinden rasend schnell näher kamen, zielte Grayson so sorgfältig, wie es eben ging und holte zwei Ghule von der Decke, die in ihrem Laufweg gehangen hatten. Shaja tat es ihm gleich, nur dass ihre Opfer wieder aufstanden, da sie mit normalen Kugeln schoss. Aber zumindest war die Decke vor ihnen frei und nun konnten sie sich auf die Ghule am Boden konzentrieren. Richard rief ein Stoßgebet aus und beschleunigte auf den letzten Metern, bevor er in die Menge krachte und diese mit seinem hoch erhobenen Ritterschild beiseiteschob. Dabei schlug er mit dem Schwert nach links und rechts, ohne langsamer zu werden. Shaja folgte direkt hinter ihm, und hatte die Maschinenpistolen gegen ihre Metallstangen getauscht. Sie schlug in einem atemberaubenden Tempo nach ausgestreckten Armen und Beinen und Grayson hörte das unangenehme Geräusch brechender Knochen bei jedem Hieb, den sie austeilte. Die Folge dieses doppelten Angriffs durch Ritter und Dämonin war ein drei Meter breiter Streifen bar jeder Opposition. Grayson blickte nach hinten zu Morgan, der keuchend versuchte, ihr Tempo zu halten. Der Magus war durch seine Zauber sehr erschöpft und das magische Licht über ihnen begann im Rhythmus seiner Atemstöße zu flackern. Grayson ließ sich bis zum Magus zurückfallen und hieb wild nach allen Seiten, um ihnen beiden den Weg offen zu halten, den die Kämpfer für sie geschaffen hatten. Er spürte mehr, als dass er sah, wie seine Klinge mehrfach auf Widerstand traf, dann waren sie auch schon durch.

Richard blieb stehen, um der Meute die Stirn zu bieten und ihren Rückzug zu sichern, aber Morgan machte das Zeichen des Magus und keuchte: »Ich habe eine Idee. Du wirst mich danach tragen müssen, aber wir sollten sicher sein, ohne dass du dich opfern musst.«

Der Custos nickte und setzte sich wieder in Bewegung, ihren Rücken sichernd, während Shaja die Gruppe nun anführte. Der Schweiß war Grayson schon lange ausgebrochen und die Lauferei in der abgestandenen und ranzigen Luft machte jeden Atemzug zur Qual. Der süßliche Geruch des Pilzes war überall und Grayson schwor sich, als erstes eine Dusche zu nehmen und diesen Gestank loszuwerden, sollten sie lebend hier rauskommen.

Nachdem sie durchgebrochen waren, hatten die Ghule ihr Tempo verdoppelt, jedenfalls kam es dem Quaestor so vor. Wahrscheinlicher war, dass die schnellsten Ghule mittlerweile die Gruppe anführten, aber da die Quadriga immer langsamer wurde, war diese Frage eher akademischer Natur. Morgan schaute ständig zu den Wänden des Tunnels hinüber und Grayson rang nach Luft. Seine Beine waren furchtbar schwer und nur das Adrenalin ließ ihn noch durchhalten. Richard schaute immer nachdenklicher drein und Grayson befürchtete, bald würde der Ritter die Entscheidung treffen, zurückzubleiben, um den Rest der Gruppe zu retten.

Dann endlich gab Morgan ein Zeichen und sie hielten an. Der Magus wirbelte herum und murmelte: »Das wird mir beinahe mehr weh tun als denen.« Dann hob er seinen Gehstock und ein zischender Feuerstrahl löste sich aus dem Knauf und traf die Decke dort, wo die letzten Ausläufer der Seelenflechte einige Meter hinter ihnen endeten.

Ein fauchendes Geräusch ertönte, als die Flammen rasend schnell den Pilz entlang wanderten und über fünzig Meter Tunnel innerhalb von Sekunden in Flammen standen. Brennende Stücke der moosigen Substanz fielen als teppichartige Gebilde von der Decke und den Wänden und legten sich wie brennende Leichentücher über die heranstürmenden Ghule. Wie gebannt betrachtete der Quaestor das grausame Schauspiel. Als der Magus bewusstlos zu Boden sank, hätte er ihn beinahe zu spät aufgefangen. Sorgenvoll betrachtete er den blonden Mann und wunderte sich, dass seine Berührung keine Entladungen hervorrief. Richard sagte, die brennenden Ghule im Auge behaltend: »Sie können ihn ruhig anfassen, momentan ist der alte Knabe so magisch wie ein Topflappen.«

Erst jetzt fiel dem Ermittler auf, dass der Lichtzauber erloschen war. Aber hinter ihnen brannte der Tunnel noch immer und erhellte so den Weg. Morgan hatte so lange gewartet, bis sie die pilzfreie Grenze passiert hatten, so dass sie für den Moment sicher waren. Allerdings würde sich der Tunnel schnell mit Rauch füllen, also sollten sie schleunigst weitergehen. Er wollte gerade etwas dazu sagen, als Richard rief: »Auf den Boden, sofort.« Grayson legte sich flach über den wehrlosen Magus, um ihn mit seinem Körper zu schützen, während er am Ritter vorbeispähte, der seinen Schild auf den Boden aufsetzte und sich zwischen ihnen und den Flammen hinkniete. Als Shaja sich neben sie warf, ahnte Grayson, wovor der Custos sie gewarnt hatte: Die magischen Flammen hatten sich ihren Weg an der Flechte entlang gebahnt und waren schließlich an den Waggons angekommen.

Waggons, die zum Bersten mit Seelenflechte gefüllt waren.

Eine mächtige Explosion ertönte, dicht gefolgt von einer zweiten und dann rollte eine massive Flammensäule den Gang entlang. Richard stieß ein inbrünstiges Gebet aus und sein Schild schien zu wachsen und an den Rändern auszufasern. Grayson schrie vor Angst, ebenso wie Shaja, als die Flammenwand über sie hereinbrach, aber der magische Schild des Ritters schien das flammende Inferno abzuschwächen und von der Gruppe fortzulenken. Nach einer Sekunde war alles vorbei. Grayson erhob sich und sah an sich herab. Seine Kleidung rauchte und die Haut des Ermittlers fühlte sich an, wie nach einem schönen langen Wüstenspaziergang, aber ansonsten ging es ihm gut. Die anderen wirkten ebenso unversehrt. Ohne ein Wort hob Richard seinen Schild wieder auf und warf sich den bewusstlosen Magus über die Schulter. Der Brustkorb des Ritters hob und senkte sich wie ein Blasebalg, aber er ging klaglos weiter und die anderen taten es ihm nach. Durch die Explosion war der restliche Pilz innerhalb von Sekunden verbrannt und das Licht des Feuers wurde schwächer. Grayson holte eine Taschenlampe hervor, die er geistesgegenwärtig eingepackt hatte, als es hieß, dass sie in ein Tunnelsystem eindringen würden. Magie hin oder her, manchmal zahlten sich die kleinen Dinge des Lebens aus. Da das Feuer jetzt kleiner war, bildete sich glücklicherweise nicht mehr so viel Rauch, der sich langsam in dicken Schwaden an der Decke sammelte. Taumelnd bewegte sich die zerschundene Gruppe auf den Ausgang zu, ein Bild der völligen Verwüstung hinter sich zurücklassend.

Nach einem quälend langsamen, erschöpfenden Fußmarsch erreichten sie endlich den Ausgang. Unterwegs war der Magus wieder zu sich gekommen und konnte seit einigen Minuten sogar wieder allein laufen. Der Rauch hatte sich rasch verteilt, da die trümmergefüllten Abzweigungen nicht luftdicht verschlossen waren. Jetzt standen sie in der frischen Abendluft, während ihnen kalter Regen ins Gesicht schlug, und sie genossen das Gefühl, noch am Leben zu sein. Selbst das Wetter konnte Graysons Stimmung nicht trüben und während er den Sauerstoff tief in die Lungen sog, kam ihm eine Idee: »Wie wahrscheinlich ist es, das etwas da unten überlebt hat?«

Morgan und Richard schüttelten beide den Kopf. Grayson hakte nach: »Und die Blutaale?«

Shaja übernahm die Antwort: »So nahe an der Explosion? Gebraten oder schlicht geplatzt durch die Druckwelle.« Eine weniger plastische Antwort hätte ihm auch gereicht, aber Grayson hatte gehört, was er sich erhofft hatte. »Morgan, legen Sie eine Illusion über den Eingang, so als wären wir nie hier gewesen. Kein Wort zum Rat über diese Angelegenheit. Die Verschwörer sollen glauben, dass der *Hades* noch immer existiert und in Aktion treten wird.« Verdächtige in falscher Sicherheit zu wiegen, war schon immer eine von Graysons Lieblingstaktiken gewesen. Der anschließende Schockmoment, wenn man sie dann mit ihren Verbrechen konfrontierte, reichte meist für ein Geständnis.

Morgan nickte verstehend und machte sich mit müden und fahrigen Bewegungen an die Arbeit. Nach zwei Minuten verschwand das Loch in der Mauer und er nuschelte: »Ist nicht so gut wie das Original, aber es sollte reichen.« Shaja und Richard nahmen ihn zwischen sich und führten ihn zurück zu ihrem Wagen.

Während sie zum Anwesen des Magus fuhren, fragte sich Grayson laut: »Warum hat der Troll das Schreiben der Verschwörer wohl aufgehoben?«

Shaja lachte durchtrieben. »Als Druckmittel natürlich. Diese Art von Komplizen vergessen gerne mal ihre Versprechen, wenn sie haben, was sie wollen. Da ist so ein Beweisstück genau das richtige für eine solide Erpressung.« Die abgebrühte Art der jungen Frau machte Grayson klar, dass ihr das Verfahren wohl nicht fremd war. Er beschloss, das Thema zu wechseln, bis er eine Lösung für seine Probleme mit der Moral der Halbdämonin gefunden hatte.

»Wie lange wird Morgan benötigen, um sich zu erholen? Wir brauchen ihn für die nötigen Nachforschungen.« Er wollte nicht herzlos klingen, aber in 48 Stunden waren all ihre Bemühungen vergebens, wenn sie nicht vorher Sophia fanden.

»Geben Sie ihm eine Nacht voll Schlaf und ein gutes Essen und er ist so gut wie neu. Was das Schiff angeht, weiß ich auch, wo ich nachsehen muss, um Informationen zu bekommen«, sagte Richard ruhig.

»Ich kann mich ebenfalls umhören, wenn Sie wollen«, bot sich Shaja an.

Grayson schüttelte schnell den Kopf: »Nein danke. Keine Telefonate oder Gespräche mit Außenstehenden. Nur Datenbanken und Kameras. Ich will unsere Gegenspieler nicht warnen und wir wissen nicht, wem wir trauen können. Bedenken Sie, Mr. Poxborrow war ein ehemaliges Mitglied des *Equilibriums.*

Wer weiß, ob nicht doch ein guter Freund von ihm zu den Eingeweihten gehört.«

Richard zog ein zweifelndes Gesicht, nickte jedoch nur, und Shaja zuckte gleichgültig mit den Schultern.

Als sie an Worthington Manor ankamen, war der Abend bereits angebrochen und selbst Grayson musste gestehen, dass ihm etwas Ruhe gut tun würde. Er löste den Schwur ein, den er sich selbst gegeben hatte, indem er lange duschte, dann aß er ausgiebig und legte sich ins Bett. Ein langer, traumloser Schlaf war eine willkommene Abwechslung nach der kurzen Nacht und dem aufreibenden Tag.

Eine verworrene Party

Greater London, Worthington Manor, Dienstag, 18. Oktober, 07:52 Uhr

Grayson erwachte erfrischt und voller Tatendrang am frühen Morgen. Er verbrachte eine geschlagene Stunde vor seinem Whiteboard und kaute immer wieder die vorhandenen Informationen und Indizien durch. Je länger er darüber nachdachte, umso mehr kam er zu dem Schluss, dass etwas nicht stimmte oder sie etwas übersahen. Der Comte de la Toiboine tauchte immer wieder am Ende eines jeden Hinweises auf und genau das trieb den Ermittler fast in den Wahnsinn. Dies war kein eifersüchtiger Ehemann, der betrunken die Wohungstür aufgebrochen und den Liebhaber seiner Frau erschossen hatte, sondern ein jahrhundertealter Politiker. Selbst wenn er versucht hätte, alle Spuren zu verwischen, hätte er bestimmt zusätzlich auch falsche Fährten gelegt. Nur gab es davon keine. Er merkte, dass er sich wieder im Kreis drehte.

Nachdenklich verließ er sein Zimmer und beschloss, sich mit seiner Quadriga auszutauschen. Die anderen waren jedoch noch nicht auf den Beinen oder zumindest nicht aufzufinden, also suchte Grayson seinen neuen Lieblingsort im Haus auf. Zehn Minuten später lag er im Entspannungsbereich des Trainingsareals und aalte sich im heißen Wasser, während er auf die Strandillusion starrte und ihre nächsten Schritte plante. Hinter sich hörte er, wie die Tür aufging und sich leise wieder schloss, ohne dass ein Wort des Grußes fiel. Er seufzte innerlich. Die anderen waren wohl soweit und Parsley kam, um ihn zu holen. Er drehte sich gemächlich um und erstarrte mitten in der Bewegung. Am anderen Ende des Beckens stand Shaja, nur mit einem Handtuch bekleidet, das sie nun seelenruhig abstreifte, um anmutig ins Wasser zu gleiten. Grayson schnappte nach Luft und drehte hastig den Kopf Richtung Illusion, aber er war sich der Tatsache deutlich bewusst, dass er viel zu viel gesehen hatte, um diese Bilder schnell wieder aus seinem Kopf verbannen zu können. Hinter ihm erklang wieder dieses kehlige Lachen und er war sich darüber klar, dass die junge Frau sich einmal mehr auf seine Kosten amüsierte.

Statt einer Begrüßung sagte sie: »Die anderen wollten, dass ich Sie hole. Wenn Sie nicht in Ihrem Zimmer sind, sollte ich Sie hier antreffen können, sagten sie. Ich dachte, die meinten die Trainingshalle, aber anscheinend ist unser Quaestor ein kleiner Faulenzer, nicht wahr?«

Grayson riskierte einen knappen Schulterblick, aber die Saggitaria war mittlerweile bis zum Hals im Wasser verschwunden, sodass er sie gefahrlos wütend anfunkeln konnte. Ohne sich von seinem Blick beeindrucken zu lassen, fuhr sie fort: »Aber ehrlich gesagt, sehen Sie nicht wie ein Faulenzer aus. Alles ist da, wo es hingehört.« Dabei glommen ihre Augen kurz auf und Grayson wand sich unbehaglich unter dem Verdacht, dass die junge Frau damit nicht nur in der Dunkelheit sehen konnte. Schnell drehte er sich wieder um, aber das entlockte ihr nur ein weiteres Kichern, während sie spielerisch knurrte, um dann mit bewunderndem Unterton zu sagen: »Diese Seite von Ihnen ist auch schön anzusehen.«

Für einen Moment wünschte sich Grayson zu den Ghulen im Tunnel zurück, dann schnappte er sich sein Handtuch und stieg ungelenk aus dem Wasser, während er versuchte, sich keine Blöße zu geben. Leise vor sich hin schimpfend verließ er den Raum, begleitet vom Gelächter der rothaarigen Frau, die ihn aus funkelnden Augen herausfordernd ansah. Sie sagte neckend: »Ich kann verstehen, dass es Ihnen hier drinnen gut gefällt, Quaestor. Ich glaube, ich werde häufiger hier sein.«

Den Gedanken an weitere solche Überfälle im Hinterkopf knallte Grayson wütend die Tür zu und versuchte, das schallende Gelächter zu überhören, das ihm hinterherhallte.

Eine Stunde später saßen alle beieinander. Morgan hatte der neuen Größe ihres Teams und der Tatsache, dass sie beim Essen ihre Ermittlungen besprachen, Rechnung getragen und Parsley hatte einen größeren Raum vorbereitet. Ein heimeliger Kamin, der große Tisch und die Stühle mit den hohen Lehnen waren auch hier vorhanden, aber nun gab es mehr Platz für alle und eine Wand des Raums wurde von einem großen Whiteboard und einem ebenso großen Bildschirm ausgefüllt, auf dem Morgan ihnen Informationen aus der digitalen Welt präsentieren konnte. Gerade jetzt zeigte das Gerät ein Standbild, das eindeutig mit einer Kamera im Nachtbildmodus aufgenommen worden war. Man sah einen pixeligen Umriss aus Schwarz- und Grüntönen, der beim ersten Hinsehen nicht viel hergab. Morgan hatte jedoch beteuert, dass er das Schiff und dessen Halter bald identifiziert haben würden.

»Ich habe beim Rat einen Schatten beantragt, aber ich glaube nicht, dass wir einen bekommen, bevor die Wahl morgen Abend gelaufen ist. Momentan liegt alles auf Eis, Verwaltungsvorgänge finden praktisch gar nicht statt«, erklärte er gerade.

Grayson sagte trocken: »Ich finde, Ihrer sieht noch ganz gut aus.« Dabei deutete er auf den schwarzen Umriss, den der Magus warf. Zuerst blickten ihn alle erstaunt an, bis sie realisierten, dass ihr Quaestor versucht hatte, einen Witz zu machen. Es folgte höfliches Gelächter, in dem ein wenig Belustigung mitschwamm. Grayson zog eine Grimasse und bedeutete dem Magus fortzufahren.

»Ein Schatten ist ein technischer Assistent, der uns fest zugeteilt ist und Hintergrundrecherchen erledigt, während wir unterwegs sind. So jemand spart kostbare Zeit und verfügt normalerweise über deutlich mehr technische Ressourcen und Kenntnisse als ich.«

Als Grayson verstehend nickte, sprach Morgan weiter über den Fall. »Das Schiff wird uns bestimmt weiterbringen, aber wir haben noch einen zusätzlichen Ansatz. Der Brief mit den Anweisungen enthält noch immer eine Restspur, der ich folgen kann. Ich werde gleich zum London Eye fahren und dort versuchen, den Ursprung des Briefes zu ermitteln. Richard wird mich begleiten und für meinen Schutz sorgen.« Grayson brummte zustimmend und beschloss, seinen Verdacht eines mysteriösen Strippenziehers, der sie in die falsche Richtung lenkte, für sich zu behalten, bis die Ergebnisse der Nachforschungen vorlagen. Es hatte keinen Sinn, jetzt damit vorzupreschen und eine Diskussion auszulösen, wenn eine gute Chance bestand, dass wenigstens eine der beiden Spuren seine Theorie untermauern würde. Zumindest hoffte er das.

»Quaestor, ich schlage vor, dass Sie und Shaja ein wenig an Ihren Nahkampftechniken feilen? Sie versteht sich hervorragend auf den Kampf mit einer kurzen Klinge und sollte Ihnen einiges beibringen können«, fuhr Morgan fort.

Richard verbarg sein Lächeln wenigstens hinter einer vorgehaltenen Hand, aber die Saggitaria lachte herzhaft, während sie sich an Graysons Gesichtsausdruck weidete. Ergeben nickte der Quaestor und fügte sich in sein Schicksal. Er wollte bestimmt nicht in den nächsten Tagen von irgendeinem Wesen aufgespießt, zerschnitten oder verstümmelt werden, weil falscher Stolz ihn dazu verleitet hatte, eine wertvolle Lektion zu ignorieren. Auch wenn die Halbdämonin ihn anscheinend gerne bis aufs Blut reizte und er eine Aversion gegen ihre moralischen Grundsätze hatte, konnte er trotzdem von ihr lernen, wie man sich schützte.

Nach dem Training dachte er anders. Shaja war eine furchtbare Lehrerin. Sie verhöhnte ihn, wenn er etwas falsch machte, und wertete jeden Erfolg ab, den er erzielte. Seine Unterarme waren unter den Armschienen voller blauer Flecken und der Rest seines Körpers sah nicht viel besser aus. Die junge Frau hatte die Angewohnheit jeden Fehler sofort und gnadenlos auszunutzen. Das einzige Zugeständnis, das sie Grayson machte, war die Tatsache, dass sie ihn immer an einer anderen Stelle schlug, um den Schaden gleichmäßig auf seinem Körper zu verteilen.

Als endlich die Tür zum Trainingsraum aufging und Morgan hereinschlenderte, war der Ermittler unglaublich dankbar, den Magus zu sehen. »Genug gespielt, Quaestor«, sagte er. »Es gibt Neuigkeiten.« Ächzend wankte Grayson von der Matte und folgte Morgan in den Besprechungsraum, eine kichernde Shaja hinter sich. Er versuchte sich von den Schmerzen abzulenken und fragte bereits auf dem Weg: »Was haben Sie herausgefunden?«

Morgan wackelte bedeutungsvoll mit den Augenbrauen und konnte sich ein selbstzufriedenes Grinsen nicht verkneifen. »Der Brief wurde im Landsitz des Comte de la Toiboine verfasst. Und es kommt noch besser: Das Schiff, das die Blutaale geladen hat, gehört ihm ebenfalls.«

Innerlich stöhnte Grayson auf. Sollte er sich so getäuscht haben? Es war war schon fast zu offensichtlich, wie alles, was sie fanden de la Toiboine belastete.

Er versuchte, sich seinen Frust nicht anmerken zu lassen und blickte auf die Informationen, die Morgan auf dem Bildschirm platziert hatte. Das Schiff war 2008 vom Comte gekauft worden und wurde seitdem anscheinend dazu benutzt, Waren von London zu seinem Landsitz zu schaffen. Grayson betrachtete nachdenklich den Monitor und ging laut die Liste ihrer Indizien und Beweise durch.

»Also wir haben die Blutaale zurückverfolgt über den unglücklichen Mr. Poxborrow bis hin zu einem Schiff, das dem Comte gehört. Besagter Mr. Poxborrow hat zusätzlich einen Brief mit Anweisungen erhalten, der zum Landsitz des Vampirs führt. Auf der Entführungsebene haben wir einen Leibwachter des Comte, der Valindar getötet hat, nachdem der die Bezahlung für die Entführer hergestellt hat. Ein Motiv ist vorhanden und die Mittel hat er auch.« Herausfordernd blickte er in die Runde. »Bin ich hier der einzige, dem das zu einfach vorkommt?« Die anderen schauten ihn überrascht an und Grayson erkannte, dass jeder von ihnen an die Täterschaft des Vampirs glaubte. Vielleicht waren sie einfach zu festgefahren in den Erwartungen und Vorurteilen, die die *Nebula Convicto* sicherlich hervorbrachte. Oder Grayson hatte sich so daran gewöhnt, dass seine Fälle unlösbar waren, dass er diesen unnötig verkomplizierte. So oder so, ihnen lief die Zeit davon. Aber ein wenig nachzubohren, konnte nicht schaden. »Können wir den Brief zu seinem Verfasser zurückverfolgen?«, fragte der Quastor.

Der Magus entgegnete: »Leider nein. Ich kann nur den Ort der Erschaffung bestimmen, also wo der Brief geschrieben wurde.«

Grayson rieb sich nachdenklich das Kinn. »Haben wir eine Schriftprobe vom Comte? Irgendein offizielles Dokument in den Archiven, oder so etwas?«

Morgan strahlte ihn an: »Gute Idee, Sportsfreund. Damit können wir die Handschrift abgleichen.« Emsig tippte er auf seinem Laptop herum und kurz darauf erschien eine handschriftliche Notiz des Comte auf dem Schirm. Morgan legte einen Scan des Briefs, den der Troll besessen hatte, daneben auf den Monitor und sie betrachteten die Handschriften in beiden Briefen. Grayson seufzte. Sie stimmten nicht überein. Also blieb es bei vielen stark belastenden Indizien und seinem Bauchgefühl, dass sie nur Marionetten in einem abgekarteten Spiel waren.

Morgan schaute ebenfalls enttäuscht und Richard warf ein: »Wahrscheinlich hat er Guillaume Travére den Brief schreiben lassen. Der war sowieso eingeweiht und so hat er eine Möglichkeit, alles abstreiten zu können, sollte der Leibwächter gefasst werden.«

Grayson nickte langsam und sagte dann entschlossen: »Es wird Zeit, dem Comte anständig auf den Zahn zu fühlen.« Vielleicht konnte eine Konfrontation dabei helfen, seine Zweifel zu zerstreuen. Richard schmunzelte und Grayson bemerkte seinen unbeabsichtigten Vampirwitz erst jetzt. Er würde sich daran gewöhnen müssen, dass in dieser Welt viele Metaphern und Redewendungen mehrdeutig sein konnten.

Morgan warf ein: »Vorsicht, Sportsfreund. Sie sollten sich Ihrer Sache wirklich sicher sein. Der Comte de la Toiboine ist ein politisches Schwergewicht, vor allem als Kandidat so kurz vor der Wahl. Wenn Sie das falsch angehen, wird man Ihnen politische Motive unterstellen und dann könnten Sie ihn mit Sophia unter einem Arm und einem Glas Blutaale in der anderen Hand erwischen und keiner würde Ihnen glauben. Wenn Sie ihn offiziell vernehmen, haben Sie nur einen Versuch.«

Grayson dachte nach und zuckte die Achseln. Entweder führten ihre Ermittlungen zu dem Comte oder um ihn herum, aber dafür musste er den Mann eben verhören. Laut sagte er: »Wir haben keine Zeit mehr. In 29 Stunden wird gewählt. Oder hat jemand eine bessere Idee?«

Richard und Shaja blickten ratlos drein, aber Morgan grinste ihn an.

»Ich bin so froh, dass Sie fragen, Quaestor. Wer hat alles Lust auf eine Party?«

Grayson schaute den Magus irritiert an und wollte ihn fragen, was das sollte, aber der kam ihm zuvor. Er zog ein verschnörkeltes Briefchen aus seinem Jackett und überreichte es dem Ermittler mit einer angedeuteten Verbeugung.

»Auf die *Erben* ist immer Verlass, wenn es um Traditionen und Arroganz geht. Anlässlich der bevorstehenden Wahl hat der Kandidat zum Vorsitzenden, der Comte de la Toiboine am heutigen Abend zu einem Ball auf seinem Landsitz eingeladen. Gut fünfhundert geladene Gäste werden ihm dort alles Gute wünschen und natürlich haben wir auch eine Einladung erhalten.«

Verdutzt starrte Grayson auf das verzierte Papier hinab und fragte: »Also verhören wir ihn inoffiziell auf seiner eigenen Party, anstatt ihn offiziell anzuprangern?«

»Sie haben es erfasst, Sportsfreund. Alle wahren ihr Gesicht, wenn es schiefgeht und wenn wir mit dem Ergebnis nicht zufrieden sind, können wir immer noch den offiziellen Weg gehen.« Morgan lehnte sich zufrieden zurück.

Grayson dachte nach, hin- und hergerissen zwischen Morgans Idee und einem direkten Verhör. Dann warf Shaja auf einmal ein: »Wenn wir ins Anwesen kommen, könnte ich mich während der Feier unbemerkt umsehen. Vielleicht finden wir noch Beweise. Oder sie halten Sophia sogar dort versteckt. Alles deutet schließlich auf den Landsitz hin.«

Die Worte der Saggitaria gaben den Ausschlag. Die Zeit war knapp und Grayson bot sich hier eine Möglichkeit, seine Zweifel restlos zu bestätigen oder zu widerlegen. Es war vielleicht riskant, schließlich hatte der Vampir ihn schon einmal fast geröstet, aber der Erkenntnisgewinn war es wert.

Und der Gedanke, den adligen Schnösel mit seinen eigenen Waffen zu schlagen, gefiel ihm auch. Er blickte alle ernst an und sagte: »Also gut, wir wagen uns in die Höhle des Löwen.«

Der Abend fand Grayson in denkbar schlechter Stimmung vor. Angewidert starrte der Ermittler an dem schwarzen Fuhrmannsmantel herab, den Morgan ihm feierlich überreicht hatte, und der ihn wie einen Verrückten im Halloweenkostüm wirken ließ.

Das schwere, altmodische Kleidungsstück war auf dem Rücken mit dem Symbol des *Verhangenen Rates* geschmückt, und zwar mit goldenem Garn. Morgan hatte ihm ein schwarzes, eng sitzendes Hemd und eine zu enge schwarze Stoffhose aufgezwungen und ihn zu allem Überfluss in Lackschuhe gesteckt. Wenn er jetzt noch einen Zylinder aufsetzte, würde er wie ein derangierter Totengräber aus einem schlechten Dracula-Film aussehen!

Dass die anderen ebenfalls ausstaffiert worden waren, verschaffte ihm keinerlei Genugtuung. Richard trug wie immer ein rotes Hemd unter einem weißen Trenchcoat, nur dass dieses Mal beide Kleidungsstücke von altmodischem Schnitt waren und mit goldenen Fäden gestickte, elegante Muster Ärmel und Kragen zierten. Der Ritter ertrug diese Staffage mit einer Mischung aus stoischer Geduld und natürlicher Eleganz, die Grayson nur bewundern konnte und ihn gleichzeitig noch wütender machte. Morgan trug einen spätviktorianischen Anzug, jeder Zoll ein adliger Gentleman, der silberne Knauf seines Gehstabs war auf Hochglanz poliert. Seine Manschettenknöpfe zeigten arkane Muster, ebenso wie die goldene Krawattennadel. Offenkundig fühlte er sich in dieser Kleidung pudelwohl, aber von ihm hatte Grayson auch nichts anderes erwartet. Shaja reflektierte seine eigene Stimmung da schon eher, aber das lag wohl daran, dass sie für ihren eigenen Geschmack viel zu viel Kleidung am Leib hatte. Schon jetzt konnte er das charakteristische Hitzeflimmern um ihre Gestalt herum sehen, das darauf hinwies, wie warm der Halbdämonin war. Die Haare hatte sie sich zu einer eleganten Frisur hochgesteckt und sie trug ein klassisches rotes Abendkleid, das ebenfalls aus dem letzten Jahrhundert zu sein schien und auch wenn es ihr fabelhaft stand, wirkte es für jeden, der die junge Frau kannte, furchtbar fehl am Platz. Sie stand mit sich ständig öffnenden und schließenden Fäusten da und versuchte, ihren Unmut zu unterdrücken. Grayson hoffte wirklich, dass ihr das gelang. Er war sich sicher, wenn Shaja ihrem Wutanfall freie Bahn ließ, würde sie das Kleid in Flammen aufgehen lassen. Der Quaestor wusste zwar nicht, ob die Saggitaria sich mit ihrer Hitze selbst verletzen konnte, aber er würde mit ihr in einem Wagen sitzen und wollte nicht ausprobieren, ob eine Selbstentzündung der Halbdämonin ihm schaden konnte.

Ein Grund mehr diesen Mummenschanz abzulehnen. Er gestikulierte heftig mit den Händen, wobei der Mantel schwer um seine hagere Gestalt schlackerte und sagte energisch: »Zum letzten Mal, ich weigere mich, so aus dem Haus zu gehen, geschweige denn in diesem Aufzug einen Verdächtigen zu verhören. Der Comte wird sich kaputtlachen, ich kann mich so ja nicht mal selbst ernst nehmen!«

Seine Stimme war immer lauter geworden und der Magus reagierte darauf in einem besonders gelassenen und ruhigen Ton, wie ein Vater, der seinen Dreijährigen davon überzeugen wollte, das Spinat wirklich gesund war und der ihn unbedingt essen sollte.

»Wie bereits mehrfach erklärt, sind diese Kleidungsstücke Teil der Etikette und Tradition bei Anlässen der *Erben*. Wer nicht angemessen gekleidet ist, kommt nicht hinein, das ist allgemein bekannt. Sie wollen den Comte in seinem eigenen Haus befragen, dann spielen Sie gefälligst nach seinen Regeln.« Ein stählerner Unterton hatte sich zum Ende hin in die Stimme des Magus geschlichen und Grayson merkte, dass er diese Diskussion verloren hatte. Grummelnd zupfte er an seinem Mantel herum und fragte sich nicht zum ersten Mal, ob der Besuch der Feier wirklich so eine gute Idee war.

Sie verließen das Haus und die Limousine, in der er und Morgan am ersten Tag ihres Zusammentreffens herumgefahren worden waren, stand wieder vor der Tür. Der Magus hielt Shaja die Fahrgasttür auf, während Richard den Fahrer verscheuchte und sich selbst hinter das Steuer setzte. Mit einem genervten Gesichtsausdruck zwängte Shaja sich unbeholfen auf die Rückbank, wobei sie beinahe ihr Kleid zerrissen hätte. Grayson folgte ihr ebenso ungelenk. Er ließ sich neben der schäumenden Frau nieder und öffnete die Bar, an die er sich noch von seinem letzten Besuch erinnerte. Wortlos schenkte er ein großes Glas Brandy ein und reichte es der Saggitaria. Die nahm den Drink mit einem erstaunten Gesichtsausdruck entgegen, beließ es dann aber bei einem dankbaren Nicken. Sie nippte an dem Glas und schaute nachdenklich aus dem Fenster. »Wissen Sie, dass dies mein erstes offizielles gesellschaftliches Ereignis außerhalb des *Traumfängers* sein wird?«

Grayson schaute überrascht zu ihr hinüber. Die junge Frau gab sich immer so selbstsicher und die Palette ihrer Fähigkeiten war derart lang, dass er nicht darüber nachgedacht hatte, dass sie als Paria keinen Fuß vor den Nachtklub hatte setzen können, ohne dass sie sich in Lebensgefahr begeben hätte. Ihr mussten die letzten Tage genauso unwirklich erschienen sein wie ihm. Auch wenn er zugeben musste, dass sie nun ebenfalls ständig in Lebensgefahr war, allerdings waren jetzt die Ermittlungen daran schuld. Vielleicht, so hoffte er, konnte die Saggitaria ein wenig Ruhe und inneren Frieden finden, wenn sie sich entschloss, zu bleiben und die Quadriga an einem weniger aufreibenden Fall arbeiten würde. Das würde sie bestimmt erträglicher machen. Zumindest half es ihm, sich an diese Hoffnung zu klammern. Für den Moment genoss Grayson es, dass Shaja anscheinend nachdenklicher Stimmung war und ihn nicht weiter reizte.

Morgan unterbrach seinen Gedankengang, indem er allen zum wiederholten Male einschärfte: »Bitte denken Sie daran: Unter keinen Umständen wird heute Abend irgendeine Form von nicht sanktionierter Gewalt angewendet. Diese Feier findet unter dem Schutz des Rates statt. Wer die Waffenruhe des Hauses stört, darf mit einem Tribunal rechnen. Sechzig der letzten dreiundsechzig Tribunale endeten mit einem Todesurteil für die Angeklagten.«

Eine Sache störte Grayson an dieser Aussage ungemein und nun äußerte er seine Bedenken: »Aber sind wir dann nicht der Gnade des Comte vollkommen schutzlos ausgeliefert?«

Morgan winkte ab. »Jeder Schaden, den einer seiner Gäste erleidet, fällt auf ihn als Gastgeber zurück. Von ihm haben wir absolut nichts zu befürchten. Und der Rat wird eigene Sicherheitskräfte vor Ort haben.« Der Ermittler behielt diese Information für einen späteren Zeitpunkt im Hinterkopf. Ihr Plan war recht simpel. Morgan sollte versuchen, heute Abend so viele Würdenträger wie möglich davon zu überzeugen, dass der Comte seine Finger bei der Entführung im Spiel hatte, allerdings ohne ihn direkt anzuklagen. Dabei sollte er nach Informationen fischen, die die offizielle Theorie stützen würden, dass der Gastgeber hinter dem Verbrechen steckte. Richard würde Graysons Leibwächter sein, während Shaja sich unauffällig in den Bereichen des Anwesens umsah, die der Öffentlichkeit nicht zugänglich waren. Grayson hatte unterdessen vor, den Comte in einem Gespräch mit ihren Beweisen zu konfrontieren und hoffte auf eine eindeutige Reaktion oder einen Fehler des Adligen, der ihnen weiterhelfen würde. Sollten alle Stricke reißen, könnte der Quaestor den Anführer der *Erben* immer noch formell zu einem Verhör zitieren. Da er dies laut *Lex Nebula* nur einmal tun konnte und das Ergebnis dieser Befragung weitreichende Konsequenzen haben würde, hatten sie sich darauf geeinigt, dass er die formelle Befragung als letztes Mittel einsetzen würde.

Nervös schaute Grayson auf seine Uhr. Keine vierundzwanzig Stunden mehr bis zur Wahl und sie fuhren auf eine Feier, während Sophia immer noch gefangen gehalten wurde. Auch wenn der Großteil seines Verstandes ihm sagte, dass dies die richtige, taktisch kluge Vorgehensweise war, um die Ermittlungen voranzutreiben, fiel es ihm schwer, die Ruhe zu bewahren. Um sich abzulenken, ging er die einzelnen Indizien und Beweise in seinem Kopf immer wieder durch und suchte nach den besten Formulierungen und Fragen, die de la Toiboine zwar unter Druck setzen würden, ohne dass es jedoch nach einem offiziellen Verhör klang. Er hatte diese Methode in der Vergangenheit zwar schon ein paar Mal bei einigen hohen Tieren anwenden müssen, aber die *Nebula Convicto* bediente sich in ihrem Miteinander einer seltsamen Mischung aus Formalitäten und Faustrecht, die ihm immer noch Kopfzerbrechen bereitete. Morgan hatte ihm im Laufe des Nachmittags die wichtigsten Formen der Etikette eingetrichtert und sein Rang als Quaestor würde ihn vor den Konsequenzen vieler Fehler schützen, aber trotzdem kannte der Ermittler jetzt über acht formale Verfehlungen, die ihn trotz seines Ranges in ein traditionelles Duell verwickeln konnten. Und Richard hatte in seiner schonungslosen Offenheit keinen Zweifel daran gelassen, dass Grayson bei einer solchen Auseinandersetzung höchstwahrscheinlich ums Leben kommen würde.

Shaja wirkte zusehends nervöser und er ertappte sich dabei, tatsächlich ein wenig Mitgefühl mit der jungen Frau zu empfinden. Er beugte sich vor, um etwas Aufmunterndes zu sagen, aber sie blickte ihn aus gereizt funkelnden Augen an und er beschloss, lieber den Mund zu halten, bis er sein Gegenüber besser verstand. Ihre Gegensätzlichkeiten verursachten ihm Kopfschmerzen und gerade jetzt hatte er genug andere Dinge um die Ohren, die seine Aufmerksamkeit erforderten. Den Rest der Fahrt betete Morgan wiederholt die Feinheiten der formalen Etikette herunter und Grayson war erleichtert, als sie endlich dort waren.

Greater London, Maison de la Toiboine, Dienstag, 18. Oktober, 19.23 Uhr

Der Landsitz des Comte lag ebenfalls in einem kleinen Wäldchen. Anscheinend war dies eine häufig genutzte Form der Abschirmung von der Außenwelt. Morgan bestätigte dies, als er sagte: »Unter keinen Umständen steigt irgendjemand aus, bevor wir den Wald verlassen haben. Der Comte bedient sich weniger intelligenter Wachen als ich, die dafür umso gefährlicher sind. Ich bezweifle, dass sie zwischen einem geladenen Gast und einem Eindringling unterscheiden können oder es auch nur wollen.« Grayson sah unförmige Schatten mit violett leuchtenden Augen, die zwischen den Bäumen umherstreiften. »Wie wird verhindert, dass Zivilisten umkommen?«, fragte Grayson unruhig.

»Der Wald ist von einem Zauber umgeben, der eine subtile Aversion erzeugt, ähnlich wie bei einer Bannmünze. Was die armen Seelen angeht, die trotzdem ungebeten hereinfinden, dieses Gebiet gilt als Domäne, mit allen dazugehörigen Rechten.«

Morgan sprach nicht weiter, aber Grayson erinnerte sich noch an Telredors Domäne: ungezügelte Magie und eine rudimentäre Rechtsprechung.

Der Abend versprach immer ungemütlicher zu werden.

Als sie das eigentliche Anwesen erreichten, staunte Grayson nicht schlecht. Wo Worthington Manor eine gewisse rustikale Würde ausstrahlte, war dies hier ein mittelgroßer Palast, der schon auf den ersten Blick einschüchtern sollte. Vor ihnen ragte ein waschechtes französisches Palais auf. Hohe Fenster, aufwendige Erker und Verzierungen im Mauerwerk durchzogen die gesamte, mindestens zweihundert Meter breite Front. Das höchste Türmchen des Palais ragte bestimmt sechzig Meter in die Nacht empor. Die Baumgrenze des Waldes war durch ein kompliziertes Mosaik vom aufwendig angelegten Blumenbeet getrennt, welches vor dem Gebäude prangte. Der Quaestor war nicht mehr überrascht, magische Zeichen und Linien in diesem Mosaik zu erkennen. Wenigstens sah er hier keine violettäugigen Monströsitäten. Dass er die hochgewachsenen, wolfsähnlichen Ratswächter mit dem dichten blauen Fell und den schwarzen Kapuzenmänteln, die links und rechts als Spalier die Eingangstreppe bewachten, als halbwegs normal empfand, zeigte ihm, dass endlich eine Art Gewöhnung bei ihm einsetzte.

»Was sind das für Wesen? Im Westminster-Palast habe ich Sie auch schon gesehen, aber Sie haben mich fortgezerrt, erinnern Sie sich?«

Morgan antwortete: »Das sind Nachtstreifer, sehr loyale und überaus stolze Wesen. Hervorragende Kämpfer mit einem strengen Ehrenkodex. Eines der Rudel, die uns seit einiger Zeit bewachen, besteht aus Nachtstreifern.« Grayson erinnerte sich an die Schatten, die er aus dem Fenster heraus gesehen hatte. »Können sie sich in Wölfe verwandeln? Sind das etwa Werwölfe?«

Morgan zuckte, als hätte man ihn geschlagen, Richard schlug sich mit der flachen Hand gegen die Stirn und Shaja kicherte boshaft. Grayson fasste das als ein Nein auf.

Außerdem war er sich sicher, dass sich die Köpfe der sechs Wächter zusammen mit den schweren Hellebarden in seine Richtung gedreht hatten. Ihr Wagen war noch fünfzig Meter von ihnen entfernt, die Fenster geschlossen. Sie konnten ihn doch unmöglich gehört haben, oder etwa doch?

Morgan seufzte und erklärte hastig: »Ja, sie können sich in wolfsähnliche Wesen verwandeln und nein, sie sind keine Werwesen. Genau genommen gehören sie zur Gruppe der Waldgeister, aber ihre Macht hat sich vor Jahrhunderten derart stark erhöht, dass sie die Unstofflichkeit hinter sich gelassen haben. Ein Werwesen hingegen wird durch einen Fluch erschaffen. Beide Gruppen stehen sich feindselig gegenüber und sehen in der jeweils anderen eine Karikatur ihrer selbst. Die Beziehungen sind äußerst schwierig und emotional sehr aufgeladen.«

Die Wächter starrten noch immer mit feindseligen Mienen in ihre Richtung, die raubtierhaften Züge wirkten bedrohlich unter den dunklen Kapuzen, die gerade genug Details erkennen ließen, dass es dem Quaestor kalt den Rücken hinunterlief. Grayson beschloss, kein Risiko einzugehen und murmelte in möglichst förmlichem Ton: »Ich bitte um Verzeihung. Eine Beleidigung war nicht beabsichtigt.«

Tatsächlich wandten die sechs muskulösen Gestalten daraufhin ihren Blick ab und nahmen wieder ihre neutral-wachsame Haltung ein, mit der sie die ankommenden Gäste im Auge behielten. Nur einer der Nachtstreifer blickte Grayson einige Sekunden länger an und nickte einmal langsam.

»Wie Sie nun gemerkt haben dürften, ist das Gehör eines Nachtstreifers außerordentlich gut«, sagte Richard trocken. Shaja kicherte erneut und Morgan wirkte deutlich beruhigter.

»Gut gemacht, Sportsfreund. Schön, dass wir von Ihnen ein Minimum an diplomatischem Verhalten erwarten dürfen. Unser Vorhaben wird auch so schwer genug«, sagte Morgan genervt. Grayson ging nicht weiter darauf ein, denn ein Tumult an der schweren doppelflügeligen Eingangstür des Palais hatte seine Aufmerksamkeit erregt.

Während Richard den Wagen parkte, verließen zwei Dutzend Personen in den unterschiedlichsten formellen Aufmachungen aufgebracht das Gemäuer und drängten auf den breiten Kiesstreifen vor den Blumenbeeten, der einige Meter unterhalb des Parkplatzes lag, sodass sie von oben einen guten Blick auf das Geschehen hatten. Zwei zornig aussehende Gestalten standen sich Sekunden später in einem eilig durch die Menge gebildeten Kreis gegenüber und starrten sich voller Abneigung an.

Die Quadriga stieg aus und Grayson starrte neugierig hinüber, aber Richard hob den Arm und bedeutete ihm, an Ort und Stelle stehen zu bleiben. »Ein förmliches Duell. Wir bleiben besser hier, bis es vorbei ist.« Shaja blickte enttäuscht und verzog das Gesicht zu einem übertriebenen Schmollmund, während Morgan nachdenklich die Kontrahenten musterte.

»Der rundliche Kerl im viktorianischen Gehrock ist Edmund Mickelson. Er gehört zu den *Freien* und ist ein eher durchschnittlich begabter Magier. Der kräftige, untersetzte Mann im Smoking ist Paul van Venvaart, ein niederrangiger Vampir aus dem Gefolge des Comte. Die beiden hassen sich schon seit Jahrzehnten. Anscheinend fühlt sich van Venvaart sehr sicher angesichts der baldigen Machtübernahme durch die *Erben*. Mickelson ist ihm in einem Duell tragisch unterlegen, hat aber ein paar mächtige Freunde. Unter normalen Umständen hätte ihn das geschützt. Wenn erst die *Erben* an der Macht sind, ist dieser politische Schutz jedoch kaum noch etwas wert. Van Venvaart kann es wohl nicht abwarten«, dozierte der Magus.

Richard legte Grayson warnend eine Hand auf den Arm. »Das kann jetzt sehr blutig und unschön werden. Sie werden nicht eingreifen. Niemand stört ein formelles Duell ohne einen triftigen Grund«, raunte ihm der Custos zu. Grayson nickte stumm und lehnte sich demonstrativ mit verschränkten Armen an ihren Wagen. Zufrieden nahm Richard die Hand weg und schweigend beobachteten alle vier die Geschehnisse, die sich knapp zwanzig Meter entfernt abspielten. Auch die Menschenmenge, die den Ring bildete, war jetzt verstummt und die beiden Duellanten umkreisten einander in drei Metern Abstand. Grayson konnte keine Waffen sehen, aber die Gefahr, die von den beiden ausstrahlte, war fast greifbar. Unter den Zuschauern machten einige in der vordersten Reihe komplizierte Handbewegungen und ein bläulich leuchtendes Feld erschien, das die Umstehenden von den Duellanten trennte.

Kaum stand die magische Barriere, als der Vampir sich mit übermenschlicher Geschwindigkeit auf Mickelson stürzte, die Hände van Venvaarts endeten in messerscharfen Klauen. Der Magus machte mit erschrockenem Gesicht hastig einige Schritte nach hinten und riss entsetzt die Arme hoch. Grayson war sich sicher, der dickliche Mann würde gleich sterben und Morgans Miene schien das gleiche auszudrücken. Der Vampir sprang seinen Gegner mit ausgebreiteten Armen an und schlug mit beiden Klauen gleichzeitig auf den mittlerweile am Boden kauernden Mann ein, während er schwer auf dem Magus landete. Grayson kniff die Augen zusammen und hätte sich beinahe abgewandt. Er erwartete, das hässliche Geräusch durchtrennten Fleisches zu hören, aber kaum war der Vampir auf den Magus geprallt, als eine rötliche Druckwelle, vom Magus ausgehend, den Angreifer erfasste und mehrere Meter in die Höhe schleuderte, wo er fast lautlos in einer Aschewolke verging. Lediglich ein leises Knistern und ein rötliches Glimmen kündeten vom Ende des Vampirs, dann lag der Vorplatz in absoluter Stille. Nach einigen Sekunden verblasste die blaue Schutzbarriere und heftiges Getuschel setzte unter den Zuschauern ein, die sich gegenseitig verwundert ansahen. Auch Morgan starrte ungläubig hinüber zu der Stelle, wo die Aschewolke aus den Überresten van Venvaarts kaum noch erkennbar von der kalten Nachtluft davongetragen wurde.

»Das ging anders aus als geplant, nehme ich an?«, unterbrach Grayson das Schweigen.

»Die Untertreibung der Woche«, stieß Morgan überrascht hervor. »Das gerade hätte nicht passieren dürfen. Ibn Allmats Feuerpanzer ist ein unglaublich mächtiger Zauber, dessen Beschwörung mindestens zwanzig Sekunden dauert und den man nicht lange unbemerkt aufrechterhalten kann. Selbst ich schaffe das höchstens zwei Minuten, aber ich bezweifle, dass Mickelson ihn überhaupt beherrscht. Und doch hat er irgendwie den Zauber im Vorfeld gesprochen, dann noch unter höchster Konzentration stehend einen Streit provoziert, die Zeit überbrückt, bis das Duell begann und van Venvaart an sich herangelockt. Das riecht nach einem Zauberspeicher.« Jetzt schauten auch Richard und Shaja beunruhigt drein.

»Ein Zauberspeicher ist sehr selten und unglaublich kostbar. Man kann einen Zauber darauf sprechen, der dann aktiviert wird, sobald bestimmte Ereignisse eintreffen. Dabei wird der Speicher aber zerstört. Momentan existieren vielleicht fünfhundert weltweit«, erklärte Morgan.

»Also zu teuer für so einen unbedeutenden Magus?«, hakte Grayson nach.

»Viel zu teuer. Als würden Sie ein hochkarätiges Diamantencollier an einer Zehn-Pfund-Nutte sehen«, sagte Shaja, die Stimme noch immer voller Überraschung.

»Ich hätte das etwas weniger bildhaft ausgedrückt, aber sie hat Recht. Das hier war eine Falle für van Venvaart oder die *Erben* oder für beide. Vielleicht ein Präventivschlag Mickelsons, um sich vor dem Vampir zu schützen, bevor die *Erben* an die Macht kommen?« Der Magus starrte grübelnd den Zuschauern hinterher, die sich wieder ins Innere des Palais begaben. Einige umringten Mickelson und schüttelten seine Hand oder schlugen ihm freudig auf die Schulter, andere erdolchten ihn förmlich mit ihren Blicken.

»Die Situation eskaliert zusehends. Was auch immer das gerade war, es zeigt, dass die Nerven bei allen blank liegen, und war ein Vorgeschmack auf die kommenden Tage und Wochen. Wer weiß, wer noch auf die Idee kommt, mit seinen Feinden abzurechnen, sich mit extremen Maßnahmen abzusichern oder vorbeugend anzugreifen. Allein dieses Duell wird zwanzig weitere inspiriert haben. Das könnte im Chaos enden, wenn wir keinen Erfolg haben«, analysierte Richard besorgt.

»Nur kein Druck«, sagte Grayson trocken. Er atmete tief durch und blickte für eine Sekunde zu den teilnahmslosen Sternen hinauf.

»Wir sollten hineingehen und unseren Plan umsetzen, bevor die Gäste sich gegenseitig zerfleischen«, fuhr er fort.

Die anderen nickten und zusammen gingen sie zwischen den Nachtstreifern hindurch die breite, marmorne Treppe empor, die an den geöffneten Doppeltüren endete, durch welche Musik, Gelächter und Stimmengewirr nach außen drang.

Eine schimmernde goldene Barriere hing wie ein feiner Nebel im Türrahmen, aber Morgan zog mit einer eleganten Bewegung ihre Einladung hindurch und die Erscheinung löste sich auf. Sie traten hinein und Grayson blieb wie angewurzelt stehen, überwältigt von der Vielzahl an Eindrücken. Es schien fast, als wäre die gesamte untere Etage ein einziger zusammenhängender Raum, nur durchtrennt von dünnen Wänden mit riesigen Fenstern und riesigen gläsernen Doppeltüren, die jetzt allesamt offenstanden. Alles war in hellem Marmor und gebleichtem Ahorn erbaut, stetig brennende Kerzen in allen erdenklichen Größen erfüllten das Innere mit einem warmen Licht. Die Decke war mindestens acht Meter hoch und Grayson erkannte schnell, warum. Denn so eindrucksvoll die Architektur auch war, es waren die Wesen, die sich überall um ihn herum amüsierten, die seine volle Aufmerksamkeit auf sich zogen. Er sah Riesen, die hoch aufgerichtet dastanden und selbst in ein ruhiges Gespräch vertieft noch den Raum dominierten. Dämonen in maßgeschneiderten Anzügen standen mit Elfen, die ausnahmslos höchst kunstvolle Garderobe zur Schau trugen, beisammen und scherzten. Daneben bewegte sich gerade ein bestimmt fünf Meter langer Wurm, über und über mit Juwelen behangen, langsam und seltsam anmutig in Richtung des riesigen Büffets, das am hinteren Ende des Raumes präsentiert wurde. Rechterhand tanzten Vampire, Nachtstreifer, Menschen,

Teufel, Dryaden und eine Vielzahl anderer Spezies einen komplizierten, förmlichen Tanz zu klassischer Musik, die dezent bis hier herüber hallte. Magier hatten sich in den Ecken unter der Decke zu kleinen Gruppen zusammengefunden und schwebten dort in stillem Zwiegespräch. Grayson sah sogar zwei kleinere Wesen mit graugrüner Haut, die auf einem fliegenden Teppich eine Art Picknick über den Gästen veranstalteten.

»Nicht gaffen, Sportsfreund«, raunte Morgan ihm zu. Schnell schloss Grayson die Augen, rieb sich mit den Händen über sein Gesicht, um sich zu sammeln und zwang sich dann dazu, eine betont gelassene Miene aufzusetzen, als er sie wieder aufschlug. Morgan steuerte auf ein freies Fleckchen an der Außenwand zu, wo sie sich in Ruhe unterhalten konnten.

»Also gut, wir sollten keine Zeit verlieren. Die Feierlichkeiten sind bereits in vollem Gange, zu diesem Zeitpunkt haben wir die größte Bewegungsfreiheit. Ich beginne hier meinen Rundgang und versuche, so viele wie möglich auszuhorchen oder sogar auf unsere Seite zu ziehen. Richard, behalt den Quaestor im Blick, aber bleib auf Abstand. Wir wollen ihm ja die Gelegenheit geben, den Comte unter vier Augen zu befragen. Grayson und Shaja, da Sie noch nie geladene Gäste de la Toiboines waren, verlangt es die Etikette, dass Sie sich bei ihm vorstellen. Danach verschwindet Shaja und schaut hinter den Kulissen nach und Sie, Sportsfreund, haben eine perfekte Gelegenheit den Comte zu befragen.«

Alle nickten zustimmend. Ganz offensichtlich war der Magus hier in seinem Element und die anderen folgten klaglos seiner Führung. Richard griff in seinen Mantel und zog Innenohrfunkgeräte aus seiner Tasche. Jeder nahm wortlos eines entgegen und drückte sich die kleinen Zylinder ins Ohr. Die Männer des Comte würden sie zweifelsohne beobachten. Aber dadurch dass Morgan unter den Gästen Stimmung machte und Grayson dem Comte zusetzte, würden seine Lakaien Shaja kaum Beachtung schenken.

Und Richard würde die wenigen Verfolger der Saggitaria ausmachen und im richtigen Moment ablenken können.

Grayson blickte seinem Team noch einmal in die Augen und fragte: »Alle bereit?« Jeder nickte kurz. »Dann los.«

Er drehte sich Richtung Ballsaal, wo er die hochgewachsene Gestalt des Gastgebers in altfranzösischer Aufmachung auf einer Empore entdeckt hatte und Shaja folgte neben ihm. Ein kurzer Schulterblick offenbarte ihm Richard, der zehn Meter hinter ihnen blieb und nach Ärger Ausschau hielt. Während er sich zusammen mit Shaja durch die Menge bewegte, schnappte er hier und dort Gesprächsfetzen auf. Hinter der fröhlichen Fassade, die alle zur Schau trugen, spürte er nun, da er die Fremdartigkeit der Gäste ein wenig ausblenden konnte, die Anspannung und Nervosität. Er sah feindselige Blicke, die sich mehr als nur ein paar der Anwesenden zuwarfen und verstand jetzt besser, was Richard vorhin über ein mögliches Chaos nach der Wahl gesagt hatte. Er kannte die *Nebula Convicto* noch nicht richtig, aber das Gefühl, das die Menge vermittelte, erinnerte ihn an eine Observierung, die er vor Jahren durchgeführt hatte. Eine Führungskraft im organisierten Verbrechen war ermordet worden und alle konkurrierenden Gruppen waren unter einem Dach zusammengekommen, um seine Nachfolge zu klären. Die Mischung aus Freundlichkeit und Gewaltbereitschaft war damals genauso stark zu spüren gewesen wie jetzt hier. Es hatte an dem Tag sechs Tote gegeben. Und hier besaßen fast alle Gäste außergewöhnliche Fähigkeiten. Grayson lief es kalt den Rücken hinunter. Plötzlich verstand er die komplizierten Regeln der *Nebula Convicto* etwas besser. Ein oder zwei Duelle waren einem magisch verstärkten Gemetzel jederzeit vorzuziehen.

Mittelweile hatten sie den Gesellschaftssaal durchquert und traten durch einen der riesigen Durchgänge in den Ballsaal. Die Musik wurde schlagartig lauter, anscheinend sorgte eine magische Dämpfung für eine ruhigere Atmosphäre im angrenzenden Zimmer, damit man sich dort besser unterhalten konnte. Sie gingen am Rand entlang und sofort fielen Grayson die vielen missbilligenden Blicke auf, die man ihm zuwarf. *Nicht mir*, korrigierte er sich in Gedanken. Shaja war der Mittelpunkt der Abneigung. Ihm wurde wieder bewusst, dass der Halbsukkubus bei diesem gesellschaftlichen Anlass keinesfalls willkommen war, ganz zu schweigen davon, dass die Hälfte der Anwesenden in seiner bloßen Existenz einen Affront sah. Ohne darüber nachzudenken, legte er ihr mitfühlend eine Hand auf die Schulter, was eine magische Entladung und einen gereizten Blick aus Shajas durchdringenden Augen zur Folge hatte. Hastig zog er seine Hand weg. Dass er nicht jeden berühren konnte, ohne dass seine Kräfte auf die Magie desjenigen reagierten, hatte er noch nicht verinnerlicht.

»Entschuldigung. Kommen Sie mit der Reaktion der Leute klar?«, fragte er ein wenig hilflos. Er fühlte sich schuldig, die junge Frau einem solchen Spießrutenlauf ausgesetzt zu haben, auch wenn sie auf seiner Sympathieskala die unteren Plätze belegte. Sie warf ihm als Antwort einen vernichtenden Blick zu und schnaubte nur. Grayson zuckte die Achseln, der Augenblick des Mitgefühls war vorbei.

Während Shaja der Ablehnung der Gäste mit einer herausfordernden Miene und einem kalten Blick begegnete, konzentrierte sich der Quaestor auf den Comte de la Toiboine, der sie bereits erblickt hatte und sich köstlich über die Spannungen zwischen den Anwesenden und der Saggitaria zu amüsieren schien. Schließlich erreichten die zwei das Podest, auf dem der Vampir stand, und Grayson stieg ohne auf eine Aufforderung zu warten hinauf. Die überhebliche Miene ihres Gastgebers reizte ihn und nur die mahnenden Lektionen des heutigen Nachmittags, die Morgan ihm immer und immer wieder eingetrichtert hatte, hielten den Ermittler davon ab, etwas Unüberlegtes zu tun. Egal, ob der Typ schuldig war oder nicht, diese Art natürlicher Arroganz brachte Grayson immer zum Kochen.

Dem Protokoll folgend verbeugte er sich leicht vor dem Vampir und sagte: »Ich danke Euch, dass Ihr mich und meine Quadriga in Euer Heim eingeladen habt. Meinen Custos und Magus kennt Ihr ja bereits, aber erlaubt mir, Euch unseren Neuzugang vorzustellen, Shaja Janar, unsere Saggitaria.«

Die junge Frau machte einen leichten Knicks, während sie den Comte mit eisigen Blicken durchbohrte. Mit einem süffisanten Lächeln sagte dieser ebenso förmlich: »Ich freue mich, Euch alle hier willkommen zu heißen.« Dann fügte er hinzu: »Angesichts Euer Herkunft muss dies hier Euer erstes relevantes gesellschaftliches Ereignis sein, nicht wahr, meine Liebe?«

Shaja zuckte mit keiner Miene, als sie laut und deutlich antwortete: »Ich danke Euch dafür, dass Ihr mich so freundlich und offiziell in Eurer Gesellschaft willkommen geheißen habt, Comte de la Toiboine. Eure weltoffene Einstellung steht Euch gut zu Gesicht.« Ihr förmlicher Ton hallte gut hörbar durch den Saal.

Die Musik verstummte, ein Raunen ging durch die Menge. Wenn Grayson richtig verstand, hatte die Halbdämonin den Comte aufgrund seiner unbedachten Wortwahl soeben gezwungen, sie als Teil der Gesellschaft anzuerkennen. Das fassungslose Gesicht des Vampirs zeigte, dass er mit diesem Schachzug nicht gerechnet hatte. Innerlich feixend, beschloss der Quaestor, mitzuspielen. »Ich kann mich Miss Janars Dank nur anschließen. Mit der Unterstützung einer der einflussreichsten Stimmen der *Erben* sollte es von nun an keine Anfeindung aufgrund der Abstammung meiner Saggitaria mehr geben, denkt Ihr nicht auch, Comte de la Toiboine?«

Es war mittlerweile totenstill im Saal geworden und alle starrten auf den wutschnaubenden Gastgeber. Der rang einige Sekunden um Fassung, das bleiche Gesicht in einer Grimasse erstaunter Ablehnung erstarrt. »Es ist die Pflicht, des erleuchteten Teils der *Nebula Convicto* auch dem minderwertigsten Mitglied unserer Gemeinschaft eine Chance zu geben, der Allgemeinheit zu dienen«, schnarrte er kalt. Die Beleidigungen prallten an der selbstzufrieden dreinblickenden Shaja wirkungslos ab. »Da Eure Begleitung einen so vortrefflichen Sinn für Traditionen gezeigt hat, werden wir diese mit aller Konsequenz achten. Als Hausherr und Gastgeber fordere ich Shaja Janar nun auf, den Tanz der Nebel zu vollführen. Ich bin sicher, Euer Quaestor wird Euch gerne als Partner zur Verfügung stehen. Schließlich hatte er Euch ja per Proklamation seinen Schutz gewährt. Und ich dachte immer, die Saggitaria schützt den Quaestor.« Grayson wusste nicht, was der Tanz der Nebel bedeuten sollte, aber die Unsicherheit und der verletzte Stolz in Shajas Blick verhießen nichts Gutes.

»Ein einfacher Walzer sollte Euch nicht überfordern, richtig?«, fuhr die bleiche Gestalt fort.

Der Ermittler warf einen hilfesuchenden Blick zu der jungen Frau hinüber, die sich unter dem Gekicher und den hämischen Blicken vieler Gäste hinunter zur Tanzfläche bewegte. Wer gegenüber der Halbdämonin keinen Groll hegte, blickte mitfühlend drein und Grayson wurde immer mulmiger. Shaja gab ihm mit einer Handbewegung zu verstehen, ihr zu folgen. Sie stand mittlerweile mitten auf der Tanzfläche und alle anderen hatten ihr Platz gemacht. Zügig schritt er zu ihr, darauf bedacht, sich keine Unsicherheit anmerken zu lassen.

»Der Tanz der Nebel?«, fragte er leise, kaum dass er in ihrer Hörweite war.

Sie funkelte ihn wütend an und die goldenen Sprenkel in ihren grünen Augen schienen ein Eigenleben zu führen. »Wir werden einen Walzer tanzen und zwar ohne Unterbrechung oder uns gegenseitig loszulassen«, erklärte sie knapp.

Dann bot sie ihm ihre Hand, die er in die seine nahm. Sofort tanzten Funken über ihre Hände und er wollte reflexartig loslassen. Mit einem gequälten Stöhnen spürte er den schraubstockartigen Griff, mit dem Shaja ihn festhielt. »Nicht loslassen, habe ich gesagt«, stieß sie hervor. Die magischen Entladungen tanzten weiter über ihre Haut, aber wo Grayson nur ein Kribbeln spürte, wusste er von Morgan um die Schmerzen, die seine hochmagische Saggitaria durch seine Berührung erleiden musste. Mit fest entschlossenem Gesicht packte sie seine andere Hand und legte sie auf ihren Rücken, sodass er sie in einer klassischen Tanzpose hielt. Die Blitze umspielten nun ihren ganzen Körper und das Knistern und Zischen erfüllte die Stille, die nur von boshaftem Gelächter hier und dort unterbrochen wurde. Mit einem zornigen Blick, der ihre Qualen nur dürftig verbarg, nickte sie dem Comte einmal zu und dann begann die Musik zu spielen. Sofort setzte sich Shaja in Bewegung und begann den überrumpelten Grayson in die langsamen, behäbigen Drehungen eines Walzers zu führen. Der Körper des Quaestors kribbelte überall auf höchst unangenehme Weise und ihm graute bei der Vorstellung, welche Schmerzen seine unfreiwillige Tanzpartnerin gerade ertragen musste.

»Warum tun Sie sich das an?«, fragte er leise, mehr um sie und sich selbst abzulenken.

»Der Tanz der Nebel besiegelte früher die gesellschaftliche Aufnahme einer Person in die *Nebula Convicto.* Seinen Willkommensgruß in eine förmliche Legitimation meines Anspruches auf einen Platz in unserer Gemeinschaft zu verwandeln, fußt auf einer ebenso alten Tradition. Er war unvorsichtig und wir haben die Gelegenheit genutzt«, sagte sie zwischen zusammengebissenen Zähnen.

»Wir?«, fragte Grayson nach.

»Morgan und ich sind die verschiedenen Grußformen durchgegangen, die der Comte nutzen könnte. Mich in sein Willkommen mit einzubeziehen war eine davon. Der Tanz der Nebel ist sein Versuch, mich aufzuhalten.«

Eine besonders heftige Entladung fuhr über ihren Körper und eine dünne Rauchwolke stieg aus ihrem roten Haar auf. Grayson wollte wieder loslassen, aber Shaja fuhr ihn leise an. »Wenn wir stoppen oder loslassen, gilt der Tanz als unvollendet und meine Aufnahme in die *Nebula Convicto* ist gescheitert. Nochmal wird sich keiner so unvorsichtig äußern und meine einzige Chance ist dahin.« Ihr Griff festigte sich nochmals und Grayson verlor das Gefühl in seiner linken Hand. »Selbst wenn ich aus den Ohren blute, Sie lassen nicht los, bis die Musik endet.«

Grayson hatte in diesem Moment ebenso viel Angst vor der jungen Frau wie um ihre Gesundheit. Er nickte, um klar zu machen, dass er verstanden hatte. Seine Konzentration und Anspannung sorgte jedoch dafür, dass sich seine antimagischen Kräfte verstärkten, und die Entladungen nahmen an Intensität zu. Blasen bildeten sich auf der Haut der Saggitaria und ihr Gesicht war eine Maske der Qual. Grayson wurde wütend und seine Kraft steigerte sich immer mehr. Pirouette um Pirouette tanzten sie, umgeben von traurig oder feindselig dreinblickenden Wesen, ein hellerleuchtetes Paar aus Peiniger und Opfer. Die Musik wollte einfach nicht aufhören und Grayson war sich sicher, der Comte würde den Tanz erst enden lassen, wenn Shaja aufgab oder tot war. Die Augen der jungen Frau fielen bereits zu und ihre Bewegungen verloren deutlich an Schwung. Ihr Griff lockerte sich und jetzt war es Grayson möglich, diese grausame und unmenschliche Folter jederzeit zu beenden. Fieberhaft suchte er nach einer Lösung und schließlich fiel ihm etwas ein. Richard hatte ihm gesagt, dass Konzentration und Stress seine Kräfte stärkten und die Intensität abnahm, wenn er sich entspannte. Bisher hatte er noch nie versucht, diesen Effekt willentlich herbeizuführen, aber wenn es ihm gelang, konnte er die

Verletzungen, die er der jungen Frau zufügte, auf ein Minimum begrenzen. Einen Versuch wollte er sich und ihr zugestehen, danach würde er loslassen.

Grayson schloss die Augen, lauschte intensiv auf die Harmonie der Musik, blendete die hämischen Bemerkungen und das bösartige Lachen der anderen aus und ließ sich vom eigenen Körper durch die Drehungen des Tanzes führen. Zuerst passierte gar nichts, aber dann hörte das Zischen und Knistern auf. Er öffnete die Augen und sah, dass die gewaltsamen Entladungen verspielten Funken gewichen waren, die auf Shajas und seiner Haut hin- und her tanzten, wo sie sich berührten. Das Kribbeln, das er verspürte, war stärker geworden, aber der verwunderte Blick aus Shajas grüngoldenen Augen zeigte ihm, dass ihre Schmerzen jetzt erträglicher waren. »Ist es so besser?«, fragte er mit einem besorgten Lächeln.

Sie nickte schwach. »Ich spüre kaum noch etwas«, hauchte sie. »Danke.«

Noch etwa eine Minute tanzten sie weiter, bis der Comte schließlich aufgab, als klar wurde, dass seine Falle gescheitert war. Die Musik endete und frenetischer Beifall sowie zorniges Gemurmel war überall zu hören. Grayson ließ Shaja blitzschnell los und kurz wankte die junge Frau, um sich dann aber zu fangen. Mit einem erschöpften, aber stolzen Blick machte sie einen höflichen Knicks vor de la Toiboine und sagte: »Bitte entschuldigt mich nun für einen Moment, Comte. Ich glaube, meine Frisur hat ein wenig gelitten und ich sollte mich frisch machen.« Hoch erhobenen Hauptes ging sie unsicheren Schrittes von dannen, wobei sich ihr zwei kleine fliegende Wesen anschlossen, die sie umschwärmten und mit piepsigen Stimmen auf sie einredeten.

Sind das etwa Feen?, fragte Grayson sich und zuckte anschließend mit den Achseln. Es spielte in all dem Irrsinn keine Rolle. Shaja schien ihre Anwesenheit nicht zu kümmern und das genügte ihm fürs Erste. Er schaltete sein Ohrmikro ein und flüsterte: »Richard, haben Sie alles mitbekommen?

»Natürlich, Sie haben mehr als genug Aufmerksamkeit erregt«, erklang die stoische Stimme des Ritters in seinem Ohr. »Haben Sie ein Auge auf sie«, sagte Grayson.

Richard bestätigte, dann mischte sich Morgan ein: »Unsere Saggitaria sollte sofort untertauchen. Wenn sie sich nochmal hier drinnen blicken lässt, wird sie garantiert im Mittelpunkt stehen und genau das wollten wir vermeiden. Ich unterschätze unseren Gastgeber immer wieder. Sie hätten beinahe vor aller Augen Ihre Schutzbefohlene in den Tod getanzt. Die Quadriga wäre am Ende gewesen und unsere Untersuchungen mit ihr. Sie, Quaestor, hätten mindestens Ihren Rang verloren. Der Schachzug mit dem Tanz der Nebel war brillant.«

»Ich bin sicher, Shaja sieht das anders«, fauchte Grayson zurück.

»Ruhig Blut, Sportsfreund. Sie hat bekommen, was sie wollte und der Quadriga hilft es auch. Jetzt hat sie neben politischem auch gesellschaftlichen Schutz und sollte deutlich sicherer sein. Unser Gegner ist nicht leicht zu überrumpeln, mehr wollte ich nicht sagen«, hörte Grayson die beschwichtigende Antwort des Magus.

Grayson blickte zu ihrem Gastgeber hinüber, der Anstalten machte, das Podium zu verlassen und definitiv nicht mehr in Feierstimmung war. Die Tatsache, wie schnell und gefährlich er auf das kleine Intrigenstück der Dämonin reagiert hatte, verstärkte seine Zweifel wieder, ob er wirklich ihr Täter war. Hoffentlich würde ein Gespräch mit ihm Grayson endlich Klarheit verschaffen. »Ich versuche jetzt, den Comte zu befragen. Er ist aus dem Gleichgewicht und die Chancen stehen gut, dass er jetzt offener spricht, als ihm lieb ist.«

»Denken Sie daran, Sportsfreund. Nicht zu viel Druck, oder das wird ein politisches Waterloo.«

Der Comte war mittlerweile aus dem Ballsaal geeilt und Grayson folgte ihm so unauffällig wie möglich. Mehrere Gäste wollten den Ermittler in ein Gespräch verwickeln, aber keiner legte Wert auf Körperkontakt und so teilte sich die Menge vor ihm, als er einfach weiterging, und niemand hielt ihn auf. Grayson folgte dem Vampir durch den Saal voller Wesen, die weiterhin ausgelassen feierten und sich dabei gleichzeitig misstrauisch beäugten. Die Spannung war fast greifbar und Grayson war froh, als er sah, wie de la Toiboine auch diesen Saal verließ. Der Quaestor wollte sich nicht ausmalen, was passiert wäre, hätte er den Gastgeber in dieser Atmosphäre befragt und einen Patzer begangen. In seiner ersten Woche als Quaestor wollte er sicherlich keinen magischen Bürgerkrieg auslösen. Er hastete der hochgewachsenen Gestalt hinterher, die eine breite Treppe hinaufging. Am oberen Ende der Treppe führte ein Korridor auf einen ausladenden Balkon, der von altmodischen Fackeln erleuchtet wurde und anscheinend die gesamte Länge des Palais entlangführte. Grayson orientierte sich kurz und trat dabei an das geschwungene Geländer. Sie befanden sich auf der Rückseite des Palais, in etwa zehn Metern Höhe. Fackeln waren überall im weitläufig angelegten Garten verteilt, die kleine Inseln aus unstetem Licht schufen. Der Quaestor sah hier und dort vereinzelte Personen, die durch die Nacht schlenderten und er war sich ziemlich sicher, eine Vampirin zu erkennen, die gerade vom Hals eines verzückt lächelnden Gastes kostete. Kopfschüttelnd wandte er sich ab und blickte den Balkon in beide Richtungen entlang. Gute zwanzig Meter entfernt sah er den Comte am Geländer stehen. Der Adlige hielt sich ein wenig abseits der anderen Gäste, die sich auf dem Balkon tummelten, eine dicke Zigarre in der bleichen Hand. Überrascht durch dieses unpassend weltliche Laster, trat Grayson an ihn heran, während er potenzielle Lauscher aus ihrer unmittelbaren Umgebung vertrieb, indem er mit seinem Siegelring so wie früher mit seiner Dienstmarke gestikulierte.

Schnell standen die beiden allein im düsteren Zwielicht. Der Vampir hatte sich eine Stelle ausgesucht, an der zwei nur schwach leuchtende Fackeln in einigem Abstand von ihnen einen aussichtslosen Kampf gegen die Dunkelheit fochten und Grayson hatte Mühe, die Mimik seines Gegenübers zu erkennen. Nur wenn die Zigarre aufglomm, konnte er das bleiche Gesicht des Aristokraten deutlich sehen, verzerrt durch das Schattenspiel der immer wieder erlöschenden Glut. Dass der Vampir keine funktionierenden Lungen mehr besaß, schien seinem Genuss des Tabaks nicht im Wege zu stehen.

»Quaestor, welch angenehme Überraschung«, sagte der Untote.

Ob er jemals wirklich sagt, was er denkt?, ging es Grayson durch den Kopf. Der Ermittler neigte dabei höflich den Kopf und trat näher an die hochgewachsene Gestalt heran. Durch seine eigene imposante Körpergröße war er es nicht gewohnt zu jemandem aufschauen zu müssen, aber ihm fehlten ein paar Zentimeter, um mit de la Toiboine auf Augenhöhe zu sein und das irritierte ihn.

Er rief sich seinen Plan ins Gedächtnis und begann im höflichen Tonfall: »Da es mir an Erfahrung innerhalb der *Nebula Convicto* mangelt und ich kaum Kontakte außerhalb meiner Quadriga habe, dachte ich, ich könnte mit Ihnen einige Anhaltspunkte durchgehen, auf die ich im Laufe meiner Ermittlungen gestoßen bin. Schließlich sind Sie ein Ratsmitglied und besitzen jahrhundertelange Erfahrung.« Eine Kombination aus Schmeichelei und Naivität wirkte auf viele Verdächtige unwiderstehlich und war eine bewährte Taktik Graysons, damit seine Gesprächspartner sich öffneten. Anscheinend unterschieden sich Hinterhofgauner und jahrhundertealte Vampire gar nicht so sehr voneinander, denn der Comte schenkte ihm nun ein fast väterliches Lächeln.

»Eine sehr kluge Einschätzung, Mister Steel. Die *Erben* können hervorragende Verbündete sein. Dann lassen Sie uns doch mal sehen, ob ich Ihnen helfen kann.« Ein weiterer Zug an der Zigarre erleuchtete kurz das Gesicht des Vampirs und Grayson war sich nicht mehr sicher, wie er das Lächeln seines Gegenübers zu deuten hatte. Trotzdem fuhr der Ermittler fort: »Einer Ihrer Leibwächter hat uns vor kurzem angegriffen und einen elfischen Juwelier namens Valindar getötet. Sie haben sicherlich davon gehört?«

»Ein bedauerlicher Vorfall. Guillaume Travére ist aus Frustration über seinen mangelnden gesellschaftlichen Aufstieg aus meinen Diensten geflohen, um allein sein Glück zu versuchen. Hätte ich geahnt, dass er als erstes einen Raubüberfall plant, hätte ich sicherlich versucht, ihn aufzuspüren. Noch dazu ein Raub bei meinem Lieblingsjuwelier. Jedoch hätte es mich nicht wundern sollen. Er hatte schon früher einen Hang zum Diebstahl. Bei seiner Flucht hat er mir sogar einen alten Lastenkahn gestohlen.«

Während er sprach, hielt der Vampir einen Armreif empor, der sein linkes Handgelenk umschlang. Das Halbdunkel machte es schwer Details zu erkennen, aber Grayson sah die filigranen Umrisse einer Riesenschlange, die einen Drachen verschlang.

»Sie hätten die Gesichter der *Freien* unter den Ratsmitgliedern sehen sollen, als ich damit das erste Mal in die Halle marschiert kam. Drachen sind ihnen heilig, wie Sie sich sicher denken können. Ich musste sogar erst die Schulden des alten Valindar aufkaufen, damit er sich bereit erklärte, dies hier anzufertigen. Er war ein leidenschaftlicher Anhänger der Philosophie der *Freien*.«

Grayson starrte in die Nacht hinaus und sammelte sich. War es Zufall, dass der Comte gerade alle Anhaltspunkte, die Valindars Tod betrafen, entkräftet hatte? Nach nur einer Frage Graysons? Der Vampir lächelte nachsichtig, als er die Gedanken des Quastors zu erraten schien. »Ich, ein Mitglied des Rates, und Sie, ein neuer Quaestor, der in einem hochbrisanten Fall ermittelt. Glauben Sie wirklich, ich würde mich über Ihre Ermittlungen nicht informieren? Oder es würde mir entgehen, wenn mein ehemaliger Leibwächter und ein hochangesehener Elf, der mir verpflichtet ist, innerhalb von vierundzwanzig Stunden sterben? Ehrlich gesagt, bewundere ich Ihre bisherige Zurückhaltung. Ich hätte ja eine dramatische Verhaftung vermutet, aber anscheinend kann Morgan Sie doch besser beraten, als ich dachte.«

Grayson schluckte sämtliche bissigen Bemerkungen herunter, die die Art des Vampirs in ihm aufsteigen ließen.

»Sagt Ihnen der Name Barry Poxborrow irgendetwas?«, versuchte er eine neue Stoßrichtung. Von diesem Teil der Nachforschungen konnte er nur wissen, wenn er irgendwie in die Sache involviert war.

Nachdenklich zog der Comte wieder an seiner Zigarre. Sein Gesicht schien vollkommen ruhig zu sein und Grayson hätte schwören können, dass das Ratsmitglied tatsächlich versuchte, sich zu erinnern.

»Nein, ich denke nicht. Obwohl, warten Sie, war das nicht der Troll mit dem Haufen Ghulfreunde? Der, der aus dem Rat geworfen wurde. Was für ein Tag. Für einen aus dem *Equilibrium* war er beileibe nicht ausgeglichen.« Der Vampir lachte leise über seinen eigenen Witz, ein Geräusch frei von menschlichem Humor. Grayson schauderte und riss sich dann zusammen. »Ja, genau den meine ich. Wissen Sie zufällig, was aus ihm geworden ist?«

»Nein, und es ist mir auch egal. Er war schon als Ratsmitglied unwichtig. Vielleicht leitet er gerade eine Kampagne mit dem Namen ›Rettet die Ghule‹ oder so etwas. Keine Ahnung, was er an diesen Kreaturen gefunden hat. Mir sind niedere Dämonen oder eidgebundene Diener allemal lieber. Aber warum fragen Sie nach ihm?«

»Er ist in diesem Fall eine Person von besonderem Interesse«, sagte Grayson betont beiläufig. Sie hatten einen Warnzauber am Eingang zum Versteck des Trolls angebracht. Wenn der Vampir hinter allem steckte, würde Graysons Fragerei ihn bestimmt unruhig machen und der Comte würde jemanden zu dem Troll schicken. Ein kleines Team der *Nebelwacht*, die herkömmlichen Ordnungshüter der *Nebula Convicto*, stand bereit und würde jeden ergreifen, der dort hineinzugehen versuchte.

Aber alles, was er bisher gehört hatte, konnte die Täterschaft des Vampirs nicht beweisen.

Grayson gingen die unverfänglichen Fragen aus und er beschloss, den Druck zu erhöhen, um sicher zu sein.

»Viele denken, Sie hätten ein starkes Motiv, Sophia vom See zu entführen. Hinzu kommt der passend gestellte Misstrauensantrag, Ihr Versuch, mich bei meiner Ernennung einzuäschern und das Eilverfahren, mit dem Sie die Wahl vorverlegt haben.«

Grayson wollte weiterreden, aber de la Toiboine fiel ihm ins Wort. »Schon gut, Quaestor. Das war eine Weile amüsant, aber ich bin von Ihrer stümperhaften Scharade langsam ein wenig gelangweilt. Ich weiß, worauf Sie hinaus wollen. Leider denke ich, Sie sind dem ersten Eindruck erlegen, den Sie von mir hatten. Erstens, ich habe den Misstrauensantrag zwar gestellt, aber dabei nur eine Gelegenheit genutzt, als eine Entscheidung der Ratsvorsitzenden verlangt worden war. Und zwar von irgendeinem von den *Freien*. Blesk, oder so ähnlich, hieß er. Es war eigentlich nur als kleines Ärgernis für die Lady gedacht, um ihr das Leben schwer zu machen. Dass sie ihren Anspruch nicht verteidigt, wurde erst später deutlich. Zweitens, ich verabscheue Lacuni. Sie und Ihresgleichen sind eine Gefahr für die meisten Wesen innerhalb der *Nebula Convicto* und gehören ausgerottet oder an die Kette gelegt. Sie würden einem Löwen ja auch keine Dienstmarke an die Brust heften und ihn dann auf die Zivilbevölkerung loslassen, oder?«

Die ruhige Art, mit der sprach, verstärkte die Wirkung seiner Worte und unwillkürlich trat der Ermittler einen Schritt zurück. Aber der Comte folgte ihm und hielt dadurch den engen Abstand zwischen ihnen aufrecht.

»Die *Erben* sollten die Anführer unserer Gemeinschaft sein, daran zweifle ich keine Sekunde. Großartiges wurde geleistet, als wir an der Macht waren. Ganze magische Nationen wurden überall auf der Welt gegründet. Alles wurde durch das *Equilibrium* zunichte gemacht, zerredet und durch Kompromisse zersetzt, bis nur noch Ruinen im Nebel übrig blieben.« Die kalten, leblosen Augen des Comte bohrten sich in Graysons, als die Stimme des Untoten zu einem Flüstern herabsank. »Wenn ich wollte, könnte ich Sie am Hals packen und dort hinauffliegen, in die kalte Dunkelheit dieser Herbstnacht. Nur der Mond wäre mein Zeuge, wenn ich Sie einfach losließe, sobald mich Ihre Kräfte zu stark geschwächt hätten. Sie würden als lebloses Bündel gebrochener Knochen gefunden werden, während ich schon wieder auf meiner eigenen Feier tanzte. Wissen Sie, warum ich es nicht tue? Weil es dumm wäre. Jeder würde mich verdächtigen, alle würden in meinem Anwesen nach Hinweisen suchen und Dinge finden, die niemanden etwas angehen. Ich würde den Ratssitz wegen des Todes eines unbedeutenden Lacunus verlieren und das wäre töricht. Und aus diesem Grund dürfen Sie heute Nacht weiterleben.«

Der Comte schnippte seine Zigarre über das Geländer und trat einen Schritt zurück. Grayson stieß den Atem aus, den er unwillkürlich angehalten hatte und starrte den Vampir stumm an. Der Comte ging an ihm vorbei, in Richtung des Korridors, drehte sich dann aber noch einmal um. »Was ich damit sagen wollte, war Folgendes: Viele Dinge, die ich gerne tun würde, kann ich nicht tun, weil ich der Hauptverdächtige wäre und mir das schaden würde, ob man meine Schuld beweisen könnte oder nicht. Das Gör der Lady anzurühren, gehört leider mit auf diese sehr lange Liste. Sie bellen den falschen Baum an, Quaestor.«

Dann war de la Toiboine fort und ließ einen sehr eingeschüchterten Ermittler zurück.

Greater London, Maison de la Toiboine, Dienstag, 18. Oktober, 21.23 Uhr

Für eine Minute stand Grayson im Halbdunkel und überdachte, was er gerade gehört hatte. Die relevanten Informationen waren für ihn momentan nur schwer von der plastisch beschriebenen und sehr realen Bedrohung seines Lebens zu trennen, aber gleichzeitig war er sich nun sicher, dass de la Toiboine nicht ihr Mann sein konnte. Oder war genau das eine raffinierte Falle?

Es knackte in seinem Ohr. »Wir treffen uns alle im hinteren Teil des Gartens. Jetzt!«, flüsterte Shajas Stimme in einem drängendem Befehlston. Adrenalin schoss durch Graysons Glieder als er zügig die Treppe zum Gesellschaftssaal hinabging. Anscheinend hatte Shaja etwas Wichtiges gefunden! Dabei hatte der Comte ihn gerade überzeugt, dass sie an der falschen Stelle suchten! Er erreichte den Fuß der Treppe und blickte sich nach dem nächsten Ausgang Richtung Garten um. Sein Blick fiel auf Richard, der bereits an einer Doppeltür wartete, die in die Nacht hinausführte. Der Custos hatte ihn bemerkt und bedeutete ihm mit einer knappen Kopfbewegung, ihm zu folgen. Möglichst entspannt und unauffällig bahnte sich Grayson einen Weg durch die zusammenstehenden Grüppchen exotischer Wesen, bis er Richard erreichte. Zusammen gingen sie hinaus und betraten einen der kleinen Kieswege, die den Garten mit seinen Blumenbeeten und riesigen Rasenflächen wie zufällig angeordnet durchzogen. »Morgan ist uns schon voraus. Wir wollten nicht alle auf einmal gehen«, wisperte Richard. »Wie lief es mit de la Toiboine?«

»Ich denke, er könnte unschuldig sein«, antwortete Grayson knapp. Er würde nachher in Ruhe mit allen über seine Theorie sprechen, aber hier und jetzt war nicht der passende Ort dafür.

Richard nickte überrascht, schwieg jedoch und sie gingen tiefer in den Garten hinein. Wann immer sie Gästen begegneten, die die Abgeschiedenheit und Ruhe der Natur bevorzugten, grüßten sie höflich und gingen schnell weiter. Glücklicherweise war niemandem hier an einer Konversation gelegen, es schien als würden viele der Nachtschwärmer das Dunkel nutzen, um Neigungen oder Notwendigkeiten nachzukommen, die das Miteinander im Anwesen deutlich stören würden.

Grayson sah mehrere Vampire bei der traditionellen Nahrungsaufnahme an anderen Gästen, die aber alles andere als unzufrieden darüber wirkten, als Blutbeutel herzuhalten. Der Ermittler verzog das Gesicht. Nach einer Weile kamen sie an dem mächtigen juwelenbehangenen Wurm vorbei, der gerade dabei war, eine widerlich riechende, grünlich-braune Pampe von einem riesigen Silbertablett zu schlürfen.

»Nicht starren, Quaestor«, flüsterte Richard kaum hörbar und Grayson richtete den Blick schnell geradeaus. »Äonenwürmer sind sehr schüchtern und haben ein zartes Gemüt. Kornelius zu beleidigen, wäre wirklich ein Schande.« Die Stimme des Custos hatte einen sanften Unterton angenommen und Grayson nahm sich vor, seine Toleranzschwelle deutlich zu steigern, wenn dieser grimmige Mann neben ihm mit einem Riesenwurm befreundet sein konnte. Sie gingen noch fünf Minuten weiter und Grayson wollte eben fragen, wie groß das Grundstück eigentlich war, als er in der Dunkelheit vor ihnen das magische Licht aufleuchten sah, welches Morgan auch in den Tunneln verwendet hatte.

»Wir sehen euch«, sagte Richard ins Mikro und die Lichtkugel erlosch wieder.

Da keine Unbeteiligten mehr in der Nähe waren, beschleunigten die beiden ihre Schritte. Sie trafen Morgan und Shaja schließlich vor einer sieben Meter hohen Hecke an.

Grayson musterte die Saggitaria eindringlich, aber diese winkte ab. »Alles wieder in Ordnung, Quaestor. Unser ›Tanz der tausend Blitze‹ hat die Aufmerksamkeit der anwesenden Feen erregt. Die kleinen Viecher stehen auf alles, was halbwegs romantisch aussieht und sind nicht besonders helle. Sie haben unsere Vorstellung doch tatsächlich für irgendein magisches Liebesdrama gehalten«, sagte sie belustigt. »Aber Feen sind hervorragende Heiler, also habe ich nicht widersprochen, als sie ihre Hilfe anboten, denn meine Kräfte waren durch den langen Kontakt mit unserem Lacunus hier ganz schön am Boden. So war ich eine Minute später bereits geheilt und ›auf dem Weg zu meinem Liebsten, um ihn zu einem geheimen Stelldichein im Garten zu treffen‹. Ich glaube, die flennen immer noch vor Rührung.« Morgan räusperte sich und die junge Frau fuhr fort. »Jedenfalls dachte ich mir, wenn ich schon mal im Freien bin, dann könnte ich mich auch direkt umsehen. In so einem schönen großen Garten, umgeben von einem mit Dämonen bewachten Wald kann man doch gut jemanden verstecken. Ich habe meine Sinne voll aufgedreht und voilà: Mir ist die Aura einer Person aufgefallen, die ganz allein hier hinten im Garten schläft. Sobald ich nahe genug war, um zu erkennen, wo sie schläft, habe ich Morgan geholt.« Grayson starrte etwas ratlos auf die Hecke. Sie war extrem dicht und perfekt rechteckig geschnitten, eine klassische englische Zierhecke.

Shaja rollte mit den Augen und setzte zu einer fiesen Bemerkung an, aber Morgan kam ihr zuvor.

»Das hier, Sportsfreund, ist ein waschechtes Labyrinth. Und zwar keines von der mundanen Sorte. Ich meine ein magisches, das sich zufällig verändert, wenn man nicht hinsieht. Und in dem ein Minotaurus lebt, der Eindringlinge frisst. Eines, das man erst verlassen kann, wenn man sein Zentrum erreicht hat.«

Grayson verstand immer noch nicht. »Also hat Shaja einen schlafenden Minotaurus gefunden. Das sind doch die Wesen mit Stierkopf, oder?«

Morgan nickte aufgeregt. »Das ist es ja gerade. Die Aura eines Minotaurus ist per Magie nicht wahrnehmbar. Und die schlafende Person liegt genau im Zentrum. Dies ist der einzige Ort, den der Stiermensch nicht betreten kann.«

Jetzt dämmerte es Grayson. »Das perfekte Versteck. Keiner würde freiwillig dort hineingehen, oder?«

Morgan schüttelte den Kopf. »Die Zeiten sind vorbei. Labyrinthe wurden während der Magierkriege geschaffen, als eine Art Eignungsprüfung. Wer es bis in die Mitte schaffte, wurde als Offizier in die Armee aufgenommen. Viele suchten ihr Glück im Inneren der Hecken. Besser eine kleine Chance zu überleben und zu befehligen, denn als Fußsoldat gegen Armeen aus magischen Wesen den sicheren Tod zu finden. Heutzutage sind diese Labyrinthe bessere Antiquitäten. Sie existieren nur noch, weil die in ihnen lebenden Minotauren zu verwildert sind, um sie noch in die *Nebula Convicto* einzugliedern. Der letzte Versuch endete tragisch und mit hohen Verlusten. Am Ende musste er mit einem riesigen Waldbrand im Norden Amerikas vertuscht werden.«

»Ich wette, in seinem Zentrum finden wir Sophia. Aber wenn der Comte sie dort hat ablegen lassen, muss der Minotaurus doch tot sein, oder?«, fragte er in die Runde.

»Leider nein. Man kann sich an ihm vorbeischleichen oder ihn schwer verwunden, Hauptsache man erreicht das Zentrum. Minotauren heilen schnell und selbst abgeschlagene Gliedmaßen wachsen nach. Wenn man ihn nicht in Stücke schneidet oder verbrennt, überlebt ein Minotaurus fast alles«, antwortete Richard.

»Und wir können davon ausgehen, dass der Comte dafür Sorge getragen hat, dass sein unfreiwilliger Gefängniswärter bei bester Gesundheit ist«, fügte Morgan hinzu.

»So, wie ich das sehe, haben wir zwei Optionen: Wir gehen rein und sehen nach, wer da liegt. Oder wir gehen das Risiko ein, rufen die Nachtstreifer her, damit sie das Labyrinth bewachen und klagen den Comte an. Dann geht ein Trupp der *Unendlichen Legion* rein. Wenn sie Sophia da drinnen finden, ist es vorbei und wir müssen nicht gegen einen wilden Tauren antreten«, sagte Morgan.

Grayson schnalzte missbilligend mit der Zunge. »Zu riskant, zu viele Variablen. Alle Beteiligten wüssten Bescheid und wären gewarnt. Wer weiß, wie die Verschwörer reagieren. Die Stimmung da drinnen ist sowieso derart angespannt, dass ein Funken ausreicht und die meisten gehen sich gegenseitig an die Kehle. Wir erledigen das selbst.«

Er hatte mit Widerstand gerechnet, aber die anderen hörten nur weiter zu.

Er nickte dankbar. »Also dann. Wollen wir doch mal sehen, ob wir das Zeug zu altertümlichen Offizieren hätten.«

Richard schmunzelte und schlug Grayson auf den Rücken, während Shaja die Augen rollte und wenig begeistert wirkte.

»Wenn wir dort hineingehen, dann nicht unbewaffnet. Ich schleiche mich durch den Wald zum Wagen und hole unsere Waffen«, murrte sie.

»Sicher, dass Sie das schaffen, mit all den Wächtern da draußen?«, fragte Morgan und deutete in die Dunkelheit der Bäume, zwischen denen ab und zu ein violettes Leuchten unmenschlicher Augen aufblitzte.

»Einer der Vorteile meiner Herkunft. Andere Dämonen tun sich schwer damit, mich nicht als ihresgleichen zu sehen. Wenn ich Abstand halte, schaffe ich das schon.«

Morgan wollte noch protestieren, aber da war die Saggitaria bereits in übernatürlichem Tempo davongerast.

»Während wir zum Eingang gehen und auf Shaja warten, gebe ich Ihnen besser eine kurze Übersicht darüber, was uns dort drinnen erwartet«, sagte Morgan und begann die Hecke rechter Hand von ihnen abzuschreiten. »Das Labyrinth verändert sich immer dann, wenn Sie nicht hinsehen. Die einfachste Art an einem solchen Ort verloren zu gehen, ist die Augen zu schließen. Nach fünf Sekunden erkennen Sie nichts mehr wieder. Also immer möglichst viele Abzweigungen auf einmal im Blick behalten und möglichst wenig blinzeln. Der Minotaurus ist hauptsächlich groß, schnell und stark. Keine besonderen magischen Fähigkeiten, aber die zwei Hörner auf seinem Schädel stellen auf langen, geraden Strecken ein echtes Problem dar, weil Tauren es lieben, in einen Sturmangriff mit gesenktem Kopf überzugehen, wenn sich ihnen die Gelegenheit dazu bietet. Sie sind extrem zäh, wie bereits angesprochen, und wenn wir zu lange im Labyrinth herumirren, kann es sein, dass wir mehrmals gegen ihn kämpfen müssen. Wobei er immer wieder heilt und wir mit jedem Kampf schwächer werden.« Vor ihnen schälte sich eine zwei Meter breite Öffnung in der Hecke aus der Dunkelheit.

»Da wären wir«, schloss der Magus seine Ausführungen ab. Sie warteten schweigend am Eingang auf die Rückkehr Shajas. Die Dämonin tauchte erstaunlich schnell wieder zwischen den Bäumen auf und lief mit den Waffen im Arm zu ihnen hinüber, ein selbstzufriedenes Grinsen auf ihrem Gesicht. Richard nickte anerkennend und auch Grayson und Morgan waren beeindruckt. Dann bewaffneten sie sich und der Custos sagte ernst: »Alle die Waffen bereithalten. Unter keinen Umständen von der Gruppe trennen. Und seid möglichst leise, vielleicht können wir uns am Tauren vorbeischleichen. Kein unnötiges Licht. Wir brauchen Offensivkraft vorne und hinten. Jeder hält eine Himmelsrichtung im Blick, dann kann das Labyrinth sich nicht verändern. Ich vorne, Shaja hinten, Grayson rechts, Morgan links. Irgendwelche Einwände?«

Keiner sagte etwas und so betraten sie schweigend zwischen den hochaufragenden Wänden aus Blättern und Zweigen hindurch das Labyrinth. Richard hatte sein Schwert in der Hand und Grayson zog seinen Revolver mit der Rechten, in der Linken den Dolch. Morgan hatte sich in einen Schutzzauber gehüllt und Shaja hielt ihre bösartig aussehenden Maschinenpistolen in einem entspannten Griff. Sie standen auf einem laubbedeckten Weg, der etwa drei Meter breit war und dreißig Meter vor ihnen einen scharfen Knick nach links machte. Per Handzeichen erinnerte Richard noch einmal daran, dass jeder seine Richtung beobachtete und sie gingen vorwärts. Grayson ging leicht seitlich und starrte konsequent nach rechts. Aus den Augenwinkeln sah er, dass Shaja sich umgedreht hatte und der Gruppe den Rücken zukehrte, um den Rückweg zu sichern. Mit eleganten Bewegungen schlich sie rückwärts und blieb dadurch innerhalb der Formation. Sie umrundeten die Ecke vor ihnen und nach drei Schritten hörte Grayson es hinter sich rascheln. Sein Kopf ruckte herum, aber er sah nichts. »Das war der Eingang. Wir sehen ihn nicht mehr und damit ist er verschwunden. Jetzt gibt es kein Zurück mehr«, wisperte Morgan.

Grayson drehte sich wieder in seine seitliche Position, nur um festzustellen, das einen Meter neben ihm auf einmal ein Durchgang erschienen war, der einen weiteren laubbedeckten Weg offenbarte, der still dalag. Grayson fluchte leise und nahm sich vor, aufmerksamer zu sein. Er hatte vielleicht drei Sekunden weggeschaut und schon sah das Labyrinth auf seiner Seite anders aus. Hochkonzentriert behielt Grayson ab jetzt seine Blickrichtung bei und langsam schob sich die Quadriga durch die Düsternis des Irrgartens. Eine schwach leuchtende Kugel, die einen Meter über ihren Köpfen schwebte, spendete ein mattes Licht, gerade genug um die Hecken beobachten zu können. Da Richard voranging, wählte er scheinbar willkürlich die Durchgänge aus und Grayson hatte schon bald die Orientierung verloren. Aber der Custos wirkte zielsicher und zuversichtlich, also ging der Ermittler davon aus, dass Richard sie langsam aber sicher Richtung Zentrum führte.

Die Minuten verstrichen, vom Rascheln des Laubs unter ihren Füßen abgesehen, war es totenstill. Längst war Grayson sich nicht mehr sicher, ob sie sich noch im Garten des Comte oder in einer anderen Dimension aufhielten. Die unbelebt daliegenden Wege und Abzweigungen wirkten alle so identisch, dass er nicht mal zu sagen vermochte, ob sie sich überhaupt fortbewegten. Er ertappte sich dabei, nach ihren eigenen Fußspuren im Laub vor ihnen zu suchen, als Zeichen dafür, dass sie im Kreis umherliefen. Nach einer gefühlten Ewigkeit blieb Richard stehen und räusperte sich leise. Alle erstarrten und nach einigen Sekunden konnte Grayson hören, warum der Custos stehengeblieben war. Ein schweres Atmen drang durch die Hecke links neben ihnen, wie das Geräusch eines riesigen altmodischen Blasebalgs. Dem Rhythmus nach schlief der Wächter des Labyrinths und sie begannen mit vorsichtigen Schritten an der Stelle vorbeizuschleichen, wo das Schlafgeräusch durch die Blätter drang. Die bisher passierten Durchgänge ließen auf eine Tiefe der Heckenwände von etwa einem Meter schließen. Also war das Wesen vielleicht drei Armlängen entfernt. Grayson unterdrückte den Drang, sich zu beeilen und nach einer Minute waren sie schließlich vorbei. Erleichtert atmete er auf und die Gruppe nahm ihr altes Tempo wieder auf. Der Quaestor hoffte, dass sie nun das Schlimmste hinter sich hatten und nur noch den Weg ins Zentrum finden mussten. Ein paar Minuten und zwei Dutzend Abzweigungen später, hörten sie jedoch das Atemgeräusch erneut, diesmal hinter der rechten Hecke. Wieder schlichen sie unter höchster Anspannung vorbei. Grayson zweifelte mittlerweile an der Klugheit ihres Vorhabens. Wenn das so weiterging, würde der Minotaurus sie irgendwann hören.

Als sie wieder außer Hörweite waren, flüsterte er: »Wissen wir, wohin wir gehen?«

Richard brummte beruhigend und Grayson wollte nicht, in eine lange Erklärung verstrickt, aus Versehen den Kopf drehen, daher beließ er es dabei. Bei seinem Glück würde sonst direkt vor ihm eine Abzweigung auftauchen, die drei Meter vom schlafenden Tauren entfernt wäre. Wieder pirschten sie die endlosen Wege entlang und die erzwungene Langsamkeit und Anspannung forderte ihren Tribut. Grayson fuhr sich abwesend mit der Hand über das Gesicht und sofort knirschte und knackte es und eine weitere Öffnung in der Hecke lag vor ihm. Kopfschüttelnd ging er weiter.

Eine weitere halbe Stunde verstrich und wieder hörten sie das Atmen, aber diesmal konnte man erkennen, dass der Minotaurus wach sein musste, die Gleichmäßigkeit des Geräuschs war einem heftigen Schnauben gewichen. Richard bewegte sich jetzt noch langsamer vorwärts, aber als sie auf fünf Meter an das Wesen heran waren, ging das Schnauben in ein wildes Schnüffeln über. Sekunden später hallte ein markerschütterndes Brüllen durch die Hecke, das Graysons Puls in die Höhe schießen ließ. Mit schweren, stampfenden Schritten eilte der Minotaurus davon.

»Flieht er etwa?«, fragte Grayson verwirrt.

»Nein, er hat unsere Fährte aufgenommen. Das Labyrinth hält ihn mit denselben Mitteln hier gefangen wie uns, aber sein Geruchssinn ist herausragend. Jetzt, wo er uns gewittert hat, sucht er die kürzeste Verbindung zu uns«, hörte er Morgan hinter sich erklären.

»Es ist nicht mehr weit«, sagte Richard selbstsicher. Wie zum Teufel der Ritter das bestimmen konnte, war Grayson ein Rätsel, aber es sollte ihm recht sein. Richard begann nun zu traben und so ging es deutlich schneller voran. Allerdings kamen die stampfenden Schritte des Minotauren immer näher, mal von hinten, dann von rechts oder links. Einem surrealen Katz- und Mausspiel gleich lief die Quadriga zwischen den um sie herum aufragenden Barrieren aus Blättern und Holz entlang, scheinbar blind einem nicht sichtbaren Ziel entgegen stürmend, während das Monster immer näher kam. Als der Minotaurus schließlich zwanzig Meter vor ihnen aus einem Durchgang stampfte und sich in ihre Richtung drehte, war Grayson beinahe erleichtert. Die Ungewissheit war quälend gewesen, jetzt konnten sie zumindest handeln.

Morgan ließ die magische Kugel aufleuchten und das Wesen blinzelte gegen die Helligkeit an. Der Minotaurus war gute zweieinhalb Meter hoch und damit deutlich kleiner als Grayson angenommen hatte. Dafür war der riesige Stierkopf mit den ausladenden Hörnern deutlich breiter als gedacht, ebenso wie die fassförmige Brust, die von dichten Muskelbergen beherrscht wurde. Leichtes, dunkelbraunes Fell spross aus der ledrigen Haut des Wesens. Arme, Hüfte und Beine waren zwar menschlicher, aber ebenfalls mit Fell bedeckt. Der Minotaurus senkte seine schützend vor die Augen gehaltenen Hände, als er sich an das Licht gewöhnt hatte und stieß ein herausforderndes Brüllen aus. Richard kniete bereits am Boden und sprach eine Gebetsformel, während sich sein Zauberschild immer weiter vergrößerte und verstärkte. Mit einem gewaltigen Antritt stürmte ihr Gegner mit gesenktem Kopf auf sie zu, die mächtigen Hörner gezielt auf die Gruppe gerichtet. Morgan tauschte den Platz mit Shaja und flüsterte: »Auf die Beine zielen.«

Grayson ging auf ein Knie herunter, als Richard sich erhob und mit ihm die knapp zwei Meter durchmessende geisterhafte Erscheinung seines Ritterschildes. Shaja tat es dem Quaestor auf der anderen Seite gleich und als der Minotaurus auf wenige Meter herangestürmt war, eröffneten sie das Feuer auf seine Beine. Während Shajas Kugeln seinen Sturmlauf nur verlangsamen konnten, drangen Graysons Projektile durch die Haut und hinterließen klaffende Wunden im Fleisch. Das Brüllen des Stiermenschen wurde jedoch nur zorniger und dann knallte er mit einem ohrenbetäubenden Krachen auf den Schild des Custos. Dieser zersprang unter der Wucht des Aufpralls in einer Druckwelle, die den engen Weg entlangfegte und alle gleichermaßen von den Beinen riss. Grayson taumelte in einem Durcheinander von Armen und Beinen über das Laub und hätte sich beinahe mit seinem Dolch selbst verletzt. Er rappelte sich auf, ebenso wie die anderen, und lief zu dem Minotauren hinüber, der sich auf die Füße kämpfen wollte. Ihr konzentriertes Feuer hatte seine Beine stark in Mitleidenschaft gezogen und Grayson erkannte jetzt, die dahinter liegende Taktik. Das Fleisch schloss sich schon wieder über den Wunden des Monsters und bei dieser Heilungsrate wäre es ihnen unmöglich, den Minotauren schnell genug zu verletzen, um ihn dauerhaft außer Gefecht zu setzen. Er winkte die anderen an sich vorbei und schoss dann aus kurzer Distanz in beide Knie des Wesens. Mit einem Schmerzensschrei kippte der Koloss zu Boden und die Quadriga suchte ihr Heil in der Flucht.

»Gut mitgedacht«, rief Richard.

»Wie lange, denken Sie, haben wir Zeit, bis er hinterherkommt?«, fragte Grayson, während er im Laufen nachlud.

»Zwei oder drei Minuten, mehr nicht. Aber das sollte reichen«, antwortete er.

»Wie orientieren Sie sich eigentlich?« Jetzt, wo Stille kein Gebot mehr war, wollte Grayson endlich wissen, wie Richard dieses Kunststück anstellte.

Der Custos tippe sich an den Kopf. »Orientierungssinn, jahrhundertelang geschult. Und ich zähle unsere Schritte.«

»Sie meinen, dreißig westwärts, vierzig nordwärts, so in etwa?«, fragte der Ermittler verblüfft.

Richard verzog das Gesicht. »Grob ausgedrückt. Es wäre daher hilfreich, wenn Sie mich nicht mit Zahlen bombardieren.«

Grayson hob entschuldigend die Hände.

»Jungs, weniger reden, mehr rennen. Unser gehörnter Freund ist wieder im Spiel«, hörten sie die genervte Stimme Shajas hinter ihnen.

Sie verstummten und erhöhten ihr Tempo, begleitet von den lauten Schritten des Minotaurus, der immer wieder ein wütendes Brüllen ausstieß.

Sie folgten Richard um unzählige Ecken und dann geschah es. Das wütende Brüllen des Tauren erklang nervenaufreibend laut hinter der Hecke direkt neben Grayson. Instinktiv riss er die Arme hoch und warf sich zur Seite. Er prallte gegen Shaja, die fluchend zu Boden ging. Benommen schüttelte Grayson den Kopf, um seine Sicht zu klären, und rappelte sich auf. Er drehte sich zu den anderen um und prallte in eine grüne Wand aus Blättern und hartem Holz. Entsetzt fuhr er mit den Händen über das plötzliche Ende des Wegs, während zwei Meter vor ihm die gedämpfte Stimme Morgans ertönte. »Sportsfreund, sind Sie noch da?«

»Ich bin hier. Das Labyrinth muss eine Wand geformt haben, als Shaja und ich zu Boden gegangen sind«, antwortete er. Kurz blickte er sich um, aber die Saggitaria war nicht zu sehen. »Ist sie bei Ihnen?«

»Ich bin hier, Sie Trampel«, hörte er von der anderen Seite der Mauer.

»Also gut, bleiben Sie, wo Sie sind. Wir kommen Sie holen«, ertönte nun Richards Stimme in einem Ton, der keinen Widerspruch duldete.

»Einverstanden«, sagte Grayson und blickte zurück, in die Richtung aus der sie gekommen waren. Er sah schemenhaft drei Abzweigungen rechts und eine links. Der Quaestor hätte auch nicht gewusst, wohin er sich hätte wenden sollen. Die Geräusche der anderen verklangen, während sie einen Weg zu ihm suchten und dann war Grayson allein. Die Dunkelheit war tief, nur ein Streifen Mondlicht fiel durch die hohen Hecken hinab und erleuchtete das Laub auf dem Boden. Es war gespenstisch still und er konnte sein Blut in den Ohren rauschen hören. Grayson zwang sich dazu, tief durchzuatmen und versuchte, sich so weit zu entspannen, wie es ihm möglich war. Eines war sicher, sollte er irgendwann gezwungen sein, einen Bericht bezüglich seiner Ermittlungen zu schreiben, würde er diese Stelle definitiv weglassen. Der Gedanke heiterte ihn ein wenig auf, aber dann wurde die Grabesstille langsam von dem stampfenden Trommeln mächtiger Füße durchbrochen. Der Minotaurus kam näher!

Panisch überdachte Grayson seine Optionen. Er konnte hierbleiben und hoffen, dass die anderen ihn zuerst fanden oder die Beine in die Hand nehmen und den Abstand zwischen sich und den fünfhundert Kilo Muskeln und Zorn, die langsam auf ihn zukamen, vergrößern. Er rang eine halbe Minute mit sich, dann wurde ihm die Entscheidung abgenommen, als sich ein hünenhafter gehörnter Schemen ins Mondlicht schob und ihn anstarrte. Blitzschnell raste Grayson auf die nächste Abbiegung zu. Der Minotaurus stieß ein tiefes Brüllen aus und setzte zur Verfolgung an. Der Quaestor versuchte, das Labyrinth für sich zu nutzen, indem er so früh wie möglich um Ecken bog und sich außer Blickkontakt des Tauren aufhielt, aber das Biest blieb immer knapp hinter ihm, höchstens eine Wanddicke von ihm entfernt. Nach zwei Minuten begann er zu keuchen, nach dreien musste er sein Tempo drosseln. Seine Bemühungen blieben erfolglos und schließlich gab Grayson seine Flucht auf, als er um eine Ecke bog und eine Sackgasse erblickte. Schnell schlug er sich die Hände vor sein Gesicht, in der Hoffnung eine neue Lücke würde erscheinen, aber so funktionierte die Magie des Labyrinths wohl nicht. Eine Sackgasse war anscheinend der Idealzustand, um ihn im Irrgarten gefangen zu halten. Er seufzte und zog seine Waffen. Der Revolver war geladen, aufgrund des riesigen Kalibers der Waffe passten jedoch nur fünf Projektile in die Trommel. Also fünf Chancen, den Minotaurus so weit zu schwächen, dass er seinen Dolch sinnvoll einsetzen konnte. Grayson dachte nach. Er würde in einem offenen Kampf gegen den Minotaurus nicht auf sich wetten. Es brauchte einen Plan. Die Schritte des Tauren waren hinter der Ecke zu hören und Grayson wich bis ans Ende der Sackgasse zurück. Dann kam das Biest in sein Blickfeld und Grayson legte auf die Beine des Monsters an. Aber der Minotaurus ballte seine knorrigen Fäuste und hielt sie vor seine Kniescheiben, während er langsam näher kam, den Blick aus den schwarzen Augen starr auf Grayson gerichtet. *Er lernt also dazu,* schoss es Grayson durch den Kopf. Fieberhaft suchte er nach einer Lösung, aber am Ende lief es darauf hinaus, dass er alles auf eine Karte setzen musste. Die muskulöse Gestalt ragte nun fast über ihm auf und Grayson musste handeln, ob er wollte oder nicht. Er breitete seine Arme aus und schrie dem Minotaurus aus Leibeskräften ins Gesicht, so herausfordernd und wild wie er nur konnte. Die Zeit schien sich zu verlangsamen, als sich die Augen des Monsters verengten. Sollte Grayson sich verschätzt haben, würden ihn die spitzen Hörner jetzt durchbohren, bevor er reagieren konnte. Der Stiermensch stampfte jedoch auf und erwiderte die Herausforderung, indem er ein mächtiges Brüllen ausstieß und Grayson in einen Sprühnebel aus schleimigem Speichel und fauligem Atem hüllte. Der Quaestor reagierte sofort, indem er seinen rechten Arm vorschnellen ließ und dem Minotauren durch das weitgeöffnete Maul in den Kopf schoss. Nur drei Kugeln trafen ihr Ziel, da der Revolver zu stark bockte und Grayson ihn nicht ruhig halten konnte, aber es genügte, damit die Bestie benommen auf die Knie sank. Mit einem Aufschrei riss Grayson jetzt seinen linken Arm in einem Halbkreis nach vorne und bohrte seinem Gegner den Dolch mit aller Kraft durch das linke Ohr in den Schädel. Die Waffe verschwand bis zum Heft in der stierhaften Ohrmuschel und der riesige Körper erschauerte. Ohne loszulassen, packte der Quaestor mit der rechten Hand ebenfalls den Griff des Dolches und drückte die Waffe mit beiden Händen tiefer in den Schädel, während er die Klinge hin- und herdrehte. Die Zuckungen des Minotauren nahmen zu und dann erschlaffte der Körper und fiel nach vorne. Grayson wurde mitgerissen, da er sich nicht traute loszulassen. Er wusste, dass seine antimagischen Kräfte durch den Dolch flossen und wollte diese Verbindung nicht abreißen lassen. Solange das Hirn des Monsters mit Antimagie überflutet wurde, sollte es nicht heilen können. Er rappelte sich auf die Knie und suchte nach einer halbwegs gemütlichen Position, während er auf die anderen wartete.

Als seine Quadriga schließlich um die Ecke bog, bot sich ihnen ein bizarres Bild. Der Quaestor saß seitlich auf dem breiten Schädel des Minotauren, ein Horn ragte zwischen seinen Beinen empor. Leicht vornübergebeugt schien er sich an seinem Dolch festzuhalten, der unglaublich tief in ein Ohr des Stiermenschen gerammt worden war.

»Sie waren aber fleißig, Sportsfreund«, sagte Morgan bewundernd, nachdem er sich wieder gefasst hatte.

»Naja, ein wenig angeberisch, auf seinem toten Feind zu hocken, oder nicht?«, amüsierte sich Shaja, während Richard dem Ermittler nur anerkennend zunickte.

»Ich wollte nicht, dass er wieder zurückkommt, also habe ich den Dolch nicht losgelassen«, verteidigte sich Grayson.

»Kluge Entscheidung. Ihre Befürchtung war nicht unbegründet. Tatsächlich sind schon Fälle dokumentiert, wo genau das passiert ist.« Morgan war während dieser Worte nähergekommen und begann damit, einen Zauber zu sprechen. Richard bedeutete dem Quaestor aufzustehen und zögerlich kam dieser der Bitte nach. Kaum hatte er sich vom Leichnam entfernt, als Morgan die Hände in Richtung Minotaurus ausstreckte und der leblose Körper in Flammen aufging, die in einem intensiven Blau brannten. »Ich will ja nicht die Spielverderberin sein, aber wollt ihr Jungs wirklich mitten in einem Heckenlabyrinth, das mit Laub ausgelegt ist, den Feuerteufel spielen?«, spöttelte Shaja leicht nervös.

»Morgan hat es unter Kontrolle. Denke ich«, antworte Richard trocken. Grayson war sich sicher, dass der Ritter die Saggitaria nur auf den Arm nehmen wollte, aber auch ihm war deutlich wohler, als Morgan den Flammensturm mit einer weiteren Handbewegung erlöschen ließ. Vom Leichnam fehlte fast jede Spur, nur ein Häufchen Asche auf dem unversehrten Laub war geblieben, in dessen Mitte Graysons Dolch lag. Schnell nahm er die Waffe wieder an sich und steckte sie in sein Holster. Dann lud er vorsichtshalber den Revolver nach und blickte in die Runde. »Wir sind jetzt sicher, oder?«, fragte er niemand bestimmten. Die anderen nickten und Grayson atmete auf.

»Dann sollten wir jetzt endlich das Mädchen retten.«

Nach einem kurzen Verwirrspiel in dem nun harmlosen Labyrinth war es endlich soweit: Hinter einer weiteren unscheinbaren Abbiegung öffnete sich die Hecke ohne Vorwarnung auf einen großen kreisrunden Platz. Steine mit eingeritzten magischen Runen und Bannzeichen standen in einem komplizierten Muster über das gesamte Rund verteilt, der Rest des Bodens war wieder mit Laub bedeckt. Nur in der Mitte war eine makellos weiße Platte von vielleicht einem Meter Durchmesser in den Boden eingelassen. Selbst wenn man die Funktionsweise des Labyrinths nicht kannte, alles in diesem Rondell war so arrangiert, dass man diesem runden Stück Marmor sein Hauptaugenmerk widmete. Das war zweifelsfrei das Zentrum des Labyrinths. Und direkt darüber schwebte ein zwölfjähriges, schlafendes Mädchen aufrecht in einem schimmernden magischen Feld. Grayson hätte dieses Gesicht unter Tausenden wiedererkannt, so oft hatte er dessen Bild bei ihren Ermittlungen angestarrt.

Vor ihnen schwebte Sophia, die Tochter der Lady vom See.

Grayson trat einen Schritt näher und betrachtete das Kind genauer. Er sah keine Verletzungen, die Brust hob und senkte sich regelmäßig. Die Augen waren geschlossen wie bei einem normalen Schlafenden, sogar ein leichtes Lächeln umspielte ihre Mundwinkel. Alles sah gut aus. Er drehte sich zu Morgan um, aber der hob gebieterisch die Hand.

»Keiner tritt näher, bevor ich nicht einen genauen Blick riskiert habe«, sagte er streng. Dann ließ er sich im Lotossitz nieder und schloss die Augen. Ungeduldig trat Grayson von einem Bein auf das andere. Sie hatten so lange gesucht, da sollten ein paar Minuten mehr ihm eigentlich nichts ausmachen, aber es fiel ihm schwer, sich zurückzuhalten. Das Versprechen, das Morgan ihm am Anfang ihrer Zusammenarbeit gegeben hatte, sollte nun erfüllt werden. Grayson würde das erste Mal ein unschuldiges Leben retten, anstatt es nur rächen zu können. Das Hochgefühl war unbeschreiblich. Er grinste Richard und Shaja überschwänglich an und beide erwiderten den Ausdruck. Selbst die Halbdämonin wirkte sehr versöhnlich und Grayson genoss das Gefühl der Selbstzufriedenheit. Er stand mitten in der Nacht in einem magischen Labyrinth, nachdem er dessen Minotaurus getötet hatte, um ein entführtes Mädchen aus den Klauen zwielichtiger Verschwörer zu befreien … und er wollte verdammt sein, wenn er irgendwo anders sein wollte!

Dann endlich schlug Morgan die Augen auf und erhob sich grazil.

Beiläufig klopfte er sich das Laub von der Hose und verkündete seine Analyse. »Sophia ist gesund, ihr geht es gut und die Barriere hält sie im Schlaf.« Die anderen jubelten kurz auf, aber Morgan sprach in den Tumult hinein weiter. »Doch wenn der Zauber endet, wird das Mädchen einen Schubs bekommen, sodass sie einige Schritte vorwärtsstolpert. Erkennen Sie, was das bedeuten würde?«, fragte er voll unterdrückter Wut. Grayson schaute auf die aufrechte Position des schlafenden Kindes, das genau auf die Lücke in der Hecke, durch die sie das Rondell betreten hatten, zeigte. »Sie würde in das Labyrinth geschleudert werden«, sagte Grayson tonlos.

»Exakt. Wo sie zweifellos desorientiert vom magischen Tiefschlaf und benommen vom Schock des plötzlichen Stoßes anfinge, durch den Irrgarten zu stolpern«, beendete Morgan die Analyse.

»Direkt in die Arme des Minotaurus hinein«, fügte Shaja hinzu, während ihre Augen in unterdrückter Wut loderten.

»Das hier ist meisterlich geplant«, fuhr Morgan fort. »Wenn der Zauber während der Ratsherrenwahl endet, würde die Lady durch ihre emotionale Verbindung zu ihrer Tochter erst den Schock und die Verwirrung und dann das Entsetzen und die Todesqualen Sophias spüren. Sie könnte in ihrer Trauer und Wut für einen Eklat im Ratssaal sorgen, wenn sie nicht sogar ein Blutbad anrichtet.«

»Sadistisches Schwein«, knirschte Shaja. Ihre magischen Zeichen tanzten goldgelb über ihren Körper und hüllten den Platz in ein hypnotisches Lichterspiel, während die Saggitaria um die Kontrolle über ihre Gefühle kämpfte. Während die anderen ihrer Empörung über den perfiden Plan der Verschwörer ebenfalls Ausdruck verliehen, blickte Grayson zum Himmel empor. Alles andere verblasste zu einem Hintergrundrauschen, als er sich noch einmal alle gesammelten Informationen ihrer Ermittlungen durch den Kopf gehen ließ. Die Blutaale und Seelenflechte, die morgen von Poxborrow hätten entfesselt werden sollen, die Bannmünzen und Valindars Tod. Die Hinweise, die sie hierher geführt hatten, und das Gespräch, das er vorhin mit dem Comte geführt hatte. Irgendetwas passte immer noch nicht zusammen. Warum all das Chaos und die Zerstörung? Wenn de la Toiboine doch morgen sowieso gewann, wozu dann die Aale und der Tod

Sophias? Bevor er weiter nachdenken konnte, wie er die anderen über seine Zweifel informieren konnte, spürte er eine schwielige Hand auf seiner Schulter.

»Wir sollten die Nachtstreifer rufen und den Comte festnehmen, bevor einer seiner Wachen merkt, dass wir hier sind. Erwischt er uns, bevor wir die Wahrheit ans Licht bringen können, ist Sophia doch noch verloren. Und mit ihr die Ordnung, wie wir sie kennen«, sagte Richard eindringlich.

Grayson kratzte sich am Kopf. Das würde jetzt schwieriger werden, als er dachte. In ihm reifte ein Plan, aber er brauchte Gelegenheit, um ihn durchzuspielen. »Morgan, können Sie Sophia mitsamt des Zaubers bewegen?«, fragte er. Der Magus nickte verdutzt. »Dann tun Sie es. Wer immer den Zauber gesprochen hat, kann doch bestimmt spüren, wenn ihn jemand aufhebt und wir wollen niemanden warnen, bevor wir hier raus sind«, fuhr der Quaestor fort.

Die anderen stimmten ihm zu und Morgan hob die Arme, sprach ein paar Worte und Sophia schwebte hinter dem Magus her. Richard trat auf die Platte in der Mitte und vor ihnen öffnete sich eine weitere Lücke im Labyrinth. Der Weg zurück war lächerlich kurz und nach drei Minuten standen sie am Eingang des Irrgartens. Grayson hatte währenddessen Gelegenheit gehabt nachzudenken und entschied, dass sein Plan die einzige Möglichkeit war, den Fall zufriedenstellend abzuschließen.

»Wir warten am besten, während Shaja Verstärkung holt«, schlug Morgan gerade vor, aber zur Verblüffung aller schüttelte Grayson den Kopf.

»Nein, wir gehen das anders an. Richard, Sie gehen vor und fahren den Wagen so weit wie möglich an die Seite des Anwesens, dorthin, wo uns hoffentlich niemand sieht. Shaja, Sie lotsen uns mit Ihren Sinnen an den Gästen und Wachen im Garten vorbei, bis wir das Fahrzeug erreichen. Morgan, Sie lassen Sophia weiter hinter uns herschweben. Wir bringen sie so, wie sie ist, nach Worthington Manor«, befahl er entschlossen.

Sofort redeten die anderen energisch auf ihn ein, aber er hob die Hand mit seinem Siegelring. »Ich bin der Quaestor, ich entscheide. Keine Diskussion. Ich verspreche, ich erkläre alles später, aber jetzt müssen wir hier weg. Sofort.« Die Blicke, die er kassierte, schwankten zwischen Kränkung und Mordlust, aber alle kamen seinen Aufforderungen nach. Jetzt konnte er nur hoffen, dass er mit seinen Schlussfolgerungen Recht hatte, oder er hatte gerade die mühsam geschaffene Vertrauensbasis ihrer jungen Quadriga zerstört.

Ein verräterischer Schubs

Greater London, Maison de la Toiboine, Mittwoch, 19. Oktober, 01.01 Uhr

Der Rückweg zur Limousine war ohne Zwischenfälle verlaufen, auch wenn die Stimmung in der kleinen Gruppe höchstens als professionelle Kühle bezeichnet werden konnte. Vor allem Shaja warf ihm immer wieder mörderische Blicke zu und selbst Richard wirkte verletzt, nicht in Graysons Pläne eingeweiht zu werden. Morgan und Shaja hatten sich auf die Rückbank gesetzt und die reglose Sophia schwebte mitten in der geräumigen Fahrgastzelle. Grayson dankte dem Himmel dafür, dass die Limousine über getönte Scheiben verfügte. Er selbst hatte sich nach vorne zu Richard gesetzt, da er nicht riskierten wollte, dass seine Kräfte versehentlich den Zauber auflösten, der das schlafende Mädchen umgab. Eisiges Schweigen erfüllte das Innere des Fahrzeugs, bis sie den umliegenden Wald durchquert hatten und der Wagen auf die Hauptstraße abbog und damit die Grenzen der Domäne des Comte hinter sich ließ. Grayson beobachtete, wie Morgan sein Smartphone zückte.

»Keine Anrufe, das gilt für jeden von Ihnen. Niemand wird informiert«, sagte er energisch.

Morgans ewig nonchalante Art löste sich in Nichts auf, als er den Quaestor anfauchte: »Was soll das heißen? Die Lady muss wissen, dass wir ihre Tochter gefunden haben.«

Grayson schüttelte den Kopf. »Das geht leider nicht. Es sei denn, Sie können mir versichern, dass kein Wesen existiert, das mit seinen Fähigkeiten oder Zaubern die Gefühle oder Gedanken der Lady lesen kann.«

Morgan starrte ihn widerspenstig an. »Die Gedanken bestimmt nicht, aber ihre Gefühle oder die Aura sind leichter zu lesen. Da fallen mir ein paar Kandidaten ein, die das könnten.«

»Und genau aus dem Grund kann ich niemanden einweihen, auch keinen der Anwesenden. Ich habe einen Verdacht und wenn der zutrifft, könnten wir alles zunichtemachen, was wir erreicht haben, wenn irgendwer erfährt, dass wir Sophia retten konnten. Ich habe einen Plan und brauche die Hilfe von Ihnen allen, aber ich werde jedem von Ihnen nur sagen, was Sie unbedingt wissen müssen. Und zwar jeweils unter vier Augen und Sie werden nicht miteinander darüber reden.« Grayson legte bei diesen Worten so viel Autorität in seine Stimme, wie er nur konnte. Eine dichte, fast bedrohliche Stille setzte ein und Grayson war sich unsicher, ob er den anderen zu viel zumutete.

»Sie alle haben mich in den letzten Tagen kennengelernt. Die Sicherheit dieses Mädchens und der nichtsahnenden Bevölkerung da draußen bedeutet mir alles. Jeder von Ihnen muss sich entscheiden, ob er oder sie mir vertraut. In einer Quadriga trifft der Quaestor die schwierigen Entscheidungen und das hier ist die schwierigste, die ich je getroffen habe. Aber ich denke, es ist die richtige. Die Frage ist: Helfen Sie mir oder nicht?«, redete er weiter.

Er blickte von einem zum anderen, alle musterten ihn eindringlich. Morgan wirkte noch immer aufgebracht, Shaja machte den Eindruck, als wollte sie gleich ihre Waffen ziehen. Richard wirkte allerdings ruhiger als vorhin. »Wenn Sie sagen, Sie haben einen Plan, dann reicht mir das. Solange Sie nicht wieder ungefragt ein volles Magazin in einen Verdächtigen pumpen, haben Sie meine Unterstützung.«

»Er hat WAS getan?«, kam es ungläubig aus Shajas Richtung und Morgan murmelte: »Lange Geschichte.«

»Sportsfreund, Sie müssen auch immer bis zur Belastungsgrenze gehen, oder?«, sagte der Magus anschließend laut.

Entschuldigend zuckte Grayson mit den Achseln. »Es ist die einzige Möglichkeit, die mir einfällt. Und ich kann mich nicht mit Ihnen beraten, ohne dass vielleicht die falschen Personen das Wissen aus Ihren Köpfen holen könnten«, sagte er nachdrücklich.

Unzufrieden dreinblickend warf Morgan die Arme in die Luft und steckte sein Smartphone ein. »Sie haben gewonnen. Ich bin dabei.«

Grayson fixierte den Blick der Saggitaria, die wütend und unversöhnlich zurückstarrte.

Fast eine Minute sahen die beiden sich in die Augen, während Grayson sie mit seinem Blick bat, ihm zu vertrauen.

»Wenn das schief geht und dem Mädchen etwas passiert, puste ich Ihnen den Schädel weg«, sagte sie, ihn noch immer mit ihren feurigen Augen durchbohrend.

Graysons Miene nahm einen beinahe traurigen Ausdruck an. »Wenn das hier schiefgeht«, sagte er, »werde ich Ihnen dankbar sein, dass Sie es tun.«

London, City of Westminster, Mittwoch, 19. Oktober, 18.20 Uhr

Die restliche Nacht und der darauffolgende Tag vergingen wie im Flug. Neben einigen Stunden Schlaf hatte Grayson alle Hände voll damit zu tun gehabt, seinen Plan zu verfeinern und allen daran Beteiligten ihre Aufgaben zuzuweisen. Er hatte den halben Tag in fragende oder ungläubig dreinblickende Gesichter geschaut, aber am Ende wusste jeder, was er zu tun hatte.

Jetzt stand er vor den Doppeltüren des Rats und wartete auf das Signal, eintreten zu dürfen. Sie hatten den Abschlussbericht seiner Ermittlungen zum Verschwinden Sophias auf die Tagesordnung setzen lassen und die Gerüchteküche brodelte. Die geheimen Gänge unter dem Westminster-Palast knisterten regelrecht vor Spannung, als Grayson an aufgeregten Botschaftern,

Amtsträgern und Assistenzkräften vorbeimarschiert war. Sophia war noch nicht wieder aufgetaucht und dass der zuständige Quaestor nun einen Abschlussbericht vorlegte, ließ das Schlimmste vermuten. Die Lady hatte versucht, ihn mehrmals zu kontaktieren und Grayson hatte dies schweren Herzens ignoriert. Er konnte ja ein herzloser Bastard sein, aber ihr ins Gesicht zu lügen, wäre ihm zu schwer gefallen. Aufgrund der möglichen weitreichenden Konsequenzen seines Berichts hatte der Rat zugestimmt, erst im Anschluss die Wahl des Ratsvorsitzes abzuhalten.

Morgan stand nervös neben ihm, wie immer in einen tadellos sitzenden Anzug gehüllt. Seine Finger trommelten unruhig auf dem Silberknauf seines Gehstocks. »Bei allen guten Göttern, Sportsfreund, ich hoffe wirklich, Sie wissen, was Sie tun«, sagte der Magus zum bestimmt zwanzigsten Mal, seit sie Worthington Manor verlassen hatten.

»Das hoffe ich auch«, sagte Grayson trocken und bevor Morgan auf diesen wenig vertrauenerweckenden Kommentar reagieren konnte, schwang die Doppeltür des *Verhangenen Rates* zur Gänze nach innen auf. Vor ihnen lag der Ratssaal, der heute bis auf den letzten Platz belegt war. Alle Anwesenden hatten sich formeller Kleidung bedient und fast bereute es Grayson, dass er sich für seine »Dienstkleidung« aus Lederjacke und Armschienen entschieden hatte, aber wenn die Dinge schieflaufen sollten, würde er jedes bisschen Panzerung benötigen.

Während Morgan und er langsam den Gang hinunterliefen, der sie in die Mitte des Saals führen würde, sah sich Grayson verstohlen um. Überall standen Nachtstreiferwachen und Kampfmagier der *Nebelwacht* bereit, verteilt auf strategische Punkte im Raum. Eine Vorsichtsmaßnahme, um die er gebeten hatte. Sollten die Dinge hier drinnen außer Kontrolle geraten, war es in niemandes Interesse, wenn die bleiche Garde dadurch geweckt werden würde. Grayson war sich des anklagenden und enttäuschten

Blicks der Lady vom See schmerzlich bewusst, die mit verweinten Augen jeder seiner Bewegungen folgte. Er vermied ihren Blick und hoffte, dass die mächtige Zauberin ihm hinterher verzeihen mochte.

Grayson ging in den Rednerkreis im Zentrum und begann ohne Aufforderung zu sprechen.

»Verehrte Mitglieder des *Verhangenen Rates* ich stehe heute vor Ihnen, um einen Abschlussbericht zu meinen Ermittlungen bezüglich der Entführung von Sophia vom See zu erstatten«, begann er. Er würde allen Rückhalt benötigen, den er kriegen konnte, also hatte er einen etwas förmlicheren Einstieg gewählt. »Es wird den Rat sicher freuen, dass ich berichten kann, dass wir den Schuldigen ermitteln konnten.« Aufgeregtes Gemurmel und Raunen ging durch den Saal und die Lady schien sich nur mit Mühe auf ihrem Sitz halten zu können.

Als sich der Lärm weit genug gelegt hatte, fuhr der Quaestor fort. »Ich bin zu der Überzeugung gelangt, das der Comte de la Toiboine der alleinige Hauptverantwortliche für die Entführung des Mädchens ist. Kraft meines Amtes als Quaestor klage ich ihn an und verlange seine sofortige Festnahme.«

Der Comte hatte Grayson bisher mit einer gelangweilt-herablassenden Miene angesehen, die sich nun in eine Fratze aus Unglauben und purem Hass verwandelte. Während alle im Rat durcheinanderriefen, reagierten die sechs dem Comte am nächsten stehenden Nachtstreifer, indem sie zu ihm traten und ihre Hellebarden auf ihn richteten. Zwei der Kampfmagier sprachen simultan einen Zauber und schimmernde Kraftfelder aus einem pulsierenden goldenen Licht legten sich um Handgelenke und Fußknöchel des Comte.

Mehrere Sekunden tobte ein heftiges Durcheinander, als die *Erben* lauthals protestierten und die anderen Fraktionen ihre Empörung und Fragen hinausriefen. Ein kurzer Seitenblick zur Lady vom See zeigte Grayson, dass sie kurz davor stand, auf den Comte loszugehen. Er gab Morgan ein Zeichen und der Magus setzte sich in ihre Richtung in Bewegung. Die restlichen Nachtstreifer stellten langsam aber sicher die Ordnung wieder her und der Quaestor sah, wie Morgan beruhigend auf die verzweifelt und wütend dreinblickende Mutter Sophias einredete.

Grayson hob die Hände und rief mit lauter Stimme: »Folgende Beweise wurden zusammengetragen. Die Entführer waren gedungene Söldner, die mit illegalen Bannmünzen bezahlt wurden. Diese Bannmünzen wurden vom ermordeten Valindar hergestellt, der in der Schuld des Comte stand, nachdem dieser im Vorfeld all seine Schuldscheine aufgekauft hatte. Es war dem Comte daher ein leichtes, den Artefakthersteller zu erpressen.« Wieder wurde es lauter, aber Grayson setzte sich mit schallender Stimme durch. »Als der Elf nicht mehr von Nutzen war, wurde er von einem Leibwächter des Comte namens Guillaume Travére getötet, derselbe Leibwächter, der uns ebenfalls angriff und beinahe getötet hätte.«

Er deutete auf den angeklagten Vampir und rief so laut er konnte: »Der Aufenthaltsort Sophias konnte leider nicht ermittelt werden und muss im Verhör des Angeklagten zu Tage gefördert werden. Bringt ihn weg.«

Dies war das verabredete Zeichen für Richards Teil des Plans und als die Nachtstreifer gerade begannen, den wütend protestierenden Comte von seinem Ratsplatz zu entfernen, stürmte der Custos in den Saal, in seiner Hand ein zusammengerolltes Papier, das das Notfallsymbol der *Nebelwacht* trug. Er überreichte es Grayson mit unbewegter Miene und stellte sich neben den Ausgang des Ratssaals. Die Mitglieder des Rats starrten Grayson gebannt an, denn diese Depeschen wurden nur in Ausnahmezuständen überbracht. Der Quaestor las mit ernstem Gesicht die

Zeilen auf dem Papier und als er sicher war, die Aufmerksamkeit aller Anwesenden zu haben, blickte er auf.

»Verehrte Mitglieder des *Verhangenen Rates*, die *Nebelwacht* hat uns soeben mitgeteilt, dass ein riesiger Schwarm Blutaale in der Themse gesichtet wurde, der London in diesen Minuten verlässt und sich in Windeseile verbreiten wird. In schätzungsweise drei Stunden wird er die Nordsee erreicht haben und die Meere verseuchen. Die Eindämmungstrupps glauben nicht, dass sie den Schwarm rechtzeitig stoppen können. Außerdem ist von Übergriffen durch Angehörige des *Lex Nebula* auf mundane Personen die Rede. Anscheinend leiden die Täter unter einer Überdosis Seelenflechte und haben das Gesetz der Verneblung ignoriert. Die Lage ist unübersichtlich, die *Nebelwacht* überlastet.«

Jetzt brach echtes Chaos aus. Alle redeten durcheinander und mehrere Mitglieder des Rates machten Anstalten, ihre Sitze zu verlassen. Grayson gab Richard ein Handzeichen, der die Türen schließen ließ und den Kampfmagiern zu verstehen gab, den Ratssaal magisch abzuschirmen, damit niemand Hals über Kopf das Weite suchte.

Der Ritter hatte dafür seine alten Kampfgefährten aufgesucht und dort Gefallen erbeten, um dafür zu sorgen, dass er heute die Schirmherrschaft über die Sicherheit des *Verhangenen Rates* innehatte.

»Verehrte Ratsmitglieder, in Anbetracht der jüngsten Ereignisse wäre es wohl sinnvoller, wenn ich Ihnen zu einem späteren Zeitpunkt einen detaillierten Bericht erstatte. Die Wahl des Ratsvorsitzenden sollte nun Vorrang haben.«

Jetzt kam der Moment der Wahrheit. Sollte Grayson sich verschätzt haben, waren die Konsequenzen furchterregend. Der Tumult hielt an, während er sich neben Richard am Ausgang aufstellte und aufmerksam in die Runde blickte. »Komm schon, komm schon«, murmelte er zu sich selbst. Ihm stand vor

Anspannung der Schweiß auf der Stirn und Richard erging es nicht besser. Sie tauschten besorgte Blicke, als sich auf einmal eine Stimme aus dem Chaos erhob.

»Geschätzte Kollegen des *Verhangenen Rates*, so wie alle hier, bin auch ich geschockt über die Ereignisse und Enthüllungen der letzten Minuten. Aber in diesen schweren Zeiten braucht es Einigkeit und Führung. Daher gebe ich unserem Quaestor recht, dass wir dringend den Ratsvorsitz bestimmen müssen.«

Es war ruhiger geworden im Saal und nun stand der Sprecher auf. Ein freundlich dreinblickender Mann mittleren Alters in einer blauen Robe, der etwas unscheinbar wirkte und anscheinend ein Magus war, blickte sich von einem Ratssitz unter den *Freien* aus um und breitete in einer entschuldigenden Geste die Arme aus.

»Unsere bisherige Ratsvorsitzende, die Lady vom See ist wegen Pflichtversäumnis in Misskredit geraten und stellt sich nicht zur Wahl, der Kandidat der *Erben* ist ein mutmaßlicher Entführer, Verschwörer und Mörder. Blutaale überschwemmen die Meere und die Verneblung wurde durchbrochen. Die Welt hat von uns erfahren. Wer könnte die *Nebula Convicto* besser durch die vor uns liegenden Prüfungen geleiten als die *Freien*? Wir wissen, wie man mit einer aufgeklärten Öffentlichkeit zu verfahren hat. Wir haben die Zauber und den nötigen Willen, um die magische Welt zu beschützen. Daher stelle ich mich, Alexander Klesk, hiermit zur Wahl um den Ratsvorsitz unter der Führung der *Freien*.« Selbstsicher blickte er sich um und viele der Anwesenden im Rat nickten ihm mit besorgter Miene zu.

»Sie sind froh, dass irgendwer Verantwortung übernehmen will«, hauchte Richard. Grayson nickte. *Hab ich dich*, dachte er zufrieden. »Sehr schön. Zeit für den letzten Akt«, murmelte er an Richard gewandt. Seine Hände waren schweißnass und er beobachtete Klesk, während dieser mit leeren Worthülsen und geschickten Parolen den verunsicherten Rat um den kleinen Finger wickelte. Alles hing nun von einer einzigen Tat des *Freien* ab und Grayson fieberte dem Moment entgegen. Er öffnete die Ratstür einen Spalt weit und Shaja trug ein schweres Bündel hinein, während sie Grayson fragend ansah. Der nickte mit mehr Zuversicht, als er verspürte, und gemeinsam schafften sie ihre Last zu einem der unteren Sitzplätze, die Besuchern vorbehalten waren und heute leer standen.

Klesk redete währenddessen weiter auf die Ratsmitglieder ein, die gebannt an seinen Lippen zu kleben schienen. Noch hatte der *Freie* Grayson nicht bemerkt. Als der Redner mit einem triumphierenden Lächeln den schwarzen Kristall unter seiner Robe hervorholte, hätte Grayson beinahe aufgelacht.

Kaum hatte die Hand des Magus wie zufällig das Schmuckstück berührt, als das Bündel im Sitz neben Grayson zum Leben erwachte. Sophia zog sich schlaftrunken die Decke vom Kopf, in der Shaja sie unerkannt hereingetragen hatte. Da wurde das verwirrte Mädchen plötzlich gewaltsam vorwärtsgestoßen und kam mit einem verängstigten Aufschrei in der Mitte des Ratssaals zum Stehen.

Der Rat war wieder im Aufruhr, viele erkannten, wer da auf einmal erschienen war und die Lady war mit einem fassungslosen Gesichtsausdruck aufgesprungen. Morgan hielt sie auf, indem er sie sanft am Arm berührte und ihr etwas ins Ohr flüsterte.

»Hiermit präsentiere ich Sophia vom See, wohlauf und munter«, donnerte Grayson mit fester Stimme in den Saal hinein.

Grayson gab dem verschüchterten Mädchen einen aufmunternden Schubs und sie lief in die wartenden Arme ihrer Mutter. Weinend umarmten sich die beiden und sanken auf die Knie. Grayson nutzte das anhaltende Chaos, um ein letztes Signal zu geben. Richard und Shaja bahnten sich einen Weg durch die verwirrten Ratsmitglieder, während Morgan mehrere Zauberformeln sprach. Die Luft um Klesk schimmerte, bevor er reagieren konnte, und dann waren der Ritter und die Halbdämonin heran und nahmen ihn in die Zange.

»Alexander Klesk, hiermit verhafte ich Sie wegen Entführung, Mord, versuchtem Mord, Verschwörung und Hochverrat an den Gesetzen der *Nebula Convicto*«, rief Grayson so laut er konnte. Seine Worte wirkten wie Eiswasser auf die versammelten Ratsmitglieder. Eine angespannte Stille breitete sich aus und Grayson spürte, dass er mit seiner komplizierten Scharade gefährlich nah daran war, einige der Anwesenden nervlich zu überfordern.

»Verehrter Rat, ich bitte Sie nun für einige Minuten um Ihre Aufmerksamkeit. Am Ende wird sich alles aufklären, das verspreche ich Ihnen. Zu Ihrer Beruhigung, die Nachrichten über den Blutaalschwarm und die Enthüllung der *Nebula Convicto* sind unwahr. Meiner Quadriga ist es gelungen, diese Pläne zu vereiteln, bevor sie zur Ausführung gelangen konnten. Leider war die Täuschung notwendig, damit sich der Verantwortliche für diese Pläne offenbaren würde.«

Dabei deutete er auf Klesk, der bleich zwischen Shaja und Richard stand und mit wachsendem Entsetzen den Worten des Quaestors lauschte. Grayson ließ dem Rat ein wenig Zeit, damit seine Mitglieder realisieren konnten, dass außerhalb dieser Hallen nichts Nennenswertes passiert war und das Leben noch immer seinen normalen Lauf nahm. Langsam beruhigte sich die Stimmung, erleichterte Mienen waren ringsum zu erkennen und als Grayson befahl, den Comte freizulassen, machte sich Neugier und Unmut breit. Bevor die Stimmung weiter kippen konnte, fuhr er fort.

»Alle Beweise, die ich vorhin vorgetragen habe, sind wahr. Nur dass der Fall deutlich raffinierter ist, als zuerst angenommen. Guillaume Travére war nämlich aus dem Dienst des Comte geflüchtet und suchte nach einer Möglichkeit seinen gesellschaftlichen Status zu verbessern und dem Bluteid gegenüber seinem Schöpfer zu entkommen. Etwas, das die Philosophie der *Freien* durchaus bot, die allen Traditionen und Restriktionen ablehnend gegenübersteht. Ein motivierter, ehrgeiziger Vampir, der tat, was immer man von ihm wollte, würde dort bestimmt schnell aufsteigen können. Er vermittelte den Kontakt zu den Söldnern, regelte deren Bezahlung, schrieb vor seiner Flucht belastende Briefe vom Landsitz seines Herrn, die im Falle einer Entdeckung auf den Comte hinweisen würden und tötete sogar den Elfen Valindar, als der nicht mehr benötigt wurde. Nur dass wir den Vampir dabei überraschten und zur Strecke brachten. Valindar war zwar auch von de la Toiboine erpresst worden, aber nur damit er dem exotischen Modegeschmack des Comte nachkam. Den Tagebüchern Valindars nach, die ich heute Morgen einsehen konnte, wurde er durch ganz altmodische physische Gewalt dazu gezwungen, die Bannmünzen herzustellen. Gewalt, die dazu führte, dass einige der Zauber unsauber eingearbeitet worden waren.«

Grayson blickte Klesk direkt in die Augen: »Ohne diese Unregelmäßigkeiten wäre ich nie auf den Mord der unglücklichen Miss Arling angesetzt und die Banshee sowie ihre Bannmünze wären nie entdeckt worden. Ein einziger loser Faden, der das gesamte Muster ruinierte.«

Klesk schnaubte und wehrte sich gegen den stahlharten Griff Shajas und Richards, allerdings ohne Erfolg.

Grayson holte tief Luft und erklärte weiter. »Was viele von Ihnen nicht wissen, ist, dass neben der Entführung Sophias noch ein weiteres Verbrechen verübt worden war. Die Quelle der Lady vom See war mit Blutaalen verseucht worden. Zweifellos ein Versuch, eine so mächtige Zauberin wie sie davon abzuhalten, selbstständig nach ihrer entführten Tochter zu suchen. Wir folgten der Spur der Blutaale bis zu einem ehemaligen Ratsmitglied, Barry Poxborrow. Der hatte in einer dunklen Enklave, unterstützt durch einen anonymen Geldgeber, eine Zucht der illegalen Tiere unterhalten und eine riesige Seelenflechtenfarm angelegt. Wir fanden dort Dutzende Unschuldige, die nicht mehr zu retten waren. Der mysteriöse Gönner verlangte von dem politikverdrossenen Troll, dass er heute zum Zeitpunkt der Wahl des Rates die Seelenflechte in der Stadt verteilen und den Blutaalschwarm freisetzen solle. Chaos sollte herrschen und das Gefüge der *Lex Nebula* erschüttern, damit Alexander Klesk leichtes Spiel hätte. Zweifelsohne war Poxborrow angetan von einer Welt, in der seine ghulischen Freunde wieder frei von Regeln leben konnten und daher willigte er ein. Auch dort fanden wir Indizien, die auf den Comte hinwiesen und uns schließlich zu Sophia führten, die in einem magischen Schlaf gefangen in einem Taurenlabyrinth versteckt worden war, und zwar auf dem Landsitz des Comte de la Toiboine.«

Es wurde wieder etwas unruhiger im Saal und der adlige Vampir machte eine so überraschte Miene, dass Grayson beinahe aufgelacht hätte, aber er riss sich zusammen und machte schnell weiter. »Ich wurde stutzig. Ein Verfechter alter Traditionen, der zulässt, dass alles in Chaos auseinanderfällt? Der sofort als Hauptverdächtiger gehandelt werden würde und dem schon der Verdacht eines Verbrechens schaden würde, vor allem angesichts seiner politischen Ambitionen? Das machte keinen Sinn. Größtmöglicher Schaden sollte angerichtet werden. Blut auf den Straßen, eine rachsüchtige Weltöffentlichkeit, die Zerstörung des Ökosystems der Meere. Die Lady vom See war ausgeschaltet, handlungsunfähig durch die Bedrohung ihrer Tochter und meine Ermittlungen sollten den Comte de la Toiboine diskreditieren. Der Zauber, der Sophia im Schlaf hielt, sollte während der Ratswahl enden und sie sollte vom Minotaurus getötet werden. Die Lady hätte vor Trauer und Wut den vermeintlichen Täter angegriffen und der Plan des Verschwörers wäre aufgegangen. Alle Kandidaten untauglich, die magische Welt vom Chaos bedroht.«

Grayson machte eine kleine Kunstpause und deutete auf Klesk, der wie ein Häufchen Elend zusammengesunken dastand. »Der Auftritt des Heilsbringers. Ein frischer, unbelasteter Kandidat, der sich in der Stunde der Not zur Verfügung stellt. Wahrscheinlich hätte dieses Gremium kein Jahr überlebt und wäre aufgelöst worden. Die *Freien* hätten endlich wieder ohne Aufsicht und Kontrolle tun und lassen können, was sie wollen. Egal, ob dabei ein paar Millionen Menschen sterben oder nicht.« Grayson drehte sich einmal im Kreis um den gesamten Rat kurz anzublicken und schaute schließlich die Lady eindringlich an. »Deswegen war diese Täuschung notwendig. Ich musste den Hintermann hervorlocken, indem ich ihn Glauben machte, sein Plan wäre gelungen. Klesk blieb nur noch eine Sache zu tun: Er musste den genauen Zeitpunkt auswählen, wann der Schlafzauber enden und Sophia in die Fänge des Minotauren gestoßen werden sollte.« Grayson blickte Klesk fest in die Augen. Bei seinen letzten Worten war er auf den Angeklagten zugegangen. Mit einem einzigen, festen Ruck riss der Quaestor das Amulett vom Hals des *Freien* und hielt es deutlich sichtbar in die Höhe, während er in die Mitte des Ratssaales zurückkehrte. »Würde mir ein neutrales Mitglied dieses Rates bitte sagen, was dieses Artefakt zu tun vermag«, rief er in unschuldigem Ton in die Runde. Kornelius, der Wurm, den sie im Garten des Comte gesehen hatten, kroch zu Grayson herüber und schnupperte an dem schwarzen Kristall. Er stieß einige seltsame Laute aus, die Grayson nicht verstand, aber der Rat schien damit keine Probleme zu haben und eine Welle der Feindseligkeit brach über dem nun unkontrolliert zitternden Klesk zusammen.

Die Lady erhob sich und sagte mit bewundernswert ruhiger Stimme: »Kornelius sagt, dass dieser Zauberspeicher einen mächtigen Schlafzzauber beinhaltete.« Ihre Augen bohrten sich in den Gefangenen, als sie weitersprach. »Ein Schlafzauber, der vor wenigen Minuten mit einem Bewegungsimpuls auf sein Opfer endete.«

Schach und matt, jubelte Grayson im Geiste.

»Sie wissen gar nicht, was Sie da angerichtet haben«, unterbrach Klesk mit hoher, sich überschlagender Stimme an Morgan gewandt. »Das System des Rates ist verkrustet und veraltet. Ein sich selbst erhaltender Moloch aus Regeln und Einschränkungen, der die *Nebula Convicto* in einen schleichenden Tod führt! Die Mundanen werden immer mehr, ihre Technik immer ausgefeilter. Wenn wir nicht jetzt das Joch der Regeln abschütteln, das uns davon abhält, Gegenmaßnahmen zu ergreifen, sind alle magischen Wesen dem Untergang geweiht!«

Sein hasserfüllter Blick glitt zu der Lady vom See hinüber und pures Gift lag in seiner Stimme. »Wisst Ihr überhaupt, wieviele Anträge, die unser Überleben hätten sichern können, Ihr im Laufe der letzten Jahrzehnte abgeschmettert habt? Ihr verdient es nicht, über unser Schicksal zu entscheiden!« Sein düsterer Blick wanderte durch den Saal. »Keiner von euch verdient das! Doch wir werden uns nicht geschlagen geben! SIE werden …«

Abrupt brach Klesk seine wütende Tirade ab und griff sich gurgelnd an den Hals. Innerhalb einer Sekunde wurde aus dem Gurgeln ein Röcheln und Rauch stieg von seinem Körper auf. Shaja und Richard ließen ihn los und hielten sich die mit Blasen übersähten Hände, als eine Stichflamme Klesk einhüllte und ihn binnen eines Wimpernschlags verbrannte.

Stille herrschte in der Kuppel und Richard stupste mit einem Fuß in der Asche des Verschwörers. »Ich wette, von diesem Zauberspeicher hat er nichts gewusst«, sagte er trocken und hob einen winzigen, schwarzen Kristall auf, der dort lag, wo sich einmal der Saum von Klesks langer Robe befunden hatte.

»Ich hatte alle Anwesenden mit einem Zauber überwacht«, sagte Morgan beunruhigt. »Wer auch immer unseren gesprächigen Freund eingeäschert hat, war nicht hier im Saal.«

Während Grayson noch die Erkenntnis verdaute, dass es weitere Verschwörer außerhalb des Rates geben musste, sagte er mit möglichst fester Stimme: »Der Angeklagte hat seine Schuld offen eingestanden. Ich hoffe inständig, dass mir die Anwesenden unser kleines Theater verzeihen und erkennen, dass es notwendig gewesen ist.«

Er hielt den Atem an und die Lady nickte schließlich kaum merklich und lächelte ihn schwach an, bevor sie sich wieder setzte, ihre Tochter an sich drückte und auf die Stirn küsste.

Die meisten der Ratsmitglieder schienen Grayson das Täuschungsmanöver bereits verziehen zu haben, zumal er und sein Team eine große Bedrohung für die *Nebula Convicto* abgewehrt hatten. Also erlaubte der Quaestor sich einen kleinen Schachzug seinerseits, bevor er sich zurückzog. Er drehte sich zum Block der *Freien* und fixierte die anwesenden Ratsmitglieder der Fraktion mit einem harten Blick.

»Ich bin sicher, dass sich die *Freien* voll und ganz von den Machenschaften von einem der Ihren distanzieren wollen und daher alles dafür tun werden, dass das Unrecht, das der Lady vom See und ihrer Tochter im Namen ihrer Fraktion angetan wurde, gesühnt wird?«

So wie er den Satz vortrug, war es eigentlich keine Frage und vielleicht wäre er an einem anderen Tag mit seinem Verhalten nicht durchgekommen, aber hier und jetzt sah er nur eifrig nickende Köpfe und hörte leidenschaftliche Erklärungen, nichts von Klesks Plan gewusst zu haben. Wenn Grayson sich gegenüber ehrlich war, glaubte er auch nicht daran, dass noch jemand hier involviert war. Wer auch immer Klesk eingeäschert hatte, wirkte von außerhalb des Rates und fackelte nicht lange. Hätte es Mitverschwörer gegeben, wären die vorhin wahrscheinlich sicherheitshalber mitverbrannt.

Ich wette, heute Abend werden die Säume einer Menge Roben und Anzüge durchsucht, dachte Grayson amüsiert.

Er blickte weiterhin so ernst es ihm möglich war. »Ein guter Beweis für die soeben hervorgebrachten Beteuerungen könnte in der nun folgenden Wahl erbracht werden. Mit der Erlaubnis des Rates werde ich mich nun zurückziehen.«

Grayson neigte kurz den Kopf und drehte sich dann Richtung Ausgang um, während er seiner Quadriga bedeutete, ihm zu folgen. Dabei trödelte er absichtlich etwas, sodass er hinter sich noch die Lady hören konnte, die mit fester Stimme sprach: »Da die drohende Gefahr von meiner Tochter abgewendet wurde, stelle ich mich hiermit erneut zur Wahl als Ratsherrin. Möchte sich neben dem Comte noch jemand anderes als Kandidat präsentieren?«

Grayson lächelte in die darauffolgende Stille und ging dann zügig hinaus, als die schweren Doppeltüren langsam zufielen. Vor dem Eingang angekommen, drehte er sich noch einmal um und konnte durch den sich rasch schließenden Spalt das fröhliche Gesicht Sophias erspähen, die ihm dankbar zuwinkte.

Epilog

London, Downham, Sonntag, 23. Oktober, 13.05 Uhr

Grayson blickte nachdenklich auf den Tisch vor ihm hinab und roch dabei das herrliche Aroma, das Straages Kaffee zu eigen war. Das war bereits seine dritte Tasse und er war fest entschlossen, diese möglichst langsam zu genießen, anstatt sie genauso schnell auszutrinken wie die ersten zwei. Also lenkte er sich mit der Lektüre ab, wegen der er hergekommen war. Vor ihm lag aufgeschlagen ein dicker, lederner Band, der Beschreibungen und Abbildungen der gängigsten Wesenheiten der *Nebula Convicto* beinhaltete. Charakteristika, Eigenheiten, Fähigkeiten, Schwächen, alles war fein säuberlich beschrieben. Zumindest für alle Kreaturen, deren Namen mit einem A oder einem B begannen. Seufzend schaute Grayson zur Seite auf den Rest der *Enzyklopedia Nebulae*, die vom Boden aus aufgestapelt höher waren als er. Und zwar, wenn er stand. Morgan hatte das als Basiswissen bezeichnet und Grayson ertappte sich dabei, wie er sich kurz seinen alten Job zurückwünschte. Aber dann stieg ihm wieder der Geruch des wundervollen Kaffees in die Nase und das fröhliche Gesicht Sophias tauchte aus den Tiefen seines Geistes auf und der absurde Gedanke verschwand genauso schnell wie »ein Ardafanal seine Küken ausbrütete«. Angewidert schloss der Ermittler das Buch und schob es von sich. Das war definitiv genug gelernt für heute. Er blickte auf und sah in die freundlichen Augen des Antiquitätenhändlers, der ihn schelmisch anlächelte.

»Nicht die leichteste Lektüre, nicht wahr?«, sagte er mitfühlend. Grayson nickte. »Machen Sie sich nichts daraus. Die ersten fünf Durchgänge sind immer die schlimmsten, danach wird es schnell besser«, fuhr der alte Mann grinsend fort. Grayson stöhnte gequält auf und kippte reflexartig den Kaffee hinunter. Dann starrte er entgeistert auf den leeren Becher und stöhnte erneut auf. Straage kicherte und ging wortlos aus dem Raum, um wenige Sekunden später mit einer Kanne bewaffnet zurückzukehren. »Sie sind der Held der Stunde. Wie könnte ich Ihnen da meinen Kaffee vorenthalten?«

Dankbar bediente der Quaestor sich großzügig und blickte aus dem Fenster. Heute war einer der wenigen sonnigen Herbsttage, die er dieses Jahr bisher gesehen hatte und der weitläufige Verkaufsraum des Antiquitätenhändlers wirkte in der kräftigen Mittagssonne warm und einladend. Als Morgan heute früh verkündet hatte, dass die Bücher für Graysons theoretische Ausbildung angekommen waren und bei Straage abgeholt werden konnten, hatte der Quaestor sich freiwillig gemeldet. Vier Tage waren seit der Ratswahl vergangen und Grayson hatte drei Ehrungen, fünf Empfänge und unzählige Gratulationen über sich ergehen lassen müssen und war froh gewesen, ein paar Stunden für sich zu haben.

Die Lady vom See war mit Hilfe aller Stimmen des *Equilibriums* und eines Großteils der Stimmen der *Freien*, die sich nicht schnell genug von den Verbrechen Klesks distanzieren konnten, wiedergewählt worden. Dies bedeutete weitere hundert Jahre Stabilität im *Verhangenen Rat*. Der Comte hatte seine Niederlage mit Würde getragen und schmiedete zweifelsohne bereits Pläne für die nächste Wahl. Aber die würde dann nicht mehr Graysons Sorge sein. Über seine Beliebtheit machte sich der Ermittler auch keine Illusionen. Die *Freien* hatte er gedemütigt und ihren politischen Einfluss gemindert, dort hatte er also kaum echte Freunde. Den Anführer der *Erben* hatte er scheinbar verhaften lassen und ihn damit in den Augen seiner Anhänger um den Sieg gebracht.

Unter denen hatte er nicht mal falsche Freunde. Einzig das *Equilibrium* schien ihm aufrichtig wohlgesonnen zu sein, zumindest so lange er in der Gunst der Ratsherrin stand. Aber um diese Beziehung machte er sich keine Sorgen. Die Lady und Sophia hatten ihm noch einmal herzlich gedankt, als er die Quelle der Zauberin besucht hatte und als er schließlich ging, hatte er sich dabei erwischt, dass er gegrinst hatte wie ein Idiot.

Er hatte schlussendlich nicht nur das Mädchen, sondern auch seinen Seelenfrieden gerettet. Es blieb zwar noch die Frage, wer Klesk mit dem nötigen Zauberspeicher ausgestattet hatte, damit er seine Verschwörung umsetzen konnte, wenn es denn überhaupt sein eigener Plan gewesen war. Aber Grayson hatte beschlossen, die Nachforschungen des Rates abzuwarten. Wenn sich in dieser Sache etwas ergab, würden sie sich todsicher bei ihm melden.

Also saß er nun hier, genoss den Kaffee und las ohne allzu großen Widerstand diesen riesigen Haufen Bücher. Morgan war sein Ratssitz wieder angeboten worden, aber er hatte diesen nur unter der Voraussetzung angenommen, dass er weiterhin Magus in Graysons Quadriga bleiben konnte. Richard schien so zufrieden wie immer zu sein, sein Verhalten war für Grayson noch immer schwer zu lesen. Und Shaja hatte der Ruhm eine Position in der *Unendlichen Legion* eingebracht. Endlich war der Wunschtraum der Halbdämonin wahr geworden und Grayson hatte sich für sie gefreut und sie ziehen lassen. Die ersten zwei Tage hatte er das Fehlen der Sticheleien und klugen Bemerkungen genossen, aber heute Morgen hatte er tatsächlich festgestellt, dass er die rothaarige, junge Frau ein wenig vermisste.

Er zuckte die Achseln und nippte an dem Kaffee. Morgan und Richard suchten bereits nach einem geeigneten Kandidaten für die Position des Saggitarius und Grayson würde sich überraschen lassen, wer da in ihr Team kam.

»Sie sind heute nachdenklicher Stimmung.« Es war mehr Frage als Feststellung im Tonfall Straages zu hören und erneut zuckte Grayson mit den Achseln.

»Es ist viel passiert in den letzten Tagen. Einiges schlecht, das meiste gut. Ich muss mich noch an all diese Veränderungen in meinem Leben gewöhnen.«

Straage lächelte ihn an. »Was Sie jetzt tun, Ihre Berufung als Quaestor, ist harte Arbeit, gefährliche Arbeit. Sie werden viele Feinde und wenige Freunde haben und Dinge sehen, die andere noch nicht einmal in ihren Träumen erahnen, weder in den schlimmen noch in den schönen. Die einzig relevante Frage lautet aber: Sind Sie glücklich, Mr. Steel?«

Grayson trank seinen Kaffee aus, schloss die Augen und dachte darüber nach.

Dann blickte er Straage zufrieden an und sagte schlicht:

»Ja.«

Der Autor

Torsten Weitze, Jahrgang 1976, ist in Krefeld geboren und lebt dort auch heute noch. Ursprünglich gelernter Verlagskaufmann zog es ihn nach jahrelangem Leiten einer Pen-und-Paper-Rollenspielrunde unaufhörlich auf die künstlerische Seite des Berufsfeldes. Nun verbringt er seine Freizeit damit, sich neue Welten und Charaktere auszudenken und diesen in seinen Fantasy-Romanen Leben einzuhauchen.
Entspannung findet er beim regelmäßigen Jiu-Jitsu-Training und beim Erlernen der Handhabung traditioneller japanischer Waffen.

Sein Debütroman „Ahren: Der 13. Paladin" erschien im Februar 2017.

Danksagung

Ich danke meiner Lektorin Daniela, die mir mit viel Geduld, guten Ratschlägen und einem unglaublichen Auge fürs Detail geholfen hat, Graysons ersten Fall auf Papier zu bannen.

Weitere Titel von Torsten Weitze

Ahren

Der 13. Paladin. Band 1

ISBN: 9781520599762

BuchVP: 14,99 EUR

432 Seiten, Paperback

Von seinem trunksüchtigen Vater verprügelt und von der Dorfjugend schikaniert, kann der heranwachsende Ahren sein Glück kaum fassen, als er bei der alljährlichen Eignungsprüfung von Falk, dem Waldläufer, als Lehrling auserwählt wird.

Bei ihm lernt er das Bogenschießen und den Kampf gegen Dunkelwesen, bis am Tag der Frühlingszeremonie etwas Unerwartetes geschieht: Als Ahren den Götterstein berührt, beginnt dieser zum ersten Mal zu leuchten.

Kurze Zeit später taucht ein mürrischer Magier auf und treibt Falk und Ahren zur Eile an, denn etwas Böses ist dabei zu erwachen.

Gemeinsam mit seinen ungleichen Gefährten begibt sich der junge Waldläufer auf eine gefahrvolle Reise zum Immergrün, dem Reich der Elfen, um deren Hilfe zu erbitten.

Doch die Zeit ist knapp, denn ER, DER ZWINGT, hat es auf Ahren abgesehen und setzt alles daran, ihn zu vernichten.

Weitere Titel im acabus Verlag

Carl Wilckens

13

Das Tagebuch

ISBN: 978-3-86282-473-1

BuchVP: 13,00 EUR

260 Seiten, Paperback

Godric End, Symbolfigur des Bürgerkriegs in Dustrien, ist in Gefangenschaft geraten. Für eine Zigarette pro Tag erzählt er den Insassen von Zellenblock 13 seine Geschichte:

Ich war elf, als ich zum ersten Mal tötete. Meine Jugend verbrachte ich in einer Drogenhölle ohne Sonnenlicht. Mein einziger Freund war der Hunger. Worte wie Freundschaft, Vertrauen oder Hoffnung bedeuten mir nichts. Das Leben eines Menschen ist für mich nicht mehr wert als das einer Ratte. Ich kann euch töten, ohne mit der Wimper zu zucken. Ich bin mehr Bestie denn Mann und ich giere nach einer Droge namens Perl.

Trotzdem nennt man mich einen Helden. Ihr habt von mir gehört, von Godric End, dem Freiheitskämpfer. Aber die Wahrheit über mich kennt ihr nicht. Sie ist ein scheues und manchmal hässliches Tier.

Ihr sollt meine Geschichte hören. Die Geschichte von meinem Dasein im Rumpf der Swimming Island, von meiner Zeit als Auftragsmörder und von meiner ersten Liebe. Von der Suche nach meiner Schwester und dem Untergang der Welt.

Chriz Wagner

Die Ewigen

Erinnerungen an die Unsterblichkeit

ISBN: 978-3-86282-459-5
BuchVP: 15,00 EUR
320 Seiten, Paperback

Aus den Memoiren der Unsterblichkeit

Thyri und Simon sind unsterblich. Auf ihrer Reise durch die Jahrtausende verloren sie sich aus den Augen. Ihre Geschichten führen uns vorbei an mystischen Orten und magischen Begebenheiten auf der Suche nach dem Grund für ihr ewiges Leben.

Dieser Sammelband enthält fünf Erzählungen aus den Memoiren der EWIGEN.

In „Die Gärten von Rom“ erzählt Simon, weshalb im Jahr 11 n. Chr. Roms Grünanlagen von Kindern nicht mehr betreten werden durften.

„Der Bruderpakt“ wird den Brüdern Renz zum Verhängnis. Und die grausame Beichte dahinter kreuzt im Jahr 1891 Simons Lebensweg.

„Die Zeichen der Schuld“ und der Kampf um Gut und Böse führen den Leser zurück zu den biblischen Anfängen der Menschheit.

Thyri berichtet in „Von sterbenden Engeln“, wie sich im Jahr 1645 die dunklen Schatten des Mittelalters um Schrattenthal zusammenzogen. Und was geschah, als 1933 der Codex Sinaiticus, die älteste Bibelübersetzung der Welt, seinen Weg in die London Museum Library fand, erzählt Thyri in „Das Gedächtnis der Welt“.